강희제의 편지

강희제의 편지

오카다 히데히로 지음 | 남상긍 옮김

경인문화사

범 례

1) 원저에서 河로 표기한 것은 河로, 江으로 표시한 것은 江으로 표기한다. 다만 河로 표시된 명칭이 일반화된 경우 河 그대로 표기한다.

 [예; 황하(黃河), 요하(遼河)]

2) 인명 및 지명 표기는 한글 표기를 하고 이어서 [ ] 속에 로마자 표기와 한자 표기를 병행한다. 다음에 같은 단어가 나올 때는 한글 표기만 한다

 예; 갈단[G'aldan, 噶爾丹]→ 갈단

3) 몽골어 kh로 표기할 수 있는 명사는 모두 h발음으로 통일한다.

 예; 칸[khan]→한, 쿠툭투 [khūtuktu]→후툭투

4) 처음 나오는 滿·蒙·藏 인명과 지명 그리고 명사는 먼저 상용의 우리말 표기를 먼저 한 뒤 [ ] 속에 滿·蒙·藏語를 로마나이즈한 표기와 한자어 표기를 넣고 이후에 같은 단어가 나올 때는 한글 표기만을 한다. 티베트어 인명·지명 등의 용어는 ≪티베트어 한글 표기안≫ 티베트장경연구소(2010년 6월 8일)의 표기법을 따르고 일반적으로 관례화된 용어는 관례를 따른다.

 예; 휘양구[fiyanggū, 費揚占] → 휘양구, 생걔 가초 → 상게 갸초
  응악왕롭상갸초 [ngag dbang blo bzang rgya mtsho, 阿旺羅桑嘉措]
  →달라이 라마 5세

5) 중국 인명과 지명은 모두 우리 발음으로 읽고 ( ) 속에 한자로 표기한다. 이후에 같은 이름이 계속 나올 때는 우리말로만 표기한다.

 예; 북경(北京)→북경, 황사자 윤진(皇四子 胤禛)→윤진

6) 원저에서 인용한 만문 주비주접(朱批奏摺)은

 ① 國立故宮博物院故宮文獻編輯委員會; ≪궁중당강희조주접(宮中檔康熙朝奏摺)≫

八輯, 九輯, 國立故宮博物院印行, 民國66年 6月-을 바탕으로 하였다.

② 滿, 漢本 『친정평정삭막방략(親征平定朔漠方略), *Beye dailame wargi amargi babe necihiyame toktobuha bodogon-i bithe*』

③ 淸實錄(第5冊), 청성조인황제실록(淸聖祖仁皇帝實錄)(二) 卷100-196, 康熙 21年-康熙 38年, 中華書局 影印, 1985과 일일이 대조하였으며 만문 번역이 어려운 부분은

④ 中國第一歷史檔案館; ≪강희조만문주비주접전역(康熙朝滿文朱批奏摺全譯)≫ 中國社會科學院出版社, 1996(이하 한역(漢譯)으로 약칭한다)을 참조하였다. 본문의 편지 구절 아래 ( ) 속에 있는 숫자는 만문전사구절의 번호이다.

7) 1979년 中公新書에서 발간된 ≪康熙帝の手紙≫에는 注가 없었지만 저자가 2013년 2월 역자에게 보낸 개정판 ≪康熙帝の手紙≫(藤原書店, 2013년 1월 30일 초판본)는 淸朝史叢書에 실려 있으며 中公新書에는 없는 注는 물론 원문을 보강하기 위한 補와 史料가 추가되었다.
역자도 나름대로의 주를 붙였으며 저자가 붙인 주에는 ♣ 표시를 하였다. 이 책의 각주에서 보편적인 사실로 인정된 용어 등에 일일이 출전을 밝히는 번거로움을 피하고 특별한 경우에만 출전을 밝혔다.

8) 원저 ≪康熙帝の手紙≫에는 만문주비주접의 원문이 없다. 그러나 이 역서에는 본문 가운데 만주어 번역문에 ( ) 속에 번호를 붙이고, 주비주접의 원문과 아울러 그 내용을 묄렌도르프식으로 전사하여 뒤에 첨부하였다.

9) 〈淸朝史叢書Ⅰ〉의 ≪康熙帝の手紙≫에 실린 補編의 논문 중 본문을 이해하는데 도움이 될 〈몽골 親征時의 聖祖의 滿文書簡(モンゴル親征時の聖祖の滿文書簡)〉과 〈갈단은 언제 어떻게 죽었는가(ガルダンはいつ, いかにして死んだか)〉 티베트·몽골문 젭춘담바 전기자료 5종(チベット·モンゴル文ジェブツンダンバ傳記資料五種), 강희제의 만문서간(滿文書簡)에 보이는 예수회 선교사의 영향(康熙帝の滿文書簡に見ろイエズス會士の影響), 강희제와 천문학(康熙帝と天文學) 다섯 편을 추가로 번역하여 뒤에 실었다.

역자의 말

이 책은 일본의 저명한 만·몽 학자 오카다 히데히로[岡田英弘] 교수가 저술한 ≪康熙帝の手紙≫를 번역한 것이다. 처음 이 책을 접했을 때 책의 크기도 포켓북 사이즈이고 200페이지 정도여서 단순히 준가르 몽골의 갈단을 친정하면서 황제인 강희제(康熙帝)와 황태자인 윤잉(胤礽)이 주고받은 사적인 내용에 지나지 않을 것으로 생각했다. 그러나 한번 읽고 나서 내 생각이 완전히 잘못되었음을 실감하였다. 화이일가(華夷一家)를 이루어 17세기 동아시아 세계의 질서를 잡으려는 강희제의 원대한 계획에서부터 소소한 사물에 대한 섬세한 관찰력, 몽골의 엄혹한 자연환경을 무릅쓰고 출정한 황제의 기개, 자식에 대한 깊은 애정 등등에 이르기까지 강희제란 한 인간의 측면을 살피기에 더없이 훌륭한 저술임을 알게 되었다. 그러나 이 책의 3/5 이상이 만주문으로 된 강희조주비주접(康熙朝朱批奏摺)을 번역한 것이어서 필자도 만주어를 배워서라도 강희제의 내면세계를 들여다보고 싶은 생각이 들 정도였다.

2005년에 동북아역사재단의 노기식 박사가 <만문사료연구회(滿文史料研究會)>를 창설하면서 만주문을 배울 것을 권하고 이어서 연규동 선생에게 만주어를 배울 수 있었던 것은 불감청(不敢請)이언정 고소원(固所願)이었다. 다시 일본에서 돌아오신 서울대 명예교수 성백인 선생한테 만주어를 다시 배우고 그의 권유로 강희조만문주비주접(康熙朝滿文朱批奏摺)을 연구하게 된 것은 정년을 앞둔 필자에겐 더없이 다행한 일이었다. 이에 그치지 않고 성백인 선생은 어렵게 구한 귀중한 만주어 문헌자료를 <만문사료연구회(滿文史料研究會)>에 제공해주어 이 책을 번역하는데 더없이

큰 도움을 주셨다. 이중 대만에서 발간된 ≪궁중당강희조주접(宮中檔康熙朝奏摺)≫ 第8, 9輯의 갈단 관련 부문을 번역하면서 자연스럽게 ≪康熙帝の手紙≫를 번역하게 된 계기가 만들어졌다. 원래 ≪康熙帝の手紙≫는 1979년 일본의 주코신서(中公新書)에서 발간되었으나 그 희소성으로 인해 일본에서도 구하기 어려운 책이었다. 역자는 오카다 히데히로 선생에게 연락하여 번역을 허락해 줄 것을 요청하였는 바 그는 1979년 주코신서의 ≪康熙帝の手紙≫는 발간된 지 오래되어, 내용에 오류가 있는 것을 수정 보완하여 후지와라서점(藤原書店)에서 청조사총서(淸朝史叢書)의 첫 권에 다른 사료나 논문을 덧붙여 발간할 것이라고 하면서 번역출간을 미루어 줄 것 요청하였다. 이에 역자는 개정판을 기다리면서 원서에는 없는 만주어의 로마자 전사를 완성하여 번역문의 뒤에 첨부하였다. 이어서 원저자가 2013년 1월 30일 발간된 개정판을 보내오자 바로 주코신서의 오류를 시정하고 개정판에 있는 보완 자료 중에서 ≪康熙帝の手紙≫를 읽을 때 도움을 줄 수 있는 ≪몽골 친정시 강희제의 만문서간(モンゴル親征時の聖祖の滿文書簡)≫과 ≪갈단은 언제 어떻게 죽었는가(ガルダンはいつ, いかにして死んだか)≫ 등의 다섯 편의 논문을 번역하고 덧붙였다. 나머지 논문과 사료는 추후에 빨리 번역하여 이 역서의 개정판에 게재할 것을 약속한다. 원저자의 저술 배경은 후기에 자세히 언급되었음을 추가로 덧붙인다.

대초원의 패권을 다투는 중국과 초원 영웅의 대결

본 역서 ≪강희제의 편지≫를 영화로 만든다면 주연은 당연히 강희제이고 주연급 조연은 갈단과 황태자 윤잉이 될 것이다. 강희제와 윤잉에 관한 자전적 기록과 외부인들의 기록은 넘칠 정도이지만 갈단의 경우는 거의 없다고 할 정도로 빈약하여 그 인간상을 그리는데 한계가 있었다.

강희제는 만청(滿淸)이 입관한 뒤 자금성에서 태어난 최초의 황제이다. 그의 이름에서 만주의 성(姓) 아이신 기오로[愛新覺羅]와 중국식의 이름 현엽(玄燁)을 사용한 것으로 보아 내면적으로 화이일가(華夷一家)를 지향하는 청조 정책의 한 단면을 볼 수 있다. 강희제의 재위기간 61년은 청조가 중원에 기반을 완전히 굳히느냐 아니면 일시적으로 지배했던 과거의 정복왕조처럼 단기간에 수명을 다하느냐 하는 기로에 있었던 시점이다. 1661년 여덟 살의 어린 나이에 즉위한 강희제는 강희 6년(1667) 14세의 나이에 친정을 하였고, 강희 8년(1669)엔 권신 오보이를 제거하여 황권을 안정시킨 뒤 국내외의 산적한 문제해결에 나섰다. 그의 재위기간 전반기에 해당하는 1670~1690년대는 빈번한 정복과 평정 등의 무력 활동으로 정국을 안정시켰던 시대이다. 이 시기 대만을 정복하여 청의 영역에 포함시켰고, 러시아와 네르친스크 조약을 체결하여 동북지방을 안정시켰다.

그러나 당시의 최대 위기는 <삼번의 난(三藩의 亂; 강희 12년~강희 20년, 1673~1681>과 세 차례에 걸친 <갈단 친정>이라 하겠다. 1644년 이자성(李自成)의 난으로 명(明)이 멸망하자, 청은 오삼계(吳三桂) 등 한인 군벌들의 도움으로 북경을 차지하였으며 명(明)의 잔여 세력을 토벌하는데 있어서 한인 군벌들의 도움은 절대적이었다. 따라서 청조는 이들 한인 군벌들에게 태생적으로 빚을 지고 있었던 셈이다. <삼번문제(三藩問題)>는 중국내지에서 중원 문화를 계승한다는 정통성 문제를 둘러싸고 청조와 뿌리 깊은 한인 군벌들 사이에서 벌어진 갈등이 전쟁으로 확대된 것이다. 청조의 입장에서 이를 제압하지 못하면 중원에서 발 붙일 수 없는 최대의 위기이자 심복지환이었다. 그러함에도 불구하고 강희제는 8년 동안의 대란 중에 한 번도 직접 전선에 나서는 일이 없었다. 그 이유는 전선이 여러 군데 형성되어 있어 북경에서 모든 상황을 살피고 통제할 필요가 있었으며, 동북 지방 흑룡강에 진출한 러시아에 대한 대비를 해야 했고, 더 나아가 오이라트 몽골을 통일하고 신강의 이슬람 세력마저 복속시켜 서북을 호령하는 준가르의 갈단의 위협과 극심한 혼란에 휩싸인 할하 및 차하르 몽골 등의 북방 문제가 산적해 있었기 때문이다.

그러나 갈단 친정은 <삼번의 난>과는 성격이 판이하게 다르다. <삼번의 난>이 청조 내부의 암적인 우환이었다면 준가르의 갈단 문제를 방치할 경우 치명적인 외상이 될 가능성이 아주 높았다. 더군다나 갈단이 동투르키스탄의 이슬람 문화권을 평정하고 서북지역의 패권을 장악한 뒤 내분이 일어난 할하몽골에 개입하자 할하몽골 문제에서 자유롭지 못한 청조도 필연적으로 개입하게 된다.

강희제와 갈단의 대결은 티베트 불교문화권으로 상징되는 북방 유목사회의 패권을 다투는 문제로 확대된 것이다. 강희제의 입장에서 볼 때 몽골=티베트를 중심축으로 형성된 티베트 불교문화권을 제압하지 못하면 유목사회의 패권을 상실하고, 러시아의 위협에 더 이상 대응할 수 없을 뿐 아니라, 10세기~15세기에 걸쳐 이슬람화한 동 투르키스탄(현재의 신강)의 이슬람 문화의 동진을 막을 수 없다는 절박한 입장에 있었다. 더구나 만주와 몽골을 아우르는 대한(大汗)의 위상에 치명적 타격을 받을 뿐 아니라 겨우 안정되어가는 중원의 정세에 심각한 영향을 줄 수 있었다. <삼번의 난>과 달리 <갈단 친정>은 갈단이란 주적을 상대로 하는 전선이 단일화되었을 뿐 아니라, 같은 기마민족의 피가 흐르는 존재로서 강희제와 갈단의 자존심과 영웅심의 대결이란 측면도 간과할 수 없다. 더욱이 직접 대적(大敵)과 대결하여 중원의 황제이자 유목민을 아우르는 대칸으로서 위상을 확실히 하려는 강희제와 명대 오이라트의 에센 이래 중국을 호령하고 전체 북방 유목사회의 대한(大汗)이 되려는 준가르의 갈단과의 패권 대결 또한 피할 수 없게 된 것이다.

갈단은 4오이라트(초로스, 두르부트, 호쇼트, 토르구트)를 구성하는 준가르(준가르는 초로스부의 후신이다)의 부족장 호트고친 바투르 홍타이지(홍타이

지란 말은 당시 서몽골에선 부족장의 의미로 쓰여졌다)의 아들이다.

바투르 홍타이지는 준가르의 초대 족장인 하라홀라의 아들로서 주변부족들을 제압하고 천산산맥 이북을 지배한 뒤 오이라트 법전의 제정에 참여하였고, 호쇼트의 구시 한을 따라 청해에 진군하여 그때까지 청해를 지배하던 할하 몽골의 촉트 홍타이지를 죽이고 칼마빠가 지배하던 티베트에서 겔룩빠가 득세하는데 지대한 영향을 미친 인물이다.

바투르 홍타이지의 아들 갈단은 청이 산해관을 넘어 입관하던 1644년 태어났다. 그는 어려서 티베트의 고승인 엔사 뚤구 3세의 전생(轉生)으로 인정된 엔사 뚤구 4세이기도 하다. 다른 한편 할하몽골의 정신적 지도자인 젭춘담바 1세도 엔사 뚤구 3세에게서 계(戒)를 받은 인연이 있어 이점이 나중에 갈단과 할하몽골 분쟁의 원인 중 하나가 되기도 한다. 갈단은 13세가 되던 해에 티베트에 들어가 처음엔 서티베트의 시가체에 있는 타시룬포 사원에서 판첸 라마 1세에게 사사(師事)하다가 그가 죽자 강희 1년(1662) 19세의 나이에 라싸에서 4년 동안 달라이 라마 5세에게 가르침을 받았다. 10년 동안의 티베트 유학에서 그는 티베트 불교에 상당한 지식을 축적하였고 달라이 라마 5세, 판첸 라마 1세, 섭정 상게 갸초 등과 교유하면서 티베트와는 불가분의 관계를 맺게 된다. 1666년 귀국했을 때 준가르의 부족장은 그의 친형인 셍게였으나 강희 9년(1670) 셍게는 배다른 형제에게 살해된다. 갈단은 즉각 형의 원수를 토벌하고 숙부와 사촌을 제거한 뒤 준가르의 족장이 되어 달라이 라마 5세로부터 갈단 홍타이지라는 호칭을 받게 된다. 이어서 강희 17년(1676) 호쇼트의 오치르투를 격파하고 명실공히 전 오이라트에 군림하여 달라이라마 5세로부터 천명을 받은 갈단 보속투한(G'aldan Bošoktu Han, 持敎受命王)이란 칭호를 수여 받게 된다. 당시 동 투르키스탄의 차가타이 한국(汗國)은 이미 이슬람화하여 무함마드의 자손이라는 호자 가문이 지배하고 있었다. 그러나 이 가문은 백산당과 흑산당으로 분열대립하다가 패배한 백산당의 아팍 호자는 이교도인 달라이 라마 5세에게 달려가 구원을 요청하였다. 무슬림이 극도로 적대시 했던 이교도에게 구원을 요청하는 희한한 일이 벌어진 것이다. 달라이 라마 5세는 갈단에게 백산당을 지원할 것을 지시하였다. 이에 갈단은 흑산당을 격파하고 아팍호자를 야르칸드에 유폐하여 알타이 산맥 서쪽에서 동 투르키스탄에 이르는 광대한 유목제국을 건설하였다.

이 갈단이 이번엔 창끝을 동쪽으로 돌려 할하몽골의 자삭투 한과 투시예투한 체첸 한 사이에서 벌어진 내분에 개입하면서 청과 필연적으로 대결하게 된다.

유목민과 정주민 군대의 대결에서 가장 중요한 것은 군수물자 특히 식량을 어떻게 조달하느냐에 따라 승패가 좌우된다는 점이다. 막대한 전비를 조달하고 특히 엄청난 식량을 전선으로 수송해야 하는 정주민 군대가 기동력이 뛰어난 유목민 군대를 이기기 위해선 그들이 가장 가깝게 접근했을 때 일거에 적을 기습 공격 섬멸하는 방법 이외엔 없다. 갈단이 청군에 가장 가깝게 접근한 강희 29년(1690) 우란 부퉁 전투야말로 그 절호의 찬스였지만 청군은 지휘관들의 판단 착오와 강희제의 병이 겹치면서 이를 놓치고 말았다. 이 결과 강희 35년의 두 차례, 강희 36년의 한 차례 도합 세 번의 친정을 통해 엄청난 국력의 손실을 감수 할 수밖에 없었던 것이다. 갈단 원정에 관한 기록은 거의 청측의 사료뿐이고 갈단의 입장에서 기록한 것은 거의 없다. 다만 강희 35년 가을 강희제의 제2차 원정 때 갈단이 티베트의 고위층 라마들에게 보낸 14통의 편지를 소지한 사절단이 청해로 가는 도중에 청에 사로잡힌 적이 있다. 거의 유일한 기록이랄 수 있는 이 편지에서 갈단이 처한 현실적 상황을 살펴보기에 어려움이 많다. 갈단의 자존심 때문에 그가 처한 어려운 입장을 노골적으로 설명하지 않았는지 아니면 편지에 내포된 불가(佛家)의 심오한 게어(偈語)를 제대로 이해하지 못한 때문인지 모르나 이 14통의 편지에는 강희제의 말대로 중요한 내용을 담고 있지 않다.

첫 번째의 갈단 원정에서 강희제가 직접 이끄는 중로군(37,000명)은 독석구를 지나 곧 바로 북상하여 고비사막을 넘어 갈단의 본영 바얀 울란으로 향하고, 휘양구가 이끄는 서로군(35,400명)은 음산산맥을 넘어 톨강으로 향하였다. 사브수가 이끄는 동로군(35,430명)은 심양을 떠나 대흥안령을 넘어 헤를렌 강으로 진군하기로 하였다. 그러나 동로군은 집결과 진군 속도가 늦어 할하강 선에서 일찌감치 탈락하였다. 중로군과 서로군은 고비사막 횡단을 감행하였으나 진군 속도에 따른 일정의 차질, 식량 수송문제, 가혹한 기후 등의 원인으로 힘든 때문에 진군을 할 수밖에 없었다. 강희제가 이끄는 중로군은 갈단의 전초병과 소규모 전투를 했지만 본대와 만나지 못한 채 식량부족 때문에 후퇴하게 되고, 서로군만이 운좋게 톨강 인근의 존 모드에서 갈단 군대를 격파하게 되었다. 여기서 하나 불가사의한 점은 전투가 끝난 뒤 청이 갈단으로부터 노획한 물자가 소 20,000여 두(頭), 양 40,000여 두(頭)에 이르렀다는 것을 보면 갈단의 군대가 식량난에 시달린 것이 아니라는 점이다. 오히려 서로군이 식량부족과 탈진한 상태에서 존 모드 전장에 도달했음에도 불구하고 결과는 반대로 나타난 것이다. 다만 갈단의 병력이 5,000여 명에 불과하여 병력차이가 심했다고 해도 참으로 이해하기 어려운 현상이었다. 아무튼 갈단 측의 입장이 어떠했는지 거의 알 수 없는 처지에서 일방적 패배의 원인을 규명하기 쉽지 않지만, 갈단이 패배한 원인은 아래의 세 가지로 요약할 수 있다.

첫째, 준가르의 한 지위를 둘러싸고 죽은 셍게의 아들이며 적통인 조카 체왕랍탄과 알력이 심해진 것이다. 때문에 갈단은 준가르 본토에서 지원이 단절된 것은 물론 돌아갈 수도 없는 입장이어서 알타이 산맥 일대의 초원을 유랑하면서 매우 궁핍해졌다.

둘째, 청이 러시아와 네르친스크 조약을 맺음에 따라 갈단은 러시아의 지원을 받을 수 없게 되었다.

셋째, 하미 일대를 청이 장악하여 티베트로부터의 원조와 통신이 일체 단절되어 고립무원 상태였다는 점을 들 수 있다.

아무튼 존 모드의 전투 이후 청과 갈단 사이에서 더 이상의 큰 전투는 없었다. 존 모드의 전투가 세 차례의 원정에서 청이 거둔 유일한 대승이지만 이 전투가 갈단에겐 치명적이었던 것 같다. 그럼에도 불구하고 강행한 2차 원정, 3차 원정은 대규모 몰이사냥과 순행(巡幸)의 성격이 강하기도 하지만, 주된 목적은 갈단이 티베트로 망명할 찬스를 없애고 호쇼트 몽골에 청군의 위력을 과시하는 한편 준가르의 체왕랍탄에 압박을 가하는데 있었다. 갈단이 사망하면서 북방의 후환을 제거하려는 강희제의 목적은 이루어졌으나 준가르를 완전히 제압하지 못하였다. 이에 따라 갈단 친정 이후에도 준가르에게 밀려 멀리 볼가강 일대로 이주한 토르구트 몽골족을 회유하여 유목제국 준가르를 포위하려는 원대한 생각을 하였다. 투리션[圖理琛] 일행을 시베리아를 횡단하여 파견한 것은 갈단이 죽은 뒤에도 준가르가 여전히 청조와 북아시아 패권을 다투며 청조의 안녕에 큰 위협이 된다는 것을 인식한 것이다.

갈단 친정을 성공리에 마치면서 티베트 문제도 강희제의 바람대로 진정이 되었으며, 더 나아가 강희 말년 티베트에 출병하여 준가르 세력을 몰아내면서 티베트는 청에 복속하였다. 오늘날의 요원의 불길 같은 티베트 독립문제는 이미 강희제 때부터 비롯된 것이라고 할 수 있다.

최후의 유목제국이라 불리는 준가르를 멸망시켜 서북 몽골을 완전히 지배하고자 한 강희제의 염원은 옹정제(雍正帝)를 거쳐 60여 년 뒤 건륭제(乾隆帝)의 두 차례 원정을 계기로 청은 현재보다 140만km² 많은 사상 최대의 강역을 가지게 된다.

후계문제를 둘러싼 제도의 모순과 부자간의 갈등

　《강희제의 편지》는 세 차례에 걸친 <갈단 친정> 때마다 북경에서 정무를 총괄한 황태자 윤잉(胤礽)에게 보낸 강희제의 애정어린 편지와 윤잉의 보고와 답신을 바탕으로 이루어졌다. 내용은 군의 작전, 보급, 정탐 등에 대한 군사기밀에서부터 티베트 불교 등에 관한 국가정무 그리고 일상의 신변잡사에서 일어나는 소소한 관찰기록에 이르기까지 다양하게 이루어졌다.

　특히 사적인 편지내용에서 강희제의 섬세한 관찰력과 세상만사 구석구석에 미치는 강희제의 관심에서 아버지이자 황제인 강희제의 다정다감한 인간성을 볼 수 있다. 갈단 친정 때까지만 해도 황제의 윤잉에 대한 사랑은 거의 맹목적이었으나 이따금 황태자에게 보낸 편지의 일면에 자신에 대해 문안이 뜸하고 대접이 소홀한 점에 서운함을 느끼는 글이 잠깐씩 보이는 바 이때부터 부자간에 갈등의 골이 깊어진 것이 아닌가 하는 생각이 든다.

　윤잉은 강희제가 깊이 사랑한 허서리[赫舍利] 씨의 황후가 난산 끝에 낳은 아들이며 황후는 그를 낳고 바로 죽었다. 죽은 황후에 대한 그리움 때문에 <삼번의 난> 중에도 불과 두 살짜리 어린 유아를 황태자에 봉할 정도였던 것이었다. 거의 맹목적인 것 같은 윤잉에 대한 사랑은 그가 천연두에 걸렸을 때 황제가 직접 간호에 나섰다거나, 황제가 직접 천문학과 수학을 가르칠 정도로 지극하였다. 그러나 강희제가 61년의 장기 집권을 하고, 1708년을 기준으로 윤잉은 무려 33년이나 황태자의 지위에 있게 되자 양자의 갈등은 표출되기 시작한다.

　윤잉은 자유분방한 성격이지만 대단히 영민한 인물로써 철저한 황태자교육에 순응하였지만 전제 군주이면서 대단히 유능한 아버지 황제께 부응해야 한다는 내면의 갈등에 시달리게 된다. 강희제는 수많은 비빈에게서 무려 33명이나 되는 아들을 보았고 이중에서 20여 명 이상이 성장하였다. 이들 황자들 역시 황태자 못지않은 교육을 받았지만 황태자에게 대항할 세력을 키워서는 안된다는 강희제의 배려로 세력을 구축할 수 없었다. 그러나 <갈단 친정>에 장성한 여러 황자들이 팔기의 기주(旗主) 자격으로 참전하고 일정한 역할을 하면서 사정이 반전되었다. 팔기제의 전통에 의하면 기인들은 기주에게만 충성을 하면 되었고 팔기의 기주들은 그들의 주인인 황제에게 충성을 하면 되었다. 따라서 각 팔기의 기인(旗人)들이 충성의 대상으로 한 것은 황제가 아니라 기주(旗主)인 황자들이었다. 입관이전 청의 후계자 선출방법은 유력한 기주와 족장들이 합의하에 선출하는 것이었다. 그런데 이것이 강희제에 의해 무시되고 중국식으로 황태자라는 새로운 후계제도가 선택된 것이다. 따라서 전통적 후계선출을 바라는 세력은 <갈단 친정> 이후 공을 세운 황자들을 중심으로 반(反) 황태자당을 형성하게 되는 것이다. <갈단 친정> 이후 강희제는 이들 참전한 황자들을 친왕(親王), 군왕(郡王)에 임명할 수밖에 없었고 이에 따라 황태자당과 반황태자당의 갈등과 대립은 극에 달하여 <갈단 친정>이 끝난 10년 뒤 강희 47년(1708)에 황태자 윤잉은 1차 폐위되었으나, 이미 버거울 정도로 비대해진 반황태자당의 정권탈취 야욕은 더욱 노골화하였다. 이에 놀란 강희제는 반사적으로 윤잉을 다시 복위시킬 수밖에 없었다.

그러나 이후에도 끊임없이 이어지는 황태자와 반황태자당의 극심한 정쟁과 윤잉의 쿠데타 음모로 인해 늙고 지친 강희제는 윤잉을 두 번째로 폐위하고 황태자 제도 자체를 폐지하였다.

심신이 극도로 피로해진 강희제는 강희 51년(1712) 두 번째의 황태자 폐위사건 이후 평소의 그답지 않은 냉혹하고 비인간적인 행위를 하게 된다.

폐위된 황태자 복위를 주장하는 신하를 그의 아버지가 보는 앞에서 처형거나 이른바 황태자당에 속한 자들을 못질하거나 톱질해 죽이는 등

처벌은 가혹하기 짝이 없었다. 이런 냉혹함은 아들로부터 배반당했다고 생각이 들면서 전제 군주인 황제이자 아버지에 대한 도전으로 인식됨에서 비롯할 수 있고, 사랑과 미움이 교차하는 과정에서 잠재한 인간의 마성(魔性)을 자극한 것에서 비롯한 것인지 모르지만 그 마음의 상처가 얼마나 깊었나 하는 것을 짐작할 수 있다.

그러나 이런 극단적인 현상을 통해 그 역시 보편적이지만 7정(情) 6욕(欲)에서 벗어나지 못한 나약한 감성을 가진 인간이라는 것을 단적으로 느낄 수 있다.

이런 왜곡된 감성이 노골적으로 표출된 이면에 스스로 하늘의 신하임을 자처하고 국궁진췌(鞠躬盡瘁; 공경하고 조심하여 몸과 마음을 바쳐 노력함) 한다는 말에서 그의 통치관의 한 면을 엿볼 수 있고 이를 통해 또 다른 전제 군주의 이중적 속성을 살필 수 있다.

아무튼 공식적으로 후계자가 결정되지 않은 채 강희제가 급사하자 그 유조(遺詔)에 따라 넷째 아들 윤진(胤禛)이 청의 5대 옹정제(雍正帝)로 즉위하게 된다. 그러나 옹정제는 강희 말년의 황자들 사이에 벌어진 권력투쟁의 후유증으로 즉위 후 내내 그 계승의 정당성 여부에 시달리게 된다.

후계자 선정문제에 대한 최종 책임은 강희제에게 있음에도 불구하고 이를 계기로 청조는 저위밀건법(儲位密建法; 미리 황태자를 정하지 않고 황자 가운데서 유능한 인물을 몰래 정해놓고 황제 사후에 발표하는 제도)을 창안하여 전제군주제에서 가장 뛰어난 후계선정 방법을 고안한 것 역시 강희제 덕분이라 할 수 있다.

일찍이 부베가 말한 것처럼 강희제는 중국의 유학(儒學), 서양의 천문학, 수학, 기하학, 해부학, 화학 등에도 깊은 지식과 이해를 하고 있을 뿐 아니라 만주어 몽골어는 물론 한어에도 능숙한 다재다능한 인물이었다.

염숭년(閻崇年)은 강희제의 아버지는 만주족, 그에게 절대적인 영향을 준 할머니는 몽골족, 어머니는 한족이어서 세 민족의 피가 흐른다라고 하였다. 이에 따라 강희제의 용맹성과 분발정신은 만주문화에서, 원대한 포부와 드넓은 도량은 몽골문화에서, 인애정신과 모략은 한족의 유가 문화(儒家文化)에서, 훗날의 개혁정신은 서학(西學)에서 비롯했다고 한다. 그러나 어떻든 다른 어떤 군주보다도 정국을 넓게 살필 수 있는 능력을 가지고 그 스스로 부지런히 독서하고 백성을 위해 진력하는 모습에서 비록 전제군주이지만 중화세계와 유목세계를 아우른 진정한 대군주의 모습을 볼 수 있다.

소수민족인 만주족 출신의 군주로서 만주족보다 수백 배 많은 한족을 다스리면서 중화세계에 군림한 그의 모습을 어떻게 보아야 할까? 그의 내치와 외치를 살펴보면서 만주족을 중심축으로 하고 여기에 한족을 융합시켜 화이일가를 구축하려는 그의 노력이 끊임없었다는 것을 볼 수 있다. 강희제의 치세가 50년을 넘어서면서 오는 통치의 피로감, 두 차례에 걸친 황태자 폐위 문제와 이치(吏治)의 느슨함에서 오는 관리들의 나태함과 부정부패, 오랜 전역을 거치면서 과도한 전비지출 등이 원인이 되어 한때 5,000만 냥이 넘던 국고가 700만 냥으로 급감하였다. 이 문제를 해결한 것은 그의 뒤를 이은 옹정제이고 성세를 완성하고 가장 번영을 구가하였던 시대는 건륭제 시대였지만 역설적으로 건륭제 말기부터 청은 급속도로 몰락하게 된다. 강희제가 중국의 어느 황제보다 뛰어난 명군이었고 당시 가장 부강한 청 제국을 건설한 주역이었다고 해도 서유럽을 중심으로 한 세계정세의 변화를 세계사적 안목으로 이해하지 못하고 대처하지 못한 것은 역시 전제군주제의 한계라고 할 수밖에 없다.

강희제가 개척한 성세(盛世)의 길

요즈음 서구의 청사(淸史)학계에선 지금까지 한족(漢族) 중심의 청사(淸

史)를 만주족(滿洲族) 시각에서 보려는 신청사(新淸史) 운동이 활발하게 일어나고 있으며 이것은 중국문헌이 아닌 만주문으로 쓰여진 사료를 읽어서 소수이지만 지배자였던 만주인 시각에서 당시를 이해하고자 하는 시각이다.

반면에 중국에선 만청(滿淸)을 중국사에 용해된 하나의 왕조로 이해하여 청사공정(淸史工程)과 아울러 이십사사(二十四史)의 연장선에서 청사(淸史)를 완성하고 현재 중국의 정체성을 청의 대내외정책에서 찾으려는 기운이 팽배하고 있다.

중국은 960만km²나 되는 광활한 영토를 가지고 있어 국경선의 길이만 해도 2만km(해안선 길이 16,000km)에 이르며 한족을 포함한 56개 소수민족으로 구성된 다민족 국가이어서 나름대로 국가 정체성 확립에 어려움을 겪고 있다. 이를 극복할 수 있는 대안으로 등장한 것이 청조의 후신으로 그 다원적 이민족 정책을 흡수하였고, 내적으로 중화전통을 이어받은 것이 현재의 중국이라는 점이 강조된 것이다. 만주족이 비록 소수민족의 하나이지만 그들이 구축한 문화권과 영토가 직접적으로 현재에까지 연결되면서 가장 가까운 과거에서 현대 중국과 직결된 만주족의 청조를 어떻게 보느냐에 따라 현대중국의 아이덴티티의 방향을 설정할 수 있다는 것이다.

따라서 입관 이래 중국의 마지막 정복왕조 청조의 기틀을 다지고 생명력을 불어넣은 강·옹·건(康·雍·乾)의 성세(盛世)에서 현재 중화세계의 정체성을 찾고 성세 이후 급격하게 몰락하는 청조의 모습을 반면교사(反面教師)로 하여 중국의 미래에 대비하려는 것이다. 이러한 전제아래 "강·건 성세(康·乾 盛世; 중국에서는 사자성어의 틀을 맞추려는 경향이 있어 중간에 있는 옹정제의 역할을 폄하여 그를 빼는 경향이 있지만 그의 강력한 이치쇄신(吏治刷新) 경제개혁 등은 건륭성세의 바탕이 된다)는 청사(淸史)의 대문을 여는 열쇠이며 중국의 오늘과 내일을 비추는 거울이다"라는 중국인들의 보편적 정의(定義)가 나오게 된 것이다. 그 성세를 이끌었던 주역이자 선두 주자가 강희제였고, 그가 수십 년 동안 심혈을 기울인 것이 바로 오이라트 및 할하 몽골, 러시아 그리고 티베트 문제였으며 갈단 친정으로 이것이 해결되면서 비로소 청조는 성세(盛世)의 길로 들어간다고 할 수 있다.

번역에 참고한 자료들은 성백인 교수가 제공한 것과 동북아역사재단의 소장 자료를 주로 이용하였고, 이 과정에서 만문사료를 같이 읽은 만문사료연구회원(滿文史料研究會員)들의 도움을 많이 받았다. 이 기회에 본서의 번역을 권해주었을 뿐만 아니라 번역과정 내내 조언과 물심양면의 지원을 아끼지 않은 가천대학교 조병학 교수, 초기의 거친 원고를 여러 차례 읽어주신 안동대학교 서정흠 교수와 숙명여대 이은영 선생 그리고 여러 가지 문의에 성실한 답변을 주신 서울과기대 김성수, 단국대 최형원, 가천대 안윤아 선생과 역자의 부족한 만주어 실력을 처음부터 끝까지 보완해주고 살펴주신 송강호 회원에게 지면을 빌려 더없는 고마움을 나타내는 바이다. 끝으로 역자가 최선을 다해 살폈지만 놓치거나 잘못 짚은 곳이 있을 것이다. 눈 밝은 독자들의 질정을 바라마지 않는다.

≪康熙帝の手紙≫ 韓國人讀者へ

岡田英弘

　台湾の故宮博物院に所藏されていた淸の康熙帝の滿洲語の手紙を日本語に翻譯しながら、淸朝とモンゴルとチベットの關係を論じた『康熙帝の手紙』を、私が中公新書として刊行したのは、1979年のことである。

　紀元前1世紀初めに『史記』を書いた司馬遷に始まるシナ文明の歴史文獻は、2000年にもおよぶ長い文字の歴史を持ちながら、最高權力者である皇帝個人の生活や感情を伝える記録は希有である。ましてや、漢字以外の文字で書かれた皇帝の大量の自筆の手紙は、その存在自体が日本の東洋史學者を驚かせるに充分なものであった。

　しかし、日本の東洋史學界の評価は高かったが、滿洲語で書かれた手紙の內容が、淸朝第四代皇帝である康熙帝自身と、草原の遊牧民であるモンゴルの英雄ガルダンとの戦爭に關するものであり、概説部分も、日本人にはほとんどなじみのない、17世紀のモンゴルとチベットの歴史であったために、一般の讀者の興味はそれほど惹かなかったらしく、増刷もされないまま、やがて絶版となってしまった。

　刊行から30年以上が過ぎた2011年10月、本書の譯者の南相亘先生から、韓國語譯がほぼ終わったから、韓國での出版の許可をもらいたいとFAXが届いた。南先生とは會ったことはなかったが、立派な日本語の丁寧な手紙だったので、私は喜んで承諾した。

　その時から、韓國語版が刊行されるまで、二年以上経ってしまったのは、私の方の、日本側の事情に據る。簡単に説明しよう。

　南先生から韓國語譯の話が届いたちょうどその時、日本で『康熙帝の手

紙』増補改訂版を、藤原書店が刊行する清朝史叢書第一彈とすることが決まっていた。清朝史叢書は、10名を超す著者たちが、それぞれ一冊ずつ専門書を刊行する、10年計畫のシリーズである。旧版の中公新書版では、陰暦から陽暦への換算がすべて一日誤っていたので、それを修正した上、ソ連をロシアに改めるなど、古い表現の改訂もすでに終わっていた。それで、文章はまったく同じであるが、藤原書店から刊行する新版からの翻譯にしてほしい、と南先生に私の方からお願いしたのである。

　ところが、藤原書店では、第二彈以降の出版の目途が立ってから、シリーズの刊行を始めたいと考えたので、私の『康熙帝の手紙』刊行が当初の予定よりも遅れた。しかも新版は増補改訂版で、旧版の中公新書の本文に出典注と側注を付けただけでなく、關連論文を何本も追加するという、大幅な改訂だったので、困った南先生は、周りの人や出版社と相談もし、私にいろいろなことを質問して來られた。ずいぶん戸惑われたことだろう。

　出版社同士のやりとりは私はまったく知らないが、2012年7月には、初稿のゲラをとりあえず南先生にお届けすることはできた。藤原書店版が刊行されたあと、すぐに改訂版からの韓國語譯本を出版できるようにと考えたのである。南先生は、修正箇所のみならず、新たな出典注や側注も翻譯したいと言ってこられたので、その後はずいぶん無理をされたのではないかと危惧している。

　2012年11月、私は重い心不全で入院し、腎機能も低下して、一時は生命が危ぶまれた。そのため、2013年3月刊行予定が1月に早まり、南先生のお手元にも2月早々に新版『康熙帝の手紙』が届き、先生からは感謝の言葉とともに、私の体調を心配する便りをもらった。ところが、私ではなく南先生が、2013年10月28日に胆道癌で逝去されたという知らせが、韓國語版の刊行を心待ちにしていた11月になって、お嬢さんの南慧林さんから届いたのである。

　こちらの事情のせいで、本書の刊行を見ることもかなわず、南先生が先にあの世に行って仕舞われたことは、痛恨の極みである。しかし、お嬢さ

んの手紙によると、病床でも校正にあたり、譯者序文も書いた上でお亡くなりになったということで、生前にお目にかかれなかったことを大変残念に思う。ご冥福を心よりお祈りする次第である。

　私の手元には、2011年10月から、南先生と何度も何度もインターネット・メールでやりとりした記録が殘っている。先生は最初のメールで、自分のハングルを娘が日本語譯してから送るので、少し時間が掛かると斷っておられる。實はこちらも、私に代わってコンピューターでメールを送っていたのは、弟子であり妻でもある宮脇淳子である。

　南先生からたくさん頂戴したメールはすべて、一点の誤りもない正確な日本語である。私のこの序文も、ぜひお嬢さんの南慧林さんに韓國語譯してもらいたい。慧林さんには、これまで南先生の手紙を日本語譯してくれたことについて御礼を申し上げるとともに、お父上の遺業を引き継がれて、立派な本が刊行されることを、心からお祝い申し上げる。

　東アジアのシナ文明は、政治と歴史を同一視しがちだが、300年前には、滿洲やモンゴルやチベットは、まだシナ文明の中にはなかった。日本人にとってのみならず、韓國人讀者にとっても、シナをとりまく他の地域の歴史を知ることは、比較の對象が増えるという意味で役に立つだろうと思う。自らの據って立つ場所を客觀化できるからである。滿洲人皇帝がこんなに勤勉だったと驚いてもいいし、モンゴル遊牧民がどんなにチベットと密接な關係があったかに感心してもいい。本書がさまざまな讀み方をされ、韓國の讀者にとって、恐らくなじみの薄かった內陸アジア史に關する知識が少しでも増えることを望むものである。

[2013年 11月 18日]

≪강희제의 편지康熙帝の手紙≫
한국 독자 여러분께

오카다 히데히로(岡田英弘)

제가 대만(臺灣)의 고궁박물원에 소장되어 있는 청조(淸朝) 강희제의 만주어 편지를 일본어로 번역하여 청조와 몽골, 티베트의 관계를 다룬 ≪강희제의 편지(康熙帝の手紙)≫를 일본의 주코신서(中公新書)라는 출판사를 통해 출간한 것은 1979년의 일입니다.

기원전 1세기 초 ≪사기(史記)≫를 쓴 사마천(司馬遷)에서 시작된 중국 문명의 역사 문헌(歷史文獻)은 2000년에 달하는 유구한 문자의 역사를 지니지만, 최고 권력자인 황제 개인의 생활상이나 감정상태를 전해주는 기록은 드문 편입니다. 하물며 황제가 한자(漢字) 이외의 다른 문자로 기록한 대량의 자필 편지는 그 존재 자체가 일본의 동양사학자에게 큰 놀라움으로 다가왔습니다.

다만 일본 동양사학계의 높은 평가와는 달리, 만주어 편지의 내용이 청조 제4대 황제인 강희제 자신과 초원의 유목민 몽골의 영웅 갈단(噶爾丹)과의 전쟁에 관한 것이었고, 개설 부분도 일본인들에게는 그다지 친숙하지 않은 17세기 몽골과 티베트의 역사에 관한 것이었던 탓에 일반 독자들의 흥미를 끌기는 어려웠던 모양인지, ≪강희제의 편지≫ 일본어판은 증쇄(增刷)되지 못한 채 결국 절판되고 말았습니다.

그러다가 출판한 지 30년도 더 지난 2011년 10월, 본서의 역자이신 남상긍 선생님으로부터 '한국어 번역이 거의 끝났으니 한국에서의 출판을 허락해 주십사' 하는 내용의 팩스가 도착했습니다. 남상긍 선생님과는 만나 뵌 적이 한 번도 없지만, 훌륭한 일본어로 적어서 보내주신 반듯한 편지에 저는 기꺼이 이를 승낙하였습니다.

이후 한국어판 출간까지 2년 이상의 세월이 흐른 것은 저희 쪽, 즉 일본 측 사정 때문이었습니다. 간단히 적자면 다음과 같습니다.

남상긍 선생님으로부터 한국어판 출간에 관한 연락을 받았던 때는 마침 일본에서 후지와라서점(藤原書店)이라는 출판사가 간행할 <청조사총서(淸朝史叢書)> 제1탄으로 ≪강희제의 편지≫ 개정증보판을 출간하기로 결정한 바로 그 무렵이었습니다. <청조사총서>는 열 명도 넘는 저자들이 각각 한 권씩 전문서를 출간하는 10년 계획 시리즈의 저작물입니다. 주코신서의 구판(舊版)에는 음력(陰曆)에서 양력(陽曆)으로 변환하면서 하루씩 오류가 있었는데 이를 수정하였고, 소련을 러시아로 바꾸는 식의 구식 표현 수정도 이미 끝난 상태였습니다. 이에 '내용 자체는 전혀 달라진 바 없지만 이왕이면 후지와라서점에서 출간될 신판을 번역해 주십사' 하고 제 쪽에서 남 선생님께 부탁드린 것입니다.

그러나 후지와라서점 쪽에서 제2탄 이후의 출판 일정이 잡힌 뒤에 시리즈를 간행하고자 하면서 저의 ≪강희제의 편지≫는 처음 예정보다 출간이 늦어지게 되었습니다. 게다가 신판은 개정증보판이었던 탓에 구판 본문에 출처주(出處註)와 측주(側註)를 달고 거기에 관련 논문까지 여러 편 추가하는 대대적인 개정이 이루어졌습니다. 이에 난처해지신 남 선생님께서는 주변 분들이나 출판사측과도 상의하시면서 저에게 여러 가지 질문을 보내오셨습니다. 무척 당황스러우셨을 것입니다.

그 사이 한일 양국 출판사 사이에 오간 연락 사항에 대해서는 제가 전혀 아는 바가 없으나, 2012년 7월에는 일단 선생님께 초고 교정지를 넘겨드릴 수 있었습니다. 저 역시 후지와라서점의 신판 간행 직후 이를 바탕으로 한 한국어번역본이 출판되기를 바랐기 때문입니다. 남 선생님께서는 본문 수정 부분뿐 아니라 새로 추가된 출처주나 측주도 번역하고 싶다고 하셨는데, 이때부터 상당히 무리를 하신 것이 아닌가 싶어 안타까울 따름입니다.

그러던 2012년 11월, 저는 중증 심부전으로 입원하게 되었습니다. 신장 기능까지 저하되어 한때 목숨이 위태로운 지경에 이르기도 했습니다. 이 일로 2013년 3월로 잡혀 있던 책 출간 일정이 1월로 당겨졌고, 남 선생님께도 2월초에 신판 ≪강희제의 편지≫를 보내드렸습니다. 이에 선생님께서는 고맙다는 인사와 함께 저의 건강을 염려하시는 메일을 보내주셨지요. 그런데 제가 아닌 남 선생님께서 2013년 10월 28일에 담도암으로 타계하셨다는 소식을, 한국어판 출간을 손꼽아 기다리던 11월이 되어서야 선생님의 따님이신 남혜림 씨로부터 듣게 된 것입니다.

저희 쪽 사정으로 선생님께서 한국어판이 출간되는 것도 보지 못하고 가셨다니 한스러운 마음 금할 길이 없습니다. 그러나 따님께서 보내주신 메일에 따르면 병상에서도 교정을 보시며 역자 서문까지 완성하신 상태였다고 하니, 이제는 그저 생전에 뵙지 못한 것이 두고두고 안타까울 뿐입니다. 진심으로 선생님의 명복을 비는 바입니다.

제게는 2011년 10월부터 인터넷을 통해 선생님과 수도 없이 주고받은 메일들이 남아있습니다. 선생님께서는 맨 처음 메일에서 '직접 작성한 한글 편지를 딸이 일본어로 번역해서 보내느라 다소 시간이 걸린다'며 양해를 구하셨습니다. 사실은 제 경우도 저 대신 컴퓨터로 메일을 보냈던 것은 제자이자 아내인 미야와키 준코(宮脇淳子)였습니다.

남 선생님께서 보내주신 메일 속의 일본어는 어느 것 하나 틀린 구석을 찾을 수 없는 정확한 일본어였습니다. 저의 이 서문도 모쪼록 따님이신 남혜림 씨께서 한국어로 번역해주셨으면 좋겠습니다. 남혜림 씨께는 여태껏 부친의 메일을 일역해주신 데 대한 감사의 말씀과 함께 부친의 유업(遺業)을 이어받아 훌륭한 책을 출간하시게 된 것에 대해 진심으로 축하 말씀드리는 바입니다.

동아시아의 중국문명을 생각할 때에는 정치와 역사를 동일시하기 십상이지만, 300년 전에는 만주나 몽골, 티베트는 아직 중국문명권에 편입되어 있지 않았습니다. 일본 독자뿐 아니라 한국의 독자 여러분들께도, 중국을 둘러싼 다른 지역의 역사를 안다는 것은 비교 대상의 증가를 의미하므로 도움이 되지 않을까 싶습니다. 내가 발 딛고 서 있는 바로 이곳을 객관화할 수 있기 때문이지요. '만주족 황제가 이토록 근면했다니' 하고 놀라셔도 좋고, '몽골 유목민과 티베트가 이렇게 밀접한 관계였구나' 하고 깨달으시는 것도 좋을 것입니다. 본서가 다양한 방식으로 읽힘으로써 한국의 독자 여러분들께서 아마도 지금까지는 생소하게 느끼셨을 내륙아시아에 관한 역사 지식을 쌓아 가시는 데 조금이라도 보탬이 되기를 바랍니다.

2013년 11월 18일

* 편집자 주 : 저자의 한국어판 서문은 남상긍 선생님의 따님이신 남혜림 선생께서 직접 번역해주셨습니다. 감사드립니다.

목 차

補 271

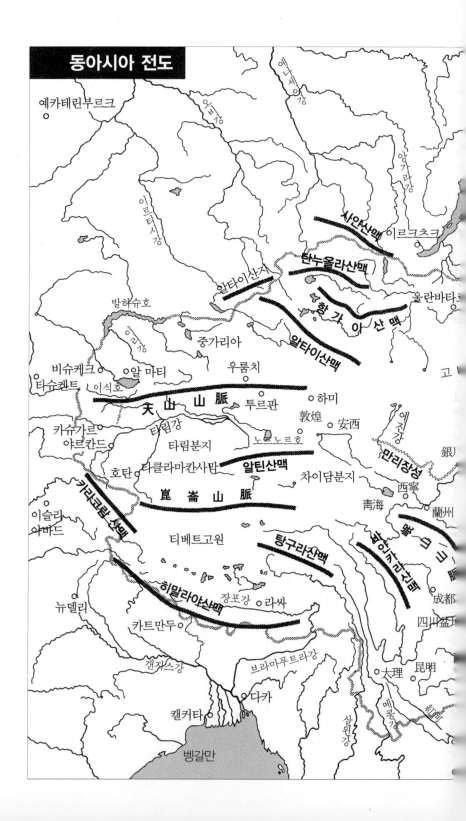

동아시아 전도

예카테린부르크

사얀산맥
이르크츠크
탄누올라산맥
알타이산지
항가이산맥
알타이산맥
울란바타
발하슈호
중가리아
고
비슈케크
알 마티
우룸치
타슈켄트
이식호
하미
天 山 山 脈
투르판
敦煌
安西
예진강
카슈가르
타림강
야르칸드
노로노르호
萬里長城
銀
호탄
타클라마칸사막
알틴산맥
타림분지
차이담분지
西寧
카라코람 산맥
崑 崙 山 脈
靑海
蘭州
이슬라
마바드
티베트고원
탕구라산맥
북인가라산맥
邛 山 脈
히말라야산맥
장포강
라싸
成都
뉴델리
카트만두
四川盆地
갠지스강
브라마푸트라강
昆明
大理
다카
캘커타
메콩강
살윈강
벵갈만

청초의 황족계보도

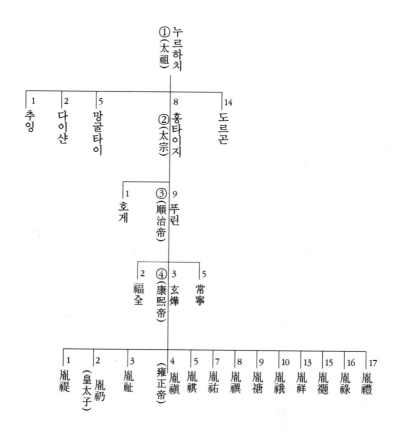

1. 세로선은 친자관계, 가로선은 형제관계
2. ○ 속의 숫자는 황제의 즉위순서이다.
3. ○ 속의 숫자가 아닌 것은 각각 세대에서 생년순서를 표시하고 왼쪽에서 써 나갔다.
　　예) 홍타이지는 여덟째 아들이다.

청초의 황족과 만주귀족, 몽골귀족과의 혼인관계

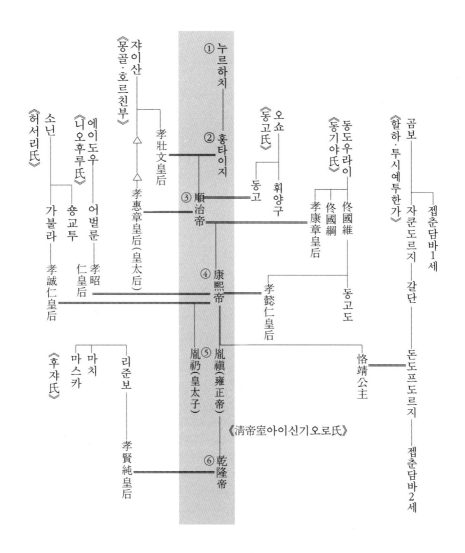

* 이중선(══)은 결혼관계
* ▨▨▨▨ 로 표시한 것은 『강희제의 편지』 본편에 등장하는 인물이다.

中國의 名君과 草原의 英雄

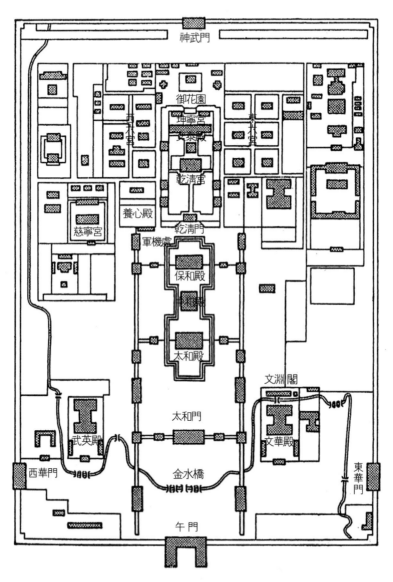

청의 자금성

강희제의 즉위

1661년 2월 2일 북경의 자금성의 구중궁궐 깊숙한 곳에서는 청(淸)의
세조(世祖) 복림(福臨)[1]이 고열이 나면서 병상에 쓰러졌다. 다음날 피부에
온통 붉은 반점이 나타난 것으로 보아 천연두에 걸린 것을 알 수 있었다.
시의(侍醫)의 노력과 고승(高僧)의 독경도 보람 없이 병세는 급속도로 나빠
졌다. 이제 더는 방법이 없음을 느낀 황제는 5일 날이 밝기 전에 비서관들
을 병실로 불러 고통스러운 숨을 내쉬면서 상세한 유언을 구술한 뒤 깨끗
하게 정서한 초고를 읽어보고 정정을 지시했다. 세 번째의 초고가 겨우 재
가를 얻었을 때는 이미 해가 저물고 있었다. 이날 밤 자정, 황제는 숨을
거두었다. 아직 24세의 젊은 나이였다.

비서관들로부터 황제의 유언장을 받은 황태후는 그 내용에 수정을 가해
7일 밤 10시를 지나 유조(遺詔; 황제의 유언조서)로서 발표했다. 이에 따르면 죽

---

1) 복림[福臨, 1638년~1661년, 재위 1643년~1661년]; 순치제의 이름이고 묘호(廟號)
는 세조(世祖), 연호(年號)는 'ijishūn dasan(順治)'로서 청나라의 제3대 황제이며 입
관 후 자금성에서 즉위한 최초의 황제이다. 불교에 심취한 그의 법명은 행치(行痴)
이다. 어릴 때부터 학문을 좋아하여 홍타이지의 사랑을 받았다. 1643년[숭덕(崇德)
8년] 8월 9일 홍타이지가 후계자에 대한 언급이 없이 52세로 급사하자 의정왕(議
政王) 대신회의에서 도르곤[多爾袞]과 호게[豪格]의 타협에 따라 홍타이지의 여섯
살 난 복림이 즉위하였다. 1644년 명이 멸망하고, 순치 7년(1650년) 섭정 도르곤이
죽자 친정을 하였다. 그의 치세에 독일인 예수회 선교사 아담 샬이 대포 기술과
고딕 양식의 건축 기술을 들여와 북경에 고딕 양식의 성당을 지었다. 불교에 심취
하여 오대산(五臺山)으로 몰래 출가하였다고 하나 분명치는 않다. 24세 때 천연두
에 걸려 죽었다는 것이 정설이다.
* 明·淸 시대의 황제들의 호칭은 조·종(祖·宗)을 붙이는 묘호(廟號)보다 연호에 帝
를 붙여 사용하는 관례에 따라 이후부터 황제의 호칭은 이에 따른다.

은 황제의 셋째 아들이자 여덟 살인 현엽(玄燁)²)을 황태자로 지명하고 심복인 네 명의 대신 소닌,³) 숙사하,⁴) 어빌룬,⁵) 오보이⁶)를 후견인으로 하는

2) 현엽[玄燁; 1654년~1722년, 재위; 1661년~1722년]; 휘(諱)는 현엽(玄燁), 묘호는 성조(聖祖), 연호는 'elhe taifin(康熙)'로서 그는 1661~1722년까지 중국역사상 가장 긴 61년을 재위한 황제이자, 청의 4대 황제이다. 여덟 살 어린 나이에 즉위한 뒤 보정대신(輔政大臣) 오보이의 전권을 제압한 뒤 <삼번(三藩)의 난>, <대만정벌>, 러시아와 <네르친스크 조약> 체결, <갈단정벌>을 완성하고 티베트를 점령하여 현재 중국의 기본 틀을 완성하였다. 내치에선 황하의 치수 정돈, ≪강희자전(康熙字典)≫, ≪고금도서집성(古今圖書集成)≫ 등 대규모 편찬사업을 벌여 당대의 문화발전과 현대 중국어 어법의 기반을 마련하였으며 지배층인 만주족과 피지배층인 한족을 고루 등용하여 조정의 화목을 꾀하였다. 한편으로는 또한 중국 역대 왕조 중 마지막 태평성대인 ≪강·옹·건 성세(康·雍·乾 盛世)≫의 기틀 마련하였다. 중국 역사상 최고의 명군, 즉 천고일제(千古一帝, 천 년에 한 번 나올 만한 황제) 또는 연호를 따서 강희대제(康熙大帝)로 칭송받으며 아직도 많은 중국인에게 크게 존경받는다.

3) 소닌[Heseri Sonin 赫舍里索尼, 1601년~1667년]; 청나라 초기의 개국공신이며 만주 정황기(正黃旗) 사람이다. 명문 허서리[Heseri, 赫舍里] 출신으로 한(漢)·만(滿)·몽문(蒙文)에 능통하였다. 홍타이지를 따라 많은 공을 세웠으며 그 공으로 청나라 조정을 관할하는 내무부총관(內務部總官), 영시위내대신(領侍衛內大臣), 감국대신(監國大臣) 등을 역임하였다. 강희 초년에 강희제와 효장태황태후(孝莊太皇太后)를 보필하였으며 손녀는 강희제의 첫 번째 황후 효성인황후(孝誠仁皇后)이다.

4) 나라 숙사하[Nara Suksaha, 納喇蘇克薩哈, 1607년?~1669년]; 해서 여직(海西 女直)의 여허 나라[葉赫 納喇]의 일족이다. 만주 정백기(正白旗) 출신으로 청나라 초기의 대신이다. 원래 순치제 때, 섭정왕 도르곤을 추종하였으나, 도르곤이 죽은 이후, 순치제에게 적극 협조하여 순치제의 신임을 얻었다. 1661년(순치 18년) 순치제의 임종시, 소닌, 어빌룬, 오보이 등과 함께 고명대신으로 임명되었다. 1667년 소닌이 죽자 선황을 배반했다는 이유 등 24개 죄목과 권지(圈地) 문제로 오보이에게 미움을 받아 1669년 살해되었다.

5) 니오후루 어빌룬[Niohuru Ebilun, 鈕祜祿遏必隆, ?~1673년] 만주 양황기(鑲黃旗) 출신이다. 청나라 초기의 대신으로 누르하치의 심복이자 개국공신인 어이두[額亦都]의 16번째 아들로, 어머니는 누르하치의 딸이다. 순치제가 후계자 강희제를 위해 임명한 보정대신 중 한 명이다. 딸이 강희제의 두 번째 황후 효소인황후(孝昭仁皇后)이다. 어빌룬은 오보이를 도와 숙사하를 모함하여 죽였다.

6) 구왈기야 오보이[Guwalgiya Oboi, 瓜爾佳鰲拜, 1614년~1669년], 성은 구왈기야

것이었다. 이 발표를 듣기 위해 입궐했던 백관들은 그 자리에서 새 황제의 즉위를 기다리라는 명을 받았다. 그날 밤은 흐린 하늘에 찬바람이 거칠게 불어서 뼛속까지 얼어 버릴 것 같았다. 구름이 걷히자 하늘 한가운데 혜성이 나타나서 동북쪽으로 꼬리를 끌고 가는 것이 보였다.

하룻밤이 지나 8일에는 날씨가 언제 그랬냐는 듯 돌변하여 바람도 잦아들어 맑게 개었고, 황태자가 태화전(太和殿)[7]의 옥좌에 올라 새로운 황제로 등극하였다. 모든 관리는 그대로 각자의 관청에 머물면서 9일간 매일 아침과 저녁에 죽은 황제의 명복을 위해 울고, 27일 동안의 복상기간 중에는 집에 돌아갈 수 없다고 명받았다. 이렇게 즉위한 새 황제가 속칭 '강희제(康熙帝)' 정확하게는 청(淸)의 성조인황제(聖祖仁皇帝)로 중국역사상 유례없는 명군으로 후세에 이름을 남긴 사람이었다.

뒤에 강희제의 궁정에 봉사한 프랑스의 예수회 선교사 부베 신부[8]는 루

    [瓜爾佳]씨이며 만주 양황기 출신이다. 청나라 초기의 군인, 대신으로 강희제 초기의 네 명의 보정대신 중 한사람이다. 누르하치를 도와 청나라의 정벌 전쟁에 출정하였으며, 누르하치, 홍타이지, 순치제 3朝의 원훈이었으며 별칭은 만주제일용사이며 '바투르[勇士]'라는 칭호를 받다. 강희제 즉위 직후 그는 공작(公爵)의 위를 받았고 조정의 군권을 장악하여 무소불위의 권력을 휘두르며 강희제를 죽이려 하다가 도리어 강희제의 친위대에게 군대가 제압당하고 자신도 붙잡혀 구금되었다가 사망하였다.

7) 태화전(太和殿); 明의 영락제(永樂帝)에 의해 창건되어 淸에 이르기까지 여러 차례의 화재를 당하였다. 속칭 '금란전(金鑾殿)', '봉천전(奉天殿)', '황극전(皇極殿)'으로 불리다가 순치제 시대에 '태화전(太和殿)'으로 개명된 뒤 지금까지 이른다. 태화전에선 황제등극, 황제결혼, 황후책봉, 출정 및 만수절(萬壽節), 원단(元旦), 동지(冬至)의 삼대절(三大節), 문무관원의 조하(朝賀), 대연회 등 각종 전례의식이 많이 행하여졌다. 지금의 태화전은 1695년(강희 34)에 중건된 것이다. 자금성 최대의 건축물이며 정전(正殿)으로서 공적 공간인 外朝의 중심이다.

8) Joachim Bouvet(1656년~1730년); 1687년 프랑스의 루이 14세가 선교를 위해 파견한 예수회의 신부이다. 중국 이름은 백진(白晉), 또는 백진(白鎭)이다. 강희제의 시강(侍講)으로 천문(天文), 역수(曆數), 의학(醫學), 약학(藥學), 화학(化學) 등을 강의 하였다. Dienis의 ≪해부론≫을 만문으로 번역하였고 ≪황여전람도(皇輿全覽

이 14세에게 바친 ≪강희제전(康熙帝傳)≫에서 이 만주인 황제의 사람됨을 다음과 같이 묘사하였다.

「이 황제는 …… 당당한 위풍을 갖추고 용모는 균형이 잡혀 있어 보통 사람 이상의 모습입니다. 이목구비는 각각 잘 정돈되었고 두 눈은 형형하게 빛나며 보통의 중국인 눈보다 큽니다. 코는 약간 매부리코이며 코끝은 조금 부풀어 올랐고, 희미한 마마 자국이 있으나 그것 때문에 옥체에서 나오는 호감이 추호도 손상되는 것은 아닙니다.」9)

「그렇기는 하지만 이 황제의 정신적인 성품은 육체적인 것보다 훨씬 우수합니다. 이 황제야말로 최선의 성품을 선천적으로 가지고 있습니다. 준수하고 민첩함, 사물을 꿰뚫어보는 지성, 훌륭한 기억력, 놀라울 만큼 천부적인 광범위한 재능, 어떤 사건도 감당할 수 있는 굳센 의지, 큰 계획을 세워 이를 지도하고 이를 완성하는데 적합한 공고한 의지력을 지니고 있습니다. 그의 기호와 취미는 어느 것이나 고귀하여 군왕에 어울리는 것입니다. 이 황제의 공정함과 정의에 대한 존경, 백성에 대한 사랑, 덕을 사랑하고 이성의 명령에 따르는 성향, 절대적으로 자신의 정욕을 억제하는 극기심, 이와 같은 지덕(至德)에 대해서는 아무리 칭찬을 해도 다할 수 없습니다. 그토록 국무에 다망한 임금께서 미술에 대한 취미와 함께 모든 학문에 대해 근면함을 보이는 것 또한 놀라움을 금할 수 없습니다.
무릇 타타르 사람[韃靼人, 만주인]10)은 항상 전쟁을 생각하고 있기 때문에

圖)≫에 제작에 참여하였다. 1693년(강희 32) 부베는 강희제의 지시로 지도제작에 필요한 인원을 확보하기 위해 1697년 프랑스로 돌아간 뒤 그의 대표작인 ≪Portrait Historique de L'Empereur de la Chine presente au Roy(康熙帝傳)≫을 저술하였다. 이 책은 淸에서 활동한 것에 대한 보고서로 제출하였다.
9) ブーヴェ著 後藤末雄 譯; ≪康熙帝傳≫, 東洋文庫 155, 平凡社 1982.7, pp.5~6.
10) 타타르[Tatar, 韃靼]; 8세기에서 13세기 초까지 몽골계의 한 부족 명칭이었으나, 뒤에 몽골제국을 거쳐 명에 의해 멸망당하고 몽골고원으로 후퇴한 원(元)의 후손들도 이 명칭으로 불렸다. 오르혼강 유역에서 발견된 두 개의 돌궐 비문에 '9姓 타타르', '30姓 타타르' 등의 이름이 나온다. 10세기 거란이 후룬부이르의 타타르를 정복하였고, 이어서 타타르 部에 속한 몽골부가 강성해지면서 칭기스 한은 '타타르'

모든 무예를 존중합니다.

또한 한인(漢人)들은 학문이야말로 바로 중국의 모든 가치라고 보고 있습니다. 때문에 강희제는 문무 양도에 정진하여 자신이 통치해야 하는 만주인과 한인 모두에게 호감을 얻으려고 노력하였습니다. 그래서 강희제는 무술에서도 그를 필적할 만한 왕공(王公)이 없을 정도로 숙달되어 있습니다. …… 강희제는 서서 쏘기, 말 타고 쏘기 등 무엇이나, 또 말을 세우고 쏠 때에도 왼손이든 오른손이든 똑같이 훌륭히 쏠 수 있었습니다. 목표물이 날아가거나 정지해 있어도 단 한 발의 화살도 빗나간 적이 없었습니다. ……황제는 유럽의 화기(火器)를 다루는 것도 활, 석궁처럼 익숙합니다. 만주인은 태어나면서부터 마술가(馬術家)처럼 생각되나 강희제는 말타기에도 뛰어난 실력을 갖추고 있으며, 그 묘기는 완벽한 상태입니다. 단순히 평지에서만이 아니고 지극히 험한 장소에서도 올라가든 내려가든 아주 잘 달릴 수 있습니다.

강희제는 무기의 조종과 모든 연무에 부지런히 힘을 썼으며 그럼에도 불구하고 음악에도 취미를 갖고 있습니다. 그 중에서도 특히 유럽음악의 가치를 높이 평가하고 있었고, 서양음악의 원리와 연주법과 그리고 악기를 좋아했습니다.」[11]

부를 포함한 모든 부족을 통일하여 이후 '몽골'이라는 명칭을 사용하게 되었다. 그러나 서양인들은 몽골계 황인종들을 잘 구분하지 못해서 일률적으로 '타타르'라 하였다. 여기서 부베가 말한 타타르는 만주족을 지칭하는 말이다. 원래 쥬선[女眞女眞]이라 했으나 1635년 만주(滿洲)로 개칭했다. 만주족은 밭농사와 목축 및 수렵을 영위하는 퉁그스계의 민족으로 알타이어계의 만주어를 사용하고 몽골문자를 개량한 만주 문자를 사용한다. 유럽이나 일본에서는 만주족도 타타르라고 하였다.

11) ブーヴェ著 後藤末雄 譯; ≪康熙帝傳≫, 平凡社 東洋文庫 155, 1982.7, p.8.

정장한 강희제

「강희제는 한번 말씀한 것, 혹은 조금이라도 유념해 들은 것이 있으면 아무리 사소한 국가 업무의 내용도, 한 번 스쳐지나간 어람(御覽; 황제가 살펴본 것)에 있는 인물조차도 오랫동안 마음속에 새겨둘 정도로 훌륭한 기억력을 가지고 있습니다, 그가 조사 검토해야 할 국가업무가 아무리 많고 시간이 걸릴지라도 결코 잊어버린 적이 없습니다. 강희제가 검소함을 좋아하는 것은 의복, 세간 살이 등에서도 알 수 있습니다…… 황제가 입으시는 어의(御衣)에 대하여 말씀드리자면 한겨울에도 검은담비와 보통의 담비 털을 2~3매(겹친 것을) 입으시는데 이런 가죽옷은 이 조정 어디에서나 볼 수 있는 것입니다. 기타 아주 조악한 견직물로 된 의복이 있으나 이것도 중국에선 지극히 일반적인 것이어서 아주 곤궁한 빈민들이 아니면 누구나 입을 수 있는 것입니다.」[12]

「비가 계속 내리는 날에는 가끔 양모라사(羊毛羅紗)의 외투를 입는 것을 볼 수 있습니다. 이 외투도 중국에서는 조악한 것입니다. 그 외에 여름에는 일종의 쐐기풀[蕁麻織]로 된 조악한 상의를 두르고 있는 모습을 볼 수 있는데 이 마직물도 평민이 집에서 사용하는 것입니다.」[13]

「강희제는 공자(孔子)의 저서 대부분을 암기할 수 있을 정도이고, 중국인이 성서로 추앙하는 원전도 거의 전부를 암송할 수 있습니다.」[14]

「강희제는 언변과 한시(漢詩)에도 능숙하여 한문 또는 달단문[韃靼文][15]으로 쓰인 문장은 어떤 것이라 해도 훌륭한 판단을 할 수 있습니다. 황제는 만주어로도 한어로도 아름답고 훌륭한 문장을 쓸 수 있었고 조정의 어떤 왕

---

12) ブーヴェ著, 後藤末雄 譯; ≪앞의 책≫, p.22.
13) 〃 著,   〃 譯; ≪앞의 책≫, p.57.
14) 〃 著,   〃 譯; ≪앞의 책≫, p.70.
15) 강희제는 한문은 물론 몽골, 만주문도 통달하였다. 달단(韃靼)은 본래 몽골을 지칭하기 때문에 달달문(韃靼文)은 몽골문을 말하는 것이지만, 만주문 자체가 몽골문에서 유래했고 글자 모양도 비슷하다. 당시 만주의 지배층 대부분이 몽골어와 몽골문도 능통했기 때문에 부베가 말한 달단문은 정확하게 몽골문을 가리키는 것인지 만주문을 가리키는 것인지 분명치 않다. 다만 문장의 앞뒤 문맥으로 보아 '만주문'을 지칭할 가능성이 매우 높다.

공보다도 훌륭하게 두 언어를 구사하십니다. 한 마디로 황제가 숙달되지 않은 한문학(漢文學)의 장르는 하나도 없습니다.」[16]

강희제는 중국의 전통적인 학문만이 아니라 유럽과학에도 흥미가 있어 천문학, 수학, 기하학, 해부학, 화학 등 다양한 분야를 선교사들에게 강의하도록 하여 스스로 열심히 학습했다. 그리고, 관측기계, 측량기계 등을 수집하여 그 조작에 열중하였다.

이 사람이 17세기의, 더구나 극동의 중국에서 그것도 수렵민족인 만주족 출신 군주이었으니 얼마나 뛰어난 천재였는지를 알 수 있다. 다만 부베가 묘사한 것은 40대의 강희제 모습이므로 8살이었던 이 소년황제가 이만큼 이상적인 명군으로 성장할 것이라고는 누구도 상상하지 못했을 것이다.

외몽골의 동향

강희제가 북경의 자금성 옥좌에 앉아 있을 무렵 중국의 서북방 1,200km 떨어진 고비사막 넘어 외몽골에는 27세의 청년 승려가 동쪽으로는 대흥안령(大興安嶺) 산맥[17]에서 서쪽으로는 항가이[杭愛] 산맥[18]에 이르는 대초원에서 유목하는 할하 몽골[19] 전사들 위에 군림하고 있었다. 그

---

16) ブーヴェ著, 後藤末雄 譯; ≪앞의 책≫, p.72.
17) 만주어로 'Amba Hinggan'이라 한다. 남북으로 약 1,200km인 화산 산맥이다. 유라시아 초원지대의 동쪽 경계선에 해당하며 거란족, 몽골족의 발상지라고 할 수 있고 소수민족 에벤키, 오로촌족의 거주지이다.
18) 한어로 '항애(杭愛)'라고 쓴다. 몽골국 중서부에서 알타이 산맥과 평행으로 나란히 북서에서 남동방향으로 연장 1000km에 이르는 산맥이다. 주봉 오드혼 텡그리(Odkhon Tengri)는 표고 4031m이며 해발 평균 3,000m의 높이의 산맥이다. 세렝게, 오르혼강의 발원지 이며 목초지가 풍부하여 역사상 유목민들의 쟁탈의 요지이기도 하다. 후한(後漢)의 두헌(竇憲)이 북흉노(北匈奴)를 토벌하고 석비(石碑)를 세운 연연산(燕然山)은 그 일부이다.

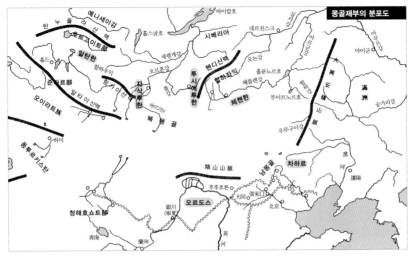

몽골제부의 분포도

의 칭호는 젭춘담바 후툭투[20] 1세라고 한다. '후툭투'라는 말은 몽골어로

19) 할하[몽골어 'khalkha']; 몽골 부족의 하나로 16세기 초에 몽골중흥의 祖인 다얀 한의 막내아들 게레산제의 자손이 이끌었다. 외몽골에 널리 퍼져있으며 17세기에는 左翼[동방]의 체첸한과 투시예투 한, 右翼[서방]의 자삭투 한의 3부가 할거하였다. 명대 중엽 외몽골에 형성된 부족명이다. 내외 할하로 분류되며 내 할하는 내몽골, 외할하는 외몽골로 분류한다. 부족의 명칭은 대흥안령 산맥 서쪽기슭에 있는 할하강에서 유래했다.
1688년(강희 28)준가르의 갈단이 침입하자 대거 남하하여 청에 복속하였다. 청에 복속한 뒤에 4部 86旗로 나뉘어졌다.

20) 젭춘담바·후툭투[Rjetsun-dam pa Khutuktu, 哲布尊丹巴呼圖克圖, 1635년~1723년]; '후툭투'는 호도극도(呼圖克圖, 胡土克圖)로도 표기된다. 티베트어로 화신(化身) 라마, 중국어 '활불(活佛)'에 해당하며 몽골어로 '성자(聖者)'를 의미한다. 전생[轉生, Hobilgan]을 하여 청조에 승인된 활불계통의 라마에 대한 존칭이다. 몽골인들은 일반적으로 후툭투를 '자나바자르' '운두르 게겐(高位光明者)', '복드 게겐(성스러운 光明者)'이라고 부르며, 젭춘담바 후툭투는 고륜[庫倫; 울란바타르]에 좌상(坐牀)하여 외몽골을 관할하고 창갸 후툭투[韋嘉呼圖克圖]는 내몽골을 관할하였다. '후툭투'란 말은 몽골어이나 티베트의 겔룩빠 승단에선 달라이, 판첸의 뒤를 이은 僧位가 될 정도이다. 역대 외몽골 최고위직 불교지도자일뿐 아니라, 할하 몽골의

'복이 있는 자'를 의미하고 티베트 불교(라마교)[21]의 어떤 고승의 전생(轉生)[22]으로 인정된 '라마[上人]'를 칭한다.

젭춘담바 1세의 아버지는 할하 좌익(左翼)의 지도자로 원의 태조 칭기스 한의 후손 중 한사람인 투시예투 한[23] 곰보였다. 이보다 앞서 1634년[명 숭정(崇禎) 7, 청 천총(天聰) 8] 만주족이 내몽골에 침입해서 고비사막 이남의 몽골족을 모두 정복했다. 위협을 느낀 할하 좌익의 장로 체첸 한[24] 쇼로이

정신적 지도자이다. 3대 이래 티베트에서 전생해서 할하에 영입되었으나 권위는 변하지 않았다. 1911년 몽골이 독립할 때 8세가 원수로 추대되었다. 자세한 것은 이 책의 뒤에 있는 ≪티베트 몽골문 젭춘담바 전기자료 5종(傳記資料五種)≫을 참 조하시오.

21) ♣ 티베트 불교; 티베트에서 발달한 대승불교(大乘佛敎)로 동남아시아에 전해진 상좌불교(上座佛敎), 중앙아시아에서 동아시아로 전해진 대승불교와 달리 인도에 서 직접 전래 발전하였다. 16세기 후반 이래, 몽골 만주인에게 널리 전파되어 중앙 유라시아 동반부의 티베트 불교 문화문서를 형성했다. 사키야빠, 겔룩빠, 칼마빠, 닝마파 등의 교파와 교단으로 세력이 나뉘어졌으나, 17세기에 겔룩빠의 교주 달라 이 라마는 티베트의 최고 지도자가 되었다. 라마는 덕이 높은 스승이란 의미이다. 일반적으로 사용하는 겔룩파 샤키야파 등의 용어에서 "파(派)"는 계파, 파벌로 인 식되기 쉽기 때문에 "파"를 "빠(사람을 지칭)"하는 표현으로 바꾼다.

22) ♣ 티베트 불교에서 보살(菩薩)의 화신인 고승[化身僧, 活佛]은 죽은 뒤에 다른 인 물로 현세에 전생해서 구제를 계속한다고 한다. 전생자(轉生者)는 선대의 죽음으로 부터 일정기간에 태어난 남자 가운데서 선정되어 불교 교육을 받고 선대의 지위와 재산을 상속하였다. 이 때문에 유소년기에는 후견이 필요하다는 문제가 있으나, 특 정가계에 의한 교단, 사원의 세습화와 상속 투쟁을 회피하는 것이 가능하여 티베 트 불교에 널리 퍼졌다.

23) 투시예투 한[Tusiyetu khan; 土謝圖 汗]; '투시예투' 라는 말은 '보좌(補佐)'의 의미 이다. 할하 몽골의 세 한가(汗家)의 하나로서 좌익(左翼 즉 동방)의 종주이고 외몽 골의 중앙부를 차지하고 있었다. 동은 헨티[肯德]산, 서는 웅긴[翁金]강, 북은 세렝 게, 톨강 유역에서 남쪽은 남 고비에 이르는 영지를 가지고 있다. 원의 정통 후예 인 다얀 한이 만호(萬戶)를 설치한 뒤, 1552년 차하르의 알탄 한이 카라코룸[和林] 을 탈환하는 등 할하 전역을 손아귀에 넣고 좌우 양익을 형성하였다. 그 좌익의 장인 아브다이[Abdai han; 阿巴岱汗]가 투시예투 한부를 조직하였다. 그의 손자 곰 보 도르지는 투시예투 한을 칭하고 청에 조공했으나, 오히려 1640년 할하 오이라 트 동맹을 결성하고 몽골 오이라트 법전 제정에 참가하였다.

는 본가의 (투시예투 한) 곰보와 의논하여 일족의 단결을 공고히 하기 위해 공통의 정신적 수장을 추대하기로 했다. 때마침 티베트에선 '따라나다[tara natha, 多羅那陀]²⁵⁾'라고 하는 고승이 죽었다. 이 사람은 『인도불교사』를 쓴 유명한 학자로서 당시 티베트에서 패문서를 장악하고 있는 신샤크 가문을 위해 법전을 제정한 인물이다.

그래서 다음 해인 1635년 11월 4일(청 천총 9)에 곰보의 셋째 아들로 태어난 아이가 '따라나다'의 전생으로 인정되었다. 그때가 초겨울이었으나 항가이 산중에 있는 곰보의 진영에는 각양각색의 꽃이 만발하였고, 한 이국인 학승이 코끼리를 타고 남쪽에서 급히 오는 것을 본 사람이 있었다고 한다. 이 사내아이가 젭춘담바 후툭투 1세였다.

젭춘담바가 만 세 살이 되어 말문이 트이자 티베트어로 「나의 스승은 삼세의 제불(三世諸佛)²⁶⁾로서 법륜(法輪)을 돌리는 무상(無上)의 존재이다」라고 외치는 등 수많은 기적을 행하였다.

네 살 때 머리를 깎고 1639년[명 숭정 12, 청 숭덕 4] 다섯 살 때 엔사 뚤구²⁷⁾라고 하는 티베트 라마로부터 비구(比丘)의 계(戒)를 받고 한 사람의

---

24) ♣ 체첸 한; 할하 몽골의 삼대 한가의 하나로서 좌익[東方]의 한에 대한 칭호이다. 투시예투 한의 시조 아바하이의 종제(從弟) 모로 부이마의 아들 쇼로이가 창시하고 외몽골의 동부를 차지했다.

25) '따라나다[tara natha, 多羅那陀, 1575년~1634년]'는 쪼낭 교단의 승려 뀐가닝뽀(kun dga snying po)이다. 데풍 사원의 창건자 잠양 췌지의 전세자라고 한다. 그러나 몽골에 간 적도 없고 연결된 적도 없는 따라나타를 젭춘담바와 연결시키는 것은 후대 할하 몽골과 겔룩교단 사이에 빚어진 정치적 갈등에서 기인한다는 학설도 있다.

26) 삼세제불; 과거, 현재, 미래의 삼세에 걸친 일체의 모든 부처로서 법륜(法輪; 轉輪王의 金輪)을 돌려 산과 바위를 부수고 거침없이 나아가는 것에 비유하는 부처의 교법을 이르는 말이다.

27) 엔사 뚤구[dben-sa sprul-sku, 溫薩活佛 1605년~1643년]는 1643년에 죽은 서티베트의 고승이다. 뚤구(sprul-sku)는 '후툭투'와 같은 의미로 '活佛' 또는 '化身'이란 의미이다. '엔사 뚤구'를 '엔사 후툭투'라고도 부른다. 티베트어에서는 전생승을 뚤구[化身]라고 하는데, 이것이 의미하는 바는 부처나 보살 등 초월적인 존재가 현세에 드리운 '그림자'인 것이다. 영어로 'tulku'라고 표기한다. 초대 젭춘담바는 다

승려가 되었다. 할하 좌익의 몽골인들은 시레트 차간 노르 호반에서 대규모 쿠릴타이[28]를 열고 이 소년 라마를 자신들의 최고 지도자로 선출하였다.

그 3년 뒤 티베트에서는 신샤크[29] 가문을 대신해서 달라이 라마 5세라는 승려가 지배권을 장악하였고 그 2년 뒤 1644년(순치 1)에는 만주족이 중국을 정복하고 겨우 7세의 순치제가 북경의 옥좌에 좌정했다. 이 사람이 강희제의 아버지이다.

강희제가 즉위할 무렵 달라이 라마 5세는 45세였다. 그는 중앙 티베트의 라싸 시가지 서쪽 변두리에 있는 겔룩빠[30]에 속한 데풍 사원의 주지였으나 서티베트의 신샤크 가문이 티베트를 지배하는 것에 대해 적의를 가지고 있었다. 특히 신샤크 가문은 달라이 라마의 겔룩빠가 아니고 칼마빠[31]라는 다른 종파 보호자였기 때문에 더욱 그러했다.

섯살 때 엔사 뚤구 3세로부터 계를 받았으며, 갈단은 13歲 때에 엔사 뚤구 4世의 전세로 인정받았다. 엔사 뚤구 3세는 1640년 할하 – 오이라트 법전 성립에 주요한 역할을 하였다.

28) 옛 몽골어로 '집회(集會)'를 뜻한다. 유목민은 이동성 목축에 의존해 왔으므로 씨족(氏族), 즉 혈연자(血緣者)의 집단 내지 이에 준하는 집단을 사회구성의 기본으로 하고, 그 위에 약간의 혈연관계가 있는 씨족에 의하여 부족이 구성되는 것이 원칙이었다. 이들 씨족이나 부족에는 각각 내부에서 선출되는 장로가 있어서 그들의 합의에 의해서 최고의 지도자로서 선우(單于) 또는 가한(可汗)이 추대되었고 중요한 국사가 결정되었다. 이 모임을 '쿠릴타이'라고 한다.

29) 16세기~1642년 사이에 후장(後藏, 서티베트)의 시가체[gshis ka rtse, 日喀則]에 형성된 창빠걜뽀[藏巴汗, gtsang stod rgyal po] 정권을 말한다.

30) 겔룩빠(dGe Lugspa, 格魯派: '善宗者의 의미'); 학자이자 승려인 총카빠 롭상 닥빠(Tsongkhapa blobzang grags pa, 1357년~1419년)가 창시자이다. 총카빠는 1410년에 간덴승원을 세웠기 때문에 이 종파는 처음에 간덴빠(Gandenpa)로 불렸으나 후에 겔룩빠(Gelugpa) 또는 '황모파(黃帽派)'라고도 불렀다. 14세기 후반 칼마빠로부터 전생상속 제도를 받아들이고 세력을 확장했다. 17세기 후반에 같은 파의 화신승 달라이 라마가 티베트의 정교(政敎)를 장악하고 최대 종파가 되었다.

31) 티베트 4대 종파인 가규빠(일명 白敎)에서 12세기 분파한 종파이다. 12세기에 칼마 두숨켄빠에 의해 분파되어 나왔다. 2대 칼마파가 원 세조 쿠빌라이 칸에게서 금장식을 한 검은 모자와 법왕의 칭호를 받아 '흑모파(黑帽派)'라고도 부르는데,

할하 계보도

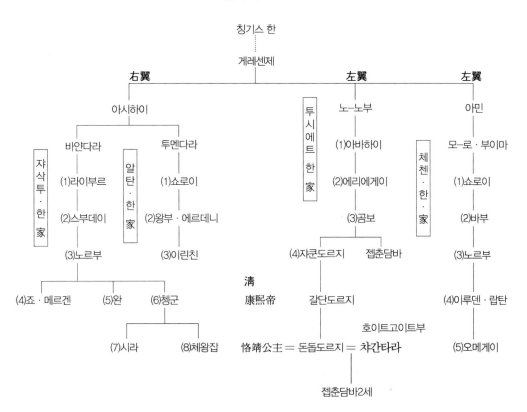

숫자는 각 한가, 계승순위 명조체는 女, =는 결혼관계

달라이 라마가 속한 '겔룩빠'보다 앞서 티베트고원을 2백년간 통치하였다. 홍모파
(紅帽派)와 흑모파의 두 파벌로 나뉘어졌다. 몽골에도 전파되어 겔룩빠와 대립했으
나 뒷배를 보아주는 후원세력이 달라이 라마 5세에게 점차 패배하여 정치적 힘이
약해졌다. 현재는 1999년 말에 중국에서 인도로 망명한 칼마빠 18세가 지도자로
있다. 칼마빠는 처음으로 전생상속 제도를 받아들였는데 '뚤구(sprul sku, Trulku)',
즉 활불(活佛, Living Buddha)의 효시로서 이는 겔룩빠에 의해 받아들여졌다. '달라
이' 제도는 14대, 칼마빠는 현재 17대까지 이어져 내려왔다

오이라트 계도

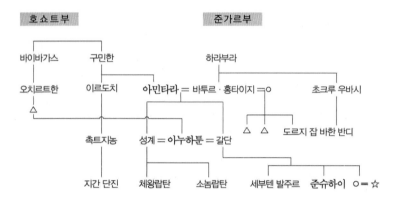

△은 男, ○은 女, 명조체는 女, =는 결혼관계

　게다가 1634년(명 숭정 7, 청 천총 8) 만주족의 내몽골 정복과 때를 같이하여 칼마빠의 신자인 촉트 홍타이지라는 추장이 외몽골의 할하 좌익의 땅에서 고비사막을 넘어 남하하여 동북 티베트의 청해성(靑海省)[32]을 점령하였다. 청해 지역은 화북과 몽골에서 티베트로 들어가는 주된 통로여서 이곳을 타종파가 제압하면 북아시아의 겔룩빠 신도들과 연락이 단절되고 물산이 빈약한 티베트의 교단은 곧바로 경영이 어려워진다. 이런 위기에 달라이 라마 5세[33]는 오이라트[34] 몽골족 신자들의 무력을 이용하기로 하

---

32) ♣청해성(靑海省); 동북 티베트(암도)의 대부분을 차지하는 고원지역으로 몽골어로 후후 노르(푸른 바다)라고 부르는 청해호(靑海湖)에서 유래하였다. 티베트 본토와 몽골고원 및 화북(華北)을 연결하는 통로에 위치하여 주민은 티베트계를 비롯해 몽골계와 무슬림이 혼재하고 있다.

33) 달라이 라마 5세; 이름은 응왁왕 롭상 갸초[Ngagwang Lobsang Gyatso, 阿旺羅桑嘉措, 1617년~1682년, 재위 1622년~1682년]이다. 명말 판첸 라마 4세 롭상 초에 키 걀첸과 함께 서몽골 호쇼트부의 구시 한을 불러들여 가규빠[噶擧派 즉 白敎]를 제압하고 겔룩빠[格魯派 즉 黃敎]가 티베트를 장악하였다. 1652년(순치 9) 北京에 들어가 황제를 만나고 다음해에 티베트에 돌아왔다. 그는 티베트 불교를 겔룩빠

였다.

 오이라트족은 외몽골 서부에서 신강 위구르 자치구 북부에 걸쳐 퍼져있는 유목민족으로 몽골어에 가까운 언어를 사용한다. 15세기에는 북아시아에 대제국을 건설한 적도 있었으나, 이 무렵부터 쇠퇴하기 시작하여 항가이 산맥의 서부를 본거지로 삼아, 할하 우익의 자삭투 한 가문을 받들고 있었다. 오이라트족에는 몇몇 부족이 있는데 그 중에 하나인 호쇼트 부족의 지도자가 구시 한[35]이라는 독실한 불교신자였다. 달라이 라마 5세의

 중심으로 편성하는 한편 호쇼트 부를 완전히 복속시켰을뿐 아니라, 라싸에 포탈라 궁을 건축하여 티베트의 세속과 종교 권력을 장악하고, 중앙 유라시아 유목문화문서에 티베트 불교를 전파하는 등 여러 가지 업적이 많아 티베트인들은 그를 "응악빠뽀(아빠첸포, nga pa chen po, 위대한 5세)"라고 불린다. 그는 항상 청을 경계하였다.

34) 오이라트[Oirat, 斡亦喇惕, 瓦剌, 衛拉特, 厄魯特]; 오이라트의 어원은 oi[삼림], arat[민]의 합성어라는 설과 'Oghuz(투르크 계통 鐵勒부에 속한 부족명)'에서 전화하였다는 설이 있다. 칭기스한 시대 '삼림의 민'으로 알려졌으며, 칭기스한의 장자 주치에게 족장 쿠트카 베키[Qutuka Beki, 忽都合別乞]는 즉시 항복하여 이후 그 자손들은 크게 우대받았다. 이후 삼림지대에서 초원지대로 이주하였고 14세기 원의 후계인 동몽골[즉 韃靼, dočin dorban tümen Mongol]과 몽골고원의 패권을 다투었다. 1439년 토곤의 아들 에센은 명의 무역제도에 반발하여 대거 남침하여 영종(英宗)을 포로로 하는 토목보(土木堡)의 변을 일으켜 명을 공포에 떨게 하였다. 13세기 이래 오이라트족은 칭기스한가와 대대로 혼인을 하여 몽골고원의 명가로 떠올랐다. 에센이 죽은 뒤 동몽골의 다얀 한이 강성해지고 그 손자 알탄 한에게 토벌되어 예니세이강과 이트티쉬강 일대에 쫓겨나기도 했다, 당시 오이라트는 초로스[綽羅斯], 바가두투[巴圖特], 호이트[輝特], 토르구트[土爾扈特]의 4部로 형성되었다가 초로스, 두르부트[杜爾伯特], 호쇼트[和碩特], 토르구트[土爾扈特]로 발전하였으며 16세기부터 초로스에서 파생된 준가르가 강성해져 전체 오이라트를 대표하게 되었다.

35) 구시 한[Gushi-khan, 顧實汗, 固始汗 ?~1656년]; 오이라트 4부의 하나인 호쇼트 부의 장. 이름은 '도로 바이후'이다. 칭기즈 한의 아우 하사르의 자손이라고 한다. 준가르와 갈등 끝에 1636년 부족을 이끌고 天山 북방으로부터 청해 지방으로 옮겨 청나라에 입공(入貢)하였다. 오늘날의 청해와 사천 북부 지방이 호쇼트부의 구시 한에게 점령되면서 티베트는 본격적으로 몽골의 영향 아래 들어간다.

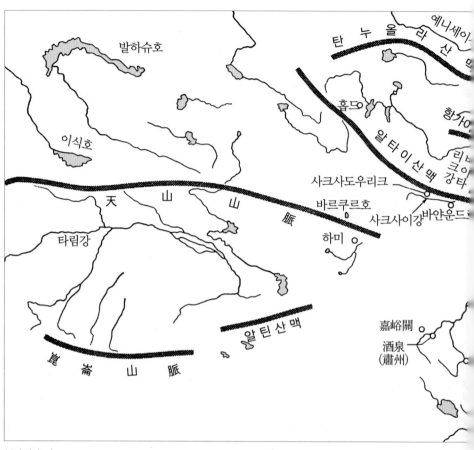

북아시아 지도

요청에 따라 구시 한은 준가르36) 부족장 호트고친 바투르 홍타이지37)와

---

36) 준가르[Jungar, 準噶爾]; 17세기에서 18세기 중엽에 걸쳐 서북몽골의 천산북로에 분포한 오이라트 몽골족과 그 유목국가를 지칭한다. 17세기 초의 하라홀라의 아들 바투르 홍타이지에 의해 부흥하기 시작하였다. 초로스, 두르부트, 토르구트, 호쇼트와 더불어 4오이라트를 형성하였다. 초로스의 바투르 홍타이지가 전 오이라트를 지배하게 되자 이를 피해 토르구트족은 볼가강 연안으로 호쇼트의 구시 한은 청해로 이주하여 실제상으로 초로스와 두르부트가 전 오이라트의 좌익을 이루어 이를

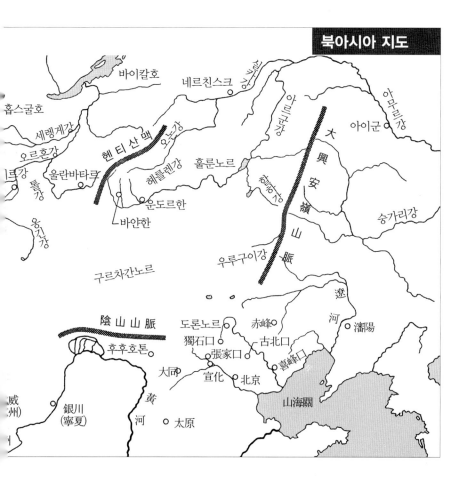

북아시아 지도

바이칼호
네르친스크
홉스굴호
세렝게강
오르혼강
울란바타르
헨티산맥
오논강
아무르강
아이군
大興安嶺山脈
헤를렌강
훌룬노르
운도르한
바얀한
우루구이강
승가리강
구르차간노르
遼河
瀋陽
陰山山脈
도론노르
赤峰
후후호톤
獨石口
古北口
張家口
嘉峰口
大同
宣化
北京
山海關
威州
銀川
(寧夏)
黃河
太原

왼쪽을 의미하는 '준가르'라고 일반적으로 불렀다. 서북몽골에서 바투르 홍타이지는 4오이라트를 사실상 지배하고 할하, 카자흐, 러시아와 싸우고 토드[todo, 托武]문자를 제정하는 한편 오이라트 법전을 만들었다. 바투르 홍타이지 이후 셍게, 갈단, 체왕랍탄, 갈단체링 등으로 이어지다가 청의 1755년(건륭 20), 1757년(건륭 22)의 두 차례에 걸친 원정으로 완전히 멸망한 <최후의 유목국가>이다.

37) ♣ 호트고친 바투르 홍타이지(?~1653년); 준가르의 초대 부족장 하라훌라의 아들로서 구시 한의 딸과 결혼하고 청해 원정에 종군하였다. 바투르 홍타이지의 칭호를 받고 준가르 분지에 돌아와 준가르 부족장으로서 오이라트 부족연합을 주도했다.

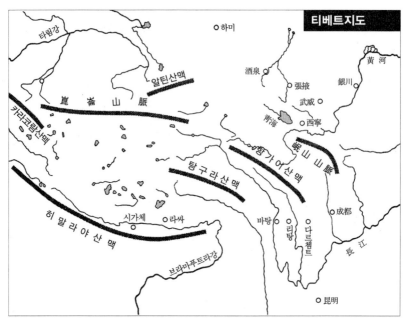

티베트 지도

함께 청해로 진군하여 1637년의 전투에서 촉트 홍타이지를 죽이고, 티베트 전토를 평정하여 신샤크 가문을 몰아내고 1642년 4월(숭덕 7) 티베트의 지배권를 정식으로 달라이 라마에게 헌상하였다.

구시 한 자신은 청해의 초원에서 유목하며 달라이 라마와 겔룩빠의 보호자 지위에 올랐다.

그보다 앞서 이미 1640년(명 숭정 13, 청 숭덕 5) 할하 좌·우익과 오이라트 제부족은 쿠릴타이를 열어 동맹을 맺고 단결을 강화하였다. 조인에 입회한 사람은 그 전해에 젭춘담바 후툭투에게 계(戒)를 준 앞서 말한 엔사 뚤구였다.

그 후 1652년 말(순치 10) 달라이 라마는 순치제의 초대를 받아 북경을 방문하고 성대한 환영을 받아 그의 영향력은 내몽골 제부족에까지 미쳤다.

특히 1655년(순치 12) 구시 한이 죽고나서부터 청해의 호쇼트 부족도 직접 달라이 라마의 명령을 따르게 되었다. 다만 젭춘담바 후툭투의 지배 아래 있는 외몽골의 할하 좌익은 달라이 라마의 위령이 미치지 못하였다.

이 무렵 티베트에 유학하고 있는 갈단38)이라는 한 오이라트족 소년 라마가 있었다. 그는 구시 한의 청해 정벌에 수행한 준가르

순치제가 달라이 라마 5세에게 수여한 도장(西藏博物館 소장)의 영인

부족장 바투르 홍타이지의 아들로 1644년 청의 순치제가 북경에 입성한 해에 태어났으며, 젭춘담바 후툭투에게 계를 내리고 할하=오이라트 동맹 조약에 입회한 바로 전년에 죽은 고승 엔사 뚤구의 전생으로 인정되었다. 그는 젭춘담바 후툭투에게 계를 내리고 할하=오이라트 동맹조약에 입회한 바로 그 엔사 뚤구였다. 결국, 갈단의 입장에서 보면 젭춘담바는 자신의 전세(前世)의 제자인 것이다. 이것이 뒤에 중대한 의미를 갖게 된다.

갈단은 13세 때에 처음 티베트의 라싸에서 달라이 라마 5세를 알현하게 된다. 그러나 선대(先代) 엔사 뚤구의 재산은 서티베트에 있었다. 그래서 갈단은 서티베트의 수도 시가체39)에 있는 겔룩빠의 타시룬포 사원에 가서

---

38) 갈단[G'aldan, 噶爾丹, 1644년~1697년]; 준가르의 호트고친 바투르 홍타이지 [Batur Khungtaiji]의 아들이다. 처음에는 승려가 되기 위해 티베트에 유학하여 달라이 라마와 판첸 라마로부터 사사받았다. 형인 3대 셍게 한이 근친들에게 살해당하자 달라이 라마 5세의 지원을 받아 귀국하여 준가르의 4대 한이 되었다. 카자흐족을 자주 토벌하고 천산남부의 호자가문을 복속시킨 뒤 할하몽골에 침입하여 강희제와 초원의 패권을 놓고 대결하였으나 패사하였다. 달라이 라마로부터 처음엔 갈단 홍타이지(G'aldan khungtaiji)의 호칭을 받았으나 천산남북을 통일한 뒤 갈단 보쇽투 한(G'aldan bošoktu han: 持敎受命王)의 칭호를 받았다.

구시 한

주지 판첸 라마 1세[40]의 제자가 되었다. 판첸 라마는 달라이 라마의 스승인 덕이 높은 고승이었다. 여기서 5년간 공부했으나 판첸 라마는 1662년(강희 1) 94세의 고령으로 사망하였다. 이에 19세의 갈단은 이번에는 라싸로 옮겨가 달라이 라마 5세에게 가르침을 받았다. 청의 강희제가 즉위한 다음해의 일이었다. 이 갈단이 이윽고 강희제와 북아시아를 양분하는 대전쟁의 적수가 된 것이다.

---

39) 시가체(Gzhis ka rtse, 日喀則)는 티베트 자치구에서 2번째로 큰 도시로 서티베트의 종교, 정치, 경제, 문화의 중심지였으며 시 중심의 타시룬포 사원에 티베트 불교 제2의 지도자 판첸 라마가 대대로 거주하고 있다. 해발 3840m로 중국 최고의 고지대 도시이다. 8세기에 인도의 고승 파드마 삼바바가 이곳에서 수행하면서 이곳이 라싸에 뒤를 잇는 도시가 된다고 예언했다고 한다.

40) ♧ 판첸 라마 1세(1570년~1662년); 서티베트의 타시룬포 사원을 본거로 하는 겔룩빠 화신승의 실질적 초대(4세라고 하는 경우도 있다)로서 이름은 '롭상 최기 겔첸'이다. 달라이 라마 5세의 선정과 수계를 담당하는 고승으로 겔룩빠의 권위 확립 이후는 티베트 제2위의 고승으로 달라이 라마와 나란히 존재한다.

삼번(三藩)의 난과 지배권의 확립

그런데 여기서 이야기를 중국으로 돌려보자. 북경에서는 강희제가 미성년일 동안 정무는 소닌, 숙사하, 어빌룬, 오보이 네 명의 합의에 따른 집단지도체제에 의해 집행되었다. 이 4대신 가운데 오보이의 세력이 가장 강하였고 숙사하는 그 다음이었다. 이 숙사하는 점차로 오보이에게 압도당하고 오보이 일당은 정부의 요직을 독점하고 반대파를 가차 없이 박해해서 종종 사형에까지 처했다.[41] 1667년(강희 7) 소닌이 죽었다. 더욱 궁지에 몰릴 것을 자각한 숙사하는 은퇴를 요청했다.

그 상주문 가운데 「신이 선제의 능을 지키러 가는 것을 윤허하신다면 한줄기 실낱

젊은날의 강희제

---

41) 청조가 입관한 뒤 당시의 실력자 도르곤은 황제를 비롯한 만주 특권층과 그 가솔들의 경제적 토대를 마련하기 위해 북경 주변과 인근의 성에서 몰수한 토지를 분배했다. 이를 팔기병이 말을 타고 달리면서 줄을 친 뒤 그 경계선 안의 토지를 몰수했기 때문에 권지(圈地)라고 하였다. 이 권지를 책정할 때 경기지역의 500리 안은 제왕, 훈신, 병정 등에 지급되었다. 원래 정한 팔기의 토지는 좌익 및 우익의 순서에 따라 분배하도록 정해 있는 토지는 권지로 만들지 말라고 명령했다. 동시에 양황기는 좌익으로 하북성 영평(河北省 永平)에 가까운 계(薊), 준화(遵化), 천안(遷安) 등 주현의 기름진 토지를 가져야 하는데도 이를 자신이 속한 정백기(正白旗)에 주고 정백기의 우익 끝에 속하는 보정부(保定府) 소속의 척박한 토지를 양황기에 주었다. 1667년 60,000명의 기인과 이에 속한 한인들이 대거 이주를 하면서 양황기 소속 팔기병의 불만이 고조되었다. 도르곤이 죽자 오보이가 양황기와 정백기의 토지를 재분배하자고 제안하자 소닌과 어빌룬은 이에 찬성했는데 이를 계기로 정백기와 양황기의 환지문제가 표면화되어 양자의 정치적 대립으로 이어졌다.

처럼 남은 목숨이나마 이로써 살아남을 수 있을 것입니다.」라는 문구가 있다. 이것을 읽은 강희제는 「도대체 얼마나 절박해서 여기서는 살 수 없고 능을 지키면 살 수 있다고 하는가?」 하고 괴이쩍게 여겼다. 오보이는 이 기회를 노려 적을 제거하려 마음먹고 숙사하가 황제를 섬기는 태도가 불순하다는 구실로 24조의 대죄를 날조하여 숙사하와 그의 아들 일곱 명, 한 명의 손자, 두 명의 조카와 일족 두 명을 모두 사형에 처하고자 황제의 재가를 청했다.

황제는 이것이 오보이의 사적인 원한에 의해 이루어진 것을 알고 있었기 때문에 쉽사리 동의하지 않았으나, 오보이는 소매를 걷어붙이고 큰 소리로 호통치기를 며칠 계속하여 결국 황제를 굴복시키고 생각대로 숙사하 일가를 몰살시켜버렸다.

－≪淸聖朝仁皇帝實錄≫ 卷23, 康熙 6年 7月 乙卯～己未條－

오보이는 황제를 철저히 무시하고 있었으나 이것은 그의 방심이었다. 황제는 감정을 억누르며 오보이를 신임하고 있다는 행동을 게을리하지 않는 한편, 신변을 보살펴주는 시위(侍衛)[42]에 완력이 좋은 청년들을 모아서 몽골씨름[43]에 열중하는 척 했다. 1669년(강희 8) 6월 15일 오보이가 상주할 일이 있어 입궐하자 황제가 때맞추어 눈짓으로 알렸고 시위들은 벼락같이 오보이를 덮쳐 깔아뭉개고 포박해버렸다. 곧 이어서 오보이의 죄상 30개조가 발표되어 오보이는 투옥되어 사망하고 어빌룬은 공직에서 추방

---

42) ♣ 侍衛; 팔기 가운데 황제 직속의 상삼기(上三旗)의 旗人 가운데서 선발 구성된 황제 친위대로서 만주어로는 'hiya'라고 한다. 대부분은 만주기인의 명문자제에서 선발되며 신변 경호에서 정무의 보조, 사절과 시찰 등의 측근 집단으로서 역할을 했다. 소닌과 어비룬, 송고투 등 만주 귀족의 대부분은 시위출신이다.

43) ♣ 몽골 씨름; 서서하는 기술을 주체로 하는 격투기로 경마(競馬), 궁사(弓射)와 더불어 몽골의 대표적인 무예이다. 청대에는 무술훈련과 함께 궁중의 식전으로서의 연예적인 것도 있고 팔기에도 역사(力士)를 비롯한 몽골 무예자들로 조직된 '선박영(善搏營)'이라는 부문도 설치되어 있었다.

몽골 씨름

되었다. 이리하여 16세의 소년황제는 거추장스러운 대신들을 정리하고 자신이 독자적인 의지를 갖춘 주권자라는 것을 처음으로 신하들에게 알리게 된 것이다.

이처럼 강희제가 북경의 중앙정부의 실권을 장악했지만, 여전히 그의 지배력은 중국 남부까지는 미치지 못했다. 그것은 「삼번(三藩)」[44]이라는 세력이 화남(華南)에 뿌리를 내리고 있었기 때문이다.

원래 1644년(순치 1) 청조의 중국 정복은 만주족 군대의 힘만으로는 불가능하였다. 오히려 주력은 자신의 군대를 이끌고 청조에 투항한 한족(漢族)의 장군들이었고, 중국의 평정이 끝난 뒤 그들은 그대로 각지에 주둔하

---

44) 명이 망하고 명의 후손들인 복왕 주유숭(福王 朱由崧), 당왕 주율건(唐王 朱律鍵), 영명왕 주유랑(永明王 朱由榔)이 세운 것을 전삼번(前三藩)이라 하며 오삼계, 상지신, 경정충이 세운 것을 후삼번(後三藩)이라 하는데 일반적으로 삼번의 난<三藩의 亂, 1673년~1681년(강희 12~강희 20)>이라고 하면 후자를 지칭한다.

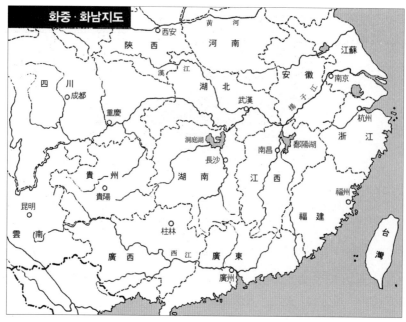

〈화중·화남〉지도

며 치안유지를 담당하였다. 운남성 곤명(雲南省 昆明)에 평서왕 오삼계(平西王 吳三桂),[45] 광동성 광주(廣東省 廣州)에 평남왕 상가희(平南王 尙可喜),[46] 복건성 복주(福建省 福州)에는 정남왕 경정충(靖南王 耿精忠)[47]이 있

---

45) ♣ 吳三桂(1612년~1678년); 명·청 교체기의 무장. 요동에서 청군과 대치하던 명군 사령관이었으나 명이 내란으로 멸망당하자 청에 투항해서 북경 입성을 선도하고,그 공에 의해서 평서왕(平西王)으로 봉해졌다. 중국 평정 후 그대로 운남, 귀주에 주둔해서 실질적으로 번왕국(藩王國)을 구축하였으나, 강희제의 철번 명령에 반발하고 1673년 「삼번의 난」을 일으켰다.

46) ♣ 尙可喜(1604년~1676년); 명·청 교체기의 무장. 원래는 요동의 명군 부장이었으나 내분으로 淸(後金)에 투항해서 후대를 받았다. 중국 평정 후에 평남왕(平南王)에 봉해지고 광주(廣州)에 주둔했다. 오삼계가 거병해도 동조하지 않고 청측의 입장에서 항전했으나 병사하였다.

47) ♣ 耿精忠(?~1682년); 복건(福建)에 근거한 번왕(藩王)의 한 사람. 원래 명의 장군으로 청(후금)에 투항해서 후대 받은 경중명(耿仲明)의 손자로서, 아버지 계무(繼

었다. 이것을 삼번이라고 한다. 삼번은 표면적으로는 단순한 주둔군 사령관으로 지방행정에 대해서는 아무런 권한도 없었다. 그러나 그 실력과 인맥으로 화남을 실질적으로 지배하면서 중앙의 4대신[48]과 결탁하여 마치 독립왕국과 같은 상태였다. 그러나 그 4대신이 일거에 중앙에서 자취를 감추자, 삼번으로서는 중앙정부에서 자신들의 보호자를 잃었기 때문에 불안을 느끼는 것은 당연하였다. 삼번과 북경과의 관계는 급격히 냉각하였다.

이 무렵 광주의 평남왕 상가희는 이미 늙어서, 1671년(강희 10) 휘하 군대의 지휘권을 장남인 상지신(尙之信)[49]에게 위임했다. 그러나 이 아들은 주벽이 몹시 나쁜 난폭자로 사람 죽이는 것에 아무런 거리낌이 없었고 지휘권을 잡자 자신의 궁전을 별도로 세우고 부하들을 모아 이치에 맞지 않는 일을 마음대로 하였다. 아버지 상가희는 연금 상태나 마찬가지로 어찌해 볼 도리가 없었다. 더는 참지 못한 상가희는 1673년(강희 12) 북경으로 편지를 보내 상지신에게 13개 좌령[50]의 군대를 주어 광주에 머물게 하고 자신은 2개 좌령만 거느리고 고향인 요녕성으로 돌아가 은거할 것을 허락해 달라고 신청하였다.

茂)의 정남왕(靖南王)의 작위를 승계하고, 복주(福州)에 주둔하면서 세력을 비축하였다. 삼번의 난이 일어나자 오삼계에 호응했으나 청군의 토벌을 받고 항복하였다. 난이 끝난 뒤에 기회주의적 태도가 원인이 되어 처형되었다.

48) 강희제 초기의 네 명의 보정대신 소닌, 숙사하, 오보이, 어빌룬을 말한다.

49) ♣ 尙之信(1636년~1680년); 평남왕 상가희의 아들. 북경에서 벼슬을 한 뒤 광주(廣州)에 부임하여 평남번(平南藩)의 통치를 담당했으나, 아버지와 뜻이 맞지 않아 상가희 은퇴의 동기가 되었다. 삼번의 난이 일어나자 일시적으로 오삼계에 붙기도 하고 청측의 명령에 따르지 않는 등 태도를 분명히 하지 않았다. 때문에 강희제의 분노를 사서 살해되었다.

50) ♣ 좌령(佐領); 청의 군사 행정조직인 팔기제의 기본단위로 만주어로 'niru(화살 이란 의미)'라고 한다. 병역, 노역에 종사하는 수백 명(숫자는 시기에 따라 변화가 있다)의 성인남자를 공출하는 규모로 행정조직으로서는 그들의 人丁과 그 가족, 노복, 자산도 포함하는 집단 집락을 가리키고, 군사조직으로는 거기에서 추출되어 편성된 부대를 가리킨다. 장관도 '좌령'이라고 한다.

상가희의 생각은 이를 구실로 광주를 탈출하고 북경에 가서 직접 강희제에게 실정을 호소하고자 했던 것이다. 이를 접한 강희제는 아버지가 귀향을 하고 아들만 남는다는 것은 이치에 맞지 않다고 하면서 평남왕 지휘하의 전군 15개 좌령 6,000명에게 광주에서 철수하여 요녕성으로 돌아갈 것을 명하였다. 이를 들은 운남의 오삼계와 복건의 경정충도 입장상 어쩔 수 없이 자신들도 철병을 허락해 달라고 강희제에게 청하였다. 물론 위로해서 만류해줄 것을 기대한 것이다. 그러나 예상과는 달리 20세의 강희제는 태연하게 이를 허가하고 한시라도 빨리 철수하라고 독촉하였다.

강희제는 오삼계와 경정충이 신청한 것이 본심에서 나온 것이 아니라는 것을 정확하게 읽었으나, 독립왕국과 같은 군단을 남방에 그대로 방치하면 결국은 중앙정부에 반항한다는 것은 불 보듯 뻔한 일이었다. 어차피 반란이 일어난다면 상대가 준비 부족일 때가 좋다는 계산을 한 것이다.

과연 궁지에 몰린 오삼계는 휘하 군대를 동원해서 반란을 일으키고 운남성의 본거지에서 북방으로 나아가 귀주성, 호남성, 사천성, 광서성을 점령하고 계속해서 강서성(江西省), 섬서성(陝西省)에 침입했다. 복건성의 경정충도 이에 호응하여 반란을 일으켜 절강성(浙江省)에 침입했다. 상가희만은 강희제에 충성을 바쳐 광동성 본거지를 지키고 오삼계·경정충의 군대와 싸웠다. 이것이 이로부터 8년이나 지속된 <삼번의 난>의 발단이다.

이리하여 화중(華中), 화남(華南) 일대는 전쟁터가 되었는데 섬서성의 정부군에서 오삼계 측에 붙는 자가 나올 정도로 초기 강희제의 상황은 아주 나빴다. 티베트의 달라이 라마와 달라이 라마를 추종하는 청해 호쇼트 부족의 입장에서 보면 지금이라도 북경정부가 무너지는 게 아닌가 하고 분명 생각했을 것이다. 달라이 라마 5세는 처음 강희제와 약속한 호쇼트 군의 사천, 운남 공격을 실행하지 않았을 뿐 아니라 1675년(강희 14) 강희제에게 편지를 보내 오삼계의 독립을 승인하고 화해할 것을 문서했다.

그러나 강희제의 전략가로서의 천재성은 이 난국에서 유감없이 발휘되었다. 겁 많은 황족장군들의 궁둥이를 걷어차고, 유능한 한인 장군들을 등용한 뒤 절묘하게 병력을 배분하고 병참선을 확보하여, 적을 장강(長江)에서 저지한 뒤, 먼저 섬서의 반란을 수습하고 다음에 경정충을 항복시켜 복건을 회복하였다. 광동에선 상지신이 아버지인 상가희를 억류하고 오삼계측에 붙자 상가희는 분개한 끝에 죽었다. 그러나 복건이 청군의 손에 들어오고 강서(江西)의 전황이 청군에 유리해지자 상지신은 다시 강희제 측에붙었다.

오삼계는 정세가 생각대로 되지 않자 자포자기하여 1678년 호남의 전선에서 즉위식을 거행하고 황제의 칭호를 사용했으나 그 직후 사망하였다. 손자 오세번(吳世璠)이 뒤를 이었으나, 이를 계기로 반란군의 세력은 쇠퇴하기 시작하여 1681년(강희 20) 청군이 곤명을 포위하자 오세번은 자살하고 8년간의 내전은 여기서 종말을 고했고, 강희제는 28세의 나이에 중국전역을 지배하게 되었다.

곤명이 함락되었을 때 오삼계, 오세번이 달라이 라마와 주고받은 편지가 청군의 손에 들어와서 달라이 라마가 양다리를 걸치고 있었다는 것이 분명해졌다. 이것이 강희제의 심기를 불편하게 한 것은 말할 것도 없다. 이후부터 강희제는 달라이 라마의 영향력을 경계의 눈으로 보게 되었다.

갈단[G'aldan, 噶爾丹]의 제국건설

(삼번의 난이 끝난) 그 다음해인 1682년 4월 2일(강희 21, 壬戌年) 달라이 라마 5세는 66세를 일기로 죽었다. 티베트의 앞날을 우려한 달라이 라마는 청조를 조심할 것, 자신의 죽음을 비밀로 하고, 사후 중요한 일의 결정은 '다구디르'라는 제비뽑기를 이용할 것, 데풍 사원[51] 근처의 나이충[52]

---

51) 데풍[哲蚌]사원은 티베트의 라싸시 서쪽 약 5km 밖의 간포 우트 산 아래에 자리

에 있는 빠하르[53] 신사의 신탁을 자신의 말이라고 생각할 것 등의 유언을 남겼다.

'다구디르'라는 것은 짬바[54]를 반죽하여 만든 몇 개의 경단에 답을 쓴 종잇조각을 돌돌 말아서 나무그릇에 넣고 호법신(護法神) 앞에서 정신을 집중한 뒤 나무그릇을 흔들고 튀어나온 경단 속의 답을 신의 계시로 삼는 방법이다.

섭정 상게 갸초는 달라이 라마가 선정(禪定)[55]에 들어갔기 때문에 사람들을 만날 수 없다고 선전하고 그 전생자를 찾아 나선 끝에 다음해 1683년(강희 22) 중앙티베트의 남부 몬유루 땅에서 태어난 달라이 라마 6세[56]를 발견하고 비밀리에 양육을 시작하였다. 이 달라이 라마 6세는 성장한

잡은 겔룩빠의 본산이다. 겔룩빠 창시자 총가파의 제자 잠양췌지[降央曲吉]가 1416년 건립했다. 1949년 전에는 승려가 1만 명이나 되었고, 14개 장원과 540개가 넘는 목장을 가지고 있는 티베트 최대 사원으로 세라사원[色拉寺], 간덴사원[甘丹寺]과 함께 라싸의 3대 사찰이다. 백색의 건물을 멀리서 보면 거대한 쌀더미와 같다고 해서 '데풍'이라 했는데, 이 말은 눈더미처럼 쌀이 높게 쌓인 모양이라는 의미이다.

52) 만주문 'naicung'은 한역에서 '乃崇' 또는 '乃琼'으로도 표기했는데 데풍 사원의 영험한 강신무(降神巫)를 지칭하며 무속의 장소, 행위들을 지칭하기도 한다. 달라이 라마의 전세영동(轉世靈童)을 찾거나 티베트 정부가 중요한 결정을 내릴 때 이의 가르침을 받는다.

53) '빠하르[白哈爾]'는 겔룩빠 티베트 불교가 받드는 세간(世間)의 호법신(護法神) 가운데 주신(主神)이다.

54) 짬바[champa, rtsam-pa]는 티베트인의 주식인 볶은 보리를 가루로 만든 것이다.

55) 다섯 바라밀의 하나로 한 마음으로 사물을 생각하고 마음이 하나의 경지에 정지하여 흐트러짐이 없음을 보는 것이다.

56) 달라이 라마 6세(1683년~1706년); 세속명은 창양 갸초[Tsangyang Gyatso, 倉央嘉措 1683년~1706년] 달라이 라마 5세의 전생으로서 섭정 상게 갸초 밑에서 비밀리에 양육되어 1697년 존재가 공표되었다. 그러나 연애시를 읊고 계율을 파기하는 등 분방한 인물이었다. 1705년 라싸에 침입하여 섭정을 살해한 라짱 한에 의해 폐위되고 호송 도중 죽었다. 티베트에서는 지금도 달라이 라마로서 그리고 연애시인으로서 사랑받는다.

뒤 훌륭한 시인이 되어, 아름다운 연애시를 많이 썼지만 국제관계 정략에 희생되어 비극적인 최후를 맞이한 인물이다.

그런데 이야기를 조금 앞으로 돌리면 1662년(강희 1) 판첸 라마 1세가 죽자 그 제자인 준가르의 갈단은 다시 달라이 라마 5세에게 사사받고, 4년 동안 라싸에서 유학한 뒤 1666년(강희 5) 3살이 되던 해에 10년 동안의 티베트 유학을 마치고 귀국하였다.

달라이라마 6세

이때 달라이 라마는 장수법의 가지(加持)[57]를 베풀고 많은 선물을 주며 불교정책에 도움이 되게끔 조력하라는 어떤 지시를 내렸다. 이에 대해 갈단은 불교에 힘이 되기 위해 무엇을 할 것인가에 대해 당면한 그리고 장래에 걸친 이해관계에 관해 상세하게 달라이 라마에게 말했다.[58]

이리해서 갈단이 고향에 돌아왔을 무렵 준가르의 부족장은 갈단의 동복형인 셍게였다. 그러나 1670년(강희 9) 셍게는 일족 내부의 재산분쟁 끝에 두 명의 배다른 형에게 암살되었다. 갈단은 즉각 형의 원수를 토벌했으나 이번에는 부족장을 둘러싸고 숙부 초쿠르 우바시와 그의 아들 바한 반디와의 싸움이 일어났다. 다음해인 1671년(강희 10) 갈단은 바한 반디를 격파하여 준가르의 부족장이 된 뒤 달라이 라마 5세의 인가를 받아 갈단 홍타이지[59]라고 칭하였다. 셍게의 미망인 아누 타라 하툰[60]은 호쇼트 부족

---

57) 加持; 주문을 외며 부처의 가호를 빌어 병이나 재앙을 면하는 것
58) ♣ 상세한 것은 이 책의 뒤에 실려있는 「갈단은 언제 어떻게 죽었는가?」를 참조하시오.
59) ♣ 홍타이지; 준가르의 군주 칭호. 어원은 한어의 '황태자(皇太子)'이나, 후계 예정

장 오치르투 체첸 한의 손녀딸이었으나 갈단은 유목민의 관습[61]대로 이 형수와 결혼하여 죽은 형의 유산을 상속하였다.

원래 야심가였던 갈단은 준가르의 부족장이 되자마자 오치르투와 충돌하였다. 그래서 1676년(강희 15) 겨울 이리(伊犁)[62] 강변에서 호쇼트 군을 격파하고 오치르투를 포로로 잡았다. 어느새 오이라트의 지배권은 명실상부하게 준가르 아래에 들어갔으며, 갈단은 1678년(강희 17) 달라이 라마 5세로부터 보쇽투 한[63]의 칭호를 수여받고 북아시아를 한 덩어리로 묶는

자는 아니고 '임금의 부왕(副王)'을 의미한다. 준가르의 부족장 호트고친이 호쇼트 부족의 구시 한으로부터 바투르 홍타이지의 칭호를 받은 이래 대대로 준가르의 부족장의 칭호가 되었다.

60) ♣ 아누 타라 하툰(?~1696년); 준가르 부족장 갈단의 부인. 이름은 아누 타라, '하툰'은 황후의 의미로 아누 하툰이라고도 한다. 호쇼트 부족장 오치르투 한(청해 호쇼트 부족 구시 한의 조카)의 손녀딸로서 처음에 갈단의 친형 셍게에게 시집갔으나 셍게가 죽은 뒤 갈단과 재혼했다. 스스로 말을 타고 싸우다가 존 모드에서 전사했다. '하툰[Khatun]'이란 말은 투르크어 '황후', '왕의 부인'을 의미하는 'khaghatun'에서 유래했으며 '可賀敦'으로 한역 전사(漢譯 轉寫)되는데 이는 'khagan[可汗]'에 'tun'을 붙여 여성형으로 만든 것이다. 소그드어에서 차용했다는 설도 있다.

61) ♣ 유목민의 관습; 유목사회에서는 남편이 죽은 뒤에 미망인이 망부의 아들이나 형제와 결혼하는 관습이 있어 이를 수혼(嫂婚, levirate)制라고 한다. 남편의 죽음으로 인한 가정의 혼란과 미망인의 생계 곤란을 막기 위해 사회에 널리 퍼져있었다. 특히 유목군주의 경우 다른 유력한 부족 출신의 부인은 스스로의 재산을 가지고 있기 때문에 선대의 미망인과 재혼하는 것은 후계자에게 매우 중요했다.

62) 이리[Ili, 伊犁]; 한대(漢代)의 사서에는 '이열수(伊列水)'로 표기된다. 천산산맥의 중북부 북쪽 기슭에 펼쳐진 분지를 흐르는 강으로 발하쉬 湖에서 발원한다. 상류는 스텝지대이고 중류는 평지를 흘러들어가 오아시스를 형성하며 하류는 사막으로 흘러들어간다. 중류 오아시스 지대는 실 다리야와 준가르 분지를 연결하는 대상루트로 이란계 주민들에 의해 일찍부터 오아시스 시장이 형성되었고 흉노, 오손(烏孫), 열반(悅般) 등 북방민족의 주요한 거점이 되었다. 현재 돌궐 시대의 궁월성(弓月城)의 유적지가 있고 차가타이 몽골시대 알마리크는 수도가 되었다. 청이 준가르를 정복한 뒤 이리장군부(伊犁將軍府)를 설치하여 서북 변경의 방위와 둔전 등의 민관군의 문제를 총괄하였다.

일대 불교제국 준가르 제국 건설에 착수한 것이다.

갈단은 먼저 천산산맥 남쪽의 동투르키스탄을 정복하였다. 이쪽은 칭기스 한의 둘째 아들 차가타이의 자손들인 동차가타이 한국(汗國)[64]의 영토였으나, 이 무렵 오아시스 도시에 사는 위구르인 이슬람교도의 지배권을 장악하고 있는 자는 무함마드의 자손이라고 자칭하는 호쟈 가문의 일족으로 이들이 백산당(白山黨)과 흑산당(黑山黨)[65]이라는 두 파로 분열되어 격렬하게 투쟁을 반복하고 있었다.

당시 이 지방에 군림한 차가타이 가문의 이스마일 한은 열렬한 흑산당의 지지자여서 백산당의 아팍 호자를 국외로 추방하였다. 아팍 호자는 카시미르를 거쳐 티베트로 도망하여 달라이 라마(5세)에게 원조를 요청하였다. 달라이 라마는 아팍 호자에게 편지를 주어 갈단에게 보내어 백산당을 구할 것을 요청하였다. 이에 갈단은 1680년(강희 19) 동투르키스탄을 정복하고 이스마일 한의 일족을 사로잡고 그 대신 아팍 호자를 야르칸드[66]에

---

63) ♧ 보속투 한; 갈단이 달라이 라마 5세로부터 받은 「지교수명왕(持敎受命王, 텐진보속투 한)」의 칭호이다. 준가르에서 유일한 '한'의 칭호로서 준가르 군주인 '홍타이지'의 호칭을 넘어섰다. 겔룩빠의 옹호자로서 전 오이라트의 '한'을 의미하였다. 갈단은 이미 장인인 오치르투[Ocirtu, 鄂齊爾圖]한을 죽이고 스스로 '보속투 한'이라고 자칭하였다. 그러나 그가 달라이 라마로부터 정식으로 이 칭호를 받은 것은 1679년(강희 18)의 일이다.

64) ♧ 동차가타이 한국; 중앙아시아를 영유했으나 동서로 분립한 차가타이 한국의 동방왕가 세력을 말한다. 모구리스탄한국이라고도 한다. 원래는 유목국가였으나 북방의 초원지대를 상실하고 타림분지의 여러 오아시스에 할거해서 투르크계의 무슬림을 통치하는 정권를 세웠다. 17세기에는 분지 서남부의 중심에 있으며 카슈가르한국이라고도 한다.

65) ♧ 백산당, 흑산당; 어느 것이나 이슬람 신비주의 낙쉬 반디 교단의 일파로서, 카슈카르 한국에서 존경을 받고 영향력을 펼쳤다. 교주는 16세기 후반의 지도자 호자 이스하크의 가계로서 카슈가르 호자 가문이라고 한다. 이스하크를 시조로 하는 흑산당(이스하키야 파)에 대해 그 일족이 17세기 전반에 별파의 백산당(아파키야 파)를 세우고 교세를 다투었다.

66) 신강성의 천산산맥(天山山脈) 남부 타클라마칸 사막 아래 있는 오아시스 도시, '葉

앉혀 조세의 징수를 담당하게 하였다. 달라이 라마 5세는 그 2년 후 갈단이 39세 되던 해에 죽었으나 섭정 상게 갸초의 극비정책 덕분에 갈단은 최후까지 스승의 죽음을 알지 못하였다.

淸과 러시아의 충돌

그런데 이 무렵 중국에서는 <삼번의 난>이 끝나고 강희제가 다시 국경 밖으로 눈을 돌린 시기였다. 시베리아를 통해 아무르 강[67]에 모습을 나타낸 러시아인 때문이었다. 이미 1643년(청 숭덕 8) 순치제가 북경에 들어오기 전해에 러시아의 선견부대가 아무르강에 도달했으나 청군의 토벌로 일거에 모습이 사라졌다. 그러나 강희제 시대가 되자 다시 러시아인이 다시 아무르강에 진출했다. 이를 내버려두면 만주족의 고향의 안전이 위협받는 상황이 된 것이다.

강희제는 <삼번의 난>이 해결되자마자 러시아인에 대한 대책으로 아무르 강변에 아이훈[68]이라는 군사기지를 건설하고 신중한 준비를 한 뒤 1685년(강희 24) 러시아인의 전진기지인 알바진[69] 요새를 공격해 파괴하였다. 그러나 알바진 요새는 곧바로 재건되었기 때문에 다음 해 1686년(강희 25) 여름부터 청군은 재차 알바진을 공격해 3년에 걸친 장기 포위전이 시작되었다.

羌', '若羌'으로 한역한다.
67) 러시아와 중국의 국경 부근을 흐르는 강으로 한어로 흑룡강(黑龍江)이라고 한다. 몽골 북부의 오논 강에서 나와 동쪽으로 흘러 타타르 해협으로 들어간다. 길이는 4,500km.
68) 현재의 흑룡강성 애혼현(黑龍江省 璦琿縣).
69) 중국 흑룡강성 흑룡강 상류에 있는 목성(木城) 촌락으로 한어로는 '雅克薩'로 표기한다.

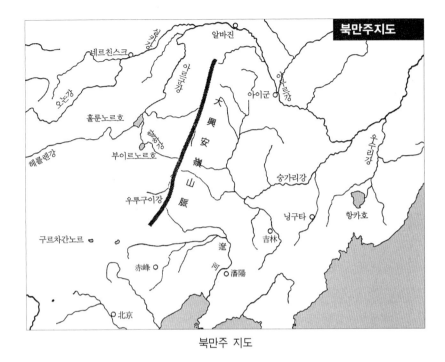

북만주 지도

그러나 강희제에게 있어서 전쟁은 문제해결의 한 수단에 지나지 않았다. 이와 나란히 진행된 외교교섭의 결과 1689년(강희 28)에 이르러 강희제와 러시아의 뾰토르 대제[70]와의 사이에 네르친스크 조약[71]이 성립되어,

70) ♣ 뾰토르 대제(1672년~1725년); 러시아 로마노프 왕조의 제4대 차르(재위 1682년~1725년). 어린 나이에 즉위했다. 1689년 네르친스크 조약 체결 시에 배다른 형 이반 5세와 공동으로 통치하는 변칙적 상태였으나, 같은 해에 정변을 일으켜 뾰토르 일파가 정권을 장악하고, 94년 이래 친정을 했다. 서구화 개혁을 단행해서 러시아를 강국으로 키워 '大帝'로 불린다.

71) 네르친스크 조약 (Nerchinsk, 尼布楚條約); 그 주요 내용은 다음과 같다.
1. 흑룡강의 아르군 강, 고르비차 강과 외흥안령(外興安嶺)산맥을 양국 간의 국경으로 하고, 알바진 성은 파괴할 것 2. 월경자의 인도와 처벌 3. 양국 민간인 사이의 통상의 자유 등이다. 조약의 결과, 청나라는 종래에 그 세력이 미치지 않았던 흑룡강(黑龍江) 북안(北岸)을 확보하게 되었고, 러시아는 베이징 무역을 지속하게 되었다. 이 조약의 체결로 양국은 북만주의 경계를 정하였고, 이 후 외몽골과 시베리아

청과 러시아 국경은 아무르강의 상류 실카강으로 흘러들어가는 고르비차 강에 이르는 선으로 확정하여 러시아인은 아무르 본류 계곡에서 쫓겨났다.

할하 우익(右翼)과 좌익(左翼)의 분쟁

그 무렵 몽골의 할하 우익의 땅에서는 종가 자삭투 한가[72]와 그 분가(分 家)들 사이에서 내란이 발생하였다. 자삭투 한가의 영지는 항가이 산맥 북 부의 세렝게강[73] 계곡의 비옥한 지대에 있었다. 그에 대해 분가인 알탄 한 가[74]는 항가이 산맥에서 알타이 산맥에 걸친 영지를 가지고 오이라트 제 부족의 위에 군림하였다. 강희제와 같은 시대의 알탄 한은 이린친 롭상 타

사이의 경계를 정하기 위해 1727년(옹정 5) 캬흐타에서 추가로 <캬흐타 조약>을 체결하였다.

72) 자삭투 한[Jasaktu han, 札薩克圖 汗]; 명말 외몽골의 할하부에선 칭기스 한의 16세 손 게레산제가 할하강 일대에서 유목하다가 항가이 산맥으로 이주하였다. 게레산 제의 장자 아시하이 다르한 홍타이지는 두 명의 동생과 함께 우익의 장이 되었고 그 증손 수바다이[Subadai, 蘇巴第]가 초대 자삭투 한이라 칭하고 청조가 되어서도 계속 이어져 왔다. 자삭투란 우익(右翼 즉 西方) 한에 대한 호칭이며 '지배권을 가 진'이란 뜻이다. 자삭투 한가의 영지는 동은 옹긴 시르골 촐, 서는 카라 우수 엘케 노르에 이른다. 오이라트 여러 부족의 종가로서 그 영지는 남은 아차 카라 토호이 에서 北은 토인에 이른다.

73) 세렝게[Serengge, 色楞格]강; 몽골에서 가장 긴 강으로 항가이 산맥에서 발원하여 이디르[Ider] 및, 탕누 올라[Tannu ola]에서 발원한 델게르[Delger] 강과 합류한다. 몽골의 북부를 관통하여 바이칼로 들어간다. 전장 992km이며 몽골국 안의 길이는 593km이다. 우안에 오르혼강을 비롯하여 많은 지류가 있으며 전 유역이 45만km² 에 이른다.

74) ♣ 알탄 한가; 할하 우익의 자삭투 한가의 분가의 칭호이다. 오이라트 제부족을 지배하고 러시아에 대해 알탄 한(알툰 차르)이라 하였다. 알탄은 '황금'의 뜻이다. 라이후르 자삭투 한의 종제 쇼로이 우바시 홍타이지에서 시작하여 이린친 롭상 타 이지는 3대에 해당한다. 16세기에 활약한 투메드 부족의 알탄 한은 한 개인의 호 칭이고 이와는 관계가 없다.

이지라고 하는 자존심 세고 유능한 지도자인 것 같으나, 이린친은 당시 청조에 가까운 좌익이 중국무역 덕분에 날로 번영하는데 반하여 자신이 속한 우익은 중국에서 멀기 때문에 점차 불리한 상황에 빠지는 것에 초조함을 느꼈다.

결국 이린친은 외몽골의 중앙부로 진출하려고 1662년(강희 1) 통로인 자삭투 한가의 영지에 침입해서 수장인 완축 메르겐 한을 죽였다. 이 위기에 좌익은 즉각 반응해서 투시예투 한 쟈쿤 도르지[75)는 스스로 자삭투 한가의 구원에 나서 이린친의 군대를 격파하였다. 이린친은 지금 소련의 투바 자치공화국의 에니세이강 상류 계곡으로 도주하였다. 한이 살해된 대혼란에 빠진 자삭투 한가는 완축의 형인 쵸 메르겐 한이 뒤를 이었으나, 실권은 없고 백성의 대부분은 당장에 점령군인 쟈쿤 도르지의 수하에 들어가게 되었다.

한편 지금까지 이린친을 주인으로 떠받들어왔던 오이라트 제부족도 종가의 수장을 살해한 죄를 범한 이린친에 등을 돌리고 투시예투 한 가와 연합했다. 1667년(강희 6) 준가르의 셍게는 원정에서 이린친을 잡아와 오른손목을 잘라내고 목구멍에 개고기를 밀어 넣은 채 신병을 자삭투 한가에 인도하였다. 그 3년 뒤 쵸 메르겐은 무력함 때문에 폐위되고 동생 쳉군이 대신해서 자삭투 한이 되었다. 이것이 쟈쿤 도르지의 의향이었다는 것은 말할 것도 없다. 쟈쿤 도르지로서는 모처럼 손에 들어온 우익의 지배권에 손을 뗄 생각은 전혀 없었기 때문이다.

마침 이 무렵 준가르에서 셍게가 살해되어 갈단이 대신 부족장이 되었다. 갈단은 옛 주인 자삭투 한가를 방계 쟈쿤 도르지가 좌지우지하는 현상

---

75) ♣ 쟈쿤 도르지(?~1699년); 곰보 투시예투 한의 아들이며 젭춘담바 1세의 형. 할하의 종주로서 우익의 자삭투 한가의 내분에 개입했으나 전후에도 우익에 대한 지배권을 놓지 않아 자삭투 한가를 종주로 받들던 갈단과의 충돌을 초래했다. 갈단에게 패하여 내몽골로 불가피하게 망명을 할 수밖에 없어 1691년 도론 노르 회의에서 강희제에게 신종하였다.

에 불쾌감을 느끼고, 쳉군을 압박해서 이린친의 반란 때 자삭투 한가에서 투시예투 한가로 붙은 옛 백성의 반환을 요구하게 하였다.

그 한편 갈단은 라싸의 겔룩빠 본부에 연락해 달라이 라마 5세의 이름으로 사자를 파견하도록 하여 쟈쿤 도르지와 쳉군 사이를 조정했다. 그러나 쟈쿤 도르지가 들을 이유가 없었다. 담판은 잘 이루어지지 않은 채 끝나고, 한쪽은 할하 좌익을 대표하는 쟈쿤 도르지, 한편은 할하 우익을 대표하는 쳉군과 이를 후원하는 갈단과의 대립이 더욱 악화되었다.

청조의 강희제는 할하 좌익에 친근감을 가져 쟈쿤 도르지에게 동정적이었으나 그래도 이 분쟁을 내버려두면 혼란이 내몽골에도 파급되어 제국의 북방국경의 안전이 위협받을 것이므로 이를 걱정했다. 그래서 강희제는 라싸의 겔룩빠 본부에 연락해 공동으로 조정에 나설 것을 제안하고 1686년(강희 25)에는 강희제를 대신한 이번원 상서(理藩院 尙書)76) 아라니의 입회 아래 항가이 산맥의 남쪽 바이 타리크 계곡의 쿠렌 벨치르에서 강화회의가 열렸다. 우익 측에선 때마침 쳉군이 죽었기 때문에 그의 아들 시라가 자삭투 한이 되어 출석하고, 달라이 라마를 대표해서 라싸의 간덴 사원의 좌주(座主)77)가 참석했다. 좌익에선 쟈쿤 도르지와 그의 동생 젭춘담바 1

---

76) 이번원(理藩院); 청 태종 숭덕 년간에 창설되었다. 청조의 내륙 아시아 관계 사무를 전담한 관청. 원래는 'monggo i jurgan「몽고 아문(蒙古 衙門)」'이라고 한 것처럼 몽골의 왕공과 유목집단의 접대 서무를 처리하였으나 청의 판도 확대에 따른 러시아, 티베트, 청해, 동 투르키스탄에 관한 외교와 통치도 관장하게 되었다. 만주어로 'tulergi golo be dasara jurgan'이라 한다. 일반적으로 몽골왕공의 지위가 높아서 몽골의 한의 사무처리와 의전 등의 일을 담당하였다. 그만큼 대 몽골관계가 청조의 가장 중요한 외번문제의 으뜸이란 것을 말하는 것이다. 이번원 상서는 몽골관계를 담당한 대신이다.

77) ♣ 간덴사의 좌주(座主); 티베트 화신승 간덴 시레투 1세(1635년~1688년)를 말한다. 이름은 '옹악왕 로데 갸초'. 간덴사는 겔룩빠의 총본산에 해당하는 대사원으로 좌주는 사내의 양대 학당의 학장이 교대로 담당하였다. 겔룩빠 최고의 학승인 좌주의 권위는 지극히 높아 원래 '데풍'과 '세라' 사원의 좌주인 달라이 라마를 능가할 정도였다. 그는 그때 이미 퇴임했으나 좌주의 경험자로서 간덴 시레투(간덴사의 좌

세가 출석했다. 여기서 맺은 화약에 의해 쟈쿤 도르지는 시라에게 자삭투 한가의 옛 백성을 반환하는 것에 동의했다.

그러나 이 쿠렌 벨치르 강화회의에선 젭춘담바 후툭투는 달라이 라마의 대리인인 간덴사 주지와 같은 높이의 좌석을 점하고 모든 점에서 대등하게 행동했다. 이것은 강희제의 지령을 받고 한 것이나 이 태도는 갈단을 격노하게 했다. 전에도 말한 대로 젭춘담바에게 구족계(具足戒)[78]를 준 자는 엔사 뚤구 3세로서 갈단은 그 전생이다. 갈단의 입장에서 본다면 젭춘담바는 자신의 전세(前世)의 제자에 지나지 않는다. 그 젭춘 담바가 하필이면 자신이 스승으로 존경하는 달라이 라마의 대리인과 어깨를 나란히 하려고 하는 것이다. 그것은 갈단으로선 도저히 참을 수 없었다.

갈단, 외몽골을 제압하다

한편 자삭투 한 시라는 화약의 문서에 나와 있는 대로, 쟈쿤 도르지에게 옛 영민의 반환을 요구했으나 쟈쿤 도르지는 반밖에는 반환하지 않았다. 갈단은 시라를 위해 쟈쿤 도르지에게 편지를 보내 화약의 이행을 요구하고 만일 응하지 않으면 무력에 호소한다고 말했다. 쟈쿤 도르지는 강희제에게 통고하고 개전의 양해를 구했다. 강희제는 전력을 다해 만류했으나 이미 때는 늦었다. 쟈쿤 도르지는 진격해서 시라를 죽이고 자삭투 한가는 괴멸했다. 쟈쿤 도르지는 한층 더 나아가 준가르 군과도 교전하고 갈단의 동생 도르지 잡을 죽였다. 1687년(강희 26)의 일이었다.[79]

주)로 존경받았다. 이 호칭은 이후 그를 시조로 하는 전생승의 법호(法號)가 되었다.
78) 구족계(具足戒); 비구승이나 비구니가 지켜야 할 불가의 계율이다. 모든 계율이 완전히 구비되었다 하여 구족계라 하며, 이를 잘 지키면 열반의 경지에 다다를 수 있다고 한다.
79) ≪淸聖祖仁皇帝實錄≫ 卷136, 康熙 27年 7月 乙酉條.

다음해 1688년(강희 27) 봄 복수를 다짐한 갈단 보숙투 한은 3만의 준
가르 군을 지휘해서 항가이 산맥을 넘어 오르혼강80) 상류의 지류인 타밀
강에서 쟈쿤 도르지의 할하군과 교전하였다. 결과는 할하군의 대패로 끝
나고 쟈쿤 도르지의 5,000명 가운데 겨우 백여 명만이 살아남았다. 대혼란
의 와중에 쟈쿤 도르지는 단신 산을 넘어 옹긴강 쪽으로 도주하였다. 갈단
은 군대를 둘로 나누어 자신은 그대로 동방으로 진출해서 톨강81)에서 헨
티 산맥82)을 넘어 헤를렌 강의 체첸 한83)의 영지에 침입하였고, 별동대를

80) 오르혼[Orkhon, 鄂爾渾]강; 몽골국 북부의 강, 중국의 사료에서는 鄂爾坤, 斡兒渾,
    鄂勒昆, 昆河 등으로 쓰였졌다. 항가이 산맥에서 발원하여 북동으로 흐르다가 톨
    강과 만나고 알탄 불락의 남서쪽에서 세렝게강과 합류한다. 이 강의 유역은 좋은
    목초지여서 예부터 유목민의 유적과 유물이 많다. 유역에 있는 하라 발가슨의 唐
    回紇牙帳址, 에르데니 조의 하라호룸 유적지, 호쇼 차이담에 빌게[毗伽]可汗, 퀼테
    긴[闕特勤] 등의 돌궐 비문이 있다.
81) 톨[Tola, 土拉]강; 몽골국 북부를 흐르며 오르혼, 세렝게강과 합류하여 바이칼호로
    들어간다. 오르혼강과 합류하는 점까지 전장 700km이며 강변에 울란바타르가 있
    다. 유역은 스텝지역으로 유목민의 중요한 요지이다. 부근에 흉노선우의 능묘가 있
    다. 고대 투르크 제국시대 'Togula-ügüz'라고 오르혼 비문에 써있으며 한역에선
    '독락수(獨樂水)'라고도 한다. 현재는 '톨'강이라고 부른다.
82) 헨티산맥[Khentei, 肯德山脈]; 부르한 할둔[不兒干合勒敦]이란 이름으로 많이 알려
    졌다. 부르한은 투르크어로서 '불타(佛陀, Buddha)'의 의미이며, 몽골어에 차입되
    면서도 '불타(Buddha)'의 의미로 사용된다. 부르한 할둔은 '神의 山', '佛陀의 山'
    이란 의미로 볼 수 있으며 ≪몽골비사≫, ≪몽고원류(蒙古源流)≫ 등에 不里罕哈
    里敦, 布爾干噶拉敦 등으로 쓰였으며 지금의 헨티 산맥으로 비정한다. ≪몽골비사≫
    에 보면 테무진이 메르키드에게 쫓길 때 이 산맥에 은거했다고 한다. 북몽골의 중
    앙부 헨티 아이막의 중심에 있다.
83) 체첸 한[Cecen, 車臣汗]; 北元이 망한 뒤 살아남은 게레산제의 후손 7명 중 다섯
    번째 아들 아민두랄은 헤를렌 강가에 영지를 두고 그 손자 쇼로이가 처음으로 체
    첸한을 칭하였다. 1635년(청 태종 천총 9)에 우젬친(烏珠穆沁), 수니트(蘇尼特)의
    장과 함께 담비털, 여우털 등을 청에 조공하였다. 1655년(순치 12) 이래 쇼로이의
    아들 바부, 그 아들 노르부 손자 우메키 등이 도론 노르 회의에서 왕, 버일러[貝
    勒], 버이서[貝子]의 칭호를 받았다. 갈단의 침입 이전에 헤를렌 강으로 이목하여
    동은 에르데니 톨고이에서 흑룡강 일대, 남은 고비사막을 거쳐 내몽골의 시링골

보내 오르혼강의 에르데니 조[84] 사원에 있는 젭춘담바 후툭투를 공격하였다. 에르데니 조 사원은 1584년 창건된 할하 최고의 명찰로 옛 몽골제국의 고도 하라호룸 성의 폐허에 건설된 것이다. 젭춘담바는 형 쟈쿤 도르지의 가족을 데리고 만사를 제쳐놓고 부랴부랴 내몽골로 도망해서 청의 강희제에게 보호를 요청하였다.[85]

현대몽골인이 그린 상상속의 갈단 초상화

그 사이 쟈쿤 도르지는 필사적으로 세력을 회복하여 다시 모은 전 병력을 가지고 그해 가을 헤를렌 강에서 톨강으로 돌아온 갈단의 군과 우루구이 노르 호(湖)에서 싸웠으나 삼일에 걸친 격전 끝에 또 대패하고 할 수 없이 자신도 고비 사막을 넘어 내몽골로 도망하여 동생 젭춘담바 등과 함께 강희제에게 신하로 받아줄 것을 청원하였다. 할하는 괴멸하였다. 할하의 대중은 눈사태를 만나 내몽골로 도주하여 외몽골은 완전히 갈단의 수중에 들어가고 말았다. 강희제는 수십 만에 이르는 망명 할하인을 위해 내몽골에 각각 목지를 지정하고 가축을 주고 중국 내지로부터 곡물을 운반하여 구제에 힘썼다.

그러나 강희제의 입장에서 보면 이번의 사태는 원래 쟈쿤 도르지가 쿠렌 벨치르 화약을 지키지 않아서 일어난 것이고, 할하가 준가르에게 괴멸

서는 투시예투 한부, 북은 러시아에 이른다.
84) ♣ 에르데니 조 사원; 북 몽골의 오르혼강변에 있는 할하 최고의 불교사원으로 몽골의 고도 하라코룸[和林]의 땅에 투시예투 한가의 시조 아브다이 한이 1585년 건립했다.
85) 할하 부족민들이 러시아 황제와 청 황제 중 누구에게 귀순할 것인가에 대해 격론을 벌리자 젭춘담바 후툭투는 청에 귀순할 것을 결정하였다.

어르데니 조 사원

당한 것이어서 청조가 외몽골에 개입할 이유가 없었다. 또한 갈단 쪽에서
도 청조를 적으로 돌리는 것은 중국 무역에서 상업상의 이익을 잃게 되는
것이다. 때문에 청조와 개전할 이유는 없었다. 그러나 투시예투 한과 젭춘
담바에 대해선 사정이 다르다. 쟈쿤 도르지는 화약을 깨뜨리고 주군(자삭
투 한)과 동생(도르지 잡)을 죽인 범인이고, 젭춘담바는 달라이 라마의 권
위를 무시한 패륜적인 사람이었다. 그래서 갈단은 반복해서 강희제에게
쟈쿤 도르지와 젭춘담바의 인도를 요구했으나,[86] 강희제는 청조와 할하
좌익과의 사이에 오랜 우호관계를 내세워 이를 거부하고 무언가의 교섭으
로 쟈쿤 도르지와 갈단을 화해시켜 문제를 평화리에 해결하려고 노력했다.
그러나 사태는 전혀 호전될 기미가 보이지 않았다.

우란 부퉁(Ulan Butung, 烏蘭布通)의 전투

이 무렵 갈단의 배후에서는 생각지 못한 사태가 발생하였다. 갈단의 조
카 체왕 랍탄[87]의 배반이었다.

---

86) 당시 갈단은 투시예투 한이 강점한 할하의 7旗를 돌려주고 투시예투 한과 젭춘담
　바의 신병인도를 강력하게 요구했다.
87) 체왕 랍탄[Ts'ewang Araptan, 策妄阿拉布坦 1643년, 재위 1697년~1727년]; 만문

이보다 앞서 1670년(강희 9) 셍게가 형들에게 살해되었을 때 셍게의 장남 체왕 랍탄은 아직 7살의 어린아이여서 부족장의 지위를 이을 자격이 없었다. 그래서 숙부 갈단이 원수를 토벌하고 부족장이 되자 그 후에도 체왕 랍탄은 계속해서 숙부의 보호 아래 있었다. 그러나 체왕 랍탄이 성장하게 되자 숙부와의 관계가 미묘하게 되었다.

누가 뭐라고 해도 체왕 랍탄은 선대 부족장의 적자였다. 결국 갈단에게 그 지위의 반환을 독촉 받는 날이 다가왔다. 갈단은 선수를 쳐서 어느 날 밤 암살자는 체왕 랍탄의 장막을 습격하였다. 그러나 체왕 랍탄은 우연히 장막에 있지 않았고 죽은 사람은 동생인 소놈 랍탄이었다.

집으로 돌아와 사정을 알게 된 체왕 랍탄은 즉시 알타이 산맥 가운데 있는 갈단의 본영을 탈출하여 아버지 셍게의 구신 7명과 함께 남쪽 천산산맥으로 도주하고 그곳에서 서방으로 향하여 셍게의 구령인 보로타라강88)의 계곡으로 잠입하였다. 곧 준가르의 국내는 갈단파와 체왕 랍탄파

에선 'ts'ewang raptan'으로 표기하고 있다. 준가르의 3代 汗 셍게의 장남으로 갈단의 조카이다. 갈단은 적장자인 체왕 랍탄을 제거하려 했으나 실패하였다. 이 때문에 오히려 갈단은 체왕 랍탄으로부터 지원을 받지 못해 청과의 전쟁에서 패배했다. 1694년 티베트의 달라이 라마 정권(실제로는 상게 갸초)으로부터 홍타이지의 호칭을 수여받았다. 1697년 갈단이 죽자 준가르의 대권을 잡고 시베리아 일대, 서몽골과 하미를 제외한 동투르키스탄을 포함한 내륙아시아의 지배자가 되었다. 1698년 카자흐족을 격파하여 발하쉬 호수 일대를 지배하고 더 나아가 사마르칸드, 부하라로부터 공납을 받았다. 1717년 달라이 라마와 청조와의 관계를 끊기 위해 티베트에 침범하였으나, 청에 의해 격퇴되었다. 그러나 청에 항복한 하미 지방을 토벌하고, 청의 대군을 격파하여 옹정 3년(1725)에는 청의 양보를 얻어내 청과 휴전하였다. 이로서 하미, 투르판의 위구르족이 과주(瓜州), 숙주(肅州)로 이주하게 되었다. 두 번에 걸친 러시아의 침략을 격퇴하였다. 당시 러시아 포로에 포함된 스웨덴 병사는 준가르에 포술과 수공업을 가르쳐 준가르군의 전투력 향상에 크게 공헌했으며, 그의 치세에 농, 공, 상업이 발달하여 유목제국 준가르의 최전성기를 구가하였다.

88) 신강성의 천산산맥 북부 카자흐스탄과 경계를 이루는 곳에 있는 보로시[博樂市]를 중심으로 소금호수인 애비호(艾比湖)를 관통하는 강.

로 분열하여 내전 상태가 되었다.[89)]

이것은 1689년(강희 28) 초의 일로서 갈단의 할하 침입 직후에 일어난 것이다. 그래서 갈단이 동방 외몽골 작전과 청조와의 교섭에 손을 쓰고 있는 사이에 체왕 랍탄은 착착 지반을 다지고 1691년(강희 30)까지 대략 국내와 동투르키스탄을 지배하고 청의 강희제와 연락을 취했다. 이리해서 갈단은 본국과의 연락이 단절되어 알타이 산맥 동쪽에 고립되고 말았다.

한편 라싸의 섭정 상게 갸초는 오랜 세월 겔룩빠와 대립해 왔던 젭춘담바의 세력이 붕괴하는 것을 크게 기뻐하여 고승 제르둥 린포체[90)]를 갈단에게 보내 청조에 대해 쟈쿤 도르지, 젭춘담바의 신병인도 교섭을 재촉했다. 거듭 재촉을 받은 갈단은 마음은 내키지 않지만 청조에 대해 실력행사를 하기로 했다.

1690년(강희 29) 여름이 끝날 무렵, 갈단은 2만 대군을 이끌고 헤를렌 강[91)]에서부터 행동을 개시하고 고비사막 동쪽 끝을 돌아 대흥안령 서쪽을 남하하여, 내외몽골을 나누는 우루구이강에서 청의 이번원 상서 아라니가 이끄는 몽골인 부대와 접촉하고 교전해서 이를 격파하였다.[92)] 이것이 청

---

89) 이 책의 뒤에 있는 <갈단은 언제 어떻게 죽었는가?>의 주(注)를 참조하시오.

90) ♣ 제르둥 린포체(?~1707년); 캄(동티베트)출신의 겔룩빠 화신승으로 이름은 '옹악왕 군초크 니마'이다. 초대는 총가파의 제자로 제6대 간텐사의 좌주였던 '바소 최기 갠첸'이며 '군초크 니마' 6세 또는 7세로 부른다. 달라이 라마 5세의 이름으로 갈단에 강화를 재촉했으나 실패하고 강희제로부터 갈단 편에 섰다고 비난받았다. 강희제의 명에 의해 1698년 티베트에서 북경으로 압송되었고 그 뒤로는 티베트에 돌아가지 못한채 입적하였다. 린포체는 '활불'이란 뜻이다. 만문에선 'jerdung kutuktu' 한역으로 '濟隆呼圖克圖'라고 표기하였다.

91) 헤를렌[kerulen, 克魯倫]강; 몽골 및 중국의 동북부를 흐르는 강으로 몽골어로 'kherulen gol' 한자로 '克魯倫', '怯綠連河', '龍泃河' 등으로 기록되어 있다. 전장 1264km, 유역은 120km²으로 헨티 산맥의 남쪽에서 발원하여 달라이 노르[Dalai Nor 즉 Hulun Nor]로 들어가는 내륙하천이다. 유역은 목초가 풍부하고 울란바타르와 하이라르를 연결하는 교통의 요지서 요금시대 이래 몽골족의 주된 유목지이다. 현대에서는 '헤를렌'으로 발음한다.

92) 1690년(강희 29) 6월 갈단은 할하[喀爾喀]강을 따라 우루구이[烏爾會]강에 도착하

과 준가르군의 첫 충돌이었으나 강희제는 충돌을 회피하라고 훈령을 내렸기 때문에 아라니 이하 장교들을 처벌하고 그 취지를 갈단에게 통고하였다. 갈단도 "황제에게 적의는 없고 단지 원수 할하인들을 추격하는 것뿐이다."라고 성명하면서 바로 남하를 계속하였다.

이에 이르러 강희제는 형인 유친왕 복전(裕親王 福全)93)을 무원대장군(撫遠大將軍)에 임명하여 고북구(古北口)94)에서, 동생 상녕(常寧)95)을 안북대장군(安北大將軍)에 임명하여 희봉구(喜峰口)96)에서 각각 출격시켰다. 전

였다. 당시 강희제는 상서 아라니에게 額爾赫納, 達爾漢 親王, 반디가 이끄는 몽골병, 盛京과 吉林의 만주병이 오면 협격하라고 지시했으나 아라니는 갈단의 유인책에 걸려 대패하였다.

93) ♣ 福全(1653년~1703년); 순치제의 영각비 동악씨(寧愨妃 董鄂氏) 소생으로 둘째 아들이며 강희제의 배다른 형이다. 유친왕(裕親王)으로서 양백기의 기주로 봉해졌다. 갈단의 외몽골 침입 때에 무원대장군(撫遠大將軍)으로서 우란 부퉁 전투를 지휘하였고 그 뒤에도 갈단 토벌전에 종군하였다.

94) 古北口(몽골어, moltosi) ; 북경에서 북으로 130km 정도 떨어진 곳으로 내몽고와 동북의 송요(松遼) 평원으로 나가는 요새로서 장성의 관문이 있다. 명의 홍무제가 성을 쌓아 영성(營城)이라 하였다. 고북구 장성은 중국 장성 가운데 가장 완전한 것으로 알려졌다. 하북성 밀운현(河北省 密雲縣) 동북부에 고북구진(古北口鎭)이 있다. 내몽골의 동부로 통하는 중요한 관문이다. 명대에는 투메드의 알탄 한이 자주 돌파하였다. 청대에는 열하(熱河)의 피서산장(避暑山莊)으로 가는 요지로 강희제와 건륭제가 북순(北巡)할 때 반드시 거쳤다.

95) ♣ 常寧(1657년~1703년); 순치제의 서비 진씨(庶妃 陳氏) 소생으로 다섯째 아들이며 강희제의 배다른 동생. 공친왕(恭親王)으로 정람기(正藍旗)의 기주(旗主)로 봉해져 갈단의 내몽골 침입때 안북대장군(安北大將軍)으로 임명되었다. 청 말의 유명한 공친왕 혁혼(恭親王 奕訢)과 왕호가 같으나 다른 가계에 속한다.

96) 喜峰口; 하북성 당산시 천서현(河北省 唐山市 遷西縣)과 관성(寬城)의 경계에 있으며 연산산맥(燕山山脈) 동쪽의 요처에 있는 장성으로 전략적 요새이다. 한대(漢代)에는 송관정(松亭關)이라 했으며 조조(曹操)가 이곳에서 오환(烏桓)을 격파했고 동진(東晋)시대에는 모용준(慕容儁)이 이곳을 거쳐 중원으로 진입했다, 뒤에 '喜峰口'로 개명하였다. 북경 동쪽의 만리장성의 관문으로 난하(灤河)가 장성선을 관통하는 좁고 험한 길에 설치되었다. 명대에는 계주진(薊州鎭) 관할 아래의 중요한 관문이었으나 자주 청군에 의해 돌파되었다.

내몽골지도

면 충돌의 위기가 시시각각 임박하였다.

−祁韻士;《皇朝藩部要略》卷9 厄魯特要略 1−

충돌은 1690년 9월 4일(강희 29) 북경의 북방 300km인 우란 부퉁에서 일어났다. 지금의 대흥안령 남측인 요녕성 적봉시(遼寧省 赤峰市)[97]에 해당한다.

청군이 우란 부퉁에 도착해보니 준가르군은 소택지를 앞에 둔 숲속에 포진해 낙타의 발을 묶어 땅에 앉히고 그 등에 물에 적신 펠트를 덮어 방

---

97) 적봉(赤峰); 몽골이름은 'ulan hada(紅山)'이다. 內蒙古自治區 錫林郭勒盟 직할시로서 신석기 시대의 채도문화(彩陶文化)가 발견된 곳으로 이른바 홍산문화(紅山文化)의 중심지이다.

희봉구 장성, 현재 일대는 댐으로 되었다.

탄막으로 한 뒤 그늘에서 소총의 총구를 일렬로 나란히 하고 (적이) 오기를 기다리고 있었다.

돌격의 기회를 뺏긴 청군은 월등한 화기의 힘에만 의지할 수밖에 없었다. 날이 저물 때까지 격렬한 사격이 교환되었으나, 준가르군도 러시아제 대포를 다수 갖추어 청의 전선은 큰 손해를 입고 강희제 외가 쪽의 큰 아버지인 내대신(內大臣)[98] 동국강(佟國綱)[99]도 적탄에 전사하였다.

---

98) ♣ 內大臣; 팔기의 황제 친위대인 시위를 통솔하는 대신이다. 제일 높은 영시위내대신(領侍衛內大臣)과 차석의 내대신(內大臣)이 각각 6인이 있어 교대로 경비를 통할하였다. 궁내대신(宮內大臣)에 해당하는 내무부총관(內務府總管)과 함께 측근의 역할도 담당하였다. 황제의 시위처(侍衛處)에 領侍衛 內大臣(正一品), 內大臣(從一品) 등 6인, 그리고 약간 명의 산질대신(散秩大臣)을 두어 시위친군(侍衛親軍)을 통솔하여 황제를 호위하게 하였다. 지위가 매우 높아 팔기(八旗) 가운데 上三旗에서 선발하였다. ≪淸史稿·職官志≫

다음날, 갈단의 군사(軍使)가 와서 의기가 상한 청군에 강화를 신청하였다. 조건은 쟈쿤 도르지와 젭춘담바의 인도였다. 유친왕은 이를 거부했다. 그런데 이틀 후 제르둥 린포체가 스스로 와서, 조건을 완화하며 쟈쿤 도르지의 신병은 요구하지 않고 다만 젭춘담바만을 라싸의 달라이 라마에게 보내달라고 청하였다

어떻든 준가르 측이 우세했다는 것을 갈단의 이 고자세가 말하고 있는 것이다.[100]

그러나 오래 머무는 것은 쓸데없는 일이어서 청의 증원부대가 도착하기 전에 갈단은 전군을 이끌고 순식간에 고비 북쪽으로 퇴각하였다. 이 우란 부퉁 전투는 상대가 내몽골 깊숙이 침입해 북경의 목전에서 제 마음대로 행동한 것을 허락한 것이기 때문에 강희제의 위신은 크게 타격을 받았다. 이에 따라 내몽골 여러 부족이 불신의 생각을 지니면 몽골족의 무력 후원 아래 중국을 지배하고 있는 소수민족 만주족의 청조로서는 권력이 뿌리 채 흔들리게 된다. 그래서 연출된 것이 다음해 1691년(강희 30) 도론 노르 회맹(會盟)이다.

---

99) ♣ 佟國綱(?~1690년); 강희제의 생모 효강장황후(孝康章皇后)의 오빠로 한자 이름이지만 한인(漢人)은 아니고 명에 출사하여 한화(漢化)한 만주인의 가계 출신이다. 당초 한군적(漢軍籍)이었으나, 만주계였다는 것을 상주해서 만주 양황기(滿洲鑲黃旗)로 이적했다. 우란 부퉁의 전투에서 준가르군의 총탄에 맞아 전사했다.

100) 당시 유친왕은 제르둥 린포체의 거짓말을 믿고 갈단이 시라무렌을 넘어 대적산(大磧山)으로 도망하게 했기 때문에 벌봉 1년과 1년 동안 의정을 삭탈당하는 처벌을 받았다. 갈단이 우란 부퉁에서 후퇴했기 때문에 이 전투를 청의 승리로 보는 견해가 있으나 청이 갈단의 전리품 약탈을 수수방관했고 젭춘담바를 요구하는 갈단의 고자세에서 볼 때 청의 일방적 승리는 아닌 것이 분명하다.

우란 부통의 옛 전쟁터

도론 노르[Dolon Noor, 多倫諾爾] 회맹(會盟)

도론 노르는 북경에서 정북쪽 방향으로 약 360km인 난하(灤河)의 상류이고 그 옛날 원의 세조 쿠빌라이 한[101]이 상도(上都)라고 부른 제국의 여름 수도를 세운 곳이다.

강희제는 명을 내려 내몽골 제부족과 새로 온 할하의 수령들 전부를 이 땅에 모이게 하고, 5월 5일 북경을 출발하여 고북구를 거쳐 도론 노르로

---

101) ♣ 쿠빌라이 한(1215년~1294년); 몽골제국의 제 5대 황제(재위 1260년~1294년). 바로 윗대 황제이자 형인 몽케가 죽자 스스로 본거지인 내몽골의 개평부(開平府)에서 즉위해서 1271년에 국호를 「大元」으로 정했다. 현재의 북경에 「大都」를 건설하여 새 수도로 하고 개평부를 「上都」라 칭하며 여름의 수도로 정했다. 유목군주로서 두 수도를 계절에 따라 이동하면서 제국을 통치했다. 묘호(廟號)는 세조(世祖)이다.

향했다. 그리고 30일 같은 곳에서 알현식을 거행했는데, 여기에는 쟈쿤 도르지와 젭춘담바 후툭투 만이 아니고 망명해온 (체첸 한) 오메게이, 살해된 (자삭투 한) 시라의 동생 체왕 잡 역시 자삭투 한의 신분으로 참석이 허가되었다.

식이 거행되는 날 정장한 청병은 27개 대로 나뉘어 정렬하고 원진(圓陣)을 만들었다. 네 마리의 코끼리가 모습을 나타내었고, 원진의 중앙에는 황제를 비롯해 황족, 대관들의 게르[102]도 나란히 세워졌다. 알현용의 황색큰 텐트 정면에는 옥좌로서 60cm 높이의 대가 설치되고, 펠트의 융단 위에는 황색의 비단 쿳션을 깔고 황제가 앉았다. 황제의 좌측에는 황장자 윤제(皇長子 胤禔),[103] 황삼자 윤지(皇三子 胤祉)[104]를 비롯한 여러 왕, 만주·몽고·한군 팔기(八旗)[105] 대신들이, 우측에는 할하의 여러 수령들이 시립

---

102) ♣ 게르(ger); 몽골 유목민의 조립식 텐트 가옥[帳幕]으로 '파오[包]'라고도 하는데 '파오[包]'란 만주어에서 기원한 한어이다. 원형의 벽과 원추형의 천정 덮개의 골조를 펠트로 덮은 것으로 이동에 편리하다. 유목사회는 군주도 이동생활을 계속하기 때문에 군주의 대장막(ordu)은 대형으로 화려하게 장식되어 있어 이동궁전이라 할만하다.

103) ♣ 胤禔(1672년~1734년); 강희제의 장자로 혜비 나라[惠妃 那拉]씨 소생이다. 大아거(장형의 뜻)라고도 부르며 직군왕(直郡王)으로 양람기의 기주에 봉해졌다. 바로 밑의 동생인 황태자를 폐하려는 운동에 가담했다가 실각하고 유폐된 뒤 죽었다.
*청대에는 황자들의 서열을 皇長子○○, 皇二子○○, 皇三子○○, 皇四子○○ 등으로 표기했다. 강희제의 아들들도 이에 따라 皇長子 胤禔, 皇三子 胤祉, 皇四子 胤禛 등으로 표기한다. 皇二子 胤礽은 皇太子여서 皇二子라고 하지 않고 皇太子라고만 지칭하였다.

104) ♣ 胤祉(1677년~1732년); 강희제의 셋째 아들로 榮妃 마기야 씨 소생이다. 성군왕(誠郡王)으로서 양람기의 기주에 봉해지고 바로 위의 형 황태자와 가까웠으나, 옹정제 때 8황자 윤사(胤禩) 등과 가까웠다고 해서 유폐되어 죽었다.

105) ♣ 八旗; 청의 지배체제의 근간을 이루는 조직으로 건국기에 창설되어 왕족, 수장층에서 영민(領民), 노복(奴僕)에 이르기까지 전 구성원을 여덟 종류의 군기(軍旗)로 구별하는 여덟 개의 집단으로 조직했기 때문에 八旗라고 부른다. 팔기에 속하는 자는 기인(旗人)이라 부르며 병역및 노역의 의무를 진다. 중국 정복후 농·상·

하였다.

준비가 끝나자 먼저 젭춘담바가 들어오고 이어서 쟈쿤 도르지가 입장하였다. 두 사람이 어전에 나아가 무릎을 꿇자 황제는 자리에서 일어나 이를 제지하면서 그들의 손을 잡았다. 투시예투 한이 상주하였다.

「신들에겐 죽음만이 있었으나 폐하의 은혜를 받아 지금껏 살아남을 수가 있었습니다. 무어라 감사의 말씀을 드려야 할지 모르겠습니다. 단지 폐하의 비호 아래 이후에도 안락하게 살아갈 수 있는 것만을 바랍니다.」

젭춘담바가 상주했다.

「깊은 자비를 가지고 중생을 구하고 널리 이익을 펴는 것이 부처입니다만 신들은 폐하의 은혜를 받아 특히 구원을 받았습니다. 이것이야말로 활불을 만난 것입니다. 바라건대 폐하께서 만수무강하시기를」

알현은 30분 정도로 끝났다. 황제는 두 사람에게 차(茶)를 내리고 이어서 별도의 큰 텐트로 옮겨갔다.

옥좌의 좌측에 정렬한 만주 귀족과 내몽골의 수령들, 우측에는 젭춘담바와 세 명의 한을 비롯한 할하 사람들 총 1,000여 명 정도가 수십 줄의 열을 만들었다. 황제가 행차하자 전원이 기립했다. 할하의 세 명의 한(汗)은 어전에 나아갔다. 관리가 「꿇어라」라고 호령을 했다. 세 명의 한은 일제히 무릎을 꿇고 「머리를 조아려라」라는 호령이 있자 이마를 세 번 지면에 붙였다. 「일어나라」고 하자 일어서는 것을 세 번 반복하고서 삼궤구고두[106]의 예가 끝났다. 전원이 착석하자 다과(茶菓)가 제공되었다. 황제가

공에 종사하지 않고 관원 및 병정을 배출하는 특문서계급과 그 영민으로 구성되었다. 각기에는 왕족이 분봉되어 영주로서 지배권를 행사하고, 또 병제상으로는 만주(滿洲), 몽고(蒙古), 한군(漢軍)의 세 종류가 있다.

106) ♣ 三跪九叩頭; 청대 최상급의 경례법으로 황제와 하늘에 대해 행하였다. 일어선 상태에서 무릎을 꿇고 이마를 지면에 붙이는 동작을 세 번 행한다. 이 일련의 동작을 일궤삼고두(一跪三叩頭, 한번 무릎을 꿇고 세 번 머리를 지면에 붙이는 것)라 하고 이를 세 번 반복한다. 황제에게 세 번 무릎을 꿇고 엎드려 아홉 번 머리를 조아리는 배례의식. 황제도 하늘에 제사 지낼 때 이런 배례의식을 행한다. 서

찻잔을 손에 잡자 전원이 꿇어 앉아 이마를 땅에 대었다. 이로부터 출석자에게 차가 부어졌다. 각자 마시기 전에 한쪽 무릎을 세우고 머리를 수그렸다. 이어서 술이 나오고 황제는 스스로 젭춘담바와 세 명의 한 및 기타 할하의 수령 20명 정도에게 술을 주었다. 모두 무릎을 꿇어 잔을 받고 머리를 조아리며 입에 대었다. 여흥으로 줄타기와 꼭두각시 인형놀음이 있었다. 할하 사람들은 크게 즐거워했으나 젭춘담바는 고승답게 전혀 무관심한 것처럼 가장하고 있었다. 연회가 끝나자 모두 고가의 답례품을 하사받고 퇴청하였다. 다음날 31일 할하의 수령들에 대한 직위 임명의 명령이 발표되고 그들은 모두 내몽골의 수령들과 마찬가지로 기(旗, gūsa), 좌령(佐領, niru)[107]에 편성되어 청조의 작위를 받았다.

6월 1일 황제는 갑옷을 입고 말에 올라 진영을 돌고 열병식을 거행하였다. 끝나고 말에서 내려오자 황제는 표적을 세우고 스스로 강궁을 당겨 솜씨를 보였다. 10개의 화살 가운데 9개를 명중시켜 열석한 몽골인들 사이에서 경탄의 소리가 울려 퍼졌다. 이어서 황제는 연습 개시를 명했다. 청군은 전투대형을 갖추어 전진하고 나팔소리, 전투개시의 함성, 소총 소리가 언덕에 메아리쳤다. 할하 사람들이 이 구경거리에 큰 감명을 받은 것은 말할 것도 없었다.

6월 4일 이 집회를 해산하고 강희제는 도론 노르를 떠나 북경으로 향했는데 이를 계기로 할하 사람들은 독립을 상실하고 청조의 신하가 되었다. 이에 따라 강희제는 할하인을 위해 갈단의 손에서 외몽골을 빼앗을 정당한 명분을 얻은 것이다.

양인은 이를 굴욕적인 예법으로 여겼기 때문에 자주 충돌했다.
107) ♣ 旗, 佐領; 기(旗)는 팔기의 최대 단위로서 만주어로 'gūsa'라고 한다. 앞서 나온 좌령(佐領)은 기본 단위로서 'niru'라고 하였다. 청에 복속한 몽골의 여러 집단도 이 체제에 따라 편성하였고 좌령을 기본 단위로 하는 기가 편성되었다. 몽골어로 기를 'hoshun' 좌령을 'som'이라 한다.

유목민과 농경민의 전쟁

그러나 강희제로서도 스스로 외몽골로 나가 갈단과 분쟁을 일으킬 충분한 이유는 없었다. 그것은 준가르와 같은 유목국가와의 전쟁에선 중국은 막대한 인명, 물자의 낭비를 각오하지 않으면 안되기 때문이고 유목국가와 농경민의 전술이 본질적으로 다르다는 것 때문이었다. 유목민 군대의 특징은 지극히 (운영비 등이) 싸다는 점이다. 대체로 봉급이란 것도 없고, 전리품에서 1/10을 전쟁지도자인 한(汗)에게 따로 떼어 바치면 나머지 전부는 자신의 것이 된다. 보급도 편해서 수송부대가 없어도 된다. (병사들은) 출진할 때 각자 허리의 가죽 주머니에 치즈나 말린 고기를 넣고 나가는데 그것으로 대략 3개월은 행동할 수 있는 것이다.

이에 대해 농경민 군대는 매우 비용이 많이 든다. 경작을 쉬고 나가야 하므로 한 번의 출동만으로도 즉시 수확이 감소한다. 따라서 정부는 이에 걸 맞는 보상 즉 급여를 주지 않으면 안된다. 게다가 보급은 항상 최대의 난제이다. 농경민 군대가 유목지대에서 작전할 때 현지에서 식량을 징발할 수 없으므로 내지에서 미리 군대의 행군루트에 식량을 운반해야 한다. 그러나 이것은 보급품 수송대가 전투부대의 앞으로 나가는 것이어서 적의 습격을 피할 방법이 없다. 더구나 전투부대는 자신의 식량을 운반해야 하고 그리 하면 전투원의 몇 배에 달하는 많은 우차(牛車)나 낙타를 데리고 가야 한다. 당연한 결과로 행군의 속도는 아주 굼뜨게 된다. 이래서 대부대가 되면 될수록 보급은 곤란해지고 행군 속도도 떨어진다. 더욱이 농경민 군대는 보병이 위주여서, 밀집 대형으로 행동해야 하지만 유목민 군대는 전원이 기병이고 행동이 신속해서 기습을 하기 쉽다. 그래서 농경민 군대는 유목민 군대와 단병접전을 할 수 없고, 단지 장비가 적보다 우수한 경우에만 승리할 수 있다.

그러나 그러한 이점이 있을 때조차도 농경민 병사는 유목지대의 혹독한 자연조건에 살아남는 훈련이 되어있지 않아 픽픽 낙오해 죽어갈 뿐, 승리는 항상 막대한 희생을 지불하지 않으면 손에 넣을 수가 없다. 게다가 아무리 중국이 풍요하고 한족의 숫자가 많아도 이와 같은 인명과 물자의 소모를 매년 반복하는 것은 불가능하다.

유목민 군대가 기병대여서, 행동반경이 길고 이동 스피드가 빠르다는 것은 농경민 군대로선 적을 포착하는 것이 사실상 불가능한 것을 의미한다. 이따금 적군과 만나도 적은 불리할 경우 전 속력으로 반전해서 이탈하기 때문에 결정적인 타격을 줄 수 없다. 그러므로 농경민 군대가 유목지대에 진공하는 것은 사막에서 신기루를 좇는 것처럼 된다.

갈단의 본영은 알타이 산맥 동쪽 기슭의 홉드[108]에 있었다. 이곳은 북경에서 3,000km 정도이고 중국의 변경을 벗어나도 상당히 멀어서 도무지 청군의 행동반경에 들어오지 않는다. 강희제로서는 적이 한층 접근해서 공격문서 안에 들어올 때까지 인내심을 가지고 기다리는 것 이외에 방법이 없었다.

황태자에게 보내는 붉은 글씨의 편지

기다린 지 4년, 좋은 기회는 마침내 1695년(강희 34) 가을에 도래했다. 이때 갈단은 몽골고원의 동쪽으로 진격해서 헨티 산맥을 넘어, 헤를렌 강

---

108) 홉드[Khovd, 科布多]; 현 몽골국의 홉드 아이막의 성도(省都) 홉드 일대를 말한다. 청대에 호쇼트 몽골족을 중심으로 한 오이라트 몽골의 목지였으며 청에 귀속되면서 우리야 수테이 정변좌부장군[烏里雅蘇台 定邊左副將軍]이 설치되어 이리장군(伊犁將軍), 길림장군(吉林將軍), 흑룡강 장군부(黑龍江 將軍府)와 함께 청조의 북방방어의 주요한 4대 거점이다. 외몽골의 북서부, 알타이 산맥의 동쪽 기슭에 위치하며 몽골고원 준가르 분지 투르판 방면을 연계하는 요충지이다. 청의 할하 지배이후 홉드 참찬대신(參贊大臣)이 주재하고 서부 몽골통치의 거점이 되었다.

의 상류인 바얀 울란[109])에 본영을 설치하고 있었다. 이곳이라면 북경에서 1,000km 정도이고, 그럭저럭 청군의 손이 미치는 곳이다. 단지 기습에 성공해서 작전이 단시간 안에 종료된다면 이라는 말이 전제 된다. 만일에 갈단의 군을 잘 포착하지 못하고 식량이 다해서 퇴각하려는 참에 적의 게릴라 활동으로 퇴로가 차단된다면 청군이 아무리 대군이어도 뻔히 알면서 적의 술수에 빠져 자멸할 수밖에 없다. 이것은 지극히 위험한 도박이지만 강희제는 결연히 고비사막[110] 횡단작전을 결단하였다.

3개 군단이 편성되었다. 흑룡강 장군(黑龍江將軍)[111] 사브수[112]가 이끄는 동로군 35,430명은 심양(瀋陽)에서 출발하여 동쪽으로 돌아서 헤를렌강으로 향했다. 무원대장군백(撫遠大將軍伯) 휘양구[113]가 이끄는 서로군은

---

109) 헤를렌 강 상류에 있다. 현재에도 47도 40분/109도 부근에 숲과 산이 있으며, 헨티 아이막에 '헤를렌 바얀 울란(Kherlen bayan ulaan)'이란 곳이 있다.

110) 고비 사막; 몽골고원남부에 펼쳐진 사막이나 모래/땅이 아니고 황량한 땅으로 자갈로 된 사막이다. 수원에 있는 교통로가 한정되어 있기 때문에 지나가기가 어렵고 외몽골(漠北)과 내몽골(漠南)을 나누는 자연의 경계선이 되었다.

111) 흑룡강 장군(黑龍江 將軍); 청이 만주에 설치한 三將軍의 하나로서 흑룡강 상류지방 일대와 대흥안령 지역을 관할하였다. 관할 지역의 통치 뿐만 아니고 대 러시아 외교와 몽골대책도 중요한 임무이었다. 준가르와의 전쟁에선 후방지원을 담당하였다.

112) 사브수[Sabsu 薩布素, 1629년~1700년]; 만주 양황기 사람으로 성은 부차[富察]氏. 군대 출신으로 1664(강희 3)에 영고탑 효기교[寧古塔(今黑龍江寧安)驍騎校] 때에 병사를 거느리고 러시아 침략자들을 습격하여 공을 세우고 강희 17년 영고탑 부도통(寧古塔副都統)으로 승진하고 강희 22年에 초대 흑룡강장군이 되었다. 사브수는 흑룡강 일대의 소수민족과 더불어 강희 24년 알바진을 공격 러시아의 사령관 톨부진의 항복을 받아내었다. 다음해 러시아의 톨부진이 다시 알바진을 차지하자 사브수는 다시 대군을 거느리고 공격에 나서 러시아를 대패시켜 러시아는 황급히 정전을 요구하였다. 강희 28년 네르친스크 조약 체결시 청의 대표단 일원으로 수군을 이끌고 네르친스크에 도착하여 청사절단의 안전을 보장하였다. 이후 1696년(강희 35) 강희제의 갈단 친정에 동북의 팔기병과 호르친 몽골병으로 구성된 동부군의 총수로 참전하였으나 진군 시간에 맞추지 못하고 작전에서 탈락하였다.

113) 휘양구[Fiyanggū, 費揚古 1645년~1701년]; 만주 정백기 사람으로 성은 동고

35,600명으로 내몽골의 서부로부터 음산산맥[114]을 넘어 고비사막의 서부를 횡단하여 옹긴강으로 나아가 서쪽을 돌아서 톨강 쪽으로 향하였다. 그리고 강희제 자신이 지휘하는 중로군은 37,000명으로 북경에서 출발하여 현재의 내몽골 자치구 수니트 좌기(左旗)[115]에서 고비 사막 한가운데를 서북으로 단숨에 돌파하여 바얀 울란에 있는 갈단의 본영을 노렸다. 이곳은 현재 집녕(集寧)[116]↔ 울란바타르 철도의 동방 200km를 대략 평행으로 달

[Donggo, 棟鄂]이다. 內大臣 오쇼[鄂碩]의 아들로 1658년(순치 15), 14세의 나이로 부친의 작위를 이어받고, 1674년(강희 13) 안친왕 악락(安親王 岳樂)을 따라 오삼계를 토벌하였다. 그 공에 따라 1679년 영시위대대신겸화기영총관(領侍衛內大臣兼火器營總管)으로 기용되었다가 다시 의정대신(議政大臣)이 가해졌다. 그 후 할하 좌익의 투시예투 한과 자삭투 한 사이에서 분쟁이 발생하자 1689(강희 38년) 투시예투 한에게 사신으로 가서 분쟁의 조정을 담당하였다. 그러나 1690년 준가르의 갈단이 대거 침략하자 호르친에 가서 군대를 정비하고 같은 해 우란 부퉁에서 갈단과 대적하였다. 1693년(강희 32) 안북장군(安北將軍)에 임명되어 귀화성(歸化城)에 주둔하여 바얀 울란에 주둔한 갈단을 방위하였다. 1695년(강희 34) 무원대장군(撫遠大將軍)에 임명되었고 다음해 강희제의 친정에 서로군의 총수로서 참전하였다. 존 모드에서 갈단을 격파하였다. 1697년(강희 36)에 임지에서 병이 나서 북경으로 돌아와 영시위내대신일등공(領侍衛內大臣一等公)에 봉해졌으나 얼마되지 않아 병사했다.

114) 음산산맥(陰山山脈); 몽골어 'dalan kara(70개의 검은산)'이라고 한다. 내몽골의 중부에 있으며 동에서 서쪽으로 이어진다. 낭산(狼山), 우라[烏拉], 대청산(大靑山)등 2,300~2,400m에 이른다. 집녕(集寧) 이동의 장가구 일대로 오면 1,000~500m 정도가 된다. 농경문화와 유목문화가 교차하는 지역으로 예부터 이 산맥을 중심으로 유목민과 농경민의 대립 투쟁 또는 교류가 빈번하였다.

115) ♣ 수니트 좌기(左旗); 내몽골의 부족으로 다얀 한의 계통을 이었다. 청대에는 북경에서 서북방의 실링골 盟의 수니트 두 개의 기로 나뉘어 중로군의 진군로에 위치하였다.

116) 현 內蒙古自治州 二連浩特의 동남 근처이다. 二連浩特는 몽골어 'eryen(알록달록한)' 'hot(도시)'를 한어로 음사한 것이다. 현 중국 내몽골과 몽골국과의 최대 접경 상업 도시로, 몽골어로 자민우드(jam'in uud)라 한다 '잠(jam)'은 '길, 도로'의 의미이며 'uud'는 '門'이란 의미이다. 원(元)제국 시대, 역참(驛站)을 두어 말을 교환하고 숙식을 제공하던 '참(站)'과 문(門)을 의미하는 '우드(uud)'의 합성어로 생긴 지명이다. '자민우드'란 '길의 관문'이란 의미이다.

리는 루트이다.

청군이 바야흐로 외몽골 원정의 모험에 나선 것은 다음해 봄이지만, 강희제는 이 1696년(강희 35)의 전후 98일 간에 걸친 대작전을 제1회로 하고, 같은 해 가을에서 겨울에 걸쳐 제2회, 다음해인 1697년(강희 36) 봄에서 여름까지를 제3회로 해서 모두 세 번 몽골고원의 전선으로 출정하였다. 그리고 이 세 번의 친정 때마다 북경에 남아서 제국의 정무를 대행한 사람은 황태자 윤잉(胤礽)[117]으로 강희제의 둘째 아들이었다. 이 황태자의 어머니[118]는 강희제의 첫 번째 정황후로서 황태자를 생산한 뒤 산욕(産褥)으로 죽었다. 그것도 있고 해서 강희제는 이 미목이 수려한 황태자를 각별히 총애하고 스스로 천문학과 수학을 가르쳤다는 것을 부베 신부는 기록하고 있다.

강희제는 세 번의 친정 때마다 바쁜 군무의 틈을 내서 진중에서 매일마다의 일을 북경의 황태자에게 세세히 써서 보냈다. 이 자필의 편지 원본은 현재 타이베이[臺北]의 국립고궁박물원(國立故宮博物院)에 보존되어 있다. 중국황제의 특권으로 검은 먹이 아니고 모두 붉은색으로 썼고 언어도 한문이 아닌 만주문이다. 만주어는 어순이 일본어와 한국어에 가깝고 문자도 독특한 알파벳을 사용하여 위에서 아래로 내려쓴다. 이는 청제국의 공용어로서 1644년에서 1911년까지 중국에서 가장 중요한 언어였다. 현재 중국에선 만주어를 일상으로 말하는 사람은 신강 위구르 자치구[新疆維吾爾自治區]의 이리 강 계곡에 시버족[119] 수만 명이 남아 있을 뿐이고, 내지

---

117) 윤잉(胤礽, 1674년~1725년) 1차 황태자 재위 1675년(강희 14)~1708년(강희 47), 2차 황태자 재위 1709년(강희 48)~1712년(강희 51); 강희제의 둘째 아들로 두 번이나 황태자로 책봉되고 두 번 폐위 당하였다. 친모는 정황후는 허서리[赫舍里]씨 출신의 황후이나 산욕으로 출산 후 곧 죽었다.

118) ♣ 황태자의 어머니(1653년~1674년); 강희제 최초의 정황후로 황태자인 윤잉(胤礽)을 생산했으나 산욕으로 젊은 나이에 죽어 효성인황후(孝誠仁皇后)라고 시호가 부여되었다. 보정대신 소닌의 장자 가부라의 딸로서 권신(權臣) 송고투는 숙부가 된다.

의 만주족은 한어만 말할 수 있다. 그래도 만주어의 중요성은 변하지 않는다 라는 것은 청조시대에 제정 러시아와 사이에 체결된 조약의 정문(正文)은 어느 것이나 만주문이므로 중·소(中·蘇) 대립의 현대에선 국경문제의 교섭에 만주어의 지식이 빠질 수 없기 때문이다.

어찌되었든 《강희제의 편지》는 역사가들에게는 정말로 희귀한 자료인 셈이다. 대체로 황제는 그 지위의 관계 때문에 신하와 편지를 주고받은 것은 있으나 그것은 주로 정치적인 문제에 관해 의견을 교환한 것이고 황제 개인의 생활과 감정을 반영하지 않은 것이 보통이다. 그러나 강희제의 주필(朱筆: 붉은색 글씨) 편지는 눈에 넣어도 아프지 않을 정도로 총애하고 자신의 후계자로 특별히 주의해서 교육해 온 황태자에게 보낸 사신(私信)의 성질을 띤 것이다. 거기에는 날마다 작전에 관한 것만이 아니고 진군의 도중에 접촉한 몽골의 자연관찰과 정세에 대해서 일희일비하는 감정의 반영이 세밀하게 기록되어 이 불세출의 천재 정치가이자 중국역사상 굴지의 명황제의 인간성을 생생하게 전하고 있다.

이하 만주어로 된 강희제의 편지 원문을 번역하여 세 번에 걸친 몽골 친정의 경과를 살펴보겠다.

---

119) 시버[Sibe, 錫伯 xibo]; 시버족은 중국동북지방의 몽올실위(蒙兀室韋)의 후손으로 알려졌으며 대흥안령에서 후룬부이르 초원에 이르는 지역에 분포하고 있었다. 1764년 4월 18일 건륭제의 명에 따라 멸망한 준가르의 고토를 지키기 위해 대대적인 부족이주를 단행하였다. 당시 시버족 이외에 다구르족, 오로촌족 등의 동북 민족들도 신강에 이주 하였으나 가장 성공적인 이주를 한 것은 시버족인 것으로 알려졌다. 盛京을 출발한 지 일년 반 만에 4,000여 km를 행군한 끝에 현재 신강(新疆)의 이리 강 남쪽 언덕에 정착하여 무주공산이 된 신강지역에서 둔전(屯田)과 주수변방(駐戍邊防)의 임무를 담당하였다. 2000년의 중국의 인구보사(人口普查)에 따르면 신강, 내몽고, 심양 등에 188,824명이 살고 있는 것으로 알려졌다.

고비사막을 넘어서

-제1차 친정(康熙 35年 2月 30日~6月 9日;
陽曆 1696년 4월 1일~7월 7일)-

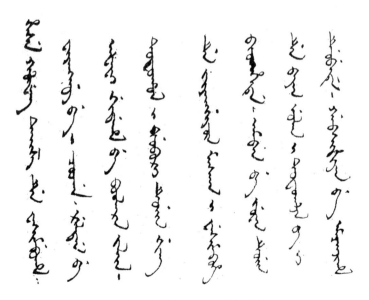

강희제의 필적(존·모드 승리의 제1보)

혹독한 진군과 낙관적인 편지

1696년(강희 35) 4월 1일, 음력으로 말하면 2월 30일, 황제는 중로군을 지휘해서 북경성에서 출발했다. 중로군은 16개 부대로 나뉘었으나, 군수물자를 운반하는 엄청난 수의 우차대(牛車隊)를 거느리는 대부대인만큼 전군(全軍)이 출발을 마치고 마지막 후미가 북경성을 떠난 것은 5일 뒤인 4월 6일이었다. 이를 보고한 황태자의 편지를 받은 황제는 이 말미의 여백에 붉은 글씨로 다음과 같이 써서 북경으로 돌려보냈는데, 이것이 강희제 편지의 제1호인 셈이다.

「짐은 건강하다. 이번 달 3월 10일(4월 11일)에 독석(獨石)[120]에 도착하였다. 11일(12일)에 장성[121]을 넘어간다. 병사도 말도 짐의 부대는 정연하고 양호하다. 후속부대는 아직 보이지 않으나 듣건대 양호하다고 한다. 단지 짐의 부대의 뒤를 따르는 말은 상사원(上駟院)[122]의 1,000마리, 병부(兵部)[123]

---

120) 하북성 적성현(河北省 赤城縣)의 북에 위치했다. 명나라 장성의 요새 선부진(宣府鎮)의 중요한 출입구로서 '상곡(上谷)'의 목구멍이며, 북경의 오른쪽 팔에 해당한다는 요새이다. 하북에서 산서(山西)에 이르는 장성은 내외 이중으로 되어 있는데 장성의 안쪽에서 몽골고원으로 나가는 출구가 있다. 명대에 몽골족의 침입이 아주 극심했던 곳이다. 1696년(강희 35) 강희제가 갈단을 친정하러 나갈 때 이곳을 거쳐 나가고 들어올 때 이곳을 거쳐 들어온다.

121) 이 구절에 나오는 만문 'giyase'의 사전적 의미는 '架子(시렁)'이란 의미이다. 그러나 '架子(시렁)'이란 의미로는 해석이 되지 않는다. 다만 이 단어의 앞부분 'gi'가 구개음화하여 'jase(울타리, 변경)'로 된 것으로 본다면 해석은 가능하다. 원저의 저자 오카다 히데히로[岡田英弘]는 이를 '장성(長城)'이라고 의역하였는데 당시는 장성이 국경이나 마찬가지여서 역시 가능한 표현이라고 하겠다. 한역(漢譯)에선 '출변(出邊)'이란 말로 표현하였다.

122) 상사원(上駟院); 만문주접에선 'dorgi adun', 'heren i adun', 'gocika adun' 등으로

의 1,000마리밖에 없다. 휘양구 백(伯)의 부대에는 7,000마리의 말과 3,000마리의 낙타가 있다. 그래서 짐은 상의해서 살찐 말 3,000마리를 확보해 놓으려고 보냈다. 전혀 다른 일은 없다.」

(1) 만문주접 문서 16, p.52, 한역 문서 153, p.69, 皇太子의 奏摺[124]에 기록된 朱批[125]-(4월 11일)

이와는 별도로 황제는 측근 환관[126]을 보내 구두로 황태자에게 메시지를 전한 것 같다. 4월 12일 자의 황태자의 편지에 대해 내린 주비에 「출발 이래 밤에는 두 번의 비가 내렸다. 낮에는 완전히 날이 개었다. 행군할 때 전혀 먼지가 일어나지 않았다. 또 가지고 간 마구간[上駟院]의 말, 개, 매를 (이용하여 사냥을 하면서) 도중에 즐기면서 행군했다.」

(2) 일역 pp.112~113, 만문주접 문서 18, p.54 한역 문서 154, pp.69~70, 皇太子의 奏摺에 기록된 朱批

표기하고 있다. 처음에는 어마감(御馬監)이라 하였으나 후에 아돈아문(阿敦衙門)으로 고쳤고, 강희제 시대에 상사원으로 개명하였다. 황제 어용의 마필을 사육 관리하는 기관으로 황제의 가정기관(家政機關)인 내무부(內務府)의 한 부문이다. 국가의 마필을 관장하는 병부 계통과는 다르다. 황제에 직속해서 업무를 수행하고 마필을 통해 몽골과 관계가 있는 조직이다. 장관은 상사원경(上駟院卿)이라 하였다.

123) ♣ 병부(兵部); 실무를 담당하는 중앙관청의 하나로서 인사, 급양, 법무 등의 군정을 담당한다. 그러나 작전 등의 군령을 담당하지 않는다. 또한 건국 이래 군사집단인 팔기는 독자적인 조직을 구성해서 병부의 관할에 있지 않았다.

124) ♣ 상주문(上奏文)의 한 형식으로 관계기관을 경유하는 공식적인 상주문과 달리 신하가 직접 황제에게 보내는 친전(親展)형식이다. 상주자가 밀봉해서 보내고 황제가 직접 개봉, 열독, 지시를 해서 상주자에게 보낸다.

125) 주비(朱批); 주비(硃批)라고도 쓴다. 주접(奏摺, 奏折)에 황제가 친히 붉은 글씨로 써넣은 비답(批答).

126) ♣ 환관(宦官); 궁중에서 봉사하는 거세된 남성으로 신분은 지극히 미천하나, 황제의 사생활과 후비의 일상생활을 담당하기 위해 그 위치를 이용해서 역대 왕조에서 위세를 떨쳤다. 청대는 황제의 家政과 궁중서무의 대부분은 팔기의 궁내 부문인 내무부가 담당했기 때문에 환관이 발호할 여지가 거의 없어서 일상생활과 사적인 쓰임 등에 한정되었다.

라고 인용하고 있다. 이 황태자의 편지 끝머리에 황제는 다음과 같이 쓰고 있다.

「이번은 출발 이래 생각대로 모든 것이 잘 진행되기 때문에 더없이 즐겁고 건강도 안색도 아주 좋다. 또한 지형이 좋고 물도 좋고 (별다른) 일도 없어서 기분이 매우 좋다. 다만 기원하는 것은 하늘의 도움을 받아 생각대로 되기를 마음속으로 바란다. 이 편지를 14일(4월 15일)에 썼다. 15일(16일)에 아침 일찍 출발해 노정의 반 정도 간곳에서 갑자기 동남풍이 불고 큰비가 억수처럼 쏟아졌으며 이어서 큰 눈보라가 치고 추워서 매우 두려웠다. 그날 밤은 그대로 묵고 16일(4월 17일)에 조사해 보니 가축은 모두 무사했다. 다행히 장비가 튼튼해서 그다지 오래 끌지는 않았다. 이를 황태자가 잘 알기 바란다」

(3) 만문주접 문서 18, p.56, 한역 문서 154, pp.69~70, 皇太子의 奏摺에 기록된 朱批 (4월 17일)

황제군의 진로는 4월 12일에 독석구에서 장성을 나가 대략 정북으로 향했다. 황제의 통신은 기후에 대해서 말하고 있으나 현실은 매우 혹독했다. 독석구를 나와 내몽골 땅으로 진입하자마자 황제는 행군의 능률을 올리기 위해, 매일 해뜨기 전에 출발하고, 정오가 되면 정지해서 캠프를 친 뒤, 비로소 취사를 허락했다. 식사는 하루에 한 끼만 한다는 명령을 내리고, 황제 스스로 솔선해서 이 엄격한 규칙을 실천했다. 이런 실정에 대해서 황제는 전혀 언급하지 않고 단지 황태자를 안심시키기 위해 애써 낙관적인 어조로 말하고 있다. 이러한 것은 그 후에도 줄곧 그러했다.

「짐이 이번에 멀리 나가 몽골 땅에 가보니 들은 것과는 큰 차이가 있다. 물과 목초지도 좋고 연료도 많이 있다. 설령 짐승들의 똥은 습해도 각종의 우헤르 카라하나,[127] 시박,[128] 데르수,[129] 부두르하나,[130] 하이란, 부르간 기

---

127) ♣ 우헤르 카라 하나(uher karahana); 콩科 골담초屬(*Caragana micropylla Lam*) 이하 種의 분류는 劉媖心 주편; 『中國沙漠植物志』(北京, 科學出版社, 1985년~1992),

타 풀은 모두 연료로 쓸 수 있다.[131]

(4) 만문주접 문서 22, pp.76~77 한역 문서 157, pp.72~73

「물(우물)은 국경[132] 안에선 팔 곳이 없다. 비록 아군 전부가 함께 행군해 간다고 해도, 목지와 물과 연료는 결코 부족하지 않다. 다만 걱정인 것은 기후가 일정하지 않고 불시에 악화하는 것이다. 날씨가 개면 더욱 다행이겠지만……. (장성을) 나가면서 몇 번인가 비와 눈이 뒤섞여 내렸으나 대단한 것은 아니다. 봄의 푸른 풀을 양들은 포식하고 말은 마른 풀이라도 함께 먹어 버린다. 오로지 바라는 것은 하늘의 음덕(蔭德)으로 비와 눈이 없으면 우리 일이 일찍 이루어질 것이다.

황태후[133])에게 안부를 삼가 아뢰어라! 짐 자신과 황자들, 왕들, 대신들,

內蒙古 植物誌編輯委員會; 『內蒙古植物誌』제2판 (呼和浩特, 內蒙古人民出版社, 1989년~1990년)에 대체로 따른다.

128) ♣ 시박(sibak); 고비지대의 쑥 종류에 대한 총칭.

129) ♣ 데르수(dersu); 벼과 하네가야屬 *Stipa splendens* Trin. Achnaterum splendens (Trin.) Nevski, Lasiagrotis splendens(Trin.) Kunth 라고도 불린다], 여름용 모자의 소재.

130) ♣ 부두르하나(budurhana); 한어로 '萬年膏'라고 한다. 국화科 쑥屬 Artemisia Sacrorum Lebdeb.와 A. gmelinii Web. ex Stechm.

131) 원저에선 시박과 데르수를 하나의 풀이름으로 보았으나, 한역에선 유고(油蒿, uher karahana), 전초(箭草, sibak), 옥초(玉草, deresu), 만년고(萬年蒿, budurhana), 회(檜, burgan), 유조(hailan, 柳條)의 여섯 종류로 비정하였다. 각주 127), 128), 129), 130)의 원저자의 견해가 정확하므로 다섯 종류의 풀이름으로 보아야 한다.

132) 한역에선 '于哨所內'라고 해서 국경이 아니라 초소라고 하였다. 청대에는 세 종류의 'karun'이 있는데 첫째 흑룡강, 신강일대와 같은 변방중진에 설치된 것 약간, 둘째 행군시 부대전방에 배치한 초병, 셋째 길림(吉林)의 이도하(二道河)와 같은 곳에 설치한 것으로 이 경우 분설(分設)과 상설(常設)의 두 종류가 있는데 목적은 인삼채취를 감독하기 위한 것이다. 만문 'karun'의 의미는 초소, 정탐, 파수군 등의 의미이지만 일역의 저자는 이를 포괄적인 의미로 보았고 이후에 나오는 'karun'이란 단어도 극히 예외적 경우를 빼고 모두 국경이란 의미로 해석하였다.

133) 이 황태후는 '효혜장황후(孝惠章皇后, 1641년~1717년)'를 말한다. 몽골 호르친 [科爾沁]部의 보르지긴[博爾濟吉]씨이다. 순치제의 첫 번째 황후 역시 보르지긴 [博爾濟吉]씨이지만 순치제와 불화하여 폐위되었고, 이어서 1654년 정황후가 되었다. 순치제의 생모 효장문황후(孝莊文皇后)는 대백모(大伯母)에 해당한다. 강희

장교들, 병사들에 이르기까지 모두 건강하다. 황태자는 건강한가?…… 」
(5) 만문주접 문서 22, p.76, 한역 문서 157, pp.72~73, 皇太子에게 보내는 上諭(4월 21일)

　여기서 「설령 짐승의 똥이 습해도……」라고 하는 것은 몽골은 공기가
건조하기 때문에 가축의 똥은 곧 변해서 식물의 섬유질같이 되어 버리는
데 이것을 몽골식의 조립가옥[겔]의 정 중앙에 놓인 화로에 넣고 불을 때
서 따듯함을 얻고 취사를 하는 그 관습을 가리키는 것이다. 그리고 황제군
의 진군로에 해당하는 내몽골에는 앞서 말한 것과 같은 관목과 풀이 풍부
해서 연료가 부족하지 않다고 말하는 것이다.

제1차 친정루트

제의 즉위 후 효장태황태후(孝莊太皇太后)와 함께 어린 강희제를 후견하고 태황태
후가 죽은 뒤에 오랜 동안 황제의 효도를 받았다. 강희제의 친모가 아니지만 일찍
친모를 잃은 강희제를 지극정성으로 보육하여 강희제가 즉위하자 황태후가 되었다.

효혜장황후(孝惠章皇后)

또한 황제가 안부를 묻고 있는 황태후는 호르친 부족134) 출신의 몽골여인으로 황제의 아버지 순치제의 황후로서 이때 나이가 56세였으나 강희제의 생모는 아니다. 강희제의 생모 동황후135)는 이미 1663년(강희 2) 강희제가 10세 때에 24세의 젊은 나이로 죽었다. 그 이래 강희제는 이 몽골 출신의 황태후가 키워서 성장했기 때문에 매월 여러 차례 황태후의 궁전을 방문해서 문안 인사를 계속했다.

이 황제의 편지에 대해서 황태후는

「나는 아주 건강합니다. 이 편지를 보니 폐하께서 건강하시고 황자들도 건강하고 병사들에 이르기까지 모두 건강하고 아군의 목초지와 물도 부족하지 않다는 것과 연료도 부족하지 않다는 것을 보고 나는 진심으로 기쁨을 금할 수 없습니다. 폐하에게 안부를 여쭙니다. 황자들의 안부를 묻습니다」

(6) 만문주접 문서 24, p.81, 한역 157, p.72, 皇太子의 奏摺−

---

134) 호르친[科爾沁, khorchin]部; 15세기 전기에 탄생한 부족으로 그 조상은 칭기스 한의 동생 조치 하사르로 알려졌다. 대 흥안령 남부 눈강(嫩江) 일대에 유목하면서 1624년 일찍이 후금의 홍타이지에 귀순한 이래 최대의 전략적 파트너가 되었고 후에 청 황실과 끊임없는 혼인관계를 맺어 청조로부터 최대의 우대를 받았다. 순치제의 생모도 황후효혜장황후(孝惠章皇后)도 호르친 부족 출신이다.

135) ♣ 동황후(佟皇后, 1640년~1663년); 순치제의 妃로서 강희제의 생모이다. 강희제가 즉위한 뒤 얼마 안되어 젊은 나이에 일찍 죽어서 효강장황후(孝康章皇后)라고 시호가 붙었다. 만주계의 한군기인(漢軍旗人) 동도라이(佟圖賴)의 딸로 동생 국강(國鋼), 국유(國維) 형제는 궁중에 중용되었다.

라고 말한 것이 4월 22일에 부친 황태자의 편지에 있다.

또한 여기서 황자들이라고 하는 것은 25세의 황장자 윤제(皇長者 胤禔), 20세의 황삼자 윤지(皇三子 胤祉), 19세의 황사자 윤진(皇四子 胤禛),136) 18세의 황오자 윤기(皇五子 胤祺),137) 17세의 황칠자 윤우(皇七子 胤祐),138) 16세의 황팔자 윤사(皇八子 胤禩)139)로서 북경을 지키는 황태자를 제외하고 성년에 달한 아들들 모두를 진중에 데리고 간 것이다. 이것이 뒤에 황태자의 운명에 영향을 주고 있는 것이다.140)

---

136) ♣ 윤진(胤禛, 1678년~1735년); 입관 후 청조의 제3대 황제(재위 1722년~1735년)에 해당한다. 묘호는 세종(世宗). 연호는 'hūwaliyasun tob(雍正)'을 따라 옹정제(雍正帝)라고 부른다. 강희제의 넷째 아들로 어머니는 효성인황후(孝誠仁皇后) 우야[烏雅]씨이다. 옹친왕(雍親王)으로서 양백기의 기주(旗主)로 봉해졌고, 강희제의 유언에서 후계자로 지명되어 45세의 장년 나이에 즉위했다. 준가르와의 전쟁 및 외교를 지휘하는 한편에 정치개혁과 관리기강 확립에 몰두했다. 강희말년의 관료사회의 느슨한 기강해이와 과도한 재정지출 등의 난제를 해결하고 부정부패를 척결하기 위해 수단방법을 가리지 않았으며 군기처(軍機處)를 설립하고 주비주접(朱批奏摺)제도를 활용하여 거의 완벽한 독재체제를 확립하였다. 제위 계승에 승리하면서 경쟁자인 형제들을 대거 탄압하였고 문자옥(文字獄)을 일으켜 한인들을 탄압한 독재자라는 평과 부지런히 백성들의 삶을 증진시킨 명군이란 양면성의 평을 받고 있다. 어쨌든 그는 강희(康熙)에서 건륭(乾隆)으로 이어지는 강·건 성세(康·乾 盛世)의 다리를 놓은 인물이었다는 점은 누구나 인정하고 평가하고 있다.
137) ♣ 윤기(胤祺, 1679년~1732년); 강희제의 다섯째 아들로 의비(宜妃) 귀로로[郭絡羅]씨 소생이다. 온화한 인물로 양백기의 기주로 봉해지고 항친왕(恒親王)에 임명되었다.
138) ♣ 윤우(胤祐, 1680년~1729년); 강희제의 일곱째 아들로 성비(成妃) 다이기야[戴佳]씨 소생이다. 양백기의 기주로 봉해지고 순친왕(淳親王)으로 임명되었다. 신중한 성격으로 서예에 능하였다.
139) ♣ 윤사(胤禩, 1681년~1726년); 강희제의 여덟째 아들로 양비 위씨(良妃 衛氏) 소생이다. 폐태자 운동의 중심인물로서 황태자의 자리를 노렸으나 실패하여 처벌받았다. 정람기(正藍旗)의 기주로 봉해지고 염친왕(廉親王)으로 임명되었으나 옹정제에 의해 숙청되고 종실의 적을 박탈당한 채 유폐되어 죽었다.
140) 이 황태자의 운명에 대해서는 이 책의 <황태자의 비극>에 자세히 언급되었다.

「짐은 무사하다. 황태자는 건강한가? 황자들은 모두 건강하다. 대신들 장교들 병사들에 이르기까지 모두 건강하다. 다만 비와 눈이 그다지 대단한 것은 아니라고 해도 거의 그치지 않아서 마음에 다소 걱정이 된다. 이 땅의 몽골인들은 기뻐하면서 "우리(몽골인)가 있는 곳은 매년 날이 가물어 풀이 나지 않기 때문에 궁핍의 구렁텅이에 빠졌지만 폐하가 오시면서 비와 눈이 있고 풀이 잘 자랍니다"라고 말한다. 이동하는 자와 정주하는 자로선 생각이 크게 다르다.」[141]

(7) 만문주접 문서 20, p.75, 한역 문서 156, p.72 朱批, 皇太子의 奏摺에 기록된 朱批—

「풀을 보면 양은 배가 가득 차도록 먹는다. 말은 모래 속에서 마른 풀 같은 것도 먹지만 배가 가득 차게 먹지 않는다. 풀의 모양은 좋고 물은 풍부하다. 짐이 지나간 곳은 설령 멀리 나아가도 군이 한곳으로 진격하는데 지장은 없다. 연료도 풍부하다. 여기서부터 앞은 어떤지는 모르겠으나 …」

(8) 만문주접 문서 20, pp.85〜86, 한역 문서 156, p.72, 皇太子의 奏摺에 기록된 朱批—
  (4월 23일)

북경의 황태자는 정무연락의 편지만 보내는 것이 아니고, 진중에 있는 황제의 노고를 위로하는 여러 가지 물건에도 미치고 있는 것이다.

4월 28일자의 황태자의 편지에 다음과 같은 한 구절이 있다.

「또한 신이 보낸 달걀은 모두 깨졌습니다. "더욱 견고하게 해서 보내라"라고 분부하신 것을 삼가 받들겠습니다. 원래 버드나무 바구니에 담으면 안에서 움직이지 않으나 바구니가 약하고 부드러워 밖에서 압력이 가해졌을 때 짓눌려질 여지가 남아 있다는 것을 생각하지 못했습니다. 지금 나무 판으로 바꾸어서 작은 상자를 만들고 겨 대신에 왕겨를 깔고 넣어 보냈습니다.

---

141) 이 구절의 끝부분 만문의 'yabure niyalma tehe niyalma gūnin ambula encu'를 한역에선 '行人及居家人心情甚異'라고 직역을 했다 원저에서도 이동하는 자와 정주하는 자로 표현했으나 이를 유목민과 정주민으로 포괄적 의미로 볼 수도 있고 행군하는 사람과 정주하는 사람의 입장이 다르다는 것을 보여주는 표현이기도 하다. 다음 구절 'ging hecen de maka absi biheni'라는 구절이 한역에서 '不知京城如何'로 나와 있으나 원저에는 이 부분이 빠져 있다.

신의 서투름 때문에 언제나 깨지거나 부서지거나 한 것입니다. 어떻게 해서
보내는 것이 좋은지? 아바마마께서 가르침을 내려주십시오.」
(9) 만문주접 문서 25, pp.85~86, 한역 159, p.73, 皇太子의 奏摺

여기에 대해 황제의 붉은 글씨로 「달걀은 먹을 것이 충분하다. 다음에
있으면 보내고 없으면 그만 두어라」라고 쓰고 있다.

東路軍의 脫落

5월 6일 입하(立夏)의 날에 황제군은 내·외몽골에 걸쳐있는 고비사막 한
가운데의 국경선에서 가까운 곳에 있었다.

「황태자에게 이르노라. 짐이 국경 가까운 곳에서 본즉 풀은 잘 자라고 있
다. 4월 1일(5월 1일)부터 말은 배불리 먹기 시작했다. 양들은 대체로 살이
붙었다. 물이 풍부하여 세 개의 기(旗)[세 개의 師團]142)가 집결해서 행군한
다. 설령 팔기가 한 곳에 있어도 불편한 것이 없다. 연료도 많다. 이전에 들
은 것과는 큰 차이가 있다. 3월(4월)중에는 비와 눈이 대체로 많아서 생각대
로 되지 않아 초조했었다. 지금은 다소 안심했다. 고북구를 나온 화기영(火
器營; 포병대)143)의 한군(漢軍)을 기다리느라 충분히 쉬었다. 도착하는 날을
미리 지정할 수 없다.
7일(5월 7일) 갈단에게 보냈던 두 무리의 사자가 모두 돌아왔다. 갈단은
톨강에 있다. (갈단은) 3월 17일(4월 18일)에 이들 (두 무리의 사자를) 모두

---

142) 원저에서는 현대적 의미의 군사용어인 사단(師團)이라 하였으나 기(旗)와 사단이
     똑 같은 개념의 부대 단위가 아니다. 팔기 가운데 황제 직속의 상삼기(上三旗; 鑲
     黃, 正白, 正黃)를 말한다. 팔기에 대해서는 5장 <황태자의 비극>을 참고하시오.
143) 청조는 태조 누르하치가 영원성(寧遠城)을 공격하다가 원숭환(袁崇煥)의 포격에
     의해 전사한 이래 明의 대포를 획득하고 포술을 연구하는데 심혈을 기우렸다. 강
     희 30년(1691) 최초로 화기영(火器營)을 설치하였는데 사격 기술이 뛰어난 한인들
     이 주로 포병을 담당하였다.

를 도보로 되돌려 보냈다. 짐의 앞으로 온 (갈단의) 상주하는 문서는 이전처럼 말이 부드러웠다. 가축은 매우 말라있고 사람이 먹을 만한 것도 적다고 한다. (짐은) 우리 군대의 선두인 초병에게 모든 지시를 내려 출발시켰다. 톨강의 땅은 국경에서 대략 18일 정도 걸린다.

20일(4월 21일)에 출발시킨 3,000 마리의 말은 모두 무사히 도착했다. 살쪄서 좋다. 단지 병부의 말은 늦어지고 있다.

땅에서 생산되는 알타하나 나무,[144] 시박, 부두르후나, 타나,[145] 망기르,[146] 송기나[147]를 보여주려고 생각해서 보낸다. 이것을 황태후에게 보여드리고 비(妃)들에게도 보여주어라.

짐은 무사하다. 황자들, 왕들, 대신들, 병사들에 이르기까지 모두 건강하다. 풀과 물도 아주 좋다.」

(10) 만문주접 문서 28, pp.101~104, 한역 문서 162, p.76, 皇太子에게의 上諭 (5월 7일)

지식에 대한 욕구가 왕성한 황제는 대군을 지휘하는 바쁜 군무의 와중에도 식물을 채집해서 북경에 보내고 있다. 여기서 황태후와 함께 진기한 이국의 초목을 보도록 한 비(妃)들이란 강희제의 후궁들이다. 이 황제는 아들 복이 많아서 평생 41명의 후비(后妃)들로부터 황자 35명, 황녀 20명을 생산했으나, 황후 복이 없어서 세 명의 정황후가 연달아 죽었다. 당시 궁중에는 황후는 없었고, 여관(女官)의 칭호로 말하면 비(妃)가 4인, 빈(嬪)이 4인, 귀인(貴人)이 4인 기타 등이 있었다.

이런 황제의 정다운 마음 씀씀이에 응한 황태후의 말은 5월 12일 자의

---

144) ♣ 알타하나 나무(altahana moo); 콩科 골담초屬(Caragana micropylla Lam) Caragana micropylla Lam 灌木.

145) ♣ 타나(tana); 백합科(파科) 파屬의 Allium polyrrbizum Turcz.ex Regel.
꽃이 피는 시기는 강희제의 1차 親征과 같은 시기인 양력 5월~6월로 황색의 꽃이 핀다.

146) ♣ 망기르(manggir); 백합科(파科) 파屬 (Allium senescens L.).

147) ♣ 송기나(songgina); 백합科(파科) 파屬 Allium altaicum Pall 재배하는 양파의 조상 종이다.

황태자에게서 온 편지에 다음과 같이 기록되어 있다.

「폐하께서 출정하신 것은 봄철이고, 몽골고원은 추운 땅이기 때문에 저는 풀과 물에 대해서도 무척 걱정 했습니다. 폐하께서 보내주신 편지를 보고 옥체도 평안하시고 황자들도 모두 건강하고 풀도 물도 점차로 아주 좋고 연료도 풍부하다는 말씀을 듣고 모두 기뻐했습니다. 보내주신 알타하나 나무, 시박, 부두르후나, 타나, 망기르, 송가나를 저는 모두 보았습니다. 비(妃)들도 보았습니다. 모두『폐하는 무사하시고 황자들은 건강하고 또한 이런 물건은 모두 장성 밖의 산물인데 폐하의 위광 덕분에 본 적이 없는 물건을 모두 볼 수 있게 되었습니다』라고 모두 기뻐했습니다.」

(11) 만문주접 문서 29, pp.119~120, 한역 162, p.76 朱批, 皇太子의 奏摺

그러나 황제 편지의 냉정한 어조의 이면에, 사령부에선 불안이 넘치고 있었다. 이보다 앞서 4월 20일 서로군 무원대장군 휘양구 백(伯)이 보낸 보고에 의하면, 서로군은 4월 16일 진군을 개시하고 5월 3일에 옹긴강, 23일에 톨강, 27일에는 바얀 울란에 도착할 예정이라고 했다. 그래서 황제는 5월 3일, 동로군의 흑룡강 장군 사브수에게 중로군은 5월 25일보다 뒤에 바얀 울란에 도착할 예정이므로 동로군이 그때까지 바얀 울란에 도착할 것이 예상이 된다면 좋겠으나 무리하다고 생각되면 군사를 힘들게까지 하면서 강행군을 할 필요가 없다고 지령을 보냈다. 그러자 5월 9일 사브수로부터 보고가 있었는데 "동로군은 6일에 출발해서 헤를렌 강으로 향한다"라고 했다. 황제는 그래서는 도저히 중로군, 서로군의 바얀 울란 도착에 시간을 맞출 수 없기 때문에 할하강[148]선에서 진군을 중지하고 대기하라고 다시 지령하였다.

---

148) 대흥안령 산맥의 쇼루지 산에서 발원하여 부이르 호수를 거쳐 후룬 호로 흘러들어가는 강, 대흥안령 삼림지대에서 초원지대로 들어가는 입구에 해당한다. '哈拉哈'라고도 하며 1939년 소·몽 연합군과 일본군 사이에서 벌어진 할힌골 전투(일본은 이를 노몬한 전투라고 한다)가 벌어진 곳이다. 현재 외몽골의 대부분을 차지하는 '할하'족의 명칭은 이 강에서 비롯되었다.

눈물 속의 대연설

이리하여 청군의 세 개 군단은 2개 군단으로 감소했다. 그것만으로도 사기에 영향을 주기 때문에 다음날 5월 10일 황제의 중로군이 내·외몽골을 가르는 국경선 고투[科圖][149]에 이르렀을 때, 오치르라는 사자가 갈단에게서 돌아와 「갈단의 군사는 2만 명입니다. 러시아에서 청해온 화기병은 6만 명입니다」라고 보고했다.

— 魏源, ≪聖武記≫ 卷3 康熙親征準噶爾記 —

이를 듣고 충격을 받은 내대신 송고투,[150] 대학사[151] 이상가[152] 등은

---

149) 현 내몽고 자치주 이련호특(內蒙古自治州 二連浩特)의 동남에 있다.

150) 송고투[索額圖, Songgotu, ?~1703년]; 만주 정황기(正黃旗) 사람으로 성은 허서리[Heŝeri, 赫舍里]이다. 강희제의 효성황후(孝誠皇后)의 숙부에 해당한다. 내대신 소닌의 셋째 아들로 1668년(강희 7) 시위에서 이부우시랑(吏部右侍郞)으로 승진하고 다음해 오보이 제거에 큰 공을 세워 국사원 대학사(國史院 大學士)가 되고 좌령(佐領)을 겸하였다. 1670년(강희 9) 내삼원(內三院)이 내각으로 바뀌면서 보화전대학사(保和殿大學士)가 되었다. 이어서 1672년(강희 11) 태자태부(太子太傅)를 더하여 권세가 하늘을 찌를 듯하였다. 그는 전권대사로 1689년(강희 28) 네르친스크에서 러시아의 T.A.Golovin과 담판을 짓고 네르친스크 조약을 체결하였다. 1701년(강희 40) 황태자 윤잉의 대 숙부로서 황태자의 후견 역을 하면서 황태자당을 이끌다가 1703년(강희 42) 불경과 탐악죄에 걸려 구금되고 이어서 옥사하였다.

151) 1380년 明은 중서성(中書省)을 폐지하고 황제의 친정을 강행한 홍무제(洪武帝)는 전각대학사(殿閣大學士)를 황제의 비서역으로 문화전 대학사(文華殿 大學士)로 하여금 황태자의 교육을 담당하게 하였다. 처음은 단순한 상담역으로 권한은 그다지 없고 관위도 正5品의 중견관료에 지나지 않았으나 영락제(永樂帝)와 홍희제(洪熹帝) 이후 상서를 겸하면서 권한이 증대하였다. 영락제가 내각을 만들면서 한림원(翰林院) 출신자에서 대학사를 선발하였을 때 내각대학사가 尙書(大臣)를 겸하고 황제의 비답에 대한 초고를 만들면서 권한이 막강하게 되었다. 청조는 명의 제도를 그대로 답습했으나 청 초기는 의정왕대신(議政王大臣) 회의가 국정의 전권을 장악해서 내각은 단순히 전달기관에 불과하였다. 다만 옹정제가 군기처를 설

서로 의견을 맞추고, "폐하는 이곳에서 돌아가시고 서로군만을 전진시키는 것이 좋겠다."라고 강하게 진언하였다. 황제는 대신들을 텐트 앞에 집결시키고 다음과 같이 눈물을 흘리며 큰 소리로 연설했다.

「갈단이 할하와 외번(外藩) 몽골인들의 재산을 빼앗고 고통을 주었기 때문에 짐은 지금 말을 살찌우고, 각종의 병기를 준비하고, 병사들을 훈련해서 식량의 수송과 각각의 진군로를 전부 계획하여 천지 종묘사직에 고한 뒤 갈단을 반드시 멸하려고 출정하였다. 병사와 마부에 이르기까지 분투하여 갈단을 멸하려고 생각하지 않는 자는 없다. 대신들 가운데 두려움 때문에 한마음으로 나아가 분투하려고 생각하지 않는 자가 있다. 어떤 자는 군무에 힘쓰려고 하지 않는다. 어떤 자는 출신이 천하고 대신들을 꺼려서 맞장구를 치고 있다. 짐은 오로지 전진해서 갈단을 멸하려고만 생각하고 있다. 그뿐이 아니다. 대신들 모두 스스로 분투해서 지원해 참가한 자들이다. 변함없이 분투해서 한마음으로 힘쓰지 않고 우물쭈물 꽁무니만 뺀다면 짐은 반드시 죽일 것이다. 송고투, 이상가여! 짐을 어떻게 생각하고 있는가? 우리 조상 태조 고황제(太祖 高皇帝, 누르하치),[153] 태종 문황제(太宗 文皇帝, 홍타이지)[154]께서

치하면서 내각은 자문기관으로 그치게 되었다.

152) 이상가[伊桑阿, Isamgga-1703년]; 청초의 대신으로 성은 이르건 교로[伊爾根覺羅氏], 만주정황기(滿洲正黃旗) 출신이다. 순치 9년에 진사하여 예부주사를 거쳐 여러 번 내각 학사에 발탁되었다. 만주인으로선 드물게 과거를 거쳐 등용된 문인계통의 만주 기인으로 강희 14년 예부시랑(禮部侍郎)으로 그리고 이어서 공부상서(工部尙書)에 발탁되었고 호부도 관할하였다. 오삼계가 <삼번의 난>을 일으킬 무렵 수군을 창설할 것을 주장하여 악주(鄂州)에서 동정호(洞庭湖)로 들어가 적의 양도를 차단하였다. 강남에서 전함을 건조하기도 했으며, 강희 21년 황하의 제방이 터지자 하공(河工)을 감독하기도 하였다.

153) ♣ 태조 고황제(太祖 高皇帝, Nurhaci, 1559년~1626년, 재위 1616년~1626년); 청조의 전신인 후금의 건국자이며 청의 초대 황제라고 할 수 있다. 연호는 'abkai fulingga(天命)' 건주여직왕가(建州女直王家)와 연계된 아이신 기오로[愛新覺羅]씨의 영주로 유래없는 군사적 재능과 정치적 수완을 발휘하여 그의 일대에 전 만주를 통일하고 '한(汗)'이 되었다. 팔기제도를 창설하였으며 몽골문자를 본받아 만주문자를 만드는 등 건국에 기초를 공고히 했다.

154) ♣ 태조 문황제(太祖 文皇帝, Khongtaiji, 1592년~1643년); 청의 제2대 황제. 연호

는 스스로 검을 휘두르며 나라를 세웠다. 짐이 선조를 본받아 행하지 않을 수 있겠는가? 갈단을 지금에야 죽이기 위해 사로잡아야 하는데, 오히려 이를 두려워해, 여기까지 와서 겁을 먹고 뒷걸음치려 하는 것은 무슨 일인가? 대장군 휘양구의 군대는 우리 군대와 날짜를 미리 의논하여 협공하기로 했다. 지금 우리가 약속을 깨뜨리고 이대로 돌아가게 되면 서로군은 예측할 수 없는 사태에 빠진다. 이것을 어떻게 할 것인가? 북경에 돌아가 천지(天地), 태묘(太廟), 사직(社稷)에 무어라고 아뢸 것인가?」[155]

－《淸聖祖仁皇帝實錄》 卷172 康熙 35年 4月條, 《親征平定朔漠方略》卷22, 康熙 35年 4月 乙未條－

황제가 감정에 북받쳐 울면서 말하자 대신들은 모자를 벗고 엎드려 절하면서「폐하의 말씀은 정말로 지당하십니다. 신들이 뻔뻔스럽게 두려움 때문에 말씀드린 것은 죽으려 해도 죽을 수 없는 것입니다」라고 말했다.

－《親征平定朔漠方略》 卷22, 康熙 35年 4月 乙未條－

국경을 넘어 외몽골로

이러한 극적인 장면이 사령부에 전개되고 있었음에도 불구하고 황제 편지의 필치는 어디까지나 냉정했다. 황제의 군대는 5월 13일 원진(圓陣)을 만들어 행군하면서 국경을 넘어 점차 외몽골의 적지에 발을 들여놓았으나 같은 날 황태자에게 보낸 편지는 이러했다.

는 'sure han(天聰)' 'wesihun erdemungge(崇德)'이다. 누르하치의 여덟 째 아들로 「후금(後金)」의 제2대한으로 선출되었다. 1636년 국호를 「대청(大淸)」으로 개칭하고 황제가 되었다. 정치와 외교에 수완을 발휘하여 내몽골 및 조선을 복속시키고 지배체제를 정비하였다.

155) 위원(魏源)의 『성무기(聖武記)』卷3 親征準噶爾에서도 "만약에 우리가 돌아가면 갈단은 온 힘을 서로군에 집중할 텐데 서로군은 이를 감당할 수 없다"고 강하게 신하들을 질책하고 있다.

「황태자에게 이르노라. 국경을 나가 보니 풀과 물이 더욱 좋다. 지세는 평야가 아니고 완만한 산으로 곳곳에 모래언덕이 있다. 도중에 국경을 넘기까지 달리는 짐승, 나는 새도 없다. 다만 노란 양, 긴꼬리 노란양, 야생 당나귀가 있을 뿐이다. 까마귀, 서오너허이라고 하는 작은 새, 종달새가 이따금 보인다.156) 가축을 키우는 것 이외에 무엇 하나 좋은 것이 없다. 우리들의 보급은 도착했다. 전혀 불편함이 없다. 보건대 모래언덕을 가는 것이 진흙탕보다 쉽다. 독석의 성(城)에서 국경까지 측량한 바 800리(360km)이다.

앞서 간 자들이 측량한 결과보다 날마다 감소한다. 북경에서 독석구까지 관찰한 바 거리는 그 정도 멀지는 않은 것 같다. 필시 423리(190km)는 아니다. 황태자는 한 사람을 보내서 측량을 해보아라.

국경에서 관측 기계를 사용해서 북극성의 고도를 측량하면 북경보다 5도 높다. 여기서부터 이수(里數)를 산출하면 1,250리(562.5km)이다. 짐이 지나간 수니트, 아바가, 아바가나르157) 등의 기158)는 각각 힘을 다하여 우물을 파고 도로를 수리하고 다리를 놓고 돌을 제거하는 등 내지보다도 훨씬 훌륭하여 진실로 성의를 다하고 있다. 참으로 가상한 일이다.

---

156) 만문주접의 노란 양[jerin], 긴꼬리 노란양[seoltei], 야생 당나귀[cihetei], 까마귀 [holon gaha, 자오], 서오너허이[seonehei], 종달새[cecik]를 한역에선 黃羊, 長尾黃 羊, 野驢, 慈鳥, 搜訥黑, 百킃로 번역하였다. 다만 'seonehei'는 작은 새인 것 같으나 원저나 한역에서도 어떤 새인지 밝히지 않고 음사만 하였다.

157) ♣ 아바가, 아바가나르; 어느 것이나 내몽골의 부족이고, 북경에서 서북방 쪽의 중로군 진로에 있었다. 청대에는 실링골 맹(盟)의 아바가 2기, 아바가나르 2기를 구성하고 있었다. 몽골어로 아바가는 '작은 아버지' 아바가 나르는 '작은 아버지들'의 의미이다 칭기스 한의 배다른 동생 벨구데이의 혈통을 이어받았다.

158) 여기서 말하는 기(旗)는 만주어의 'gūsa(旗)'가 아니다. 기(旗)는 몽골어로 'hošo', 'hoshun'이라고 하며 몽골제국의 천호제의 후신이며 'otog', aimag'를 포함하는 하나의 사회 조직으로 청조 지배아래 몽골족을 다스리는 행정단위가 되기도 한다. '호쇼'는 15세기 몽골의 '천호제(千戶制)'의 후신으로 일종의 '채령(采領)'을 형성하였다. 17세기 초 만주가 몽골의 옛 제도에 따라 족장에게 인민, 토지를 주고 旗의 長을 '자사크[jasak, 札薩克]'라고 하였다. 원의 후예들이 주로 자사크에 임명되었다. 기는 세습을 원칙으로 하고 작위, 봉록을 주고 보통 150丁으로 된 솜이 몇 개 있고 몇 개의 기를 모아 '맹[盟, Chulgan]'이라고 하였다. 기는 병정차출의 의무를 지며 기의 사람들은 기의 경계를 벗어날 수 없다. 현재 내몽골, 청해, 흑룡강성 일대에 행정구역 명칭으로 기(旗)가 쓰여지고 있다.

북으로 갈수록 점점 추워진다. 국경을 나가보니 아직 작년의 빙설이 조금 남아있다. 이른 아침에는 수염이 얼어버리는 날도 있다. 그러나 풀이 자라는 데는 전혀 지장이 없다. 이것도 하나의 불가사의한 일이다. 그래도 몽골인 들은 올해가 몹시 덥다고 한다.

우리 부대가 국경에 가까워졌기 때문에 호군참령[護軍參領: 근위대대장][159] 처크추, 전봉시위[前鋒侍衛: 부대대장][160] 키사무, 분수크 버이서의 시위 무자하르, 아바가나르의 부쥬 버일러의 길 안내 소놈, 차하르 호군영최[護軍領催: 근위하사관][161] 3명, 이번원의 영최(領催)[162] 1명, 이들에게 각각 상사원의 좋은 말 세 마리씩을 기마용으로 주고 헤를렌 강 방면의 적정을 정찰하러 보냈다. 4월 12일(5월 12일)에 처크추와 키사무가 돌아와 보고하는데『우리들은 9일(5월 9일)에 이자르 에르기네라고 하는 곳에 도착하여 갈 단의 초소 2개소 사이를 뚫고 잠입해서 적정을 살폈다. 대략 전부해서 (사람과) 가축을 합쳐 2,000여 정도가 보였다. 그 이외에 얼마나 더 있는가는 산에 가려서 보이지 않았고, 갈단의 초병이 (우리) 족적을 발견해서 찾기 시작

---

159) 호군참령(護軍參領); 만어로 'bayara i jalan i janggin이다. 'bayara'는 정병(精兵), 호군(護軍)의 뜻, 'jalan i janggin'은 참령(參領)으로 호군참령은 기(旗)마다 정 4품의 만주인 10명, 몽고인 4명으로 구성되었다. 호위군을 거느리고 궁전의 숙위, 번상숙직(番上宿直) 등을 주임무로 한다. 1634년(천총 8)에 'bayara i jalan i janggin (巴牙喇甲喇章京)'으로 했다가 1660년(순치 17), 호군참령으로 개칭되었다. 호군은 군사조직으로서 팔기 가운데서 주력의 기병부대와 별도로 조직된 정예부대의 하나로 황제 및 기주(旗主)의 숙위와 예비 병력에 해당하는 정병으로 만주 몽골인만으로 구성되었다. 각기의 호군통령이 지휘하고 호군참령, 호군교(護軍交) 등이 있었다.

160) 전봉시위(前鋒侍衛); 만어로 'gabsihiyan', 황제 순행시 어영(御營)의 밖 1~2리에 초소를 설치하고 정찰과 통신, 적병생포, 길과 교량을 놓는 공병의 역할을 담당하였다. 모두 만주 몽골인만으로 구성되어 좌익사기(左翼四旗), 우익사기(右翼四旗)에 각각 한사람의 전봉통령이 지휘하고 전봉참령(前鋒參領), 전봉시위, 전봉교(前鋒校) 등이 있다.

161) 차하르 호군영최(護軍領催); cahar bayar boško는 문서와 식량 보급등을 담당한다. 군대를 비롯한 각 아문(衙門)에 boškoo(拔什庫)가 있다. 옹정초년에 영최(領催) 개명했다. 일역에선 근위하사관으로 번역했다.

162) 이번원 영최(理藩院 領催; monggo jurgan bošoko), bošoko(拔什庫)는 이번원에서 문서 수발, 식량 보급 등을 전담한다.

했으나 그사이에 우리들은 엇갈려서 탈출해 오는 도중 샤잔왕(王)이 보낸 좌령(팔기의 중대장) 오치르 등의 15명을 만났다. 그들의 말하는 바에 따르면 《갈단은 이번 달 초에 톨강에서 헤를렌 강을 내려가면서 유목하고 3일째에 우리를 놓아 보냈다. 갈단은 다르간 올라 산에 도착했다. 너희들은 우리들과 행동을 함께 하지 말거라! 갈단은 사람을 시켜 뒤를 밟게 했다. 만약에 의심 받으면 변명이 성가시다. 너희들은 서둘러 탈출하는 편이 좋다.》[163] 그렇게 말하고 헤어졌다』 이렇게 보면 갈단은 우리 군대와 8일정(日程)[164] 정도 거리에 떨어져 있다. 대형을 갖추고 초계선을 편 뒤 작전명령을 내리면 아마도 10일 이내에 적과 조우할 것이다. 이것은 중대한 사태로 도리대로 한다면 처음 써넣어야 하나 앞의 일을 생각나는 대로 썼기 때문에 이것을 마지막으로 썼다. 특별히 이르노라.」

(12) 만문주접 문서 33, pp.129~136, 한역 문서 164, p.78, 皇太子에게 보내는 上諭 (5월 14일)

　5월 15일에 황제의 군대는 후르스타이 차간 노르(갈대가 자라는 하얀 호수)에 도착해서 여기서 높이 1m 정도의 흰 석영암에 다음 같은 한자가 새겨져 있는 것을 보았다.

擒胡山 靈濟泉(금호산 영제천);
維永樂八年歲次庚寅四月丁酉朔十六日壬子;

---

163) 만문주접 문서 33, p.135에 "suwe meni emgi ume yabure g'aldan niyalma dahalabuhabi. fonjimbuhede jaburengge mangga suwe hūdun tucici acambi seme hundufi unggihebi('너희들은 우리와 함께 가서는 절대 안된다. 갈단이 사람을 시켜 뒤를 밟게 했다. 물어보면 대답하기가 번거롭다. 너희들은 속히 벗어나야 한다'라고 말하고 보냈다.)"라는 구절에서 이 말은 오치르 등이 한 것으로 해석하기 쉬우나, 한역대로 오치르를 놓아준 갈단의 부하가 말한 것으로 보는 것이 타당하다.

164) 이 표현도 만문은 'ere be tuwaci g'aldan meni cooga ci sandalabumbi jakūn dedun (이를 보면 갈단은 우리 군대로부터 8개 참(站)이 떨어져 있는 곳에 있다'이고, 한역에서도 여덟 개의 역참(噶爾丹距我軍有八站路程)이 있는 것으로 보았다. 역참과 역참은 대개 하루정도 걸리는 곳에 설치하는 것이 상례이므로 원저와 같이 번역할 수도 있다.

영락8년 경인4월 정유초 16일 임자

大明皇帝征討胡寇, 將六軍過此;

대명황제가 오랑캐를 토벌하고 六軍 (천자가 통솔하는 군) 거느리고 이곳을 지나다.

御製銘(어제명); 朕過此處乃四月十四日;

짐이 이곳을 지난 것은 4월 14일

瀚海爲鐔, 天山爲鍔, 一掃胡塵, 永淸沙漠;

고비가 칼날이 되고 천산이 칼등이 되도록 오랑캐를 일소하여 영원히 사막을 깨끗이 하리라.

금호산의 비명

이것은 이로부터 286년 전인 1410년(명 성조 영락 8) 명의 성조 영락제[165]가 역시 스스로 대군을 거느리고 외몽골에 원정한 때를 기념한 명문

---

165) 성조 영락제(成祖 永樂帝; 1360년 5월 2일~1424년 8월 12일, 재위 1402년~1424년); 명 태조 주원장(朱元璋)의 넷째 아들로 이름은 체(棣)이다. 주원장에 의해 '연왕(燕王)'에 임명되어 北平(北京)에 封해졌으나 조카 주윤문(朱允炆)을 축출하고 제위에 올랐으며 수도를 남경에서 북경으로 옮겼다. 활발한 대외정책을 전개하고 5회에 걸쳐 몽골원정을 감행하였으며 5차 원정에서 돌아오다가 병사했다. 명의 3대 황제로 태조 주원장과 더불어 명대에서 가장 뛰어난 군주로 평가받는다.

이고, 고비사막 횡단에는 수맥관계상 아무래도 (현재의) 다리강가[166]지방인 이곳을 통과한 것이다. 강희제는 이날 황태자 앞으로 보내는 편지에서 이렇게 썼다.

「우리는 계속해서 초병을 산개하여 정보를 수집하면서 후속부대를 집결하고 있다. 갈단이 지금 처크추가 정찰하고 온 장소에 있다면 우리로선 큰 다행이다. 만일 헤를렌 강을 내려간 것 같으면 동방의 몽골인들을 동요시켜서는 곤란하므로 성경(盛京)[167]과 흑룡강의 군을 동원해서 수올지 산[168]에 집결시키라고 편지를 보냈다. 너희들도 힘써 여러 가지 정보를 모아서 보고하거라.」
(13) 만문주접 문서 29, pp.121~122, 한역 문서 162, p.77, 皇太子의 奏摺에 기록된 朱批(5월 14일)

그리고 황제는 다른 종이에 영락제의 명문을 베껴 쓰고 「짐이 이곳을 지나는 것은 바로 4월 14일(朕過此處乃四月十四日)(5월 14일)」이라고 한문으로 써놓았다.

정찰대, 적병과 조우하다

5월 18일 황제는 시라 부리도(황색의 물웅덩이)에 도달하고 여기서 황장자

---

166) 다리강가(darigangga, 達里岡愛); 경도 111°~115°, 위도 47°~45°에 중앙에 위치한 곳으로 현재의 내몽고 실링골[錫林郭勒盟]과 몽골의 수흐바타르 아이막 사이에 있다. 헤를렌 강 중하류 일대에 형성된 청나라 최대의 황실 목장으로 내무부 상사원에 직속하고 고륜 판사대신[庫倫 辦事大臣]의 관할구이다.
167) ♣ 盛京[瀋陽]; 요녕성(遼寧省)의 중심도시로 북경 천도 이전의 청의 수도였다. 천도 이후에도 陪都로서 중시되었다. 도시 이름은 심양(瀋陽)이나 都(궁성이 있는 곳)로서는 성경(盛京)이라 불렀다. 만주어로는 「Mukden」이라 한다. 봉천부(奉天府)는 행정기관의 이름이다.
168) 수올지(soyolji, 索岳爾濟, 索約勒濟); 흑룡강성 서남부 대흥안령 산맥에 있는 산

가 지휘하는 전위부대를 최후의 전진기지인 투워링 불락의 샘을 향해 먼저 출발시켰다. 투워링 불락에 도달한 다음엔 휘양구 백(伯)의 서로군의 합류를 기다리기만 하면 되었다. 황제는 행군의 속도를 떨어뜨리고 느릿느릿 전진했다. 이날 황제의 편지에는 작전의 성공을 확신하는 기개가 충만하였다.

> 「황태자에게 이르노라. 우리 부대는 병사의 대오를 정비하고 헤를렌 강의 케레라고 하는 곳을 향해 나아갔다. 쉬지 않고 늦지 않으면 6, 7일 중으로 적과 만날 것이다. 처음 적정을 들었을 때는 1, 2개 영(營)만으로 앞서가게 했다. 지금은 물이 아주 풍부하다. 이 며칠 사이에 편성한 바로는 선두에 전봉병, 팔기의 화기영, 두 곳(宣化府와 古北口)의 녹기병(綠旗兵),[169] 차하르병[170]을 하나의 집단, 제2진에 나의 대영(大營), 양황(鑲黃), 정황(正黃), 정백(正白)의 4영을 하나의 집단, 제3진에 정홍(正紅), 양백(鑲白), 양홍(鑲紅), 정람(正藍), 양남(鑲藍)의 5기를 또 하나의 집단으로 했다. 선두로 나가는 전봉병에서 양남기의 후미까지 100리(45km) 정도이다.

---

169) 한인(漢人)으로 편성된 청나라의 상비병으로 그 군기(軍旗)에 녹색의 기치를 쓴 데서 나온 이름이다. 녹영(綠營)이라고도 한다. 명의 멸망 이후 투항한 명군(明軍)이 주된 모체이다. 청군의 근간이던 팔기는 그 수가 적었으므로 그것을 보충하기 위한 부대이다. 팔기와 더불어 관군의 중핵을 이루었고 주로 지방의 치안유지에 종사하였다. 강희제 건륭제 때는 60만 명에 이르러 실전에서도 크게 활약했으나 18세기 말 이후 급격하게 쇠퇴하였다. 청말에 그 수는 50만이 넘었으며, 각 성(省)에 주둔하여 군무·치안을 맡아보았다. 청조가 입관한 뒤 제국에 복속한 명나라 군대, 즉 한인을 주체로 편성한 정규군이다.

170) 차하르; 몽골부족의 하나. 유목지는 북원(北元) 종가의 영유지였다. 내몽골의 동부에서 유목하였으나 17세기 전반에 링단 한의 사후, 태종 홍타이지 시대 차하르 몽골은 완전히 청에 귀순하여 홍타이지를 '복드 세첸한'이라 칭하고, 전체 몽골을 아우르는 대한(大汗)으로 인정하였다. <삼번의 난>이 일어났을 때 부루니 등이 반란을 일으켰으나 곧 진압되었다. 이후 차하르족은 장가구(張家口)에서 멀리 신강의 서부 준가르 지역까지 분산되어 변방 방어에 동원되었다. 이후 부족은 북경 서북부의 선부(宣府), 대동(大同) 변외로 이주되고 왕공이 없는 차하르기로 편성되어 청의 중앙정부에 귀속하였다.

4월 17일(5월 17일)에 팔기, 녹기, 화기영을 모두 집합시켜 보니 병사들의 대오가 정연하고 말도 살집이 좋다. 헤를렌 강에 도착한 전날에 전군을 집결시키고 진군했다. (적이) 알아차리고 도망해도 우리에게 포위된 것이나 마찬가지다. 그러나 헤를렌 강을 내려가면 아마도 날짜가 조금 더 걸릴 것이다. 이것을 잘 알아야 할 것 같아 글을 써서 특히 이르노라.」

(14) 만문주접 문서 35, pp.141~143, 한역 문서 166, p.79, 皇太子에게 보내는 上諭
(5월 18일)

그러나 기다린다는 것은 신경을 소모하는 것이다. 그토록 침착하게 풍경을 묘사한 황제의 붓끝에도 사막의 압박감이 자연스럽게 스며있다.

「우리가 통과한 곳이 큰 사막은 아니다. 서방의 사막은 크다고 한다. 보면 평지도 아니고 모두 구릉으로 돌과 모래가 뒤섞여 있다. 국경을 나가면 (전망이) 거침이 없어 한 덩어리의 흙조차 보이지 않는다. 모래도 딱딱하게 굳어서 발이 빠지거나 하는 일이 없다. 사막의 돌과 모래를 보이고자 보낸다.

우물 파기는 무척 쉬워서 한 사람이 20~30개를 판다. 진중에 있는 자들은 호수에서 물을 푸는 것은 멀다고 모두 텐트 부근에서 우물을 판다. 팔 수 있는 곳을 찾는 것은 아주 쉽다. '산다'라고 하는 곳은 지면이 움푹 파이고 약간 습기가 있는 곳으로 두 자[尺] 미만에도 곧잘 물이 보인다. '사이르'라고 하는 곳은 산에서 내려온 도랑으로 한 자 남짓에도 물이 보인다. '부리도'라고 하는 곳은 풀숲이 있는 곳으로 물이 좋은 곳이 많지 않다. '코이부르'라고 하는 곳은 지하수가 흐르는 곳으로 손으로 파도 곧 발견된다. 노새도 발로 파서 마실 수 있을 정도이다.

지세는 전혀 좋은 곳이 없다. 지상에 서서 활쏘기 좋은 곳조차 적다. 모두 자잘한 돌뿐이다. 우리가 말을 달리거나 마상에서 활을 쏘아보지 않아도 전망이 아주 나쁘다. 풀조차 빽빽하게 자라서 말이 발 딛기가 아주 나쁘다. 그 위에 들쥐랑 기쵸리 같은 쥐들이 판 구멍이 있는데, 흥안령의 두더쥐가 판 것보다 아주 깊어 사정이 나쁘다.

풀의 이름도 아주 많다. 그 가운데 '유르프'[171]라고 하는 풀은 4종류의

---

171) ꆮ 유르프(yurfu); 벼과 屬의(Agropyron cristatatum Gaert) 몽골이름 유르프는 'yörküg, epxɵr'에서 轉訛된 것으로 보여진다.

가축(양, 소, 말, 낙타)에 아주 좋은 일급의 풀이라고 한다. 內(자삭크)172)의 몽골인들은 본 일이 없다. 또한 '수리'173)라고 하는 풀은 키가 크게 자란다. 이 두 종류의 풀을 보게 하려고 보낸다. 이번 행군은 화기영 때문에 부질없이 많이 걸렸다. 지금도 기다리고 기다리면서 천천히 진군하고 있다. 날씨는 좋다.

갈단이 헤를렌 강을 내려와 멀리 가버리면 곤란하므로 남잘 왕의 장사(長史)174) 구치헨에 덧붙여 일등시위 보로호이, 삼등시위 이린친, 이번원의 영최(領催) 노르부, 쳄축 남잘 기(旗)의 길안내 치왕, 아바가나르의 길안내 소논 등의 6인에게 말을 세 마리씩 주어 헤를렌 강의 에구데 할가에서 정찰하라고 4월 14일(5월 14일)에 파견하였다. 21일(5월 21일) 아침 일찍 돌아와서 보고하는데『우리들은 에구데에서 헤를렌 강을 건너 상류로 백리(45km)를 가서 '타르길지'라는 곳에서 한 사람을 보았다. 그래서 그 자를 잡아서 심문하려고 추격을 하였는데, 돌연 산등성이 저편으로부터 30명이 우리를 50리

---

172) ♣ 자삭크(jasak); 청조 치하의 몽골 수장에게 청이 수여한 칭호, 旗(hoshun)의 長을 가리키고 세습 자삭크가 지배하는 기를 자삭크 旗라고 한다.
세습을 원칙적으로 하며 법령을 의미하는 'jasa'에서 유래하였다. 청이 몽골을 지배하면서 점차 정비되어 건륭연간(1736년~1795년)에 제도로서 확립되었다. 회맹(會盟)에 참가하고 청조에 군사적으로 협조를 하며, 이번원의 허락을 받아 부하관원을 임면하고, 국가의 규정이외 재화와 力役을 징수하고 왕공으로서 직속하는 인민과 토지가 있으며, 직전적 관지(職田的 官地)를 소유하는 것이 인정되었다. 타이지[台吉], 장경(章京), 哈番(hafan) 등의 부하관원을 통괄하는 등 청조의 봉건영주로서 성격과 관료로서의 성격을 공유하고 있다.

173) ♣ 수리(suli); 벼科 Psammochloa villosa(Trin)Bor Arundo villosa Trin으로도 부른다.『내몽고식물지(內蒙古植物誌)』第二版에 의하면 풀의 높이는 1~1.5m.

174) 중국의 관명, 한대(漢代)는 삼공, 승상, 대장군(三公 丞相 大將軍)의 府에 설치되어 관질(官秩)은 1,000石, 한 사람 혹은 좌우 두 사람이 있고 여러 관서의 연속(掾屬) 이하의 속관(屬官)을 단속했다. 6朝시대 도독부(都督府)의 요직으로 남제(南齊)에선 연소한 황족이 도독자사(都督刺史)로 진(鎭)으로 나갈 때 행사(行事, 行府州事의 약칭)으로 관부의 전문서를 장악하거나 또는 사도좌장사(司徒左長史)는 부주(府主)인 사도(司徒)를 대신해서 관리 선발을 맡았다. 수대(隋代)에는 자사 아래 당(唐)에서는 호군부(護軍府), 절충부(折衝府)에 송대(宋代)에는 대도독부(大都督府)에 장사의 官이 있었고, 明에서는 왕부의 장사사(長史司)에 좌우 장사(左右 長史) 각1명(正5品), 청(淸)에서는 왕공부속 무관에 장사(長史)가 있었다.

까지 추격하였다. 점차 가까워졌을 때 피아간에 시커먼 회오리바람이 불어서 우리를 볼 수 없게 되자 (그들은 우리를 추적하는 것을) 중지했다. 그래서 우리는 강을 건너 돌아왔다. 갈단이 헤를렌 강에 있는 것은 틀림없다』라고 하였다. 우리군의 대영(大營)에서 갈단이 있는 곳까지는 5일정의 거리이다. 갈단은 전혀 눈치채지 못한 채 방심하고 있는 것 같다. 우리가 있는 곳의 산은 높아서 초병을 배치하기 쉽다. 초병을 구르반 투르한, 바르 타이가에 진출시켰다.」

(15) 만문주접 문서 35, pp.144~150, 한역 문서 166, p.79, 皇太子에게 보내는 上諭 (5월 21일)

여기서 청군의 정찰대가 갈단군의 초병과 조우했다고 하는 '타르길지'는 현재 운두르 한 시에 해당하고 헤를렌 강의 북쪽 언덕에 있다. 이곳은 1971년 9월 13일 오전 2시 반 무렵 북경을 탈출한 임표(林彪)가 탑승한 트라이덴트 제트기가 추락한 곳이다.

중로군, 적지에 고립되다

그러나 그날 밤, 어처구니없는 흉보가 날라와 황제는 진퇴유곡의 궁지에 몰렸다.

이제까지 계속 연락이 닿지 않던 서로군의 무원대장군 휘양구 백(伯)으로부터 보고가 도착하였는데 서로군의 전진은 눈과 비 때문에 예정보다 대폭 늦어져 5월 8일이 되어야 겨우 옹긴강에 도착한다고 하였다. 톨강에 도착하는 것은 6월 2일이 될 전망이라고 한다. 애초의 예정으로는 톨강에 도착하는 것은 5월 23일이었지만 꼭 10일이 지체되는 것이다. 황제의 중로군은 적지 한복판에 고립되고 말았다. 더구나 작전이 10일이나 지연되면 대군이 소비하는 식량보급이 큰 문제가 된다. 중로군만으로 공격에 나서 적을 포착하고 격멸할 전망은 희박하였다. 그렇다고 해서 공격을 단념

하고 철수하면 서로군을 죽게 내버려두는 것이 된다. 어떻게 해도 작전은
실패로 끝나고 황제의 위신은 큰 타격을 받는 것이다. 황제는 고민했다.

「황태자에게 이르노라. 우리 군이 속도를 늦추려고 한다는 것을 알리고자
한다. 앞서 몇 번이나 적에 가까이 있다는 것을 알렸다. 21일(5월 21일) 유
(酉)의 시각(오후 6시)에 장군 휘양구가 지름길[175]로 보낸 보고서에 5월 3일
(6월 2일)에 톨강에 도착한다고 했다. 휘양구가 앞서 보낸 보고서에는 "4월
24일(5월 24일) 톨강에 도착한다"고 했으므로 짐은 일정에 맞추어 4월 25일
(5월 25일) 무렵 헤를렌 강에 도착하게끔 행군했다. 그러나 그가 며칠 동안
연락이 없다가 급히 일정을 변경했기 때문에 우리들은 어쩔 도리가 없었다.
그래서 팔기의 왕들, 의정대신(議政大臣)[176]들을 모아 의논했으나 의견이 일
치하지 않는다. 어떤 이는 이대로 진군하자고 하고 어떤 이는 처음 두 갈래
의 대군이 합류하는 작전을 하려고 했던 것은 아주 중요한 일이므로 점차
속도를 늦추자고 한다. 짐은 이것저것 깊이 생각했으나 이렇다 할 좋은 생각
이 떠오르지 않았다. 어쨌든 좀 쉬면서 짬을 내서 형편을 살피려고 한다. 앞
서 진격한다고 말해 놓았기 때문에 조금 늦어진 것을 황태자가 알게끔 편지
를 보내지 않으면, 그대들이 날마다 안타깝게 걱정하는 것이 바람직하지 않

---

175) 이 구절에서 나오는 만문 'hetu giyamun'이 정확하게 무슨 말인지 알 수가 없었
다. 원저 p.114에선 '近道(지름길)'라 했으며, 한역에선 '費揚古自異驛奏言'이라
하여 '異驛'이란 말을 사용했는데 사전에 이에 해당하는 단어는 없었다. 다만
'hetu'란 단어에 '橫', '옆', '다른' 등의 의미가 있기 때문에 이를 正驛 또는 本驛
에 부속된 작은 역으로 짐작할 수 있다. 만문본 ≪親征平定朔漠方略≫에서 'jasak
i jugūn i amba cooha be dahalara . hetu sindara giyamun de'를 한문본 ≪親征平定
朔漠方略≫ 卷20 p.217 下 '酌量增設中路大兵正站腰站'라고 하여 '正站', '腰站'
표현을 사용하였다. 문맥상 'hetu giyamun'을 '腰站'으로 이해할 수 있지만 정확
히 어떤 역참인지 파악할 수 없었다.
176) ♣ 의정대신(議政大臣); 국정의 중요사항을 합의 결정하는데 참여하는 대신으로
대부분 종실, 기인의 유력자들이 임명된다. 만주인은 전통적으로 정권를 일족의
가신의 공유물로 보는 관념이 있고, 팔기제도 아래에서도 각기에 의정대신 지위
가 배당되어 공동으로 국정에 관여하였다. 제도상 황제의 결정문서를 제한할 수
는 없었지만 합의의 전통과 팔기의 분립체제를 유지하고 청 전반기에 있어서 중
요한 역할을 하였다.

養心殿 내부

아 편지를 써서 전달하는 바이다.

갈단의 낌새를 보니 이 길로 진군하는 것을 만에 하나도 생각하지 않는 것 같다. 지금도 변함없이 방심하고 있다. 단지 피아의 거리가 지극히 가까워 갈단이 이를 알기만 하면 바로 도주할 것이 많이 걱정된다. 만약에 도주한다면 어떻게 모두 탈출할 것인가? 이에 대해 편지를 써서 특히 이르노라. 휘양구에게서 온 보고서를 베껴서 함께 보낸다. 이 편지의 내용을 황태후에게 아뢰고 대학사, 상서들에게 알려라. 四月 二十三日.」

(16) 만문주접 문서 34, p.137, 한역 문서 165, pp.78~79, 皇太子에게 보내는 上諭 (5월 23일)

마지막 전진기지로

그로부터 일주일 동안 황제의 본영은 차간 불락(백색의 우물)에 캠프를 치고 휴식을 취하며 시기를 기다렸으나 자제심이 강한 황제도 역시 조바심이 일어나기 시작했다.

「황태자에게 이르노라. 짐이 본군을 이끌고 차간 불락에 영채를 세운 날 휘양구가 일정을 알리러 보낸 샹난 도르지 라마[177]가 4월 26일(5월 26일) 저녁에 도착했다. (샹난 도르지 라마가) 오는 도중 오이라트[178]인 두 사람을 만나 정보의 출처를 알아내려고 잡아와 심문하자, 갈단은 헤를렌 강을 내려와 유목하고 있다고 한다. 휘양구 등이 언제 도착하는가 묻자 (샹난 도르지

---

177) ♣ 샹난 도르지 라마(Šangnan Dorji, 尙南多爾濟, 1641년~?); 청에 출사한 몽골의 티베트 불교승. 티베트어로는 자쿤 도르제. 내몽골의 후후호톤[歸化城] 출신으로, 유년기부터 궁중에서 양육되었다. 강희제의 측근으로서 몽골, 청해, 티베트 문제에서 정보 활동 등의 활약을 하였다.

178) 만문주접에 나오는 오이라트란 명칭은 만주문자의 글자 모양에 따라 ūlkun, ūlet 등으로 발음할 수 있다. 한역에서는 일관되게 오이라트를 'ūlkun'으로 읽고 '烏勒昆'로 표기하였으나 이 글에선 'ūlkun, ūlet' 등으로 읽을 수 있는 만주문을 모두 '오이라트'로 표기했다.

라마는) 5월 6일(6월 5일)전후에 바얀 울란에 도착한다고 해서 우리는 계속해서 조금씩 진군의 속도를 떨어뜨리고 있다. 차간 불락에서 헤를렌 강까지는 300리 전후이지만 측량한 것이 아니어서 정확한 것은 아니다.

이 무렵 며칠째 너에게서 편지도 없고, 황태후께서 평안하신지 (소식을) 들을 수가 없으므로 기분이 무거워 견딜 수 없었다. 일전에 사브수에 관련된 보고를 보내왔을 때 나의 건강을 물어오는 너의 편지가 없었기 때문에 더욱 기분이 무거워졌다. 짐은 무사하다. 황자들 모두 건강하다. 황태자는 건강한가? ……」[179)

(17) 만문주접 문서 37, p.166, 한역 문서 168, p.81, 皇太子에게 보내는 上諭
(5월 27일)

6월 1일 황제는 차간 불락을 출발해서 마침내 마지막 전진기지 투워링 불락으로 들어갔다.

「황태자에게 이르노라. 이 무렵 너에게서 안부를 묻는 편지가 뜸하여 내 마음은 진정되지 않았다. 지금 도착한 편지에서 황태후의 문안을 올릴 수가 있어서 매우 기쁘다.

이즈음 휘양구를 기다리고 있기 때문에 말은 얼마만큼 체력을 회복했다. 지세와 물, 풀 모두 앞서 알고 있는 바와 크게 다를 바가 없다. 적에게 눈치채지 않도록 우리 초병을 산개하지 않고 주변에 두고 있다. 이러는 사이에 적이 우연히 알아차렸는지 아닌지는 알지 못하겠다.

나는 무사하다. 다만 밤낮 없이 걱정한다는 것은 정말 고통스럽다. 황자들 왕들, 대신들, 장교들, 병사들에 이르기까지 모두 건강하다. 황태자는 건강한가? (북경에) 남아있는 황자들은 모두 건강한가?

이곳은 아무것도 없다. 단지 모래와 돌뿐이다. 휴식하고 있을 때 어린 환관

---

179) 이때 강희제는 불혹의 나이인 43세, 황태자는 혈기 충만한 22세의 나이였다. 황태자에 대한 사랑이 식어간다고 할 수 없지만, 자유분방하여 지고무상한 아버지 황제에게 무심한 황태자에게 다정다감한 강희제가 서운함을 느낀 것이다. 황제에 대해 안부를 묻지 않은 것은 불경죄에 해당하는 것이지만, 불편한 심정을 이런 식으로 밖에 표현할 수밖에 없었고, 이런 현상이 누적되어 결국은 두 차례의 폐위라는 비극을 겪게 된다.

들에게 돌을 채집시켜 물로 씻어 고른 여러 가지 색의 돌 한 상자를 보낸다.

　4월 30일(5월 30일) 체링 잡 등의 7인의 타이지[180]가 찾아왔다. 그들은 남잘 토인 등과 한곳에 있었으나 갈단의 침략 때 도주해서 헤를렌 강을 건너 오논 강변에 있다. (그들의) 가축도 말랐고 처음으로 내지로 이주하기 위해 왔기 때문에 이를 알리고, 한편 정보원인 오이라트인 두 사람을 경사(京師)[181]로 보내기 위해 파견된 자가 짐이 우루후이강에 보낸 자를 만나 우리 군대의 종적을 뒤쫓아 찾아왔다. 짐은 특별히 상을 내리고 『갈단은 아주 가까이 있다. 너희들은 서둘러 국경으로 들어가라』라고 보냈으나 체링 잡은 『폐하에게 문안을 올리고 (무언가) 역할을 하고 싶다』라고 하며 처자는 국경 안으로 (즉 내몽고 경내) 보내고 자신들은 이곳으로 왔다. 할하의 체첸 한 [cecen han]도 온다고 하나 아직 도착한 것은 아니다. 양심전(養心殿)[182]에서 제조한 서양의 룰러버버랄두[žulebeberaldu, 如勒伯伯喇爾都][183]라는 어용의 약을 주의해서 밀봉한 것 10량(兩), 가공하지 않은 생강 4근(斤)을 이 편지의 답신을 보낼 때 함께 보내라.

---

180) ♣ 타이지[台吉, taiji]; 몽골 귀족의 호칭으로 칭기스 한의 남자 자손만이 이름을 올릴 수 있다. 어원은 한어의 「太子」이나 청대에선 「台吉」이라고 썼다. 뜻은 '왕자'의 의미이며 숫자가 많다.

181) 춘추시대 이전부터 제왕의 도읍지를 지칭한는 말이다. 명·청 시대부터 북경이 수도였기 때문에 이하 경사(京師)라는 말은 모두 북경(北京)으로 통일한다.

182) 명의 가정(嘉靖)년간에 세워졌다. 건청궁(乾淸宮)의 서쪽에 있고 청의 순치제가 이곳에서 타계하였다. 일찍부터 궁중에서 필요한 물건을 전문적으로 만들었고 옹정(雍正) 이후 황제의 침궁(寢宮)으로 개조하였다. 공적 부분인 자금성 남반부의 외조(外朝)에 대해 사적 공간인 북반부의 내정 안에 있다. 건륭시대에는 이곳에서신하를 만나 정무를 처리하는 일이 많았다.

183) ♣ 룰러버버랄두[žulebeberaldu, 如勒伯伯喇爾都]; 이 약에 대해선 황제가 제2차 몽골원정에서 내몽골의 후스타이에 있었던 1696년 12월에 언급하고 있다. 강희제의 사용에 쓰이는 유럽의 약의 하나로 「쥬렙(julep)인 것으로 보인다. 「쥬렙(julep)」은 라틴화해서 「쥬라피움(zulapium)」으로 불렀으나 아라비아어의 「쥬라브(julab)」의 차용어로서 아라비아어가 페르시아어로 '장미의 물'을 의미하는 「구르압(gūlab)」으로 소급된 것으로 보인다. 「쥬렙(julep)」은 입에 닿는 감촉이 좋은 물약으로 강심제 역할을 하며 위스키, 사탕, 박하, 물을 혼합해서 만든다.
이 책의 뒤에 있는 「강희제의 만문서간(滿文書簡)에 보이는 예수회 선교사의 영향」에 나오는 주를 참조하시오.

북경에서 보낸 편지는 5월 2일(6월 1일) 진(辰)의 시각(오전 8시)에 도착했다. 우리는 이곳에서 군대를 정돈하고 4일에 진군한다. 적이 있는지 없는지 아직 듣지 못했다. 피아간의 거리는 230리(100km) 정도이고, 지금은 아주 가까워졌다. 대체적 형세는 결정되었다.

　4월 29일(5월 29일)에 쌀을 실은 짐수레, 제1대가 도착했기 때문에 팔기, 녹기(綠旗), 내부병(內府兵), 몽골병, 집사인들에 각각 적당하게 배분했다. 쌀을 배급할 때 영문(營門) 밖에 산처럼 쌓아놓았는데 구경꾼으로 가득 찼다. 할하 사람들이 말하기를 "만주인들은 이 정도의 위세를 도저히 이룰 수 없다고 생각했는데 지금 보니 황제 폐하[184]는 어디에 가도 북경을 전부 가지고 이동한다. 정말로 대단하다"[185]고 입을 가리고 놀라면서 말했다.

　장병의 기세는 보통 때와 다르지 않고 분발하는 모습은 말로 다하기 어려우나 나의 심경은 평상시와 같은 것은 아니다. 일은 중대하다. 오로지 완수하는 것만 생각하고 있고 요행을 바라는 것이 아니기 때문에 마음을 괴롭히면서 하늘에 기도하면서 행동하는 것이다.」

(18) 만문주접 문서 42, pp.185~192, 한역 문서 171, pp.83~84, 皇太子에게 보내는 上諭(6월 1일)

　황제는 황태자의 걱정을 두려워해서 일부러 여기까지만 썼으나 쌀 배급 풍경을 묘사한 한 구절에서 황제군의 식량수송의 곤란이 극에 달한 것이 분명해졌다.

---

184) 만주어 'bokdo ejen'은 강희제를 표현하는 말이다. 'bokdo'는 몽골어로서 '신성한'이란 뜻을 가지고 있다.

185) 이 구절의 끝부분의 만문을 직역하면 'manju be ere durun i ainaha seme isinjirakū sehe bihe . te tuwaci bokdo ejen abide geneci . be ging be suwaliyame gaifi nuktembi yargiyan gelecuke angga dasifi ferguweme gisurembi . (만주인들은 이 모습으로는 아무리 해도 이르지 못한다고 했었다. 지금 보니 聖主(즉 강희제)는 어디에 가도 북경 전체를 거느리고 간다. 진실로 놀랍다고 입을 가리고 경탄해서 말한다'는 의미이다. 한역에선 '喀爾喀等曾議 滿洲大旗斷不至. 今觀之博克多汗前往圍獵, 將北京人馬一幷率領出巡, 着實勵害, 讚嘆不已'라고 하였다. 다만 'manju be ere durun(모양, 꼴)'의 구절을 일역에선 'durun'으로 읽었고 한역에선 'turun(旗)'으로 봄에 따라 번역에 미묘한 차이가 발생하였다.

전투대형으로 전진

휘양구의 서로군으로부터의 연락은 5월 26일 이래 다시 끊어졌으나 6월 5일 무렵 바얀 울란에 도착했다고 해서 이에 맞추어 황제의 중로군도 6월 4일 투워링 불락에서 진군을 개시했다.

「황태자에게 이르노라. 우리 부대는 4일에 진군하기로 했으나, 비 때문에 5일에 진군했다. 병사와 말은 체력을 회복하고 있다. 처음 북경에서 지급한 말을 가지고 있는 자도 있고 네 마리씩, 세 마리씩, 두 마리 만이 남은 자도 있다. 대체로 진용은 정비되어 있다. 지금 할하인, 내 자삭크의 몽골인(內 蒙古人)들이 아주 쓸모가 있다. 정찰, 입초(立哨), 단신으로 파견하는 곳에는 모두 그들을 사용한다. 일일이 쓰는 것이 번거롭다. 귀경해서 다른 기회에 말하겠다.

짐이 파견한 롭상 에르데니 타이지가 돌아왔다. 그의 말로는 오논 강 하류의 타부낭군 부족의 천기(千騎), 후룬 부이르 호수[186])의 툴히마라는 곳의 치브치눈 부족의 수 백호, 이들 대부분을 아리야 자삭크의 아르슬란 웨이 자이상[187]) 등이 모두 모아서 국경을 향해서 이주해온 모양이다. 이들이 귀순하면 (국경) 밖에는 바르후인[188])도 할하인도 살 수 없게 된다. 이것은 아주

---

186) 후룬 부이르; 몽골의 동북고원 대흥안령 서방의 호수로 그 일대는 대초원지대를 형성하고 있어서 예부터 몽골 동북방 유목세력의 근거지였다.

187) 만문의 'arslan wei jaisang(阿爾薩蘭衛寨桑)'은 이를 아르슬란 衛의 자이상(몽골의 관직명)으로 해석해야 한다. 'jaisang'은 몽골의 관직명으로 원대(元代) 이후 사용되었다.

'jaisang'은 한어의 '재상(宰相)'에서 비롯되었으며 '채상(寨桑)', '재상(宰桑)'으로도 전사한다. 대부분이 비(非) 칭기스한 가문에서 나왔으며, 다얀 칸 시대에 한(汗)의 지위를 공고히 하고자 '태사(太師)'제도를 폐지하고 대부분 대한(大汗)과 타이지의 속료(屬僚)로 강등시켰다. 다만 준가르를 비롯한 오이라트 몽골에선 여전히 한에 버금가는 봉건영주의 위치에 있었다.

188) 바르후[巴爾虎, barhu]; 중국의 동북지방 북서부에 있는 대흥안령 서쪽에 고원 형태의 땅이 있는데 이 땅에 살고 있는 농업과 상업에 종사하는 중국인 이외에 몇 개의 소수민족이 있다. 그 중에 하나가 몽골어계에 속한 바르가(巴爾虎, Barga)라

좋은 일이다.

헤를렌 강에 점차 가까워졌다. 몽골인들의 말도 건강하기 때문에 5일에는 야생 당나귀, 노란 양을 몰이사냥했다. 몽골인, 할하인들이 점점 몰려와서 2,000명을 넘어섰다. (이들을) 이용함에 편리하므로 주의해야 할 사항에 관한 지침서를 주어 장긴[janggin, 章京護軍校, 중대장][189]과 주완다[juwanda, 十戶長, 소대장][190]에 임명하고 대오를 편성했다. 체첸 한이 왔다. 본즉 이전보다 훨씬 대인이 되었다. 좋은 남자이다.

우리들의 고비 통과는 끝났다. 산과 골짜기의 경관이 같기는 하나 풀이 점차 무성해져간다.

6일에 후후 철(푸른 습지)호수에 숙영했다. 이곳은 작년 갈단이 남쟐 토인을 약탈한 곳이다. 헤를렌 강으로부터 170리(76km)가 된다.」

(19) 만문주접 문서 48, pp.227~230, 한역 문서 177, p.87(6월 5일)

6월 6일 중로군은 드디어 전군을 전투대형으로 편성하고 최후의 전진을 개시했다. 황제 스스로 선봉대의 정예를 이끌고 전군의 앞에 서서 말을 몰아 나아갔다. 이어서 팔기의 선봉대가 횡진(橫陣)을 만들며 진격하고 그 뒤를 이어서 녹기병이 녹각(鹿角)[191]을 가지고 전개했다. 녹각의 뒤에는 각각의 왕들, 황자들 대신들이 팔기의 만주병을 이끌고 전진했다. 그 다음에는 한군화기영(漢軍火器營)의 대포와 소총이 횡진을 형성했다. 화기영 다음에

는 유목민족이다. 이들은 신(新) 바르가와 진(陳)바르가로 불리는데 전자는 동신파기(東新巴旗)와 서신파기(西新巴旗)의 두개의 집단이 있고 유럽인은 Bargu-Buriyat라고 하였다. 후자는 집단의 구분은 없고 진파기(陳巴旗) 만으로 Xucin-Barga로 불렀다.

189) janggin(章京); 청초에는 gūsa ejen을 제외한 niru ejen 등을 janggin이라 하였다. 순치 17년에 만주어 관명을 한자화하면서 niru janggin을 좌령, jalan janggin을 참령으로 호칭하였다. 처음엔 무직이었으나 점차 중견 사무직도 janggin(章京)이라 하였다.

190) 만주어에서 'juwan'은 '10'을 의미하고 'da'는 '으뜸, 우두머리'를 의미한다. 따라서 '十戶長'을 지칭하는 말이다.

191) 적을 막기 위해 나무토막을 사슴뿔처럼 얼기설기 엮어서 도로 등에 설치하는 장애물.

는 팔기 만주병의 기병포대가 소속에 따라 횡진을 형성하여, 그 세력은 온 산과 들에 충만하여 끝이 보이지 않을 정도였다.

진군의 도중 앞서간 초병으로부터 적의 초병 수십 명과 접촉했다는 보고가 있었으나, 그대로 진군을 계속하여 숙영지로 예정된 얀투 쿠리투 지역에 도착했으나, 거기에 있어야 할 담수호가 전부 말라 소실되었다. 전군은 불안하게 되고 길 안내들은 당황해서 사방으로 흩어져 물을 찾았다. 이를 보고 황제는 사위인 하라친 부족192)의 갈잔193)에게 말했다.

> 「이곳은 본래 물이 있었던 곳이다. 지금 물이 없는 것은 아마도 하늘이 우리를 곧바로 헤를렌 강에 가게끔 시사하는 것인지 모르겠다. 그러나 보병은 하루에 50리 이상 행군했다. 지금 40리 이상 물이 없는 곳을 행군하면 적과 만났을 때 어떻게 싸우겠는가? 그 뿐만이 아니고 후미의 군대가 도착하면 밤이 된다. 너는 지금 곧 너의 아버지 두렁 王 쟈시와 수천 명의 병사를 이끌고 얀드 산의 높은 곳에 가서 전군의 후미가 통과할 때까지 경계해라. 무언가 발생하면 싸우면서 보고해라, 무슨 일이 발생하면 밤이기 때문에 후미로부터 쫓아와라 결코 적에게 눈치채게 하지마라.」
> ─≪親征平定朔漠方略≫ 卷23, 康熙 35年 5月 壬戌條 ─

한편 황제는 어전시위 우시, 길안내들을 데리고 물이 있는 곳을 찾아 나섰다. 우시가 말을 달려 한 언덕을 넘자 바로 그곳에서 하나의 샘물이 발견되었다. 서쪽으로 6~7리 흘러가고 있는 물은 달고 한편으론 (수량이) 풍

---

192) ♣ 하라친 부족; 몽골 부족의 하나로, 내 몽골에서 북경과 가장 가까운 지역에 위치하고 있다. 원래는 원대에 카프가스에서 데려온 킵착 군단을 조상으로 하고 있으나, 다얀 한의 재편과 링단 한의 침공으로 계통에 혼란이 초래되고 있다. 칭기스 한의 가계가 아니기 때문에 수장은 '한'이나 타이지를 칭하지 못하고 타부낭 [塔布囊]이라 하였다.

193) 원저자는 갈잔이 하라친 부족의 사위라고 했으나 ≪親征平定朔漠方略≫에 보면 喀爾喀和碩額府 噶爾藏으로 나와 있어 하라친 부가 아니라 할하부족임을 알 수 있다. ≪親征平定朔漠方略≫卷23, 康熙 35年 5月 壬戌條.

부했다. 전군의 말과 병사가 하룻밤 사용하기에 충분했다. 이런 취지의 보고가 있자 황제는 기뻐서 급히 달려가서 각기(各旗)의 숙영할 위치, 파볼만한 해자(垓子: 성을 둘러 판 못)의 위치를 각각 지정했다. 이렇게 해서 시바르타이(진흙이 있는 곳)에 캠프를 펼쳤다. 황제는 다시 명령을 내려 다음날의 식사는 지금까지의 예와 달리 새벽녘에 취사를 하고 식사를 마친 뒤 바로 출발을 했다. 물론 언제 전투가 벌어져도 괜찮게끔 병사들의 체력을 유지하기 위함이었다.

행군중의 한 장면

헤를렌 강을 확보하다

같은 날, 사자가 헤를렌 강에서 돌아와 갈단의 부장 단지라를 만나고 황제의 친정을 통보했다는 것을 보고했다. 다음날 6일 황제 자신도 헤를렌 강에 도착했다.

「황태자에게 이르노라. 우리 군은 투워링 땅에서 5일에 진군했다.

4일 공주(公主)의 장사[194] 도찬, 중서 아비다에게 조서를 주어 갈단에게 파견하고 그들을 호송하기 위해[195] 아랍탄, 카왈다[196]에게 200명을 주어 『너희는 헤를렌 강까지 가지 마라. 지세를 보니 구르반 투르한, 바르 타이가에는 적이 계속해서 초병을 두고 있을 것 같다. 너희들이 헤를렌 강으로 가려면 얼마간 멀리 돌아가야 하므로 반드시 퇴로를 차단당할 것이다. 그냥 안투 쿠리투에서 이(사자)들을 가게 해라. 가기 전에 우리 쪽이 사로잡은 네 명의 오이라트인을 석방해 사정을 알리게 하자. 그 뒤에 우리 측의 사자를 보내라』라고 훈시하였다. 이(사자)들은 함께 5일에 헤를렌 강에 도착하고 적의 초병을 볼 수 없었기 때문에 아마도 적은 가버린 것이라고 그다지 경계를 하지 않고 있었다. 오이라트인들은 산 위에서 이를 보고 6일에 아침 일찍 어둠을 틈탄 1,000여 명의 오이라트인들이 말무리를 영지에서 차단하고 몰아왔다. 말무리를 데리고 있던 호군(護軍)들과 마부들이 오이라트인을 사살하고 말무리를 우리 진영으로 데려오자 우리 군대는 진영

---

194) ♣ 공주의 장사(公主의 長史); 황자 황녀에는 측근에 부리는 사람, 가로(家老)의 역할을 하는 '장사(長史)'가 있었고 황녀가 결혼할 경우에도 따라갔다. 만주어로는 'faidan da'라고 한다.
195) 만문주접에서 '그들을 호송하기 위해'라는 직접적인 표현은 아니나 앞뒤 문장을 헤아리면 이해되는 표현이다.
196) 원저자 오카다는 아랍탄과 카왈다의 두 사람으로 보았으나 한역은 '阿喇布坦喀瓦爾達'이라고 하였다.

을 정비하고 응전하면서 소총을 쏘아 수명의 오이라트인들을 죽였다. 우리 쪽도 오이라트인의 소총에 몇 사람이 당했으나 솜으로 된 갑옷[197]을 관통하지 못하고 다만 한 사람만이 경상을 입었을 뿐이다. 여기서 카왈다는 우리 측에게『손대지 마라 폐하의 조서가 중요하다. 반드시 보내야 한다.』라고 해서 시독학사(侍讀學士) 인쟈나에게 오이라트인들 가운데 '오치르'라고 하는 자를 딸려 보냈다. (인쟈나)는 바로 단지라의 말을 옮겨쥐고『황제 폐하의 사신이다. 너희들은 함부로 무례를 범해서는 안된다』그래서 오치르도 자신이 죽임을 당하지 않고 상을 주어 되돌려 보내졌다는 것, 황제 폐하가 스스로 와 계시다는 것, 장군 휘양구가 오르혼강과 톨강을 내려왔다는 것을 말하자, 단지라는 큰소리를 지르며 놀라서 바로 조서를 받아들고 군사를 수습하여 급히 되돌아갔다. 카왈다 등도 군사를 수습하여 돌아와서 6일 신(申)의 시각(오후 4시)에 돌아왔다.

7일 쿠리에투 시바르타이 불락에 숙영하는 날 중서[198] 아비다가 오이라트의 진영에서 돌아왔다. 오이라트 쪽에선『황제 폐하는 군사 (행동을) 중지해 주지 않겠습니까? 그대로 (진격해)오면 우리들 오이라트인들은 두렵습니다. 우리의 임금(갈단)은 톨강 방면에 있습니다. 연락하려면 며칠이 걸립니다. 조금 군사(행동)을 늦추어 주기 바랍니다』라고 말해왔다.

8일 아침 일찍 한편은 헤를렌 강을 향해 진격하고 한편은 같은 아비다,[199] 푼수크 게룽 등을 보내서『너희는 두려워하지 말아라. 다만 평화에

---

197) ♣ 면(棉)이 들어간 갑옷[yoohan i olbo; 면갑(棉甲)]; 면이 들어간 철편을 꿰메어 붙인 갑옷으로, 청군의 표준 군장이다. 棉(목면)은 한랭한 만주 몽골 지역에서 보온에 적합할 뿐 아니라 화살, 총탄 등에 대해 완충제 역할을 하였다.

198) 중서(中書)는 중국의 문관 관직 이름으로 청은 명의 제도를 이어받아 내각에 중서 약간 명을 두었는데 그 품계는 종7품이다. 직능은 보좌관의 역할을 했으며 6부의 중앙기추관서에서 전장(典章), 법령편찬(法令編纂), 기재(記載), 번역(飜譯) 등을 담당했다.

199) 만문의 'ineku'는 '처음의', '원래의', '같은' 등의 의미가 있으므로 한역의 '一面見 伊納庫阿必達彭蘇克格隆等諭曰'에서와 같이 'ineku abida(伊納庫阿必達)를 한 사

대해 서로 상의할 뿐이다. 우리는 헤를렌 강에 가서 숙영하지 않으면 물이 부족하다』라고 말을 하고 한편으로는 헤를렌 강에 도착했다.

살펴본 즉 강의 양쪽은 모두 산으로서 산의 모양은 험한 곳이 많고 평평한 곳은 드물었다. 강은 작아서 [북경]의 남원(南苑)[200]의 강보다 조금 클 정도이다. 이날 오이라트의 초병들이 곳곳에서 발견되었지만 (오이라트의 대군은) 실제로 어디에 있는지 알 수가 없었다. 지금 우리 군은 상황에 대응하면서 전진을 계속하고 있다. 본래대로 한다면 (적은) 우리가 헤를렌 강에 도착하는 날 맞받아쳐 강을 내주지 않고 싸웠어야 할 참이었다. 강을 우리에게 그대로 넘겨준 것을 보면 무능한 것이 정말인 모양이다. 어찌되었든 뒤에 다시 알려주겠다.

장병의 사기는 대단히 왕성하다. 너희가 집에서 마음고생 하지 않을까 생각해서 급히 알린다. 이를 황태후께 아뢰어라. 대학사, 만주인 상서들에게 보여라.」

(20) 만문주접 문서 43, pp.192~200, 한역 문서 172, p.84, 皇太子에게 보내는 上諭(6월 7일)

이날, 편지에서 말한 것처럼 황제는 헤를렌 강가에서 결전을 각오하고 전군에 엄중한 경계령을 내리고, 스스로 선두에 서서 진격하면서 높은 곳에 올라 서양제의 망원경으로 조망했으나, 강물만 보일뿐 사람 그림자는 보이지 않았다. 본대의 도착을 기다리면서 바라보자 동쪽으론 에르데니 토로가이(보석의 머리) 산이 보이고, 서쪽으론 산자락이 바르 타이가에서 내려와 강기슭에 달하고 있다. 그 부근의 모습이 잘 보이지 않아서 황제는

람의 인명으로 본 것은 잘못으로, 일역과 같이 '같은 아비다' 또는 '동일한 아비다'의 의미로 위에서 말한 '中書 아비다'를 지칭하는 것이다.

200) 남원(南苑); 북경 남교에 있는 이궁으로 수렵장 등을 광대한 부지에 세웠다. 일찍이 순치제 시대부터 정비되어 수렵과 휴식을 위해 역대의 황제들이 자주 행행하였다.

소부대를 보내 적이 있나 없나를 탐색했으나 반응이 없었다. 오히려 아비다로부터의 연락에서 북쪽 기슭에 적의 흔적이 있으나 떨어진 말똥의 상태로 보면 가버린 지가 이틀 정도 지났다 한다.

황제는 좌우를 향해서 말했다.

「갈단은 전쟁에 노련해서 서방 이슬람교도의 1,000여 개 마을을 빼앗았고, 4오이라트를 통일하였으며 자신의 형제를 죽이고 7기(旗)의 할하 몽골을 모두 격파하여 향하는 곳마다 적이 없었다고 한다. (그런데) 헤를렌 강에서 맞아 싸우지 않은 것을 보면 그의 비겁함이 분명해졌다. 러시아 병사 6만 명이 있다는 것도 거짓말이다. 지금 우리가 전투를 기대할 이유는 없다. 단지 추격이 중요하다고 생각한다.」
-≪親征平定朔漠方略≫卷23 p.37, 康熙 35年 5月 癸未條-

이런 가운데 각 부대가 도착하고 모인 지휘관들에게 황제는 말했다.

「갈단이 헤를렌 강에서 맞아 싸웠다면, 우리는 강을 탈취하기 위한 싸움에서 꽤 고전했을 것이다. 여기서 싸우지 않고 도주한 것을 보면 갈단은 용병술을 전혀 알지 못한다. 자신의 문호를 우리에게 비워준 것이다. 이곳 외에 다른 곳에서 우리 군대를 맞아 싸운다는 것은 불가능한 것이다. 이런 상태로 다른 어떤 곳에 머물 것인가? 반드시 밤을 도와 도주할 것이다. 우리는 몸을 가볍게 하고 급히 추격하자.」
-≪清聖祖仁皇帝實錄≫ 卷173 강희 35년 5월, ≪親征平定朔漠方略≫卷23, p.37, 康熙 35年 5月 癸亥條 -

그러자 지휘관들은 「폐하께서 일찍부터 전망하신대로 빈틈없이 들어맞았습니다」라고 말했다. 이 황제의 연설에서 5월 10일[201] 이래 청군의 상

---

201) 청군의 세 개 군단이 두 개로 감소하고 科圖에 머물렀을 때를 말한다.

하에 불안과 긴장이 얼마나 강했는가 하는 것을 엿볼 수 있다.

이날, 황제군은 에르데니 토로가이 산 아래 헤를렌 강의 부룬 땅에 숙영하고 사방에 초병을 배치하고 경계를 하면서 밤을 보냈다.

갈단의 도주와 추격

6월 9일 갈단이 결전을 피해 도주했다는 것이 판명되었다.

> 「갈단의 도주를 알린다.
>
> 황태자에게 이르노라. 갈단이 도주했다는 것을 알린다. 9일 아침 일찍 짐이 '포로를 잡아 정보를 얻으라'고 보낸 신 만주인(新滿洲人)[202]이 오이라트인을 사로잡아 심문하자 『나의 말은 피로했다. 모두 나를 버리고 갔다. 그리고 ≪너희는 나를 데려가지 않는가? 나는 먹을 것이 없어 말을 잡아먹었다≫라고 말하자, (패잔한 오이라트인) 모두는 ≪너는 말을 죽이지 말아라. 다만 빨리 우리들의 자취를 뒤따라 와라≫고 말하고 가버렸다고 한다. 그래서 짐은 또 상을 내리고 우리 쪽의 라마승(푼수크·계룽), 중서 아비다도 함께 파견하였다.
>
> 진(辰)의 시각(오전 8시) 오이라트인의 도망자가 와서 말하기를 『갈단은 폐하가 스스로 군대를 이끌고 왔다는 것을 믿으려고 하지 않았다. 어제 헤를렌 강을 목표로 대형을 짜고 전진하자 초병들은 이곳저곳으로 쫓겨가 뿔뿔이 흩어져 패주했다』
>
> 헤를렌 강에 들어온 부대는 세 개로서 몇 만 명인지 모르겠으나 "(청군이) 헤를렌 강에 진입했다"고 홀연히 도망쳤다. 그들 자신들 말로는 강희제는 죽이는 것을 좋아하지 않고 전쟁에서 사로잡은 자들에게 의복을 준다고 한다. (우리들이) 갈단을 따르면 언제 끝나겠느냐? 하고 불평을 말하면서 이

---

202) ♣ 신만주인(新滿洲人); 홍타이지 시대부터 팔기에 편입된 송화강 하류, 흑룡강 하류 방면의 만주계 부족으로 그들의 옛 땅인 만주의 방위와 몽골방면에 대한 후방부대 역할을 하였다.

곳으로 온 자가 꽤 많다』고 한다. 이로써 본다면 갈단이 도주한 것은 확실하다. 휘양구의 군대가 가는 길을 차단하고 있다. 우리 군대는 서서히 추격하고 있다. 모든 일은 하늘의 은혜에서 대세가 정해지기 때문에 집에선 알고 있으라고 해서 알린다. 황태후에게 아뢰어라. 궁중에 널리 알리는 것이 좋다. 싸움터이기 때문에 바빠서 그다지 상세한 것은 쓸 수가 없다. 특히 알린다.203)」

(21) 만문주접 문서 216(9輯), pp.74~77, 한역 문서 359, pp.186~187, 皇太子에게 보내는 上諭- 5월 9일(6월 8일)

황제군은 즉시 추격을 했다.

「황태자에게 알린다. 9일의 저녁 무렵 군은 대오를 꾸미고 추격에 나섰다. 10일 갈단의 영지에 도착해 보니 그다지 많은 사람의 흔적은 없다. 말이 있는 것 같으나 많은 것은 아니다. 소 발자국도 아주 적다. 양은 한두 마리 이외에는 발자국이 없다. 몽골의 가옥, 불상, 냄비, 가마솥, 아이들 옷, 신발, 부인용품, 요람, 금제품, 창 자루, 그물, 낚시 바늘, 몽골가옥의 목조, 냄비의 국이 끓은 채 모두 버리고 가버렸다. 노복들의 자식들이 줄지어 주워 모은 것이 꽤 많다. 생활 상태를 보면 곤궁함이 극에 달했다. 중단없이 길을 진군하자 오이라트 측에서 도망해 온 무리가 계속 말하기를『갈단은 이곳에 있다. 아랍탄은 바얀 울란에 있다. 갈단은 폐하가 스스로 군대를 거느리고 왔다는 것을 믿지 않고 폐하가 석방한 네 명의 오이라트인에게 ≪이런 물도 없는 사막을 어떻게 왔단 말인가?≫라고 물었을 때 자신들은 답하기를 ≪우리가[청군]에 다가가면서 들으니 물을 찾는 것이 아니다. 폐하가 장소를 골라서 "여기에 물이 있다"라고 말하자 일제히 팠다. 파는 것이 끝나기도 전에 물이 용솟음쳤다. 물이 부족한 것은 아니다≫라고 말했다. 또한 [청군]이 헤를렌 강에 진군하는 날 마부가 실수로 불을 내서 구르반 투르간 쪽에 연기가 퍼지는 것을 오이라트인들이 보고 ≪아무훌랑 복도 한204)은 진군할 때

---

203) 이 구절의 맨 앞에 'g'aldan i burlaha be boolara jalin(갈단의 도주를 알리는 사안)'이라는 문구가 크게 써 있다. 그만큼 강희제가 흥분한 상태임을 말하는 것이다.
204) 만문주접에서 표현한 'amuhūlang bokdo'는 몽골어로서 'amuhūlang'은 '편안'을 'bokdo'는 '신성'을 의미하며 강희제를 지칭하는 말이다.

불을 놓고 군대와 같이 진격한다. 이것을 누가 막을 것인가? 몽골가옥, 귀중한 짐 등이 모두 불에 탔다≫라고 말하며 스스로 앞장서서 버리고 도망했다. 많은 오이라트인 등은 ≪본토에서 올 때는 무어라 말했는가? 지금 도망하는 것은 도대체 무엇 때문인가?≫라고 조소했다』라고 한다.

또한 아랍탄이 있는 곳에서 온 도망자가 말하기를 『아랍탄은 바얀 울란에 있다. 갈단이 한밤중에 몰래 불러내서 폐하가 온 상황을 말하자 아랍탄은 ≪당신의 밑에는 여자와 아이들 가축이 없는 사람들이 있고, 내가 있는 곳은 여자와 아이들과 가축도 있는 사람들이다. 만주인들을 도대체 한 번이라도 본 적이 없느냐? 나는 무어라 해도 싸우지 않겠다≫[205]라고 말하고, 한눈 팔지 않고 되돌아갔으나 바얀 울란에 도착하기 전에 아랍탄 수하의 무리 태반은 배반했다. 얼마 지나지 않아 서쪽의 큰 길에서 군사가 몰려와 대포를 쏘는 소리가 들려왔다. 오이라트인들은 모두 낭패해서 동요하고 어찌할 바를 모르고 매우 혼란해졌다. 지금 당신들을 추격하는 (청의) 군사에게 후미의 양과 소는 내일 중에 따라 잡히겠지』라고 한다.

그래서 짐은 충분히 계획을 세우고 만전을 기해 행동했다. 무어라 해도 요행은 구하지 않는다. 우리 군사는 누구누구 할 것 없이 규율이 엄정하고 원기왕성하며 말은 살쪄 있다. 오이라트의 말을 보면 우리 쪽의 최하급 말의 상태와 같다. 우리가 헤를렌 강에 도착하기 전에는 날이 가물어 풀이 없었으나 이 며칠 사이에 (풀이 많이) 자랐다고 한다. 정말인지 거짓말인지 모르겠다. 적에게 접근 할수록 매일 기분이 좋고, 윗사람에서 아랫사람 및 마부에 이르기까지 더 없이 기분이 좋다.

할하인들은 모두 용감한데(그들이) 말하기를 『우리가 전에 오이라트를 보면 사람도 말도 아주 강하였다. 지금 우리는 폐하가 군대를 거느리고 행군하는 것을 보고 오이라트의 형세와 행동을 본즉 우리들의 노예의 노예, 마부들에도 미치지 못한다』하고 정찰과 초계에 사람을 내보낼 때에는, 군영을 뛰쳐나와 자진해서 가고 싶다고 눈물을 흘리면서 끈질기게 하소연한다. 이를 보면 사기를 높이는 것은 지도하기 나름이라고 하는 말은 정말이다.

북경에 있는 사람들이 우리들의 기쁨을 어떻게 알 것인가? 그래서 겨우 틈을 내서 사태의 실정을 대략 써서 보낸다. 이것을 황태후와 궁중의 모두의

---

205) 이 부분의 만주어는 'manju be aika sahakūnggeo bi ainaha seme afarakū'이고, 한역은 '滿洲豈不知乎. 我斷然不戰(만주인을 어찌 모르느냐? 나는 단연코 싸우지 않겠다)'이다.

귀에 들어가게 알려라. 만주인 대학사, 상서들, 내대신들, 시위들에게도 들려주어라. [대학사] 이상가도 아마 보고할 것이다. 특히 이를 알린다.」

(22) 만문주접 문서 44, pp.203~207, 한역 문서 173, pp.84~85, 皇太子에게 보내는 上諭(6월 10일)

그러나 황제의 낙관적인 말과 정반대로 식량문제가 심각해졌다. 출발할 때 각 병사에게 휴대시킨 80일 분의 식량은 작전 개시 72일이 지난 현재 거의 소진되었다. 이대로는 전진을 계속하기는 커녕 철수하는 것도 위험해진다. 더구나 적의 퇴로를 차단해야 할 휘양구의 서로군에게서 지금까지도 아무런 연락이 없다. 6월 11일, 황제는 토노 오라 (연기가 나는 산)에서 결단을 내려 평북대장군(平北大將軍) 마스카[206]에게 소수의 정예병과 20일 분의 식량을 주어 추격을 계속하게 하는 한편, 기타 전군은 투워링 불락의 전진기지에 돌아올 수 있는 5일분의 식량을 휴대케 해서 귀로에 오르기로 했다. 갈단군의 포착과 격멸이라는 대작전은 완전 실패로 끝난 것으로 보였다. 이때 황제의 실망과 황태자에게 다정한 애정을 표한 다음과 같은 편지가 있다.

「황태자에게 이르노라. 짐이 군대를 이끌고 전진할 때는 모두가 한마음이었다. 지금 갈단을 패주시켜 그 궁한 모습을 이 눈으로 확실히 보고 이에 상응해서 군대를 출격시켰다. 지금 경사스럽게 귀로에 오르기 때문에 네가 아

---

206) 마스카(maska, ?~1704년); 한역에선 마사객(馬思喀, 馬斯喀) 등으로 표기하기도 하였다. 성은 부차[富察]氏, 만주 양황기 출신으로 호부상서(戶部尙書) 미사한(米思翰)의 아들이다. 처음 시위겸 좌령을 제수 받았고 강희 27년 호군참령(護軍參領)에서 무비원경(武備院卿)을 임명받았다. 강희 28년 양황기 부도통 내무부총관 영시위내대신으로 화기영을 겸하였다. 강희 35년 평북대장군에 임명되어 양황기 조총병을 거느리고 갈단 토벌에 참가하였고, 강희 36년 소무장군(昭武將軍)으로 영하(寧夏)에 주둔하면서 휘양구[費揚古]의 군무에 참찬하였다. 강희 41년 양황기 몽고도통이 되었다. 동생인 대학사 마치[馬齊]와 더불어 "두 마리의 말(馬)가 천하의 풀을 먹는다"라는 말을 들을 만큼 중용되었다.

주 그립다. 지금 기후는 덥다.

네가 입은 면사(棉紗), 면포(棉布)의 긴 옷 네 벌, 조끼 네 벌을 보내는데 반드시 낡은 것을 보내라. 아버지가 너를 그리워할 때 입고 싶다. 내가 있는 곳은 양고기 이외에 아무것도 없다. 12일에 황태자가 보낸 몇 개인가의 물건(송화강의 송어 튀김)[207]을 맛있게 먹었다.

황태자는 내무부(內務府)[208]의 유능한 관리 1명, 남자 아이 1명을 뽑아서 역마에 태우고, 살찐 거위, 닭, 돼지, 새끼돼지를 세대의 차에 실어서 상도(上都)의 목장으로 보내라. 짐은 진격하면서는 결코 이런 주문을 할 리가 없다. 갈단의 모습을 보니 아무래도 멈출 것 같지 않다. 다만 휘양구 백(伯)의 군사는 지금까지 소식이 없다. 만약 휘양구 백의 군사가 오면 갈단은 거기서 끝이다. 만에 하나 빠져나간다 해도 두 번 다시 일어설 수 없을 것이다. 어느 것이든 그것으로 끝난다. 나는 토노 산에서 바얀 울란을 바라보았다. 어떤 장애물도 없다. 하늘 아래 땅 위에 이 할하의 땅 같은 곳은 없다. 풀 이외에 (온통 강아지풀만 있고) 만에 하나 천에 하나 좋은 곳이 없다. 眞是陰山背後.」[209]

(23) 만문주접 문서 57, pp.273∼276, 한역 문서 186, p.91, 皇太子에게 보내는 上諭 (6월 11일)

---

207) 이 구절 중간 부분에 나오는 '몇 개의 물건'은 만문주접의 'juwan juwe de hūwang taidz unggihe emu udu hacin be sabufi urugunjeme jeke...'에 해당한다. 원저에선 '松花江の鱒の唐揚げ' 즉 '송화강의 송어튀김'이라 했는데 'emu udu hacin'을 '송어튀김'이라고 확인할 수 없었다. 한역에서도 '十二日見皇太子遺送數種物品 (12일 황태자가 보낸 몇 가지의 물건)'이라고만 하였다.
현재 원저자 오카다 히데히로[岡田英弘] 선생은 고령에다 뇌경색을 당하여 필자의 질문에 답할 수 없어서 대신 청조사총서(淸朝史叢書)의 편집위원 楠木賢道, 杉山淸彦 등이 조사해 보았으나 그 근거를 찾을 수 없었다고 그의 부인 미야와끼 준꼬[宮脇淳子] 여사가 밝혀왔다.
208) ♣ 내무부(內務府); 황제의 가정(家政)기관으로 궁정사무를 관장한다. 팔기에서 황제 및 기주에 직속하는 가정 부문을 「booi[布衣]」라고 한다. 이중에서 황제 직속의 상삼기의 보오이들로 구성된다. 환관은 내무부의 한 부문을 축소시킨 조직속의 존재들이다. 장관은 내무부 총관으로 궁내대신(宮內大臣)에 해당한다.
209) 이 구절의 맨 끝에 있는 만문의 'orho ci tulgiyen tumen minggan hara de emu sain ba akū'이고 한역에서는 hara를 강아지풀[蒿]로 해석하였다.

황제는 이 뒤에 한문으로 「바로 음산의 배후(眞是陰山背後)」라고 써놓고 있다. 마음이 즐겁지 않았던 것이다.

존 모드

서로군 적에 접근하다

여기서 이야기는 무원대장군 휘양구가 지휘하는 서로군으로 옮겨간다. 휘양구의 서로군 본대는 황제의 중로군보다 일찍 3월 19일 귀화성(歸化城)[210]을 출발해서 옹긴강으로 향했다. 별도로 진무장군 손사극(振武將軍

---

210) ♣ 귀화성[歸化城, huhu hoton]; 몽골어로 '후후호트(푸른 도시)', 또는 '후후호톤 (푸른 성)'라고 한다. 현재 중국 내몽골 자치구의 성도(省都)이다. 16세기 투메드의 알탄 한이 明으로부터 도망 또는 투항해온 한인들을 살게 하면서 도시를 만든 데서 비롯한다. 내륙무역의 거점으로 번영을 하기 시작했다. 귀화성(歸化城)이란 이름은 알탄 한이 명과 강화할 때 명이 붙여준 것이며, 呼和浩特은 'huhu hoton'을

孫思克)[211]이 지휘하는 일대는 5일 늦은 3월 24일에 영하(寧夏, 지금의 銀川市)를 출발했다. 휘양구의 부대에 종군한 영하총병관 은화행(寧夏總兵官 殷化行)[212]의 수기에 의하면 영하에서 황하와 하란(賀蘭) 산맥의 사이를 하루에 4, 50리, 또는 5, 60리의 속도로 북상한 지 십여 일, 황하를 지나 사막으로 들어간 200여 리에서 「양랑산(兩郞山)」이라고 새겨진 돌비석이 있는 언덕에서 음산산맥을 넘고 5월 4일 고도리 발가슨(鏑矢: 우는 화살의 성)이라는 곳에 도착했다. 애초의 예정은 여기서 귀화성에서 올 본대와 합류할 것이었으나 휘양구는 이미 이곳을 통과하여 전진하였다. 그래서 손사극의 부대는 행군 속도를 올려 16일이 걸려 옹긴강에 도달하였다. 휘양구의 본대는 이미 5월 6일에 도착해 있었다.

옹긴강에서 손사극의 군대는 병사의 수를 줄이기로 했다. 어쨌든 장성 밖에서의 작전은 처음 경험하는 것으로 준비가 충분하지 않았고, 사막에 들어간 말과 수송용 가축은 계속해서 픽픽 쓰러져 죽었다. 진격하면 하는 만큼 물도 풀도 부족하였다. 여기에 격심한 비바람이 몇 날 며칠에 걸쳤기 때문에, 병사들은 추위와 배고픔 때문에 차례로 쓰러지고, 식량이나 장비를 길가에 팽개치고 가버렸다. 점점 탈주병이 많아져 추격해서 죽여도 그

음사한 것이다. 청대에도 내몽골의 정치 경제 종교의 중심지로 번영했다.

211) 손사극(孫思克, 1628~1700년); 자(字)는 진신(藎臣), 한군 정백기인(漢軍正白旗人)이다. 강희 시대 녹영병의 장군으로 <삼번의 난>을 평정할 때 대공을 세워 장용(張勇), 조양동(趙良棟), 왕진보(王進寶)와 같이 '하서(河西)의 4漢將'이라 불렸다. 한군 정백기(漢軍 正白旗)의 대신으로 감숙 방면에 주둔하고 <삼번의 난>에선 서북전선에서 활약하였다. 아들이 강희제의 열넷째 公主와 결혼했다.

212) 은화행(殷化行, 1643년~1710년); 자는 희여(熙如)로 섬서 함양인(陝西 咸陽人)이다. 처음엔 王씨 성을 가졌으며 강희 9년의 무진사(武進士) 출신이다. 강희 13년, 경략(經略)인 막락(莫洛)이 오삼계를 토벌할 때 수비(守備)의 직을 받았으며 일찍이 왕보신(王輔臣)이 반란을 일으켰을 때 막락이 살해되자 병을 칭하고 왕보신을 피했다. 다음해 스스로 복귀해서 원직을 받았고 화기영 수비(火器營 守備)가 되었다. 갈단 토벌 때 서로군에 종군하여 존 모드에서 갈단을 직접 격파하는데 큰 공을 세웠다. 종군기『서정기략(西征紀略)』을 남겼다.

치지 않았다. 그래서 손사극의 명령으로 각 장군은 정예 부하를 소수만 선발해 이끌고 나머지는 옹긴강가에 남겨두고 서둘러 며칠에 걸쳐 겨우 휘양구의 본대를 따라잡았다.

이미 적지의 한가운데였기 때문에, 서로군은 전원 갑옷을 입고 완전 무장한 채 진군했으나 이 일대 산지는 기후가 한랭하여 5월이라 해도 어린 풀은 싹조차 나지 않았다. 작년부터 마른 풀은 적이 미리 태워버렸기 때문에 수 백리에 걸쳐 전체가 먼지였으므로 바람이 불면 얼굴이 온통 새카맣게 되었다. 휘양구 본대의 피로도 극에 달하여 말은 쓰러지고 식량은 버려져 병사들은 점점 길가에 널브러졌다. 보다 못한 손사극의 부대는 휴대하고 있던 식량을 본대에 제공하지 않으면 않되었다. 그러나 마침내 6월 3일, 서로군은 톨강변의 케레 호쇼(몽골어: 새의 부리)란 땅에 도달하고, 여기서 동쪽으로 톨강을 따라 올라가 바얀 울란으로 향했다.

6월 12일, 서로군은 밝을 무렵 진영을 출발했으나 얼마 안되어 초병이 적의 접근을 보고했다. 전군은 정지하고 전투대형으로 기다리라고 명을 받았으나 꽤나 오래 기다려도 적은 나타나지 않았다. 이에 무원대장군 휘양구가 명령을 내려 전투대형으로 전진을 재개했다. 20리(9km) 정도의 진창을 지나 존 모드(백 그루의 나무)[213]라는 곳에 도달하였다. 이곳은 현재 울란바타르 동남방 30km에 있는 나라이하 시(市)에 해당하는 곳이다. 북쪽은 높은 산들이 병풍처럼 연이어 우뚝 솟았고, 그 아래는 넓이가 몇 리에 해당하는 평탄한 하천의 자갈밭으로 숲이 무성하여 그곳을 톨강이 꾸불꾸불

---

213) 존 모드[Jaγun Modu, 昭莫多]; 몽골어로 '백 그루의 나무라는 의미'이다. 울란바타르 남동쪽 25km 지점에 존 모드 시가 있다. 갈단이 청군과 싸웠던 지역은 이곳이 아니고 당시 영하 총병관 은화행이 ≪西征紀略≫에서 묘사한 지형은 톨강의 북, 헨티 산의 남쪽 울란바타르에서 30km 지점의 테렐지 국립공원 입구에 있는 다리에 해당하는 곳으로 1994년 여름 이 책의 저자가 그의 부인이자 몽골학자인 宮脇淳子와 같이 현지조사 후 위치를 확정하였다. 동쪽의 홉드라고 할 정도로 경치가 수려한 곳이다. 이 책의 뒤에 있는 「갈단은 언제 어떻게 죽었는가?」의 보주(補註)를 참조하시오.

휘어져 흐르고 있다. 하천의 남안에는 돌출한 말안장 모양의 작은 산이 있고 남쪽의 산과 연결되어 있다. 진지로서는 아주 좋은 작은 산이었다.

갈단의 군, 궤멸하다

이때 이미 서로군의 선봉대는, 산 너머 저편 테렐지강이 톨강으로 흘러들어가는 지점에서 적과 접촉하고 패주하는 척 하면서 적을 유인하자 적은 승세를 타고 전진해왔으나, 은화행의 부대는 작은 산의 뒤에 있어 적을 발견하지 못했다. 때마침 부도통[214] 아난다[215]가 선봉대를 지휘하여 앞을 지나 남쪽으로 향하려고 했기 때문에 은화행이 적의 소재를 묻자 아난다는 채찍을 들어 올려 가리키기를 「이 산 넘어 적군이 있다. 올라가 보자」라고 말했다. 은화행이 급히 산을 오르려고 하는 참에 진무장군 손사극의 부대가 도착했다. 은화행은 대장군 휘양구에게 말했다.

「이 산을 빨리 점령해야 합니다」

휘양구가 말했다.

「해가 저물었다. 내일 싸우자. 적은 이미 가깝다. 산위는 밤에 지키기 어렵다」

은화행이 말했다.

---

214) ♣ 부도통(副都統); 팔기의 장관인 도통(都統)의 다음 계급인 부사령관이다.
215) ♣ 아난다(?~1701년); 몽고 정황기에 속하고 할아버지는 차하르 링단 한의 중신이었다. 강희제의 시위로서 근무했으며 상난 도르지 라마와 함께 몽골 관계에서 중용되어 부도통으로 진급해서 갈단 토벌 전에서 활약했다.

「싸움은 내일 해도 좋으나 이 산은 점령해놓지 않으면 안됩니다. 만약 적이 위를 점령한다면 아군은 밑에서 숙영해야 하므로 위험합니다. 만약 밤에 지키기 어려운 것이 걱정된다면 산 아래로 옮겨서 전군이 진을 펴고 지키는 것이 어떻습니까?」

휘양구가 말했다.

「해가 지고 나서 진영을 옮긴다는 것은 큰일이다. 만약 적이 산을 점령한다면 내일 포로 공격하자」

은화행이 말했다.

「옛부터 병법에서는 높은 곳을 적의 손에 넘겨주어서는 안된다고 했습니다」

휘양구가 말했다.

「그렇다면 자네가 곧바로 병력을 이동시켜 산위를 지켜주게」

은화행은 바로 말을 달려 산 아래로 내려와 채찍으로 군사를 신호해서 산에 올랐다. 정상에 올라 본즉 적도 산 중턱까지 올라왔으나 청군이 먼저 정상에 도달한 것을 보고 동쪽 벼랑 아래에서 정지한 채 벼랑에 몸을 숨기고 소총을 쏘아 대었다. 대장군 휘양구는 전군에 은화행에 이어서 산에 오를 것을 명하고 산상에 진을 쳤다. 청군의 후속부대는 산 아래에서 톨강의 남쪽연안을 따라 산의 서쪽에서 북쪽에 걸쳐 진을 치고 숲속에서 적이 출현하는 것을 경계했다.

적은 작은 산을 청군의 수중에서 탈취하고자 주력을 산위의 청군 진지 중앙부에 투입하며 전력을 다해 격렬하게 싸웠다. 청병은 모두 말에서 내려 포병의 엄호 아래 보병전을 전개했다. 갈단과 그의 처자 아누 하툰도 스스로 총탄을 무릅쓰고 도보로 필사적으로 싸울 뿐이었다. 쌍방 모두 사상자는 늘어났지만 해가 져도 승부는 나지 않았다.

은화행이 휘양구에게 건의하였다.

> 「강 연안의 부대로 숲 가운데를 통과해서 좌측에서 적의 옆구리를 공격해주십시오. 적이 혼란해질 것입니다. 또한 적진의 후방에 많은 인마가 보입니다 다만 앞으로 나아가 전투에 참가하려 하지 않습니다. 틀림없이 가축과 부녀자들일 것입니다.216) 부대 하나를 보내 남쪽을 돌아서 우측으로 나아가 습격하게 해주십시오. 적은 반드시 뒤돌아보고 동요할 것입니다. 그리고 산 위의 아군이 정면으로 총공격하면 쉽게 격파할 수 있습니다.」
> ―般和行 ≪西征紀略≫ 康熙 35年 5月 13日 戊辰條

휘양구는 이 말을 받아들여 좌우의 두 부대가 적의 측면에 접근할 무렵, 은화행이 부하들의 선두에 서서 큰 소리를 지르며 돌격하자, 적은 우왕좌왕 안절부절 못한 채 절벽으로 떨어져 시체는 강과 언덕을 메우고 무기는 버려져 어지럽게 풀을 쓰러뜨릴 정도였다. 은화행은 승기를 타고 급추격에 나서 부하들에게 전리품 약탈을 금하고, 말위에서 화살을 마구 쏘면서 질주하여 달빛 아래서도 추격을 계속하기를 30여 리, 적은 모두 지리멸렬했다.217)

은화행이 되돌아보니 따라오는 병사는 불과 삼, 사백 명밖에 없었다. 그

---

216) 몽골군은 전장에 나갈 때 가족과 노예 및 포로로 구성된 후속 병참부대를 후미에 이끌고 나가는 전통이 있었다. 이를 한자로는 'auruq(奧魯)'라고 표기하는데 촌락을 의미하는 'aul'에서 유래했다는 설과 동부 투르크어 'aghurug'에서 유래했다는 두 가지 설이 있다. 한어로는 보통 '老小營'으로 번역한다.

217) 魏源의 ≪聖武記≫ 卷3에 의하면 청군은 병사 한 명이 말 다섯 마리를 몰고 가다가 말에서 내려 마보전(馬步戰)을 겸하기도 하였다고 한다. 갈단의 군병은 천길 낭떠러지에 떨어져 죽는 자가 부지기수였으며 무기를 버리는 자가 끝이 없었다고 기록하고 있다.

곳에 휘양구의 전령이 와서 되돌아가게 했다. 진영으로 되돌아온 것은 날이 훤히 밝아올 무렵이었다.

이 1696년(강희 35) 6월 12일 존 모드의 싸움에서, 갈단의 처 아누 하툰은 전사하고 갈단군의 주력은 궤멸하였다. 갈단 자신은 소수의 부하와 함께 탈출했으나, 벌써 두 번이나 통렬한 통격을 받아 세력은 크게 꺾이게 되었다. 모두가 무원대장군 휘양구의 서로군이 고비사막 횡단이란 절대적인 괴로움을 견뎌내고 예정대로 툴강에 도착한 덕분이었다.

대승리의 소식

그러나 황제가 이 소식을 접한 것은 이틀 후인 14일이었다. 먼저 13일 투린 불락으로 돌아오는 도중 다르군 차이담(비옥한 소금의 땅)에서 황제는 기다리고 기다리던 서로군의 소식을 처음으로 접수하고 뛸 듯이 기뻐했다.

> 「황태자에게 이르노라. 휘양구 백(伯)의 군사가 툴강을 건너 갈단의 앞길을 모두 차단했다는 것을 알려왔다. 14일, 내가 파견한 역사(力士)[218] 인쟈나, 신만주인 호군 기야츄, 길안내 보로 등이 돌아와서 보고한 바로는 "백(伯) 휘양구 군대는 3일 툴강을 건너 갈단이 반드시 통과할 길을 삼엄하게 차단한 채 대기하고 있다는 것을 알립니다. 도착한 정예병은 14,000명으로 뒤로부터 차례차례 도착하고 있다. 말의 살찐 정도는 우리 군대에 미치지 못하나 그래도 좋은 편입니다" 라고 한다. 이것을 듣고 손을 모아 하늘을 향해 머리를 조아렸다. 내가 조금이라도 미련이 남은 것은 이것뿐이다. 그러나 이제 모두 끝났다. 다음에 갈단이 어떻게 되었는가를 알려주겠다. 적의 모습을

---

218) 만문주접에서 'buku'는 '씨름'의 의미로서 몽골어에서 유래했다. '力士'보다는 '씨름꾼'의 뜻이 더 정확한 의미이다. 한역에서도 '跤力[씨름]'이라고 번역하였다.

내 눈으로 확실히 보았기 때문에 나는 지금 기뻐서 식량보급에 노력하고 있다. 네 아비는 무슨 복이 있어서 생각한대로 일이 되었는가? 이것은 모두 조상의 음덕의 도움이고 천지가 은혜를 베풀어 주어 가능했던 것이다. 나는 여기서 뛸듯이 기뻐 어찌할 바를 모르겠다. 지금 2, 3일 안에 곧 일의 결과를 알려주겠다. 이를 황태후와 궁중, 만주인과 대신들 내무부의 시위들 모두에게 듣게 하라 특히 알리는 바이다.」

(24) 만문주접 문서 218(9輯), pp.82~85, 한역 문서 364, p.188, 皇太子에게 보내는 上諭(6월 13일)

그리고 존 모드의 대승리 제1보는 13일에 마스카의 군에 투항한 준가르인들의 입을 통해 구전되어 다음날 14일 밤을 반 정도 지나, 쿠툴 불락(古屯布拉克, 장화의 샘)의 황제캠프에 도달했다. 황제가 흥분한 것은 말할 것도 없다.

「황태자에게 이르노라. 휘양구 백의 군대가 갈단을 격파했음을 알린다.

15일 밤 4경(오전 2시) 장군 마스카가 보낸 편지에『신들은 14일 바얀 울란에서 15리의 곳에 선봉에 따라붙으려고 초병으로 나선 카왈다가 오이라트인 분디를 데려온 것을 심문하자, 그의 말로는, 갈단은 테렐지[219]에서 대장군 백(伯) 휘양구의 군사와 만나 싸웠다. 갈단은 패해서 후퇴하고, 새로이 진영을 만든 것을 우리군대가 도보로 공격했다. 양군은 한창 싸울 때 본즉 갈단의 군대는 완전히 붕괴 되어 패주하는 모습이었다. 탈주한 나(분디)는 "폐하를 그리워하여 도망해 왔다고 한다"라고 말해서 분디를 함께 이송해 보냅니다.』

분디를 심문하자 그의 말로는, 갈단은 짐이 스스로 군대를 이끌고 왔다는 것을 믿지 않으면서 놀라서, 매일 부처에게 기도만 할 뿐이고, 모두를 안심시킨다는 것이 전혀 불가능하여 크게 동요하고 있습니다. 폐하의 군세가 드러나자, 많은 오이라트인들은 은밀하게『강희황제가 빨리 와서 우리를 체포

---

219) 몽골의 수도 울란바타르 북동쪽으로 75km 지역에 있으며 헨티산맥의 기슭에 해당한다. 경치가 좋아 몽골의 국립공원으로 지정되었다. 이 '테렐지'라고 하는 지역에 '존 모드'가 포함된다.

해주는 것이 좋겠다. 이런 생활이 언제 끝날 것인지?』라고 이야기를 주고받았다. 전쟁터의 갈단군은 5,000명에 미치지 못한다. 말들은 지독히 말랐고 그 위에 폐하의 추격이 급했기 때문에 모든 물건을 전부 잃었다. 가령 지금 탈주한다고 해도 어떻게 살아갈 것인가? 라고 한다.

그러할진대 들은 대로 5경(오전 4시)에 써서 급히 알린다. 이것을 황태후와 궁중, 또 많은 대신들 모두 듣게 하라. 지금도 쉴새없이 계속하여 알릴 것이 오는데 그때그때 곧 보내겠다. 특히 알린다. 16일 이른 아침 5경에 썼다.」

(25) 만문주접 문서 217(9輯), pp.78~81, 한역 문서 360, p.187, 皇太子에게 보내는 上諭(6월 15일)

「길보[urugun boo(吉報)][220]

황태자에게 이르노라. 내가 16일 쿠툴 불락에서 쉬면서 귀환할 인마를 처리하고 있을 때 정오를 지나 장군 마스카로부터 백(伯) 휘양구의 군사가 갈단의 군사를 대파했다는 것, 갈단의 심복 담바 하시하 등이 무리를 이끌고 우리 군에 항복했다는 보고가 전해졌다. 이를 써서 보낸다.

지금 대사는 끝났다. 나는 오로지 대장군 백 휘양구의 보고를 기다리면서 하늘을 향해 머리 조아린다. 이를 황태후, 궁중에 또 모든 대신에게 들려주어라.」

(26) 만문주접 문서 52, pp.242~244, 한역 문서 181, p.88, 皇太子에게 보내는 上諭(6월 15일)

기쁜 귀환

휘양구로부터 정식 전승 보고는 17일 정오가 되어 투린 불락에 있는 황제에게 전해졌다. 황제가 텐트 밖으로 나아가 스스로 보고서를 낭독하자

---

220) 주비에서 보통은 'hese hūwang taidz de wasimbuha'라는 글로 시작하는데 이에 앞서 만문으로 'urugun boo(吉報)'라고 붉은 글씨로 쓰여졌다. 숙적 갈단을 격파했다는 소식이 얼마나 강희제를 기쁘게 한 것인지를 잘 표현하는 문장이다. 한역에선 'urugun boo(吉報)'라는 구절이 빠져 있다.

모든 사람들은 "와" 하고 환성을 지르고 내몽골의 왕공 할하의 한, 귀족들 모두 뛰어 오르며 기뻐했다. 그 다음에 황제의 본영 남문 앞에 제단을 설치하고 황제 자신, 귀족들, 문무의 여러 대신, 고관들, 몽골의 수령들이 서열에 따라 정렬해서 삼궤구고를 행하고 하늘에 감사하는 성대한 축하식을 가졌다.

「황태자에게 이르노라. 시독학사 라시가 담바 하시하를 데리고 17일 도착했다. 나는 이 자(담바 하시하)를 전부터 알고 있었다. 불러서 가까이 앉히고 하나하나 물어본즉 원래 고귀한 출신이어서 말은 명확했다. 그의 말로는 "갈단은 원래 유능한 데다가 인심을 얻고 있었다. 우란 부퉁에 깊이 들어가 싸운 것을 후회하고, 헤를렌 강, 툴강 등에 가까이 있으면서 할하인과 내몽골인들을 선전으로 동요시켜 잘 다룰 수 있게 되자, 이 기회에 대사를 이루려고 했다. 만주인들이 이를 듣고 소수가 오면 싸우고, 다수가 오면 후퇴하고, 만주인들이 후퇴하면 후미로부터 물고 들어가 공격해서 이렇게 하면 몇 년이 지나지 않아 스스로 식량과 비용이 다해서 반드시 피폐할 것이다[221] 라고 계산해왔다. 그의 뜻은 원래 컸다. 지금 뜻밖에도 폐하가 이런 대군을 거느리고 사람이 건널 수 없는 사막을 지나 돌연히 나타나서 군세를 보였기 때문에, 모든 오이라트인들은 간담이 무너져 7일 아침부터 곧바로 도망치려고 했다. 그래서 밤을 지나 모든 물건을 버리고 당황해서 도망가다가 후미로부터 추격이 급했기 때문에 13일 테렐지에서 서로군과 생각지도 않게 딱 만났다. 그때 자신들의 병력은 5,000명 정도이고 소총은 2,000정에 지나지 않았다. 헤를렌 강의 바얀 울란으로부터 서쪽은 계속해서 가뭄이 이어져 한 뿌리의 풀도 없었다. 5일 밤낮을 풀도 없는 곳을 달리면서 점차 낙오하여 여기까지 온 자가 적었다. 보아하니 서로군은 고지를 점령해서 땅의 이로움을 얻고 있었다. 오이라트 측은 어떤 작은 산등성이를 점령하고 도보로 맞아 싸웠다. [청]군은 도보로 대포와 소총을 쏘면서 지극히 정연하고 아주 천천히 전진하면서 앞에 무엇이 있는지 알 수 없으나, 나무를 들고 또 둥글고 붉은 것으로 몸을 가린 채 진격하여 10보의 거리가 되자 거기서 쏘는 화살이 비와 우박처럼 날아왔다. 갈단의 지역에서 제일 먼저 도망치려 했다. 그 다음 단지라, 단진 왕부가 도망치려 했다. 아랍탄의 부하들은 여전히 버티고 있었다.

---

221) 담바 하시하의 말은 유목민의 전통적인 전술을 한마디로 요약한 것이다.

그로부터 만주의 기병들이 자신들의 치중을 모두 포위하고, 여자와 아이들 전부, 낙타와 말 대부분, 소 2만 마리 양 4만 마리를 약탈했다. 자신(담바 하시하)이 본 바로 아누 하룬은 총탄을 맞아 죽었다. 다이 바투르 자이상은 포탄을 맞고 잇달아 네 명이 관통되어 죽었다. 볼로트 호자는 화살에 죽었다. 그 다음에 (청군은) 창끝으로 찌르면서 공격했다. 또한 본 바로는 일단의 무리가 창도 없고 칼도 없으나, 돌격하자 이르는 곳 사람 모두가 쓰러졌다. 이로써 아마도 많은 사람이 죽었을 것이다. 스스로 생각건대 주인(갈단)은 맹서를 깨뜨리고 폐하에게 죄를 얻었기 때문에 천벌이 내려 파국에 이르렀다. 우리 자신들은 이전부터 사람을 죽이고 남의 처자를 갈라놓고 살아와서 지금에 화가 자신들에게 미쳤다. 곰곰이 생각하건대 백성들이 불쌍해서, 주인을 버리고 살아남을 생각으로 왔습니다. 살리든지 죽이든지 폐하의 뜻에 따르겠습니다"라고 한다

만주군을 어떻게 생각하냐고 묻자 "자신들은 우란 부퉁에서 바로 알았다. 이때 (만주군이) 헤를렌 강, 톨강에 왔다는 것을…… 자신들은 나라 전체의 멸망을 모두 예감했다. 다만 갈단 혼자 듣지 않고 변함없이 강경하게 우겼다. 이것은 모두 천운이고 어찌할 방도가 없다. 우리는 많은 나라를 정복해서 향하는 곳엔 적이 없었지만. 만주에 적대하는 자는 천하에 없으므로 자신들의 오이라트는 멸망할 수밖에 없다고 한다."

갈단은 끝까지 도망갈 것인가 잡힐 것인가라고 묻자, 말하기를 "갈단은 4, 50명을 거느리고 탈출했다고 들었다. 아주 큰 혼란 속에서 자신이 본 것은 없다. 가령 탈출했다 해도 굶어 죽을 수밖에 없다. 무엇을 먹고 살아갈 것인가?"라고 말한다. 편지를 써서 보내려는데 때마침 18일 정오에 부도통 아난다가 오이라트를 격멸한 보고를 가지고 왔다. 그래서 이 보고를 첨부해 보낸다. 특히 알린다. 계속해서 항복한 오이라트인은 2,000명이 넘는다고 한다. 여자와 아이들 가축들 모두 얻었다. 오이라트 문제는 해결했다. 이를 황태후께 아뢰고. 궁중에 들려주고 만주인 대학사, 상서, 내대신들에게 들려주어라. 우리는 여기서 하늘에 머리를 조아린다. 성공을 축하해서 의식을 행했다. 바얀 울란에서 서쪽, 톨강에 이르기까지 풀이 전혀 자라지 않는다고 한다.」

(27) 만문주접 문서 53, p.244, pp.244~254, 한역 문서 182, p.89, 皇太子에게 보내는 上諭(6월 17일)

황제는 또한, 황태후에게 편지를 써서 7월 8일까지 귀경할 것을 약속하

고, 속도를 내서 귀로에 올랐다. 도중 6월 21일 울란 에르기 불락(붉은 기슭의 샘)에서 황제는 황태자에게서 온 편지를 받았으나, 이것은 앞서 낡은 옷을 보내라고 말한 것에 대한 응답으로, 「아바마마께서 적을 격멸하고 기분 좋게 돌아오시면서 더욱 이러한 말씀을 내려주셨으므로, 신은 감히 마음을 상한다고 할 수는 없습니다. 다만 상냥한 말씀에 감격하여 눈물이 나옵니다.」[222]라는 문구가 있고 또한 의복과 음식물을 보냈다는 것, 「5월(6월) 말에는 아바마마를 맞이하러 나가겠습니다」고 쓰고 있다. 이에 대해 황제는 다음과 같이 답하고 있다.

> 「황태자의 말은 지당하다. 그러나 국가의 사무는 큰일이다 5월(6월)말이라면 반드시 장성 밖에 이르게 된다. 황태자가 출영할 장소는 별도로 지시하겠다.
> 짐은 22일 울란 에르기 불락에 도착한다. 25일에 국경을 넘어가 묵는다. 우리가 갈 때 남겨놓았던 말들은 모두 살이 쪘다. 갈 때는 풀이 없었던 목초지가 비가 순조로우면서 상태가 좋아졌다. 몽골인들 말에 의하면 이곳은 몇 년 동안 이런 일이 없었다고 한다. 정말로 불가사의한 일이다. 식량의 수송(상황)을 보면 정확히 국경을 나온 곳이다. 가축의 상태는 좋다. 이로써 보면 그들이 놀라는 것도 당연하다.」
> (28) 만문주접 문서 49, p.232, pp.231~235, 한역 문서 178, p.88, (6월 21일)

여기서 「식량의 수송」이란 휘양구의 서로군도 황제의 중로군과 같은 루

---

222) 만문에선 'han ama hūlha be mukiyebufi . urgun i bederefi . geli ere durun i hese wasimbuha de . amban bi . ai gelhun akū mujilen efulembi . damu enduringge gosingga hese de . kirime muterakū yasai muke tuhebuhe . (황부께서 도적을 멸하고 기쁘게 돌아오시고, 또한 이런 칙지를 내려주셨기 때문에 신 제가 어찌 감히 마음 아파하겠습니까? 다만 성상의 인애로우신 칙지에 참지 못하고 감격하여 눈물이 흘러나왔습니다)'라고 했다. 한역에선 '皇父滅賊, 欣喜而歸, 又降此諭, 臣豈敢傷心, 唯奉聖上仁旨, 于心不忍, 感激涕零'이라 했으며 원저에선 대체로 이 부분은 의역하였다.

트를 통해서 귀환하고 있기 때문에 이를 위한 식량의 수송 및 두 부대의 귀환을 감독하기 위한 것이고, 이를 위해 황장자 윤제(胤禔)가 투워링 불락에 남았다. 6월 23일 황제는 국경을 넘어 내몽골에 들어섰다.

> 「짐은 모래언덕에서 두 밤을 지내고 2일(6월 30일) 쿠이수(몽골어; 배꼽)에 도착했다. 그다지 덥지 않다. 어떤 사람은 이른 아침에 아직도 모피로 된 겨울옷을 입고 있다. 정오에는 고작 면사(棉紗; 무명옷)를 입게 된다. 사막보다는 훨씬 낫다. 5일(7월 3일) 장성에 들어온다」
> (29) 만문주접 문서 58, p.282, 한역 문서 187, p.92, 皇太子의 奏摺에 기록된 朱批(6월 30일)

이리하여 황제는 7월 3일 예정대로 독석구 장성에 도착하고 여기서 황태자의 영접을 받은 뒤 8일에 북경에 돌아와 곧바로 황태후에게 인사를 했다. 98일 간의 대모험은 여기서 막을 내렸다.

사냥의 파노라마

제2차 친정(康熙 35年 9月 19日~12月 20日, 1696년 10월 14일~1697년 1월 12일)

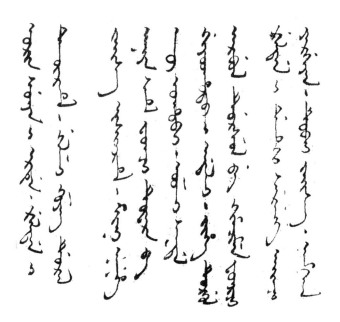

강희제의 필적(황태자에게 보내는 편지에 써 넣은 것)

다시 갈단의 토벌 길에

존 모드의 싸움에서 갈단은 심한 타격을 받고, 그 자신은 겨우 살아남아 5,000여 명과 함께 항가이 산중의 타밀 강 근처에 있었다. 황제는 갈단이 하미[223]를 거쳐 청해를 지나 티베트에 들어가는 것을 걱정했다. 하미는 갈단의 옛 영토이며, 청해 호쇼트 부의 보쇽트 지농의 며느리는 갈단의 딸이었고, 서티베트에는 엔사 뚤구(갈단의 轉生)에 예속되었던 갈단의 영민(領民)이 살고 있었다. 더욱이 투항한 준가르인들의 입에서 이 무렵 달라이 라마 5세가 입적한 지 9년이 된다는 소문이 널리 퍼져있다는 것이 판명되었다. 그래서 황제는 라싸에 사신을 보내 달라이 라마 죽음의 진상을 공표할 것, 판첸 라마를 북경에 보낼 것, 제르둥 린포체를 인도할 것, 갈단의 딸을 보낼 것의 4개조를 요구하는 한편 준가르 본국의 체왕 랍탄에게도 연락하여 갈단의 체포에 협력 해달라고 요청했다.[224]

이 무렵 갈단의 군사가 7월 26일 타밀 강에서 출발하여 옹긴강을 향해 남진을 시작했다는 정보가 전해졌다. 옹긴강에는 청의 서로군이 남긴 식

---

223) 하미; 투르판 분지의 동쪽 끝 천산산맥(天山山脈)의 남쪽기슭에 위치한 오아시스로 감숙과 천산방면, 또는 몽골고원과 청해 방면을 연결하는 교통의 요충지이다. 16세기 말에는 이슬람화했으나 정치적으로 당시 준가르의 지배아래 있었다. 천산산맥 최동부 남록에 위치한 오아시스 도시로 몽골어의 'Kumul(Qomul)'에서 유래했다. '하미(哈密)'란 이름은 몽골어의 訛音 'Khamil'의 한역명이다. 중국에서는 옛 이름 이로려(伊吾盧), 또는 이오(伊吾)이다. 천산산맥은 대 사막 가운데 돌출해 있기 때문에 그 동부는 세 방향이 모두 사막이다.
224) 강희제는 갈단과 손을 잡은 티베트의 섭정 상게 갸초를 단번에 제거 할 수가 없었다. 오히려 그를 달래어 복잡한 티베트 정세를 안정시킬 필요가 있었다. 때문에 갈단과 손을 잡은 그에게 직접적인 문책을 못하고 오히려 많은 양보를 하고 있다.

량 집적소가 있었다. 이것이 적군의 손에 들어가면 갈단 문제의 해결은 아주 어렵게 된다. 황제는 다시 스스로 전선에 나가 작전을 지휘하기로 하고, 귀경한 지 3개월도 지나지 않은 1696년 10월 14일 황장자 윤제, 황삼자 윤지, 황팔자 윤사를 거느리고 내 몽골의 후후 호톤을 향했다. 이번의 경로는 북경에서 서북을 향해 거용관(居庸關)225)을 지나 장가구(張家口)226)에서 장성을 나와 내몽골의 서쪽으로 진격하는 것이었다. 두 번째의 친정 때에도 황제는 북경을 지키는 황태자에게 부지런히 편지를 보냈다.

---

225) 거용관(居庸關); 북경에서 북쪽으로 60km에 있는 방어요새이다. 좌우로 15km 정도의 골짜기가 형성되어 있으며 관광명소 팔달령(八達嶺)은 이 골자기에 있는 험준한 고개이다. 평범한 사람이 관(關)을 지켜도 될 만큼 완벽한 요새라는 뜻이다. 현재는 사적(史蹟)으로서 정비되어 관광객에게 개방되고 있다. 명대 이전 북경의 최종 방위선이었기 때문에 이 부근의 장성은 몇 겹의 복잡한 축조가 이루어져 있고 거용관은 가장 안쪽에 위치한다.

226) 장가구(kalgan, 張家口); 몽골어 '장벽의 입구', '변경'의 의미인 'kalgan'이라 하며 옛 이름은 만전(萬全: 1911년~1929년)으로 하북성(河北省) 북서부에 있는 도시이다. 중국인들 사이에서는 내몽골에서 중국으로 들어오는 동쪽 입구라는 뜻의 '東口'로 불린다. 북경에서 북서쪽으로 160km 정도 떨어져 있다. 장가구는 북경에서 내몽골과 그 너머로 가는 주요 대상로가 만리장성을 통과하는 지점에 있는데, 이곳은 몽골 고원의 저지대로 올라가는 급경사면의 기슭에 해당한다. 1429년 明은 몽골족을 방어하기 위해 이곳에 성루를 구축했다. 이것이 지금의 하보(下堡)이다. 그러나 장가구의 중요성은 몽골과 러시아로 가는 주요대상로의 시발점이기 때문에 무엇보다 광대한 시베리아 지역과의 차(茶) 교역에 있었다.

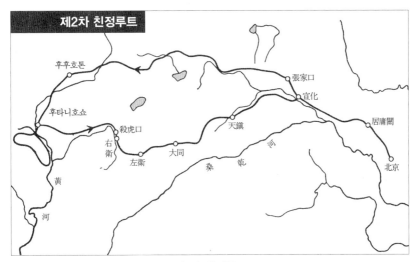

제2차 친정루트

張家口

「짐은 무사하다. 이번은 지난번과 같지 않고 모든 물자가 풍부한데다가 기후마저 좋아 매일 기분 좋게 진격하고 있다. 듣건대 장성 밖은 올해 따뜻하다고 한다. 호부상서 마시[227])에게 물어보자, 연변의 물과 목지도 좋고 토끼도 많다고 한다. 산에는 짐승도 있다고 한다. 아마도 걱정할 필요는 없을 것이다. 또 매년 정해놓고 황태후에게 올리는 물건을 3일(10월 28일 황태후의 탄생일)에 네가 몸소 바치거라. 짐도 계속해서 환관을 보내 초원의 산물 몇 종류를 올려 보내겠다.」

(30) 만문주접 문서 67, p.306, pp.303~307, 한역 문서 203, p.105, (10월 22일)

「짐은 무사하다. 너는 건강하냐? 짐이 28일(10월 23일) 장성을 나와 보니 장성 안과 마찬가지로 그다지 춥지 않다. 토끼[228])도 많고 살쪄 있다. 또 듣건대, 후후 호톤 가까운 쪽의 제르데 모돈이라는 곳의 앞에는 꿩이 매우 많다고 한다. 짐이 있는 곳에는 매가 그리 많지 않다. 북경에서 길들인 매와 해동청이 훌륭한 것이 있으면 4~5마리, 젊은 매 4~5마리 모두 10마리를 매와 해동청을 관리하는 시위가 가져오게 해라. 자신의 말을 타고 스스로 올 수 있는 자는 자신의 말에, (말이 없어) 스스로 올 수 없는 자는 상사원의 말 3마리를 기마용으로 주어 타고 오게 해라. 도착하면 짐이 탈 말을 줄 것이다.」

(31) 만문주접 문서 70, pp.312~313, 한역 문서 206, p.106 (10월 23일)

그런데 무원대장군 휘양구의 보고에 의하면, 투항한 준가르인 아유시라는 자를 통해, 10월 4일 갈단의 부장 단지라가 옹긴강의 식량 집적소를 정리하고 철수하려는 청군을 습격했으나, 오히려 격파되었다는 것이 밝혀졌다. 황제는 이 보고서의 끝에 다음과 같은 글을 써서 황태자에게 보냈다.

---

227) 만주어 'masi'로 표기한 이 인물은 마제[馬齊; 만주 양황기 인으로 미사한(米思翰)의 아들로서, 성은 부차(富察)]이다. 대장군 마스카의 바로 아래 동생. 이번원과 육부(六部)의 상서를 역임하고 대학사로 승진하여 대 러시아 외교에서도 수완을 발휘하였다. 황팔자 윤사를 지지했다가 실각했으나 뒤에 부활하여 정계의 장로로서 오랫동안 요직을 맡았다. 강희시대의 무영전대학사(武英殿大學士)이고 옹정조의 군기대신(軍機大臣)을 맡았다 한역에서도 '마희(馬希)'라고 했는데 강희시대에 '馬希'라는 대관이 보이지 않는 것으로 보아 '마제(馬齊)'를 지칭하는 것이다.
228) 만문에선 'gūlmahūn(토끼)'이 아닌 'ulhūma(꿩)'로 쓰여졌다.

「이 보고서와 함께 당사자(아유시)가 28일(10월 23일) 저녁에 도착해서, 그에게 물어본즉, 이 쌀을 탈취하러 가는 것이 단지라는 마음이 내키지 않았다고 한다. 많은 부하가 『옹긴강에 쌀이 있다고 한다. 굶어 죽는 것보다 쌀을 뺏어먹자』라고 하여, 하루 정도의 거리에서 아군(청군)의 초병을 만나고, 3명의 할하인을 사로잡았다. 그리고서는 어느 언덕의 그늘에 숨어서 우리 쪽의 퇴각하는 병사를 유인하면서 중앙을 분단하려고 돌입했다. 그래서 쌀을 운반하는 병사들은 갑옷도 입지 않은 채 소라고동을 불며 선두와 후미 양쪽에서 협공하면서 포를 4번 쏘자 자신들(준가르인)들은 홀연히 도주했다. 자신들(준가르인)이 탈출한 길에는 10명 이상의 오이라트인(준가르인)이 죽어 있는 것을 보았다. 다른 것은 알 수 없다. 우리 쪽 병사는 피해를 입었느냐고 묻자 단지라는 명령을 내려서 『사람을 죽이지 말고 다만 쌀 짐만을 뺏어라』라고 말했다고 한다. 사람을 죽이기는커녕 오히려 오이라트인의 말을 많이 잃어버렸다고 한다. 단지라는 탈출해서 크게 한탄하면서 『맑은 물에서 고기를 잡으려하나 물만 흐리게 하고 고기를 잡을 수 없었다. 이제 어떻게 하나』라고 고민했다. 말이 수척하여 걸어서 온 자가 많다. 자신을 뒤따라 투항한 자도 많다고 한다. 이상이 큰 줄거리이다. 이후로는 도착해서 알려 주겠다.」

(32) 만문주접 문서 63, pp.295~297, 한역 문서 199, p.104 (10월 23일)

지진과 길흉의 미신

이 황제의 편지는, 이틀 후 북경에 도착한 것 같다. 12월 25일자의 황태자의 편지는 그 답신인데, 그 가운데 23일 북경에 가벼운 지진이 있었다는 것을 알려주고 있다.

「또한 흠천감(欽天監; 천문대)[229]이 아뢰기를 올해 9월 28일(10월 23일)

---

229) ♧ 국립천문대로서 천체관측과 曆의 작성. 曆日의 길흉선정 등을 관장한다. 서양 역법을 채용한 청대에는 장관[監正]과 속관(屬官)에 아담샬 등의 예수회 선교사 등이 임명되었다.

신사(辛巳)의 날 축시(丑時; 오전 2시)에 한 번 지진이 있었고, 동북의 간(艮; 동북방)의 방향에서 왔다고 합니다. 신하들이 삼가 점서를 보자 『9월에 지진이 있으면 백성이 불안하고, 간(艮)의 방향에서 곤(坤; 서남방향)의 방향으로 흔들리면 진(秦; 섬서성)이 흔들립니다』라고 합니다. 축시(丑時; 오전 1~3시)이기 때문에 신은 전혀 느끼지 못했습니다. 숙직하는 환관들 가운데 사물의 이치를 잘 아는 무리에게 물어본즉, 올 정월의 지진보다 경미했고, 다만 한바탕 큰 바람이 분 것 같았습니다. 시령에 덮은 발의 목조와 창문의 창호지가 약간의 소리를 내고 곧 지나가버렸다고 합니다.」
(33) 만문주접 문서 72, pp.319~320, 한역 문서 208, p.107, 강희 35년 9월 30일

이에 대해 황제가 써놓은 것은 길흉의 미신에 회의적인 성격을 보이고 있어 재미있다.

흠천감의 천문대

「알았다. 이전에 흠천감에서는 보병이 총기[230]를 처음 발사했을 때, 천둥소리가 서북으로부터 울려왔다고 말했으나, 내가 파견한 자들이 돌아와서 실정을 보고하자 그들은 놀라서 절하고 돌아갔다. 또 한 번은 정오에 지진이 있었다고 말하기에 짐은 『모든 백성이 느끼지 못했다. 어떻게 한 사람도 느낄 수 없는가?』라고 하자, 그들은 궁해서 우리가 있는 건물만이 흔들렸다고 말했으나, 나는 불문에 부쳤다. 이 관청에 있는 자들은 별난 자들로서 모두 추잡하고 비겁한 무리이다. 내가 밖에 나가 있을 때 민심을 동요시키고자 헛소리를 지껄일지 모르겠다. 만약 여러 사람이 믿는다면 확실한 것이지만 모든 백성이 믿지 않는다면 사정은 중대하다. 조사해야만 한다. 숙직하는 환관들은 변변치 못한 자들로 흠천감이 아뢰는 것이라면 그들은 그대로 추종해서 말할 뿐이다. 숙직하는 곳은 많은데 왜 환관에게만 묻는가?」

(34) 만문주접 문서 72, pp.320～321, 한역 문서 208, p.107, 皇太子의 奏摺에 기록된 朱批

어쨌든 부베의 기록에 의하면 「황제는 정책상 흠천감에 대해서 그 직능을 행사하게는 했으나 그 관측한 것에는 아무런 믿음도 주지 않는 투로 우리에게 여러 기회에 걸쳐 흘려 말씀하셨습니다. 실제로 천자(天子)에 관한 사물의 내용에 대해서는 흠천감에 황제의 의향을 확실하게 전달하고 만사 황제 스스로 혼자서 결정하셨습니다. 그래서 황장자(皇長子, 胤禔)를 결혼시킬 때의 이야기이지만, 추천된 후보자 전부 가운데서 황자의 처로서 누가 가장 적당한가를 결정하는 것은 관례상, 흠천감의 직능에 속하는 것입니다. 그러나 흠천감은 황제 스스로 예정된 귀족 여자의 이름을 들어올렸다는 어명을 접했을 뿐입니다. 황제가 어느 곳에 행차할 때에도 같은 조치를 했습니다」[231] 황제가 출행을 결정한 날이 흠천감이 결정한 날과 같은 경우 인정될 뿐으로, 흠천감 관리들이 황제에 대해서 바람직하지 않은 감정이 있었다는 것은 충분히 생각된다.

---

230) 이 구절의 첫머리에 나오는 만문 'pai ciyang'은 '牌槍'의 음역으로 일역의 排槍(사냥용 총)에 해당한다.

231) ブーヴェ著 後藤末雄 譯; ≪앞의 책≫, p.121.

놀고 즐기며 진군하다

「황태자에게 이르노라. 짐은 지금 (장성을) 넘어 기분좋게 진군하고 있다. 전혀 걱정이 없다. 토지도 독석구 쪽보다 좋다. 장성 밖은 아주 좋다고 한다. 토끼가 풍부하고 장성의 연변에 짐승이 많아 신만주인을 뽑아서 잡으러 보냈다. 너는 구두로 지시해서 말들을 잘 사육하게 해라. 짐은 여러 사람의 말들을 나누어서 대동(大同)232)에서 키우라고 보냈다. 토끼가 풍부해 짐의 탈 말이 모자라지 않을까 모르겠다. 그럴 경우 궁중에 알리고 (말을) 가지러 보내겠다. 충분하면 그대로 좋다.

겐둔 다이칭 버일러가 5월 이전에 입수한 흰 털이 섞인 검은 여우가죽 한 장, 담비가죽 한 장, 살쾡이233)가죽 한 장를 네게 보낸다. 200매의 흰 다람쥐가죽을 황태후에게 올리거라. 특히 이르노라.」

(35) 만문주접 문서 73, pp.322~325, 한역 문서 209, p.108, 皇太子에게 보내는 上諭

이 마지막 편지는 날짜를 알 수 없으나 10월 27일 북경에 도착했기 때문에 그 2~3일 전에 쓴 것 같다. 이에 답한 황태자의 편지에 황제는 「날짜를 빼먹었다」(실은 10월 28일)라고 쓰고 계속해서 다음과 같이 기록하였다.

「2일(10월 27일)에 후후 에르기(귀화성 일대이다. 몽골어; 푸른 언덕)에서 숙박했다. 목축하는 몽골인들을 데리고 몰이사냥에 나섰다. 토끼가 풍부하다. 나

---

232) 대동(大同); 산서성 북부의 중심도시로 옛부터 유목민족 방위의 중요한 거점이다. 대동진(大同鎭)은 선부진(宣府鎭)과 이어져 있으며 황하연안의 산서진(山西鎭) 관할 지역인 아각산(丫角山)까지 400km의 장성을 관할하였다. 전국시대 조(趙)나라 때부터 북변의 요지로 한대에는 평성(平城)이라 하였다. 평성은 북위(北魏)의 수도이며 명·청시대 대동부(大同府)로 개칭하였다, 몽골 방위의 최일선이자 북변 굴지의 군사도시이며 서쪽교외에 운강석불(雲岡石佛)이 있다. 명대 구변진(九邊鎭)의 하나이다.

233) 만주어 'silun'은 스라소니를 말한다. 원저에선 '大山猫(삵쾡이)' 한역에선 '猞猁猻(스라소니)'이라 하였다.

는 58마리를 잡았다. 3일(10월 28일) 황태후가 탄신하신 좋은 날이기 때문에 쉬었다.

4일(10월 29일) 자오-하(몽골어; 부뚜막)에 묵었다. 토끼는 보통이고 큰 사슴이 3마리 있었으나 도망쳤다. 꿩이 3마리 있었다.

5일(10월 30일) 호요르 노르(몽골어; 두개의 호수)에 묵었다. 토끼는 적고 꿩이 3마리 있었다. 큰 사슴은 2마리 있었으나 도망갔다.

6일(10월 30일) 바룬 골(몽골어; 서쪽의 강)에 묵었다. 토끼는 아주 많으나 꿩은 두 마리 있었다. 여우도 있었다. 메추라기[鶉]가 있었다. 짐은 날아가는 것을 쏘아서 많이[234] 잡아먹었다.

매일같이 몽골인 남녀노소가 마중 나온 것은 전혀 수를 헤아릴 수 없다. 우유의 막[乳皮],[235] 우유, 요구르트[酸乳], 우유술[乳酒], 우유소주[乳燒酒] 등을 마시고 아주 만족했다. 털을 뽑은 양을 매일 100마리 정도 보내왔다. 짐은 모두 값을 치르고 이것을 받아 마부에 이르기까지 다 먹을 수 없을 정도로 나누어 주었다. 지금은 목초지는 끝나고 정황기의 차하르, 정홍기의 차하르 땅에 도착했다. 생활 상태는 좋다. 몽골인 왕과 타이지들은 『목장지의 몽골인들과 팔기 차하르 갑사(甲士)의 생활 상태는 우리와 같은 기(旗)의 타이지들 보다 위에 있다』라고 말한다. 본즉 이 계절은 여행하기 즐겁다. 가축은 살찌고 물과 목지가 모자란 것은 아니다. 지금까지 아직 따뜻하다. 호수의 물은 밤이 되면 약간 얼지만 바람이 불면 금방 녹는다. 모피 상의를 입은 자도 있고 입지 않은 자도 있다. 자오-하 부터는 갑자기 산이 많아지고 나무는 없고 돌이 많다. 짐이 본대에서 나누어 보낸 신만주인들은 매일 큰 노루 4~5마리, 때에 따라서는 큰 사슴을 잡아왔다. 많이 잡아먹었다. 짐이 있는 곳에선 진군하면서 놀고 즐기며, 즉시 말에 올라 진군하기도 하고, 종군하는 자들은 맛있는 음식을 많이 먹고 먹는 것이 끊이지 않는다. 휘양구 백의 부하 병사도 짐의 병사들이나 그들에게 누가 양과 소를 매일 먹게 하겠는가?

---

234) 이 구절에 나오는 '만문 bi deyerebe gabtame kejime (kejine) bahabi jeke . 한역 朕射飛禽 得食靑島子'에서 저자는 kejime를 'kejine'로 풀었고 한역에선 'kerme; 靑島子(바닷 생선)'로 읽었다. 주접에 나오는 글자는 'kejime'이지만 사전상 의미를 찾을 수 없다. 한역의 경우 'kerme'로 읽은 것은 앞뒤를 맞추어 볼 때 이치에 맞지 않는다.

235) ♣ 우유의 막[oromu]; 탈유지 미발효의 젖을 천천히 가열해서 얻는다. 고체 농축한 우유로 맛이 훌륭하다.

그래서 이를 크게 동정하여 5,000냥의 은을 지출해서 휘양구에게 소와 양을 사서 먹이라고 보냈다.

너는 이런 일을 베껴 써서 황태후께 아뢰어라. 곡태감(谷太監)236)에게 부탁해서 비(妃)들에게도 듣게 하는 것이 좋다. 장홍서(張鴻緖)가 6일(11월 1일) 저녁에 도착했기 때문에 그대로 써서 함께 보낸다. 황태후에게 유유막 [乳皮] 한 상자를 보내게 했다. 불상이 만들어지는 대로 보내라. 오래된 대형 불상도 보내라. 짐이 말 타고 토끼를 쏠 활을 단단히 포장해서 보내라.」

(36) 만문주접 문서 118 上諭譯, pp.523~527, 한역 문서 253, p.130, 강희 35년 (無月日)의 朱批(10월 30일)

「7일(11월 1일), 후루수타이(몽골어: 갈대가 자라는 곳) 강가에 숙박했다. 토끼가 있었다. 나는 30여 마리를 잡았다. 8일(11월 12일), 모하이투(몽골어: 뱀이 있는 곳)에 묵었다. 토끼는 적고 여우 5마리를 잡았다.

9일(11월 3일) 하라 우수(몽골어: 검은 물)에 묵었다. 큰 노루가 아주 많아 3마리를 잡았다. 토끼는 적고 여우가 있었으며 꿩이 몇 마리 있다.

10일(11월 4일) 차간 불락(몽골어: 하얀 샘)에 묵었다. 다이하의 묘(廟)가 길에서 남쪽으로 30리 앞에 있기 때문에, 두테 다바간 언덕을 넘어 보러갔다. 묘는 정말 평범하다. 다이하의 북쪽 언덕 기슭에 온천이 하나 있는데 미지근하다. 할하의 세렝 아하이 왕의 일족이 이곳에 살고 있다. 올해는 곡물의 수확이 많아서 생활은 이전보다 즐겁다고 하는데도 살펴보니 변함없이 빈궁하다. 사람됨이 훌륭하기 때문에 가축 500마리를 상으로 주었다. 되돌아 와서 우르투 다바간 언덕을 넘어 숙영지로 돌아왔다. 여기부터 나무는 풍부하고 평지에도 산의 북쪽 측면에도 나무가 있다. 산은 발 디딜 곳이 좋으나 계곡은 나쁘다.237)

11일(11월 5일), 제르데 모돈 다바간 언덕을 지나 카라 호쇼(몽골어: 검은 주

---

236) 명대 내정(內廷)에 설치된 환관의 관청 24아문(衙門)의 하나로 태감(太監)이 있다. 외정(外廷)의 정부와는 전혀 별개의 조직으로 정부의 간섭을 받지 않았으나 청대에 들어서서 환관들이 정권에서 완전히 배제되었다. 환관 관청을 지칭하는 말이었으나 환관들을 지칭하는 단어이기도 하다.

237) 만문의 마지막 구절 'ubaci moo elgiyen . bujan ša inu bi . alin sain . ulan ehe'을 한역에선 '由此樹林豊盛, 亦由林叢, 山好洵險'이라 하였는데 원저에선 좀 장황하게 의역하였다.

둥이)에 묵었다. 꿩이 아주 많다. 계곡은 협소하고 양측의 산들은 험해서 진군이 제대로 진척되지 않는다. 본즉 목란(木蘭)[238]에서 같이 각종 짐승이 모두 있으나 풍부한 것은 아니다.

12일(11월 6일) 후후 호톤의 앞쪽 40리의 백탑(白塔)[239] 남쪽에 묵었다. 토끼가 약간 있다. 꿩은 풍부하다. 여우는 몇 마리가 있다. 지세는 험하고 두더쥐의 굴이 많아 지면은 평탄하지 않다.

13일(11월 7일) 몰이사냥은 하지 않고 후후 호톤에 도착했다. 성의 노소, 부녀자 수만 명이 향을 받들고 문 앞의 길 바깥까지 출영해서 끊임없이 머리를 조아렸다.『우리들의 두 투메드[240] 부족은 태종황제(강희 황제의 조부 홍타이지)이래 59년간, 공부(貢賦: 공물과 부세)로서 결정된 정액(定額)이 말 200마리, 이번원의 관리가 오면 말 두 마리, 영최(領催)에겐 말이 한 마리입니다. 여름에는 갓 태어난 사슴 새끼, 가을에는 새끼 매, 여름엔 석청(石靑)[241], 겨울엔 멧돼지와 여우 털을 세금으로 바칩니다. 공물과 부세가 매우 무거워서 점차 궁핍의 나락으로 떨어진 것을 폐하가 꿰뚫어 보시고 각종의 공물과

---

238) 만주어 'muran(木蘭)'은 '鹿哨(숫사슴의 우는 소리를 흉내 내어 만든 도구로 암사슴이나 어린 사슴 등을 유인하며 행하는 사슴 사냥)라는 의미이다. 목란위장(木蘭圍場)은 청대의 황실 사냥터로 현재 하북성 동북부의 승덕시위장만족몽고족자치현(承德市圍場滿族蒙古族自治縣)과 그 북쪽인 내몽골의 극십극등[克什克騰]旗, 소오달[昭烏達]盟, 하북성 풍녕현(豊寧縣) 일대에 위치한다. 내몽골의 초원과 접하고 예부터 수초가 풍부하여 짐승이 번성하였다. 1681년 강희제 시절 군사훈련 목적으로 11,000m²를 사냥터로 정하고 매년 왕공 귀족, 팔기 정병을 거느리고 수렵과 군사훈련을 하였다. 강희제에서 가경제(嘉慶帝)에 이르기까지 140여 년 동안 105차례의 수렵이 행하여졌다.

239) 만주어로 'sanggiyan subargan'이라 하며 현재 내몽골의 바오터우[包頭] 일대이다

240) 투메드[tumed, 土默特]; 시베리아 선비족의 후예로 시간이 지나면서 민족 성분이 많이 변하였다. 투르크 계통이지만 원대에 이미 몽골화하였다. 그들은 칭기스 칸의 동생 하치운[哈赤溫]의 자손이며 다얀칸과 알탄 한이 나타나 전성기를 구가했다. 이후 차하르의 공격을 받아 괴멸되었다. 내몽골이 청에 복속하고 본거지 후후호톤[浩和呼特] 부근은 귀화성(歸化城)과 투메드 2旗로 편성되어 알탄 한의 자손이 자삭크에 임명되었으나 동쪽으로 이주한 무리는 卓索圖 盟밑에 투메드 旗로되고 좌익은 하라친의 별부가 되었다. 청대 내몽골의 중심지가 되면서 부민은 왕공을 추대하지 않은채 귀화성 투메드기가 되어 청 중앙에 직속하였다.

241) ♣ 石靑; 청색의 바위그림 도구, 편청(扁靑)이라고도 한다.

부세를 모두 면제해주신지 6년이 지났습니다. 이 은혜는 하늘과 땅처럼 높고 깊습니다. 어떻든 폐하의 눈앞에 머리를 조아려야 한다고 생각했습니다. 뜻밖에 우리들의 이런 누추한 곳에 행차하셨기 때문에 누추한 이곳은 무상의 영광입니다. 우리에게도 황제의 천안(天顔)을 우러러보는 날이 있습니다』라고 하며 환성이 가득 찼다. 짐이 소와 양을 받지 않자 죽여서 털을 가져오고 닭, 오리, 거위 돼지를 삶아 머리에 이고 와서 억지로 권했다.

이것을 웅성공(熊成功)이 알고 있다. 이러한 사정을 알리려고 생각했으나 날자가 걸리기 때문에 후후 호톤에 도착한 것을 알리면서 황태후에 우유막[乳皮] 한 상자, 살찐 꿩 10마리, 노루 한 마리, 볶은 기장[黍] 한 자루를 보낸다. 또한 이외에 바치는 물건은 나의 환관 웅성공과 함께 보낸다. 특별히 알린다.

13일 저녁(十三日晚, 이 네 글자는 한문으로 쓰였다)」

(37) 만문주접 문서 77, p.340, 한역 문서 214, pp.109~110, 皇太子에게 보내는 上諭(11월 7일)

후후 호톤(浩和呼特)의 大本營

1585년 창건한 후후호톤(후흐호트)의 시레트조

이리하여 내몽골에서 쾌적한 여행을 한 황제가 대본영을 설치한 후후 호톤은 예나 지금이나 내몽골 최대의 도시로서 현재 내몽골 자치구 혁명 위원회의 소재지이다.

이 도시가 건설된 것은 16세기 무렵이다. 당시 몽골고원의 패권을 장악하고 있는 것은 투메드 부족의 알탄 한(1507~1581)[242]으로, 칭기스한의 방계자손이나, 실력으로 직계 차하르 부족 다라이슨 한을 대흥안령 동방으로 추방하고, 명 정부 치하에 있던 중국의 북변을 매년 침입해서 약탈을 반복했다. 한편으론 서방의 오이라트 여러 부족을 공격해서 제압하고, 그의 군대는 멀리 중앙아시아를 횡단하여 서투르키스탄까지 진출해서 시르 다리야 강변에서 카자흐 군주의 군대를 격파했다. 더욱이 이 군대는 티베트에도 진출해서 당시 티베트에서 가장 학덕이 높은 라사의 데풍 사원의 주지 쇄남 갸초는 1578년(명 신종 만력 6) 알탄 한의 초청을 받고 청해에 가서 알탄 한으로부터 달라이 라마의 칭호를 처음 받았다. 이 사람이 달라이 라마 3세[243]로서, 실제로는 초대이며 달라이 라마 5세의 전전대(前前代)에 해당한다.

알탄 한의 맹위에 두려움을 느낀 명 정부는 1571년(명 목종 융경 5) 강화조

---

242) ♣ 알탄 한(1508년~1581년); 다얀 한의 셋째 아들이며 우익[西方]을 통할한 바루스 볼로드의 둘째 아들인 투메드의 부족장이다. 유능한 지도자로서 우익세력을 묶어서 좌익[東方]을 통솔하는 다라이슨 한을 압박해서 1551년 종가의 호주(戶主) 이외에 처음으로 한의 칭호를 받았다. 만년에 티베트 불교에 귀의해서 불교가 전 몽골에 보급되는 계기가 되었다.

243) 달라이 라마 3세의 이름은 쇄남 갸초[Sonam Gyatso, 索南 嘉措 1543년~1588년 ? 재위 1578년~1588년]이다. 그의 스승 겐둔 둡[Gendun Drub, 根敦朱巴 1391년~1474년]이 달라이 라마 1세, 겐둔갸초[Gendun Gyatso, 根敦嘉措 1475년~1541년]가 달라이 라마 2세로 추존되었다. 실질적으로 달라이 라마 초대에 해당한다. 칼마파에서 모방한 전생제도를 따라 겔룩빠 최초의 화신승으로서 데풍 사원의 좌주로 선출되어 오랫동안 고승으로 이름을 얻었다. 1571년에 알탄 한을 귀의시키는데 성공하고 1578년 청해에서 알탄한과 회견하고 달라이 라마의 호칭을 수여받았다.

약을 체결하고 이후 몽골=중국무역이 성황리에 모습을 나타내서, 평화 덕분에 중국에선 만력시대의 번영이 왔으며 몽골 측에선 국경무역의 중심지가 되어 번영한 후후 호톤이 있었다. 이 도시의 주민은 한인으로서 명 정부 치하의 탄압을 피해 망명한 백련교(白蓮敎)[244]라는 비밀결사원을 중심으로 하고, 그 교외에는 광대한 농원이 펼쳐져 명 정부의 중세를 피해온 농민과 알탄 한이 중국 침공 때 데리고 온 사람들이 경작에 종사해서 생활은 중국에 있는 것 보다 매우 안락했다. 알탄 한이 죽은 뒤에도, 투메드의 역대 한들의 도읍은 후후 호톤이었으나, 1628년(명 숭정 1, 청 천총 2) 대흥안령 쪽으로부터 차하르의 링단 한[245]의 군대가 모습을 나타내 순식간에 내몽골을 석권하여 투메드 부족을 분쇄하고 후후 호톤을 점령했다.

그로부터 이 도시는 잠시 동안 차하르 한들의 도시가 되었으나 1634년(명 숭정 7, 청 천총 8) 청 태종 홍타이지가 이끄는 만주군이 후후 호톤을 점령하여 링단 한은 멸망하였다. 이로부터 이 도시는 청조와 외몽골의 접촉점이 된 것이다. 이보다 앞서, 식량탈취에 실패한 단지라는 갈단에게 돌아갔으나, 그 정보가 11월 15일 후후 호톤에 있던 황제에게 보내졌다.

---

244) ♣ 백련교(白蓮敎); 정토종(淨土宗)의 한파인 종파로서 현세에서 중생을 구제한다는 미륵신앙(彌勒信仰)을 내세운다. 미륵의 강림과 구제를 바라는 것이 자주 세상을 바로 잡는다는 왕조교체 사상과 어울리기 때문에 위험분자로서 역대의 왕조로부터 경계 금지의 대상이 되었다.

245) 링단 한[林丹 汗, Lingdan han, 1592년~1634년, 재위 1604년~1634년]; '릭단 한' 또는 '릭덴 한'이라고도 부를 수 있다. 다얀 한의 적통을 주장하는 차하르 부는 링단 한이 부얀 세첸의 뒤를 이어 차하르의 주인이 되면서 1625년 코르친 部를 토벌하였으나, 청의 간섭으로 별효과를 보지 못하고 아오한, 나이만 부 등은 오히려 청에 귀속하였다. 1628년 하라친, 투메트 부를 격파하고 귀화성에 주둔하면서 명으로 부터의 교역문서를 독점했으나 청의 홍타이지에게 격파되었다. 그는 몽골의 종가인 차하르의 부족장으로 몽골 최후의 대한(大汗)이다. 수많은 세력이 난립한 몽골의 통일을 목표로 하고 남부 몽골 원정을 반복하여 세력을 확장했으나 청해 원정 중에 천연두에 걸려 급사했다. 이후 차하르 한가의 세력은 와해되고 청에 복속하게 되었다.

「21일(11월 15일) 아침, 갈단에게서 두 명의 오이라트인들이 그리고 정오에 또 두 명의 오이라트인들이 투항해왔다. 짐은 이자들을 불러 상을 주었는데, 그 가운데 한 사람의 아내를 내가 잡아놓고 있었다. 도착하자마자 곧 만나게 했는데, 두 사람이 서로 껴안고 함께 울자 몽골의 왕들 이하 눈물을 흘리지 않은 자가 없어 『모두에게 좋은 일이다』라고 한다. 상세하게 심문하자 단지라는 돌아가서 19일(11월 13일)에 쿠렌 벨치르에서 갈단을 만나 『(청군이) 각지에서 길을 차단하고 있어서 나는 항복한다고 속이고 돌아왔다』고 하자 갈단은 크게 탄식하며 『우리는 (식량을 탈취하러 간) 너희들에게 크게 희망을 걸고 있다. 지금 어떻게 살아갈 것인가 청군이 길을 차단하고 있어서 여기서는 살아갈 수가 없다. 하미에 가서 쌀을 구해 먹자』라 하고 21일(11월 15일)에 출발했다. 우리는 1~2일 걸려 이곳으로 왔다. 도적은 많고 서로 죽이고 뺏고 있다고 한다. 실제로 하미로 가면 일은 간단해서 갈단은 반드시 잡힌다. 이 방면의 길은 차단을 완료해서 전혀 걱정이 없다. 지금부터 아마 항복해오는 자가 많을 것이다. 계속해서 알려주겠다.

21일(11월 15일)과 22일(11월 16일)은 쉬었다. 23일(11월 17일) 황하의 언덕 방향으로 출발한다. 우리 말의 살찐 정도는 좋다.」

(38) 만문주접 문서 81, pp.352~353, 한역 문서 217, p.111, 皇太子의 奏摺에 기록된 朱批(11월 15일)

황제는 11월 18일 예정보다 하루 늦어 11일간 체류한 후후 호톤을 떠나, 서남쪽을 향해 출발하였다.

「짐은 무사하다. 너는 건강하냐? 이곳은 변함없이 따뜻하고 강물도 아직 얼지 않았다. 솜옷 상의를 입은 자가 많다. 상인들과 짐을 지는 자들은 지금도 옷을 입지 않고 벗은 채 생활하고 있다. 이곳의 사람들이나 노인들은 아주 불가사의하게 여겨 『우리들의 조상대대로 현재에 이르기까지 강이 얼지 않고 바람도 구름도 눈도 없는 좋은 해는 들어본 적이 없습니다.』라고 한다. 짐이 본 바로는 북경과 같은 모양이다. 짐은 얇은 양피 상의와 솜옷을 입고 토끼를 말 위에서 쏘았을 때 더워서 땀이 났다.」

(39) 만문주접 문서 82, pp.354-358, 한역 문서 219, p.112, 皇太子의 奏摺에 기록된 朱批(月日不明)

황하(黃河) 강변에 체재

살호구의 성벽 (明代)

　11월 22일 황제는 황하 언덕의 후타니 호쇼 마을에 도착해서 그곳에서 잠시 체재했다. 이곳도 후후 호톤과 마찬가지로 같은 시기 한인(漢人) 마을이 된 곳으로 현재의 탁극탁[tuo ke tuo, 托克托]현(縣)이다.

　「황태자에게 알린다.
　27일(11월 21일), 리수 바이싱²⁴⁶⁾에 묵었다. 이날은 토끼가 있었지만, 풍

---

247) 리수 바이싱(lisu baising, 黎蘇柏城); '리수'는 지명이고 '바이싱'은 일반명사이다. 바이싱은 몽골어로 고정가옥을 뜻하는 'baishin'을 한어로 '板升' 또는 '板申' 등으로 음역하기도 한다. 16세기 무렵 다얀 한이 내몽골을 통일한 뒤에 명나라 사람들이 내몽골에 몰래 잠입하여 농경 및 밀무역에 종사하는 경우가 많았다. 이들

부한 것은 아니다.

28일(11월 22일), 후타니 호쇼에 묵었다. 한인들은 이곳을 탈탈성[tuo tuo ceng, 脫脫城]247)이라고 한다. 토끼가 있지만 풍부한 것은 아니다. 이곳은 황하 언덕에 있다. 강 너머로 멀리 활을 쏘아보니 신만주인, 짐 자신, 황장자, 활을 잘 쏘는 자들은 쉽게 넘긴다. 물 흐름도 완만해서 남쪽의 황하와 비교할 수가 없다. 천진(天津)에서 바다로 흘러들어가는 강의 가장 좁은 곳 보다 더욱 좁다.

29일(11월 23일)은 쉬었다. 아침 오르도스[부족]248)의 왕, 버일러, 버이서, 공(公), 타이지 등이 강을 건너와서 만났다. 나는 황하 강가에 가서 강의 너비를 측량했다. 106심(尋)249)이다. 먼 곳으로 활을 쏘아보면 50보 남짓이다. 여기서 배를 타고 짐이 몸소 신만주인들과 함께 강을 거슬러 노저어 가 보았다. 역시 가능했다. 배와 도구가 나빠서 손에 힘이 들어가지 않는다. 많은 몽골인은 감탄해서 『우리는 이 하툰 골250)의 상류 쪽으로 배가 간 것을 조

명인들의 가옥, 부락, 성(城)을 'baishin'이라고 한다. 'baishin'은 지금의 수원성(綏遠城)을 중심으로 투메드 부락에 가장 많았고 후후호톤[呼和浩特], 탁극탁(托克托) 등지에서 발달하였다.

247) 만문의 'hūtani hošo'를 한역에선 '胡坦之和碩'로 음역하였고 'toto ceng'을 '托托城'으로 비정하였다. 《親征平定朔漠方略》에선 이를 '湖灘河朔'로 음역하고, '脫脫城'으로 표기하였다. '脫脫城'과 '托托城'은 같은 곳이며 현재의 '동승(東勝)'에 해당한다. 1392년(명 태조 홍무 25) 투메트의 알탄한의 아들 타이지 토토[脫脫]의 주목지(駐牧地)였고 여기서 脫脫城이 유래했다.

248) 오르도스[Ordos; 鄂爾多斯]; 중국 내몽골 자치주의 황하 만곡부를 둘러싸고 있는 지역이다. 예전에는 '河南이라고 불렀으나 지금은 '河套'라고 하는 지역의 몽골식 명칭이다. 북은 음산산맥(陰山山脈) 서는 하란산맥(賀蘭山脈), 동남은 장성에 둘러싸인 초원으로 사구(砂丘)와 염호(鹽湖)가 널리 퍼져있다. 유목의 적지이기 때문에 예부터 유목민들 간에 쟁탈의 요지가 되었다. 진한시대에는 흉노가 지배한 이래 돌궐, 티베트, 거란족을 거쳐 명청대에는 몽골족이 유목하였다. 칭기스한의 혼령을 제사 지낸 오르두[帳幕]가 15세기 무렵 이 땅으로 옮겨져 오르도스로 불리우게 되었다. 이 땅은 다얀 한의 손자 알탄 한의 장형 군 빌리크의 자손이 영유했으나 청 태종의 세력이 내몽골에 미치자 청에 항복했다. 여기서 오르도스족이란 부족명칭을 말한다.

249) 발 또는 양팔을 좌우로 벌린 길이 약 1.8m.

250) 중국인들은 황하를 '어머니의 강'으로 부른다. 몽골인들도 '어머니, 왕비'를 의미하

상대에서 부터 들어 본적이 없습니다.』라고 한다. 이곳저곳을 건너가 보면 하류에 배가 좌초할 장소는 없다.251) 지금은 얼음덩어리가 흐르고 있다. 여러 사람이 건너갈 수 없기 때문에 얼음 어는 것이 기다려진다. 예부터 10월 20일(11월 14일) 지나도 강이 얼지 않았던 해는 없었다고 말한다. 북경에서 연못(中南海, 北海)이 얼었던 날을 기록해서 알려다오.

후후 호톤에서 황하의 언덕까지는 170리, 황하의 언덕에서 슈르게이[šurgei, 殺虎口] 장성까지는 170리라고 한다. 아직 측량한 것은 아니다.

황하에 도착한 날부터 추위를 느끼기 시작했다. 북경에서 얼음이 어는 무렵과 같다. 이곳에선 다람쥐 가죽과 양가죽을 윗도리와 배[腹]의 겉옷과 속옷 사이에 입는 방한복으로 입고 있다. 나이를 먹은 사람들은 이보다 두껍게 입고 있다.

우리에게 항복해온 오이라트인 두와252)는 안장과 소총의 개머리판253)의 세공에 뛰어나고 옻칠[漆塗]도 할 수 있다. 기술이 뛰어나다. 샴바 왕(王)254)이 보낸 오이라트인의 갑옷255)을 벼리는 타부키는 갑옷을 만드는데 놀랄만한 솜씨를 가지고 있다. 후후 호톤에서 찾은 오이라트 대장장이 우서이는 벼

---

251) 만문 'amasi julesi dome tuwaci wasihūn maktabure ba akū'를 한역에선 '往返渡河 觀之, 無彎斜處'라고 하였다.

252) 일역에서는 'ūlet i duwa'를 '오이라트인 두와'라고 해석했다. 그러나 만문 'duwali' 는 '동료'라는 뜻이 있는데 한역에선 이를 근거로 '伙'라는 뜻으로 해석하였다.

253) 일본어 '台尻(だいじり)'는 '총의 개머리판'이란 의미이다. 그러나 만문에선 이를 'miao can i homhon(조총의 케이스)'이라 하였고 한역에서도 이를 '鳥槍套(조총의 케이스)'라고 하였다.

254) 이 구절의 해석에 대해서 만문주접은 'gala faksi .. šamba wang ni benjihe ūlet i asu uksin dure tabki . (솜씨가 좋다. 샴바왕이 보내온 오이라트의 그물 갑옷을 벼리는 타브키)라고 했으며 한역에선 '手工匠人 善巴旺'이라 하였다. 한역에선 '善 巴旺'이란 인명으로 보았다. 그러나 ≪淸聖祖實錄≫ 권174에 "今應令大將軍伯費 揚古, 親身沿邊而往, 酌調善巴王, …… 上曰, 此乃大將軍伯費揚古未完之事, 著率 薩布素兵五百, 酌取蒙古兵, 往善巴王邊汛諸地方."이란 말이 나오는 것으로 보아 왕의 이름으로 보아야 한다. 원저에서도 '善巴王'이라 하여 이를 왕의 이름으로 보았다.

255) 당시 중국의 갑옷은 가는 쇠사슬을 방충망처럼 엮어 홑저고리 같은 것에 겹쳐서 꿰맨 방호구의 형태였다.

리는 솜씨가 빠르고 훌륭하다. 우리들은 이곳에서 시험삼아 오이라트식의 안장을 하나 만들었다. 다만 황금이 없기 때문에 상감(象嵌)하지 않았다. 오이라트의 붉은 털 말 한 마리와 함께 황태자에게 보낸다. 말은 고옥경(高玉慶)이 데리고 갔다. 말은 아주 좋아 다리는 튼튼하고 발걸음 걸음이 절도가 있으며 완전히 길들어 있다. 말이 사료를 먹고 체력이 회복되고 나서 전반적으로 어떻게 할 것인가를 알 수 있을 것이다.

안장걸이, 방석, 말안장, 말다래, 고삐, 밀치끈256) 등은 모두 오이라트 여자들이 하루 밤낮에 걸쳐 만들어 올린 것이다. 잡은 오이라트 남자아이들이 우리식으로 옷과 외투를 만들어 입는 것을 보고 가죽을 붙여 꿰매고 겉을 마름질하는데 하루에 한 벌이 가능하다. 매우 솜씨가 좋다. 다만 조금 거칠고 변변치 못하다. 이 안장을 반드시 황태후에게 보여드려라.

또한 짐이 여기서 할하 사람들의 양을 먹어보니 물이 좋기 때문인지 아니면 토지 때문인지 모르겠으나 놀랄 만큼 맛이 좋다. 그래서 짐이 스스로 감독하여 물을 끓이고 －강이 얼 때를 기다리는 사이에 나는 일이 없어서－ 짐이 스스로 작은 칼을 들고 뼈에서 고기를 발라내어 상자에 넣어 보낸다. 이것을 황태후에게 공손히 바쳐라. 또한 위에 쓴 대로 곡(谷) 태감에게 넘겨라.

30일(11월 24일)은 쉬었다. 1일(11월 25일)도 쉬었다. 2일(11월 26일)의 아침 몽골인들이 보고하기를 『이곳에서 50리 (떨어진) 시르가 라는 곳에 오늘 밤 얼음이 두 군데 얼었다 각각의 길이는 일리(一里)가 넘습니다. 우리 장교들이 놀라서, 나를 먼저 보냈습니다. 그들 모두가 가서 시험해보니 건널 수 있다고 알려왔습니다.』라고 말했기 때문에 길 안내를 하는 장교 테구스 등을 보내서 살피게 했다.

또한 짐의 숙영지에서 동남방으로 15리 앞에 보롤지라고 하는 작은 모래 언덕에 토끼가 많다는 것을 듣고, 잘 걷는 자들을 선발하여 우리와 함께 온 녹기병과 함께 걸어서 몰이사냥을 했다. 토끼는 풍부하다. 짐은 황태자가 보내온 토끼 사냥용 화살[叉子箭]257)을 가지고 40마리 정도를 잡았고, 전원 모

---

256) 유목민족은 말과 더불어 생활하기 때문에 마구가 상당히 발달하였고 말에 관한 용어도 다양하다.
말안장(soforo, 皮鞍座子; 마구의 하나로 등자와 말 옆구리 사이에 늘어뜨린 가죽 흙받이), 말다래(tohoma, 馬韂), 고삐(hadala, 馬轡頭, 轡), 밀치끈(kūdargan, 后鞦, 鞦; 말이나 당나귀의 안장이나 소의 길마에 걸고 꼬리 밑에 거는 좁다란 나무 막대기, 일명 껑그리 끈) 등이 있다. 원저에선(tohoma, 馬韂) 부분이 빠졌다.

두 300마리를 잡았다. 한편 오르도스 사람들의 말로는 강을 건너서부터는 풀 한 포기마다 4, 50마리의 토끼가 나올 만큼 토끼가 많다고 한다. 지금 우리에겐 좋은 말이 넘쳐나서 품평할 틈도 없다. 오르도스의 좋은 말을 강을 건너서 가지고 온 것은 아니다.

이제 와서 만약에 성경(盛京)에서 무언가를 보내온다면 역전(驛傳)에 부담이 된다. 지금 우리가 있는 이곳은 여러 가지 먹을 것이 모두 있다. 무언가 보내고 싶다면 단지 사슴꼬리 50본(本), 혀 50매, 쥐 노래미, 붕어, 송어 등 받은 공물이 있으면 좀 보내라. 다른 큰 물고기나 철갑상어[鰈鮫]258)를 짐은 먹지 않는다. 꿩은 보내지 마라. 여기에도 (꿩이) 풍부하고 살쪘다. 귤과 밀감 등의 물건은 가령 공물이 있어도 보내지 말거라. 과일과 밀가루 같은 것은 영하(寧夏)259)에서 가져온 것을 먹고 있다. 밀가루는 아주 좋다. 몇 번이나 어용의 상등 밀가루로 떡을 만들어 비교해보아도 우리들의 밀가루는 검고 단단하다. 영하의 밀가루는 순백색으로 부드럽고 가늘며 아무리 많이 먹어도 소화가 잘된다. 포도도 아주 좋다. 포도를 공령손(gung liang sun, 公靈蓀)260)이라고 한다. 큰 포도의 주변 뿌리 밑에 작은 소즈 포도가 있다. 이전엔 소즈 포도를 언제나 먹을 수 있었으나 이렇게 자란다는 것은 알지 못하

---

257) '토끼 사냥용의 화살(叉子箭)'은 만문에선 'garma'이라 했는데 화살촉이 갈라진 것으로 한역에선 '차자전(叉子箭)'이라 하였다. 우리말의 가르마(머리털을 양쪽으로 가르는 것)과 연결시키는 것은 지나친 비약이 아닌가 하는 생각이 들지만 상당수의 몽골어와 한국어의 어휘가 그 차용 여부를 떠나 연관성을 가지고 있기 때문에 한번 생각해 볼 문제이기는 하다.

258) 만문주접의 'ajin'을 드렁허리[전어(鱣魚)]를 胡增益 主編; ≪新滿漢大詞典≫에선 '황어(鰉魚)'라고 하고 한역에서는 쏘가리[궐어(鱖魚)]로 표기하였다.

259) 영하(寧夏); 연수진(延綏鎭)의 화마지(花馬池)에서 황하연안에 도달하고 다시 북상해서 황하를 건너 하란산맥(賀蘭山脈)으로 이어지다가, 다시 남하해서 황하상류까지 800km의 변장(邊墻)을 관할하였다. 이 지역도 판축공법으로 성벽을 쌓았으나 열악한 자연조건과 유사(流砂) 때문에 원형은 거의 사라졌다. 몽골족이 남침할 때 연수진의 방어가 견고해지자 대신 목표가 된 것이 영하진이다. 영하진의 중심은 은천(銀川)으로 현재 영하회족 자치구(寧夏回族 自治區)의 성도(省都)이다.

260) ✠ 공령손(gung liang sun, 公靈蓀, 公領孫); 성장하는 모습이 성년 남성[公]이 손자를 데리고 있는 모습으로 비유한 명칭이다. 『패문재광군방보(佩文齋廣群芳譜)』卷57과 『강희기하격물(康熙幾暇格物編)』上之中「포도(葡萄)」조에 언급된다. 친정하면서 보여준 자연 관찰력은 강희제의 과학지식의 바탕의 하나이다.

고 있었다. 정말 이해되지 않는다. 배[梨]도 좋다. 곡(谷) 태감이 보국사(報國寺)에서 샀던 좋은 배가 여기서 생산된다.

3일(11월 27일) 아침에 강을 건너 사람을 파견해서 오르도스의 왕, 버일러, 버이서, 공 등의 예비 말 122마리 가운데 40마리, 대기 말이 아닌 말 300마리 가운데 120마리를 강 맞은편에서 데려오게 하고 우리들의 안장을 배에 실어 강을 건넜다. 건널 때 본즉 얼음덩어리 전부가 양안에 밀어닥치고 있다. 강물은 내가 도착한 날 같지는 않고 전혀 흐르지 않는다. 여기서 [북경의] 창춘원(暢春園[離宮])[261]의 강을 건너는 것처럼 똑바로 건넜다. 양안의 몽골인들은 모두 손 모아 머리를 조아리는 것을 반복하면서 『이 땅은 우리들이 대대로 살아온 곳입니다. 이 강조차 이렇게 폐하의 뜻에 따르게 되었기 때문에 우리 황제 폐하에게 누가 나쁜 마음을 품을 수가 있겠습니까?』라고 맹세의 말을 하였다. 그리고 곧 그들의 말을 타고 2시진(時辰; 4시간) 동안 소규모의 몰이사냥을 세 번 했다.[262] 정말 오르도스 지방은 말 그대로 몰이사냥이 관습화되어 있다. 토끼는 매우 많고 꿩도 풍부하다. 짐은 50마리 정도 잡았다. 황자들은 20마리 잡았다. 좋은 말이 많고 이를 여러 번 경험하여 익숙하므로 아주 적합하다. 땅은 모래 언덕이나 평탄하고 단단하다. 풀은 한 무더기 한 무더기씩 자라고 있다. 말을 달리는데 걱정이 없다. 어렸을 때부터 『오르도스의 토끼』라고 들었는데 지금에야 볼 수 있었다. 몰이사냥을 마치는 신(申)의 시각(오후 4시)에 먼저 대로 강을 건너와 숙영했다.

---

261) 창춘원(暢春園); 현재 북경의 해정구(海淀區)에 있으며 원명원(圓明園)의 남쪽, 북경대학의 서쪽에 있다. 명의 신종(神宗)의 외조부 이위(李偉)가 건설한 것으로 '청화원(淸華園)'이라 했으나 후에 '창춘원(暢春園)'으로 개명했다. 이궁(離宮, 제왕이 출행할 때 머무는 궁)으로 1690년에 조성된 이래 강희제는 이 이궁에서 집무하는 것을 즐겼다. 강희제는 일년의 절반 이상을 이곳에 거주할 정도였으며 강희제는 1722년 이곳에서 붕어하였다. 강희제가 죽은 뒤에도 이궁(離宮)으로 있었다.

262) 일역에선 이 구절을 세 번 사냥을 한 것으로, 한역에선 放小圍三處(소규모 수렵을 세 곳에서 했다)라고 했다. 만문에선 'tereci uthai esei morin be yalufi juwe erin . ajige hoigan ilan sindaha . yala ordos i ba gisun tašan akū aba inu urehebi'로 나와 있는데 이중에서 'ajige hoigan ilan sindaha(작은 규모의 포위를 세 번 했다)' 라는 구절의 번역을 세 번 사냥을 했다라는 뜻으로도 볼 수 있고 한역에서 말 한대로 세 곳에서 사냥을 했다. ≪親征平定朔漠方略≫에서는 '布小圍三次'라고 하여 '작은 규모의 사냥을 세 번 했다'라는 의미로 보았다.

저녁에 테구스 등이 돌아와서 시르가라고 하는 곳에서 강의 상류는 물이 모두 얼어서 건너가는 것이 불편하지 않다고 보고했다. 짐은 4일(11월 28일) 하루는 쉬고, 5일(11월 29일) 시르가 강을 건너갈 곳으로 이동했다. 보급품이 건너갈 수 있게 되자 곧 건넜다. 좀 불안정하면 며칠을 중지했다.

이런 것들을 모두 황태후에게 글로 써서 아뢰어라. 궁중에서도 듣게 해라. 별도로 쓸까 했으나 이것도 저것도 중복된다. 너에게 죄다 알리면 어쩌면 들을 수가 있을 것이다. 외부의 사람들에게는 말하지 말거라. 특히 이르노라.」
(40) 만문주접 문서 89, pp.374~387, 한역 문서 224, pp.114~115, 강희 35년 11월 초 육일, 皇太子에게 보내는 上諭(11월 27일)

오르도스에서 대규모 사냥을 즐기다

황하의 동쪽 언덕에 돌아온 황제가 있는 곳에 갈단의 동정에 관한 새로운 정보가 도착했다. 그에 따르면 갈단은 궁핍이 극에 달해 항가이 산과 알타이 산 사이를 방랑하고 있다는 것이다.

「황태자에게 이르노라. 4일(11월 28일) 저녁에 투항한 오이라트인 부다리가 도착하여 자신은 10월 4일(10월 29일)에 왔다고 한다. 갈단의 밑에는 수백 명의 군사가 있었으나, 먹을 것이 없고 게다가 추워서 사람들은 뿔뿔이 흩어져 도망간 자가 많고, 죽은 자도 있다고 한다. 자신의 대 자이상263) 투시예투 노르부가 무리를 이끌고 투항했으나, 아직 도착하지 않았다고 한다. 갈단이 하미를 향하다고는 하지만, 지리에 밝은 자들, 할하인들에게 묻자, 치치크 콩고르 아지르간이라고 하는 곳은 쿠렌 벨치르에서 사흘거리인데,

---

263) 'jaisang'은 몽골의 관직명으로 원대(元代) 이후 사용되었다. 한어의 '재상(宰相)'에서 비롯되었으며' 채상(寨桑)', '재상(宰桑)'으로도 한역 전사한다. 대부분이 비(非) 칭기스한 가문에서 나왔으며, 다얀 칸 시대에 한 (汗)의 지위를 공고히 하고자 '태사(太師)'제도를 폐지하고 대부분 대한(大汗)과 타이지의 속료(屬僚)로 강등시켰다. 다만 준가르를 비롯한 오이라트 몽골에선 여전히 한에 버금가는 봉건영주의 위치에 있었다.

같은 곳을 빙빙 돌고 있다는 것이다. 이 형세로는 어느 방향으로도 움직일 수 없게 된다. 이제 어느 곳으로 갈 것인가? 어쨌든 안심이 되었다. 더 자세하게 묻자 소총의 화약과 탄환이 다 떨어졌고 창도 없다고 한다. 현재 각각 무리지어 이곳으로 투항해 온 자들에게 묻는 것이 아주 확실하다. 요즘 오이라트 투항자는 10일간이나 왕래가 끊겼다. 게다가 이 부다리의 처는 오힌의 집에 있다고 한다. 이 자의 처를 이 자와 함께 있게 해주어라. 황태자는 대신들과 함께 이 자에게 상세하게 물어 보아라. 이것도 하나의 기뻐할 만한 일이다. 투시예투 노르부는 오이라트의 거물이다. 이 자가 온다면 오이라트가 어떠한가를 결정적으로 알 수 있을 것이다. 왔을 때 바로 알려주겠다. 이를 황태후에게 아뢰어라. 황태후의 평안을 삼가 여쭌다.

　4일(11월 28일)은 쉬었다. 5일(11월 29일)에 강 상류의 얼어서 건널 수 있는 곳으로 이동한다. 특히 이르노라.」

(41) 만문주접 문서 93, pp.394~397, 한역 문서 227, p.116, 강희 35년 11월 初九日, 皇太子에게 보내는 上諭(11월 28일)

　11월 30일 황제는 결빙한 황하를 건너 오르도스로 들어가서 한 달 가까이 체류했다.

숙영하는 모습

「황태자에게 이르노라. 앞서 말한 바로는, 5일(11월 29일) 출발해서 50리 남짓 시르가의 얼어붙은 장소에서 건넜다고 했다. 5일에 황하의 상류로 18리를 가서 카라인 토호이라는 곳에 도달해 보니 황하가 얼어 있었다. 그래서 거기서 묵으면서 얼음을 잘라보자 (깊이가) 한 자(尺)나 된다. (얼음이) 아주 단단해서 세 개의 기(旗)를 세 길로 편성하여, 길에 깔개를 덮고 6일(11월 30일) 보급품을 (얼음 위로) 모두 운반했다. 이곳에서 상류 방향으로 6리 앞은 얼지 않았다. 하류 방향으로 3리의 앞도 얼지 않았다.264) 모든 몽골인은 불가사의 하다고 하면서, 원래 황하가 얼 때는 북쪽의 추운 곳에서 얼기 시작하기 때문에, 이렇게 따뜻하고 강이 얼지 않을 때 한가운데가 두껍게 언 것을 본 적도 들은 적도 없다고 한다. 강을 건넌 뒤, 곧 몰이사냥을 했다. 토끼와 꿩이 아주 많다. 꿩을 쏠 때는 토끼가 소홀해지고 토끼를 쏠 때는 꿩이 소홀해 진다. 이러지도 저러지도 못하여 충분히 잡지 않았다. 토끼는 40마리 꿩은 10마리 남짓 잡았다. 꿩은 살쪘다.

저녁에 숙영지에 말을 내린 뒤 왕, 버일러, 버이서, 공(公)들의 어머니와 아내들이 모두 왔다. 짐은 오르도스의 땅에 도착하자마자 오르도스인의 생활이 훌륭해서 예의는 옛 몽골의 전통을 조금도 잃지 않고 있다는 것을 알았다. [오르도스]6기(旗)의 왕, 버일러, 버이서, 공(公), 타이지 등은 모두 상호관계가 좋고 한 몸처럼 네 것 내 것이라는 개념이 없다. (이들이 사는 곳에는) 도적이 없고 낙타, 말, 소, 양을 감시하지도 않는다. 말이 뛰쳐나가 어디로 갔는지 몰라도 2~3년이 지나 타인이 발견하면 숨기지 않고 자사크에게 보내 소유주에게 확인시킨다고 한다. 왕의 어머니도 친모는 아니고, 버일러의 어머니도 친모는 아니지만 그들은 지금의 어머니들을 친모 이상으로 극진히 모시고 존경한다. 다른 몽골인들은 이를 보고 몹시 부끄러워한다.

오르도스의 생활은 잘 정돈되어 있다. 가축이 풍부하고 좋은 말이 많다. 차하르인들의 생활상황에는 다소 못 미치나, 다른 몽골인들보다는 훨씬 부유하다. 토끼를 말 위에서 쏘는 것은 (보기가) 아름다운 것은 아니어도 아주 숙련되어 있다. 맞추는 솜씨가 좋다. 지금 나는 기마용의 좋은 말을 10마리

---

264) 이 부분의 만문은 'erei dergi ninggun ba ci wesihun inu gecehekūbi wargi ilan ba ci fusihūn inu gecehekūbi'이며 한역은 '自東六里以上亦未凍, 西三里以下未凍'으로 나와있다. 만주어 'dergi'에는 동쪽이란 뜻 이외에 위쪽이란 의미도 있고 'wargi'에도 서쪽이란 뜻 이외에 아래쪽이란 의미도 있다. 원저와 한역은 각각 방향이 다르게 표현하였다.

남짓 가지고 있다. 아직 품평을 하지 않은 것이 100마리를 넘는다.

이곳은 황하의 석화어(石花魚)가 매우 풍부하다. 장성 안에서도 보내온다. 몽골인들도 보내온다. 아주 신선하고 살이 쪄서 맛이 좋다. 황태후께서는 큰 물고기를 드시지 않기 때문에 보내지 않았다.

우리가 이곳에 오래 있다 보니 익숙해져서 느끼지 못한다. 물과 흙도 아주 좋고 먹을 것과 땔감도 풍부하다. 사람들은 모두 건강하다. 더욱이 그다지 춥지 않다. 지금도 짐은 헤를렌 강에서 4월에 입은 옷을 입지 않는다. 북경에서는 조금 추워지면 춥다 추워 하고 소매를 여민다. 여기서는 전혀 그런 것이 없다. 이것도 하나의 불가사의한 것이다. 그래도 시원해진 것을 어떻든 안다.

둥스하이[東四海]라는 역참에서 묵었다. 7일(12월 1일)은 휴식했다. 이날 오르도스인들이 헌상한 말과 낙타를 처리했다.

8일(12월 2일)은 휴식하고 서남방의 모래언덕에서 몰이사냥을 했다.

토끼와 꿩이 아주 풍부하다. 짐은 60마리 쯤 잡았다. 우리는 말을 아껴서 말을 많이 가지고 있는 대신과 시위, 모두 60여 명만이 갔었다.[265] 합계 300마리 남짓 잡았다. 이곳보다 앞쪽은 더욱 풍부하다고 한다. 지세는 아주 좋다. 모래 언덕은 이곳 저곳에 조금씩 있으나 (숫자가) 적고 지면은 단단하다. 짐은 여행의 즐거움을 줄곧 생략하고 썼다. 남김없이 쓰면 황태자와 황자들 북경에 남아 있는 사람들이 그다지 부러워하지 않으리라 생각한다. 쉬고 있는 곳의 장막 안으로 토끼가 달려 들어오는 경우가 많다.[266] 짐수레가 정지했을 때 (토끼가) 있으면 잡으려는 자들도 많다.

9일(12월 3일) 14리를 이동해서, 차간 불락(몽골어; 하얀 샘)이란 곳에서 묵었다. 이날 토끼와 꿩이 풍부하다고 해서 신만주인, 젊은 집사들 녹기(綠

---

265) 만문주접 문서 97, p.421의 'be morin hailame . morin elgiyen amban . hiya . ahūra uheri ninju isime niyalma genehe bihe'는 '우리는 말을 아껴서 말이 풍부한 대신, 시위, 장비를 갖춘 60명 가량 갔다'인데, 이 구절에서 나오는 'ahūra'를 원저에선 '全員'이라고 했으나 'ah(g)ūra'는 '기계, 무기, 豹尾槍, 儀仗'의 뜻을 가졌다. 따라서 '모두 60명 가량'이 아니고 '장비를 갖춘 사람 60명 가량'으로 해야 한다.

266) 만문주접 문서 97, p.421의 만문 'indeme tehede gūlmahūn feksime boso hoton de gemu dosinjimbi . nukte ebuhe de tehei bahara urse inu ambula'를 한역에선 '駐蹕之時, 兎跑入帳蓬城內, 牧場之人獲得甚多(주둔해서 머물고 있을 때 장막안으로 토끼가 달려들어 오는 경우가 많고 목장의 사람들이 수확하는 바가 많다)'이다.

旗)의 지원자로서 잘 걷는 자들이 나서서 몰이사냥을 게임 하듯이 하고, 오르도스의 기마 몰이꾼들이 밖을 이중으로 포위했다.267) 정말로 토끼와 꿩이 풍부해서 나는 90마리 남짓을 잡았고 몰이꾼들은 600마리를 잡았다.

이 며칠간 오드도스의 말은 아직 품평이 끝나지 않았다. 어용으로 지정한 말은 40마리를 넘는데 모두 최상의 좋은 말이다. 황자들은 지금 모두 7~8마리를 기마용으로 하고 있다. 말은 아주 잘 길들여지고 있다. 오르도스의 관습으로 말을 잡을 때는 우르가268)를 사용하지 않고 달려 들어가 어느 곳에서라도 잡아채면 곧 그친다. 껑충껑충 뛰는 말은 한 마리도 보지 못했다. 작은 황자들이 타기에 적합한 말도 입수했다.

10일(12월 4일) 19리를 이동해서 후스타이에 묵었다. 이 날도 이중으로 포위해서 몰이사냥을 했다. 토끼는 아주 많고 꿩은 보통이다. 나는 110마리 남짓을 잡았다. 몰이꾼들은 600마리 남짓 잡았다. 사람들이 사냥하는 것에 지쳐서 11일(12월 5일)은 휴식을 위해 멈추었다.

짐은 출정을 하면서 진군할 기회를 오랫동안 바라왔다. 지금 안락하고 기후도 춥지 않아 곳곳에서 목지와 물을 구해 이동하면서 갈단이 죽었는지 곤궁하게 되었는지의 소식을 기다리면서 투항해 오는 자들을 수용하고 있다. 이럴 줄 알았다면, (일행을) 모두 데려와 이 말들이 풍부한 대지에서 토끼사냥을 했을 것이다. 이제부터는 토끼가 더욱 많아진다고 한다.

네가 보낸 편지는, 11일(12월 5일) 아침 일찍, 새벽이 깨기 전에 도착했다.

---

267) 만문주접 문서 97, p.422의 'ere inenggi gūlmahūn ulhūma ambula elgiyen bihe seme alara jakade . ice manju asihata baitangga . niowanggiyan tu cihangga yafahalaci ojoro urse be tucibufi . mergen aba i durun i ordos i moringga aba i amargi be jursuleme sindaha'를 한역에선 '是日据報兎, 雉甚豊, 遣新滿洲少年, 栢唐阿, 綠營內愿步行者, 墨爾根圍場式樣鄂爾多斯圍場北疊層放圍'이라 했다. 이 경우 'mergen aba i durun'를 한역에선 '墨爾根圍場式樣(머르건 즉 盛京式의 몰이사냥)으로 표현하였으나 원저에선 단순히 '몰이사냥 게임'이라고 표현했다. 'ordos i moringga aba i amargi'를 한역에선 단순히 '鄂爾多斯圍場北'으로 표현했으나 원저에선 '오르도스인 기마 몰이꾼의 바깥쪽'으로 표현했다.

268) 몽골어 'urga'에 해당하는 만주어는 'urgan'이다. 만문주접 문서 97, p.423의 'ordos i kooli morin jafara de urhalarakū . sujume dosifi yaya babe jafaci uthai ilimbi(오르도스의 방식에서 말을 잡을 때는 올가미를 씌우지 않고 그대로 달려 들어가 어느 곳이든 잡으면 즉시 멈추어 선다)'라고 표기하였다. 한어로는 '포마간(捕馬竿)'으로 표기하였다.

편지 읽기를 마치고 곧바로 보낼 물건을 처리하고 돌려보냈다.

우리가 사냥한 살찐 꿩 30마리 우유막[乳皮] 한 상자를 황태후에게 올려라. 그 이외에는 쓰여 있는 대로 올려라. 살찐 꿩은 많다. 많이 보내려고 했으나 역마가 필요해서 보내지 않는다. 이런 실정을 이전대로 알려라 특히 이르노라.」

(42) 만문주접 문서 97, pp.415~425, 한역 문서 231, pp.118~119, 皇太子에게 보내는 上諭(12월 5일)

곤궁한 갈단

같은 해 12월 5일 오르도스의 후스타이에 있던 황제에게 갈단이 사자를 파견해서 화평을 교섭하려 한다는 정보가 들어온다.

「황태자에게 이르노라. 11일(12월 5일) 보고를 보내온 나마샨과 오이라트의 투항자 우샨타이가 도착했다. (우샨타이)에게 상세히 묻자 그는 10월 6일(10월 30일) 탈주해 왔다고 한다. 그가 말한 바는 짐이 북경으로 보낸 자(부다리)와 다를 바가 없다. 다만『갈단은 차간 구영 자이상을 보내 아뢰어온다고 한다. (갈단은) 가축을 모으려 한다. 만약 정말이라면 (차간 구영 자이상은) 이제 곧 올 것이다. 아직 심문이 끝나지 않은 시점에 갈단의 대(大) 자이상 투시예투 노르부가 도착했다. 그는 지도적 입장에 있는 자여서 사정에 지극히 정통했다. 상세하게 질문하자 갈단이 지극히 곤궁하다는 것을 확인했고 이번 달에 (항복 여부나 하미로의 도피) 결과가 나온다고 했다. 나머지는 대체로 이전의 자들이 말한 대로이다. 먼저 하미 방향으로 가기로 결정했으나 부도통(副都統) 아난다가 군사를 이끌고 길을 차단하고 있다는 것을 듣고 십중팔구는 (하미로) 가는 것을 체념하고 사크사 투후루크에 있는 모양이라고 한다. 본즉 (투시예투 노르부는) 사람됨은 훌륭하고 또한 남자답다. 투항할 때 데리고 온 자들은 80명이다.

갈단이 사람을 보낸다면 나는 이 경우를 대비해서 사람을 보낼 것이다. 짐이 여기에 있는 것만으로도 아마 갈단을 곤궁하게 할 것이다. 길도 없고 더욱이 지금 들으니 몹시 추워졌다고 한다. 도보로 걷는 자가 많으니 어디로 갈 것인가? 예를 들면 우리에 갇힌 짐승과 같아서 스스로 자멸할 것이다. 이 일에 대해 네가 알고 있으라고 급히 알린다. 특히 알린다.

　이것을 황태후에게 아뢰고, 궁중에도 알려라. 또한 만주인 대신들에게도 알려라. 들려주고 싶다.」

(43) 만문주접 문서 96, pp.411~414, 한역 문서 230, pp.117~118, 皇太子에게 보
　　내는 上諭(12월 5일)

　앞서 황제가 북경으로 보낸 투항자 부다리는 12월 3일 도착하고 황태자는 부다리를 심문하여 상세한 조서를 작성해서 다음날인 4일 황제에게 보냈다. 이것은 10일이 되어 황제의 손에 도착했으나 그 솜씨에 황제는 아주 만족해서 다음과 같은 칭찬하는 말을 쓰고 있다.

　「짐은 무사하다. 너는 건강하냐? 고옥경(高玉慶)은 16일(12월 11일) 아침에 도착해서 어떤 용건도 모두 명확하게 전했다. 황태자의 심문은 아주 상세하고 치밀하기 짝이 없었다. 사정을 명확하게 하려는 마음은 짐과 같아서 나는 더할 나위 없이 기쁘다. 그것만이 아니고 네가 집에서 태산같이 버티면서 일을 처리하기 때문에 나는 밖에서 마음이 즐거워 특별한 용무도 없고 그만큼 나날을 안심하고 보내는데 이것을 우연이라고 할 것인가? 짐의 행복은 아마 선행에서 생긴 것일 것이다. 짐이 이곳에서 알고 있는 것을 너희 모두에게 알리지 않은 것이 없다. 네가 이처럼 부모에게 효를 다하고 모든 일을 성의를 가지고 행할 때, 짐도 너의 수명이 무궁하고 자손은 너와 같은 효행의 품성을 지녀, 이처럼 너를 소중하게 여기는 것을 기원한다. 네가 모든 것에 양심적인 것을 분명히 알았기 때문에 이렇게 써 보낸다. 황태자에게 하나 빼놓은 것은 이렇게 풍부한 토끼를 보여줄 수 없는 것으로 참 유감이다. 토끼와 꿩은 매우 많으며 대지는 평평하다.269)

(44) 만문주접 문서 94, pp.400~402, 한역 문서 228, p.117, 皇太子의 奏摺에 기록
　　된 朱批(12월 10일)

---

269) 만문주접 문서 94, p.403의 마지막 구절 'ne ambula necin'에서 저자는 'ne'를 '땅,
　　대지'로 보았으나 'ne'는 '지금, 현재'라는 의미로 보아야 한다. 또한 'necin'에는
　　'평평한' 이란 뜻 이외에 '평안'이란 의미가 있으므로 따라서 '대지는 평평하다'가
　　아니라 '지금 무척 평안하다'로 보아야 한다. 한역에선 '朕躬平和'로 번역하였다.

황제는 그 후에도 갈단으로부터 사자가 올 것을 기다리면서 오르도스 초원에서 사냥을 즐겼다.

『황태자에게 알린다. 12일(12월 6일), 쿠와 토로가이에서 묵었다. 전과 같이 이중으로 포위하는 몰이사냥을 했다. 토끼와 꿩이 많은 것은 말로 표현할 수 없을 정도이다. 짐은 40세가 넘도록 가보지 않은 곳이 없지만 이같이 토끼가 풍부한 곳을 보지 못했다. 몰이사냥을 하면 주인도 노예도 없고 단지 쏘는 것만 있을 뿐, 전혀 (다른데 신경 쓸) 짬이 없다. 짐은 138마리를 잡았다. 황장자는 59마리, 황삼자는 55마리, 황팔자는 50마리, 유왕(裕王)[270]은 20마리 가량 잡았다. 이 몰이사냥에서 5마리만 잡은 자는 아주 드문 편이다. 수를 합치자 몰이사냥에서 잡은 것은 모두 1,556마리이다. 주둔지에도 가득 찰 정도로 잡은 것이 매우 많다고 한다. 수는 헤아리지 않았다. 우리가 먹을 쌀은 충분하지만 만약 이대로 식량 공급이 끊어져도 결코 굶어죽는 일은 없을 것이다. 오르도스의 사람들은 토끼가 자신들의 밥이라고 한다. 어디를 가든지 토끼가 없는 곳은 없다. 또한 몰이사냥을 하면서 지나갔던 곳을 보면 이전같이 풍부하다. 예전 오르도스의 토끼를 장성의 한인들에게 팔 때는 동전 2매가 한 마리의 가격이었으나 지금은 6, 7매가 한 마리의 가격이다. 이전보다 세 배나 높은 가격이다. 도대체 예전에 풍부했던 시절에는 어떠했을까? 짐이 이런 사정을 너희에게 써 보내 부러움을 사려는 것은 아니지만, 집안 내부에 거짓말을 쓸 수가 없고 어쩔 수 없다.

13일(12월 7일)은 쉬면서 이중으로 포위하는 몰이사냥을 했다. 꿩은 적고, 토끼는 12일과 같은 정도이다. 짐과 몰이꾼에 이르기까지 전날 토끼를 잡아 피곤하고 손과 엄지손가락이 부어서 잘 쏠 수 없었다. 짐은 83마리를 잡았다. 황장자는 41마리, 황삼자는 43마리, 황팔자는 39마리를 잡았다. 전체 몰이꾼들은 1,442마리를 잡았다. 오르도스의 몰이꾼이 잡은 것은 계산에 넣지 않았다. 이날, 처음의 포위가 끝날 무렵 상사원의 시위 와서, 아사나가 왔다. 그들은 놀라서 "이렇게 많은 토끼가 있느냐"고 말했다. 그래서 그들에게 몰이사냥이 끝난 뒤에 사냥하라고 하자 두 사람은 상당히 많이 잡았다. 저녁에

---

270) 만주어 'elgiyen'은 '풍족하다. 여유 있다'의 의미로 한자어 '裕'에 해당한다, 순치제(順治帝)의 영각비(寧慤妃) 동악(董鄂)氏 소생으로 강희제의 이복형인 유친왕복전(裕親王福全)을 말한다.

사냥이 끝난 뒤 말을 검열했는데 모두 살쪘다. 우리가 데려와서 며칠 쉬게 했던 말과 대등하다. 우리들의 말은 그다지 쇠약한 것은 아니다. 어떤 말은 살이 쪄서 살이 늘어진 상태이다. 보아하니 이 계절은 말과 낙타에게 아주 적합하다.

14일(12월 8일), 몰이사냥을 할 수 없어 휴식했다. 오르도스의 말 품평이 간신히 끝났다. 북경에서 가져온 어용으로 지정된 말은 81마리이고, 그 가운데 크고 좋은 말은 30마리이다. 궁중에서 사육한 말은 42마리로서 살이 찌면 좋은 말이 될 것이다. 황자들에게 준 말은 39마리 상사원에 준 말은 71마리, 태복시(太僕寺)에 준 말은 611마리, 낙타는 143마리이다. 이곳은 토끼가 많아 각 말이 10~15마리의 토끼를 잡지 못한 것은 없다. 모두 상세하게 품평했다. 뒤에 바뀔지 어떨지는 알지 못하지만……

오르도스의 토지는 아주 좋아 특히 젊은이들이 기사연습을 하는데 적합한 장소이다. 겨울잠 자는 토끼가 아주 많아서 몰이사냥의 포위망 두 날개를 합치면 겨울잠 자는 토끼가 가득하다. 어느 쪽에서 누가 쏘던지 활을 충분히 당겨 쏘면 어떤 토끼가 맞을지 모르겠다. 2, 3, 4, 5마리가 동시에 달려온다. 말이 달릴 수 없어 정지한 채 빙빙 돌다가 지쳐버린 때도 있었다.

15일(12월 9일), 몰이사냥의 완전한 대형을 조직할 수 없어서 또 쉬었다.[271] 이날 우리 측의 피리 부는 자들, 오르도스의 피리 부는 자들, 오이라트의 피리 불고 거문고[272] 타는 연주자들을 불러 온종일 연주시켰다. 오이라트의 피리꾼 야크시는 『저는 65세가 되었습니다. 4 오이라트의 군주들을 모두 압니다. 지금 황제 폐하를 배알하니 모든 덕을 갖추고 계십니다. 인자하심이 미치지 않은 곳이 없고, 대중에게 은혜를 베풀며 모든 몽골인에게 인정이 있으시며 빈곤하고 천한자를 멸시하지 않으십니다. 우리들의 군주들은 이렇지 않습니다. 전혀 사람을 만나지 않고 자신들을 대단히 존대합니다. 이것을 살펴보면 번성하는 나라의 군주들은 모두 천운을 타고난 것 같습니다』

---

271) 이 구절의 만문주접에는 'juwan duin de aba gubci gala hamirakū ofi geli indehe ..' 로 나왔기 때문에 14일로 보아야 한다. 한역에서도 '十四日, 全圍場人因難受, 又駐蹕'이라 하여 역시 14일로 해석했으나 날자의 순서상 15일이 맞다. 원문인 만문주접에서 오류가 난 것이다.

272) 만주어 'cordoro'를 한역에선 '가(笳)', 'yatuhan'을 '금(琴)'이라 하였는데 'cordoro' 는 우리의 피리와 비슷하지만 'yatuhan'을 거문고, 가야금 또는 칠현금(七絃琴) 등 우리의 전통 현악기 중 어느 것과 유사한지 모르겠다.

라고 말하고, 익살을 부리며 『이 몰이사냥을 보니, 지상을 달리는 토끼뿐만
아니라, 나는 꿩조차도 곳곳에서 기다리다가 여기서 매를 날려 저기서 잡고,
저기서 매를 날려 여기서 잡습니다. 이렇게 준비해서 잡는 것을 보면 절대
도망갈 수 없습니다. 당신들이 갈단을 마음대로 하는 것은 이보다 훨씬 엄격
합니다. 어떻게 빠져 나갈 수 있겠습니까? 내 생각으론 (갈단은) 어느 곳의
귀퉁이에서 목숨을 이어갔으면 좋겠지만 이것은 한낱 옛날을 잊지 못하는
늙은이의 마음일 뿐입니다』라고 말했기 때문에 모든 사람은 웃었다. 짐은
몹시 마음에 들었다. 이것은 우리가 편안하게 쉴 때의 즐거움인데, 이를 그
대로 쓴다.

　16일(12월 10일), 지계수타이에서 묵고 이중으로 포위하는 몰이사냥을 했
다. 꿩은 보통이고 토끼는 지금까지지대로이다. 짐은 122마리, 황장자는 59마
리, 황3자는 55마리, 황8자는 54마리, 유왕은 22마리를 잡았다. 몰이꾼들은
1,215마리를 잡았으며 몽골인들이 잡은 것은 계산하지 않았다.

　17일(12월 11일)은 어떻게 할 수 없어 휴식했다. 이 날 (궁중에서) 보고가
도착했으므로 (회신을 바로) 돌려보냈다. 우리가 갈 만한 장소는 모두 가보
았다. 오르도스 몰이꾼들의 말도 약해졌다. 더 나가면 몽골인들의 말이 겨울
을 나는 것이 곤란해질지 몰라 중지했다. 우리는 황하 연안을 따라 말을 사
육하면서 정보를 기다리고 있다. 특히 알린다.

　이런 사정을 이대로 황태후께 아뢰어라. 궁중에서도 듣게 하라. 황자들에
게도 듣게 하고 외부에는 말하지 말거라.」[273]

(45) 만문주접 문서 102, p.437~447, 한역 문서 235, pp.120~121, 皇太子에게 보
　　내는 上諭(12월 11일)

귀를 막고 방울을 훔치다(掩耳盜鈴; 눈 가리고 아웅하다)

황제가 기다리고 기다린 정보는 그 이틀 뒤에 도착했다. 무원대장군 휘

---

273) 17일 날짜의 만문 'juwan nadan de muterakū indehe . ere inenggi boo isinjire
jakade amasi unggihe meni yabure ba gemu wajiha'를 한역에선 '不能獵駐蹕. 是日
宮內傳來者遣歸之. 朕等所行之處均而完蹕.'

양구에게서 온 급보로서 갈단이 강화를 신청해서 보낸 게레이 구영 이하 20명의 사절단이 국경에 도착했다고 하는 것이다.

「황태자에게 이르노라. 19일(12월 13일) 우리가 쉬고 있을 때, 아침 사(巳)의 시각(오전 10시)에 휘양구 백(伯)의 긴급한 보고서가 도착했다. 본즉 갈단이 투항하려고 사람을 파견했다고 한다. 그래서 휘양구의 보고서 원본을 급히 알게 하려고 생각해서 보낸다. 이를 황태후에게 아뢰고 문안을 여쭈어라. 궁중에도 듣게 하라. 만주인대신들에게 알려라. 사태는 설령 아직 명확하지 않아도 짐에겐 방침이 있다. 너는 걱정하지 말거라. 짐은 처음부터 갈단은 끝장이라고 말하였다. 지금 짐이 말하는 대로 된 것 같다. 특히 이르노라. 康熙 三十五年 十一月 十九日」(十二月 十三日).」
(46) 만문주접 문서 103, pp.447~448, 皇太子에게 보내는 上諭

황제가 이 편지를 발송한 직후, 거듭하여 의외의 발전이 있었다. 갈단이 청해 티베트에 파견한 사절단 일행 160명이 청해에서 체포되어, 달라이 라마, 상게 갸초 앞으로 보낸 갈단의 편지 14통이 청군의 손에 들어온 것이다.

「황태자에게 이르노라. 19일(12월 13일)에 편지를 발송함과 동시에, 어전시위 아난다의 보고가 도착하였다. 갈단이 후후 노르의 달라이 라마에게 보낸, 갈단의 심복 라마 소놈 라시 등을 짐이 명해서 매복했던 곳에서 모두 체포하였다.[274] 그래서 보고서를 써서 보낸다.
모두 160명으로 말은 80여 마리, 낙타는 100여 마리이다. 낙타와 말은 수척하고 먹을 것은 없었다. 갈단이 있는 곳에서 1개월 정도 떨어진 곳 스루강이라고 하는 곳에서 체포했다고 한다. 갈단이 티베트에 보낸 편지 14통을

---

274) 만문주접 문서 106, p.457의 'galdan i dalai lama huhu nor de takūrara . galdan i akdaha lama sonom rasi sei jergi urse be mini jorifi tosoboha bade wacihiyame jafaha'을 한역은 '已將噶爾丹之達賴喇嘛, 噶爾丹遣往青, 海之老喇嘛索諾木喇錫等人, 于朕所指之堵截處全部拿獲'으로 번역하였다. 한역에선 '갈단이 청해에 보낸 老喇嘛'라고 했으나 만문의 원문과 일역대로 '심복 라마'로 하는 것이 더 정확하다.

모두 번역시켜 사정을 알고 나서 알리려고 곧바로 보내지 않았다. 19일, 20일(12월 14일) 양일에 번역이 끝나서 본즉, 자신의 패배와 궁핍함을 숨기고 있다. 면목을 잃고 눈을 내리뜨는 경우는 없다.[275] 비유컨대 귀를 막고 방울 훔치는 것[掩耳盜鈴; 눈 가리고 아웅하는 것]과 같다.[276] 달라이 라마가 있는 후후노르 지방에선 이미 다 알고 있다는 것을 알지 못했다. 14통의 편지는 쓸모가 없으나 모두 베껴 보낸다. 이것을 받아서서 황태후에게 아뢰어라. 궁중에 들게 하고 만주인 대신들에게 보여라. 14통의 편지는 안에 보여줄 만한 것이 없다. 특히 이르노라.」

(47) 만문주접 문서 106, pp.457~459, 한역 문서 238, p.122, 강희 35년 11월 23일(12월 14일)

황제의 말과 같이 갈단의 편지는 모두 강한 어조의 낙관적인 투로 쓰였고, 9월 29일이라는 날짜가 적혀있었다. (갈단이) 티베트로 망명할 복선이 깔려있는 것을 알 수 있다. 이러한 사태가 새로운 발전을 보임에 따라 슬슬 몰이사냥에 싫증을 느낀 황제는 다시 황하의 동쪽 언덕으로 돌아갈 준비를 하고 있었다.

「황태자에게 이르노라. 18일(12월 12일), 갈만한 장소가 없는 것이 아쉬워서 본영에서 움직이지 않고,[277] 다시 한 번 지금까지 대로 몰이사냥을 했

---

275) 만문주접 문서 106, p.459의 'umesi derakū fusihūn tuwara ba akū'는 원저보다 한역 '甚是无恥 不成體統(매우 염치가 없어 체통이 서지 않는다)'의 표현이 더 부드러운 것 같다.

276) 만문주접 문서 106, p.459에는 'duibuleci šan be gidafi honggon hūlhara adali(비유컨대 귀를 가리고 방울을 훔치는 것과 같다)'라고 하여 '엄이도령(掩耳盜鈴)'이라는 한자 숙어를 그대로 옮기고 있다.

277) 만문주접 문서105, p.454의 'ba wajire jakade hairame nukte aššahakū'에 대한 문구는 '지역에서 할 일이 끝났기 때문에 당연히 이동을 해야 하지만 아쉬워서 움직이지 않았다'로 의역하는 것이 올바른 것 같다. 한역 '因地方完結, 愛惜牧場, 未轉移)'에선 '지역(의 일)이 완결되었기 때문에 목장이 아까워 움직이지 않았다'라고 하였다. 지역의 특성상 오르도스 지역을 목초지라고 할 수도 있고 수렵장으로 생각할 수도 있다.

다. 꿩은 적으나 토끼는 이 근래 잡은 것보다 훨씬 풍부하다. 짐은 132마리를 잡았다. 황장자는 59마리, 황삼자는 54마리, 황팔자는 52마리를 잡았다. 유왕은 15마리를 잡았다. 우리가 잡은 것과 몰이꾼이 잡은 것을 합치면 2,061마리이다. 전부 소규모의 포위를 네 번 했다. 마지막 포위 때는 짐은 측근 시위들을 흩어지게 해서 마음껏 쏘게 했다.

19일(12월 13일)은 쉬었다.

20일(12월 14일)도 본영에서 움직이지 않고, 다시 한 번 지금까지대로 몰이사냥을 했다. 꿩은 적고 토끼는 지금까지대로이다. 짐은 130마리를 잡았다. 황장자는 58마리, 황삼자는 60마리, 황팔자는 59마리, 유왕은 10마리를 잡았다. 우리가 잡은 것과 몰이꾼이 잡은 것을 합치면 1,530마리이다. 이것으로 몰이사냥은 중지했다. 황하를 건너고 나서 80리도 채가지 않았는데 며칠이나 계속 몰이사냥을 해서, 모두 만족했고, 게다가 연달아서 길보(吉報)가 왔기 때문에 전과 같이 후타니 호쇼에 가서 기다리는 것으로 했다.[278]

오르도스의 땅을 보면 우리들의 [북경의] 남원(南苑)의 남쪽같이 모래언덕이 산재해 있다. 나무도 풍부하고 먼지도 많다. 다만 황하를 따라가는 것 이외는 좋은 곳에 가도 물이 부족하다. 토끼와 꿩이 없는 곳은 없다. 장성에 가까운 지역은 매우 덥고 북경보다 따뜻하다. 무언가 나이 탓인지? 후후 호톤이나 후타니 호쇼도 여기보다 추웠다.

21일(12월 15일)은 쉬었다. 나는 아주 건강하다. 이만큼 몰이사냥을 해도 말조차 한 번도 무릎을 꿇은 적이 없다. 이것을 황태후께 아뢰어라, 궁중에도 듣게 하고 황자들에게도 고하여라. 외부에 말할 만한 것은 아니다. 특히 이르노라.」

(48) 만문주접 문서 105, pp.453~457, 한역 문서 237, p.121, 강희 35년 11월 23 일, 皇太子에게 보내는 上諭(12월 15일)

---

278) 지금까지의 사냥모습을 보면 황자나 친왕, 군왕 그 누구도 사냥에서 황제보다 많은 짐승을 잡은 자가 없다. 대개 황제가 잡은 것의 반 이하를 잡고 있으며, 황제는 심지어 전원이 잡은 것의 1/10 가까운 숫자를 기록한 것이 있을 정도이다. 이런 몰이사냥은 산과 들에서 야생하는 야수를 혼자 또는 몇몇이 사냥하는 것이 아니고 몰이꾼들이 둘러싼 포위망 속의 짐승을 사냥하는 것이어서 이렇게 많은 숫자의 짐승을 잡을 수 있었다. 이는 황제의 체면과 위엄에 손상을 끼치지 않은 배려 아래 일부러 황제보다 훨씬 적은 짐승을 사냥한 것이라고 하겠다.

이 편지에서 시사하는 바와 같이 역시 황제에게도 피로함이 찾아왔다. 이것이 대수롭지 않은 사소한 일에도 폭발해서 가엾은 황태자에게 (영향을) 미치게 된다.

「짐은 무사하다. 황태자는 건강한가. 짐은 황태자가 멀리서 걱정하는 것을 원치 않아 우리들은 이곳에서 건강하다는 편지를 몇 통이나 정성스럽게 써서 보냈다. 무엇 때문에 내게로 오는 답신에는 한마디도 언급이 없느냐? 이렇게 여러 통의 편지를 쓰기가 마냥 쉬운 일만은 아니다. 이로써 짐은 쓸데없는 편지는 쓰지 않겠다.

22일(12월 16일)은 쉬면서, 오르도스의 사람들을 위해 주연을 베풀고 품계에 따라 상을 주었다.

23일(12월 17일) 귀로에 오르고 후스타이에서 묵었다. 24일(12월 18일)은 쉬었다. 후타니 호쇼에 도착해서 묵을 것이다. 후타니 호쇼는 이곳(후스타이)에서 80리이다.

장군 사브수가 병이 들었으므로 짐이 가지고 있던 '룰러버버랄두'라고 하는 물약을 전부 보내주었다. 그저께 북경에서 온 부도통 바린이 매우 쇠약해서 병이 들었다. 그에게 주고 싶어도 (물약)이 남아있지 않았다. 이를 얼마쯤 준비해 두어야겠다. 이 편지가 도착하면 작은 병 몇 개에 (룰러버버랄두를) 넣어 보내라.

바린의 병은 위중하다. 어떻게 집으로 돌려보내야 하는가? 금후에는 이렇게 먼 곳에 온 사람들을 뒤쫓아 오게 하는 것은 무리니, 보내지 마라. 중환자를 수레에 실어 보낸 예를 한 번도 들어 본 적이 없다. 도중에 죽어버리면 어떻게 하냐? 슈와이 진[šuwai jin, 帥晉]이 심은 종두(tarha mama, 種痘)는 모두 잘 붙었다.

짐이 이곳에서 만들게 한 작은 칼 한 자루, 족집게 한 개를 보낸다. 앞으로 이곳에 보낼 물건은 공들여(정중하게) 포장하고 황태자가 직접 감독하는 것이 좋겠다. 사슴꼬리는 엉성하게 포장해서, 산산이 부서져 있다. 짐이 북경으로 보내는 물건은 모두 짐이 스스로 감독해서 포장하고 있다. 포장을 했던 수라간에 있는 자들에게 이렇게 말해라. 소인배는 창피한 줄도 모르고 일을 대충대충 한다고.」[279]

(49) 만문주접 문서 104, pp.450~453, 한역 문서 236, p.121, 皇太子의 奏摺에 기

록된 朱批(12월 17일)

여기에 기록된 "종두(種痘)"에 대해서는 날자가 분명하지 않으나, 또한
후후 호톤에 체재중인 황제의 편지에 「오이라트의 어린아이들 중에 짐의
밑에 있었던 아이들이 매우 많았다. 어떤 자는 더없이 아름답다. 또한 포
창(疱瘡: 천연두) 이 끝나지 않아서 걱정도 되고 불쌍한 모습이다. 너는 종두
의사 한 명을 보내라. 두묘(痘苗: 종두 왁친)를 많이 구해서 틀림없이 맡겨 보내
라」라고 말하고 있고, 이에 답한 황태자의 편지는 천연두 의사 슈와이 진
이 같은 날 출발했다는 것을 전하고 있다.
(50) 만문주접 문서 82, p.343, 한역 문서 216, p.110, -皇太子의 奏摺에 기록된 朱批

갈단의 사자를 만나다

한편 갈단의 사자 게레이 구영은 12월 19일, 오르도스의 후스타이에서
이동 중인 황제의 일행을 도중에서 만났다. 황제는 높은 곳에 자리를 잡
고, 사자 게레이 구영을 가까이 앉히고 차를 권하며 이야기를 주고받았다.

「황태후의 평안하심을 삼가 문안드린다. 짐은 무사하다. 황태자도 건강한
가? 25일(12월 19일)의 아침, 갈단이 파견한 게레이 구영 두랄 자이상이 도
착했다. 자세히 보니 몇 해 전 만났을 때보다 불쌍하기 짝이 없다. 늙은 거지
같았다. 온 이유와 사정을 묻자, 갈단이 투항하려고 하는 것은 아마 정말인
것 같다. 저쪽의 자이상과 고위직으로부터의 전언도 많다. 이 일(항복의 건)
은 단지라가 말을 내어 강하게 권하고 있다고 한다. 또한 궁핍함 등의 이야
기가 얽히고 설켜 길게 쓸 수 없다. 다만 갈단의 투항이 확실하다는 것을 대

---

279) 꼼꼼한 황제는 자신이 보내는 물건을 스스로 포장하는데 황태자는 스스로 하지
않고 남을 시키고 그것도 대충 대충 포장하여 물건이 파손된 것에 대한 서운함을
나타내고 있는데 서서히 황태자에 대한 서운함을 노골적으로 나타내고 있다.

략 써 보낸다. 이것을 여기까지 그대로 [황태후]에게 아뢰어라, [다른 사람에게도]고 하여라.」

(51) 만문주접 문서 107, pp.462~463 한역 문서 239, p.122, 皇太子의 奏摺에 기록된 朱批(12월 19일)

게레이 구영은 이틀간 둥스하이의 황제 본영에 체재하다가 12월 20일 떠났다. 그때 황제는 이렇게 말했다.

「너는 가서 (갈단에게) 이렇게 전해라. 어떠한 일이건 반드시 얼굴을 맞대고 상의해야 한다. 그렇게 하지 않으면 매듭을 지을 수가 없다. 그(갈단)가 이리로 오지 않는다면 짐은 (먹을 게 없어) 눈(雪)을 먹는 한이 있어도(어떻게 해서라도) 그를 찾으러 간다. 아무튼 포기하지 않는다. 짐은 이곳에서 사냥 하면서 너를 기다리고 있다. 너는 70일 이내에 소식을 가지고 와라. 그날이 지나면 아군은 반드시 공격한다.」

－≪親征平定朔漠方略≫卷33 p.55 康熙 35年 11月 庚辰條－

황제가 그렇게 말하고 게레이 구영이 바로 출발하려고 할 때, 관령(管領)[280] 다도프가 「폐하께서 드실 쌀이 없습니다. 돌아가는 것이 좋겠습니다.」라고 말했다. 황제는 격노해서,

「다도프야, 사람들을 동요시키는 발언은 즉석에서 목을 칠만한 것이다. 쌀이 없으면 후타니 호쇼에서 운반해 와 먹으면 된다. 어째서 곤란하다고 하느냐. 만약 쌀이 떨어진다 해도 짐은 눈을 먹으면서라도 반드시 갈단을 막다른 곳으로 몰아넣겠다. 무슨 일이 일어나도 돌아가지 않는다.」

－≪親征平定朔漠方略≫卷33 康熙 35年 11月 庚辰條－

---

280) 管領을 ≪親征平定朔漠方略≫에서는 '包衣大'라고 했는데 이는 만주어 'booi da'의 음역이다. 사전적 의미로는 內管領(掌內廷酒掃 三倉出納 酒菜器皿等事務)이라 하였다. 청의 무관직으로 內廷의 창고일(술과 음식 그리고 그릇 등을 관리)을 담당했다.

그렇게 말한 황제는 바로 마이다리 묘를 구경하러 간다고 말하고, 길 안내를 뽑아 도로를 정비하러 보냈다. 이를 듣고 청군 병사들은 투덜대었다. 게레이 구영 일행이 출발하자 황제는 뒤를 쫓게 하고, 20리가 떨어져 일행의 후미가 보이지 않는 것을 확인했다. 그래서 황제는 다시 돌아간다는 명령을 내렸다. 청군 전원은 크게 환호하며 기뻐했다.

「게레이 등이 우리가 돌아간다는 것을 알면 곤란하다고 생각해서, 3일(12월 26일)에 마이다리 방향으로 이동한다고 말을 퍼뜨리고 그대로 귀로에 올랐다. 8일(1697년 12월 31일)에 우위(右衛)[281]에 도착했다.

귀로에 오르자 곧 혹독하게 추워졌다. 아군이 우위로 향할 때부터 벌써 동상 환자가 속출했었기 때문에, 돌아갈 때의 행군은 참기가 어려웠다. 황장자는 얼굴과 아래턱에 동상이 걸렸다. 좀 무리한 사람들은 모두 동상이 걸렸다. 신만주인, 소론인,[282] 할하인, 오이라트인들 가운데도 동상이 걸린 자가 있다. 이들의 말로도 지독히 춥다고 한다. 짐은 다행히도 동상에 걸린 곳이 없다. 무리하고 있는 자들 사이에 있으니 언제나 체면이 선다. 이런 추위를 짐은 한 번도 겪어본 적이 없다. 매일 밤, 장사하러 온 한인들과 마부들이 동사하지 않게끔 여러 가지로 손을 쓰고 있기 때문에 불편함은 없다. 추위에는 역시 만주인이 강하다. 짐이 장성 안으로 들어가도 황태자는 마음대로 영접해서는 안 된다. 짐이 그렇게 칙지를 내리겠다. 그곳(북경)의 추위는 어떤가? 이런 사실을 지금까지와 마찬가지로 (황태후에게) 아뢰고, (궁중에) 알리고, 외부에는 알리지 말거라.

이 편지는 우위(右衛) 장군의 집에서 쓴다. 일마다 일일이 쓰면 길어져 귀찮고 지면도 없다.」

---

281) 우위(右衛); 산서성 서북부의 군사거점으로 장성선의 殺虎口 안쪽에 위치한다. 후후호톤과 몽골고원에 대한 후방지원을 임무로 하며 팔기가 주둔하고 우위장군(右衛將軍)이 지휘했다. 지금의 산서성우옥현우위진(山西省右玉縣右衛鎭)에 해당한다.

282) ♣ 소론[索倫, Solon]인; 흑룡강 상·중류 방면에서 수렵과 목축을 하던 에벤키, 다구르, 오로촌 등의 퉁구스계 소수민족을 말한다. 러시아의 흑룡강 진출에 밀려서 대흥안령 눈강(嫩江)일대로 이주하였다. 흑룡강 장군 관할아래 팔기에 편성되고 대 준가르 전쟁에도 동원되었다.

(52) 만문주접 문서 114, pp.506~507, 한역 문서 246, p.127, 康熙 35年 12月初 7日, 皇太子의 奏摺에 기록된 朱批(1696년 12월 31일)

황제는 후타니 호쇼의 남쪽에서 황하를 동쪽으로 건너 살호구(殺虎口)[283]에서 장성으로 들어가 우위(右衛), 좌위(左衛), 대동(大同市), 천성(天城; 天鎭縣), 선화(河北省 宣化縣)의 동쪽으로 나아가 북경으로 향했다.

대동의 고루

---

283) 산서성의 대동(大同)과 내몽고의 후후 호톤[浩和呼特] 사이의 만리장성을 따라 그
어진 省의 경계에 있는 관문이다. 몽골어로 'šurgei'라고 한다. 당대에 '백랑관(白
狼關)' 송대에선 '아랑관(牙狼關)'으로 부르다가 한때는 '살호구(殺胡口)'라고도
불렀다. 명대 오이라트 몽골의 침략이 극심했을 때 변경 방어의 중요한 요새였다.
명의 융경(隆慶)시대 몽골과 중국이 화평을 하면서 '호시(互市)'가 개방되었는데
주로 말무역이 융성하여 '마시(馬市)'로서의 특성이 강한 곳이었다. 몽골어로 '슈
르게이'라고 부르는데 후후 호톤으로 향하는 교통의 요지. 명대에선 살호구(殺胡
口)로 불렀다가 청대에 살호구(殺虎口)로 변경하였다.

선화 정원루

「짐은 무사하다. 황태자는 건강한가? 좌위(左衛)에 묵었던 날(1월 2일), 고
산(高山)에 묵었던 날(1월 3일), 대동에 묵었던 날(1월 4일)은 따뜻했다. 13일
(1월 5일), 도중에 눈이 조금 내렸다. 황태자는 황십자(皇十子)284) 이상을 데
리고 18일(1월 10일)에 출발하여 서서히 마중을 나와라. 너희의 여정은 품이
많이 들고(번잡하고) 일정이 촉박하다보니 저녁에 말의 땀을 말리지 않아 나
올 때마다 말들이 많이 죽는다.285) 내년에 말과 낙타를 사용할지 모르니 아
주 소중히 해야 한다. 각 좌령이 사육하고 있는 말을 멋대로 징발해선 안 된

---

284) 이 당시 황십자 윤아(胤䄉, 1683년~1741년)는 14살이었다. 그는 강희제의 열 번
　　째 아들로 어머니 온희비 뉴호록(溫僖妃 紐祜錄) 씨는 보정대신(輔政大臣) 어빌룬
　　의 딸이고 효소황후(孝昭皇后)의 동생이다. 돈군왕(敦郡王)으로 정홍기(正紅旗)의
　　기주였으며 황8자 윤사(胤禩)를 지지했기 때문에 옹정제 즉위 후 작위를 박탈당
　　하고 유폐되었다.
285) 몽골에서는 말이 한참 달리고 난 뒤에 기수는 반드시 말의 땀을 닦아주어야 한다.
　　특히 겨울에 말의 땀을 닦아주지 않으면 땀이 얼어서 동사한다고 한다.

다. 올 때에 담바 하시하, 한드 타이지, 마무 구영 자이상과 그의 아들 아무 굴랑을 데려와라. 짐의 말은 살집이 그런대로 괜찮다. 궁에 있는 말을 데려오지는 말거라. 짐의 상사원의 말로 죽거나 잃어버린 말은 8마리, 태복시(太僕寺)[286]의 말과 좌령의 말로서 죽거나 잃어버린 말은 33마리이고 그 이외는 건강하다. 오히려 대동에서 사육할 때 죽은 말이 70마리를 넘었다. 이것으로 우리가 어떻게 여행했는지 알 수 있을 것이다. 궁에서 멋대로 멀리까지 영접 나오지 말거라.」

(53) 만문주접 문서 116, pp.514~516, 한역 문서 248, p.128, 皇太子의 奏摺에 기록된 朱批 (1월 5일)

이리해서 1697년 1월 12일, 황제는 황태자와 여러 황자들 북경에 남아 있던 문무 대신들의 출영을 받으며, 오후 2시에 덕승문(德勝門)에서 북경으로 들어오고, 신무문(神武門, 즉 北門)에서 자금성(紫禁城)으로 들어와 바로 황태후에게 귀경의 인사를 했다. 출발 이래 91일이 지났다.

---

286) 태복시(太僕寺)는 'taiputsy' 한자를 음역한 용어이며 만주어로는 'adun be kadalara yamun'이라고 표기한다. 태복시는 한대 이후 구경(九卿)의 하나로서 목축과 목장을 관리하고 군마와 소와 양의 공급을 담당하였다. 그 때문에 목장이 적은 남조(南朝)에선 폐지된 경우도 있다. 당대에선 마정(馬政)을 중시하여 북변에 설치된 56牧에 각 목감(牧監)을 설치하고 모두 태복시에 소속시켰다. 송대에는 유명무실해지고 여러 목사(牧使)들이 마정(馬政)을 다스렸다. 명대에는 다시 태복시가 중시되었으나 목마(牧馬)보다는 말 매매가 위주로 되면서 마정은 쇠퇴했다. 청대에선 병부소속이었으나 마정을 전담하는 상사원(上駟院)이 출현하고 兵部의 가부사(駕部司)와 직무가 중복되어 태복시는 중요성이 상실되었다.

활불(活佛)들의 운명

-제3차 친정(康熙 36年 2月 6日~5월 16일;
1697년 2월 26일~1697년 7월 4일)-

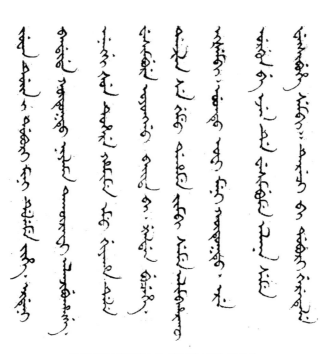

강희제의 필적(갈단의 죽음에 대한 제1보)

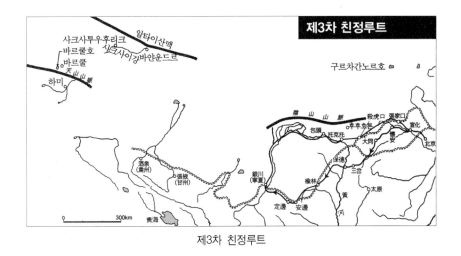

제3차 친정루트

攝政 상게 갸초[Sangs-rgyas Gya-mtsho, 桑結嘉措]

갈단이 있다고 하는 사크사 투후루크라는 곳은 알타이 산맥의 남쪽 사크사이 강의 계곡으로 이곳에서 고비사막을 서남으로 넘으면 바로 하미 마을이 된다. 갈단이 하미에서 청해를 거쳐 티베트로 망명한다는 것은 전부터 예상되어 있기 때문에 황제는 부도통 아난다를 숙주(肅州)287)에 주둔시켜 이 방면에 경계선을 펼치고 있었다.

1697년(강희 36) 2월 7일 구정의 상원절(上元節) 축하행사로 북경의 서북 교외에 있는 창춘원 이궁의 서문에 등불을 장식하고 불꽃을 올린 황제

---

287) 숙주(肅州); 일명 '주천(酒泉)'으로 하서주랑(河西走廊)의 중심이며 동서 교통의 중간 거점이다. 하·상·주(夏·商·周) 시대부터 서강(西羌) 등의 유목민족의 터전이었다. 전국시대(戰國時代)는 오손(烏孫)과 월지(月氏)의 터전이었으나, 월지가 오손을 몰아내고 이 땅의 패권을 잡아서 하서주랑을 장악하였다. 전한(前漢)시대 흉노(匈奴)가 강성하여 월지를 몰아내자 월지는 먼 서방으로 이주하는 계기가 되었다. 현재는 한(漢), 회(回), 유고(裕固) 등의 15개 소수민족이 잡거하고 있다.

이하 몽골의 왕공, 투항한 준가르인들이 모인 자리에 갈단의 아들 세브텐 발주르를 하미에서 체포했다는 아난다의 보고가 날아왔다. 몽골인들은 크게 기뻐했다.

세브텐 발주르를 실제로 체포한 자는 하미의 위구르[288]인 수령 우바이툴라 베크[289]의 수하 병사들로서, 그를 아난다에게 인도한 것이다. 이런 소식을 받고 황제는 갈단 스스로의 움직임이 가까웠다고 판단하고, 살호구 장성에 가까운 우위로 스스로 나아가서 작전을 지휘한다고 발표했다. 지난번의 귀경으로부터 1개월 조금 지나지 않은 때로서 이 세 번째의 친정은 안팎으로 적지 않은 반대가 있었으나, 황제는 이를 무릅쓰고 2월 26일 황장자 윤제를 데리고 북경을 출발했다. 실제로는 황삼자 윤지도 데려 갈 생각이었지만 병 때문에 북경에 남겨두었다. 황제 일행이 팔달령 장성에 가까운 차도(岔道)에 도달했을 때 지난해 라싸로 파견한 사자로부터 보고가 들어온다.

「황태자에게 이르노라. 내가 차도(岔道)에 묵던 날 8일(2월 28일) 아침, (티베트의) 섭정에게 보낸 주사(主事) 보주(保柱)의 보고서가 도착해서 이를 베끼고 처크추 등의 보고서를 베낀 것도 함께 보낸다. 의정대신들에게 보여

---

288) 위구르[維吾爾, Uyghur]; 중국 신강남부에 주로 거주하는 투르크계의 소수민족으로 스스로는 동 투르키스탄인이라고 한다. 744년 돌궐제국을 멸망시키고 북 몽골에 위구르 제국을 세웠으나 840년 키르키즈족에게 멸망당하고 현재의 신강의 천산산맥 이남과 감숙성 일대로 흩어졌다. 원래는 불교를 믿었으나 10세기 이후 이슬람화하기 시작하였다. 1933년 동 투르키스탄 공화국을 세웠으나 1949년 중국에 강제 병합되었으며 1955년 신강위구르 자치구로 되었다. 범투르크주의의 영향을 받아 자주독립운동 등의 민족운동을 벌였으나 그때마다 중국으로부터 거친 탄압을 받았다.

289) ♣ 우바이툴라 벡(?~1709년); 하미의 투르크계 무슬림의 수장으로 동차가타이한 국과의 관계가 명확한 것은 아니다. 준가르에 복속하여 다르한 벡의 칭호를 수여받고 갈단에 공납을 했으나 갈단이 패하자 청조에 귀순해서 1697년 자삭크 旗에 편성되어 자삭크[旗長]로 되었다.

라. 편지를 보내는 김에 황태후에게 문안을 여쭈어라.」

(54) 만문주접 문서 127, p.625, 한역 문서 270, p.138, 皇太子에게 보내는 上諭(2월 28일)

지난해 존 모드의 싸움 이후, 9월에 티베트에 파견된 이번원 주사 보주는 짐바 잠소, 쇄남 산뽀라는 두 명의 라마승과 함께 12월 16일 라싸에 도착하여 1월 2일까지 체재하고 있었다. 이 사절단의 내방을 받은 섭정 상게 갸초[290]가 스스로 기록하고 있는 것에 의하면 티베트에 다가오는 국제정세의 암운을 우려한 섭정은 선정(禪定)[291]에 들어가 국난의 타개를 기원하고 있었다. 선정이 끝나지 않았을 때 청의 사절 세 사람은 직접 궁전에 이르러 그날 중으로 조서를 전해 달라고 독촉했으나 상게 갸초는 어떻게든 이들을 달래서 선정이 끝날 때까지 기다리게 했다. (청의 사절단은) 내선정(內禪定)이 끝난 당일도 조서를 가지고 궁전에 이르러 독촉을 하면서 섭정이 만나러 나오지 않으면 음식물도 필요 없다고 그릇을 던지고 우리가 서약할 때는 이런 식으로 한다며 칼을 뽑아 보이는 등 아주 난폭하게 굴었다. 외선정(外禪定)기간이 아직 끝나지 않았으나 지나치게 닦달하는 행동이 몇 번 있었기 때문에 다음날 섭정은 몽골의 사자들과 함께 청의 사절단을 회견했다. 그 자리에서 청의 사절단은 조서에 베(布) 6단(段)[292]을 곁들

---

290) 상게 갸초[桑結嘉措, 1653년~1705년]; 티베트의 정치가이자 학자로 1679년 달라이 라마 5세에 의해 섭정에 임명되었다. 청의 강희제는 그를 티베트왕으로 책봉하였다. 재임 중 1693년 포탈라 궁을 완성하였으며 달라이 라마 5세의 지극한 총애를 받아 그의 아들이 아닌가 하는 의심을 받았다. 권모술수에 능한 정치가로 5세가 죽은 뒤 그 죽음을 15년에 걸쳐 숨기고 청과 준가르, 靑海 호쇼트와 관계를 교묘하게 조정했다. 그러나 성장한 달라이 라마 6세의 대우를 둘러싸고 청해 호쇼트의 라짱 한[Latsang han, 拉藏 汗]과 대립하다가 그에게 살해되었다. 티베트 의학 발전에 큰 공헌을 한 것으로 알려졌다.
291) 다섯 바라밀의 하나, 한마음으로 사물을 생각하여 마음이 하나의 경지에 정지하여 흐트러짐이 없음을 이른다.
292) 1段은 半匹이며 20尺이다.

여 예물로 주고 몽골의 여섯 개소에 배포한 조서의 하나가 아누[갈단의 처 아누 타라 하툰]에게 있었던 것을 보이고, (아누에게서 빼앗은) 투르크제 칼을 갈단 보숙투 한의 것이라 말하고, 갈단과 섭정을 동일시한 질책의 조서와 칙어를 많이 전했다. 달라이 라마 5세가 아직 살아있는가 어떤가[293]를 이들 두 사람의 라마(짐바 잠소와 쇄남 산뽀)에게 조사시키고, 판첸 라마를 (청의)초청에 따라 (청에) 보내고 제르둥 린포체[294]와 보숙투 지농[295] 밑에 있는 갈단의 딸을 체포해서 북경으로 무사히 보내지 않으면 황제 자신이 군대를 거느리고 오든지, (황제가 오지 않아도) 군대를 보내든지라고 하는 것이었다. 보주는 청이 강력한 대군을 준비하고 있고 부탄[296]이 청 황제와 친분이 있다는 것을 덧붙였다. 짐바 잠소와 쇄남 산뽀 두 사람은 달라이

---

293) 상게 갸초가 달라이 라마 5세의 죽음을 15년간 숨긴 이유는 전임 달라이 라마가 사망한 이후 후임 달라이 라마가 성인이 될 때까지 20여 년 가까운 권력의 공백기가 생기게 된다. 이런 문제점을 보완하기 위해 달라이 라마 5세를 계속 살아있는 존재로 내세워 권력 공백기라는 단점을 극복하도록 한 것이다. 티베트에서 고승은 자주 '참[禪定]'이라는 은둔수행에 들어간다. 티베트의 수호신 달라이 라마가 '참[禪定]'에 들어가 티베트의 평화를 기원하고 있을 때 이를 방해하려는 무리는 티베트에 없을 것이다. 그렇기 때문에 섭정은 달라이 라마가 '참'에 들어가셨다고 발표했으며, 어쩔 수 없이 달라이 라마 5세를 전면에 내세워야 할 경우에는 달라이 라마로 변장시킨 대역을 이용했다.

294) 섭정 상게 갸초가 갈단을 지원하기 위해 파견한 승려이다. 린뽀체(rin po ce)는 보석이란 의미이며 승려를 높혀 부를 때 사용한다. 후툭투, 활불, 법왕 등과 같이 모두 유사한 의미를 가졌다.

295) 보숙투 지농[bushuktu jinong, 博碩克圖 濟農, ?~1697년]; 청해 호쇼트 부족의 유력한 부족장 가운데 한 사람이며, 구시 한의 다섯 째 아들 이르두치의 次子이며 이름은 '타르기예'이다. 그의 넷째 아들 '겐테르'에게 갈단의 딸이 시집을 왔다. 1697년 청에 귀순한 지 얼마 되지 않아 죽고 그의 실권은 차간 단진이 이어 받았다. 지농[jinong, 濟農]이란 단어는 15세기 몽골에서 나타난 귀족의 호칭으로 한어 '친왕'이 전와(轉訛)한 것이다.

296) ♣ 티베트 문화권의 불교국가로 히말라야 동남부에 위치한다. 17세기 초에 티베트 출신의 젭둔 가왕 남걀에 의해 통일되고 도구빠 화신승이 군림했다. 뒤에 군웅할거 상태를 거쳐 20세기 초에 재통일되어 지금에 이르는 왕국이 되었다.

라마 5세에게 보내는 조서를 가지고 5세와의 회견을 기다리며 라싸에 머물고, 보주는 황제의 추궁에 대한 티베트 측의 변명을 가지고 (티베트 측은) 승리의 선물을 바치기 위해 (보주에게) 사자를 붙여서 보냈다. 이상이 섭정의 기술이다.

이에 대해 보주의 보고서는 섭정 상게 갸초가 얼마나 만만치 않은 상대인지 생생히 묘사하고 있어 정말로 흥미롭다. 보주가 황제의 말을 전하기를 끝내자 섭정은 이렇게 말했다.

「저라고 하는 자는 너무나 보잘 것 없고 부족하나, 성스러운 문수 황제(文殊皇帝)[297]께서는 달라이 라마에 은혜를 베푸시어, 저를 발탁해서 티베트의 국왕으로 삼으셨습니다.[298] 여기에 대해 저는 어떻게 해서든지 보은하고자 노력하려는 생각뿐인데, 어찌 감히 문수 황제와 달라이 라마의 말씀을 배반한 반역자 갈단에 가담할 리가 있겠습니까? 폐하는 문수보살의 현신이기 때문에 사정을 헤아려 주지 않을 리가 없습니다. 제가 이처럼 존귀하고 안락하게 살 수 있는 것은 모두 문수 황제, 달라이 라마의 은혜 덕분이므로 제가 만약 문수 황제를 배반하고 타인에게 가담한다면 제 수명이 단축되는 것은 말할 것도 없고, 문수 황제와 달라이 라마에 대해 조금이라도 다른 마음을 품고 있다면 저는 제대로 마지막을 맞이할 수 없습니다. 무어라고 해도 말씀을 삼가 따르는 것 이외에 저는 특별히 다른 드릴 말씀이 없습니다.」
(55) 만문주접 문서 123, pp.605~606, 한역 문서 267, p.136

---

297) manjusiri han(文殊皇帝); 티베트에서는 전통적으로 청의 황제는 문수보살(文殊菩薩), 달라이 라마는 관음보살(觀音菩薩), 아미타불(阿彌陀佛)은 판첸 라마의 화신으로 여긴다. 여기는데 북위(北魏)시대부터 내려오는 산서성(山西省)의 오대산(五臺山) 신앙과 관련이 있다. 만주인의 청 황제는 문수보살의 화신으로서 전륜성왕(轉輪聖王, 불법을 받드는 국토에 안녕을 가져다 주는 이상적 왕)이고, 관음보살의 화신인 달라이 라마, 아미타불의 화신인 판첸 라마와 나란히 세워진 존재이다. 여기서는 강희제를 지칭하는 말이다.

298) 이 구절의 만문 'bi serengge . umesi dubei jergi buya niyalma . ferguwecuke manjusiri han . dalai lama be gosime gūnifi mimbe dabali tukiyefi tubet i gurun i wang obuha'을 한역(漢譯)에선 '小的極其微賤, 蒙神聖文殊師利皇帝超拔我達賴喇嘛爲土伯特國王'이라 했다.

섭정은 이렇게 말하고 합장하면서 머리를 숙였다. 또 황제의 4개조의 요구에 대해서 섭정은 이렇게 말했다.

「폐하는 위대하고 밝으시어 모든 것을 알고 계시므로 내년 달라이 라마가 선정에서 나오시는 것도 알고 계십니다. 이 두 사람의 라마를 확인시키기 위해 보내셨기 때문에 저는 크게 기쁩니다. 이 온촌 라마[즉 잠바 잠소]는 본디부터 달라이 라마의 곁에 10년이나 있었기 때문에 잘못 볼 리가 없습니다. 이 두 라마가 달라이 라마가 선정에서 나오시는 것을 기다려 확실히 보고 돌아가 폐하에게 보고를 드린다면 폐하께서는 저의 성실함이 이해가 될 것이고 모든 사람의 의심도 맑게 개일 것입니다. 실제로 달라이 라마가 천화(遷化)[299]하셨는데 제가 감히 "달라이 라마는 (살아)계십니다"라고 하며 선정에서 나오시면 니마탕 후툭투[300]를 보내서 폐하에게 아뢰겠다고 하겠습니까? 달라이 라마의 이전에 본신이 있다는 것은 정말로 사실입니다. 또한 이전에 판첸 후툭투를 폐하께서는 네이치 토인 후툭투[301] 등을 보내 초대해 주셨습니다만, 그때 달라이 라마 이하 우리들은 모두 반드시 폐하의 뜻에 따라 가도록 권해서 사자를 보냈습니다. 또 판첸 후툭투는 처음엔 가시겠다고 말을 했으나, 뒤에 온 사자[302]가 위협하며 부당한 말을 내뱉자 생각 끝에 가시지 않겠다고 말씀하셨습니다. 뒤에 온 사자가 돌아간 뒤에 판첸 후툭투는 비로서 그 이유를 편지에 써서 달라이 라마에게 보냈습니다. 판첸 후툭투가

---

299) 고승의 입적을 말한다.

300) ♣ 니마탕 후툭투: 티베트의 섭정 상계 갸초가 파견한 사자. 겔룩빠의 고승인 것 같으나 자세한 것은 알려지지 않았다.

301) ♣ 네이치 토인 후툭투(1671년~1703년); 호르친 부족 왕공의 아들로 17세기 전반에 동 몽골에서 티베트 불교를 전파한 네이치 토인 라마의 전생자로서 후후 호톤에 있었으나 자세한 것은 알려지지 않았다.

302) 만문주접 문서 123, p.608의 'bancan kŭtuktu neneme geneki sefi, amala jihe elcin sei šerime icakŭ gisun tucike de gŭnifi generakŭ seme henduhe(판첸 후툭투는 먼저는 간다고 말씀하셨습니다. 뒤에 온 사자들이 위협하며 말을 해서 생각하고 가지 않으신다고 말씀했습니다)' 이 구절의 뜻만으론 뒤에 온 사자들이 청의 사신인지 갈단의 사신인지 또는 준가르의 체왕 랍탄의 사신인지 분명치 않다. 그러나 ≪親征平定朔漢方略≫ 권20에선 갈단이 람잠바 남카 린천(ramjamba namk'a rincen)을 보내 천연두를 핑계대며 가지 못하게 막았다고 한다.

가시지 않겠다고 말씀하신 뒤에 갈단의 사자가 온 것입니다. 저는 결코 갈단을 핑계 삼아 발뺌하려는 것이 아닙니다. 이렇게 말씀드리면 판첸 후툭투가 갈단의 말을 들어주려고 한다는 것이 도대체 있을 수 있겠습니까? 지금 문수황제가 판첸을 반드시 보내라고 말씀하시는데 제가 비록 무능하기는 하나, 어찌 감히 말씀을 배반하겠습니까? 저는 될 수 있는 한 달라이 라마께 말씀드려서 반드시 판첸이 몇 년도에 가시는가를 약속하시게 하고 나중에 가는 라마 짐바 잠소 등에게 부탁해서 확실하게 상주하겠습니다. 이 경우 폐하께서는 이를 가상히 여기시어 사자를 보내주신 것이라고 알고 있습니다. 또 제르둥 후툭투[제르둥 린포체]가 우란 부퉁의 사건에서 문수황제, 달라이 라마의 말씀에 따르지 않고 사명을 완수하지 않은 채 오히려 갈단이 상서 아라니와 싸우고 난 뒤에 갈단을 부추겨 축하한다는 의미로 흰 스카프(하닥)303)를 헌상했기 때문에 저는 그자의 재산을 몰수해서 캄304)라는 곳에 유배했습니다. 지금 주사 보주와 함께 보내려고 해도, 있는 곳이 멀어 연락에만 2~3개월이 필요하여 시간이 걸립니다. 또한 문수황제의 인자하심, 먼 곳을 따르게 하고 가까운 곳을 어루만지심, 중생을 어여삐 여기시는 마음을 우리 티베트 백성뿐 아니라 천하에 모르는 사람이 없습니다. 제르둥 후툭투를 폐하가 죽이지 않고 벌을 주지 않는다는 것을 저는 확실히 알고 있습니다. 그렇기는 하옵니다만 제르둥 후툭투는 7세 전생자(轉生者)이기 때문에 제가 어찌 감히 그를 체포할 수 있겠습니까? 이렇게 말씀드리기는 해도 반드시 불러와서 다음에 돌아갈 라마 짐바 잠소와 함께 폐하의 의향대로 보내드리겠습니다. 또한 보속투 지농이 갈단의 인척이라는 말은 할하와 오이라트가 불화하기 이전 아누가 체왕 랍탄의 밑에 있을 무렵 연을 맺었기 때문입니다. 그렇게는 말씀드려도 다른 사람의 일은 저는 감히 보증하지 않으나, 후후 노르의 여덟 타이지305)는 모두 달라이 라마의 제자이기 때문에 될 수 있으면 문수황제께 힘이 되고 쓸모가 있어 딴마음 먹고 문수황제와 달라이 라마를 배반하는 일이 없다는 것을 제가 보증하는 바입니다. 문수황제는 천하

---

303) 만주어 'šufa'는 몽골어 흰 '하닥[хадаг(qadag)]'에 해당한다. 몽골이나 티베트에 선 손님을 환영한다는 의미로 '하닥'을 제공하는 의식을 행한다.

304) ♣ 캄(동 티베트); 티베트의 동부지역으로 현재 티베트 자치구 동부와 사천성 서 반부에 해당한다. 청 말기 행정상으론 사천성(四川省)에 편입되었으나 티베트 문화문서의 핵심 중 한 곳이다.

305) 청해를 정복한 오이라트 호쇼트부의 구시 한의 후손들이다.

의 백성 모두를 (폐하의) 적자(赤子)같이 은혜를 베푸시기 때문에 이 한 여자(갈단의 딸)를 보내 드리는 것이 어느 정도 국익이 있을까요? 단지 갈단이 정치와 불법을 어기고 멋대로 행동했기 때문에 폐하가 그 자손을 단절시키려는 것뿐입니다. 이렇게는 말씀드려도 그는 한 여자에 지나지 않기 때문에 그 부부를 억지로 떼어놓지 말고 원래대로 (살게) 해주시기 바랍니다. 이 하나의 일에 대해서 저 섭정은 무릎 꿇고 머리 조아려 청원합니다. 또한 우리 티베트 백성은 도리를 몰라서 모르는 사이에 폐하에게 손상을 끼치고 죄를 얻고 말았습니다. 저 섭정이 알았다면 죄를 범하지 않았을 것입니다. 어떻다고 해도 제가 알지 못하는 사이에 범한 죄는 주사(保柱를 지칭)가 폐하께 설명을 드려, 죄를 관대하게 면제시켜 이전대로 인자한 말씀을 해주지 않으시겠습니까?」

(56) 만문주접 문서 123, pp.607~612, 한역 문서 267, pp.136~137, 主事 保柱의 奏摺, ≪淸聖祖實錄≫ 卷180, 강희 36년 2월조.

요컨대 섭정은 황제의 4개 조 요구 가운데 3개 조를 부드럽게 거부하고 다만 갈단의 딸을 북경에 보내기 위해 청해 호쇼트 부족에 대한 설득을 시도한다는 것을 약속했을 뿐이다.306) 그러나 여기서 달라이 라마가 선정에서 나와 다시 세속에 모습을 드러낼 날이 가깝다고 언명한 것은 중요한 것으로 섭정이 이미 달라이 라마 5세의 죽음을 더 이상 은폐하기 곤란하다고 판단했음을 시사하고 있다.307)

---

306) 달라이 라마 5세의 죽음을 은폐한 행위는 티베트와 몽골족 사이의 응집력을 약화시켰고, 많은 몽골부족이 청에 귀순함에 따라 상게 갸초는 신속하게 강희제의 4개조 질문에 답변을 할 수밖에 없었다.

307) 섭정 상게 갸초는 당시 청해 호쇼트부로부터 정치적인 견제를 받고 있었고, 달라이 라마 5세의 죽음이 알려질 경우 정치적 입지를 계속 유지할 수 있을지 여부가 분명치 않았다. 그는 호쇼트 몽골보다 달라이 라마 5세의 제자이자 자신과도 밀접한 관계를 가진 갈단과 밀접한 관계를 가지고 있었기 때문에 달라이 라마 5세의 죽음을 숨기고 갈단이 세력을 키우기를 기대했지만 갈단이 실패함으로써 거의 같은 시기에 달라이 라마 5세의 죽음을 발표할 수밖에 없었다.

대동(大同)에서 영하(寧夏)로 향하다

우위의 성벽. 성안에서 성밖을 바라보다

　이어서 황제는 선화부(宣化府)[308]로 향하는 도중에 외몽골의 셀렝게 강 계곡에 남아 있던 알탄 한가의 우두머리 겐둔의 소식과 갈단에 관한 최신 정보를 접수했다. 겐둔은 이미 죽었고 갈단은 여전히 사크사 투후루크에 있다고 한다.

---

308) 선화부(宣化府); 장가구(張家口) 동남쪽 28km에 해당하며 전국시대(戰國時代)에는 상곡군(上谷郡), 당대에는 선화(宣化)라 하다가 원대에 선덕현(宣德縣), 명 태조 때 선부(宣府)로 개칭되었다. 선부진(宣府鎭)은 구변진(九邊鎭)의 하나로 서북방향에서 북경을 위협하는 세력에 대한 최초의 방어선이다. 평원보(平遠堡)에서 독석구를 지나 북경에 이르는 변장을 558km를 관할한다.

「9일(3월 1일) 겐둔 다이칭 버일러에게 보낸 이번원 주사 노르부, 서기 직무대리[309] 오리가 돌아와 보고했다. 그들은 11월 29일(12월 23일) 그곳에 도착했다. 겐둔 다이칭은 그들이 도착하기 전에 11월 3일(11월 27일)에 병사했다. 조서를 전하고 나서, 12월 30일(1월 22일) 귀로에 올라 2월 9일(3월 1일)에 돌아왔다. 그들 모두(겐둔 다이칭이 소속한 알탄 한가)는 이주 능력도 없다고 한다. 이것을 대신들에게 보여라.

10일(3월 2일) 대장군 휘양구가 보낸 오이라트의 투항자 아유시가 도착했다. 12월 9일(1월 1일)에 이곳에 왔다고 한다. 갈단은 사크사 투후루크에 있으며 단 300명만 남았다고 한다. 이것을 대신들에게 알려라. 큰 줄거리를 뽑아 써서 보기 쉬울 거라고 생각해서 보낸다.

짐이 보낸 편지는 어느 것이나 모두 자필이다. 틈이 없을 때에는 (쓰는데) 2, 3경(오후 10시, 오전 0시)까지 걸린다. 짐에게 오는 편지가 무엇이든 그다지 길지 않으면 황태자는 자필로 써서 보내지 않겠는가?」[310]

(57) 만문주접 문서 126, pp.622~624, 한역 문서 270, p.138, 皇太子의 奏摺에 기록한 朱批(3월 2일)

아유시의 말에 의하면, 1월 1일 당시 갈단은 게레이 구영이 돌아오기를 기다리고 있었는데 그의 부하는 말을 두 필 가진 자가 드물고 한 마리만 있는 자와 한 마리도 없는 자가 대부분이었다. 살 집과 먹을 음식도 없고

---

309) 만문주접 문서 126, p.621의 'bithesi de faššara'를 원저에선 '서기직무대리(書記職務代理)' 한역에선 '필첩식상효력행주(筆帖式上效力行走)'로 번역했다. 한역의 '筆帖式上效力行走'에서 '행주(行走)'라는 직책은 청대의 독특한 제도로서 전임관을 두지 않고 다른 직책을 가진 사람이 겸임하게 한 직책이다. 대신으로서 다른 직책을 겸하는 경우 이를 '상행주(上行走)'라고 하고 장경(章京)이 다른 직책을 겸할 때 이를 '行走'라고 한다. 때문에 '오리(鄂里)'가 대신급에 해당하는 '筆帖式上效力行走'인지 그보다 하위급인 '筆帖式效力行走'인지 분명치 않으나 문맥상으론 '筆帖式效力行走'인 것 같다.

310) 황제인 강희제도 스스로도 밤늦게까지 자필로 편지를 쓰는데, 아들이지만 엄연히 신하인 황태자가 감히 황제에게 올리는 편지를 직접 쓰지 않고 남을 시켜 쓰는 것이 아닌가 하는 불만이 은연중에 배어있다. 세 번에 걸친 갈단원정에서 비록 윤잉은 북경에 남아 국사를 처리하였으나 이 무렵부터 서서히 부자간의 불화가 점증하기 시작했다.

탄약도 다 떨어지고, 도둑이 많아져 궁핍이 극에 달했다고 한다.

3월 3일, 황제는 선화부에 도착했다. 이날 북경의 내무부(內務府)의 무비원(武備院)311)에 명해서 몽골식의 조립가옥을 보내라는 편지에 황제는 다음과 같이 쓰고 있다.

> 「짐이 가져온 몽골가옥312)은 잘못 만들어서, 바람이 불 때는 매우 조마조마하다. 이 편지가 도착하는대로 3대의 마차에 적재하고 역참에 위탁해서 (울란 울라로)보내거라. 康熙 36年 2月 11日에 칙지를 내린다.」
>
> (58) 만문주접 문서 130, p.634, 한역 문서 272, p.139, 武備院에 보내는 上諭

황제의 뒤를 따라 북경을 출발한 황삼자 윤지(皇三子, 胤祉)는 생각밖에 지체되었다. 그의 준비 태세를 보고한 황태자의 편지에 황제는 다음과 같이 쓰고 있다.

> 「황삼자(皇三子, 胤祉)가 올 때는 신불(神佛)에게 물건을 올리는 자, 밥과 차(茶)를 끓이는 기타 집사인, 마부를 포함해서 60명이 넘지 않도록 하고 황자는 노새와 가마를 타고 (수행원) 모두는 역마를 타고 따라잡아야 한다. 그렇지 않으면 따라잡기가 어렵다. 이것을 너희들은 상세하게 의논해야 할 것이다. 짐은 하루에 역 하나를 가기 때문에 20일(3월 12일)에 우위에 도착하였다.
>
> (아난다의) 이 편지는 12일(3월 4일) 아침 선화부에서 출발할 때 도착했다. 정오에는 좌위(左衛)313)에 있었다. 볼일을 마치고 (이 편지를) 모두 발송

---

311) 무비원(faksi jurgan, 武備院); 내무부(內務府)에 소속된 청의 관서로 원명은 '안루(鞍樓)'이다. 1654년(순치11)에 '병장국(兵仗局)'으로 개명하고 이어서 1661년 '武備院'으로 다시 개명했다. 궁정에서 필요한 병기, 안장과 고삐, 갑옷 등을 관리한다. 관사무대신(管事務大臣)이 겸하며 정원이 없고 정3품의 경(卿)이 두 명 있었다. '북안고(北鞍庫)'에선 황제가 쓰는 안장과 고삐, 장막, 해가리개 등을 관리하며 '남안고(南鞍庫)'에선 안장과 고삐, 피혁, 우산 등을 '갑고(甲庫)'에선 도검, 기, 기계 등을 '전고(氈庫)'에선 궁전, 가죽신, 담요 등을 관리한다.
312) 만문의 'monggo i boo'는 몽골의 이동식 천막가옥 '겔(ger)'을 말한다.

하려고 하는데 아난다의 보고서가 도착했다. 한차례 개봉해서 아난다의 보고서를 베껴 써서 보낸다. 지금까지대로 (알렸던 사람들에게) 보여라. 앞으로 보이라고 한 편지는 유왕(裕王)에게도 보여라.

짐이 있는 이곳에 상으로 줄 담비가죽이 없다. 지금 사직사고(糸織使庫)[314]에 140매의 담비가죽이 있다. 꼭 이 같은 하등의 담비가죽[315]이 부분을 포함해서 400매, 이보다 약간 상등의 담비가죽 100매, 합계 500매와 어용의 단자(緞子), 망단(蟒緞), 장단(粧緞), 왜단(倭緞) 합계 100필을 보내라]316)

황하의 결빙이 녹으면 강을 건널 버팀 밧줄이 필요하다. 길이는 100장(丈) 이상으로 아주 두꺼운 새 버팀줄 3본(本), 백장 이상의 가는 새 버팀줄 10본(本)을 전부 두 대의 수레에 실어서 20일(3월 12일)에 우위에 도착하게끔 보내라, 동라(銅鑼)[317]와 북치는 채를 함께 보내라.」

---

313) 좌위(左衛); 지금의 산서성 회안현(山西省懷安縣)의 동부에 있다.

314) 만문주접 문서 132, p.643의 'sy jy ši ku'를 원저 p.204에선 '사직사고(糸織使庫)' 한역 문서274, p.140에선 '사집사고(四執事庫)'라고 하였다. 원저의 '糸織使庫'는 문맥으로 볼 때 직물을 관리하는 관청으로 이해하고 비슷하게 음역한 것 같다. 한역 문서274 p.140의 '四執事庫'에 대해선 도광제(道光帝)의 유촉에 '황제가 생전에 옷을 갈아입던 장소를 四執事庫'라고 한 기록이 보이고, 오상상(吳相湘)이 쓴 ≪乾隆帝的日常膳食≫에 四執事庫檔册中有御膳房太監每日記錄中 "節次進膳底檔", "照常進膳底檔" 等으로 보아 궁안에서 직물을 보관 관리하는 기구로 보인다. 따라서 '四執事庫'가 올바른 것 같다. '사직사고(糸織使庫)'가 무엇인지 잘 알 수 없어서 원저자에게 질문하였다. 현재 원저자 오카다 히데히로[岡田英弘] 선생은 고령에다 뇌경색을 당하여 필자의 질문에 답할 수 없어서 대신 청조사 총서(清朝史叢書)의 편집위원 楠木賢道, 杉山淸彦 등이 조사해 보았으나 그 근거를 찾을 수 없었다고 그의 부인 미야와끼 준꼬[宮脇淳子] 여사가 밝혀왔다.

315) 'wesihuken seke'를 일역(p.238)에선 '하등의 담비'라고 했으나 한역에선 '차등의 담비'라고 하였다.

316) 단자(緞子; 연사로 짠 두껍고 광택이 있는 비단), 망단(蟒緞; 용이 새겨진 비단), 왜단(倭緞; 바탕이 두껍고 거죽에 고운털이 솟아나게 짠 비단) 장단(粧緞; 만문에서 'juwang duwan'이라 하여 한역의 '妝緞'에 해당한 것 같으나 실제로 어떤 것인지 확인할 수 없었다.)

317) 동라(銅鑼); 청동으로 만든 원형의 타악기 징을 말한다, 부(桴); 북이나 장구를 두드려서 소리가 나게 하는 채.

(59) 만문주접 문서 132, pp.641~644, 한역 문서 274, p.140 (3월 4일)

좌위로부터 황제 일행은 회안현(懷安縣), 천성(天城), 양화성(陽和城), 취락성(聚樂城)을 거쳐 곧바로 서진해서 3월 10일 대동에 들어갔다. 이 길을 가는 도중 황제는 우위로 가는 예정을 바꾸고 갈단이 있는 알타이산에 더 가까운 영하까지 발을 들여놓으려고 결심했다.

「짐은 17일(3월 9일)에 대동에 도착했다. 의사들의 보고를 보니 황삼자는 이번 달 안에는 출발해서는 안된다고 한다. 따라오는 것이 아주 어려울 것 같다. 대동에서 북경까지는 역참이 그런대로 뻗어 있다. 대동에서 영하 방면으로는 역참이 미치지 못한다. 지금 역참을 이용하지 않고, 사람을 전부 100명으로 (제한)해서 각 좌령이 사육하는 말을 3마리씩 기마용으로 한다면 1개월 만에 영하에 도착한다. (황삼자 윤지가) 만약 3월 10일(4월 1일)까지 여행할 수 없으면 중지해도 좋다. 아무리 와본들 소용이 없다.」[318]

(60) 만문주접 문서 135, p.657 pp.656~657, 한역 문서 276, p.141, 강희 36년 2월 15일 皇太子의 奏摺에 기록한 朱批(3월 9일)

「우리는 이곳에서 합의해서 영하의 땅은 어느 방향으로 군사를 움직여도 쉽기 때문에 짐 스스로 영하에 가서 시기를 보아 행동을 결정하려고 대장군 백(伯) 휘양구에게 의견을 물었다. 대장군 백 휘양구도 가는 것이 좋다고 말해 왔기 때문에 결정이 일치해서 본대의 군사는 장성 밖으로 가게 했다. 짐은 스스로 소수인원을 거느리고 상서 마치[maci, 馬齊]가 역참을 설치한 길을 갔다. 19일(3월 11일)에 대동에서 출발한다. 康熙 36年 2月 18日.」

(61) 만문주접 문서 135, pp.649~650, 한역 문서 275, p.141, 皇太子에게 보내는 上諭(3月 10日)

이리하여 황제군의 대부분은 살호구에서 내몽골로 들어가 황하의 왼쪽

---

318) 'daitung ci ging hecen de isibume giyamun arkan isimbi(대동에서 경성에 이르기까지 역참이 그럭저럭 이른다)'를 한역에선 '從大同往寧夏則驛站不夠'라고 의역하고 있다.

언덕을 따라 영하로 향하고 황제 자신은 섬서성의 북쪽 경계선을 이루는 장성의 안쪽을 거쳐 영하로 가기로 했다.

「섭정에게 보낸 주사 보주가 섭정의 사자와 함께 20일(3월 12일) 아침에 돌아왔다. 그래서 섭정과 달라이 한[319]이 말한 것 4개 조를 베껴서 보낸다. 만주인 대신들에게 보여라.

이전에 들은 바로는 대동에서 서쪽은 토지가 척박해서 장성 연변의 백성은 빈한하다고 한다. 대동에서 나온 이래 회인현(懷仁縣), 마읍현(馬邑縣), 삭주(朔州) 등에서 보니 백성들의 삶이 좋고, 토지는 비옥한데도 소와 양이 풍부해서 경작만 하는 것이 아니다. 산의 목지도 장성 밖의 좋은 목지에 필적한다. 우리들은 말을 돌보려고 몰이사냥을 하지 않았으나, (주변을) 살펴보니 토끼도 있다.

우리가 있는 이곳은 따뜻하기 때문에 과일이 먹고 싶다. 그래서 편지를 보내니 서양배, 과육이 아홉 갈래인 귤, 수밀도,[320] 가시연[山茨], 봄귤, 석류 등을 바구니에 담고 봉해서 말 두 마리 이내로 (실어) 보내라. 무사히 도착하면 좋으나 썩으면 다음부터는 그만두어라.」[321]

(62) 만문주접 문서 138, pp.663~665, 한역 문서 287, pp.145~146, 皇太子의 奏摺에 기록된 朱批(3월 14일)

---

319) ♣ 달라이 한(?~1701년); 구시 한의 손자. 제3대 티베트 국왕(재위 1668년~1701년)으로서 라싸에 주둔했다. 조부와 달리 영향력이 약하여 티베트에선 상게 갸초가 청해 호쇼트 部에선 숙부 달라이 바투르, 자시 바투르 등이 주도권을 잡았다.

320) 蜜荷; 감귤류로서『佩文齋廣群芳譜』卷65에선 소형의 왕귤나무[文旦]류에 속한다고 하였다. 화남의 地方志에선 달디단 오렌지를 지칭하는 경우가 많다.

321) 이 구절의 말미에 나오는 과일이름 'wen dan . gio teo g'an . mi tung . šan ciyan . cun gioi . ši lio jergi jakabe šoro de tebufi……'에서 일역은 wen dan(文旦)을 '서양배'라 하고 'šan ciyan'은 무엇인지 모른다고 했으나, 이는 한역에서 말한 '山茨'으로 '가시연'을 말한다. 한역에선 이 구절의 과일이름을 'wen dan[文旦(중국의 남방과일로 유자의 일종)]', 'gio teo g'an[九頭柑(오렌지)]', 'mi tung[密桃(복숭아)]', 'šan ciyan[산검(山茨, 가시연)]', 'cun gioi[春桔(귤)]', 'ši lio[石榴 (석류)]'라고 비정하였다.

황하 나루터

황제 일행은 대동에서 출발하여 산서성의 고원을 서남 방향으로 향하고 있었다.

「짐은 무사하다. 황태자는 건강한가? 짐이 대동을 출발한 이래 본즉 백성의 삶이 이전에 들었던 것과 달리 그 정도로 아주 빈곤한 것은 아니다. 곡물도 풀도 매우 풍부하다. 뒤따라오는 낙타와 노새에게 전혀 불편함이 없다. 대수구(大水溝)에서 삼차(三岔)에 이르기까지 백성은 그런대로 유복하다.

황삼자는 지금 어떤가? 황자가 짐이 영하로 출발했다는 것을 모른다면 그렇게 말하지 말고 짐은 단지 우위에 머물면서 갈단의 소식을 기다리고 있다고 말해라.

삼차(三岔)에서 (떠나) 이가구(李家溝)에 묵는 날(3월 18일) 물이 없어 앞서가며 길을 조사하던 길안내들은 300개의 항아리에 물을 준비하고 있었다. 길을 갈 때 큰 눈이 내리고 있었으나 이가구에서 온 백성의 말로는 "가람주(岢嵐州)에서 소촌하(小村河)로 오는 마른 하상에 물이 들어온 지 3일이 되었지만 관리들이 폐하가 지나가는 길이 질퍽해서는 안된다고 제방으로 막아서 (물길이) 막힌 것이다.[322] —만문주접 문서 144, p.686, 한역 문서 284, p.144 강희 36년 2월 25일—

삼차(三岔)의 마른 하천의 물은 오늘 아침 일찍 흘러와 한가루(韓家樓)에 이르렀으나 거기도 제방으로 막힌 것이다."라고 거듭 말했다. 짐이 한가루에 도착해보니 물살이 매우 세차고 소촌하의 물을 막아버린 장소는 깊이가 6~7척이 된다. 이 두 곳의 제방을 열고 물을 모두 방류하자 신시(申時; 오후 4시)에 물이 이가구의 둔영지에 이르렀다. 깊이는 말등자에 이를 정도였다. 이가구에서 연언촌(輦鄢村)에 이르기까지는 53리이다. 똑같이 물이 없으므로 앞에서와 같이 물을 준비했다. 산도 언덕길도 험난하고 발 디딜 장소가 나빠서 전혀 볼 만한 곳은 없다. 전날 눈이 내리고 바람이 몰아쳐서 한곳으로 뭉

---

322) 만문주접 문서 144, p.686의 'siyoo dzun ho'를 일역에선 '小村河' 한역 문서 284, p.144에선 '肯浚沽河'라고 하였는데 '小村河'와 '肯浚沽河'가 같은 하천 이름인지 아닌지는 확인할 수 없었다.

치고 곳곳에 눈이 쌓이자 수레를 모는 자들은 모두 이것을 먹으며 고생하지 않고 이곳에 도착했다. 숙박할 만한 장소가 없어 산 위에서 묵었다. 묵었던 산의 남쪽 1리 정도 떨어진 곳에 강이 하나 발견되었다. 앞서 간 자들은 알지 못했고 백성도 숨기고 있었다. 이 길은 마치[馬齊]가 간 길이기 때문에 마치에게 물어보면 곧 확실히 알 것이다. 내가 편지에 쓰지 않은 것이 있었는데, 장병과 백성도 전부 본 것인데, 뒤에 너희들이 들으면 왜 편지에 쓰지 않았을까? 라고 생각할 수 있으므로 써서 보낸다. 이야말로 다행스러운 것으로 우연히 그렇게 된 것이니 결코 이상할 것은 없다.

28일(3월 20일)에 보덕주(保德州)에 도착했다. 황하 물의 흐름은 느리고 평온해서 후타니 호소보다 더욱 평온하다. 물은 그다지 깊지 않다. 배의 삿대가 밑에 닿는다. 이러한 것을 황태후에게 아뢰어라. 만주인 대신들에게 알려라.

하미에서 체포되어 보내온 갈단의 아들 세브텐 발주르를 북경으로 압송한다. 대동과 선부를 경유해서 보내면 장성이 가까워 ─혹시 적군에게 탈취 당할까 ─나는 크게 걱정이 된다. 이자는 쉽게 잡을 수 있는 자가 아니다. 그렇기 때문에 보덕주에 도착하자마자 태원부323)로 그리고 태원부에서 북경으로 보낸다. 대동을 거치는 것보다 300리 이상을 우회하지 않으면 안된다. 황태자는 대신들과 의논해서 부(部), 원(院)의 유능한 대신과 장교를 보내 (세브텐 발주르를) 맞이해 북경에 이르도록 하고, 이자들 모두는 자신의 노새를 이용하여 갈 것이다. (세브텐 발주르는) 3월 5, 6일(3월 27, 28일) 무렵에 짐에게 도착한다. 북경에 도착한 뒤 어떻게 할 것인가는 별도로 지령하겠다.」

(63) 만문주접 문서 144, pp.684~690, 한역 문서 284, p.144, 황태자의 주접에 기록된 朱批(3월 20일)

이 편지에 있는 것처럼 산서성의 보덕주는 황하의 나룻터로서 건너편은 섬서성의 부곡현이다. 항상 호기심이 많은 황제는 여기서 고기잡이를 시도하고 있다.

---

323) 태원부(太原府); 산서성의 성도이며 명청 양대에 걸쳐 수공업 상업 등이 비약적으로 발전하였다. 이곳 출신 상인들은 진상(晉商)이라 하여 이들이 중국경제를 좌지우지하였다.

「짐은 보덕주에 도착해서 황하에서 물고기를 잡으려고 했는데 시종 예인 망이 돌과 모래에 걸렸다. 이전에 울라[松花江]에 갔을 때 거칠게 짠 그물이 아주 쓸모가 있었다. 지금 내무부에 있는 거친 그물의 눈 같이 손가락 세 개 넓이로 하고 높이는 4발[尋; 20尺], 길이는 80발[400尺], 실의 두께를 늘리지 않으나 황태자가 스스로 감독해 급히 만들어라. 그물의 테두리 끈, 낚시 찌, 낚시 추를 전의 거친 그물에 매달은 것 같이 주의해 달아서 단단히 포장해서 보내라. 그물 이외의 그물을 버티는 밧줄 등의 물건은 이곳에 모두 있으니 보내지 말거라. 아마 말 두 마리에 실으면 충분할 것이다.」

(64) 만문주접 문서 145, p.691, 한역 문서 285, p.145, -황태자의 奏摺에 기록된 朱批-(月日 不明)

앞서 과일을 보내라고 한 것에 대해서 황태자는 조속히 여러 가지를 담아 보냈으나 그에 대한 응답에 황제는 다음과 같이 기록하고 있다.

「짐은 무사하다. 황태자는 건강한가? 산하가 멀리 떨어져 있기 때문에 너의 자필 편지를 보고 더없이 유쾌했다.

석화어(石花魚)[324]를 황태자에게 먹어보라고 보낸다. 이 물고기를 황태후는 드시지 않기 때문에 올리지 않았다. 이외에 우리가 있는 이곳에는 특별히 올릴만한 좋은 물건은 없다.」

(65) 만문주접 문서 146, p.693, 한역 문서 286, p.145, 강희 36년 2월 25일. 皇太子의 奏摺에 기록된 朱批(月日 不明)

또한 황태자가 내몽골에 있는 경풍사(慶豊司)[325)]의 목장에 불이 나서 다수의 양이 타죽은 사건을 알려온 편지에 황제는 다음과 같이 써놓고 있다.

「그것은 보통의 사건으로 언제나 있는 일이다. 목군(牧群)의 풀은 매우 성

---

324) '石花魚'는 만문에서 'ši hūwa ioi'로 음사하였는데 한역의 '시화어(鰣花魚)' 즉 '준치'를 말한다.

325) 경풍사(elgiyen i fusembure fiyenten, 慶豊司); 청대 內務府에 속해서 목축을 담당하던 관서이다.

긴데도 그렇다. 무란[木蘭] 등의 무성한 곳은 정신 차리지 않으면 안되겠다. 짐은 28일(3월 20일) 사시(巳時, 오전 10시경)에 보덕주에 도착하자마자 각각 황하를 건널 준비를 하였다.

　29일(3월 21일) 아침 짐은 장교들에게 줄 메모를 쓰는데 시간이 걸려서, 사각(巳刻, 오전 10시경)에 가보자 조금도 일하지 않는다. 그래서 짐이 스스로 작은 배를 타고 두꺼운 줄을 강을 가로질러 걸어놓았더니 왔다갔다 건너는 것이 아주 빨라졌다. 만주인도 한인도 감탄하지 않는 자가 없고 아주 쓸모가 있었다. 황태자가 보낸 줄은 아주 좋고 튼튼해서 끊어지거나 상처가 나거나 하는 일이 없다. 1일(3월 23일)에 건너는 것을 끝내고, 2일(3월 24일)에 출발했다. 훌륭하고 쓸모가 있어 황태자에게 기쁨을 줄 것으로 생각하여 써보낸다. 오목투 하시가가 도착하고 세브텐 발주르가 이어서 도착했다. 우리는 이곳에서 황하의 신선한 물고기를 먹고 모두 만족하였다. 정말 맛이 있었다. 내가 보낸 물고기가 맛이 있었다면 그렇다고 써서 보내라.」

(66) 만문주접 문서 147, pp.697~698, 한역 문서 288, p.146, 皇太子의 奏摺에 기록된 朱批(3월 21일)

체포된 갈단의 아들

　섬서성에 들어온 황제의 일행이 장성의 안쪽을 따라 서남방향으로 향하고 있을 무렵 북경에서는 황태후의 분부로 황오자 윤기(胤祺), 황칠자 윤우(胤祐)의 혼례 준비가 진행되고 있었다. 이를 알려온 황태자의 편지에 의하면 황태후는 올해 음력 10월 중에 길일을 잡으라고 명했으나, 흠천감은 올해 음력 4월, 10월 내년의 음력 4월, 10월의 부장일(不將日)[326]을 써내고 각각의 금기를 붙여 써서 부장일 이외는 어떤 길일도 절대 해서는 안 된다고 주장했다. 이에 대해 황태후는 "내후년까지는 너무 많이 남았다. 올해의 음력 閏3월 18일(5월 8일)은 4월로 보아도 좋다. 윤달도 좋은 게 아닌

326) 음양가(陰陽家)에서 陰과 陽의 어느 한쪽도 지나치게 강하지 않다고 하는 날을 말한다. 이런 날 결혼하면 부부가 해로(偕老)한다고 한다.

가? 이날로 하자. 15일(5월 5일)에 정혼하는 연회를 열자"고 말했던 것이다. 흠천감의 저항은 황태후에게 어이없이 꺾여졌다. 이 편지에 황제는 다음과 같이 쓰고 있다.

「짐은 무사하다. 황태자는 건강한가? 황태후의 평안하심을 삼가 여쭌다. 이를테면 (황태후) 말씀대로 윤3월 15일에 (결혼)하는 것이 참으로 이치에 맞는다. 또한 이 여자의 조부 부야누는 사람됨이 훌륭하며 당당하고 아버지는 평서기(平書記)[327]이다. 지금 부야누를 후타니 호쇼의 첫 번째 역에 주재시키고 있다. 그 역을 내무부의 장교와 서기에게 맡기고 급히 북경으로 데려와라. 혹시나 내 기억이 잘못되었을지 모르기 때문에 잘 알아보아라. 이 건은 전혀 급한 중대사가 아닌데도 보통의 건보다 급행 편으로 보냈고, 더구나 위에 밀봉(密封)이라 썼기 때문에 매우 놀랐다. 이중으로 봉한 것을 일단 당황해서 열어보니 붉은 종이가 보였으므로 겨우 안심했다.」[328]

(67) 만문주접 문서 148, pp.702~704, 한역 문서 289, p.146, 皇太子의 奏摺에 기록된 朱批(月日 不明)

섬서성의 풍물은 황제의 눈에 진기하게 비쳤다.

「황태자에게 이르노라. 황하를 건너 섬서성의 경내에 들어가 보니 산과 강, 땅의 모습이 크게 다르다. 짐이 가본 어떤 토지와도 비교할 수 없다. 성보(城堡)는 모두 산 정상에 만들어졌다. 촌가는 하나도 보이지 않는다. 강의 언덕에 동굴집[329)이 만들어져 있다. 평지는 적고 산위에 경작하지 않는 곳은 없다, 백성의 인심은 순박함에 가깝고 병사들은 우수하다. 들짐승은 많으나 한 걸음도 갈 수가 없다. 산은 평평하나 골짜기는 지극히 험하다. 물과

---

327) 일역의 평서기는 만주어로 'bai bithesi' 하고 한역에선 '한산필첩식(閑散筆帖式)'이라 하는데, 황제가 말한 이 여자는 皇七子 胤祐의 배우자로 간택된 여자로 부야누의 손녀이다.

328) 만문주접 문서 148, p.704의 'fulgiyan hoošan(붉은 종이)'은 경사스런 일에 사용한다.

329) 만문주접 문서 151, p.710의 'ukdun i boo(동굴집)', 한역의 '암하굴토혈(岸下掘土穴)'은 현재 중국에선 '요동(窯洞)'이라 한다.

흙은 아주 좋고 사람들은 병이 없다.

신목현(神木縣)에서 장성입구까지는 4리이다. 오르도스 몽골인들이 장성을 넘어와 환영 나온 사람들이 매우 많다. 동루브 왕의 어머니, 왕, 왕비가 모두 와서 안부를 물었다.

오늘 4일(3월 26일) 저녁 무렵 갈단의 아들 세브텐 발주르가 도착했다. 본즉 매우 작고 사람됨도 평범하다. 이 자를 5일(3월 27일)에 곧 출발시켜 북경으로 보냈다. 북경에 도착하면 당분간은 처리하지 말거라 이 자의 아버지 갈단의 소식을 잠시 기다려보자. 이 자가 도착한 날 어떻게 여러 사람에게 보이는가를 황태자는 만주인, 한인 대신들과 자세히 의논하고 짐에게 상주한 뒤 조칙에 따라 행하거라. 특히 이르노라. 황태후에게 문안을 여쭈고 이를 알려 드리고 궁중에서도 듣게 하라. 康熙 36年 3月 4日.」

(68) 만문주접 문서 151, pp.710～713, 한역 문서 293, p.148, 康熙36年 3月 初四日), 皇太子에게 보내는 上諭(3月 26日)

3월 26일 날짜의 황태자의 편지는 황제의 뒤를 쫓아가는 황삼자의 용태를 보고하고 있는데 병세는 낳아졌으나 체력이 약해져 걸어갈 때 사람들이 부축하지 않으면 안된다고 한다. 또한 황제가 보낸 석화어가 매우 맛이 있었다는 것을 말하고 있다. 이에 대한 황제는 다음과 같이 쓰고 있다.

「짐은 무사하다. 황태자는 건강한가?

신목현에서 유림(楡林)[330]으로 가는 길은 모두 커다란 모래산으로 매우 나쁘다. 군대가 갈만한 곳은 아니다. 이것을 보았을 때, 옛사람이 영토를 확

---

330) 현재 섬서성(陝西省)의 최북단에 위치한다. 하·상·주(夏·商·周) 시대 유림은 옹적족(雍翟族)의 경내에 있었고 주대(周代)에는 옹주 백적(雍州 白翟)의 일부분이었다. 진시황이 천하를 통일하고 전국을 36개 군으로 나눌 때 상군(上郡)이 바로 오늘날의 楡林이다. 삼국시대는 흉노의 점거지였고 동진(東晋)시대 흉노왕 혁련발발(赫連勃勃)이 통만성[統萬城, 지금의 정변백성자(靖邊白城子)에 대하국(大夏國)을 세웠다. 이후 명대에 구변진(九邊鎭)의 하나인 군사중지로 되면서 장성일대에는 유림위(楡林衛)를 세웠다. 동은 산서성, 서는 영하 북은 내몽골의 오르도스 남은 연안(延安)과 통하며 황하가 동쪽경계에서 400여 km를 남하하고 옛 장성이 700km를 이어지는 요지에 건설되었다.

장하고 군사를 일으켜 장성을 수축해서, 천하의 고혈(膏血)을 서북에 쏟아
부은 것도 무리는 아니나, 오늘날 사람들이 취할 바는 아니고, 어진 사람이
행할 바도 아니다.331) 짐을 수행하는 대신, 시위, 호군(護軍), 집사인들이
400명을 넘지 않는데도 더없이 고통스러운데 수만의 병사를 거느리고 어떻
게 지나갔을까? 골짜기 많고 그 위에 모래가 깊어서 유림에서 장성을 나와
오르도스를 지름길로 해서 영하로 간다.

또 섬서의 순무(巡撫)332)와 안찰사(按察使)333)가 짐을 영접하러 나왔다.
본즉 산서334) 순무 왜륜(倭倫)에는 크게 미치지 못하고 늙고 쇠약했다.

조양동(趙良棟)335)이 3월 4일(3월 26일)에 죽었다고 장군 마스카가 알려
왔다. 이 사람[조양동]의 아들은 천진(天津)의 도원(道員)336)이다. 이를 급히
알려 빨리 오게 하고 그 후임에는 선화부(宣化府)의 지부(知府) 범시종(范時
宗)이 성적이 좋고 소행도 훌륭하니 그를 도원으로 임명하라. 선화부(宣化府)

---

331) 수천 년을 이어온 중국의 만리장성 수축은 강희제 시대에 이르러 비로소 완전히
     중지되었다.
332) 순무(巡撫); 명·청 시대 지방의 민정과 군정을 담당하는 고위관리로 "巡幸天下 撫
     軍按民"에서 유래했다. 총독(總督)은 都察院右都御史로 正2品에 보임되었으며 巡
     撫는 都察院 副都御史로 從2品에 임명되었다. 총독은 1~3개 성을 관할하는 경우
     가 있었으나 순무는 보통 1개성 만을 관할하였다.
333) 안찰사(按察使); 성(省)의 사법장관으로 재무장관인 포정사(布政使)와 나란히 순무
     (巡撫)의 다음 자리를 차지한 성의 고위관리. 포정(布政), 안찰사 아래에는 도원
     [道員(道台)]이 있고 그 아래의 부(府)에는 지부(知府), 주현(州縣)에는 지주(知州),
     지현(知縣)이 있다.
334) 만문의 지명표기 'šansi'는 섬서[陝西(shǎn xī)], 'sansi'는 산서[山西(shān xī)]이다.
     중국지명인 산서(山西)와 섬서(陝西)는 발음은 같으나 성조가 다르다.
335) 조양동(趙良棟, ?~1697년); 字는 경지(擎之), 号는 서화(西華)로 감숙의 영하(지금
     의 영하자치구 은천) 사람이다. 입관시 청에 가담하고 순치제 시절 서남을 원정하
     여 귀주독표중군부장(貴州督標中軍副將)에 임명되었으나 주로 강희시대 중기에
     활약한 장군이다. <삼번의 난>을 토벌하는데 많은 공을 세웠으며 특히 곤명을
     수복하는데 결정적으로 공헌했다. 권신 명주(明珠)의 모함으로 혁직되기도 했다.
     갈단 토벌의 와중에서 병사했다. 강희제는 그를 "훌륭한 남자(偉男子)"로 불렀다.
336) 도원(道員); 명·청시기 지방관직으로 청의 건륭시기 정4품으로 되었다. 속칭 '도대
     (道臺)' 雅稱은 '관찰(觀察)'으로 성(省)과 부(府) 사이 관서의 주관(主官)이고 별도
     로 염운도원(鹽運道員) 같은 전임도원(道員)도 있다.

도 중요하다. 포도동지(捕盜同知) 조연태(祖延泰)[337]는 패주(覇州)의 지주(知州)[338]였을 때 성적이 좋고 소행도 훌륭하니 이 사람을 임명해서 모두 임지에 서둘러 부임하도록 하라.

짐이 온 곳이 멀어서 편지가 뜸해졌다. 앞으로는 내가 이곳에서 보낸 편지를 다음날 중으로 되돌려 보내주지 않겠느냐? 그 사이에 어떤 칙유를 내리게 되면 각 용건별로 답장을 예전과 같이 다음날 중으로 되돌려 보내주지 않겠느냐?

각지에서 [북경에] 온 자들에게 올해의 봄 농사[339]는 어떤가? 비는 어떤가 하는 것을 물어서 알려다오. 짐의 몸은 몇 군데의 전쟁터에 있어도 생각컨대 천하를 위하는 것이므로 (천하의 일을) 한시라도 잊을 수 없다. 이런 생각 이런 마음은 어느 날 그칠 것인가?

이 편지는 7일(3월 29일) 정오를 지나 도착하였다. 도착해서 급하게 태후에게 바칠 물건을 몸소 감독하여 포장하고, 서류를 모두 본 뒤 보고서에 일일이 써넣고 꿈속에서도 써넣는 가운데 등불이 켜져야 쓰기를 마치고 곧 반송한다. 이후로부터 (보고하는) 편지가 도착한 날과 시각을 편지 (보고하는 편지의 奏本)에 써주겠느냐?

짐은 산서, 섬서 등을 가면서 모든 백성에게 비난받지 않게 소행에 무언가 하찮은 바가 없게끔 매일 근신해서 남방으로 순행(巡幸)할 때같이 하고 있다. 결코 체면을 더럽히지 않는다. 다행스럽게 두 개 성(섬서, 산서성)의 군민은 긴 세월 정을 준 것을 생각해서 모인 자들로 (짐이 부르면) 피하는 자는 없다. 짐이 스스로 아무런 덕도 없는데 또 옹졸한 행동을 하면 만백성

---

337) 'hūlha be jafara dung jy dzu yūntai(도둑을 잡는 동지(同知) 쭈윤타이)'는 포도동지 조연태(捕盜同知 祖延泰)를 지칭한다. 한역에선 '祖雲台'라고 했는데 강희시절 직예성(直隸省)의 대성현 지현(大城縣 知縣)을 지낸 인물로 '祖延泰'는 있지만 '祖雲台'는 없다.

338) 지주(知州); 한 주의 장을 말한다. 명청시대 직예주(直隸州)는 省이고 산주(散州; 縣과 동격으로 府에 속한 주)와 다르다. 전자는 縣을 직접 관할하고 후자는 현을 관할하지 않는데 장관을 모두 知州라고 했다. 일반적으로 5품 문관이 보임되었다.

339) 이 부분의 만주문 'ere aniya niyengniyeri arbun antaka'를 직역하면 '올해의 봄 경치[形勢]는 어떤가?'이다 한역에서도 '今年春景如何'라고 했으나, 원저에선 이를 '금년 농사는 어떤가?'로 보았다. 그러나 문장의 뒤에 바로 물과 비 사정을 묻는 문장이 나오는 것으로 보아 농사를 걱정하는 의미로 볼 수 있다.

의 이목을 어떻게 덮을 것인가? 황태자는 짐 때문에 걱정하지 말거라. 명(明)의 무종(武宗)[340] 같은 행동이 있으면 어떻게 해도 집으로 돌아갈 수 없을 것이다.」

(69) 만문주접 문서 172, pp.821~828, 한역 문서 290, p.147, 강희 36년 3월 初四日 皇太子의 奏摺에 기록된 朱批(3월 29일)

장성을 따라 진군

이리해서 4월 1일 유림의 마을에 도착한 황제는 다음날 장성을 나서 오르도스 사막을 횡단하고 6일 뒤에 다시 장성을 넘어와 안변의 마을에 도착하였다. 그 전날 통갈락크 노르의 황제 숙영지에 도착한 황태자의 편지는 세브텐 발주르를 황태후 및 궁중의 여러 사람에게 보여도 되는가에 대한 황제의 판단을 앙청하고, 그물코가 큰 예인망이 완성되어 발송했다는 것, 황제가 보낸 마른 멜론을 물에 담갔다가 먹으니 지극히 달았다는 것, 황삼자의 건강이 호전되지 않아 여행은 무리하다는 것 등이 쓰여 있다. 이에 대해 황제는 이렇게 쓰고 있다.

「짐은 무사하다. 황태자는 건강한가? 그자(세브텐 발주르)는 죽여버려야 할 적의 새끼인데 무엇 때문에 궁중에 들여보냈느냐? 환관들에게 보이면 그뿐이다.

17일(4월 8일) 안변(安邊)[341]의 장성을 넘어서 영하로 간다.

---

340) 무종(武宗, 1491년~1521년, 재위 1505년~1521년)은 명나라의 제10대 정덕제(正德帝)의 묘호이다. 폭군으로 유명하다. 정무를 태만히 하고 환관의 발호를 방임하였고 스스로는 환락에 빠져 젊어서 병사하였다. 무장(武將)을 자처하고 자주 장성밖에 쓸데없는 출전을 반복한 것으로 알려졌다. 강희제의 말은 그것을 지칭하는 것이다.

341) 안변(安邊); 정변현(定邊縣) 동부 50km에 위치한 삼변[三邊; 정변(定邊), 정변(靖邊), 안변(安邊)]의 한곳으로 명대장성이 이곳을 지나고 있다. 정통 2년(正統 2年)

세브텐 발주르를 데려간 삼등시위 게시투를 선화부에서 역마에 태워서 중위(中衛)342)에서 맞이하여 데려왔다. 이 사람에게 줄곧 (세브텐 발주르)를 계속 호송하게 한 것이다. 다른 두 명의 시위 나르분타이와 찰후다는 조금도 도움이 되지 않는 자들이나 그냥 붙여 보냈다. 이들은 돌아올 것도 없다. 황태자가 이 사정을 알지 못하고 혹시라도 상을 내려서는 안 된다. 다만 게시투에겐 상을 내려라. 다른 것은 되었다. 또한 대장군 백(伯) 휘양구가 보낸 투항자 갈단의 부하인 오이라트인 1명, 아랍탄의 부하 오이라트인 1명이 역마를 타고 도착했기 때문에 이 자들을 심문한 것을 베껴 보낸다.

　13일(4월 4일) 부도통 아난다가 보낸다고 말했던 볼로트 자이상 호쇼치가 도착했다. 이 자의 공술도 써서 보낸다. 유림의 장성을 나가자 지세는 훨씬 나아졌고 더군다나 지름길이다. 이 길을 만약에 짐이 알아보고 오지 않았다면 영하에 도착하는데 크게 고생했을 것이다.

　그리고 4일(3월 26일)에 신목현(神木縣)에서 갈단의 아들 세브텐 발주르에 대해서 편지를 보냈으나 16일(4월 7일)이 되어도 (회신이) 도착하지 않았다. 무엇 때문에 지체되고 있는지 모르겠다. (그런데) 미시(未時; 오후2시)에 보내왔다.

　또한 15일(4월 6일) 아침 북경에서 그물이 도착했다. 베로 확실하게 포장하지 않았기 때문에 그물 한가운데가 짐 꾸리는 새끼줄에 눌려서 한두 군데가 끊어져 구멍이 나있다. 짐은 여기서 수선해서 사용하고 있다. 지장이 있는 것은 아니다. 우리가 있는 곳에 여러 가지 그물이 있으나 쓸데가 없다. 이제 보내지 말거라. 그건 그렇고 짐은 군사 문제를 처리해서 어떻게 해서든지 갈단을 잡고 후일 변경에 일이 없게끔 하려는데 (여념이 없는데) 무슨 여가가 있어서 물고기를 잡고 놀 것인가?」

(70) 만문주접 문서 152, pp.716~719, 한역 문서 294, p.149, 강희 36년 3월초10일, 황태자의 奏摺에 기록된 朱批(4월 7일)

처음 진이 설치되었으며 명대에는 군정합일(軍政合一)의 위소(衛所)가 이곳을 다스리고 있었다.

342) 중위(中衛); 영하회족자치구 서쪽에 위치하여 동은 오충시(吳忠市) 남은 고원시(固原市) 및 감숙성 정원현(靖遠縣)에 접하고 있으며 서는 감숙성 경태현(景泰縣)과 마주하고 있다. 북은 사막에 접해 있으며 남부는 황토 고원지대와 접하여 지형이 매우 복잡한 지역으로 황하에 의한 수토 유실이 극심한 곳이다.

안변에서 장성을 넘어간 황제는 다시 장성의 안쪽을 따라 서북으로 향하여 현재의 영하회족자치구(寧夏回族自治區)의 땅으로 들어갔다.

「황태자에게 이르노라. 황태후에게 삼가 안부를 여쭌다.

17일(4월 8일) 안변의 장성을 넘어 들어가 묵었다. 앞서 마치[馬齊]가 살펴본 바로는 우물이 4개라고 쓰여 있다. 백성이 짐이 온 것을 듣고 성의 안팎에 있는 자신들이 숨겨놓은 우물 20여 개를 내보였다. 장성 입구에 가까운 곳에 호수가 두 군데,343) 주둔지의 남쪽에 호수가 하나 있어서 물은 풍부하다. 이날 아침부터 상당한 비가 와서 18일(4월 9일) 야반까지 충분히 내렸기 때문에 하루 쉬었다. 정변(定邊)344)에서 마치가 시찰한 바로는 우물이 4개라고 쓰여 있다. 지금 우물에서 물이 용솟음쳐서 작은 강을 이루며 흐르고 있다. 장성 가까이 연속적으로 세 개의 호수가 나타났다. 물은 풍부하다. 마치가 화마지(花馬池)345)에는 우물이 아홉 군데라고 쓰고 있다. 30여 개의 우물이 있다. 장성의 밖 5리(里)에 큰 호수가 하나 있다. 물은 풍부하다. 안정(安定)에는 낡은 우물, 새로운 우물이 33개이다. 물은 풍부하다.

19일(4월 10일) (티베트의 사자) 니마탕 후툭투를 아르비트후가 데려와서 일의 전후경과를 아뢰었다. 같은 날 대장군 백(伯) 휘양구가 오이라트에서 투항해 온 두 사람의 라마에 대해 보고했다. 당사자들은 아직 도착하지 않았

---

343) 'jase dosire bade hanci juwe ombi' 일역에선 '가까이 호수가 두 개 있다'라고 하였고 한역에서도 '入口近地有池二處'라고 했으나 만문에서는 호수란 단어를 찾을 수 없었다. 또한 이것이 우물을 가리키는 것인지 호수를 가리키는 것인지도 불명확하다.

344) 정변(定邊); 명대 변경에 설치된 군정합일의 위소(衛所)가 설치된 곳으로 섬서포정사(陝西布政司) 연안부(延安府) 및 경양위(慶陽衛)에 예속되었다. 명대 중기 몽골의 침입이 극심하여 경내에 장성과 성보(城堡)를 건설하면서 연수진(延綏鎭)이 되었으나 1731년(옹정 9)에 유림부(楡林府)에 소속되었다. 삼변의 한 곳이다.

345) 화마지(花馬池); 영하진(寧夏鎭)의 중요한 관보(關堡)의 하나로 지금 영하 염지현(寧夏 鹽池縣)에 위치한다. 1437년(명의 정통 2)에 화마영(花馬營)이 설치된 이래 영하 염지현 전부와 영무(靈武)지역까지 관할하였다. 염지라는 이름에서 알 수 있지만 이 지역의 소금생산이 경제적, 군사적 측면에서 아주 중요하기 때문에 가정(嘉靖)년간에 섬서삼변총제부(陝西三邊總制府)가 화마지로 이전할 만큼 중요한 지역이다.

다. 상황이 좋아서 써서 보낸다. 당사자들이 도착하면 상세하게 심문해서 다시 보내겠다.

짐은 3월 4일(3월 26일) 세브텐 발주르를 보고나서 곧 편지를 써서 자문(諮問)하고 보냈다. 이 편지가 4일 이내에 도착한다면, 7일(3월 29일)에 북경에 도착할 것이다. 급하게 논의를 마치고 8일(3월 30일)에 발송하면 11일(4월 2일)에 짐에게 도착한다. (짐이) 그날 반송하면 16일(4월 7일) 무렵 (북경)에 도착할 것이다. 세브텐 발주르가 북경에 도착하는 바로 그 무렵이 될 것이다. 그러나 (북경에서) 다음 편을 기다려, 11일(4월 2일)에 발송했기 때문에 16일(4월 7일)에 겨우 이곳에 도착했다. 같은 날 반송하면 21일(4월 12일) 무렵 그곳에 도착한다. 세브텐 발주르가 북경에 도착하고 조금 날짜가 지나서이다.

편지는 16일(4월 7일)에 보냈기 때문에 그 사이 편지가 뜸해지면 황태후가 무엇 때문에 늦는가 하고 생각하시면 안되므로 21일(4월 12일) 아침 일찍 써서 보낸다. 이 편지를 만주인 대신들에게 보여라.」

(71) 만문주접 문서 165, pp.785~789, 한역 문서 305, pp.155~156, 皇太子에게 보내는 上諭(4월 12일)

청의 사신, 갈단을 만나다

4월 17일 황제는 영하(寧夏)의 마을에 도착했다. 이곳은 황하 왼쪽 언덕의 비옥한 평원으로 10세기에서 13세기에 걸쳐 탕구트인의 서하(西夏)왕국의 도읍지였다. 현재는 영하 회족자치구 혁명위원회의 소재지로 은천시(銀川市)라고 한다. 이후 황제는 영하에서 18일 동안 체재했으나, 도착한 뒤 처음 황태자에게 보낸 편지에서 내몽골을 거치는 것이 지름길이어서 편했다고 후회하고 있다.

「짐은 무사하다. 황태자는 건강한가?
21일(4월 12일) 안정(安定)에서 묵었다. 22일(4월 13일) 홍무영(興武營)346)에서 묵었다. 물은 풍부하다. 짐은 유림에 도착한 이래 계속 현지의 녹기병

(綠旗兵)을 거느리고 토끼 몰이사냥을 하였다. 매일 풍족했지만 이날은 더욱 풍족해서 오르도스보다 더욱 많았다. 짐은 긴 꼬리 황양(黃羊) 두 마리, 토끼 300여 마리를 잡았다. 연도의 장성 아래 주둔하는 녹기병의 사나이다움은 전혀 시비할 데가 없고 대오도 정연하며 몰이사냥에 아주 숙련되었다. 이전에 듣던 바가 전혀 거짓이 아니다.

23일(4월 14일) 청수보(淸水堡)에서 묵었다. 강이 있다. 24일(4월 15일) 횡성(橫城)에서 묵었다. 황하의 강 언덕에 묵으면서 25일(4월 16일)은 하루 쉬고, 짐이 직접 감독해서 강을 건너는 것을 해지기 전에 끝내고 26일(4월 17일) 영하에 도착하였다.

영하의 토지는 좋고, 물자도 풍부하고, 병사들은 기율이 섰으며 말은 살쪘다. 마스카 등이 이끌고 온 군마는 살집이 좋다. 짐이 탈 말도 모두 건강하게 도착하였다. 어떤 말은 8할 정도 살이 쪘다. 대다수 사람의 말과 낙타는 간신히 도착하였다. 왜냐하면 길이 목초지가 아니고 먼지가 많으며, 산야는 모두 모래로 되었기 때문에 행군하기가 몹시 어려웠기 때문이다. 옛날부터 이 길을 행군한 사람은 없었다. 상서 마치가 북경에서 영하에 이르는 거리[里數]에 대해 보고한 바로는 2,720리(1224km)이다. 길안내인 부다 등이 북경에서 유림을 지나 장성의 밖을 통해 안변에 들어와 영하에 이르기까지를 측량한 바에 따르면 2,600리(1170km)이다. 학사 양서(楊舒)가 북경에서 유림을 지나 장성의 밖을 돌아 안변으로 들어와 영하에 이르기까지를 측량한 바에 의하면 2150리(967.5km)이다. 각지에서 쉬었던 6일간을 빼고 44일 안에 도착했다. 영하에서 후후 호톤을 거쳐 북경에 이르기까지를 측량하면 결코 1,800리(810km)를 넘지 않는다. 지름길인 데다가 다니기도 편하다. 물과 목초도 좋다. 우리가 온 길은 아주 좋지 않은 돌아가는 길이다. 짐은 영하에 도착해서 곧 환관 반량동(潘梁東), 장홍(張洪)을 보냈다. 3월 28일.」
(72) 만문주접 문서 26, pp.88~95, 한역 160, p.74, 황태자의 奏摺에 기록된 朱批(4월 19일)

---

346) 홍무영(興武營); 명의 장성 가운데 중진의 하나로서 현재의 영하회족자치구염지현(寧夏回族自治區鹽池縣) 경내에 있다. 남북의 장성이 이곳에서 한곳으로 모인다. 명의 정통 9년(1444), 처음 홍무영이 설치되고 1507년 벽돌담을 전석(磚石)으로 바꾸었다.

황제가 영하에 도착한 3일 뒤 정세는 크게 변했다. 사크사 투후루크의 갈단에게 보낸 청의 사자가 돌아와서 4개월 만에 황제와 갈단 사이에 교섭이 열렸던 것이다.

> 「황태자에게 이르노라. 3월 29일(4월 20일) 저녁, 대장군 휘양구로부터 우리들의 사자 원외랑(貝外郞)[347] 보시히[博席希]가 돌아왔다는 것과 문답내용의 보고가 도착했다. 당사자(보시히)는 아직 짐에게 이르지 않았다. 도착하는 대로 상세하게 묻고 또한 알려줄 것이다. 북경의 대신들은 이곳의 소식을 하루 빨리 듣고 싶어 할 것이다. 그래서 보고서를 베껴 쓰자마자 윤(閏) 3월 1일(4월 22일) 진시(辰時, 오전 8시)에 보냈다.
> 체왕 랍탄에게 보냈던 사무(司務)[348] 잉구가 돌아왔다. 말하는 내용은 주사(主事) 창밍과 같다. 이 편지를 하는 김에 황태후에게 문안을 여쭌다. 이 일을 수도에 있는 의정대신을 모아서 성의껏 의논하고 아뢰어라. 특히 알린다. 북경에서 일식이 얼마나 있었으며 어떠했는가를 확실히 써서 보내라.」
> (73) 만문주접 문서 176, pp.841~843, 한역 문서 314, p.160, 康熙 36年 閏3月 初6日, 皇太子에게 보내는 上諭(4월 21일)

이 마지막 한 구절은 4월 21일에는 일식이 있었기 때문이다.

그런데 보시히의 보고에 의하면 청의 사신 일행은 2월 20일 갈단이 있는 사크사 투후루크의 바로 앞 2일정의 거리에서 머물렀다. 다음날 게레이 구영 두랄이 청의 사신이 도착한 것을 갈단에게 알리러 갔다. 그런데 이틀 뒤 초시히 바투르라는 자가 와서 청의 사신에게 이렇게 말했다.

---

347) 원외랑(貝外郞); 원래 설치된 정원 이외의 낭관(郞官), 낭중(郞中)을 말한다. 진무제(晋武帝)가 원외 산기시랑(散騎侍郞)을 두어 원외랑이라 칭한데서 비롯한다. 수의 개황(開皇) 3년(583) 상서성(尙書省)의 24사(司)에 각각 한 명씩 두어 그 사의 장부를 맡겼고 당대에는 각부의 정식관원으로 삼아 낭중(郞中) 아래 주사(主事)의 위로 대우하였다.
348) 사무(司務); 만문에선 'hafan'이라고 표기했는데 이 단어를 일역에서 사무(司務)라고 번역하였다. '관리, 직인, 잡무를 담당하는 하급관리'의 뜻을 지니고 있다.

「우리들의 한(임금) 갈단이 보내서 왔다. 『게레이 구영 두랄이 와서 (淸使가 와서) 황제 폐하의 조서를 내린다는 것을 듣고 나(갈단)는 대단히 기쁘다. 오늘은 길일이기 때문에 황제 폐하의 조서를 받으러 가겠다. 다음날 원외랑 등을 만나자』고 말하고 나를 보냈다」고 말하고 보시히가 조서를 주자 초시히 바투르는 무릎을 꿇고 두 손으로 소중하게 받고 돌아갔다.[349]

(74) 만문주접 문서 162, pp.766~767 한역 문서 302, p.154, 康熙 36年 閏3月初 26日 到

이로부터 11일[350] 뒤 3월 6일에 초시히 바투르가 돌아와서 갈단이 만나자고 말했다고 하며 정사(正使) 보시히 한 사람만을 데리고 그날 정오에 출발했다. 밤을 세워가서 다음날 7일 정오에 갈단이 있는 곳에 도착했으나 잠시 기다렸다가 곧 만나자고 하면서 잠시 후 해가 떨어지자 갈단은 야외로 나와 바위 위에 자리를 차지했다. 보시히는 좀 떨어진 곳에 앉고 (그 앞의) 양쪽에 두 사람이 무릎을 마주하고 앉아서 앞으로 나아갈 수 없게 했다. 보시히에게 한 개의 큰 그릇, 갈단에겐 별도로 하나의 큰 그릇에 짐승고기를 수북이 쌓아놓고 서로 중개인을 통해 대화를 나누었다.

보시히가 「나는 사신으로 온 사람이다. 갈단에게 가까이 가서 말하고 싶다」고 말하자 양측의 두 사람이 말리며 못 일어나게 했다. 그러자 황제로부터의 전언을 전하고 끝내자고 갈단이 말했다.

「젭춘 담바와 투시예투 한을 쫓아가자고 말하고 황제 폐하를 헷갈리게 했다. 지금 황제 폐하가 친절하게 내리신 말씀을 듣고 나 갈단은 크게 기쁘고 신뢰한다. 지금 황제 폐하께서 어떠한 말씀을 내리셔도 말씀을 삼가 공손히 따를 것입니다. 내 말을 받들어 올린 편지에 썼다. 내 뜻은 보내는 사신에게

---

349) 만문 'bosihi . cangšeo be hesei bithe be afabume burede'과 한역 '臣博席希閏壽等頒敕書時'라고 하여 보시히[博席希, bosihi] 혼자가 아닌 부사 창수[閏壽, cangšeo]도 같이 칙서를 주었다고 했다.
350) 만문주접 문서 162, p.768에선 11일이 아닌 14일(juwan duin) 뒤라 했다.

말했다. 사신이 그곳에 도착하면 구두로 말씀을 드리겠다.」

(75) 만문주접 문서 162, p.770, 한역 문서 302, p.154, ≪親征平定朔漢方略≫ 卷39
康熙 36年 3月 庚辰條

그 말이 끝나자마자 갈단은 일어서서 말을 타고 가고 보시히는 숙소로
돌아왔다. 3월 16일 갈단의 부장 단지라의 부하가 와서 단지라는 황제에
게 투항하고자 이미 게레이 구영 두랄에게도 이 뜻을 누설했다고 몰래 청
의 사신에게 전했다. 같은 날 초시히 바투르가 라마 잡 등의 10여 명을 데
리고 와서 황제에게 가는 사자로 게레이 구영 도랄이 선발되었으나 처자
를 데리고 도망했기 때문에 대신 라마 잡을 사자로 보내게 되었다고 말했
다. 다음날 18일 청의 사신 일행은 사크사 투후루크를 출발하여 귀로에 올
랐다. 도중에 하다트 불락이라는 샘에서 게레이 구영 도랄을 만났다. 게레
이는 60여 명과 말 100마리, 낙타 40여 마리를 거느리고 갈단에게서 탈출
하여 도중에 청의 사신을 기다려 합류하려고 하던 차에 갑자기 갈단의 다
른 부장 이라국산 후툭투351)가 100여 명을 이끌고 습격해 와 전 재산을
탈취하고 게레이 자신도 부상을 당한 채 처자 13명만이 살아남았다. 이리
하여 보시히 등은 게레이를 데리고 4월 13일 타라 불락의 우물에 있는 청
군의 전선에서 돌아왔다.

---

351) ♣ 이라국산 후툭투[伊拉古克山呼圖克圖, ?~1697년]; 몽골어로는 'ailaxuqsan(매
우 뛰어나다)'이다. 이자는 후후 호트, 북경에서 티베트 불교의 요직을 역임하고
갈단이 할하를 침공할 때 청측의 사자로 교섭을 위해 파견되었다. 그러나 성과를
올리지 못하고 1692년에 갈단 측에 망명하여 부장(部將)으로 활약하였다. 갈단의
사후 체왕 랍탄에 의해 청측에 인도되고 북경에서 처형되었다.

달라이 라마 5세의 죽음 발표

달라이 라마 5세

상게 갸초

실은 황제는 (이제까지) 황태자에게도 알리지 않은 비밀이 있었다. 황제가 영하에 도착하기 7일 전에 정변(定邊)에 있을 때 라싸의 섭정 상게 갸초가 보낸 사자로부터 달라이 라마 5세가 16년 전 입적 하였고, 15세의 달라이 라마 6세가 가까운 장래에 모습을 나타내 즉위한다는 것을 고해온 것이다. 황제가 비밀을 지킨 것은 섭정의 요청에 의한 것이었지만 비밀이 다른 곳에서 누설되었기 때문에 황제는 격노하고 여기에 한바탕의 드라마가 전개되는 것이다. 황제 자신이 기록한 바 다음과 같다.

「3월 19일(4월 10일)에 니마탕 후툭투, 조르모롱 겜뽀[352]가 왔었다는 것

---

352) ♧ 조르 모롱 겜뽀; 니마탕 후툭투와 같이 티베트의 섭정 상게 갸초가 파견한 사

은 전에 알렸으나, 그들은 (달라이라마 5세의 죽음) 사정을 철저히 비밀로 했기 때문에 쓰지 않았다. 이제 사건이 명명백백해졌고 너무나도 기괴하여 귀찮은 것도 잊고 황태자에게 알리고자 전말을 상세하게 써서 보내니 잘 읽어 보아라. 니마탕 후툭투가 도착한 후 짐은 달라이 라마가 이전부터 우호적이었다고 생각해서 비밀에 부치고자 하는 그들의 뜻에 따라 니마탕 후툭투, 조르모롱 겜뽀를 가까이 오게 하고 짐의 측근에는 일등시위 구왐보, 하이칭, 삼등시위 라시만 있었을 뿐 다른 누구도 없었다. 이들이 아뢴 것은 『老 달라이 라마(달라이 라마 5세)는 술(戌)의 해 1682년(강희 21)에 돌아가셨습니다. 小 달라이 라마(달라이 라마 6세)는 금년 15세가 되셨습니다. 우리들의 존립은 달라이 라마에게 달려있습니다. 달라이 라마가 돌아가셨을 때 곧 알려드리려고 했으나 무슨 변고가 일어날지도 모르겠고, 또한 달라이 라마의 유언에 데풍 사원의 나이충의 신탁이 틀림없이 맞아떨어지는 해가 되면 비로소 황제 폐하와 여러 시주들에게 알리라고 하셨기 때문에 (小 달라이 라마 즉 달라이 라마 6세께서) 올해 10월 25일(1697년 12월 8일)에 처음으로 선정에서 나오시어 여러 사람들의 배례를 받을 예정입니다. 이 일은 섭정이 우리들을 파견했을 때 불전에서 맹세를 하고 폐하를 직접 알현하여 내밀하게 알려드리라고 말씀하셨습니다. 그 이외의 곳에는 모두 달라이 라마가 선정에서 나오신다고 말씀하셨지만 사연이 누설된 것은 아닙니다.』[353]라고 했기 때문에, 짐은 섭정의 상주문과 헌상한 달라이 라마의 상(像)을 그들의 면전에서 원래 봉한 것을 다시 봉하고 그 위에 서명을 한 뒤 칙지를 내렸다. 『짐은 이 몇 년간, 달라이 라마 5세의 죽음을 알고 있은 지 오래되었다. 정말로 달라이 라마가 살아있다면 셈바 침부 후툭투, 간덴사의 주지 갈단 시레투, 체첵 달라이 캔뽀, 제르둥 후툭투 등은 결코 그렇게 행동하지 못하고, 할하와 오이라트도 불화하지 않았을 것이다. 그래서 나는 엄한 칙유를 내리는 것이다. 지금 섭정이 성의를 가지고 진실을 표하며 짐에게 내밀하게 아뢴다면 짐도 내밀하게 보관해서 10월 상순(11월 14일~23일)에 개봉하여, 내외 49기(旗, 내몽골), 할하의 여러 자삭크들에게 선포해서 죽은 달라이 라마 5

자. 티베트의 도우렌 데첸 현(顯)에 있는 가담파의 고찰(古刹) 조르 모론 寺(1169년 건립)의 승려로 생각된다.

353) 달라이 라마는 15년 전 입적했으며 15세 된 달라이 라마 6세(창양 갸초)가 모습을 나타내고 즉위한다는 것을 말한다. 니마탕 후툭투 등의 사신이 오고간 시기는 1697년 4월이다.

세를 위해 경을 읽게 하고 공물(供物)을 보내고, 小달라이 라마에겐 축하의
사자를 보낼 것이다』 그렇게 말하고 칙서를 쓰게 했다.

『지금강(持金剛) 와치라 다라 달라이 라마의 가르침을 담당하는 홍선불법
왕(弘宣佛法王) 붓다 아부디[354]에게 이르노라. 짐은 천하만국을 다스리기 때
문에 인(仁)을 베풀고 역(逆)을 징벌한다. 성의를 가지고 공손하게 행동하는
자를 반드시 가상히 여기고 소중하게 여긴다. 붓다 아부디여! 너는 앞서 갈
단과 공모해서 모든 일을 전부 오이라트 측(갈단 편)에 가담하여 행하고, 사
태를 악화시킨 제르등 후툭투를 인도하지 않는 것을 고집했으므로 그 때 짐
은 달라이 라마가 살아계신다면 결코 그러한 일은 없었다는 것을 네게 특히
엄하게 칙유를 내렸던 바 있다. 지금 너는 ≪황제폐하가 엄한 칙유를 내려서
매우 걱정이 된다. 지금은 단지 폐하의 칙유를 삼가 공손하게 따르고 가능한
한 노력하자. 달라이 라마를 소중히 여긴다면 제가(상게 갸초) 조용하게 칙
유를 받들지 않을 리가 있겠습니까?≫라고 일심으로 간청하고 있다. 네가 잘
못을 알고 죄를 인정한다면 짐은 달라이 라마와 우호적 관계를 맺은 지 오
래된 것을 생각하지 않을 리가 있겠는가?[355] 그 뿐만이 아니고 너희 티베트
사람을 내가 사랑하지 않고 보호하지 않는다면 평안을 얻어 살아갈 수 있겠
는가? 제르등 후툭투는 달라이 라마가 특히 파견해서 할하와 오이라트를 화
합시키고자 보낸 자이나, 그는 전혀 할하와 오이라트를 화합시키지 않고, 오
히려 오이라트를 유인해 경내 들어와 우리 군과 싸우게 했다. 죄상이 크고

354) 이 부분의 만주문은 'wacira dara dalai lamai šajin be jafaha . fucihi i tacihiyan be
badarambume selgiyere wang butda abdi[금강저(金剛杵)를 가진 달라이 라마의 불
법을 받들어 부처의 가르침을 널리 선포하는 왕 붓다 아부디(掌瓦赤喇呾達賴喇嘛
教弘宣佛法王布忒達阿白迪)']이다. 붓다 아부디는 섭정 상게 갸초를 말한다. 1693
년(강희 32) 상게 갸초는 죽은 달라이 라마 5세의 이름으로 청에 진공(進貢)하고
자신을 티베트[土伯特] 왕으로 봉해줄 것을 요청하자, 강희제는 <掌瓦赤喇呾達
賴喇嘛教弘宣佛法王布忒達阿白迪之印>로 봉했하였다.

355) 이 부분의 만주어 'si waka be safi . weile alime wesimbuci . bi dalai lamai emgi
doro šajin uhe ofi aniya goidaha be gūnirakū doro bio'를 원저에선 '네가 잘못을
알고 죄를 인정한다면 짐은 달라이 라마와 우호적 관계를 맺은 지 오래된 것을
생각하지 않을 리 있겠는가?'라고 번역하였으나 한역은 '知過謝罪, 朕豈不念與達
賴喇嘛政教合一年久之理乎(네가 잘못을 사죄한다면, 짐이 어찌 달라이 라마와 정
교합일한 지 오래된 것을 생각하지 못할 것인가?)라고 하였는데 만주어 'doro
šajin uhe'를 '정교합일(政教合一)'의 의미로 본 한역이 더 정확하다.

중오스럽기 때문에 반드시 인도하라. 짐은 이 자의 생명, 신체, 계율을 너희들이 원하는 대로 관대하게 면제해주겠다. 판첸 후툭투가 와야 할 연월일(年月日)을 너는 천천히 정해서 아뢰어라. 또한 갈단은 짐에게 적대하고 우리 군에게 대패한 역적이며 죄상이 중대하다. 이 자의 딸을 결코 후후 노르에 살게 해서는 안된다. 너는 반드시 인도해라, 인도하지 않으면 잘못은 네게 있다. 갈단이 죄를 인정하고 항복한다면 그때에 별도로 칙유를 내리겠다. 지금 니마탕 후툭투가 도착해서 너의 청원을 모두 비밀리에 아뢰었다. 짐도 은밀하게 칙유를 내렸다. 짐은 원래 모든 나라의 사람들을 모두 사이좋게 융화시켜 태평하게 살아가게 하고 싶은 생각을 마음속에 깊이 담아두고 있다. 은밀하게 일을 세세히 캐내어 다른 나라를 다치게 하는 짓은 하지 않는다. 이후 너희가 칙유를 배반하지 않는다면 짐은 너희의 전의 잘못을 모두 생각하지 않고 이전과 같이 소중하게 여기겠다. 그렇게 하면 너희나라 백성에게 크게 유익하고 너도 명예를 끝없이 누릴 것이다. 특히 정사 이번원주사 보주, 부사 서주사[(副使·署主事)]³⁵⁶⁾ 사할리얀을 보낸다. 칙유를 내리는 규정에 따라 비단 6필을 상으로 내린다.』

(76) 만문주접 문서 181, pp.863~871, 한역 문서 329, pp.168~169

28일(4월 19일), 짐은 (사자들을) 불러서, 29일(4월 20일) 아침에 출발시켰다. 같은 날 저녁 체왕 랍탄에게 보냈던 사무(司務) 잉구가 돌아와서

『저(잉구)는 보로 타라에서 돌아오는 도중[이번원]에서 체왕 랍탄에게 보낸 편지가 도착했기 때문에 그 편지를 가지고 되돌아가서 체왕 랍탄에게 이르렀습니다. 그러자 체왕 랍탄은 크게 기뻐해서 곧 말씀에 따라 군대를 이끌고 갈단을 정벌하러 왔습니다. 사크사 투후루크로 가는 20일 거리의 장소에 도착하자, 달라이 라마의 사자 다르간 엠치가 가서 ≪달라이 라마가 돌아가신 지 16년이 되었다. 小 달라이 라마는 15세이시다. 너희들은 각자 자신의 지방으로 돌아가고 전쟁을 일으키지 말라≫고 말했기 때문에 (체왕 랍탄은) 곧 정벌을 중지하고 되돌아갔습니다. 저 잉구는 그가 행동을 일으키지 않는 것을 보고 돌아왔습니다. 달라이 라마의 사정을 서북방의 무리(오이라트인)

---

356) 정사 이번원 주사 보주를 만주어에선 'dalaha elcin tulergi golo be dasara jurgan booju'로 부사 서주사 사할리얀을 'ilhi elcin araha ejeku hafan(副使·署主事) sahaliyan'이라 했다.

모두 들었습니다』라고 보고했다. 같은 날 아난다의 보고에 의하면 갈단 도르지[357]가 사람을 보내서 『후후 노르의 잠바링 겜뽀가 편지를 보내서 나(갈단 도르지)에게 무기를 정돈하고 후후 노르 회맹에 출석하라고 말했습니다. 나는 지금 황제폐하의 신하이다. 원래부터 후후 노르 회맹에 전혀 참가하지 않았다. 그렇기 때문에 나는 가지 않습니다. 이런 사정을 아뢰어 주십시오』라고 말해왔던 것이다.

이에 따라 짐이 달라이 라마를 위해 비밀을 지키는 것이 보람도 없고 물어볼 것도 많아서 니마탕 후툭투를 좇아가 데려왔다. 2일(4월 23일)에 도착했으므로 대신을 보내서 말했다. 『너희의 비밀을, 짐은 달라이 라마의 체면을 생각해서 누구에게도 알리지 않고 숨겼다. 지금 너희의 사자 다르간 엠치가 전부 공표해서 모두가 들어버렸다. 지금 짐이 혼자 비밀을 지킨다는 것이 쓸모 없어졌다. 너희들 라마들과 같이 입회해서 개봉하고 상주문을 번역시켜, 달라이 라마의 상을 보이고자 한다』그래서 우리 쪽의 라마들과 함께 니마탕 후툭투가 스스로 개봉하자 흙으로 만들어진 달라이 라마 상의 머리가 목 부분부터 분리되어 곁에 떨어져 있었다. 그래서 라마들, 대신들 (그 자리에서) 들은 바 모든 무리가 매우 놀라서 『이 일은 만약 그들이 가버린 뒤에 개봉하거나 혹은 10월[358]에 개봉했으면 우리의 얼굴을 들 수 없는 지경이 되었을 것이다. 숭고하고 존엄하신 폐하에게 하늘은 늘 응하시어 니마탕 후툭투 등이 멀리 가지 않았을 때 잉구 등의 정보가 도착해서 (니마탕 후툭투) 스스로 이 사건의 본말을 명확히 하고 폐하가 진실되게 달라이 라마를 소중하게 여겼다는 것을 증명했다. 16년 동안 갖은 방법으로 달라이 라마의 말씀이라고 거짓말한 사정이 명확하게 밝혀졌기 때문에, 달라이 라마가 정말로 굽어 살피신다면 역시 폐하를 고맙게 생각하고 섭정을 비난하지 않을 수 없다. 이에 따라 (강희제가) 섭정과 티베트 백성에게 언짢은 것을 말씀하지 않는다는 것을 알 수 있다』고 다들 말하였다. 니마탕 후툭투 등은 완전히 기가 죽고 낙담해서 입을 열지 못한 채 단지 『우리에게는 흉조다』라고 한탄하였다.
(77) 만문주접 문서 181, pp.871~876, 한역 문서 329, p.169

(섭정 상계갸초가 보낸) 상주문의 문면은 다음과 같다.
『천하의 곳곳을 공덕의 힘으로 다스리시는 문수사리(文殊師利) 황제 폐하

---

357) 호쇼트 부의 오치르트 체첸한의 아들이다.
358) 여기서 말하는 10월은 데풍 사원의 나이충의 신탁이 끝나는 달로 생각된다.

의 무구(無垢)한 연화(蓮花)의 옥체에 삼가 아룁니다. 모든 중생에게 불행하게도, 제5대 달라이 라마가 1682년[임술년(壬戌年)]에 돌아가신 것에 대해 말씀 드리겠습니다. 복다 한(태종 홍타이지) 이래 친선을 맺고,[359] 1653년의 해[계사년(癸巳年)]에 (달라이 라마 5세가) 북경에 가서서 친선을 맺으면서부터 법문(法門)에서 위대하신 달라이 라마, 세간에서도 위대하시고 수명은 하늘과 대등하고 해와 달 같은 대시주(大施主, 즉 황제)[360]가 계시므로 여러 가지 사정을 아뢰고 싶은 생각이 매우 간절했습니다만, 예언을 담당하고 법을 지키는 데풍 사원의 나이충[361]의 신탁에서 오로지 측근인 달라이 한, 달라이 바투르[362] 등을 불러서 고하는 것 이외에는 각자 가까운 자들에게도 올해까지 누설되지 않도록 한 사정을 아뢰고 싶은 마음은 있었지만 달라이 라마의 유언, 또 법을 지키는 호법(護法) 나이충에서 엄금한 것이 있기 때문에 아뢰지 못했습니다. 이것을 폐하께서 양해하여 주시기 바랍니다. 제6세의 재생한 옥체에는 금하는 것이 있어서 아직 배례를 못하고 있습니다. 알맞은 시기가 되면 수명은 하늘과 같이 높고 귀한 대시주께 아뢰고 여러 사람에게 알리려고 생각했습니다, 신탁이 지시하는 시기까지는 폐하 이외의 다른 사람이 알게 하지 말라고 하는 것, 호법 나이충이 금지한 사정을, 니마탕 후툭투, 조르 모롱 겜뾔 등을 보내어 내밀하게 상주하라고 보낸 것을 폐하께

---

359) 이 구절의 만주문 'enduringge han ci ebsi doro šajin emu ofi'에서 'doro šajin emu ofi'는 '정교합일(政敎合一)'이라는 의미이다. 따라서 원저의 '친선을 맺고'라는 번역은 의역이다. 원저의 '복다 한'은 만문에선 'enduringge han'이라고 표기하였다. 두 호칭 모두 태종 홍타이지를 지칭하는 말이다.

360) 자비심으로 조건 없이 절이나 승려에게 물건을 베풀어 주는 일. 또는 그런 일을 하는 사람을 말하는데 여기서 말한 대시주(大施主)는 강희황제를 지칭한다. 만문 주접 문서 181, p.878의 'amba ūklige ejen'에서 'ūklige'로 읽혀질 수 있는 단어는 사전상에 찾을 수 없었다. 사전상으로 'ūnglingge ejen'이 '施主'의 의미이므로 'amba ūnglingge ejen'으로 읽을 때 '大施主'의 뜻으로 해석할 수 있다.

361) 호법(護法) 나이충; 만문주접에선 'tuwara hacin be jafaha ging(經) be ambarame karamara baraibung ni naicung ni hesei'이라 했는데 이를 한역에선 '然奉掌卜護經之哲蚌寺乃崇有令'으로 번역하였다. 'baraibung'은 티베트인들이 데풍 사원을 지칭하는 말이다. 원저와 한역에선 이를 'drepung, 철방사(哲蚌寺)'로 비정하였다.

362) ♣ 달라이 바투르(?~1690년); 구시 한의 제 6자로 이름은 도르지. 청해 호쇼트 부족의 최대 유력자로서 달라이 라마로부터 '달라이 홍타이지'라는 호칭을 수여받았고 라싸에 주둔한 티베트 국왕을 대신하여 청해 호쇼트를 통솔하였다.

서 어람하시고 칙유를 끊임없이 내려주시기 바랍니다. 상주문을 올리게 된 것은 중생의 이익을 위해, 사리(舍利)를 내고, 유체를 깨끗이 하여 장례를 치르고 사람들의 눈이 닿지 않게끔 하고 원형대로 매장하였습니다 (라는 것을 아뢰기 위해서입니다).363) 수명이 하늘과 같은 대시주의 제사에 쓸모가 있게끔, 유체를 안치한 대(台)의 한가운데에 소금을 섞어서 만든 달라이 라마의 상을 놓고 이 라마를 다른 마음이 없이 경건하게 기도하고 제사드리며 등과 향을 피우고 공물을 바치겠습니다. 그러하다면 길조, 상서로운 징조가 나타날 것으로 알고 있습니다. 라마의 상(像)에 최상의 옥주(玉珠), 모직물 등의 물건을 바치고 7월 1일 길일에 올립니다』

(78) 만문주접 문서 181, pp.871~883, 한역 문서 329, p.169

이 밖에 책 한 권이 있는데 달라이 라마의 본말, 탄생, 죽음, 유언에 대해 쓴 것으로 번잡해서 길어서, 번역에 날자가 걸릴 뿐 아니라 짐의 밑의 라마들에겐 버겁다. 사정도 중요하지 않기 때문에 쟝갸 후툭투364)를 기다리고 있다. [번역이] 완성되면 다시 보내겠다.

이 일을 볼 때, 이 16년 사이에 우리 쪽에서 보낸 라마들이 우리를 속인 것이 극에 달한다. 믿을 수 없다. 섭정 측 모든 자는 진실된 말이 하나도 없다. 이 가운데도 담빠 세르지가 달라이 라마를 자신이 보았다고 보증한 것은 가장 증오스러운 일이다. 황태자는 이번원의 대신, 장교들을 거느리고 메르

---

363) 만문주접 문서 181 p.879의 'bithe wesimbure doroi ergengge de tusa ojoro jalin . šaril tucire . giran be jafara . sindara jergi ba . tuwabuha bade tucinjihekū ofi gulhun sindaha'에서 'tuwabuha bade tucinjihekū ofi'의 해석을 '以火化取舍利之地, 尚未卜定, 故整身葬之'이라고 하였다. 시신에 소금을 넣는 것은 부패방지와 정결의 의미가 있다.

364) ♣ 쟝갸 후툭투[janggiya kūtukhtu, 章嘉呼圖克圖, 1642년~1714년]; 달라이 라마, 판첸 라마의 다음 위치에 있는 후툭투에는 외몽골을 관장하는 젭춘담바 후툭투와 내몽골을 담당하는 쟝갸 후툭투가 있다. 청해 지방 겔룩빠의 명찰 군룬사에 坐牀한 전생고승으로 이름은 가왕 롭상 추덴이다. 法號의 계보로서는 14세에 해당하지만 실제는 2세이다. 강희제의 초청을 받고 1693년 來朝하였고 달라이 라마 6세 즉위식에 청측의 대사로 파견되는 등 강희제의 신임을 얻었다. 뒤에 도론 노르의 휘종사(彙宗寺)의 주지로서 내 몽골 및 북경에서 겔룩빠의 최고위 화신승이 되었다. 법호 쟝갸 후툭투는 내몽골을 교구(敎區)로 하는 겔룩빠의 최고 지도자를 말한다.

겐 초르지 이하의 라마를 모두 전단사(栴檀寺)[365]에 모아 사정을 고하고, 담빠 세르지를 체포하여 제자들과 같이 이번원에 감금하라. 이 자의 집 두 채를 봉인하고 엄중하게 감시하라. 메르겐 초르지와 많은 라마들에게 『정월 1일(1월 23일) 짐 스스로─황태자도 있었으나─물었을 때 메르겐 초르지는 앞장서서 달라이 라마가 살아계신다고 했다. 지금 어떻게 사실이 들어났는가? 개를 키우는 것은 낯선 사람에게 짖어서 필요한 것이다. 너희 라마들을 키운 것이 아무런 도움도 되지 않았다』라고, 체면에 관계없이 질책하고 16년 동안 티베트에 파견했던 라마들을 조사하고 한 사람 한 사람씩 공술을 받아 보내라. 라마들이 어떻게 했는가를 알려라. 이 사건을 만주인 대신들에게 보여라. 황태후께는 구두로 대체적인 것을 아뢰어라.」

(79) 만문주접 문서 181, pp.880~883, 한역 문서 329, pp.169~170, 皇太子에게 보내는 上諭(4월 22일)

여기서 등장하는 진흙의 상은, 티베트 어로 '사쓰아'라 하고, 미이라를 만들 때 스며 나오는 즙을 혼합하여 잘 반죽해서 만든 것이다.

이렇게 달라이 라마 5세의 죽음이 공표됨에 따라 정세는 황제에게 더욱 유리하게 되었다. 이렇게 되기까지 갈단의 행동은 모두 달라이 라마 5세의 지령이라고 칭하며 따라왔으나, 그것은 모두 나이충의 신탁을 이용한 섭정 상게 갸초 입에서 나온 것이므로 갈단이 설자리가 없어졌다. 섭정도 그것을 알고 있었으나, 이미 갈단의 운명이 여기까지라고 판단했기 때문에 달라이 라마 5세의 죽음에 대한 공표 결단을 내린 것이다. 때문에 이것은 섭정이 갈단을 못본 체 한 것이다. 갈단 최후의 날이 임박하였다.

---

365) 원저에선 'jantan sy'를 전단사(栴檀寺)라고 하였고, 한역에선 '첨단사(瞻檀寺)'라고 하였는데 같은 절인지 아닌지 확인할 수 없었다. 위키 대백과에 의하면 북경의 西安內에 있었던 弘仁寺(俗欄 栴檀寺)라고 하는 절이 있었다고 한다. 강희 4년(1665년) 불교 사원으로 건립되었고, 광서 연간에 이번원라마 인무처(印務處)로 전용되었다.

토벌 작전의 마무리

이 무렵 황제는 황태자에게 원정의 감상을 말하고 있다.

> 「황태자에게 이르노라. 짐이 영하에 도착한 지 열흘 가깝다. 매일같이 병마, 식량, 경비 등을 서로 의논하고 준비하느라 조금도 틈이 없다. 길에서 아침에는 안개와 이슬을 만나고, 낮에는 모래와 먼지에 둘러싸이며, 입은 지휘와 명령에 지치고, 손은 말고삐와 채찍 때문에 못이 박히면서 수천리 밖으로 나온 것은 단지 이 한 사람 갈단 때문이다. 내가 지금 북경에 있으면 아침은 여러 가지 꽃을 보고, 낮에는 나무 그늘 아래서 새소리를 듣고, 더우면 휴식하고 시원하면 일하면서, 편안함을 으뜸으로 하는 것을 몰라서가 아니다. 단지 이 의지, 이 사나이의 의지를 관철하고 싶은 것이다. 황태자는 효심이 두터운 사람이다. 아마 꽃을 보고, 새를 보고, 물고기를 보고 짐승을 볼 때마다 내가 불모의 변경366)에서 있는 것을 마음 아파할 것이다. 내 일은 걱정하지 말거라. 다만 밤낮없이 국가의 일에 마음을 다하고 틈이 나면 경전과 사서에서 천하의 득실을 읽고 마음을 달래 거라. 특히 이르노라.」
> (80) 만문주접 문서 175, p.839, 한역 문서 313, p.159, 皇太子에게 보내는 上諭(4월 25일)

영하에서 황제가 열중한 것은 마지막인 갈단 토벌 작전의 준비였다. 휘양구 군은 내몽골의 서부에서, 아난다 군은 감숙성의 서부에서 각각 출격해서, 고비 사막을 넘어 알타이 산맥의 동쪽 끝에 있는 갈단의 본영을 습격하려고 계획했다. 그곳에 5월 1일, 갈단의 사자 라마 잡이 도착했다. 지참한 갈단의 편지는 간단하여 왜소한 사자는 구두로 말했다고 한다. 라마 잡이 말한 갈단의 말은 다음과 같다.

---

366) 만문 'hūjiri yonggan dube i jecen'은 '소금 모래의 변경'으로 번역할 수 있다. 장성 이북에는 이와 같은 암염(岩鹽)지역이 많으므로 이를 불모의 변경으로 번역하는 것도 타당성이 있다. 한역에선 '沙鹵之邊陲'로 번역하였다.

「폐하의 말씀에 내가 살아갈 수 없으면, 무리를 모아 가까이 와서 항복하라고 하셨다. 나는 묵을 집도 없고, 탈 가축도 없으며, 먹으려 해도 식량이 없습니다. 나의 부하 아랍탄, 두르부트367)의 체링, 군잔의 아들 체링 도르지는 모두 살 수가 없어서 짐승을 잡으러 사방으로 흩어졌습니다. 그들을 모아서 의향을 물어볼 틈도 없습니다. 다음에 모아서 물어본 뒤, 그로부터 아뢰겠습니다. 폐하가 나를 소중히 여기시기 때문에 내 부하들이 폐하에게 의지해서 항복한 자가 많습니다. (나를) 소중하게 여긴다면 (이들을) 내게 돌려주지 않겠습니까? 달리 살아갈 수 없는 자들에게도 폐하께서 은사를 내리셔서 소생할 수 있게 해줄 수 없겠습니까?」368)

이 무렵에도 갈단의 호기로운 반항의 모습은 무너지지 않았다. 그러나 황제는 갈단에게 다시 조서를 보내 투항을 촉구하는 동시에 갈단과 갈라선 단지라, 갈단의 부하 대중 및 준가르 본국의 체왕 랍탄에게도 조서를 보내 단지라에게는 갈단에게 투항을 권하게 하고, 부하 대중에겐 청군에 투항하게끔 하면서, 체왕 랍탄에겐 청군의 토벌이 임박했다는 것을 통고했다.

「황태자에게 이르노라. 7일(4월 27일), 갈단에게 보냈던 원외랑(員外郎) 보시히, 항복한 게레이 구영 두랄의 아들 우바시, 단지라가 보내와서 되돌아갔으나 지금 다시 온 챠한다이들이 도착 했다. 게레이 구영 두랄, 만지, 갈단이 파견한 라마 잡, 단지라가 보낸 롭상 등은 아직 도착하지 않았다. 이들의 공술, 갈단의 상주문을 베끼면서 잠시 기다리고 있다. 10일(4월 30일) 아침, 만지, 롭상이 도착했다. 신(申)의 시각(오후 4시)에 아랍탄, 단진 왕부에게 보냈던 허이서, 체왕잡 王의 장사(長史) 마니토 등이 국경에 도착하여 보낸 보고서, 대장군 백(伯) 휘양구의 보고서가 모두 도착했다. 10일 저녁, 게레이

---

367) ♣ 두르부트; 오이라트 부족연합을 구성한 유목부족의 하나이다. 준가르와 마찬가지로 초로스 부족에 뿌리를 두고 있다. 17세기 초 달라이 타이지 시대에 오이라트의 맹주로 위세를 떨쳤으나 호쇼트, 준가르의 대두로 쇠약해졌다.

368) 만문주접 확인못함, 한역 문서 325, p.167 ≪親征平定朔漢方略≫ 卷41 康熙 36년 閏3月 壬辰條-

구영 두랄, 라마 잡 등이 도착했다. 이들이 공술한 것을 함께 보낸다. 갈단의 모습을 보니 단지라와 불화하고 있는 것이 확실하다. 지금 아랍탄, 단진 왕부도 내 말을 따라 우리 쪽에 붙어있다. 인심이 떠나고 기아가 닥쳐온 것이 확실하다. 지금 에헤 아랄[369]방향으로 이주한 것은 물고기가 있기 때문이지만, 어떻게 따라갈 자가 있겠는가? 지금 항복하는 자가 끊이지 않고 있다. 정보는 점차 입수되고 있다. 나는 사태를 끝까지 지켜보고 행동한다. 결코 경거망동하지 않는다. 그리고 급한 것도 없다. 지금 식량, 경비를 안배해 놓았다. 군사도 출동시켜 놓았다. 이런 정보를 가진 채 시일은 아직 결정하지 않았다. 식량, 경비, 가축의 사료, 후속식량, 낙타, 당나귀, 말, 구량(口糧; 병사 일인당 휴대식량)은 많이 남아있다. 모든 장병, 백성에게 폐를 끼친 것은 없다.

여기까지 쓴 무렵, 내가 파견한 전봉시위 키사무 등이 한 쌍의 오이라트인 부부를 잡아 데려왔다. 키사무의 말로는『우리는 어명대로 3월 19일(4월 10일)에 영하에서 출발하여, 윤 3월 1일(4월 21일) 구르반 사이한 땅에 도착해서 이 오이라트인 부부를 잡아 데려왔습니다』라고 한다. 오이라트인 잠수의 공술을 별지에 쓴 이외에 알려야겠다고 생각해서 알린다. (이를) 만주인의 대신들에게 보여라.

11일(5월 1일) 아침, 장군 휘양구가 아랍탄, 단진 왕부의 편지를 보내왔다. 이를 번역시켜서 보낸다.

섭정이 쓴 달라이 라마의 죽음과 전생을 기록한 책 1부, 이것을 원본 그대로 여기에 있는 라마들이 베껴서 보낸다. 북경의 라마들, 학자들에 위탁해서 번역해 보내라. 여기서도 번역시키고 있다. 라마들의 말로는, 의미를 잘 알 수 없다고 한다. 이것을 보니 티베트 불도에 달통한 대라마들에게 흥이 떨어질만한 것이다.』[370]

---

369) 에헤 아랄; 몽골어로 'ehe'는 '크다', 'aral'은 '바다'의 의미이다. 몽골인들은 전통적으로 몽골인들은 물고기를 잘 먹지 않는다. 물론 칭기스한도 곤궁한 시절 물고기로 연명한 적이 있지만 이는 극히 드문 예이다. 갈단이 물고기가 있는 에헤 아랄로 갔다는 사실은 그 만큼 곤궁한 것을 말하는 것이다.

370) 원저 p.271에선 이 구절의 마지막 부분을 '이것을 보니 티베트 불교에 달통한 大라마들에게 감탄할 만한 것이다'라고 하였는데 아래의 주접 원문 'erebe tuwahade . wargi bai fucihi de isinaha amba lamasa de amtan tuheci acambi.'이나 한역 '由此觀之, 于聚西佛之諸大喇嘛亦不感興趣'과 비교하면 차이가 있다. '大라마들에게 흥

(81) 만문주접 문서 150, pp.705~710, 한역 문서 292, p.148, 皇太子에게 보내는 上諭(5월 1일)

황제가 갈단 정벌 계획을 세우면서 걱정했던 것은, 배후인 청해 호쇼트 부의 동향이었으나 이것도 해결했다.

「황태자에게 이르노라. 2월(3월) 중에, 짐 스스로가 영하에 온 사정을 설명하고, 후후 노르 등의 서방 오이라트를 복종시키려고, 타이지 아랍탄, 뎀축, 도통(都統) 두스카르, 샹난 도르지 등에 상세하게 지시해서 보냈다. 먼저는 일의 성패는 알 수 없었고, 오히려 적이 될 것인지도 몰라서 알려주지 않았다. 지금 아랍탄의 보고를 보니 후후 노르의 타이지들은 모두 복종해서 짐에게 온다고 한다. 병졸 한 명 쓰지 않고 서방 오이라트를 모두 수중에 넣었다. 아주 좋은 일이기 때문에 급히 알린다. 체왕 랍탄은 우리 편이 되었다. 아랍탄, 단진 왕부의 사자가 와서 또한 우리 편이 되었다. 이에 이르러 짐의 기쁨과 성취감은 정말 말로 다할 수 없다. 단지 조만간에, 갈단을 죽여서 보내는가 아니면 살려서 보내는지 기다리고 있다. 특히 이르노라. 의정대신들에게 알려라. 황태후에게 아뢰고 궁중(의 모든 사람에게) 알려라. 아랍탄 등의 보고서, 오이라트의 아랍탄에게서 온 자들의 진술을 모두 베껴서 보냈다.」
(82) 만문주접 문서 188, pp.899~901, 한역 문서 333, pp.171~172, 皇太子에게 보내는 上諭(5일 3일)

귀로에 오르다

그러나 북경에서 출발한 이래, 70일에 가깝고, 또한 황제의 체재는 빈곤한 영하지방에는 큰 부담이 되었다. 그래서 황제는 5월 6일, 18일 만에 영하를 떠나, 황하의 서쪽 언덕을 떠나 북으로 나가 내몽골을 경유해서 귀로에 올랐다.

미를 못 느낀다'라고 보아야 한다.

「황태자에게 이르노라. 짐은 군사에 관한 일을 마치고, 15일(5월 5일), 백탑(白塔)을 향해 출발했다. 처리한 사항마다 상세하게 써서 보낸다. 백탑은 황하의 만곡부에 있고, 오르도스의 두령 공(公)의 경계에 있다. 이 편지가 도착하면서부터, 장성 안쪽을 통해 통신 보내는 것을 중지하고, 살호구를 나서 장성 밖에서 보내면 1,000리 정도 가까워지고 통행도 편안하다. 장성 안쪽 길의 고약함은 말로 다할 수 없다.

비가 많고 더운 계절에는 사람이 쓰러지고 말이 죽는 일이 비일비재 하다. 영하의 땅은 고비 사막의 한가운데 있기 때문에, 나이를 먹거나 몸이 부자유한 사람에겐 매우 좋지 않다. 집단으로 발병한 사람들은 없지만, 느낌이 좋지 않고 안색이 쇠약한 사람들은 늘 있다. (몸이 나빠지는 것을) 우리들은 전혀 느낄 수가 없다」

영하에서 하란산(賀蘭山)[371] 장성까지는 100여 리이다. 목지와 물이 좋은 것은 말할 것도 없다. 짐을 수행하는 대신, 시위, 호군, 집사인들의 말, 어용의 말, 낙타, 양, 소 모두를 차간 토호이에서 나와 사육했다. 이 20일 사이에 모두 조금씩 회복하기 시작하였다. 현지에서 한 묶음의 풀, 한 줌의 콩조차 얻어서 키우지 않고, 쌀과 콩, 풀도 많이 남아서 각지에서 수송하는 것을 모두 중지시키고, 도착한 장소에 모두 보관시켰다. 짐이 이 먼 곳에 온 것은 특히 식량과 비용을 준비하고, 군의 진퇴의 시기를 정하려고 왔는데, 어찌 백성을 괴롭히고 현지에 손해를 끼치는 일을 할 수가 있겠는가? 지금 일이 끝났기 때문에 상세하게 써서 특별히 알린다. 이를 의정대신들 모두에게 보여라. 康熙 36年 閏3月15日.」

(83) 만문주접 문서 190, 上諭譯, pp.906~909, 한역 335, p.172, 皇太子에게 보내는 上諭(5월 5일)

---

371) 하란산(賀蘭山); 명칭은 고대 선비(鮮卑)족 하란(賀蘭) 씨가 이곳에 거주하면서 붙인 명칭이고 몽골어 'haran; 준마(駿馬)'의 의미이다. 영하회족 자치구의 서북에 있는 산맥으로 남북 220km 동서 20km~40km 주봉 하란산은 3,556km이다. 기원전 흉노 이래 선비, 돌궐, 탕구트, 몽골계 유목민과 한족이 혼재하는 지역이 되었다. 명조가 성립된 뒤 하란산의 서쪽과 북쪽의 몽골유목민의 남침이 격화하자 구변진(九邊鎭)의 하나인 영하진(寧夏鎭)이 설치되었다. 이후 1445년 오이라트의 에센이 대거 남하하여 명의 영종(英宗)을 사로잡는 '토목보(土木堡)의 변'을 일으키는 등 180여 년에 걸친 몽골과 명의 긴장된 군사대립이 격화된 지역이다.

이보다 앞서 영하에 체재 중이었던 황제는 황태자에게서 온 편지의 여백에 「지금 마침 꾀꼬리가 날아다니는 계절이다. 북경에선 도대체 어떠한가? 듣고 싶으니 알려주지 않겠는가?」라고 써서 반송한 것이 있다. 이를 받은 황태자는 황공해서, 이런 정중한 말투가 되자 식은땀을 흘리고 몸 둘 바를 몰라 그 후부터는 일체 중지해달라고 편지에 썼다.[372]

(84) 만문주접 문서 174, p.838, 한역 문서 312, p.159 皇太子의 奏摺에 기록된 朱批

이에 응대해 황제는 쓰고 있다.

「짐은 무사하다. 황태자는 건강한가? 이전부터 통신하는 김에 여러 가지 잡사를 알려주지 않겠느냐, 보내주지 않겠느냐, 웃어주지(기뻐해주지) 않겠느냐, 봐주지 않겠느냐 식의 글을 많이 썼다. 지금까지의 편지를 보면 곧 알 수 있다. 이번만이 아니다. 그뿐인가 비(妃)에 보내는 편지에도 이렇게 쓰고 있다. 이외에 대신들에게 보여주라든가 황태후에게 아뢰어라 하는 문장 중의 한 구절에선 이러한 말은 아마 없는 것 같다. 혹은 급해서 생각하지 않고 썼는지도 모르겠다. 황하를 따라 가다 보면, 토지는 좋고, 풀은 아주 좋고 연료도 풍부하다. 쟈카 나무,[373] 수하이, 부르하나, 알탄 하라하나,[374] 문쿠이 하르가나[375] 등이 있다. 황하 만곡부의 무성한 곳엔 큰 사슴이 풍부하다. 개활지에는 꼬리가 긴 노란 양이 있다. 꿩과 토끼도 있으나 풍부한 것은 아니다. 행군 도중이기 때문에 몰이사냥은 하지 않았다. 강 가운데의 모래톱에 배로 건너가 도보로 포위하고 조금 (사냥을) 했다. 식량은 모두 배로 운반한 것을 지금의 장소에서 짐이 감독하여 출발시켰다. 사람마다 짐과 같이 노력

---

372) 만문은 'te jing suwayan cecike dulere forhon . ging hecen de maka adarame biheni donjiki .. jasireo'이고 한역은 '茲正値黃雀飛過時節, 不知京城如何, 朕欲聞之, 著寄信來'인데, 이 문장에서 황태자로 하여금 몸둘 바를 몰라 식은땀을 흘리게 한 사실이 무엇인지 알 수 없었다.

373) ✿ 쟈크 나무; 명아주 과의 Haloxylon ammodendron Bunge 러시아 이름은 사크사우르이다.

374) ✿ 알탄 하르가나; 콩과 Caragana leucophloea Pojac.

375) ✿ 콩과 Ammopiptan thus mongolicus(Maxim. exKom. Cheng) 常綠灌木.

하면 성공할 것이다. 백탑(白塔)에 도착한 뒤 환관을 파견해서 황태후께 문안을 드렸다. 이 통신은 23일(5월 13일) 아침, 4경(更)의 시각(오전 2시)에 도착했다, 같은 날 유(酉)의 시각(오후 6시)에 발송한다」

(85) 만문 문서 191, pp.911~913, 한역 문서 336, p.173, 皇太子의 奏摺에 기록된
　　　朱批(5월 13일)

5월 16일, 황제는 백탑에 도착하여, 이곳에서 음산산맥을 넘어 출격하는 청군을 전송하였다.376)

「짐은 무사하다. 황태자는 건강한가? 백탑에서 25리 앞선 곳에서 29일(5월 19일) 짐이 몸소 선봉대와 흑룡강 병력을, 1일(5월 20일)에는 소총대와 녹기병을 감독해서 출발시켰다. 쌀은 황하를 따라 모두 수로를 통해 가지고 와서 도중에 (소모할) 식료품을 제외하고, 1일부터 계산해서 4개월분에 해당하는 충분한 쌀을 주어 보냈다. 말과 낙타는 한결같이 살쪘고 병사들의 사기는 높다. 짐이 있는 곳에서 양랑산(兩郎山) ─漢人들이 붙인 이름이고, 몽골인들은 '하라하나[harahana, 哈爾哈納]'라고 한다─ 까지의 거리를 측량하면 120리이고, 물이 없다. 그래서 우리의 낙타를 모아서 우성룡(于成龍)377) 등이 도착하기 전에 이 물이 없는 곳을 통과시키라고 보냈다. 이 낙타가 돌아온 후에, 나는 더위를 무릅쓰고 귀로에 올랐다. 짐에서 온 말도 이전에 보낸 말들도 살집이 아주 좋다. 낙타도 좋다.

물길로 가면 후타니 호쇼에 8, 9일에 도착한다. 짐 싣는 말과 낙타가 따라잡을 수 없다. 육로로 가면 20일이 걸린다고 한다. 출발할 때 다시 알리겠다」

(86) 만문주접 문서 199, p.981, 한역 문서 344, p.179, 皇太子의 奏摺에 기록된 朱批
　　　(5월 20일)

---

376) 갈단의 잔여세력을 추격하기 위해 장군 아난다 등이 출격한 것이다.

377) 우성룡(于成龍); 청대 강희조에 두 명의 동명이인 우성룡이란 명신이 있었다. 여기서 말하는 우성룡은 소 우성룡(1638년~1700년)으로 부르는 인물로서 한군 양황기에 속한다. 강희 29년 좌도어사겸 양홍기 한군도통(左都御史兼 鑲紅旗 漢軍都統)이 되고 30년 하독(河督)이 되어 청대 치하(治河)의 전문서를 행사하였다. 흔히 치하의 능신으로 알려졌으나 갈단 원정 시에는 후방의 식량보급을 책임졌기 때문에 갈단원정의 승리는 그의 노력과 능력 덕분이란 평을 받는다.

결국 황제는 백탑 부근에 10일 동안 체재하고, 5월 26일 배로 황하를 내려가 귀로에 올랐다.

> 「짐은 무사하다. 황태자는 건강한가? 짐이 처리할 일은 모두 이미 끝났다, '하라하나'에 쌀을 운반한 낙타는 모두 건강하게 돌아와서, 5일(5월 24일) 도착했다. 6일(5월 25일) 하루는 휴식하고, 말과 낙타를 건너가게 하고, 대다수 사람들은 육로로, 짐은 수로로 출발하기로 결정했다.
>
> 과일이 그립다고 이렇게 먼 곳에 세 번씩이나 어떻게 보내게 할 것인가? 다음부터는 보내지 말거라.(황태자가 보낸 앵두에 대한 응답)
>
> 7일(5월 26일)에 출발했다. 그래서 이틀을 기다려 출발할 때 진(辰)의 시각(오전 8시)에 발송했다.」[378]
>
> (87) 만문주접 문서 201, p.987, 한역 문서 345, pp.179~180, 康熙 36年 閏3月 29日, 皇太子의 奏摺에 기록된 朱批- (5월 26일)

갈단의 죽음

실은 이 무렵, 갈단은 이미 세상에 없었다. 황제가 탄 배가 6월 3일, 부구투[379]에 도착했을 때, 갈단의 죽음 첫 번째 보고가 황제에게 이르렀다.

> 「황태자에게 알린다. 짐은 7일(5월 26일)에 수로로 출발하기로 했으나, 황

---

378) 이 구절에서 만문주접과 한역본은 각각 전자는 '康熙 36年 閏3月 28日', 후자는 '康熙 36年 閏3月 29日'로 날짜에 있어서 하루 차이가 난다. 이는 전자가 주비(朱批)를 받은 날짜를 말하는 것이고, 후자는 받은 주비를 재차 발송한 날짜를 말하는 것이다. 한역에는 '窃照閏3月28日 酉時 朱批, 29日 巳時 發'이라 하였다.

379) 부구투; 현재의 포두(bao tou, 包頭) 시이다. 몽골어 'buɣutu(사슴이 있는 곳)'이란 의미에서 유래해서 일명 녹성(鹿城)이라고도 한다. 내몽골의 고원 남쪽 끝 음산산맥이 횡단하는 곳에 위치하며 북부는 고원지대 중부는 산지 남부는 평원으로 형성되었다. 몽골족 이외에 한(漢), 회(回), 만주(滿洲), 다구르[達斡爾], 오로촌[鄂倫春]족 등이 있으며 철강 산업이 발달한 내몽골 최대의 공업도시이다.

하에 구부러진 곳이 많고 진흙이 깊은 데다가 주민들이 적어서 역마를 입수할 수 없었다.380) 그래서 모든 보고서는 무나 호쇼에 가서 기다리고, 짐은 4일 이내에 도착하게끔 간다고 하고 모두 육로로 보내게 했다. 내대신 송고투에게 소총대 200명, 북경의 팔기의 말 1,400마리, 짐이 여분으로 가져온 쌀 800곡(斛)381)을 주어 백탑에 남기고, 작년 상서 반디382)가 했던 대로 돌아올 병사, 마부, 상인들을 위한 준비들 하게끔 상세하게 명하고 나서 출발했다. 매일 바람이 불고 파도가 쳐서 힘이 많이 들었다. 14일(6월 2일) 밤 내가 다녀온 곳의 에르데니 판디타 후툭투383)가 사람을 보내서 『금일 해가 질 무렵 한척의 작은 배가 폐하에게 아뢸 중요한 용건이 있습니다. 갈단이 죽었습니다. 단지라도 항복해 왔습니다. 더없이 급합니다. 그래서 우리의 (에르데니 판디타) 후툭투는 이 기쁜 소식을 폐하께 아뢰러 가라고 해서 파발마를 출발 시켰습니다』라고 한다. 그래서 짐은 날이 갤 때 급히 파발마를 찾아 강의 양안으로 영접하러 보냈다. 또한 작은 배를 수로로 영접하게 한바 15일(6월 3일) 진(辰)의 시각(오전 8시)에 산질대신(散秩大臣)384) 북타오가 도착했다. 그의 말로는 『폐하께서 이 작은 배를 내대신 송고투 밑에 남겨놓으시고,

---

380) 이 구절의 원문은 'niyalma tehengge komso . ula baharakū'인데 원저에선 '역마를 입수할 수 없었다', 한역에선 '居民稀少, 無法驛遞'로 번역하였다. 'ula'란 단어는 '江'이란 뜻 이외에 '差役, 公役, 官役'의 뜻도 있으므로 '役夫를 구할 수 없었다'로 볼 수 있다. 원저에서 이를 '역마를 구할 수 없었다'로 한 것은 의역으로 보인다.

381) 일곡(一斛)은 10말에 해당한다.

382) 반디[bandi, 班第, ?~1755년] 몽골인으로 보로지기트[博爾濟吉特]氏이며 몽고 양황기인(蒙古鑲黃旗人)이다. 강희제 시대 출사하여 옹정을 거쳐 건륭시대까지 활약한 청의 장령이다. 운남, 서장 등의 변방에서 활약하였고 이번원 시랑, 내각학사 상행주(內閣學士上行走), 군기처행주(軍機處行走)를 거쳤다. 건륭 20년(1755)에 항복한 준가르의 아무르사나와 함께 준가르 정벌에 나섰으나, 내부 적의 배반으로 자살하였다.

385) ♧ 에르데니 판디타 후툭투(1639년~1703년); 젭춘담바와 함께 할하를 대표하는 化身僧 계보의 초대로서 이름은 롭상 텐진 겔첸이다. 할하의 사인 노얀 가의 祖 투멘겐의 후손으로 젭춘담바 1세의 제자도 된다.

384) ♧ 산질대신(散秩大臣); 팔기 가운데 시위계통의 관직으로 영시위 내대신(領侍衛內大臣), 내대신의 차석 지휘관직이다. 보충역 같은 포스트였으나 고위의 기인(旗人)과 왕족을 잠정적으로 임명하는 경우가 많았다. 만주어 'sula amban'은 일정한 직무가 없는 대신 즉 '散秩大臣'을 말한다.

무나에 도착하시기까지 만약 중요한 용건이 있으면 폐하께서 가신 곳은 말 타고 갈 수 없는 곳이므로 이 작은 배를 타고 급히 짐을 따라오라고 분부하셨습니다. 지금 이보다 중요한 기쁜 소식은 없습니다. 그래서 저희에게 밤을 새워 쫓아오라고 해서 이틀 낮과 밤을 쫓아왔습니다』라고 말하고, 대장군 백(伯) 휘양구의 보고서를 보내왔다. 대장군 백(伯) 휘양구의 보고서를 베껴서 보내는 것 이외에, 갈단의 목을 급히 가져오라고 했는데 도착하면 북경으로 보내겠다.

　짐이 세 번이나 이 머나먼 변경에 온 것은 이 도적이 하루라도 세상에 있어서는 안되기 때문이다. 이 같은 이치를 분명히 알지 못하여 후세의 사람들에게 비웃음을 당하는 것 같은 일이 있어서야 되겠는가?

　지금 하늘과 땅, 조상의 음덕으로 모든 오이라트를 복종시켰다. 몽골계의 나라에서 신종(臣從)하지 않는 것은 하나도 없다. (갈단의 목을 얻으면) 갈단의 목을 북경으로 보낼 것이니 왕, 버일러, 버이서, 공(公), 만주인, 한인대신들 관리들을 모아서 이 사정을 상세하게 알리고 협의한 뒤 보고해라. 짐의 마음은 더없이 기뻐서 붓으로 말을 다할 수 없다. 급히 보낸다. 특히 알린다. 四月十五巳時(오전 10시).』[385]

　(88) 만문주접 문서 32, pp.124～128, 한역 문서 163, pp.77～78, 皇太子에게 보내는 上諭(6월 3일)

　휘양구의 보고에 따르면, 5월 28일, 휘양구가 군사를 이끌고 사이르 발가슨이란 곳에 도착하자, 갈단의 부장 단지라의 사자 치키르 자이상 일행이 와서 "갈단은 4월 4일, 아차 암타타이라는 곳에서 죽었다"라 하고, 단지라는 갈단의 유골과 갈단의 딸 준차하이를 데리고, 바얀 운두르라는 곳에서 황제로부터의 기별을 기다리고 있다고 알려왔다. 치키르 자이상에게 더 물어보자, "갈단은 4월 4일 아침 발병해서 그날 밤에 죽었으나, 무슨 병인지는 알 수 없다"고 말하는 것이었다. 3일 뒤 치키르 자이상이 황제

---

385) 이 구절의 마지막에 황제는 한자로 '四月十五 巳時' 써넣고 있다. 흥분한 탓인지 '日'이 빠져있다. 갈단이 죽은 것은 강희 36년(1697)인데 만문주접과 한역에선 꼭 같이 연도를 강희 35년 4월 15일로 표기하고 있다. 편집상의 오류로 생각된다. 전후 문맥으로 볼 때 원저자 岡田英弘이 比定한 강희 36년이 맞다고 하겠다.

일행을 따라왔다. 이때의 공술에도, 갈단은 4월 5일에 병사해서, 그날 밤 바로 화장했다고 한다. 그러나 황제는 무슨 이유에서인지 갈단은 약을 먹고 자살했다고 확신했다.

「짐은 무사하다. 황태자는 건강한가? 18일(6월 6일)에 무나를 통과한 뒤 치키르 자이상이 도착했다. 이 자의 진술을 써서 보내는 이외에 짐이 정면으로 얼굴을 맞대고 상세하게 심문하자 갈단은 독을 마시고 자살했다는 것은 확실하다. 혹은 여러 사람이 함께 (마시자고) 독을 탔는가? 스스로가 독을 마셨는가? 첸부 짱부가 왔을 때 기분은 아주 평온하다. 짐의 큰일이 끝나서 기분은 아주 평온하다. 매일 대신들 시위들과 이를 화제로 해서 아주 기쁘다. 다만 갈단의 시신은 태워버렸다. 설령 본래의 모습이었어도 마른 머리 뿐이다. 이전에 오삼계(吳三桂)도 태워버렸으나 그 유골은 가져와서 형장에서, 갈아 부수고 흩뿌렸다. 전례는 더욱 분명해졌다.」

(89) 만문주접 문서 209(9輯), p.42, 한역 문서 351, p.183, 皇太子의 奏摺에 기록된 朱批(6월 6일)

황제는 그로부터 황하를 배를 타고 내려가, 6월 13일 후타니 호쇼에 도착하고 거기서 내몽골을 거쳐 장가구(張家口)에서 장성 안으로 들어와 7월 4일 129일 만에 북경으로 돌아왔다.

바람에 흩날려진 유골

그러나 황제의 희망에 반해서, 갈단의 유골은 쉽게 입수할 수 없었다. 단지라는 바얀 운두르에 머무르지 않고, 갈단의 유골을 가진 채 준차하이(갈단의 딸)를 데리고 천산산맥의 동쪽 끝 지무사에 있는 체왕 랍탄의 부하의 진영으로 옮겨갔다. 거기서 보로타라[386]에 있는 체왕 랍탄으로부터

---

386) 보로타라[博樂塔羅]; 우룸치에서 서북쪽 카자흐스탄과 경계에 있는 박락 시[博樂

연락을 기다리고 있는 가운데 청의 사자가 지무사[387])에 도착해서 황제에게 귀순하게끔 설득했다. 이에 마음이 동한 단지라가 지무사를 출발하자 곧 체왕 랍탄이 파견한 준가르 군부대가 일행을 습격해서, 갈단의 유골과 준차하이를 잡아갔다. 단지라는 하미로 도피하고 거기서 내몽골 동부에 체재 중인 황제의 본영에 도착했다. 황제는 천막으로 단지라를 불러들여 주위 사람을 물리치고 두 사람 만이 다소 오랫동안 말을 나누었다. 단지라는 크게 감격해서 충성을 맹세했다. 황제는 단지라에게 산질대신의 자격과 장가구밖 차하르 정황기의 영민(領民)을 주었다. 한편, 황제는 체왕 랍탄에게 몇 번이나 사자를 파견해서 갈단의 유골과 딸을 인도할 것을 요구했으나, 체왕 랍탄은 쉽사리 이에 응하지 않고, 다음 해 1698년(강희 37) 가을이 되자, 겨우 유골만을 인도했다. 북경으로 보내진 유골은 성 밖의 연병장에서 만주병, 몽골병, 중국병사가 정렬하고 지켜보는 가운데 바람을 타고 뿌려져 날아갔다. 갈단의 딸 준차하이는, 1701년(강희 40)에 이르러 체왕 랍탄으로부터 인도되었으나, 황제는 그녀의 목숨을 살려서 세브텐 발주르와 같이 있게 한 뒤 세브텐 발주르를 일등 시위에 임명하고 준차하이를 이등시위 샤크투르와 결혼시켰다. 청해의 보속트 지농의 아들의 부인이 되었던 또 한 사람 갈단의 딸은 결국 문제 삼지 않았다.

이리해서 갈단 보속투 한은 1697년(강희 36) 4월 4일, 54세로 죽었다. 그러나 황제가 믿는 것처럼, 그의 죽음은 과연 자살이었을까? 환속했다고는 해도 갈단은 엔사 뚤구 4세로서 고승의 전생인 이른바 활불이다. 설령 자살이라고 해도 살생에는 변함이 없다. 활불이 그러한 파계를 범하겠는가?

市]를 중심으로 한 보로타라[博樂塔羅] 자치주 일대를 지칭하며 지무사나 보로타라 모두 실크로드상 천산북로에 위치하며 4오이라트의 주된 유목지이다. 지무사[吉木斯]는 현재 신강위구르 자치구의 우룸치 동쪽에 있으며 바르쿨[巴里坤]을 거쳐 우룸치로 이어지는 천산북로에 위치한다.
387) 지무사[吉木斯]; 현재의 新疆維吾爾自治區의 天山山脈 북부의 우룸치 가까운 곳에 있는 '吉木斯'이다. 실크로드 天山北路가 지나는 곳이다.

치키르 자이상의 공술에도 병사라고 확실히 말하고 있는데, 황제가 어디까지나 자살이라고 고집한 것은 이 증오할 적에 대해 활불의 신성성(神聖性)을 인정하고 싶지 않았기 때문이라고 생각한다.

이리해서 초원의 영웅 드라마는 끝났다. 할하인들은 오랜만에 외몽골의 고향으로 돌아갔다. 도론 노르의 회맹에서 할하 사람들에게서 신종의 예를 받은 황제는 외몽골의 주권자가 되어 청제국의 영토를 서방으로 넓히고, 알타이 산맥에서 체왕 랍탄의 준가르 왕국과 접하게 되었다.

황태자의 비극

만년의 강희제

황자들의 권력투쟁

강희제가 그의 자필편지에서 그만큼 애정을 쏟았던 황태자 윤잉의 운명은 정말로 어둡고 슬픈 것이었다. 강희제는, 이 황태자의 지위를 안정시켜, 무사히 자금성의 옥좌를 이어받게 하고 싶은 나머지 다른 황자들이 성년이 되어도 작위나 영민도 주지 않고, 집에 사는 것으로만 (만족케) 하였다. 그러나 1696년(강희 35), 1697년(강희 36)의 갈단원정에서 나이 많은 황자들은 황제의 친정에 종군하여 각각 군대를 지휘하고 한 몫을 했다. 그래서 언제까지나 집안에만 있는 신분으로 놓아둘 수만 없어서, 갈단이 죽은 다음해, 황장자 윤제(皇長子 胤禔)와 황삼자 윤지(皇三子 胤祉)에게 군왕(郡王)이라는 이등의 작위, 황사자 윤진(皇四子 胤禛), 황오자 윤기(皇五子 胤祺), 황칠자 윤우(皇七子 胤祐), 황8자 윤사(皇八子 胤禩)에게 버일러라는 제 삼등의 작위를 주어 팔기 가운데 상삼기(上三旗)에 각각 영민을 주었다.

팔기(八旗)라고 하는 것은 청조 무력의 근간을 이루는 것으로 무릇 만주인이라면 모두 팔기에 속하나, 그 이외에도 만주화한 몽골인, 한인, 조선인 그리고 또 아무르 강 방면에서 귀순한 소수민족인 신 만주인 등도 팔기에 속해서 「기인(旗人)」이라고 총칭하였다. 이 조직을 팔기라고 부르는 이유는 군대식으로 여덟 개의 집단으로 나누어져 있기 때문이다. 군기(軍旗)에 황(黃), 백(白), 홍(紅) 남(藍)의 네 가지 색깔이 있고 거기에 각각 테두리가 없는 것 정(正)과, 테두리가 있는 양(鑲)이 있다. 이 군기의 색과 테두리의 있고 없음에 따라서 여덟 개의 집단을 양황기(鑲黃旗), 정황기(正黃旗), 정백기(正白旗), 양백기(鑲白旗), 정홍기(正紅旗), 양홍기(鑲紅旗), 정남기(正藍旗), 양남기(鑲藍旗)라고 부른다. 이것이 팔기이며 특히 그 가운데서 최초의 양황기, 정황기, 정백기 3개는 황제의 직할로서 상삼기(上三旗)라고 부른다. 팔기는 각각 독립적인 부족으로 보아도 된다. 따라서 청조의 황제는 만주인과 만주화된 몽골인, 한인들에 의한 팔기부족 연합의 의장에 지나지 않는다. 그러한 그가 중국 황제를 겸하게 된 것이다. 부족 연합이라는 면에서 본 만주인의 논리로는 의장은 매회 선출되어야 하기 때문에 현직의 의장이 사전에 후임을 지명해도 그것은 구속력을 가질 수 없다. 결국 황제가 생전에 황태자를 세우더라도 사후에 황태자가 제위를 계승한다는 보증은 전혀 없다.

그러나 1698년(강희 37)에 6명의 황자가 동시에 작위를 받고, 황제 직속의 상삼기에 각각 영민을 받게 되자 황태자는 이제 유일한 제위계승자가 아니게 되었다. 각기(各旗)의 만주인들은 각자 새롭게 자신들의 영주로 맞아들인 황자를 등에 업고 치열한 당쟁을 하면서 상대방을 쓰러뜨리려고 갖가지 음모를 꾸몄다. 이러한 황태자 지위의 불안정은 장자 상속이라는 제도가 없는 만주인의 전통에서 비롯된 것이다.

결국 생전에 후계자를 지명하는 습관이 없었는데, 강희제가 중국식으로 황태자를 세웠으므로 다른 황자들은 이를 이해할 수가 없었다. 관습에 따라서 제위의 계승권에 대해선 자신들 모두가 동일한 자격을 가졌다고 생각하였고, 황자들이 거느리는 기(旗)의 만주인들은 더욱 그러했다.

게다가 만주인의 윤리로 주종관계는 절대적인 것으로 몇 대를 지나도 가신의 자손들은 주군의 혈통에 대해 충성을 다하지 않으면 안 되었다. 아무리 가신이 출세하고 옛 주인이 영락했다고 해도 이것은 변하지 않았다.

그런데 앞에서 말한 대로, 만주인에겐 자신의 부족인 기(旗)가 전부이기 때문에 이 충성심도 기와 기 사이의 벽을 넘을 수는 없다. 황제에 대해 절대적인 충성을 바치는 것은, 상삼기 가운데서도 보오이[388]라고 부르는 직

---

388) 보오이[booi, 包衣]; 청조의 팔기를 내기(內旗)와 외기(外旗)로 나누는데 내기에 속한 기인(旗人)을 'booi'라고 부른다. 만주어 'boo'는 '집'을 의미하는데 여기에 소

속의 만주인뿐이고, 다른 만주인들은 영주인 황자에게만 충성을 다하는 의무를 지니므로, 황제가 어떻든 직접적인 관계는 없다. 팔기 전체가 단결을 한다는 것은 각기(各旗)의 제왕과 황제 사이의 개인적인 관계뿐이다.

이러한 만주인 사회의 구조적인 약점은 팔기 내부만이 아니고, 필연적으로 한인사회의 관료제도에까지 영향을 미치고 있다. 각기의 유력자는 각각 자신이 속한 기(旗)의 출신자를 요직에 앉히려 필사적이고 야심이 있든 없든지를 불문하고, 한인 관료도 영달과 보신을 위해서는 어느 쪽이든 당파와 맺어질 필요가 있었다.

그래서 만주인과 이를 둘러싼 한인으로 형성된 당파 몇 개가 나란히 만들어져 제국의 전 기구를 상하관계로만 움직이게 하면서 권력 쟁탈전은 극에 달하게 되었다. 이때 엿볼 수 있는 것은 (이것이) 반드시 중앙정부에만 국한된 것이 아니라는 점이다.

중국의 전통적 제도는 상당한 대관(大官)이라 하더라도 봉급이 적기 때문에 지위 그 자체만으로는 자금원이 될 수 없다. 돈이 될 만한 것은 오히려 지방관이다. 지방관의 봉급은 없는 것이나 마찬가지로 어떤 궁벽한 곳에 가도 부임 수당 등 한 푼도 지급되지 않는다. 대신 정해진 액수의 상납금만 국고에 또박또박 납입하면 나머지는 어떻게 사용하든지 마음대로이다. 일종의 징세청부제도인 것이다. 지방관은 자신의 몫을 혼자만 소비하는 것은 아니고, 그 상당한 부분은 북경에 있는 우두머리에게 보냈다. 우두머리는 이를 부하에게 여기저기 뿌려 생활을 유지하도록 하였다. 북경

유격 'i'를 붙여 'booi'라 하고 'booi niyalma'는 주인과 특별한 관계를 맺는다. 상삼기(양황, 정황, 정백)의 'booi'는 내무부(內務府)에 직속해서 포의효기영(包衣驍騎營), 포의호군영(包衣護軍營) 등으로 조직되어 황제의 숙위와 경호 임무를 맡고 다른 '보오이'는 왕부(王府)에 예속한다. 따라서 황제에게는 노복(奴僕), 노재(奴才)였지만 한족 들은 한인의 장관[漢人的 長官]이라고 불렀다. 재판사건에 관해서도 직할의 관사(官司)가 특별한 권한을 가지고 있다. 상삼기 이외의 '보오이'는 팔기의 각기의 가정부문(家政部門) 소속의 기인을 가리킨다. 간부는 상급기인이지만 잡무를 담당하는 계층은 지위가 낮았고 팔기에 편입된 한인도 다수 편성되었다.

천도 이후 팔기병사들은 전투에 참가할 기회가 적어졌기 때문에 그때까지 종군할 때 전리품과 은상(恩賞)이 주 수입원이었던 만주인 대중의 생활은 힘들어졌다. 따라서 우두머리는 적어도 자파의 수입을 늘리기 위해 노력해야만 했다.

이런 사정은 황제 자신도 마찬가지였다. 우두머리 무리의 수장인 강희제 자신도 많은 부하가 있었는데, 각각 수입이 좋은 직에 있으면서 끊임없이 궁정비용을 북경으로 송금했다. 그 중 한사람이 강녕직조 조인(江寧織造 曹寅)[389]이었다. 강녕(康寧)은 남경(南京)이고 직조(織造)란 궁중에서 사용하는 견직물을 조달하는 관직이다. 조인은 만주화된 한인으로 강희제 직속의 보오이 신분이었다. 직조는 직무상 많은 기술자를 거느리고 최상품질의 우수한 견직물을 독점생산했으므로 수입이 엄청났다는 것은 쉽게 짐작이 된다. 조씨 가문의 부는 상상을 초월했다. 강희제가 황하, 회하(淮河)의 치수사업 시찰을 위해 1684년(강희 23)부터 1707년(강희 46)에 걸쳐 여섯 번이나 남방으로 행행(行幸: 황제의 행차)했을 때 남경에선 다섯 번이나 조인의 집에서 묵었다. 중국 황제 일행이 머물기 위해 얼마나 큰 집과 많은 비용이 필요한가는 계산해 볼 것도 없을 것이다.

조인의 손자 조점(曹霑 號는 雪芹)은 세계문학사상 명작의 하나로 꼽히는 『홍루몽(紅樓夢)』[390]의 저자이다. 작품의 무대인 영국부(榮國府)는 조씨 가문의 상상을 초월하는 현란하고 호화로운 일상생활의 실태를 그대로 묘사하고 있으며 조점 자신은 주인공 가보옥(賈寶玉)으로서 『홍루몽(紅樓夢)』

---

389) ♣ 조인(曹寅, 1658년~1712년); 정백기 포의(正白旗 布衣) 소속의 기인이다. 강희제의 신임을 얻어 소주(蘇州)·강녕직조(江寧織造) 등 내무부 관할 아래의 요직을 역임했다. 임지인 강남에서 호화무쌍한 저택을 짓고 영화를 누렸으나 사후 옹정제에 의해 처벌되고 가산 몰수의 비극을 겪었다.

390) ♣ 『홍루몽(紅樓夢)』; 18세기 후반에 쓰여진 귀족의 가정을 무대로 한 장편소설이다. 조인의 손자 조점[曹霑 호는 설근(雪芹)]의 작품으로 그의 세대에 조가(曹家)는 몰락했다. 소설은 조가의 영화스러운 모습을 모델로 하였다.

에 등장하고 있다.

이런 사정이 있는데 여섯 명의 황자가 각기(各旗)에 봉해진 것이다. 그 때문에 새로운 제위쟁탈의 요소가 추가되었다. 만주인들은 저마다 자신들의 영주를 차기 황제로 만들려고 모든 음험한 수단을 동원해서 곳곳에서 암투를 벌였다.

황태자의 실각(失脚)

그렇게 되자 가장 불리한 입장에 처한 것은 모두에게서 견제의 대상이 된 황태자이다. 모택동(毛澤東; 1893년 12월 26일~1976년 9월 9일) 생전에 후계자로 지명된 유소기(劉少奇), 임표(林彪), 강청(江靑)이 지나온 삶과 운명을 보아도 알 수 있듯이, 황태자의 지위만큼 위험한 것은 없다. 더구나 모택동처럼 강희제도 수명이 길고 재위기간만 61년으로 드물게 길었기 때문에 끊임없는 형제들의 악의에 찬 시선과 신변 위협이 있었으며, 더구나 황제의 신용을 잃지 않기 위해 무슨 일이라도 꼼짝없이 견뎌 내야만 했다. 황태자의 괴로움과 고통은 상상하고도 남는다.

황태자에게 최초의 흉조는 1703년(강희 42)에 나타났다. 황태자의 어머니는 보정 4대신(輔政四大臣)의 한 사람인 소닌의 손녀딸이다. 이 황후가 황태자를 출산한 뒤 산욕(產褥)으로 죽었다는 것은 앞서 말했으며, 젊은 날에 황태자의 가장 큰 방패가 된 것은 소닌의 셋째 아들 영시위내대신 송고투였다. 송고투는 강희제가 파견하여 러시아와 네르친스크 조약을 맺었고, 우란 부퉁 전투에선 유친왕 복전(裕親王 福全)을 따라 전투에 임하였으며 강희제의 외몽골 친정에선 선봉대를 지휘하였고 영하원정에서는 황하의 수로 운송을 담당하였다.

그러나 1703년(강희 42) 여름, 강희제는 돌연 송고투를 체포감금하고 당을 결성하고 국사를 (마음대로) 했다는 이유로 그 일당을 모조리 추방하였다. 송고투는 곧 감금되어 죽었다. 어머니 쪽 대숙부(大叔父)의 실각과 죽음에 따라 황태자는 정치적으로 고립되었다. 궁지에 빠진 황태자는 자포자기 상태가 되어 상당히 이상한 행동을 보인 것 같다. 자연히 부자 사이에 시기와 의심의 검은 구름이 덮히게 되고, 강희제는 황태자가 자신을 해치려는 마음을 가지고 있다고 생각하기 시작했다.

1708년(강희 47) 가을, 내몽골 동부에서 황태자, 황장자 윤제 등을 거느리고 몰이사냥을 하고 있던 강희제는 또다시 갑자기 제왕, 대신, 시위, 문무제관을 행궁(行宮) 앞에 모아놓고 황태자를 무릎 꿇린 채 눈물을 흘리면서 말했다.

「짐이 태조, 태종, 세조의 유산을 계승한 지 지금까지 48년째이다. 마음을 다하여 신하를 소중히 여기고, 인민을 키워 천하를 안락하게 하는 것만 힘써왔다. 지금 윤잉을 보니 선조의 덕을 배우지 않고 짐의 교훈에 따르지 않으며 단지 제멋대로 악을 행하여 대중을 괴롭히고, 포학과 난행은 말하기가 꺼려질 정도이다. 짐은 20년이나 관대하게 보아왔으나 악행은 갈수록 심해지고 조정의 제왕, 버일러, 대신, 관리들에게 어처구니없게 권세를 휘두르고, 일당을 모아서 짐의 신변을 엿보아 일거수일투족을 찾아내지 않는 것이 없다. 짐이 생각건대 나라에 한 사람만이 군주는 아니다. 윤잉은 무릇 제왕, 버일러, 대신, 관리를 마음대로 학대하고 멋대로 구타해도 좋은 것인가? 평군왕(平郡王) 네르스,391) 버일러 하이샨,392) 공(公) 부키393) 등 모두 그에게 구

391) ♣ 평군왕(平郡王) 네르스(1690년~1740년); 청의 종실로 누르하치의 차자 다이샨의 장자로 양홍기에 기주였던 극근근왕(克勤郡王) 요토[岳托]의 현손(玄孫)이다. 무원대장군 황십사자 윤제(撫遠大將軍 皇十四子 胤禵)를 따라 청해 티베트에 원정했으나 옹정제가 즉위하자 윤제(胤禵)와 함께 문책을 받아 실각하였다.
392) ♣ 버일러 하이샨(1676년~1743년); 청의 종실로 정남기의 기주 공친왕 상녕(恭親王 常寧)의 아들로 아버지의 작위를 이어받아 버일러의 지위에 봉해졌다.
393) ♣ 公 부키(1672년~1723년); 청의 종실로 누르하치의 장자 추잉의 현손(玄孫)이다. 양홍기의 기주의 한사람이나 황태자 윤잉(胤礽)에 아부했다는 이유로 실각했다.

타당하고, 대신, 관리, 마부들에 이르기까지 그에게 괴롭힘을 당하지 않은 자는 얼마 되지 않는다. 짐이 이런 사정을 알고 있는 것은 여러 신하에게 그의 소행을 말하는 자가 있기 때문이나, 그는 그러한 자를 적대시하고 멋대로 때렸어도 짐은 지금까지 그의 소행에 대해서 한 번도 여러 신하에게 물어본 바가 없다. 짐이 섬서·강남·절강 등을 순행하면서 집에 묵거나 배를 타도 한 번도 멋대로 외출하거나, 백성의 정신을 홀리게 하거나 성가시게 한 일이 없다. 그러나 윤잉과 그의 부하들은 멋대로 비행을 저질러, 짐이 말하는 것이 창피할 정도이다. 또 몽골에서 짐에게 헌상할 말을 가지고 온 사람을 사자를 보내 도중에서 멋대로 약탈했다고 몽골인들이 불평 하고 있다. 여러 가지 비행은 헤아릴 수 없다. 짐은 그래도 그가 과오를 깨우치고 회개할 것을 기대하고 참고 견디면서 관대하게 보아 지금에 이르렀다. 또한 짐은 윤잉의 사치스러운 성질을 알고 있기 때문에 그의 유모의 남편인 능보[ling pu, 凌普]를 내무부총관(內務部總管)으로 삼아 그가 욕심내는 것을 구하기 쉽게 했다. 그러나 능보는 더욱 탐욕을 부려 보오이들의 원망을 샀다. 짐은 윤잉을 어렸을 때부터 잘 교훈해서 무릇 사용하는 물건은 모두 백성의 땀과 기름에서 얻은 물건이므로 될 수 있는 한 검약해야 한다고 말했으나, 그는 짐의 말을 따르지 않고 끊임없이 사치하며 생각나는 대로 지금까지도 악행을 한층 심하게 하고 있다. (짐이 죽은 뒤) 짐의 아들 가운데서 살아남을 가능성이 있는 아이들은 없을 듯하다. 황십팔자(皇十八子)[394]가 병이 들었을 때 여러 사람들은 짐이 고령이기 때문에 걱정하지 않는 사람이 없었으나, 그는 형이지만 조금도 자상한 마음가짐이 없고, 짐이 질책을 해도 그는 오히려 불끈 화를 냈다. 더욱 기괴한 것은 그는 매일 밤 짐의 천막에 살며시 다가서서 틈사이로 쳐다보고 있었다. 이전에 송고투는 그를 도와 몰래 대사를 도모했다. 짐은 그 사정을 모두 알고 송고투를 사형에 처했다. 지금 윤잉은 송고투의 원수를 갚으려고 일당을 조직했다. 덕분에 짐은 오늘은 독을 마시지 않을까 내일은 암살되지 않을까 밤낮으로 안심이 되지 않는다. 이런 놈에게 선조의 유산을 넘겨 줄 수 있는가? 거기에 윤잉은 자신을 낳은 친어머니를 죽였다. 이러한 놈을 옛사람들은 불효라고 했다. 짐은 즉위 이래 모든 일에 검약하여 몸에 헤어진 이불을 덮고, 발에 헝겊 신발을 신고 있다. 윤잉이 사용하는 것은 모두

---

394) 황십팔자(皇十八子); 귀비 왕씨(貴妃 王氏) 소생인 윤개(胤祄)이다. 강희 47년(1708) 8월 강희제 및 여러 황자들과 수렵을 나갔다가 9월에 병으로 죽었다.

짐보다 낫다. 그는 그것도 부족해서 멋대로 국고의 재물을 취하고 정치에 간섭하고 있다. 반드시 우리나라를 파괴하고 우리 만민을 상해하지 않으면 그치지 않을 것이다. 이런 불효 불인한 자를 군주로 한다면 선조의 유산은 어떻게 될 것인가?」

－≪淸聖祖仁皇帝實錄≫卷234 康熙 47年 9月 丁丑條－

강희제는 이렇게 말하고 나서 소리 높여 울며 땅에 몸을 던져 데굴데굴 굴렀다. 황태자는 체포되었다. 강희제는 비탄의 정도가 심해 불면증에 걸려 여섯 밤이나 잠을 이루지 못하고 여러 신하를 불러 모아 흐느껴 울었다. 또 이렇게도 말했다.

「윤잉의 최근 거동을 보면 어딘가 보통사람과는 다르다. 낮에는 대개 정신없이 자고, 밤이 되면 식사를 하고, 술을 마시면 수십 잔을 마셔도 취하지 않았다. 신(神) 앞에서 허둥지둥 제대로 예배도 하지 않고, 비와 벼락을 만나면 부들부들 떨며 어찌해야 할지 알지 못했다. 생활은 문란하고 언어도 엉망진창이었다. 정신병인지 마귀에 씌운 것인지?」

강희제는 북경에 돌아와서, 정식으로 황태자의 폐위를 발표하고, 폐태자를 함안궁(咸安宮)395)에 유폐시켰다. 지금까지 반 황태자 음모의 중심인물은 황팔자 윤사였으나, 황태자의 폐위직후, 황장자 윤제가 윤사를 황태자 후임으로 추천했기 때문에 윤사의 암약이 명확해지고, 격노한 강희제는 윤사의 버일러 작위를 박탈했다. 이어서 황삼자 윤지는 윤제가 라마승에 부탁해서 폐태자에게 저주를 걸게 했다고 고발했다. 강희제가 시위에게 폐태자의 집을 수색하게 하자, 과연 저주에 사용된 물건이 몇 십 개가 발견되었다. 윤제도 군왕의 작위를 박탈당하고 감금되었다. 그런 까닭으로

---

395) ♣ 함안궁(咸安宮); 자금성 남반부의 외성 서남부의 모퉁이에 있는 건물로 폐태자 윤잉이 유폐되었다. 옹정(雍正) 년간에 상삼기(上三旗)의 자제들을 교육하기 위해 咸安宮 官學이 설치되었다.

강희제는 남원(南苑)에서 수렵을 행한 뒤 폐태자를 불러 만났는데 폐태자는 다른 사람이라고 할 만큼 안정되고, 이전의 것은 씻은 듯이 생각이 나지 않는 모양이었다. 이것을 보고 강희제는 가슴의 답답함이 단번에 씻어 내려가는 기분이 들고 기뻐서 결국 폐태자는 마법에 걸린 것이라고 확신했다.

이리해서 다음해인 1709년(강희 48) 봄, 윤잉은 다시 황태자에 복위했으나 한번 상처받은 황태자로서는 매일 매일이 이전보다 더 신경을 써야 하는 것은 틀림없었다. 1711년(강희 50) 강희제는 여러 대신이 황태자당을 결성하고 주연을 열고 있다고 한 뒤, 보군통령(步軍統領)[396] 탁합제(托哈齊) 등을 사형에 처하고 다음해 1712년(강희 51) 다시 윤잉을 폐위하고 함안궁(咸安宮)에 유폐시켰다. 이 이후 후계자 문제에 넌더리가 난 강희제는 일생에 두 번씩이나 황태자를 세우는 일을 하지 않았다. 때는 강희제 59세, 폐태자는 38세였다. 이후 태자를 세울 필요성을 말하는 대신이 있을 때마다 늙은 황제는 어김없이 격노했다고 한다.

---

396) "제독구문보군순포오영통령(提督九門步軍巡捕五營統領)"을 약칭하여 "보군통령"이라 한다. 팔기 관직의 하나로 보병부대 최고 지휘관이다. 구문제독(九門提督)은 수도에 주재하는 무관으로 종일품(從一品)의 품계를 가진다. 북경 내성의 9개 문[정양문(正陽門), 숭문문(崇文門), 선무문(宣武門), 안정문(安定門), 덕승문(德勝門), 동직문(東直門), 서직문(西直門), 조양문(朝陽門), 부성문(阜成門)]의 경비와 통제를 하는 위수부대로서 수위, 검사, 문금, 순찰, 금령, 보갑, 체포, 구속, 심리안건의 주요한 업무를 담당한다. 수도문서의 경찰문서를 한손에 장악한 요직이다.

건청궁. 내정에 있는 황제의 거처

건청궁 내부. 옹정이래 이 「正大光明」의 편액 위에 후계지명의 밀조가 있다.

돌연한 죽음과 옹정제(雍正帝)의 즉위

1722년(강희 61) 정월, 강희제는 69세의 봄을 맞이하여 재위 61년이라는 중국역사상 공전절후의 기록을 세웠다. 이 기회에 대학사들은 고령의 대신들 15명을 모아보니 나이의 합계가 무릇 천년이 되었다고 연명으로 황제에게 축하를 올렸다. 그래서 황제는 60세 이상 80세 이하의 대관(大官) 70명, 문무관원과 인근의 평민 660명을 궁중에 초대해서 천수연(千叟宴)397)이라는 큰 잔치를 개최하여, 출석자들에게 축하의 시를 짓게 하고 그 번화함을 그림에 그려 기념했다. 연회가 끝난 뒤 황제는 늙은 대신들을 개인 방으로 불러 기분좋게 옛 이야기에 빠졌다고 한다.

> 「짐이 즉위해서 10년이 지날 무렵에는 20년 재위하는 것을 예상하지 못했고, 20년이 지나서는 30, 40, 50년이 될 것이라고는 생각하지 못했다. 50년 무렵에도 결코 60년을 재위할 것으로 생각하지 않았다. 지금 벌써 61년이 된다. 역사에 의하면 70세에 다다른 황제가 세 사람 밖에 되지 않는다고 한다. 짐은 얼마나 혜택을 받은 것인가? 짐은 언제나 신하들을 관대하게 다루었고 대신들이 몸을 보전하는데 특히 신경을 썼다. 그래서 그대들도 모두 노년이 되어 행복한 삶을 누리고 명예를 보전하고 있는 것이다. 이렇게 서로 마주보는 임금과 신하가 함께 머리털과 수염이 희어진 것은 즐거운 게 아니겠는가? (함께 늙어가는 것도 복이다)」
> －《永憲錄》卷1 康熙 61年 正月 辛卯條－

이어서 황제는 자신의 뜻대로 되어 자신만만했던 전쟁과 6회에 걸친 남방 순행 등을 회고하면서 깊은 만족의 뜻을 표하고 있다.

---

397) 청대 궁정의 대연회 중 하나, 1713년(강희 52) 강희제의 60회 탄생을 기념하여 창춘원(暢春苑)에서 제1차 천수연이 개최되어 수도문서와 천하의 노인들 수천 명이 초청되었다. 1722년(강희 69)에 제2차 천수연이 건청궁(乾淸宮)에서 거행되었다. 청대에는 모두 네 번 거행되었다.

그러나 죽음은 돌연히 찾아왔다. 그해 11월 8일, 북경의 서북쪽 교외에 있는 창춘원 이궁(暢春苑 離宮)에 체재하고 있던 황제는 찬바람을 맞아 열이 나고, 흠뻑 땀을 흘렸다. 그러나 그때 만해도 걱정할 만한 상태라고 당사자도 주위의 사람들도 생각하지 못했다. 그러나 그로부터 겨우 6일후, 14일의 밤 8시에 황제가 죽음을 앞두었을 때, 임종의 베갯머리 옆에 황자는 한 사람도 없었고, 다만 보군통령으로 북경과 이궁의 경찰문서를 한 손에 쥐고 있던 롱고도398)라는 대신이 서 있었을 뿐이었다.

이 무렵 강희제가 마음에 들어 한 유력한 후계자 후보는 무원대장군으로 감숙성 감주(甘肅省 甘州)에 주둔하면서, 준가르 왕국에 대한 방위를 지휘하고 있던 황십사자 윤제(皇十四子 胤禵)399)였다. 그러나 롱고도는 황사자 윤진(皇四子 胤禛)파에 속하는 사람이었기에 윤진을 제위에 올리기 위해 곧바로 행동에 들어갔다.400)

---

398) 롱고도[Longgodo, 隆科多, ?~1728년]; 만주 양황기 출신으로 강희제의 세 번째 황후 효의인황후(孝懿仁皇后)의 동생이다. 우란 부통 전투에서 전사한 동국강의 아들이며 성은 佟佳 씨이다. 1688년(강희 27) 일등시위가 되고 난의사(鑾儀使)에 임명되고 이어서 정남기 몽고부도통(正藍旗 蒙古副道統)에 임명되었다. 1711년 보군통령에 임명되고 1720년엔 이번원 상서가 되었다. 1722년 강희제가 죽었을 때 혼자서 유조를 받들고 황사자 윤진(皇四子 胤禛, 청의 5대 세종 옹정제)을 제위에 올려놓는데 결정적 역할을 하였다. 정권 발족과 더불어 총리왕대신(總理王大臣)의 반열에 올랐으며 1724년(옹정 2) 이번원의 일을 전담하고 ≪聖祖實錄≫, ≪大淸會典≫ 찬수를 담당하였다. 연갱요(年羹堯)와 함께 권력을 휘두르다가 혁직되고 이어서 사사정(査嗣庭) 사건에 책임을 지고 물러났으나 이어서 1727년(옹정 5) 불경죄를 비롯하여 기망(欺罔), 조정문란(朝政紊亂), 당간(黨姦), 불법, 탐람(貪婪) 등 41개조의 죄명 아래 재산몰수와 종신금고형에 처해졌다가 1727년 사망하였다.

399) ♣ 윤제(胤禵, 1688년~1755년); 강희제의 열넷째 아들로 옹정제와는 같은 어머니에서 태어났다. 무원대장군(撫遠大將軍)으로서 청해 티베트의 방면에서 군무를 지휘하여 유력한 후계후보자로 지목되었으나 옹정제가 즉위 후 문책을 받고 유폐되었다. 건륭제 시대에 석방되어 순군왕(恂郡王)으로 봉해졌다.

400) 본래 롱고도는 황팔자 윤사(胤禩)의 일당이었으나 이 무렵 윤진(胤禛)에게 회유당

강희제의 유해는 가마에 태워져 한밤중 전속력으로 북경에 돌아와 궁중에 실려 갔다. 동시에 룽고도의 명령으로, 자금성의 궁문은 전부 폐쇄되어 위병이 비상경계를 하고 룽고도의 허가가 없는 사람은 한 사람도 들어 갈 수 없었다. 한편 윤진의 저택에 전령이 달려갔다. 윤진은 급히 달려왔으나 다른 황자들은 궁중에 들어가지 못했다. 다음날 15일 정오, 룽고도만이 들었다고 하는 강희제의 유언이란 것이 발표되었다.

「황사자(皇四子)는 인격이 훌륭하여 짐에게 효도를 하고 정치적인 재능이 있다. 제위 계승에 적합하다.」
─《淸聖祖仁皇帝實錄》 卷300 康熙 61年 11月 甲午條─

20일이 되어 겨우 계엄령이 해제되고 황자들은 궁중에 들어가 망부의 영전에 배례를 할 수 있었다. 그 다음 21일에 윤진의 즉위식이 거행되었다. 이 사람이 옹정제(雍正帝)로서 이때 44세였다.

옹정제

하여 윤진일당에 속하였다.

젭춘담바 후툭투 1세는 그보다 앞서 도론 노르 회맹에서 처음 강희제를 만나고 나서부터 매년 북경과 열하(熱河)의 이궁(離宮)에서 함께 시간을 보내고 마음을 터놓는 친구가 되었다. 1721년(강희 60) 젭춘담바가 찾아왔을 때 강희제는 말했다

「계묘(癸卯)의 해(1723년), 나는 70세이고 당신은 90세이다. 크게 축하할 만한 해이기 때문에 당신은 꼭 와야 한다. 결코 약속을 깨뜨려서는 안된다.」

젭춘담바 후툭투 1세는 약속을 지켜 북경에 와서 강희제의 영구를 대면하고 난 뒤 그대로 병이 나서 1723년(옹정 1) 2월 19일 89세로 입적하였다. 옹정제는 아버지의 붕어도 갑오의 날로 하고, 후툭투의 입적도 갑오의 날로 하면서 『(젭춘담바는) 예사로운 승려가 아니다. 짐은 스스로 가서 하닥(스카프)과 차를 바쳐 짐의 감정을 표하고 싶다』고 말한 뒤 할하의 투시예투 한 등의 물러갈 것을 요청하는 것을 무릅쓰고 영전에 참배를 하고, 황족과 대신에게 젭춘담바 후툭투의 유해를 외몽골로 호송하여 보냈다.[401] -♣ (A. M. Pozdneyev; ≪*Mongolia and the Mongols*≫ Indiana University Publication, Uralic & Altaic Series, vol 61, publication data of original 1896, p.338.) -

젭춘담바 후툭투의 임종의 침상에서 할하의 한들이 다음에 어느 곳에서 전생할 것인가? 하고 물었다. 이에 젭춘담바 후툭투는 답하기를 「할하의 두 사람의 한은 신(申)의 해나 유(酉)의 해에 태어난 처녀를 돌보아 주어라」고 말했다. 젭춘담바의 형 자쿤도르지 투시예투 한의 손자 돈도브 도르

---

[401] 이때 젭춘담바 1세의 영구를 호송한 사람은 강희제의 열째아들 윤아(胤䄉)이다. 옹정은 정적 팔황자 윤사(胤禩) 일파인 황십자 윤아(皇十子 胤䄉)로 하여금 억지로 영구를 호위하여 외몽골로 가게 한 것이다. 이로써 윤아는 황팔자당에서 격리되고 옹정은 자연스럽게 정적 한 명을 제거한 것이다. 나중에 옹정에 의해 황실대동보(皇室大同譜)에서 제명되어 폐서인으로 강등되었다.

할하의 초대활불 젭춘담바 1세

지[402]는 강희제의 제삼황녀 각정공주(第三皇女 恪靖公主)[403]와 결혼했는데 젭춘담바의 유언을 들은 공주는 곧 바로 남편을 외몽골로 급히 보냈다. 돈도브 도르지는 옛 알탄 한 가의 일족 호트 고이트 부족[404]의 다시 타이지

402) ♧ 돈돕 도르지(?~1743년); 할하의 투시예투 한 쟈쿤 도르지의 장자 갈단 도르지의 아들로 일찍 죽은 아버지의 군왕 위를 이어받고 1697년 강희제의 딸 각정공주(恪靖公主)와 결혼하였다. 할아버지가 죽은 뒤 한의 지위를 이어받았으나 해임되어 망부(亡父)의 군왕(郡王) 작위로 되돌려졌다.
403) ♧ 각정공주(恪靖公主, 1679년~1735년); 강희제의 셋째 딸로 귀인(貴人) 귀로로 [황오자 윤기(皇五子 胤祺)의 생모인 의비(宜妃)의 여동생)]씨 소생이다. 투시예투 한인 쟈쿤 도르지의 손자 돈돕 도르지와 결혼하고 황녀(皇女) 최고위의 고륜공주(固倫公主)에 봉해졌다.

의 딸 차간 타라와 결혼하고 이 왕비의 몸에서 다음해 1724년 젭춘 담바 2세[405]가 태어났다.-♣ (Charles R. Bawden; ≪The *Jebtsundamba Khutuktus of Urga, text, translation and Notes*≫ Asiatische Forschungen Band 9, Otto Harrassowitz, Wiesbaden, 1961, p.67) -

이 사람에 이르러 할하 좌익의 투시예투 한가와 할하 우익의 알탄 한가의 융합이 실현된 이치이다. 이윽고 다음해 1725년(옹정 3) 1월 27일 폐태자 윤잉은 함안궁에 유폐된 채 쓸쓸하고 조용히 죽었다. 51세였다.

---

404) ♣ 호트고이트 부족: 외몽골 할하 부족으로 이전에 오이라트를 지배한 할하 우익의 자삭크 한의 분가 알탄 한의 가문의 후예이다. 할하 서북부에 위치하고 북쪽은 러시아, 서쪽은 오이라트 제 부족과 인접했다.

405) ♣ 젭춘담바 2세(1724년~1757년); 할하의 좌익 투시예투 한가(汗家)의 돈돕 도르지와 우익 알탄 한가의 후예 다시 타이지의 딸 사이에서 태어나 젭춘담바 1세의 전생(轉生)으로 인정되었다. 그러나 당초부터 전생을 칭하는 다른 후보자가 난립하고 더욱이 체왕 랍탄의 아들 갈단 체링이 외몽골에 침입하기 위해 할하에 권위를 확립한 것은 1704년 부터이다. 그 후에도 준가르의 멸망과 그에 따라 일어난 아무르사나의 반란, 쳉군 잡의 반란에 일어난 일련의 반란에 농락당하는 와중에 죽었다.

오카다 히데히로[岡田英弘]의 초판 후기

내가 친구 간다 노부오[神田信夫, 明治大學敎授], 마쓰무라 준[松村潤, 日本大學敎授] 두 사람과 함께 처음으로 중화민국[中華民國(臺灣)]을 방문한 것은 1962년 가을이기 때문에 벌써 17년도 더된 옛날이다. 우리 세 사람은 1957년 『만문노당(滿文老檔)』의 연구로 일본학사원상(日本學士院賞)을 수상한 친구로서 대만에 간 것은 만주어 문헌 연구를 위한 것이었다.

대만과 만주어라고 할 때 기묘한 조합으로 들릴지 모르지만, 거기에는 이유가 있다. 만주어는 1644년에서 1912년까지 중국을 지배한 청조의 제1 공용어로서 가장 중요한 공문서는 이 언어로 쓰여졌다. 청조가 쓰러지고 중화민국이 성립되면서 만주어는 사실상 죽은 언어가 되었으나 만주문으로 쓰인 청조의 공문서는 방대한 양이 북경의 자금성에 보존되었다. 1924년 퇴위한 청조 최후의 황제 선통제 부의(宣統帝 溥儀)는 풍옥상(馮玉祥)에 의해 자금성에서 축출되고, 자금성이 고궁박물원(故宮博物院)으로 개명되자, 만주문의 공문서류도 미술품 등과 함께 고궁박물원이 관할하게 되었다.

그러나 1931년 만주사변(滿洲事變)이 일어나고 북경이 일본군에 의해 위협받게 되자 중화민국 정부는 고궁의 보물의 안전을 위해 남방으로 이전하기로 하고, 1933년 2만 상자에 가까운 것을 상해로 운반했다. 그리고 1936년 남경에 고궁박물원 분원(分院)을 두고 다시 상해에서 남경으로 이전해왔다. 그것도 잠깐 다음해에는 노구교(蘆溝橋) 사변이 일어나고 전쟁의 불꽃은 상해로까지 번지면서 남경이 위험해졌기 때문에 고궁의 보물은 오지인 사천성, 귀주성의 세 곳에 운반되어 항일전 동안 보관되었다.

1945년 일본이 항복하자 고궁의 보물은 일단 중경(重京)에 모아지고 1947년에 남경으로 돌아왔다. 그러나 다음 해인 1948년 겨울 공산당군이 남하하자 이번에는 대만으로 피난하게 되었다. 이때 고궁의 보물 가운데 가장 중요한 것, 전체의 약 1/4을 1949년 2월 말까지 세 차례에 걸쳐 해군 함정 편에 남경에서 대만의 기륭항(基隆港)으로 운반하였다. 대만에서는 대중시(台中市) 언저리가 가장 건조하다고 하여 보물은 1950년 대중(台中) 시외의 무봉(霧峰)이란 곳에 창고를 건설하고 여기에 보관했다. 우리가 처음 대만을 방문한 1962년에도 고궁의 보물은 무봉에 있었다. 대중 역에서 탄 털털거리는 버스에 흔들리고 먼지투성이의 무봉 마을에 내려 다시 논두렁길을 터벅터벅 걸어서 길봉촌 북구(吉峰村 北溝)의 창고에 도착하여보니 아무런 전람 시설도 없었다. 그냥 단지 차를 마시고 2인승 자전거 택시에 세 사람이 타고 인력거꾼의 등에 흐르는 땀을 보면서 돌아가야겠다고 생각하였다.

왜 그런 곳을 특별히 찾아갔는가 하면, 그것은 우리들의 『만문노당(滿文老檔)』 연구와 관련이 있다.

『만문노당』이란 18세기에 청의 건륭제가 옛 기록을 바탕으로 편찬한 청조의 건국시대(1607년~1637년)의 연대기(年代記)로 그 재료가 된 고문서류는 모두 「원당(原檔)」이라 불렸고, 1933년까지 북경의 고궁박물원에 있었다고 알려졌다. 문제는 그것이 대만에 있는지 없는지 하는 것이었다. 「원당」이 발견되면 여러 가지 미해결된 문제가 해결될 수 있을 것이다. 그것이 우리들의 방문목적이었다. 「원당」의 소재는 이때는 요령부득으로 끝났으나, 실은 이미 현지의 학자들은 무봉에 있다는 것을 알고 있었다.

그 후 1965년이 되자, 대북시의 북쪽 교외 장개석(蔣介石) 총통 관저 가까운 외쌍계(外雙溪)에 아름다운 궁전 스타일의 현재의 고궁박물원이 개관되었다.

장복총(蔣復璁) 선생이 원장으로 취임하여 만주문헌의 이용에 대해서 우리일행에 적지 않은 호의를 베풀었는데, 그 중에서 특기할 만한 것은 「원당」을 『구만주당(舊滿洲檔)』이라 이름 붙이고 1969년 영인한 것이다. 이 무렵부터 우리들은 거의 매년 대북을 방문하고, 고궁박물원에서 만주문헌을 연구하였는데, 1974년 여름 방문했을 때 (어느 날) 갑자기 경전처럼 접어 개켜 놓은 작은 문서 더미가 발견되었다. 어느 것이나 먹이 아닌 주필(朱筆: 황제만이 붉은 글씨로 쓸 수 있다)로 쓰여진, 만주문이 초서(草書)라고 할 만한 흘려 쓴 것도 있고, 해서(楷書)라고 할 수 있는 높은 사람에게 보여주기 위한 필적도 있다. 들자하니 이것은 전부 강희제의 자필로 지금 이것의 한역(漢譯)을 준비하고 있다고 한다. 이것이 「강희제의 편지」와의 첫 만남이다. 읽어보자 어느 것이나 1696년과 97년 갈단 정벌당시 진중(陣中)의 소식으로 매일 매일 사건에 대해 자질구레한 것을 엮어 쓴 것으로 이미 발간된 다른 사료에선 찾아볼 수 없으며 (당시의) 미묘한 사정과 정세의 추이가 손에 잡힐 것 같이 알 수 있었다. 우리는 이것의 한역문(漢譯文)에 대해서 몇 가지 조언을 하고 될 수 있는 한 빨리 그 텍스트가 발간되기를 희망했다. 대만에서 귀국한 뒤에도 강희제의 자필편지에 대한 것이 우리들의 머리에서 떠나지 않았다. 때마침 그 후 주코신서[中公新書]의 나가쿠라 아이코(永倉あい子) 편집부장을 만났을 때 강희제의 편지가 화제가 되자 (그는) 강한 흥미를 보이며 '제발 주코신서[中公新書]로 (출판하자고)' 요망했다. 그러나 여하튼 고궁박물원에서 본문이 간행되지 않은 이상 어찌할 도리가 없었다.

이를 대신한다고는 할 수 없으나, 그대로 세월은 흘렀기 때문에 당시 내가 흥미를 가지고 있던 일본고대사(日本古代史)에 관해 쓴 것으로 『왜국(倭國)』이 1977년 주코신서[中公新書]의 한 책으로 출판되었다. 실은 이때 이미 강희제의 편지는 고궁박물원에서 간행되어 있었다. 그것은 『궁중당강희조주접(宮中檔康熙朝奏摺)』이라고 이름 붙여진 사료집 제8, 9집에 사진판으로 수록되어 있었고, 같은 해 가을 손에 넣을 수가 있었다. 그로부터 2년이 지나 간신히 『강희제의 편지』 한 책을 세상에 내놓게 된 것은 나가쿠라[永倉] 부장의 꾸준한 격려 덕분으로 나가쿠라 부장과 이 책을 담당한 아오다 요시마사[靑田吉正] 씨에 대해 심심한 감사의 뜻을 올린다.

그러나 무어라 해도 이 희귀한 사료의 발간과 우리들의 연구에 끊임없는 편의를 주선해준 고궁박물원의 여러분들에게 학문적으로 배움을 받은 은혜가 대단히 많았다. 이에 장복총 원장(蔣復璁 院長), 창피득 도서문헌처장(昌彼得 圖書文獻 處長), 장위 만·몽·장문 계장(張葳, 滿·蒙·藏文 股長) 기타 여러분에게 깊은 감사의 말씀을 드린다.

이 책의 완성이 지연된 것에는 몇 가지 이유가 있다. 17세기 동아시아사를 이해하려면 중국 사료만으로는 안되고 만주·몽골·티베트 등의 언어로 쓰인 사료를 이용해서 종합적으로 판단해야 하지만, 지금까지 정설로 된 것은 주로 한문사료를 비판 없이 따른 것이 많았고 실정을 통찰한 것은 거의 없었다. 그 때문에 많은 의문이 여기저기 나타나 제1장 「중국의 명군과 초원의 영웅」은 몇 번이나 고쳐 써야만 했다. 다행히 로·청 교섭사(露·淸交涉史)의 권위인 가네다 긴이찌[吉田金一] 씨, 티베트사의 대가인 야마구찌 즈이호[山口瑞鳳]씨, 기타 많은 스승과 벗에게 조언을 받아 이 장은 지금까지 개설서 수준을 벗어날 수 있었다고 믿는다. 특히 기록해서 다시 한 번 깊은 감사의 말을 표하는 바이다.

1979년 10월

岡田英弘

補

1. 몽골 친정시(親征時)의 성조(聖祖)의 만문서간(滿文書簡)[1]

청의 성조 강희제(聖祖 康熙帝)는 강희 35년 2월 30일(1696년 4월 1일), 37,000명의 중로군을 스스로 이끌고 북경을 출발하여 고비 사막을 횡단하고, 헤를렌 강 상류의 바얀·울란에서 준가르의 갈단 보속투 한의 장막을 습격했다. 그러나 적은 먼저 서쪽으로 도주해서 톨강의 상류 존 모드의 땅에 이르러 무원대장군 영시위내대신 백(撫遠大將軍 領侍衛內大臣 伯) 휘양구가 지휘하는 서로군과 조우하여 대패했다. 성조 강희제는 귀로에 이 승전보를 듣고, 6월 9일(7월 7일) 북경으로 돌아왔다. 이것이 전후 98일에 걸친 제1차 친정이다.

존 모드에서 격파된 갈단은 알타이 산맥의 동쪽 끝에서 티베트로 망명할 찬스를 노리고 있었다. 강희제는 이에 대한 작전을 지휘하기 위해 강희 35년 9월 19일(1696년 10월 14일)에 다시 북경을 출발하여 귀화성(歸化城)으로 향하여 11일 동안 체류한 뒤, 황하를 건너 오르도스 지역에 들어가 26일 동안 즐기며 사냥을 하다가 12월 20일(1697년 1월 12일) 북경으로 돌아왔다. 이것이 전후 91일에 걸친 제2차 친정이다.

강희제는 갈단에 대한 협격(挾擊) 작전의 지휘를 위해 강희 36년 2월 6일(1697년 2월 26일) 세 번째 북경을 출발해서 산서성(山西省)의 우위(右衛)

---

1) 初出은 岡田英弘(モンゴル親征時の聖祖の滿文書簡), 『內陸アジア·西アジアの 社會と文化』(護稚夫 編, 山川出版社 pp.303~322), 1983年 6月 30日. 원논문은 음력의 환산이 하루씩 어긋나서 이를 수정했다.

로 향했으나 도중에서 예정을 바꾸어 영하(寧夏)로 향하고 섬서(陝西)의 장
성을 따라 영하에 이르렀다. 갈단은 이 사이 3월 13일(4월 4일) 아차 암타
타이 라는 곳에서 병사했으나, 이를 알지 못한 강희제는 영하에서 18일간
체재 한 뒤에 배편으로 황하를 내려와 귀로에 올랐다. 전후 129일에 걸친
이것이 제3차 친정이다.

　이 강희제의 갈단에 대한 세 번의 친정 경위는 『친정평정삭막방략(親征
平定朔漠方略), *Beye dailame wargi amargi babe necihiyame toktobuha bodogon-i
bithe*』 48卷에 상세하게 기록되었다. 이 책의 강희제의 「御製序」에는 「康熙
47年 7月 初9日」의 날짜가 쓰여 있고, 『大淸聖祖仁皇帝實錄』 卷233, 「康熙
47年 7月 癸未의 條」에도 「御製親征平定朔漠方略序」로서 그 전문을 기록하
고 있기 때문에 이 책이 1708년에 완성된 것이 확실하나 그 편찬의 계획
은 빨라도 제1차 친정의 직후에 세워진 것이다『大淸聖祖仁皇帝實錄』 卷
174 康熙 35年 7月 丙辰條에

　『大淸聖祖仁皇帝實錄』 卷174 康熙 35年 7月 丙辰條
　上召議政大臣。滿漢大學士。尙書。侍郎。學士等。示以北征機宜。諸臣敬
閱畢。奏曰。噶爾丹窮荒巨寇。煽惑羣心。皇上爲中外生民計。親統六師。遠
涉絶漠。睿謨神算。百日之內。遂奏凱旋。開闢以來。勘定之畧。成功之速。
未有如我 皇上者也。翰林院掌院學士常書。張英。奏曰。皇上廟謨豫定。至後
無不稔合。功德崇峻。美不勝書。伏讀御製。前後次序。備極周詳。無備典謨
訓誥。伏乞皇上將所記載。俯賜臣等。俾得敬愼編摩。垂諸簡册。洵爲億萬年
之盛事也。

　上께서 議政大臣, 滿漢 大學士, 尙書, 侍郎, 學士 등을 부르시어 北征의
시의 적절함을 말씀하시다. 여러 대신들 삼가 조사한 뒤에 상주하기를 『갈
단은 머나먼 황야의 대적으로 민심을 현혹한다. 황상께서 내외의 백성을 위
해 계책을 내시어 몸소 六師(황제의 군대)를 거느리시고 머나먼 사막을 건너

밝으신 계책으로 백일이내 개선을 알린 것은 개벽이래 무력으로 난을 진압한 계책과 성공의 빠름이 우리 황상 같은 이가 없었다. 翰林院 掌院學士 常書, 張英 등이 상주하여 말하기를 「황상의 계책은 뒤에 맞아떨어지지 않는 바가 없었고 공덕의 무한히 높음은 아름다움을 글로 표현할 수 없다. 엎드려 임금께서 지으신 것을 읽고 앞뒤의 순서는 준비함이 대단히 치밀하고 전모(典謨: 법과 규례)와 훈고(訓詁: 경서의 해명, 고증, 주석)가 아닌 것이 없다. 엎드려 빌건대 황상께서 기록한 바로서 내려보시며 신들에게 하사하시어 삼가모아서 이것을 간책(簡册)으로 내리시니 정말로 억만년의 기쁜 일이다.」 황상은 이를 윤허하시다.

라고 있으며 계속해서 이틀 뒤에

> 戊午 命內閣翰林院 修『平定朔漠方略』
> 戊午, 內閣·翰林院에 명해서 『平定朔漠方略』을 편수하게 했다.

라고 해서 강희제 스스로가 만든 제1차 친정의 기록이 중심이 되어 『親征平定朔漠方略』으로 발전한 것으로 생각된다.

여기서 말하는 「北征機宜」란 것은 지금 『親征平定朔漠方略』의 맨 앞에 실린 「어제친정삭막기략(御製親征朔漠紀略)」으로 이름 붙인 것의 한 篇으로 한문본 40葉, 약 10,000字에 이르는 대작이다.

그러나 『親征平定朔漠方略』의 주된 재료는 세 번에 걸친 친정 때마다 황제의 본영과 전선, 후방과의 사이에서 교환된 다량의 지령, 보고문서이다. 그 가운데 대부분은 대북(臺北)의 고궁박물원(故宮博物院)에 현존하고 있다. 즉 진중의 강희제와 북경에 남아있는 황태자 사이에 주고받은 왕복 문서이다. 1974년 여름, 간다 노부오(神田信夫), 마쓰무라 준(松村潤), 오카다 히데히로(岡田英弘)의 세 사람은 고궁박물원을 방문하여 때마침 도서문헌처(圖書文獻處)에서 정리 중이던 강희제가 자필로 쓴 것을 포함한 왕복문서 현물을 발견하였다.

어느 것이나 만주문이고 이와는 다른 만주문과 함께『궁중당강희조주접
(宮中檔康熙朝奏摺)』제8집, 제9집에 수록되어 1977년 6월 국립고궁박물원
에서 발간되었다.『宮中檔康熙朝奏摺』第8輯, 第9輯에 수록된 만문문서는
모두 741건으로 이 가운데 1~15(강희 10년~21년), 219~692(강희 45년~
61년)은 강희 35, 36년의 친정과는 관련이 없다.

　　문제는 693~741(無年月)의 문서이나 이 가운데서도 친정과 관련이 있
는 기록이 상당수 포함되어 있는데 있다.

　　729에는「세조(世祖 順治帝) 때에 한 총병(總兵)의 아들이 황색의 보석
한 개를 보내왔다고 썼는데, 그의 부친은 이것을 달고 적을 격파하지 않은
적이 없다고 하였다. 이것을 내고(內庫)에서 찾아서 있으면 보내라」라는
내용으로 얼핏 생각하면 친정과는 관계가 없으나, 20(강희 35년 3월 18일의 奏)
에서 황태자는「칙지에서 찾아 보내라 하신 내고에 있는 황색 보석을 찾
게 한 바, 황색으로 납작한 것 한 개와 황색 보석 한 덩어리를 찾았습니다.
어느 것이 말씀하신 그것인지 알 수 없어서 이전에 쓰신 문서와 함께 삼가
잘 봉해서 보내 드린다」라고 하여서 이것이 제1차 친정 때의 일임을 알
수 있다.

　　730~732는 각각의 서두에「초7일에 도착했다」고 써넣은 것이 있고,
730은 갈단이 보낸 글, 732는 갈단의 사자 게레이 구영 두랄의 아들 우바
시의 공술(供述), 732는 갈단에 사신으로 갔던 오이라트인 차간다이의 공
술이고 더구나 731, 732의 본문에는「康熙 三十六年 閏三月初七日」이라는
날짜가 있어서 제3차 친정 때 영하에 머물던 강희제가 받았다는 것은 틀
림이 없다.

　　733, 734에도 같은 모양으로「10일 아침에 도착했다」, 735, 736에는「10
일 저녁에 도착했다」739에도「11일 아침 일찍 도착했다」라고 각각의 모
두(冒頭)에 써 넣은 것이 있고 내용으로 보아 역시 康熙 36年 閏3月의 것으
로 제3차 친정에 속하는 것이다.

740은 몽골어 두운(頭韻)에 따른 시(詩)를 만주어로 번역한 것이 있으나, 그 가운데 존 모드의 전승을 노래하면서도 갈단의 죽음에 대해선 언급이 없는 것으로 보아 강희 35년 제1차 친정 때나 그 직후의 것이 아니면 안된다.

741은 상서 투나의 병을 보고하고 있으나 강희제의 주비가 있는 것으로 보아 보고자가 황태자인 것을 알 수 있다. 본문 중에 「三月初五日」「同月二十三日」의 날자가 있는 것으로 미루어 역시 강희 35년 제1차 친정이나 강희 36년 제3차 친정 때의 일이다.

그러면 『宮中檔康熙朝奏摺』 第8輯, 第9輯에 수록된 741건의 만문문서 가운데, 16~218, 729~741의 총계 216건이 강희 35년, 36년의 강희제 친정에 관한 문서인 것이다.

제1차 친정 이후 강희제 스스로가 만든 『御製親征平定朔漠方略』도 이 전쟁에 대한 사료적 가치가 매우 높지만, 그보다도 더욱 사료적 가치가 높은 것은 강희제가 친정의 도중 스스로 붓을 잡아 황태자에게 보낸 통신으로 그 대부분은 황태자의 상주(上奏)에 붙여진 주비(朱批, 硃批)의 형식을 취하고 있으나, 사신(私信)의 성격이어서 공식적 통신이라면 기록하지 않을 황제의 감정 표명과 자연의 관찰 등이 상세하게 쓰여져 있어 단순히 전황의 보도 이상으로 이 불세출의 황제의 명군의 성격을 살필 수 있는 절호의 일등사료이다.

그러나 『宮中檔康熙朝奏摺』 第八, 九輯에서 이 중요한 만문사료의 배열은 729~741의 「無年月」이라 된 것 이외에도 상당한 문제가 있다. 고궁박물원(故宮博物院)의 편집자들은 강희 35년 36년의 친정관계 문서의 배열을 정할 때 원문서의 앞머리에 쓰여 있는 한자로 기록된 날자를 이용하고 있다. 예를 들면 16에는 「康熙三十五年三月初五日奏(片一)」가 있어 17이 그 附片에 해당한다. 18에는 「康熙三十五年三月十一日奏」, 19에는 「康熙三十五年三月十一日」, 20에는 「康熙三十五年三月十八日奏(片二)」 21이 그 附片이고

22에는 「康熙三十五年三月二十一日到」이다.

이하는 생략하지만 이로서 보면 이런 한자의 날자에는 「奏」가 있는 것과 「到」가 있는 것이 있고 연월일만 있는 것의 세 종류가 있어 각각 의미가 다르다.

16의 「康熙三十五年初五日奏(片一)」의 예를 보면 이때의 황태자가 상주한 본문에 「또한 대병은 初五日에 출발을 마쳤다. 유친왕(裕親王), 간왕(簡王), 공왕(恭王)은 初六日에 출발한다」라고 하여 「三月初五日」이 황태자가 이 문서를 보낸 날자임을 시사하고 있다. 이에 대해서 그 맨 밑에 써넣은 황제의 주비에는

"짐은 건강하다. 이번 달 3월 10일(4월 11일)에 독석(獨石)에 도착하였다. 11일(12일)에 장성을 넘어간다. 병사도 말도 짐의 부대는 정연하고 양호하다. 후속부대는 아직 보이지 않으나 듣건대 양호하다고 한다. 단지 짐의 부대의 뒤를 따르는 말은 상사원(上駟院)의 1,000마리, 병부(兵部)의 1,000마리 밖에 없다. 휘양구 백(伯)의 부대에는 7,000마리의 말과 3,000마리의 낙타가 있다. 그래서 짐은 상의해서 살찐 말 3,000마리를 확보해 놓으려고 보냈다. 전혀 다른 일은 없다."

라고 되어 있어서 이것이 제1차 친정에서 황제가 황태자에게 보낸 첫 번째의 통신이 된다. 이 문면에서 3월 10일이 주비가 쓰여진 날자임을 알 수 있다.

『實錄』에 따라도 강희제는 3월 10일 병인(丙寅)에 독석구(獨石口) 성안에서 머물고 다음날 11일 정묘(丁卯)에는 초론 발가슨(齊倫巴爾哈孫)에 이르고 있다. 결국 16호 문서의 서두에 「康熙三十五年三月初五日奏」라고 있는 것은 황태자가 그 상주를 발송한 날자로서 이것을 받은 강희제가 주비(朱批)를 써넣은 3월 10일보다 5일이 빠르다.

그러나 이 16호 문서의 주비(朱批)는 제18호 문서의 황태자의 상주에 요

약해서 인용하고 있다. 그래서 이 상주에 의하면 제16호 문서의 반송과는 별도로 태감 Jang Hūng Sioi(張鴻緒)가 북경에 와서 구두로 성지를 전한다 하고「또 Jang Hūng Sioi(張鴻緒)가 간 것이 긴급한 것이므로 상주하려고 한 네 건의 문서를 베껴서 바로 초고를 그대로 상주 한다」고 있고 다음 의 19호 문서는 마침 네 건의 사실을 기록하고 있기 때문에 18,19가 한 조이다.

그리하면 18의 날자「康熙三十五年三月十一日」이 문제가 된다. 3월 10일 의 주비에 포함된 16호 문서가 다음날 11일 일찍이 황태자에게 반환된 것 이 된다. 제16호 문서가 북경에서 독석구까지 5일이 필요하다는 것을 감안 할 때 제18호 문서가 독석구에서 북경에 하룻만에 도착했다는 것은 너무나 도 빠르다. 그것은 그렇다고 치고 18호 문서에도 강희제의 주비가 있다.

「이번은 출발 이래 생각대로 모든 것이 잘 진행되기 때문에 더없이 즐겁 고 건강도 안색도 아주 좋다. 또한 지형이 좋고 물도 좋고 (별다른) 일도 없 어서 기분이 매우 좋다. 다만 기원하는 것은 하늘의 도움을 받아 생각대로 되기를 마음속으로 바란다. 이 편지를 14일(4월 15일)에 썼다. 15일(16일)에 아침 일찍 출발해 노정의 반 정도 간 곳에서 갑자기 동남풍이 불고 큰비가 억수처럼 쏟아지고 이어서 큰 눈보라가 치고 추워서 매우 두려웠다. 그날 밤 은 그대로 묵고 16일(4월 17일)에 조사해 보니 가축은 모두 무사했다. 다행 히 장비가 튼튼해서 그다지 오래 끌지는 않았다. 이를 황태자가 잘 알기 바 란다.」

이 주비에서 강희제는 18호 문서를 3월 14일에 받았으나 바로 반송하지 않고 16일에 이르러 주비를 넣어 발송한 것을 알 수 있다. 『實錄』에 의하 면 강희제는 3월 14일 경오(庚午)에 보로 호톤[博洛和屯] 15일, 16일에는 군 노르[滾諾爾]에 머물고 있었다. 이를 보면 북경에서 보로 호톤까지는 3 일이 필요한 것이다.

「짐은 무사하다. 황태자는 건강한가? 황자들은 모두 건강하다. 대신들 장교들 병사들에 이르기까지 모두 건강하다. 다만 비와 눈이 그다지 대단한 것은 아니라고 해도 거의 그치지 않아서 마음에 다소 걱정이 된다. 이 땅의 몽골인들은 기뻐하면서 "우리(몽골인)가 있는 곳은 매년 날이 가물어 풀이 나지 않기 때문에 궁핍의 구렁텅이에 빠졌지만 폐하가 오시면서 비와 눈이 있고 풀이 잘 자랍니다"라고 말한다. 이동하는 자와 정주하는 자로선 생각이 크게 다르다.

풀을 보면 양은 배가 가득 차도록 먹는다. 말은 모래 속에서 마른 풀 같은 것도 먹지만 배가 가득 차게 먹지 않는다. 풀의 모양은 좋고 물은 풍부하다. 짐이 지나간 곳은 설령 멀리 나아가도 군이 한곳으로 진격하는데 지장은 없다. 연료도 풍부하다. 여기서부터 앞은 어떤지는 모르겠으나 ….」

이 주비는 거의 그대로 『親征平定朔漠方略』 卷21 康熙 35年 3月 22日 戊寅의 조에 채록되었고 이것이 제20호 문서가 강희제의 손에 도착한 날자인 것 같다. 이날 강희제는 후시무크[胡什木克]에 머물고 있었다. 18일에 북경으로 발송해서 여기까지 3일이 걸린 것이다.

이상 제16~21호 문서에 기록된 한자의 날자는 모두 북경발의 날자를 의미하는 것으로 해석되지만 22호 문서의 「康熙三十五年三月二十一日到」는 의미가 다르다. 이것은 강희제로부터 황태자에게 가는 상유로 그 전문은 다음과 같다.

「짐이 이번에 멀리 나가 몽골 땅에 가보니 들은 것과는 큰 차이가 있다. 물과 목초지도 좋고 연료도 많이 있다. 설령 짐승들의 똥은 습해도 각종의 우헤르 카라하나, 시박, 데르수, 부두르하나, 하이란(hailan), 부르간(burgan) 기타 풀은 모두 연료로 쓸 수 있다.

물(우물)은 국경 안에선 팔 곳이 없다. 비록 아군 전부가 함께 행군해 간다고 해도, 목지와 물과 연료는 결코 부족하지 않다. 다만 걱정인 것은 기후가 일정하지 않고 불시에 악화하는 것이다. 날씨가 개면 더욱 다행이겠지만……. (장성)을 나가면서 몇 번인가 비와 눈이 뒤섞여 내렸으나 대단한 것은 아니다. 봄의 푸른 풀을 양들은 포식하고 말은 마른 풀이라도 함께 먹어

버린다. 오로지 바라는 것은 하늘의 음덕(蔭德)으로 비와 눈이 없으면 우리 일이 일찍 이루어질 것이다.

　황태후에게 안부를 삼가 아뢰어라! 짐 자신과 황자들, 왕들, 대신들, 장교들, 병사들에 이르기까지 모두 건강하다. 황태자는 건강한가? 소론의 톡토나 이 북경에 도착하면 돌려보내는 것이 좋다.」

　이 상유(上諭)는 『方略』 권21, 강희 35년 3월 19일 을해(乙亥)의 조에 대체로 그대로 수록되어 있다.

　3월 19일 쿠이스 불락[揆宿布喇克]에 있던 강희제가 발송해서 황태자에게 도착한 것이 된다. 이 「三月二十一日到」가 황태자가 본 문서 도착의 날자라는 것은 이 상유를 제24호 문서의 황태자의 상주에서 인용하고 또한 「21일 아침에 도착한 상유」라고 말하고 있어서 확실시된다. 그러면 이러한 한자의 날자는 북경에 있던 황태자의 측근에 의해서 발송되고 도착할 때마다 쓰여졌던 것일까? 아무래도 그렇다고는 생각되지 않는다라고 하는 것은 터무니없는 잘못을 범하고 있는 경우가 있기 때문이다.

　26호 문서의 모두(冒頭)는 한자로 「康熙三十五年二月二十八日」이다. 그러나 이 황태자의 상주 첫머리에 「3월 21일의 사경(四更)의 시각에 도착한 上諭에」라고 제152호 문서의 주비를 인용하고 있으나, 제152호는 강희 36년 3월 11일 날자의 황태자의 상주이고, 주비 안에는 3월 16일을 시사하는 말투가 있다. 해서 보면 제26호 문서의 날자는 일년 오차가 있게 된다. 이것은 어떻게 해서도 문서를 받고 보낼 때 쓰여진 것이라고는 생각되지 않는다.

　32호 문서는 강희제가 황태자에게 내린 상유로 서두에 한자로 「四月十五日」이라는 날자가 있기 때문에 서두의 한자로 된 날자는 이에 따른 것으로 이해될 수 있으나 연도는 강희 35년이 아니고 36년이 되지 않으면 안 된다. 본문 중에 황하를 배를 타고 내려가는 도중인 강희제가 14일 저녁 갈단의 죽었다는 소식을 받았다는 구절이 있으나 이것은 강희 36년 4월의

일이기 때문이다. 여기서도 서두의 날자는 일년 차이가 나고 있으며 「四月
十五日」이란 월일은 강희제가 이 상유를 발송한 날자이고 황태자가 받은
날자는 아니다.

　제118호 문서는 「康熙三十五年(無月日)」이나, 이 황태자의 상주 말미에
「해가 지고 있다」라는 주비가 있기 때문이다 그러나 본문에는 「또한 十月
初二日 卯의 시각에 Jang Hūng Sioi가 가지고 온 상유에」로서 제73호 문서
(康熙三十五年初二日到)를 인용해서 「또한 농응[籠鷹, 새끼매], 다섯 마리, 와
추응[窩雛鷹, 새끼때부터 사냥용으로 길들여진 매] 두 마리, 추황응[秋黃鷹, 사냥용 보라
매] 일곱 마리를 初三日에 출발시켰다」라고 있어서 이것이 가장 새로운 날
자이고 初五日에 연회가 예정되었다고 언급하고 있기 때문에 황태자가 빠
뜨린 날자는 康熙三十五年十月三日이라고 보여진다. 이무렵 강희제는 제2
차 친정의 도중 남몽골에 있었으나 이 제18호의 끝에 쓰여진 상유에는
「Jang Hūng Sioi가 초육일 저녁에 도착했기 때문에 써서 한곳으로 보냈다」
라고 있어 3일을 요해서 10월 6일 바룬 골[巴倫郭爾]에 있던 강희제에게
도착한 것이다.

　제119호 문서도 「康熙三十五年(無月日)」이나 그 내용은 갈단 보속투 한
이 티베트의 달라이 라마에게 보낸 14통의 서간을 만주어로 번역한 것이
다. 이에 대해서는 제106호 문서(「康熙三十五年十一月二十三日到」) 강희제
의 상유에 언급하고 있다

　　「황태자에게 이르노라. 19일(12월 13일)에 편지를 발송함과 동시에, 어전
　시위 아난다의 보고가 도착하였다. 갈단이 후후 노르의 달라이 라마에게 보
　낸, 갈단의 심복 라마 소놈 라시 등을 내가 명해서 매복했던 곳에서 모두 체
　포하였다. 그래서 보고서를 써서 보낸다.
　　모두 160명으로 말은 80여 마리, 낙타는 100여 마리이다. 낙타와 말은 수
　척하고 먹을 것은 없었다. 갈단이 있는 곳에서 1개월 정도 떨어진 곳 스루
　강이라고 하는 곳에서 체포했다고 한다. 갈단이 티베트에 보낸 편지 14통을

모두 번역시켜 사정을 알고 나서 알리려고 생각해서 곧바로 보내지 않았다. 19일, 20일(12월 14일) 양일에 번역이 끝나서 본즉, 자신의 패배와 궁핍함을 숨기고 있다. 면목을 잃고 눈을 내리뜨는 경우는 없다. 비유컨대 귀를 막고 방울 훔치는 것[掩耳盜鈴; 눈 가리고 아웅하는 것]과 같다. 달라이 라마가 있는 후 후 노르 지방에선 이미 다 알고 있다는 것을 알지 못했다. 14통의 편지는 쓸 모가 없으나 모두 베껴 보낸다. 이것을 받아서 황태후에게 아뢰어라. 궁중에 듣게 하고 만주인 대신들에게 보여라. 14통의 편지는 안에 보여줄 만한 것이 없다. 특히 이르노라. 20일 저녁 下營할 무렵 아난다가 다시 오치르트 체첸한의 손자 갈단 도르지가 보낸 아자오 자이상을 보내서 편지를 받들어 올렸다. 이것을 베껴서 같이 보낸다. 이 사건의 본말의 순서를 알려면 황태자가 아루니에게 물어 보아라 그가 알고 있다」

이에 의하면 제119, 120문서가 함께 康熙三十五年十一月二十日에, 오르도스의 제구스타이[哲固斯台]에 있던 강희제에 의해 발송된 것을 알 수 있다. 북경도착은 제106호와 같은 十一月二十三日일 것이다.

제121호 문서도 같이 「康熙三十五年」이나, 내용은 태자소보 정해장군 정해후 겸 관복건수사제독 시랑(太子少保 靖海將 軍 靖海侯兼 管福建水師提督 施琅)의 유표로 그 중에는 후작의 여덟째 아들 시세범(施世范)으로 하여금 작위를 잇게 해달라고 청하는 말이 있고, 강희제의 주비에 「크게 優詔를 내려서 Jang Yung, Yang Jiyei 등 보다도 존귀하고 짐의 고마움을 전부 시행할 만하다. 크게 애석하고 크게 한탄스럽다」.

이에 응하여 『實錄』 卷173, 康熙三十五年 五月九日 甲子의 條에 「故 靖海將軍施琅의 아들 시세범(施世范)으로 하여금 삼등후(三等侯)를 세습하게 한다」라고 있다. 이날 강희제는 중로군을 지휘하면서 헤를렌 강의 상류에 있었고 갈단을 추격 중이었다. 제216호 문서도 첫머리에 한자의 날자로 「康熙三十六年五月初九日」이나, 이 날자는 본문의 말미에 만주어 날자 「五月初九日」에서 취한 것이므로 년도는 康熙三十五年으로 해야 한다.

내용은 강희제가 황태자에게 내린 상유의 첫머리에 「갈단의 죽음을 알린다」라고 있는 대로 제1차 친정의 때의 것이다. 날자는 康熙三十五年五月 十六日이나 이것도 말미의 「十六日 아침 五更에 썼다」라고 있는 것을 취한 것으로 문서의 내용은 존 모드의 승리 제1보를 전하는 강희제로부터 황태자에게 보내는 상유(上諭)이고 역시 1년의 차이가 있다.

정확히는 康熙三十五年五月十六日로 구툴 불락[顧圖爾布喇克]에서 썼다. 이상 「無年月」「無月日」로 있는 날자를 비교 추정하여 연도의 잘못을 바로 잡고 기타 한자의 날자를 모두 바로 잡는 것은 불가능하다. 일례를 들면 제57호 문서에 있다.

「황태자에게 이르노라. 짐이 군대를 이끌고 전진할 때는 모두가 한 마음 이었다. 지금 갈단을 패주시켜 그 궁한 모습을 이 눈으로 확실히 보고 이에 상응해서 군대를 출격시켰다. 지금 경사스럽게 귀로에 오르기 때문에 네가 아주 그립다. 지금 기후는 덥다.

네가 입은 면사(棉紗), 면포(棉布)의 긴 옷 네 벌, 조끼 네 벌을 보내는데 반드시 낡은 것을 보내라. 아버지가 너를 그리워할 때 입고 싶다. 내가 있는 곳은 양고기 이외에 아무것도 없다. 12일에 황태자가 보낸 몇 개인가의 물건 (松花江 鱒 송어의 튀김)을 보고 맛있게 먹었다.

황태자는 내무부(內務府)의 유능한 관리 1명, 남자 아이 1명을 뽑아서 역 마에 태우고, 살찐 거위, 닭, 돼지, 새끼돼지를 세 대의 차에 실어서 상도(上 都)의 목장으로 보내라. 짐은 진격하면서는 결코 이런 주문을 할 리가 없다. 갈단의 모습을 보니 아무래도 멈출 것 같지 않다. 다만 휘양구 백(伯)의 군사 는 지금까지 소식이 없다. 만약 휘양구 백의 군사가 오면 갈단은 거기서 끝 이다. 만에 하나 빠져나간다 해도 두 번 다시 일어설 수 없을 것이다. 어느 것이든 그것으로 끝난다. 나는 토노 산에서 바얀 울란을 바라보았다. 어떤 장애물도 없다. 하늘 아래 땅위에 이 할하의 땅 같은 곳은 없다. 풀 이외에 만에 하나 천에 하나 좋은 곳이 없다. 眞是陰山背後」

이 문서의 서두에 「康熙三十五年五月二十六日到」라고 한자로 쓴 것이 있 으나, 다른 한편 제49호 문서(康熙三十五年五月十八日奏)에서 황태자는 「五

月 十八日 申의 시각에 도착한 상유(上諭)에」제57호를 인용하고 「皇父가 도적을 멸하고 기분좋게 돌아오시면서 더욱 이러한 말씀을 내려주셨기 때문에 신은 결코 마음을 상했다고 할 수 없으나 단지 말씀이 상냥하시어 참을 수 없이 눈물이 흐릅니다」라고 말하고 있다.

그러면 제57호 문서의 서두에 「康熙三十五年五月二十六日到」는 「康熙三十五年五月十八日到」로 되어야 한다.

이상에서 말한 바와 같이 康熙三十五六年의 친정시의 만문유접(滿文諭摺)에 써넣은 것을 고궁박물원(故宮博物院)이 『宮中檔康熙朝奏摺』을 편집하면서 각문서의 연월 배열에 근거했다. 한자에 의한 날자는 경우에 따라 분명한 오류를 포함하고 있다. 이로서 보면 이러한 한자의 날자는 문서의 발송, 접수 당시에 기록된 것이 아니고 세 번의 친정이 끝나고 조금 지나서 康熙四十七年에 『親征平定朔漠方略』이 완성되기까지 사이에 방략관원(方略館員)에 의한 사료의 정리의 한 단계에서 붙여진 것이라고 밖에 생각할 수 없다.

그러나 물론 그것은 전혀 엉터리로 쓰여진 것은 아니고, 그 대부분은 북경의 황태자 밑에서 문서의 봉투에 붙여서 쓰여진 것에 근거하고 있는 것이다. 그러므로 이러한 한자의 날자는 대부분은 북경을 지키는 황태자의 관점에서 배열된 것이고, 세 번의 친정의 중심인물인 강희제의 관점에서 본다면 문서의 순서가 앞뒤가 뒤바뀌고 이해하는 것이 불편한 것을 면할 수 없다.

지금 이것을 고쳐서 황태자의 주접은 그 발송의 날자가 없기 때문에 주비로 기록된 황제로부터의 통신 날자에 따라 배열해서 바로잡는다. 第一段은 中國曆의 月日, 第二段은 干支, 第三段은 西曆의 날자, 第四段은 그날의 강희제의 주필지(駐蹕地), 第五段은 그날 강희제가 발송했다고 인정된 문서의 번호이다. 단지 주필지의 표기는 『大淸聖祖仁皇帝實錄』에 근거하고 문서는 강희제의 상유 및 주비 가운데 있는 내적 증거와 『親征平定朔漠方略』

등에 인용된 것에 의해서 그 날자가 확정 또는 추정된 것에 한정한다.『宮中檔康熙朝奏摺』第八輯, 九輯에 수록된 문서를 읽는 것에 의해 이 세 번에 걸친 친정의 세부적인 진상이 명확해질 것이다.

I. 제1차 친정(강희 35년 2월 30일~6월 9일)

二月三十日	丙辰	1696년 四月 一日	沙河
三月一日	丁巳	二日	南口
二日	戊午	三日	楡林
三日	己未	四日	懷來縣
四日	庚申	五日	石河
五日	辛酉	六日	眞武廟
六日	壬戌	七日	鷂鷯堡
七日	癸亥	八日	
八日	甲子	九日	赤城縣
九日	乙丑	十日	毛阿峪
十日	丙寅	十一日	獨石口城內　　　　一六
十一日	丁卯	十二日	齊倫巴爾哈孫
十二日	戊辰	十三日	諾海和朔
十三日	己巳	十四日	博洛和屯
十四日	庚午	十五日	
十五日	辛未	十六日	滾諾爾　　　　　　一八
十六日	壬申	十七日	
十七日	癸酉	十八日	揆宿布喇克
十八日	甲戌	十九日	
十九日	乙亥	二十日	
二十日	丙子	二十一日	和爾博
二十一日	丁丑	二十二日	昻幾爾圖
二十二日	戊寅	二十三日	胡什木克　　　　　二O
二十三日	己卯	二十四日	
二十四日	庚申	二十五日	噶爾圖
二十五日	辛巳	二十六日	

二十六日	壬午	二十七日	滾諾爾	
二十七日	癸未	二十八日	郭和蘇台察罕諾爾	
二十八日	甲申	二十九日	瑚魯蘇台	
二十九日	乙酉	三十日		
四月一日	丙戌	五月 一日		
二日	丁亥	二日	蘇勒圖	
三日	戊子	三日		
四日	己丑	四日	哈必爾漢	
五日	庚寅	五日	和爾和	
六日	辛卯	六日	格德爾庫	二八
七日	壬辰	七日	塔爾奇喇	
八日	癸巳	八日		
九日	甲午	九日	僧色	
十日	乙卯	十日	科圖	
十一日	丙寅	十一日		
十二日	丁酉	十二日		
十三日	戊戌	十三日	蘇德圖	三三
十四日	己亥	十四日	瑚魯蘇台察罕諾爾	二九, 三〇
十五日	庚子	十五日		
十六日	辛丑	十六日	喀喇芒鼐哈必爾漢	
十七日	壬寅	十七日		
十八日	癸卯	十八日	席喇布里圖	
十九日	甲申	十九日		
二十日	乙巳	二十日		
二十一日	丙午	二十一日	西巴爾台	三五
二十二日	丁未	二十二日		
二十三日	戊申	二十三日		三四
二十四日	己酉	二十四日	察罕布喇克	

二十五日	庚戌	二十五日		
二十六日	辛亥	二十六日		
二十七日	壬子	二十七日		三七
二十八日	癸丑	二十八日		
二十九日	甲寅	二十九日		
三十日	乙卯	三十日		
五月一日	丙辰	三十一日	拖陵布喇克	
二日	丁巳	六月一日		四二
三日	戊午	二日		
四日	己未	三日		
五日	庚申	四日	阿敦齊陸阿魯布喇克	
六日	辛酉	五日	枯庫車爾	四八
七日	壬戌	六日	西巴爾台	
八日	癸亥	七日	克魯倫布隆	四三
九日	甲子	八日	距克魯倫布隆十八里	二一六
十日	乙丑	九日	扎克寨	
十一日	丙寅	十日	克勒河朔	四四
十二日	丁卯	十一日	拖訥阿林	五七
十三日	戊辰	十二日	克勒河朔	
十四日	己巳	十三日	塔爾渾柴達木	二一八
十五日	庚午	十四日	顧圖爾布喇克	
十六日	辛未	十五日		五二, 二一七
十七日	壬申	十六日	西拖陵	
十八日	癸酉	十七日	中拖陵	五三
十九日	甲戌	十八日	察罕布喇克	
二十日	乙亥	十九日	西巴爾台	
二十一日	丙子	二十日	席喇布里圖	四七
二十二日	丁丑	二十一日	烏喇爾幾	四九

二十三日	戊寅		二十二日	蘇德圖	
二十四日	己卯		二十三日	科圖	
二十五日	庚申		二十四日	塔爾奇喇	
二十六日	辛巳		二十五日	和爾和	
二十七日	壬午		二十六日	蘇勒圖	
二十八日	癸未		二十七日	察罕諾爾	
二十九日	甲申		二十八日	噶爾圖	五九
六月一日	乙酉		二十九日	昂幾爾圖	
二日	丙戌		三十日	揆宿布喇克	五八
三日	丁亥	七月 一日		滾諾爾	
四日	戊子		二日	諾海河朔	
五日	己丑		三日	獨石口	
六日	庚寅		四日	鵰鶚堡	
七日	辛卯		五日	懷來縣	
八日	壬辰		六日	淸河	
九日	癸巳		七日	回宮	

Ⅱ. 제2차 친정(강희 35년 9월 19일~12월 20일)

九月十九日	壬申	1696年 10月 14日	昌平州	
二十日	癸酉	十五日	南口	
二十二日	乙亥	十六日	岔道	
二十三日	丙子	十八日	沙城堡	
二十四日	丁丑	十九日	下花園	
二十五日	戊寅	二十日	宣化府	
二十六日	己卯	二十一日	下堡	
二十七日	庚辰	二十二日		六七

二十八日 辛巳	二十三日	察罕拖羅海	六三, 七O, 七一
二十九日 壬午	二十四日	喀喇巴爾哈孫	
三十日 癸未	二十五日	海柳圖	
十月一日 甲申	二十六日	鄂羅音布喇克	
二日 乙酉	二十七日	胡虎額爾幾	
三日 丙戌	二十八日		
四日 丁亥	二十九日	昭哈	
五日 戊子	三十日	河約爾諾爾	
六日 己丑	三十一日	巴倫郭爾	一一八
七日 庚寅	十一月一日	瑚魯蘇台	
八日 辛卯	二日	磨海圖	
九日 壬辰	三日	喀喇烏蘇	
十日 癸巳	四日	察罕布喇克	
十一日 甲午	五日	喀喇河朔	
十二日 乙未	六日	白塔	
十三日 丙申	七日	歸化城	七七
十四日 丁酉	八日		
十五日 戊戌	九日		
十六日 己亥	十日		
十七日 庚子	十一日		
十八日 辛丑	十二日		
十九日 壬寅	十三日		
二十日 癸卯	十四日		
二十一日 甲辰	十五日		八一
二十二日 乙巳	十六日		
二十三日 丙午	十七日		
二十四日 丁未	十八日	衣赫圖爾根郭爾之南	
二十五日 戊申	十九日		

二十六日	己酉	二十日	達爾漢拜商	八四
二十七日	庚戌	二十一日	麗蘇	八五
二十八日	辛亥	二十二日	湖灘河朔	
二十九日	壬子	二十三日		
三十日	癸丑	二十四日		
十一月一日	甲寅	二十五日		
二日	乙卯	二十六日		
三日	丙辰	二十七日		八九
四日	丁巳	二十八日		八八，九三
五日	戊午	二十九日	喀林挖會	
六日	己未	三十日	東斯海	
七日	庚申	十二月　一日		
八日	辛酉	二日		
九日	壬戌	三日	察罕布喇克	
十日	癸亥	四日	瑚斯台	
十一日	甲子	五日		九六，九七
十二日	乙丑	六日	夸拖羅海	
十三日	丙寅	七日		
十四日	丁卯	八日		
十五日	戊辰	九日		
十六日	己巳	十日	哲固斯台	九四
十七日	庚午	十一日		一〇二
十八日	辛未	十二日		
十九日	壬申	十三日		一〇三
二十日	癸酉	十四日		一〇六
二十一日	甲戌	十五日		一〇五
二十二日	乙亥	十六日		

二十三日	丙子	十七日	瑚斯台	一〇四
二十四日	丁丑	十八日		
二十五日	戊寅	十九日	東斯垓	一〇七
二十六日	己卯	二十日		
二十七日	庚辰	二十一日	黃河西界薩爾虎拖會	
二十八日	辛巳	二十二日		
二十九日	壬午	二十三日		
十二月一日	癸未	二十四日		
二日	甲申	二十五日		
三日	乙酉	二十六日	湖灘河朔之南	
四日	丙戌	二十七日	秋倫鄂洛木	一一二
五日	丁亥	二十八日	哈當河朔之西	
六日	戊子	二十九日	西尼拜城	
七日	己丑	三十日	殺虎口城內	
八日	庚寅	三十一日	右衛城內	
九日	辛卯	1697年 一月 一日		
十日	壬辰	二日	左衛城內	
十一日	癸巳	三日	高山城東	
十二日	甲午	四日	大同府城內	
十三日	乙未	五日	望關屯	一一六
十四日	丙申	六日	天城	
十五日	丁酉	七日	北舊場	
十六日	戊戌	八日	宣化府城內	
十七日	己亥	九日	舊保安城內	
十八日	庚子	十日	懷來縣	
十九日	辛丑	十一日	昌平城內	
二十日	壬寅	十二日	回宮	

Ⅲ. 제3차 친정(강희 3년 2월 6일~5월 16일)

二月	六日	丁亥	1697年 2月 27日	昌平州		
	七日	戊子	二十七日	岔道		
	八日	己丑	二十八日	懷來縣城內	一二七	
	九日	庚寅	三月 一日	沙城堡	一二九	
	十日	辛卯	二日	上花園東	一二六	
	十一日	壬辰	三日	宣化府	一二八, 一三〇	
	十二日	癸巳	四日	左衛南	一三二	
	十三日	甲午	五日	懷來縣		
	十四日	乙未	六日	天城		
	十五日	丙申	七日	陽和城		
	十六日	丁酉	八日	聚樂城		
	十七日	戊戌	九日	大同	一三五	
	十八日	己亥			一三四	
	十九日	庚子	十一日	懷仁縣	一三六	
	二十日	辛丑	十二日	鄭家莊東		
	二十一日	壬寅	十三日	楡林村前桑乾河崖		
	二十二日	癸卯	十四日	朔州城	一三八	
	二十三日	甲辰	十五日	大水溝		
	二十四日	乙巳	十六日	義井		
	二十五日	丙午	十七日	三坌堡		
	二十六日	丁未	十八日	李家溝		
	二十七日	戊申	十九日	韓鄡村		
	二十八日	己酉	二十日	保德州	一四四	
	二十九日	庚戌	二十一日	府谷縣城南	一四七	
	三十日	辛亥	二十二日			
三月	一日	壬子	二十三日			

二日	癸丑	二十四日	孤山堡西	
三日	甲寅	二十五日	卞家水口	
四日	乙卯	二十六日	神木縣	一五一
五日	丙辰	二十七日	屈野河	
六日	丁巳	二十八日	柏林堡西南	
七日	戊午	二十九日	高家堡南	一七二
八日	己未	三十日	建安堡東	
九日	庚申	三十一日	玉關澗	
十日	辛酉	四月 一日	榆林	
十一日	壬戌	二日	他喇布喇克	
十二日	癸亥	三日	哈留圖郭爾	
十三日	甲子	四日	庫爾奇喇	
十四日	乙丑	五日	察罕布喇克	
十五日	丙寅	六日		
十六日	丁卯	七日	通阿拉克	一五二, 一五七
十七日	戊辰	八日	安邊城東	
十八日	己巳	九日		
十九日	庚午	十日	定邊城	
二十日	辛未	十一日	花馬池	
二十一日	壬申	十二日	安定堡	一六五
二十二日	癸酉	十三日	興武營西	
二十三日	甲戌	十四日	清水營	
二十四日	乙亥	十五日	橫城	
二十五日	丙子	十六日	河崖	
二十六日	丁丑	十七日	寧夏	
二十七日	戊寅	十八日		
二十八日	己卯	十九日		二六
二十九日	庚辰	二十日		

閏三月一日	辛巳	二十一日		一七六
二日	壬午	二十二日		一八一
三日	癸未	二十三日		一六六
四日	甲申	二十四日		
五日	乙酉	二十五日		一七五
六日	丙戌	二十六日		
七日	丁亥	二十七日		
八日	戊子	二十八日		
九日	己丑	二十九日		
十日	庚寅	三十日		
十一日	辛卯	五月　一日		一五〇
十二日	壬辰	二日		
十三日	癸巳	三日		一八八
十四日	甲午	四日		
十五日	乙未	五日	堯甫堡	一九〇
十六日	丙申	六日	流木河西岸	
十七日	丁酉	七日	哨馬營西南隅之峽河西岸	
十八日	戊戌	八日	哨馬營	
十九日	己亥	九日	石嘴子西南隅黃河西岸	
二十日	庚子	十日		
二十一日	辛丑	十一日	石台西北隅黃河西岸	
二十二日	壬申	十二日	黃河西岸環洞	
二十三日	癸卯	十三日	黃河西岸黃差頭灣	一九一
二十四日	甲辰	十四日	黃河西岸雙阿堡	
二十五日	乙巳	十五日	黃河西岸沙棗樹	
二十六日	丙午	十六日	黃河西岸白塔	
二十七日	丁未	十七日		

二十八日	戊申	十八日		
二十九日	己酉	十九日	黃河西岸船站	
四月一日	庚戌	二十日		一九八，一九九
二日	辛亥	二十一日	黃河西岸船站	
三日	壬子	二十二日		
四日	癸丑	二十三日	黃河西岸歐德	
五日	甲寅	二十四日	黃河西岸達希圖海	
六日	己卯	二十五日		
七日	丙辰	二十六日	海喇圖	二〇一
八日	丁巳	二十七日	薩爾奇喇	
九日	戊午	二十八日	崇奇克	
十日	己未	二十九日	庫克布里圖	
十一日	庚申	三十日	阿拉克莫里圖	
十二日	辛酉	三十一日	布祿爾拖惠	
十三日	壬戌	六月 一日	鄂爾緥阿木	
十四日	癸亥	二日	達拉布隆	
十五日	甲子	三日	布古圖	三二
十六日	乙丑	四日	薩察莫墩	二〇四
十七日	丙寅	五日	都惠哈拉烏蘇	
十八日	丁卯	六日	都勒	二〇七
十九日	戊辰	七日	烏蘭拖羅海	
二十日	己巳	八日	特木爾呉爾虎	二〇九
二十一日	庚午	九日	烏蘭腦爾	
二十二日	辛未	十日	濟特庫	
二十三日	壬申	十一日	哈喇烏蘇	
二十四日	癸酉	十二日	鼐珠爾	
二十五日	甲戌	十三日	黃河西岸喀喇蘇巴克	

二十六日	乙亥	十四日	喀喇蘇巴克	二一〇
二十七日	丙子	十五日	鄂爾紀庫布拉克	
二十八日	丁丑	十六日	烏蘭巴兒哈孫	
二十九日	戊寅	十七日	席納拜城	
三十日	己卯	十八日	呼呼烏蘇	二一四
五月 一日	庚辰	十九日	諾木渾畢喇	二一二
二日	辛巳	二十日	阿祿十八里台	二一五
三日	壬午	二十一日		
四日	癸未	二十二日	格爾齊老	
五日	甲申	二十三日	色德勒黑	二一三
六日	乙亥	二十四日	察木喀	
七日	丙戌	二十五日	齊齊爾哈納	
八日	丁亥	二十六日	魁吞布拉克	
九日	戊子	二十七日	布爾哈思台	
十日	己丑	二十八日	三坌	
十一日	庚寅	二十九日	宣化府城內	
十二日	辛卯	三十日	新保安城內	
十三日	壬辰	七月 一日	懷來縣城外黃寺	
十四日	癸巳	二日	昌平州城內	
十五日	甲午	三日	清河	
十六日	乙未	四日	回宮	

2. 갈단은 언제 어떻게 죽었는가?[2)]

1) 갈단의 죽음을 알린다

강희 36년 4월 14일(1697년 6월 3일), 청의 강희제는 변경 영하에서 북경으로 돌아오는 중 황하 연안의 부구투(Buɣutu, 지금의 包頭)에 묵고 있었다.

전년 준가르의 갈단 보쇽투 한(Galdan bošoɣtu qaɣan)이 톨강 연변의 존 모드(Jaɣun modu)[3)]의 땅에서 청군에 격파되어 큰 손해를 입고 그 잔당과 함께 알타이 산맥의 동부로 도망가자, 강희제는 청군을 두 갈래로 나누어 토벌작전을 지휘 감독하기 위해 영하에 가 있었다.

이날 저녁 부구투에서 황제는 갈단이 죽었다는 소식을 들었다. 황제는 흥분해서 북경에 남아서 정무를 총괄하는 황태자 윤잉(胤礽)에게 다음날

---

2) 이 논문은 Hideo Okada, "Galdan's Death: When and How", Memoirs of the Reasaech Department of the Toyo Bonko, 37, pp.91-97의 일역을 번역한 것이다.
3) "존 모드"라는 몽골어는 "백 그루의 나무"라는 의미로 비가 적고 초원이 많은 몽골 초원에서 드물게 나무가 많은 장소를 지칭하는 지명이다. 현재의 몽골국의 수도 울란 바타르 남동쪽 25km 지점에 존 모드 라는 시가 있으나 청군과 갈단군이 싸운 장소는 아니다. ≪강희제의 편지≫ 본문에 있는 것 같이 청의 서로군(西路軍)에 종군한 영하총병관 은화행(寧夏總兵官 殷化行)의 『西征紀略』에는 결전장의 지형이 상세하게 묘사되어 있으나 여기에 합치하는 장소는 울란바타르시 동남방 30km의 고르히 테렐지 국립공원 입국에 걸쳐있는 다리에 해당한다. 원저자 오카다 히데히로[岡田英弘]는 1994년 여름 그의 처(妻)인 미야와끼 준꼬[宮脇淳子]와 함께 현지 조사를 해서 확인했다.

아침 다음과 같은 편지를 써보냈다.

「황태자에게 이르노라 짐은 7일(5월 26일)에 수로로 출발하기로 했으나, 황하에 구부러진 곳이 많고 진흙이 깊은데다가 주민들이 적어서 역마를 입수할 수 없었다. 그래서 모든 보고서는 무나 호쇼에 가서 기다리고, 짐은 4일 이내에 도착하게끔 간다고 하고 모두 육로로 보내게 했다. 내대신(內大臣) 송고투에게 소총대 200명, 북경의 팔기의 말 1,400마리, 짐이 여분으로 가져온 쌀 800곡(斛)을 주어 백탑에 남기고, 작년 상서 반디가 했던 대로 돌아올 병사, 마부, 상인들을 위한 준비들 하게끔 상세하게 명하고 나서 출발했다. 매일 바람이 불고 파도가 쳐서 힘이 많이 들었다. 14일(6월 2일) 밤 내가 다녀온 곳의 에르데니 판디타 후툭투가 사람을 보내서 『금일 해가 질 무렵 한척의 작은 배가 폐하에게 아뢸 중요한 용건이 있습니다. 갈단이 죽었습니다. 단지라도 항복해왔습니다. 더없이 급합니다. 그래서 우리의 (에르데니 판디타) 후툭투는 이 기쁜 소식을 폐하께 아뢰러 가라고 해서 파발마를 출발시켰습니다』라고 한다. 그래서 짐은 날이 갤 때 급히 파발마를 찾아 강의 양안으로 영접하러 보냈다. 또한 작은 배를 수로로 영접하게 한 바 15일(6월 3일) 진(辰)의 시각(오전 8시)에 산질대신(散秩大臣) 북타오가 도착했다. 그의 말로는 『폐하께서 이 작은 배를 내대신 송고투 밑에 남겨놓으시고, 무나에 도착하시기까지 만약 중요한 용건이 있으면 폐하께서 가신 곳은 말 타고 갈 수 없는 곳이므로 이 작은 배를 타고 급히 짐을 따라오라고 분부하셨습니다. 지금 이보다 중요한 기쁜 소식은 없습니다. 그래서 저희에게 밤을 새워 쫓아오라고 해서 이틀 낮과 밤을 쫓아 왔습니다』라고 말하고, 대장군 백(伯) 휘양구의 보고서를 내왔다. 대장군 백(伯) 휘양구의 보고서를 베껴서 보내는 것 이외에, 갈단의 목을 급히 가져오라고 했는데 도착하면 북경으로 보내겠다. 짐이 세 번이나 이 머나먼 변경에 온 것은 이 도적이 하루라도 세상에 있어서는 안되기 때문이다. 이 같은 이치를 분명히 알지 못하여 후세의 사람들에게 비웃음을 당하는 것 같은 일이 있어서야 되겠는가? 지금 하늘과 땅, 조상의 음덕으로 모든 오이라트를 복종시켰다. 몽골계의 나라에서 신종(臣從)하지 않는 것은 하나도 없다. 갈단의 목을 북경으로 보낼 것이니 왕, 버일러, 버이서, 공(公), 만주인, 한인대신들 관리들을 모아서 이 사정을 상세하게 알리고 협의한 뒤 보고해라. 짐의 마음은 더없이 기뻐서 붓으로 말을 다할 수 없다. 급히 보낸다. 특히 알린다. 四月十五巳時(오전 10시).」[4]

휘양구는 갈단 토벌작전의 총사령관으로 내몽골의 서북쪽 귀퉁이에서 부대를 거느리고 알타이 산맥 동부를 향해 진격하고 다른 군단은 감숙(甘肅)에서 같은 방향으로 향하여 갈단을 협격하려고 진격하고 있었다.

이 만주인 사령관은 상주해 말하기를

「무원대장군 영시위 내대신 백(撫遠大將軍 領侍衛內大臣 伯) 휘양구[費揚古]가 삼가 아룁니다. 갈단이 죽고, 단지라가 항복했다는 것을 급히 아룁니다. 신들이 강희 36년 4월초 9일(1697년 5월 29일)에 사이르 발가슨에 도착한 뒤 오이라트의 단지라가 파견한 치기르 자이상 등이 9명을 거느리고 와서 고하기를 "우리들은 오이라트의 단지라가 보낸 사신입니다. 3월 13일에 갈단은 아차 암타타이라는 곳에서 죽었습니다 단지라는 노얀 게룽 단지라의 사위 라스룽, 갈단의 유해 갈단의 딸 준차하이 등 총 300戶를 데리고 폐하에게 항복하러 와서 바얀 운두르에 머물면서 조칙을 기다리고 있습니다. 폐하가 조에서 어떤 지시를 하시든 내리시는 조칙을 삼가 공손히 받들고 행할 것입니다."라고 합니다」 치기르 자이상 등에게 「갈단은 어떻게 죽었는가. 단지라는 왜 바로 이곳에 오지 않고 바얀 운두르에서 조칙을 기다리고 있는가?」라고 묻자 고하기를 「갈단은 3월 13일 아침에 병이 나서 그날 밤 그대로 죽었습니다. 어떤 병인지는 알지 못하겠습니다」라고 한다.[5]

4월 18일에 치기르 자이상 자신이 도-레라는 곳으로 황제 일행을 따라왔다. 심문에 답한 그는 다음과 같이 진술했다.

「갈단은 3월 13일 병으로 죽었습니다. 그날 밤 그의 유해를 태우고 갈단의 딸 준차하이, 노얀 게룽, 라스 룽, 쳄베이 잠부, 니루와 가부츄, 쳰베르 등을 데리고 아차 암타타이에서 16일 출발하여 열흘 걸려 바얀 운두르에 도착했습니다. 여기에 오려해도 우리들의 동료들은 말이 없고 식량도 없습니다. 고비에 들어가는 순간 굶어 죽습니다. 그래서 바얀 운두르에 잠시 머물면서

4)『宮中檔康熙朝奏摺』第8輯(國立故宮博物院 臺北 1977年) 卷32, pp.124~128.
5)『宮中檔康熙朝奏摺』第9輯(國立故宮博物院 臺北 1977年) 卷206, pp.35~39.

폐하의 조칙을 기다립니다. 조칙이 어떻게 내려도 삼가 공손히 따르겠습니다. ……저는 閏3월 14일에 바얀 운두르에 왔습니다……」[6]

이처럼 모든 일등 사료에선 갈단이 강희 36년 3월 13일(1697년 4월 4일)에 병사했다는 점에 일치하고 있다. 그러나 황제는 왠지 독자적인 이유로 갈단은 독을 마시고 자살했다고 확신했다.

「짐은 무사하다. 황태자는 건강한가? 18일(6월 6일)에 무나를 통과한 뒤 치키르 자이상이 도착했다. 이 자의 진술을 써서 보내는 이외에 짐이 정면으로 얼굴을 맞대고 상세하게 심문하자 갈단은 독을 마시고 자살했다는 것은 확실하다. 혹은 여러 사람이 함께 (마시자고) 독을 탔는가? 스스로가 독을 마셨는가? 쳄부 짱부가 왔을 때 천천히 해명하겠다. 짐의 큰일이 끝나서 기분은 아주 평온하다. 매일 대신들 시위들과 이를 화제로 해서 아주 기쁘다. 다만 갈단의 시신은 태워버렸다. 설령 본래 모습이었어도 마른 머리뿐이다. 이전에 오삼계(吳三桂)도 태워버렸으나 그 유골은 가져와서 형장에서, 갈아 부수고 흩뿌렸다. 전례는 더욱 분명해졌다.」[7]

황제가 어떻게 해서 이런 결론에 도달했는지 분명하지 않다. 이대로의 증언에 대해 황제가 치기르 자이상으로부터 자신이 좋아할 만한 진술을 얻어내려고 상당한 압력을 가했다고 생각된다. 황제는 자신이 가장 중오한 적이 병으로 죽는 것보다는 자살했다는 편이 좋았다는 이유가 있었다. 그 이유는 갈단이 고승의 전생이라는 성성(聖性)이 있었기 때문이다.

2) 고승의 전생자(轉生者)로서 갈단

갈단은 티베트어로 간텐(Dga'ldan)이라고 한다. 준가르의 군주 바투르

---

6) 『宮中檔康熙朝奏摺』 第9輯(國立故宮博物院 臺北 1977年) 卷208, pp.44~46.
7) 『宮中檔康熙朝奏摺』 第9輯(國立故宮博物院 臺北 1977年) 卷207, pp.42~43.

홍타이지의 아들로 1644년에 태어나 바로 전해 말에 죽은 서티베트의 짱 (Gtsang)의 타시룬포(Bkra shis lhun po)에서 천연두로 죽은 엔사 뚤구 롭산 텐진갸초(Dben sa sprul sku Blo bzang bstan 'dzin rgya mtsho)의 전생자로 인정되었다.

이 엔사 뚤구는 서티베트의 중요한 계통으로 초대는 상게 이세(Sangs rgyas ye shes)로 소급할 수 있으며 그 전생자는 이세 갸초(Ye shes rgya mtsho; 1592~1604) 이다.

갈단은 1656년 13세 때 처음으로 티베트에 가서 라싸의 달라이 라마 5세를 배알하고 다시 타시룬포에 가서 판첸 라마 1세의 제자가 되어 교육을 받았다. 1662년 판첸 라마가 죽었을 때 갈단은 19세였으나 라싸로 가서 달라이 라마의 밑에서 면학을 계속하였다.

1666년 갈단의 형 셍게의 비 체왕 갈 모(Tshe dbang rgyal mo)가 라싸에 순례를 왔다가 갈단을 데리고 귀국하였다. 라싸를 떠날 때 갈단은 23세였는데 달라이 라마를 배알하고 불교에 이익이 될만한 무언가에 보다 잘 봉사할 수 있을까를 상담했다. 이런 갈단은 전생승(轉生僧)으로서 티베트에서 10년 이상 살았던 것이다.

1670년 셍게가 그의 배다른 형제들에게 살해되자 갈단은 복수의 군대를 일으켜 다음해 부족장 지위의 경쟁자인 종형 바한 반디를 격파하여 죽였다. 달라이 라마는 그에게 새로운 자격을 인정한 皇太子(qong tayiǰi)의 칭호를 주었다.[8]

---

8) 갈단에 관한 티베트어 사료는 달라이 라마 5세의 자전과 판첸 라마 1세의 전기가 있으나 모두 山口瑞鳳(東京大學 名譽敎授)가 1979년 5월 5일 날자의 편지에서 저자 岡田英弘에게 준 것이다. 두 페이지에 걸친 메모를 여기에 전재한다.
「1656년 1월 12일 dBen sa sprul sku dang thor god mgon po yel deng(엔사 뚤구 =갈단과 토르구트 왕 예르덴) 등이 인사하러 와서 선물을 드렸다(달라이 라마 5世傳 Vol.Ka, f.245b.ll.3-4)
1656년 3월 짐캉 곰마(gZims khang gong ma)의 활불과 엔사 뚤구(dBen sa sprul sku)가 타시룬포에 도착했다.(판 첸라마 1世傳)

1662년 4월 23일(판첸 라마 1세는 3월에 죽었다) dBen sa sprul sku에 문수법(文殊法) 기타 세 개의 수허법(隨許法) 등과 판첸 라마 1세의 저작에 관한 읽어 전해주는 것(lung)을 주었다. (달라이 라마 5世傳)

1665년 8월말 dBen sa sprul sku의 부담으로 (데풍사의 남걀)학당에서 적은 수의 승려들에 의해 「5群의 다-기니의 送迎頌」의 의식이 행해졌다. (달라이 라마 5世傳 2卷)

1666년 8월 16일 오이라트로부터 좌익(左翼) 셍게의 妃 체왕걀모(Tshe dbang rgyal mo)와 수게 자이상(Shuge jai'sang)을 비롯한 200인 정도가 도착하여 달라이 라마 5세가 만났다. (달라이 라마 5世傳 Vol.Kha, f.19b.l.3)

1666년 11월 12일 체왕걀모(Tshe dbang rgyal mo)가 금으로 된 …… 등을 헌상했다(달라이 라마 5世傳 Vol.Kha, f.26b.l.4)

1666년 11월 23일(달라이 라마 5세의) 禪定이 끝나서 dBen sa sprul sku와 즙걀(Grub rgyal)流의 장수법(長壽法)을 加持하고 라체잠축(bla chas 'jam phrug, 衣裳僧衣)을 시작했다. 그에 걸맞는 많은 선물을 주고 불교의 정책 텐충(bstan gzhung)의 역할 같은 감독을 하게끔 어떤 지시를 주고, 출발 직전에 진주 몇 개를 꿴 것 한줄을 몸소 주어 보낸 바 불교(정책)에 힘이 되게끔 어떻게 할 것인가를 현재와 장래에 걸친 이해관계에서 상세하게 말을 해주었다. (그는) 아울러 법회를 개최하고 사람을 (이번은) 타시룬포에 새로 설립한 양전(凉殿)을 정부에 기증해서 정말로 만족했다. (달라이 라마 5세는) 체왕걀모(Tshe dbang rgyal mo)에게…… 등의 선물을 했다(달라이 라마 5世傳 Vol.Kha, f.26b.l.6-f.27a1.2)

[이후 5세전에 엔사 뚤구(dBen sa sprul sku)가 바한 반디(Bā khan ban de)를 제압했다는 것을 알릴 때까지 dBen sa sprul sku의 기록이 없다. 아마 셍게(Sengge)의 비와 함께 귀국한 것으로 생각된다. 윗쪽의 기사는 소극적으로 보아도 송별의 기사로 밖에는 보이지 않는다. 셍게(Sengge)의 죽음을 전한 기사가 1670년 11월, 12월에 있으나, 이 전후에 dBen sa sprul sku의 출발을 전한 기사는 없다. 티베트 문으로 쓰여진 몽골사에는 셍게(Sengge)가 죽은 뒤 dBen sa sprul sku가 환속을 하고 급하게 달려간 것처럼 시사하고 있으나 史實에는 없는 것 같다. 1670년 3월 5일 조에 셍게(Sengge)와 초 쿠르 우바시(Cho khur o pa shi)의 불화를 달래기 위해 강챈 캠뽀(Gangs can mkhan po)를 파견해서 수장들에게 충고했으나 효과는 없었다. (Vol.Kha, f.94a-b)에도 갈단(dGa'ldan) 출발의 기록이 별도로 없다. 갈단(dGa'ldan)은 승려로 10년 이상 티베트 본토에 머물렀다. 젭춘담바(rJe btsun dam pa)가 두 차례 티베트에 왔으나 어느 경우도 몇 개월 머무른 정도이다.]

오이라트의 초-다(Cod dar)의 내분에서 dBen sa sprul sku가 Bā khan ban de를 압도했다는 소식이 전해지자 곧 (1671년) 2월 11일에 초쿠르 우바시(Cho khur o pa shi)가 담('Dam, 텡그리 노르의 남쪽)에서 본토로 돌아와 [티베트의] 대표로 간덴사 좌

이렇게 갈단은 지극히 자격이 높은 전생자(轉生者)이고, 판첸 라마 1세와 달라이 라마 5세의 제자였다. 또한 전생인 3대 엔사 뚤구 롭산 텐진 갸초는 티베트·몽골관계의 역사에서 지극히 중요한 인물이기도 하다.

1639년 할하의 투시예투 한 곰보의 아들이었던 세 살난 젭춘담바 후툭투에게 계(戒)를 준 승려이고[9] 다음해 오이라트 할하 동맹에 참가하여 오이라트 몽골 법전을 제정하게 한 사람이 바로 엔사 뚤구였다.[10] 그러한 즉 갈단은 전세에서 젭춘담바 1세의 스승이고 이 젭춘담바는 뒤에 강희제에게 가장 인기 있는 인물이 되었다.

젭춘담바의 종교적 권위를 키워 몽골에서 달라이 라마의 영향력을 저지하려는 강희제의 뜻이 있었으나 갈단이 제4대 엔사 뚤구였다는 것이 이

수(座首) 등이 나아가서 모시지 않았다고 했으나, 찬동한 것이 아니다.
「한마디가 말이 아니면 백마디를 해도 말이 아니다」라는 비유와 같이 (dGa'ldan 등의) 두 사람의 캠뽀(mkhan po)에 의해 가서, 라고 말하지 않은 채 좌수(座首)의 파견도 할 수 없어 필요도 가능성도 없는 것 같으나 수장의 인정을 위해 촌덴(mgron gnyer)의 다-다(Dar dar)를 파견했다. (달라이 라마 5世傳 Vol.Kha, f.107b.ll. 5-6)
[위의 글 가운데 「수장의 인정을 위해」(spon po'i mgo gzung byed du)는 엔사 뚤구(dBen sa sprul sku를 갈단 홍타이지(dGa'ldan hung ta'i ji)로 인정하기 위한 것으로 생각된다.] 4월의 초 dBen sa sprul sku로부터 gTing skyes tshogs gsog pa가 파견되어 편지와 막대한 선물(Sengge가 고 카(Go dkar)에서 세금으로 거두어 들여 달라이 라마 5세에게 바쳐질 예정인 것도 포함)가 도착하고 있다. (달라이 라마 5世傳 Vol.Kha, f.110a.ll.3-4) 이 다음의 기사(1672년 6월)에서 엔사 뚤구(dBen sa sprul sku)가 아니고 갈단 홍타이지(dGa'ldan hung ta'i ji)의 이름으로 보인다. 이때 심부름꾼을 보내 도장과 의상을 증정한다.(달라이 라마 5世傳 Vol.Kha, f.147a.l.3,b.l.4)

9) C. R. Bawden, The Jebtsundamba Khutuktus of Urga, text translation and notes, Asiatische Forschungen Band 9, Otto Harrasowitz, Wiesbaden, 1961의 44페이지를 참조하라. 여기서는 엔사 뚤구의 이름이 bürilegüü, wangsiu bürülegü 등으로 와전되어 있다.

10) 『몽골 오이라트 법전』에서 그의 이름은 šakyayin toyin ečige inžan rinbočе로 나타난다.

계획에서 최대의 장애였던 것이다.

보살이 다른 몸으로 변한 것이라는 전생승(轉生僧)이 도대체 자살할 수 있는가? 자신의 신성성을 확신하고 자란 인물이 스스로 이 세상에 절망해서 죽음을 앞당긴다는 것이 있을 수 있는가? 그래서 갈단이 음독자살을 했다는 강희제의 주장은 정치적 목적에 의한 중상모략으로 들린다. 결국 갈단은 자살한 것이고 따라서 그는 전생자가 아니라고 하는 것이다.

재미있는 것은 『대청인황제실록(大淸仁皇帝實錄)』의 현재 사본에는 휘양구의 보고서와 치기르 자이상의 증언을 바꿔 써서 강희제의 의향에 부합하고 있다. 앞선 보고의 만주어 원문 "ilan biyai juwan ilan de, g'aldan aca amtatai gebungge bade isinafi bucehe(3월 13일 갈단은 아차 암타타이라는 곳에 도착해서 죽었다)"는 漢文實錄에는 「閏三月 十三日, 噶爾丹至阿察阿穆塔台地方, 飮藥自盡(윤3월 13일『윤3월 13일 갈단은 아차 암타타이에 도착해서 약을 먹고 자살했다)」로 바꾸고[11] 뒤의 증언 "g'aldan, ilan biyai juwan ilan de nimeme bucehe(갈단은 3월 13일 병으로 죽었다)"는 원문에서 '병으로'란 말을 삭제하고 「噶爾丹閏三月十三日身死(갈단은 윤3월 13일 죽었다)」로 바꿔 쓰고 있다.[12]

갈단이 죽은 날짜를 왜 강희 36년 3월 16일에서 강희 36년 윤3월 16일로 1개월 지연시켰는가? 그 이유도 쉽게 상상할 수 있다. 치기르 자이상의 강희 36년 4월 18일 날자의 증언에 의하면 단지라 일행은 갈단이 죽고 3일 뒤 강희 36년 3월 16일에 아차 암타타이를 출발해서 10일을 지나서 바얀 운두르에 도착했다고 한다.

더구나 치기르 자이상은 윤3월 14일에 그 바얀 운두르를 출발해서 청조의 영역으로 향하고 있었다. 이로서 본다면 갈단의 죽음이 윤 3월 13일은 아니고, 3월 13일이었다는 것은 조금도 의심할 바가 없다.

---

11) 『大淸仁皇帝實錄』 卷183, 7페이지 이하.
12) 『大淸仁皇帝實錄』 卷183, 9페이지 이하.

실록의 사관이 날짜를 한 달 지연시킴으로서 황제의 체면을 지키려고 했다는 것은 충분히 생각할 수 있다. 강희제는 적이 일찍이 이 세상에 없다는 것을 모르고 동알타이 산맥의 갈단 거점에 최후의 공세를 하려고 대군을 동원하고 있었던 것이다.

강희제는 강희 36년 2월 6일에 북경을 떠나 살호구(殺虎口) 장성 가까운 산서성 우위현(山西省 右衛縣)에서 작전을 감독하려고 생각하였다. 그러나 2월 17일에 대동(大同)에 도착해서 이 계획을 바꾸어 알타이 산맥에 보다 가까운 영하(寧夏)에 가는 것으로 했다. 강희제를 따르는 군대의 대부분은 장성의 밖 남 몽골을 지나 영하로 가게 하고, 강희제 자신은 산서성의 평원을 서남방향으로 향하여 황하의 보덕주(保德州)를 지나 섬서성(陝西省)의 부곡현(府谷縣)으로 들어가 장성의 안쪽으로 진입한 뒤 3월 10일에 유림(榆林)에 도착했다. 지나가는 길이 매우 나빴기 때문에 황제는 유림에서 안변(安邊)까지 장성의 바깥 오르도스 부족의 땅을 지나 지름길로 가는 것이 부득이 하게 되었다. 황제는 황태자에게 이렇게 썼다.

「신목현(神木縣)에서 유림(榆林)으로 가는 길은 모두 커다란 모래산으로 매우 나쁘다. 군대가 갈만한 곳은 아니다. 이것을 보았을 때, 옛사람이 영토를 확장하고 군사를 일으켜 장성을 수축해서, 천하의 고혈(膏血)을 서북에 쏟아 부은 것도 무리는 아니나, 오늘날 사람들이 취할 바는 아니고, 어진 사람이 행할 바도 아니다. 짐을 수행하는 대신, 시위, 호군(護軍), 집사인들이 400명을 넘지 않는데도 더없이 고통스러운데 수만의 병사를 거느리고 어떻게 지나갔을까? 골짜기 많고 그 위에 모래가 깊어서 유림에서 장성을 나와 오르도스를 지름길로 해서 영하로 간다.13)」

안변에서 장성 안쪽으로 들어가 횡성(橫城)에서 황하를 건너고 3월 26일 영하에 도착하여 윤3월 15일까지 18일간 체재했다. 황제는 섬서로(陝西路)

---

13) 『宮中檔康熙朝奏摺』 第8輯 卷172, pp.821~823.

를 선택한 것을 후회하고 황태자 앞으로 이렇게 썼다.

「마스카 등이 이끌고 온 군마는 살집이 좋다. 짐이 탈 말도 모두 건강하게 도착하였다. 어떤 말은 8할 정도 살이 쪘다. 대다수 사람의 말과 낙타는 간신히 도착하였다. 왜냐하면 길이 목초지가 아니고 먼지가 많으며, 산야는 모두 모래로 되었기 때문에 행군하기가 몹시 어려웠기 때문이다. 옛날부터 이 길을 행군한 사람은 없었다. 상서 마치가 북경에서 영하에 이르는 거리[里數]에 대해 보고한 바로는 2,720리(1224km)이다. 길안내인 부다 등이 북경에서 유림을 지나 장성의 밖을 통해 안변에 들어와 영하에 이르기까지를 측량한 바에 따르면 2,600리(1170km)이다. 학사 양서(楊舒)가 북경에서 유림을 지나 장성의 밖을 돌아 안변으로 들어와 영하에 이르기 까지를 측량한 바에 의하면 2150리(967.5km)이다. 각지에서 쉬었던 6일간을 빼고 44일 안에 도착했다. 영하에서 후후 호톤을 거쳐 북경에 이르기까지를 측량하면 결코 1,800리(810km)를 넘지 않는다. 지름길인 데다가 다니기도 편하다. 물과 목초도 좋다. 우리가 온 길은 아주 좋지 않은 돌아가는 길이다.[14]」

그 다음에 갈단에 대한 두 방향의 작전준비를 마치고 황제는 영하를 떠나 황하를 내려와 귀경하는 도중에 갈단이 훨씬 이전에 죽었다는 소식을 듣게 된 것이다.

갈단이 훨씬 이전에 죽었기 때문에 황제로선 자신이 이만큼 힘을 기울인 작전이 전혀 쓸모가 없어서 체면이 서지 않았다는 것은 상상하기 어렵지 않다. 갈단의 죽음은 강희제가 유림의 장성을 출발하여 안변에 다시 들어가는 사이에 일어난 것이다.

그러므로 거기서 영하에 이르는 험한 여행은 전혀 필요가 없고 황제를 좀 우스꽝스럽게 보이게 한 효과 밖에 없었던 것이다. 그러나 갈단 죽음을 한 달 늦추면 그때는 황제가 영하에 체재해서 갈단에 대한 알타이 작전의 마무리에 바빴던 무렵이 된다. 그래서 실록의 사관은 이 불세출의 명군의

---

14) 『宮中檔康熙朝奏摺』 第8輯 卷26, pp.92~95.

체면을 살리려고 갈단이 죽은 날자와 원인을 바꾼 것이다. 이리해서 갈단의 죽음은 강희 36년 3월 13일(1696년 4월 4일)에 병사한 것으로 귀결되었다.

3. 티베트·몽골문 접춘담바 傳記資料 五種[15]

1697년 여름 강희제는 남 몽골에서 그의 오랜 적수 준가르의 갈단 보속투 한이 알타이 산맥의 동쪽 끝에 잠복하고 있는 것을 보고 청군의 공세를 조직하기 위해 영하(寧夏)에 체재하면서 북경으로 돌아오는 곳에 있었다.

배를 타고 황하를 내려오는 도중 갈단이 아차 암타타이라는 곳에서 병사했다는 보고를 받고 황제는 크게 안심했다. 5월 5일(6월 23일) 할하몽골의 투시예투 한 쟈쿤 도르지와 그의 동생 접춘담바 후툭투를 세데르헤이라는 곳에서 회견한 뒤 황제는 북경의 황태자에게 다음과 같이 썼다.

> 「황태후에게 아뢰어라. 제4공주를 할하의 투시예투 한의 손자 돈돕 도르지王에게 하가시키려고 생각하고 있다. 갈단이 아직 멸망하지 않았기 때문에 견디고 참다가 지금에 이르렀다. 지금 접춘담바 후툭투와 투시예투 한이 모두 왔다. 여기에서 지(旨)를 내릴까 그만 둘까 마음대로 결정할 수 없어서 삼가 황태후에게 지(旨)를 구하고자 구두로 신청하는 바이다.[16]」

---

* 티베트어는 ≪티베트어 한글표기안≫ 티베트장경연구소, 2010년 6월 8일－의 표기안에 따라 가천대학교 글로벌교양학부 안윤아 교수가 표기한 것이다.
   몽골어와 티베트어가 나란히 쓰여진 것은 몽골어를 앞에 티베트어 발음표기는 ( ) 속에 하고 티베트어만 나올 경우 ( ) 앞에 한글표기를 하였다.

15) Hidehiro Okada, "Five Tibeto-Mongolian sources on the Rje btsun dam pa Qutuɣ tus of Urga"(藏蒙文哲布尊丹巴傳記資料五種)『國立政治大學邊政研究所年報』十六, pp.225~234, 1985의 일본어 번역이다.

16) hūwang taiheo de wesimbu .. duici gungju be kalkai . tusiyetu han i omolo dondub dorji wang de buki seme gūniha bihe .. g'aldan mukiyere unde ofi kirifi ere erinde isinjiha . te jebdzung damba hūtuktu . tusiyetu han . gemu jihebi . ede hese wasimbure nakara babe cisu i gamaci ojirakū ofi gingguleme hūwang taiheo de hese

이 편지는 할하몽골에서 가장 고귀한 계통의 최초 전생자(轉生者)와 그 계승자 젭춘담바 2세의 아버지란 사람에 관한 직접적인 자료이다. 그 최후의 전생자 젭춘담바 8세는 응악 왕 최끼 니마 텐진 왕축(Ngag dbang chos kyi nyi ma bstan 'dzin dbang phyug)이라는 이름의 티베트 사람이나, 1911년 북 몽골이 청조로부터 분리 독립할 때의 중심인물로서 그 후 스스로 몽골의 황제가 되었고 1921년에는 몽골인민혁명당의 수중에 떨어져 그 도구가 되었다가, 1924년 죽었다. 그 후 사회주의 정부가 바로 젭춘담바 전생(轉生)의 종료를 선언했다는 것을 잘 알려진 바 있다.

한문사료에는 그들에 관한 사료가 거의 없고 그들의 이름조차 제대로 기록하지 않고 있다. 그래서 우리는 청대 북 몽골의 역사를 조사할 때 그 이외의 사료를 찾지않으면 안된다. 그러나 다행히 젭춘담바 계통에는 아래에 기록한 티베트文이나 몽골文으로 쓰여진 다섯 종류의 사료가 있다.

1) 롭상 친레의 젭춘담바 一世傳(티베트어)

자야 판디타 롭상 친레(자야 뺀디따롭상틴래, Dzaya pandita Blo bzang phrin las)는 젭춘담바 1세의 제자로서 그의 스승의 전기를 써서 그의 전집(싸깨 쭨빠 롭상틴래끼 삽빠당갸체왜 담빼최끼 톱익쎌왜메롱, Shākya'i btsun pa blo bzang 'phrin las kyi zab pa dang rgya che ba'i dam pa'i chos kyi thob yig gsal ba'i me long)의 제4권(fs. 62v-78v)에 수록하고 있다.[17]

예세 탭깨(Ye shes thabs mkhas)에 의하면 롭상 친레는 1642년 항가이 산중에서 태어나 젭춘담바 1세로부터 노얀 후툭투(Noyan qutuɣtu)의 칭호를 받고, 19세에 티베트에 가서 18년 동안 머물면서 달라이 라마 5세로 부

---

be baimbi seme anggai wesimbu .『宮中檔康熙朝奏摺』第九輯 pp.68~69 이 편지의 날자에 대해서는 「몽골친정시의 聖祖의 滿文書簡」을 보라.

17) *Collected Works of Jaya-Pandita Blo-bzan-hphrin-las*, Volume 4, Lokesh Chandra, New Delhi, 1981, pp.124~156.

터 자야 판디타의 칭호를 받고 몽골에 돌아가 승원을 건설했다고 한다.[18]

그의 젭춘담바 1세 전기에 의하면 주인공은 칭기스 한의 자손이다. 칭기스 한의 27세 손은 바투 몽케 다얀 한(빠투몽코 따얜걀포, Pa thu mong kho ta yan rgyal po)이다. 다얀한의 열한 번 째 아들의 열 째는 잘라이르 홍타이지(차라일 홍타지, Tsa la'ir hong tha'i ji)이다. 잘라이르 홍타이지의 일곱째 아들의 셋째 아들은 우이젠 노얀(위첸 노욘, U'i tsen no yon)이다. 우이젠 노얀의 여섯째 아들의 장자는 아브다이 한(아뿌태 세쟈 바 걀포, A pu tha'i zhes bya ba rgyal po)이고 달라이 라마 3세 쇄남갸초(쐬남갸초)로 부터 오치르 한(도제 걀포, Rdo rje rgyal po)의 칭호를 받았다. 아브다이의 아들은 에르케이 메르겐 한(에레케 메르켄 걀포, E re khe'i mer ken rgyal po)이다. 에르케이의 아들은 오치르 투시예투 한(도제 투쎄예투 걀포, Rdo rje thu she ye thu rgyal po)이고 젭춘담바 1세의 아버지가 된다. 젭춘담바의 어머니 가툰 감초(카로 갸초, Mkha' 'gro rgya mtsho)는 아브다이의 딸의 딸이고, 젭춘담바 1세는 을해(乙亥)의 해(1635년) 9월 25일에 태어났다.

쟘바 에르케 다이칭(Byamba erke dayičing)의 『아사락치 네레이 테우케(Asaraɣči neretuü teüke)』는 1677년에 쓰여진 할하 최고의 연대기이나 그에 의하면 게레센제 쟈야투 잘라이룬 홍타이지(Geresenǰe ǰayaɣatu ǰalayir-un qong taiǰi, 1513~1548년)는 바투 몽케 다얀 한(Batu möngke dayan qaɣan, 1464~1548년)의 열한 번째 아들이다. 게레센제의 셋째 아들은 노-노부 우이젠 노얀(Noɣonoqu üiǰeng noyan, 1534~?年)이다. 노-노부의 장자는 아브다이 사인 한(Abadai Sayin qaɣan, 1554~1588)이다. 아브다이의 둘째 아들은 에르케 메르겐 한(Eriyeke mergen qaɣan, 1574~?年)이다. 에르케의 장자는 곰보 투시예투 한(Gömbü tüsiyetü qaɣan, 1594~1655年)이다. 곰보의 장자는 스쥭 쿠춘 테구스구센 오치르 투시예투 한(Süǰüg kücün

18) Lokesh Chandra, *Eminent Tibetan Polymaths of Mongolia*. Raghu Vira, Delhi, 1961, pp.18~19.

tegüsügsen vacir tüsiyetü qaγan, 쟈쿤 도르지 ?~1699년) 으로 그의 셋째 아들은 젭춘담바 롭상 첸뻬 걔챈 뻬 짱뽀(Blo bzang bstan pa'i rgyal mtsan d dzapalng po 1635~1723년)이다.[19]

롭상 친레가 저술한 젭춘담바 1세의 전기로 돌아가 보자. 젭춘담바 1세는 4세 때 쨤뻬링 노문 한(Byams pa gling nom-un qaγan)의 밑에서 優婆塞(게넨 dge snyen)이 되었다. 5살 때 처음으로 좌상(坐牀)하고 엔사(Dben sa)의 화신(化身) 캐둡쌍개 예쎼(Mkhas grub sangs rgyas ye shes 롭상 땐진 갸초 Blo bzang bstan 'dzin rgya mtsho)에서 출가(rab byung)하여 계를 받고, 롭상 땐뻬 갸챈(Blo bzang bstan pa'i rgya mtshan)의 이름을 받았다. 롭상 친레에 의하면 그 후 승리자 부자 두 사람에게 물어보고 젭춘담바의 화신으로 인정되었다(데내 걜와얍새끼 꾸쇽쑤 슈빠르 젭쮠 담뻬 뚤꾸르 응외 진낭, de nas rgyal ba yab sras kyi sku gzhogs su zhus par rje bstsun dam pa'i sprul skur ngos 'dzin gnang)이라 한다.

여기서 말하는 젭춘담바는 유명한『인도 불교사』의 저자 젭쮠타라나타 꾼가 닝뽀 (Rje bstun Tāranātha Kun dga' snying po)를 의미한다. 그러나 할하의 젭춘담바 1세가 두 사람의 겔룩파 최고 지도자 판첸 라마 1세 롭상 최끼 걜챈(Blo bzang chos kyi rgyal mtshan)과 달라이 라마 5세 응악 왕 롭상 갸초 (Ngag dbang blo bzang rgya mtsho)로부터 조낭 와 타라나타의 전생자로 인정되었다는 것은 지극히 의심스럽다.

투치(Tucci)에 따르면 타라나타는 1575년 남걜 퓐촉(Rnam rgyal phun tshogs)의 아버지로서 조모 카락(Jo mo kha rag)을 어머니로 하고 위와 쨩(Byang)의 경계에 있는 가락큥쮠(Kha rag khyung btsun) 지방에서 태어났으나 집은 유명한 갸(Rgya)의 로짜와(lo tsā ba)를 조상으로 하는 가문이었다. 그는 조낭빠에 속했으나 이것은 쨤뽀 강의 좌안에 있는 수도원과 대사

---

19) Byamba, *Asaraγa' nertü-yin teike*. Erdem shinjilgeenii khevlekh üiledver, Ulaanbaatar, 1960, pp.72~79.

원에서 그 이름을 취한 것이다. 이곳은 조낭빠의 요새였으나 조낭빠가 쇠퇴하면서 겔룩빠에 밑에 들어갔다. 조낭빠 특히 타라나타는 가큐파와 친밀한 관계였다. 그는 딱룽(Stag lung)의 승원과 빈번하게 접촉해서 그곳에서 스승들과 생각을 교환했다. 그의 인도 불교사(보통은 갸 가르 최 쭝, Rgya gar chos 'byung로 불린다)는 1608년 쓰여졌다.

그는 조낭의 꿈 붐(Sku 'bum) 가까운 곳에 대 승원을 건립했으나 이 절은 지금 겔룩빠로 되고 퓐촉링(Phun tshogs gling)이라고 불렀다. 쟝(Byang)의 데빠(sde pa)의 비호자인 그는 이어서 쌈둡체(Bsam 'grub rtse)의 군공(君公)의 호의를 받았으나 그들의 야심은 전 티베트를 그의 권력 밑에 두고 그 때문에 그들과 위(Dbus)의 적수들과 사이에 항쟁이 벌어졌다.[20] 그렇기 때문에 찬의 가규빠 세력에 위협받아 위(Dbus)에 둔 겔룩빠가 일부러 적의 종파세력과 그때 강력한 북 몽골의 왕공 세력과의 협력을 성립시키기 위해, 이 아들을 타라나타의 전생자로 인정한 것은 생각할 수 없다. 롭상 친레는 롭상 덴뻬 겐첸이 언제 젭춘담바라는 칭호를 사용했는지 애매하지만, 1647년부터 그보다 전이었다는 것은 『大淸世祖章皇帝實錄』卷32의 順治 4年 5月 己酉의 條에「土謝圖汗下澤卜尊巴呼土克圖」라고 있는 것에 의해 확인된다.[21]

롭상 친레에 따르면 젭춘담바 1세는 기축(己丑)의 해(1649년) 15세 때에 처음으로 티베트를 방문하였다.

그는 쿰 붐(Sku 'bum), 쨔큥괸(Bya khyung dgon), 쟝라뎅(Byang ra sgreng), 린 첸 작(Rin chen brag), 탕 싹 간 댄 최코르(Thang sag dga'ldan chos' khor), 딱룽(Stag lung), 쎄라(Se ra), 재뿡('Bras spungs), 간덴(Dga'ldan) 및 따

20) Giuseppe Tucci, *Tibetan Painted Scrolls*. La Libreria dello Stato, Roma, 1949, Vol. I, pp.128, 163~164.
21) Junko Miyawaki, "The Qalqa Mongols and the Oyirad in the seventeenth century." *Journal of Asian History*, Vol.18, No.2. Otto Harrassowitz, Wiesbaden, 1984, pp.149~150.

시 휜 뽀 (Bkra shis lhun po) 등의 사원을 순례했다. 그는 沙彌戒(계칠, dge tshul; 출가한 20세 미만의 사미가 지켜야 할 계율)를 판첸에게서 직접 받았다고 한다. 롭상 친레는 그리고 나서 젭춘담바 1세는 신묘(辛卯)의 해(1651년) 4월 25일에 달라이 라마를 만났다고 하여 두 사람 사이에 교환되었다고 하는 긴 이야기를 전하고 있다. 그리고 나서 판첸 라마가 손님(젭춘담바 1세)를 타라나타의 전생자가 틀림없다고 보증했다고 한다. 그러나 두 사람의 겔룩빠의 고승이 북 몽골의 방문자를 롭상 친레가 말하는 정도로 열심히 환영했다고는 생각되지 않는다라고 하는 것은 판첸 라마 1세의 자전(自傳)에도 달라이 라마 5세의 자전(自傳) 어느 곳에서도 방문했다는 것을 단지 문수사리(文殊舍利)의 화신(化身)이라고 기록하고 있을 뿐이기 때문이다. 이것은 젭춘담바의 칭호가 어느 쪽에서도 할하 몽골의 승려에게 준 것이 아니라는 시사하고 있다.[22]

젭춘담바는 같은 해 겨울 몽골로 돌아가 다음해 임진(壬辰)의 해(1652년)에 7기(旗)의 대 쿠릴타이에서 할하의 세 명의 한과 대소 왕공의 정신적 수장으로 추대되었다고 롭상 친레는 말했다. 롭상 친레의 젭춘담바 1세 전기는 매년에 걸쳐 일어난 사건을 서술하고 강희제의 공주가 정축(丁丑)의 해(1697년)의 겨울에 이 성인(젭춘담바 1세)의 생질의 아들 돈둡 어푸와 결혼한 (꾸차된둡 어푸 라공마첸뾔 쌔모콩조낭, sku tsha don grub e phu la gong ma chen po'i sras mo kong jo gnang)까지 이른다. 롭상 친레는 그의 스승 젭춘담바 1세와 같이 장수하지 못하고 1702년 그가 스승의 전기를 쓰기를 마친 해였다는 것이 거의 확실하다. 이와 같이 롭상 친레는 젭춘담바 1세의 최초의 전기 작가이고 후세의 모든 전기가 그의 저작에 기초하고 있는 것이다. 같은 전기의 티베트문과 몽골문의 두 체제의 판본으로 있다. 티베트 판은 젭쮠 담빠 롭상땐빠 걜챈뺄상 뾔 틴몽왜 남타르 뒤빠 슉쏘 (Rje btsun dam pa blo bzan bstan pa'i rgyal mtshan dpal bzang

---

22) *Opcit.*, loc. cit.

po'i thun mong ba'i rnam thar bsdus pa bzhugso)라고 이름 붙여져, 본문은 목판본으로 같은 것이나 처음에 na mo gu ru의 한 구절을 덧붙여 마지막의 14행을 생략하고 본문은 롭상 친례의 저작에서 취했다고 하는 확인을 말미에 붙이고 있다. 이 판은 목판본에서 취한 것은 아닌 것 같아 때에 따라선 보다 재미있는 읽을거리를 제공한다. 또 행간에 몽골판 문도 있고 티베트문으로부터 번역한 것으로 티베트문을 이해하는 도움이 된다.[23]

2) 갓기 왕뽀의 젭춘담바 1世傳(티베트어)

이 전기는 수사본과 목판본의 쌍방이 전해지고 있으나, 제목은 캽 닥코르 뢰곤뽀젭쮠담빠 롭상땐빼 갤챈기 남타르 상대싱따 셰쟈와 슉 소 (Khyab bdag 'khor lo'i mgon po rje btsun dam pa blo bzang bstan pa'i rgyal mtshan gyi rnam thar bzang dad pa'i shing rta zhes bya ba bshugs so) 이다.[24]

책의 말미에 기록된 저자는 스스로 갓기 왕뽀라고 해서 몇 대에 걸쳐 젭춘담바의 전생자에 봉사한 자라고 하는 꺕괸담 빠 두매샵될찌외 뗸빼 몽뛸기 나빠쎄 세르르숙 응악 기왕뽀 쎄쟈바(skyabs mgon dam pa du ma'i zhabs rdul spyi bos bsten pai rmong rtul gyi na pa ser gzugs ngag gi dbang po zhes bya ba)로서 이 전기를 기해(己亥)의 해에 썼다고 하는데 이 해가 도광(道光) 19(1839년)이라는 것에 의해서 확인된다. 이 전기는 이와 같이 젭춘담바 5세 롭상 췰팀직메챈빼 갤챈뺄상뽀(Blo bzang tshul khirims'jig med bstan pa'i rgyal mtshan dpal bzang po)의 시대에 쓰여졌다.

본문은 저자가 책의 말미에서 말하는 바와 같이 대부분이 롭상 친례에 따른 것이나 새롭게 신비한 부분을 넣어 증보하고 있다. 이 전기는 또한

---

23) *Life and Works of Jibaundampa* I. Lokesh Chandra, New Delhi, 1982. pp.411~549.
24) *Qpat*, pp.28~266, 267~409.

젭춘담바 1세의 말을 1653년 탄생에서 부터 매년 언급하고 1702년에 이르러 돌연 임인(壬寅)의 해(1722년) 강희제의 죽음에 의해 주인공이 북경에 여행한 것을 건너 뛰어 다음해 계묘의 해(1723년) 정월 14일에 그가 북경에서 죽었다는 것을 서술하고 있다. 이 롭상 친례 전기의 끝부분과 젭춘담바 1세의 죽음 사이의 20년의 탈락은 갓기 왕뽀가 얼마나 많은 것을 최초의 1세 전의 저자 자야 판디타 롭상 친례에게 의지하고 있는가를 시사하고 있다.

3) 갈단의 『에르데니 인 에리케』(몽골어)

갓기 왕뽀의 젭춘담바 1세전의 편찬 겨우 2년 뒤에 할하 몽골의 연대기 『에르데니 인 에리케(Erdeni-yin erike)』가 나타났다. 책의 말미에 쓰여진 기록에 의하면 저자는 할하의 투시예투 한 부(Tüsiyetü qan ayimaɣ)의 달라이 진국공(鎭國公) 발단 도르지(Dalai tüsiye güng Baldandorǰi)旗의 協理台吉(tusalaɣči) 갈단(Galdan)으로 이 연대기를 도광 21년(1841년)에 썼다. 달라이 진국공기(鎭國公旗)는 투시예투 한 부의 좌익후기(左翼後旗)이고 그 기의 최초의 왕공은 1693년에 임명된 리타르(Litar)이다.

『아사라구치 네이레 토우케』에 의하면 게레센제의 셋째 아들은 노-노부(Noɣonoqu)이다. 노-노부의 둘째 아들은 아브후 메르겐 노얀(Abuqu mergen noyan)이다. 아브후의 둘째 아들은 라후라 달라이 노얀(Raqula dalai noyan)이다. 라이후의 다섯째 아들은 세르지 달라이 다이칭(Serǰi dalai dayičing)이다. 세르지의 둘째 아들은 노르부 에르케 아하이(Norbu erke aqai)이다. 노르부의 둘째 아들이 리타르이다.[25]

『에르데니 인 에리케』는 석가모니 傳의 직계 제자를 제1세로 하고, 제15세의 타라나타에 이르고 15대의 젭춘담바 1세의 전세(前世)의 이름을 기

---

25) Byamba, p.80.

록하고 있다. 대체로 할하 몽골의 정치사이나 이 연대기는 역대 젭춘담바에 관한 종교상의 일을 매년 기록해서 갓기 왕뾰의 젭춘담바 1세전에 빠진 20년에 다다르고 있다.

4) 갓기 왕뾰의 6대 젭춘담바傳(티베트어)

젭춘담바 5세는 1841년 『에르데니 인 에르케』가 완성된 뒤 겨우 반년 후에 사망했다. 젭춘담바 6세 롭상 빼 단찬 빼개 찬 빼 짱 뾰(Blo bzang dpal ldan bstan pa'i rgyal mtshan dpal bzang po)는 계묘(癸卯)의 해(1843년) 티베트의 위(Dbus)에서 태어나 여섯 살 때 우르가(이후 후레 지금의 울란 바타르)를 여행하여 무신(戊申)의 해(1848년) 9월 7일에 도착해서 같은 해 10월 19일에 사망했다. 그래서 갓기 왕뾰는 1세에서 6세에 이르는 젭춘담바 6대의 짧은 전기를 만들고 그들의 생애의 사실을 간단하게 기록했다. 이 전기는 꺕꾄 젭쥔 담빠 린뾰체이 꼐텡림췬남키타르 도짬꾀빠 빼까르 텡제 세쟈 와 쑥쏘(Skyabs mgon rje bstun dam pa rin po che'i skye 'phreng rim byon rnams thar mdo tsam bkod pa pad dkar 'phreng mdzes zhes bya ba bshugs so)라고 이름이 붙여졌고 책의 말미에는 아무런 연대표기가 없다. 그러나 다음의 후툭투의 1850년 탄생도 1851년의 젭춘담바의 전생의 인정도 기록하지 않았기 때문에 6세의 죽음 직후에 쓰여졌다는 것은 의심이 없다. 매우 간략한 것이나 젭춘담바 1세의 계승자들에 대해서 다른 기록에 없는 것을 전하고 있다.[26]

5) 無名氏의 7대 젭춘담바傳(몽골어)

젭춘담바 1세로부터 7세에 이르는 7대의 몽골문 전기로서 촬스 R 보든

---

26) *Life and Works of Jibaundampa I.* pp.1~27.

에 의해 영역 출판되었다.[27] 1세, 2세, 3세 젭춘담바에 대해선 상세하게 전하고 있으나 몇 개인가의 신비한 곳이 있다. 4세, 5세, 6세, 7세 젭춘담바에 대해서는 탄생과 좌상의 날자만 전하고 있을 뿐이다. 저작의 제명(題名)과 저자의 이름을 전하는 책 말미의 표기는 없으나 함풍(咸豊) 9년 기미(己未)의 해(1859년)에 쓰여졌다고 명기하고 있다. 이는 결국 젭춘담바 7세(응악왕최끼 왕축 최 갸초 Ngag dbang chos kyi dbang phyug chos rgya mtsho) 시대에 쓰여진 것을 말한다. 젭춘담바 2세 및 3세의 전기를 연구하는데 쓸모가 있다. 할하의 젭춘담바 후툭투의 다섯 종류 티베트·몽골문의 전기에 대해서는 지금까지 거의 이용되지 않았으나 청조시대의 몽골사로서 매우 중요하기 때문에 이 소개문 몇 개가 도움이 된다면 다행이겠다.

---

27) Charles R. Bawden, *The Jebtsundampa Khutukhtu of Urga*, Otto Harrassowitz, Wiesbaden, 1961.

4. 康熙帝의 만문서간(滿文書簡)에 보이는 예수회 선교사의 영향28)

1) 日蝕

1697년 4월 21일 청의 강희제는 제국의 서북변경인 영하에서 일식을 관측했다. 그의 강적 준가르의 갈단 보쇽투 한이 알타이 산맥의 동쪽 끝에 잠복하고 티베트로 도망갈 기회를 노리는 것에 대해 마지막 토벌 작전을 감독하기 위해 영하로 나아간 것이다.

실은 갈단은 이때 이미 죽고 없었으나 황제는 이를 알지 못했다.29) 이를 기회로 황제는 그가 북경을 비운 사이 북경에 남아 정무를 총괄하고 있었던 황태자 윤잉에게 만주문으로 다음과 같이 써서 보냈다.

"우리가 이곳에 도착한 이래 의기(儀器, 관측기)로 측량해보니 북경에서

---

28) Hidehiro Okada, "Jesuit influence in Emperor K'ang-hsi's Manchu letters". *Proceedings of the XXVIII Permanent International Altaistic Conference, Venice 8-14 July1985*, ed. Giovanni Stary, Otto Harrassowitz, Wiesbaden, pp.165-171, 1989의 일본어 번역이다.

29) 강희제가 세 번의 몽골친정에서 쓴 만문서간은 『宮中檔康熙朝奏摺』第八輯, 第九輯(臺北, 國立故宮博物院, 1977년) 영인되었다. 그 일본어 번역은 본서 「강희제의 편지」를 참조할 것. 영역에 대해서는 H. Okada, "Outer Mongolia through the eyes of Emperor K'ang-hsi'"(*Journal of Asian African Studies*, No.18, 1979.) 및 H. Okada, "Galdan's death: When and how"(*Memoirs of the Research Department of the Toyo Bunko*, No.37,1979)(補2에 일본어 번역이 있다).

보다 북극성이 1도 20분 낮다. 동서의 거리는 2150리이다. 이것을 An Do가
한 방식으로 계산해서 일식은 9분 46초였다. 이날(윤3월 1일) 날씨는 맑
게 개었다. 측량해본즉 9분 30초에 일식이 있었다. 정말 캄캄했다. 별이
뜬 것도 아니다. 영하에서 본 북경은 정동에서 약간 북쪽이 된다. 3일간
비가 내렸다. 이것을 그냥 알게 하려고 글을 써서 보낸다. 만주대신들에
게 알려라"[30]

이 편지는 황제 자신이 그의 궁정에서 봉사한 예수회 선교사에 대해 언급하
고 있는 유일한 일례이다. An Do는 安多로 "앙뜨완느 또마(Antoine Thomas)"
의 중국이름이다.[31]

그는 벨기에의 나뮤르에서 1644년 1월 25일 태어났다. 아버지는 변호사
필립 또마, 어머니는 그의 처인 마리 데루헤이였다. 앙뜨완느는 나뮤르에
신설된 예수회 학교에서 배우고 도르네의 예수회 수련원에 1660년 9월 24
일에 들어갔다.

그는 수학, 지리학, 천문학의 계산에 숙달하였고, 예수회의 회장인 오리
바 신부에게 반복해서 극동지역 전도를 받아줄 것을 청원하였다. 1677년
최종적으로 허가가 떨어지자 포르투갈을 목표로 스페인의 부르고스를 출
발하고 1678년 3월에 고인부라에 있는 대학에 들어가 수학을 공부했다.

---

30) "meni ubade isinjihai . i ki de kemneme tuwaci ging hecen ci hadaha usiha . emu
du orin fun fangkala . dergi wargi goro juwe minggan emu tanggū susai ba . ere
be an do de afabufi fa i kooli songkoi bodobufi . šun jeterengge uyun fun dehi
niggun miyoo jembi sehe bihe . ere inenggi getuken galga . kemneme tuwaci uyun
fun gūsin udu miyoo jeke . umai farhūn oho . usiha tucike ba akū . ning hiya ci ging
hecen be tob dergi ci majige amasi tuwambi . ice ilan de agaha . erebe bai sakini
seme jasiha . manju ambasa de ala ." 『宮中檔康熙朝奏摺』第8輯, pp.793~794.

31) 앙뜨완느 또마의 전기에 대해선 Louis Pfister, *Notices Biographiques et Bibliographiques
sur les Jésuit de l'Ancienne Missons de China 1552-1773*, Impimerie de la mission
Catholique, 1932 Tome Ⅰ, Chang-hai, pp.404~410를 보라. Yves de Thomaz de
Bossierre, *Un Belga Mandarin à la Cour de Chine aux ⅩⅦ et ⅩⅧ Sièdes, Les Belles
Lettres, Paris, 1977.*

1680년 4월 3일에 일본을 향해 리스본을 출발하여 고아에 9월 26일 도착했다. 고아에서 1681년 5월 13일에 샴을 출발하여 9월 1일에 샴의 수도 아유티아에 도착하였다. 거기서 프라 나라이 왕의 수상으로서 세력이 컸던 콘스탄스 훠르곤과 알게 되었다. 훠르곤은 게화로니아 섬의 라 구스토라에서 그리스인의 어머니에게 태어난 베네치아인으로서 잉글랜드에서 영국정교에 입교하고, 마지막으로 샴에 온 것이다.

또마 신부는 아유티아에 체재 중에 훠르곤을 개종시켜 세례를 주는데 성공하고, 훠르곤은 죽을 때까지 카톨릭 선교사들과 신앙의 보호자였다고 알려졌다.

그러나 이것은 훠르곤의 편의주의적 성격으로 보아 크게 의심이 된다. 뭐라고 해도 콘스탄스 훠르곤은, 그의 처는 일본의 고귀한 카톨릭 집안에서 태어났으나 1688년 41세 때에 내란에 휩쓸려 죽었다.

1682년 5월 20일, 앙뜨완느 또마 신부는 아유티아를 출발해서 7월 4일 마카오에 도착했다. 마침 그 무렵 북경에서 페르난도 페르비스트 신부는 노령이어서 궁정에서 근무할 후계자를 찾고 있었다. 필립 그리말디(Filippo Grimaldi 閔明我) 신부도 건강이 좋지 않았다. 페르비스트 신부는 강희제와 상담하고 또마 신부를 궁중에 데리고 가서 황제의 인가를 받아 그리말디 신부를 예부의 관리 2명과 함께 포르투갈의 식민지에 파견하였다. 1685년 8월 19일 그들은 한 무리의 배에 타고 마카오를 출발 내륙을 항행해서 공주(贛州), 남창(南昌), 남경(南京), 통주(通州)를 거쳐 11월 8일 북경에 도착했다.

궁정에서 또마 신부는 황제의 관측기 사용, 지리학, 간단한 산술 등을 가르치게 되었다.

1691년 앙뜨완느 또마 신부와 장 프랑소와 제르비용 신부는 황제를 수행하여 몽골에 가게 되었다. 그것은 유명한 도론 노르 회맹으로 그 때 강희제는 준가르 오이라트의 갈단 보속투 한이 이끄는 군대가 북몽골을 유린하여 남몽골에 도망해온 할하의 영주들로부터 정식으로 신종의 맹세를 받았다.

1696년 토마스 페레이라(Thomas Pereira, 徐日昇) 신부, 장 프랑소와 제르비용(Jean François Gerbillon, 張誠) 신부, 앙뜨완느 또마 신부는 다시 북경을 출발하여 헤를렌 강에 거점을 둔 갈단에 대한 친정에 수행하였다.

이것은 강희제 최초의 몽골 원정으로 갈단을 톨강의 존 모드에서 결정적으로 격파하였다. 같은 해 9월 신부들은 황제의 2차 친정에 수행하고, 1697년 1월에는 황하를 따라 오르도스 부족의 땅에 이르렀다. 황제의 3차 몽골 친정은 1697년 2월에 시작하여 같은 해 7월에 끝났다. 황제는 돌아오는 도중 갈단의 죽음을 알아 대청제국의 입장에서 준가르 문제는 일시적으로 해결했다. 그때 또마 신부는 1697년 4월 21일의 일식을 예언하고 병사들이 그 현상에서 패닉현상을 일으키지 않게끔 경고했다. 또마 신부는 파리의 과학 아카데미에 이 일식을 보고하고 영하에서 제르비용 교수와 함께 일식을 관측했다고 한다.

이 보고서는 파리의 Archives de L'Observatoire, AA 4°의 134페이지에 보존된 것이 황제가 만문서간에서 언급한 일식이다. 1702년 또마 신부는 황제로부터 지구의 자오선의 1도 길이를 측정하라고 명령했는데 이 일은 1개월 이상을 요했으나 모두 황삼자 윤지(皇三子 胤祉)의 조력을 받았다. 이것은 제국의 완전한 지도를 그린 『황여전람도(皇輿全覽圖)』의 기초가 된 것은 분명하다. 또마 신부는 그 완성을 보지 못하고 북경에서 1709년 7월 28일 65세를 일기로 죽었다.

2) 지리

요아킴 부베(Joachim Bouvet, 白晋) 신부는 프랑스 왕 루이 14세에게

1697년 헌정한 『康熙帝傳』 가운데에서 강희제가 천문학의 의기(儀器)를 좋아하고 어디에도 가지고 다니며 예수회 선교사의 도움을 빌려 스스로 조작하는 것을 보고하고, 황제는 남북몽골의 경계선에 있고 고비사막을 넘으려고 하는 지점에 있었다. 4월 13일(5월 14일)에 황제는 황태자에게 다음과 같이 글을 써 보냈다.

독석의 성(城)에서 국경까지 측량한 바 800리(360km)이다.

앞서 간 자들이 측량한 결과보다 날마다 감소한다. 북경에서 독석구까지 관찰한 바 거리는 그 정도 멀지는 않은 것 같다. 필시 423리(190km)는 아니다. 황태자는 한 사람을 보내서 측량을 해보아라.

국경에서 관측 기계를 사용해서 북극성의 고도를 측량하면 북경보다 5도 높다. 여기서부터 이수(里數)를 산출하면 1,250리(562.5km)이다.[32]

이미 본 바와 같이 황제는 이 원정에서 앙뜨완느 또마 신부, 토마스 페레이라 신부, 장 프랑소와 제르비용 신부가 수행했다. 그 때문에 황제가 북극성의 고도에 의해 북경과 남 몽골의 경계의 거리를 측정하는데 또마 신부의 도움을 받았다는 것은 의심할 나위가 없다.

3) 醫藥

강희제는 1696년 6월 1일(5월 2일) 그의 군대와 함께 외몽골의 투워링 불락에서 헤를렌 강의 갈단 진영을 습격할 준비를 하고 있었다. 적의 진영

---

32) "du ši hoton ci karun de isibume futalaci jakūn tanggū ba bi .. neneme yabuha ursei futa i ton ci inenggidari ekiyehun .. ging hecen ci du ši de isibume tuwaci ba umesi cinggiya . ainci duin tanggū orin ilan ba akū . hūwang taidz emu niyalma tucibufi futalabume tuwa. karun i bade i ki i hadaha usiha be kemneci . ging hecen ci sunja du den . ede teherebume ba i ton be baicaci emu minggan juwe tanggū susai ba ." 『宮中檔康熙朝奏摺』 第8輯, pp.130~132.

에 대한 마지막 공격을 앞두고 황제는 황태자에게 다른 것과 뒤섞어서 다음과 같이 쓰고 있다.

양심전(養心殿)에서 제조한 서양의 룰러버버랄두[žulebeberaldu, 如勒伯伯喇爾都]라는 어용의 약을 주의해서 밀봉한 것 10량(兩), 가공하지 않은 생강 4근(斤)을 이 편지의 답신을 보낼 때 함께 보내라.[33]

이에 대해서 황태자는 답하기를

또한 황상께서 보내라고 분부하신 새 생강 5근, 서양의 룰러버버랄두를 삼가 봉해서 궁에 있는 것 전부 1근 15냥을 모두 보냈습니다. 먼저 만든대로 준비하고 보충해 만들게 하겠습니다.[34]

라고 했다.

이 서양의 약은 황제가 제2차 몽골원정에서 남 몽골의 후스타이에 체재했던 1696년 12월에도 언급하고 있다.

장군 사브수가 병이 들었으므로 짐이 가지고 있던 '룰러버버랄두'라고 하는 물약을 전부 보내주었다. 그저께 북경에서 온 부도통 바린이 매우 쇠약해서 병이 들었다. 그에게 주고 싶어도 (물약이) 남아있지 않았다. 이를 얼마쯤 준비하지 않으면 안되겠다. 이 편지가 도착하면 작은 병 몇 개에 (룰러버버랄두를) 넣어 보내라.[35]

---

33) "yang sin diyan de weilehe si yang i žulebeberaldu sere dele baitalara okto be gingguleme fempilefi juwan yan .. eshun sain giyang duin gin be ere bithei isinahai baita suwaliyame boo de unggi" 『宮中檔康熙朝奏摺』第8輯, p.189.

34) "jai dergici unggi sehe ice giyang sunja gin . si yang ni žulebe beraldu be gingguleme fempilefi boode bisire uheri emu gin tofohon yan be yooni unggihe . neneme weilehe songkoi belheme niyeceme weilebumbi ." 『宮中檔康熙朝奏摺』第8輯, p.178.

35) "jiyanggiyūn sabsu nimeme ofi mini jakade bihe . žulebeberaldu sere lu be wacihiyame bufi unggihe . cananggi ging hecen ci jihe meiren janggin balin umesi

양심전은 북경의 자금성에 있는 황제 사저의 이름이다. 강희제의 사용에 제공된 유럽의 물약의 이름은 그것이 일종의 주렙(julep)인 것으로 보인다. 주렙은 때에 라틴화해서 주라피움(zulapium)으로 불렸으나, 아라비아어의 주라브(jūlāb)의 차용어로서 아라비아어는 페르시아어 「장미의 물」을 의미하는 구르압(gūlab)으로 소급된다. 주렙(julep)은 입에 닿는 감촉이 좋은 약으로 여러 가지 심장의 자극제와 위스키, 사탕, 박하, 물을 혼합해서 만들었다.[36) 그러한 주렙(julep)은 17세기 유럽에서 사용되었는지 어쩐지는 확실하지 않아도 강희제가 일용의 약품으로 그러한 유럽의 물약을 사용하고 있었다는 것은 예수회 선교사의 의약에 관한 지식을 바탕으로 하고 있다는 것은 틀림이 없다.[37) 이상이 강희제의 만문서간에 보이는 예수회 선

---

yadalinggū nimembi . tede buki seci wajihabi . erebe majige belherakū oci ojirakū .. ere bithe isinaha manggi . emu udu ajige boli tamsu de tebufi unggi ." 『宮中檔康熙朝奏摺』 第8輯, pp.451~452.

36) 의약 용어로서 주렙(julep)에 관한 정보는 저명한 일본의 약리학자로 일본학사원 회원인 오카다 마사히로(岡田正弘, 저자 岡田英弘의 아버지)가 담당했다.

37) 이번 淸朝史叢書 제1권으로서 《강희제의 편지》 增補改訂版을 간행함에 있어서 학우 渡邊純成 씨로부터 자연과학, 의학에 관한 여러가지 유익한 시사를 받았다. 「룰러버버라랄두」에 대해서 씨의 교시를 그대로 전재한다.
「북경 고궁박물원에는 17세기 서구의 의약품 사용 매뉴얼인 『서양약서(西洋藥書)』라는 만주어 사본이 있다. 말라리아 환자에 대한 기나나무껍질 투여법이 자세히 적혀있는데, 강희제 궁정의 프랑스인 예수회 선교사가 작성한 것으로 추정된다.
『고궁진본총간(故宮珍本叢刊)』(海南出版社, 2000년) 제729책 pp.289~442에 影印이 수록되어 있으나 그 pp.321~322에 룰러버버랄두(žulebeberaldu)라는 약품의 사용법이 해설되어 있다. 그 전문을 번역하면 아래와 같다.
담수진주(淡水眞珠)와 보석류의 신체를 강장하게 한 것을 증류해서 제조했다. 룰러버버랄두라는 시럽약이 약을 모든 종류의 심장병에 사용하는 동시에 한편으론 의식을 완전히 잃고 쓰러져 정기가 허약한 종류의 병에 사용한다. 이 약에는 검은 膽에서 생성된 악성의 정기를 정화하고 우울과 초조증을 쫓아내고 마음을 상쾌하게 하고 기본 체액을 증가시키고 정기를 강장시키고 안을 편안하게 하고 신체를 안정시키는 효능이 있다. 모든 종류의 병에 이 약을 사용한 뒤 대부분의 곳

교사의 영향이다.

에서 심장을 보호하여 독이 있는 기운이 침투하지 못하게 한다. 이어서 여름철
더위에 안이 발열하면 물과 차 종류와 혼합해서 마실 수가 있으나 그와 동시에 신
체가 양호한 사람은 어느 계절에도 여전히 마실 수가 있다. 이 약을 자양분이 있는
신체를 보하는 고깃국 종류의 것이라면 一錢 섞어서 마신다. 물과 차 종류의 것이
라면 이전 이상 오전까지 섞어서 마신다. 뜨거운 것과 차거운 것을 고려하는 것은
아니다.」

5. 강희제와 천문학[38]

청의 강희제는 1697년 4월 21일(강희 36년 윤3월 1일), 원정에 앞서 영하성(지금의 寧夏回族自治區 銀川市)에서 일식을 관측했다. 황제는 이미 전년, 98일간에 걸친 몽골사막횡단 작전을 몸소 지휘해서 북 몽골 중부의 톨강 상류 현재의 울란바타르시 동방 30km 고르히 테렐지 국립공원 입구에 가까운 존 모드의 땅에서 준가르의 영웅 갈단 보속투 한의 군대를 격파했으나, 그 후 알타이 산맥의 동쪽 끝에 잠복해서 티베트로 망명할 기회를 노리고 있던 갈단에 대해 최후의 총공격을 계획하고 이 변경의 마을에 가서 작전 준비를 몸소 지휘하고 있었다.

대북의 국립고궁박물원(國立故宮博物院)이 간행한 『궁중당강희조주접(宮中檔康熙朝奏摺)』 第8輯(pp.793~794)에 수록된, 이때 강희제가 영하에서 북경을 지키는 황태자 앞으로 보낸 편지에는 만주문으로 다음과 같이 쓰고 있다.

"우리가 이곳에 도착한 이래 관측기로 측량하자 북경보다도 북극성이 1도 20분 낮다. 동서의 거리는 2150리이다. 이것을 An Do에게 위탁해서(그의) 방식에 따라 계산을 하니 일식은 9분 46초였다고 한다. 이날(윤3월 1일)은 날이 맑게 개었다. 측량해본즉 9분 30초에 일식이 시작되었다. 정말 캄캄했다. 별이 나온 것은 아니다. 영하에서 본 북경은 정동보다 조금 북쪽이 된다. 3일에 비가 내렸다. 이를 알라고 생각해서 써서 보낸다. 만주의 대신들에게 고하여라"

강희제는 전년의 원정에서도 남북몽골의 경계인 다리강가 지방에서 북

---

38) 初出의 『歷史と地理』 312, 山川出版社, 1981年 8月, pp.31~33.

극성의 고도를 측량하고 북경보다 5도 높기 때문에 1250리 떨어져 있다고 계산했는데 이러한 천문학의 지식은 예수회 선교사로부터 배운 것이다. 그 중 한사람인 부베 신부의 기록에 의하면 강희제가 서양 천문학에 관심을 가진 것은 중국역법에 대해 예수회 선교사 페르비스트가 양광선(楊光先)과의 어전 대결에서 승리했기 때문에 그 이래 강희제는 예수회 선교사들로부터 수학 천문학을 비롯한 서양의 학술을 열심히 배우고 관측기계, 측량기계를 모아서 조작하는데 열중했다고 한다.

그러나 강희제가 영하에서 일식의 계산을 위탁한 An Do가 있으나 이를 安多라고 음역했는데 즉 예수회 선교사 앙뜨완느 또마(Antoine Thomas)이다. 부베는 전하고 있다.

> "강희제는 …… 그 이래 수학연구에 희망을 …… 황제는 다른 일을 하면서 남은 시간을 모두 수학연구에 몰두하고 또 이 연구를 무상의 즐거움이라 할 정도로 2년간이나 계속해서 한마음으로 수학에 정진했다. 부베 신부는 이 2년 동안 주요한 천문기기, 수학기계의 사용법 및 기하학, 정역학(靜力學)과 천문학의 가장 새롭고 가장 쉬운 내용을 설명해 올렸다. 그 때문에 가장 이해하기 쉬운 내용에 관해서 특히 교과서를 편찬한 것이다."(後藤末雄 譯, 『康熙帝傳』)

헌데 페르비스트는 1688년 북경에서 죽은 뒤 그 후 강희제의 궁정에 봉사한 예수회 선교사 네 명이 있었다. 그 한 사람이 앙뜨완느 또마(Antoine Thomas)이다. 네 사람이 강희제에게 강의할 때 사용한 언어는 어떤 자는 한어, 어떤 자는 만주어를 사용하였다. 그러나 수학과 같은 엄밀한 논리에 따른 학문용어로서 한어는 명석하지 않고 습득하기 어려웠다. 그래서 강희제는 제르비용과 부베에게 서양과학을 진강시키기 위해 만주어를 배우게 했다.

일본어, 한국어, 몽골어와 같이 풍부한 어미변화를 가진 만주어는 논리

지향적이었다.

그 당시 앙뜨완느 또마 신부가 한어로 주요한 천문기계의 사용법, 기하학 및 산술의 실습을 설명해 올렸다. 이러한 학과목은 페르비스트 선교사가 이전에 진강(進講)하고 있었던 것이다.

결국 安多 즉 또마는 같은 벨기에인 페르비스트의 후임으로서 강희제에게 봉사한 수학, 천문학의 고문이다. 고도우 스에오[後藤末雄]씨는 『강희제전』의 주에 또마에 대해서 흠천감부감(欽天監 副監; 흠천감의 부책임자)에 임명되어 그리말디 선교사가 부재중에 감정(監正; 흠천감의 책임자)의 직무를 대행했다. 1696년 강희제의 달단지방 행행에 수행하였다고 하였는데 이것은 막북친정을 말하는 것이다.

그것은 어쨌든 강희제의 자필 만주문의 편지에 단 한 곳, 예수회 선교사의 접촉과정에서 나타난 An Do라는 두 단어는 황제가 서양천문학에 경도되어 관측에 열중했다고 하는 선교사들의 보고가 과장된 것은 아니고 새외 원정의 진중에서조차 관측기계와 서양인 고문을 동반했다는 것을 확증하는 것이다.

康熙帝의 沿革

康熙帝(1654~1722, 재위 1661~1722)

청의 4대 황제로 姓; 아이신 기오로(愛新覺羅), 名; 현엽(玄燁), 시호(諡號); 仁皇帝, 묘호(廟號); 聖祖, 연호(年號); 康熙(elhe taifin).
순치제(順治帝)의 제3자이며 어머니는 효혜비 동씨(孝惠妃 佟氏).

1617(청 태조, 天命 2년, 丁巳) : 롭상 갸초(달라이 라마 5세) 탄생.

1635(청 태종, 天聰 9年, 乙亥) : 젭춘담바 1세 탄생.

1637(청 태종, 崇德 2년, 丁丑) : 호쇼트 부의 구시한 청해에 진출하여 할하의 촉트 홍
　　　　　타이지를 죽이고 청해 점령.

1642(청 태종, 숭덕 7년, 壬午) : 구시한과 달라이라마 5세 티베트 전역을 장악.

1643(청 태종, 숭덕 8년, 癸未) : 러시아 아무르 강에 진출.

1644(순치 원년, 甲申) : 명이 이자성(李自成)에게 멸망하고, 청군 이자성을 몰아내고
　　　　　중원 왕조 세움, 준가르의 갈단[G'aldan, 噶爾丹] 탄생(아버지 호트고친
　　　　　바투르 홍타이지).

1648(순치 5년, 戊子) : 준가르의 갈단 엔사 뚤구(溫薩活佛) 3세의 전세로 인정됨.

1650(순치 7년, 庚寅) : 도르곤 사망.

1654(순치 11년, 甲午) : 음력 3월 18일, 양력 5월 현엽(玄燁) 탄생.

1656~1666 : 갈단 티베트에 유학 1662년까지 판첸라마 4세에게 사사, 판첸라마
　　　　　입적후 1666년까지 달라이 라마에게 사사.

1661(강희 1년, 辛丑) : 순치 사망, 강희 여덟 살에 즉위.

1662(강희 원년, 壬寅).

1665 (강희 4년, 乙巳) : 허서리[赫舍里] 씨족의 가불라의 딸(후에 孝誠皇后)과 결혼.

1667(강희 6년, 丁未) : 강희제 14세로 친정시작.

1668(강희 7년, 戊申) : 국고의 잔고 1,500만냥.

1669(강희 9년, 庚戌) : 보정대신 오보이 숙청.

1671(강희 11년, 辛亥) : 갈단 달라이 라마 5세로부터 갈단 보쇽투 한(Galdan Boshoktu Han; 持敎受命王)의 호칭을 수여받음.

1673(강희 13년, 癸丑) : 황태자 윤잉(胤礽) 출생(어머니 허서리 씨 출신 황후) 7.3 오삼계(吳三桂) 撤藩上疏, 12월 21일 復明의 기치를 내세운 ≪討淸檄文≫ 발포.

1673(강희 12년, 癸丑)~1681(강희 20년, 辛酉) : <삼번의 난(三藩의 亂)>, 갈단 전 오이라트 통일, 12.26 오삼계의 平西王 작위박탈.

1674. 4. 13 : 오삼계의 아들 吳應熊 처형.

1674(강희 13년, 甲寅) : 2.27 정남왕 공유덕(定南王 孔有德)의 사위 손연령(孫延齡), 3.15 경정충(耿精忠) 복건(福建)에서 기병, 12.4 섬서제독 왕보신(陝西提督 王輔臣) 반란.

1675(강희 14년, 乙卯) : 황후 허서리(赫舍里)의 아들 윤잉(胤礽) 황태자 책봉.

1676. 2. 21~1681 : 廣東의 尙之信 기병에서 삼번의 난 시작 오세번의 자살로 끝남, 雲南, 貴州, 湖廣, 四川, 廣西, 福建, 陝西, 廣東의 8개 성이 전화에 휘말림.

1677~1684(강희 23년, 丁巳~강희 31년, 壬申) : 근보(靳輔) 등이 황하를 다스림.

1677(강희 16년, 丁巳) : 갈단 청해의 호쇼트 부 정벌. 이후 청에 조공하면서 貢使가 갈수록 증가함.

1678(강희 17년, 戊午) : 오삼계 칭제(국호; 周 연호; 昭武).

1679(강희 18년, 己未) : 박학홍유과(博學鴻儒科) 실시.

1680(강희 19년, 庚申) : 천산남부의 위구르족 사이에 흑산파와 백산파의 대립이 격화한 틈을 타서 갈단이 카슈가르, 하미, 투르판 제압.

1681(강희 20년, 辛酉) : 강희제 갈단의 공사를 200인 이내로 제한 장가구, 귀화성 등에서 무역하면서 위법자는 엄벌함.

1682(강희 21년, 壬戌) : 달라이 라마 5세 사망.

1683(강희 22년, 癸亥) : 대만(臺灣)의 정극상(鄭克塽) 항복.

1685(강희 24년, 甲子) : 3월 알바진(雅克薩 城) 탈환했다가 반환.

1686(강희 25년, 丙寅) : 알바진 재차 공격, 강희제 쿠렌 벨치르에서 할하 몽골간의 분쟁 조정에 실패.

1687(강희 26년, 丁卯) : 9월 갈단 3만 대군을 거느리고 자삭투 한 부를 점령하고 자

삭투 한을 교사하여 투시예투 한 부를 침범함, 투시예투 한은 출병하여 자삭투 한인 사라와 갈단의 동생 도르지 잡을 죽임.

1688(강희 27년, 戊辰) : 갈단 할하 몽골을 공격하여 외몽골을 장악함.

1689(강희 28년, 己巳) : 7월 24일 네르친스크 조약, 준가르의 체왕랍탄(갈단의 조카) 독립하여 갈단과 대립.

1690(강희 29년, 庚午) : 청군 갈단과 9월 烏蘭布通(Ulan Butung) 전투.

1691(강희 30년, 辛未) : 체왕랍탄, 준가르와 동투르키스탄 지배하고 갈단은 알타이 산맥 일대에 고립, 도론 노르 회맹.

1696(강희 36년, 壬申) : 봄에 1차 갈단 친정, 외몽골의 존 모드에서 갈단 격파, 가을 에 2차 갈단 친정, 오르도스에서 대규모 몰이사냥.

1697(강희 37년, 丁丑) : 창양갸초 6대 달라이 라마로 즉위 봄, 여름에 걸쳐 3차 갈단 친정, 영하(寧夏)로 진군, 티베트의 상게갸초 달라이 라마 5세의 입적을 공식적으로 발표함. 초여름 황하의 만곡에 위치한 북서지역에서 갈단 자 살 소식 들음.

1703(강희 43년, 甲申) : 열하(熱河)의 승덕(承德)에 피서산장(避暑山莊) 건립, 권신 송 고투 賜死.

1706(강희 45년, 丙戌) : 6대 달라이 라마 창양갸초 죽음.

1708(강희 47년, 戊子) : 황태자 윤잉 1차 폐위.

1709(강희 48년, 己丑) : 윤잉 황태자로 복위.

1710(강희 49년, 庚寅) : 국고 5,000만냥.

1711(강희 50년, 辛卯) : 대명세(戴名世)의 《南山集》에서 文字獄 발생, 人頭稅 盛世 滋生人丁 실시.

1712(강희 51년, 壬辰) : 황태자 윤잉 2차 폐위, 투리선[圖理琛] 등을 남러시아 볼가 강 일대로 이주한 토르구트 몽골에 파견함.

1716(강희 55년, 丙申) : 강희자전(康熙字典) 완성.

1717(강희 56년, 丁酉) : 고별상유(告別上諭) 내림, 준가르의 체왕랍탄의 티베트 점령 하고 호쇼트의 라장 한을 살해함.

1718(강희 57년, 戊戌) : 강희제의 열넷째 아들 윤제(胤禵)를 무원대장군(撫遠大將軍) 에 임명 청해로 진격.

1720(강희 59년, 庚子) : 청군 준가르 격파.

1721(강희 60년, 辛丑) : 겔장 갸초 7대 달라이 라마로 즉위.

1722(강희 61년, 壬寅) : 국고의 잔고 700만냥, 5월 14일 천수연(千叟宴) 베품, 12월
20일 붕어함. 1684, 1689, 1699, 1703, 1707, 1712년; 강희제 여섯 차례
의 南方巡幸.

1725(雍正 3년, 乙巳) : 윤잉 사망.

강희제의 편지에 인용된
만문주접 전사

고비사막을 넘어서-제1차 親征-

〈혹독한 진군과 낙관적인 편지〉

(1) 만문주접 권 16, p.52,

한역 권 153, p.69, 강희 35년 3월 초 5일

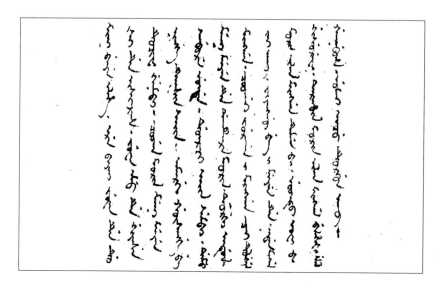

(p.52)

mini beye elhe . ere biyai juwan de du ši de isinjiha . juwan emu de giyase tucifi

genembi .. cooga morin meni meyen ningge teksin sain .. amargi gūsangge be sabure

unde .. donjici sain sembi . damu meni meyen de dahalara morin . dorgi adun

minggan . coogai jurgan i minggan ci tulgiyen jai akū . fiyanggū be i meyen de nadan

minggan morin ilan minggan temen bi . uttu ofi bi gisurefi . tarhūn morin ilan

minggan belheki seme ganabuha . umai encu turgun akū .

(2) 만문주접 권 8, p.54,

한역 권 15, p.69, 강희 35년 3월 11일

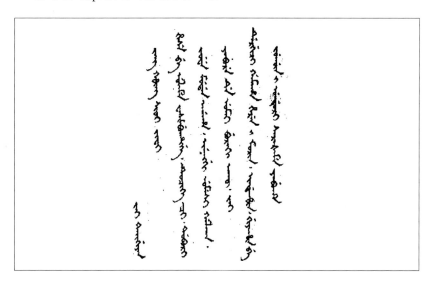

(p.54) 9번째 줄

jai taigiyan jang hūng sioi jifi hese be ulame wasimbuhangge . tucike ci . dobori juwe
mudan agaha . inenggi umesi galaka . yabure de umai buraki akū . jai dergici gamaha
heren i morin . indahūn . giyahūn be jugūn i unduri sarašame yabuha .

(3) 만문주접 권18, p.55

한역 권154, pp.69~70, 강희 35년 3월 11일

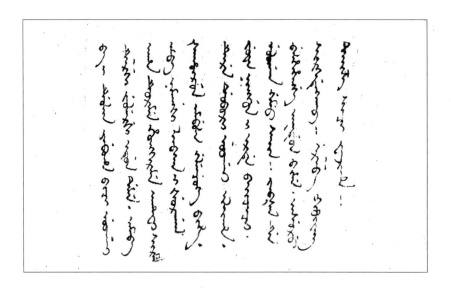

(p.55)

ere mudan de tucikei . gūnin de acabume urui sain i yabure jakade . alimbaharakū urgunjeme . beye cira gemu sain . geli ba sain muke sain bime baita akū ojoro jakade umesi sula . damu jalbarime abkai gosime acabure be hing seme erembi .. ere bithe be juwan duin de araha . tofohon i erde jurafi

(p.56)

ba i dulin yabuha bici utgai dergi julergi edun dame . amba aha turame hungkerame ahafi sirame amba nimanggi labsan i šurgaka . šahūrun ambula gelecuke bihe . tere dobori utgai iliha . juwan ninggun i erde baicaci . ulga gemu sain .. jabšan de belhehengge akdun bime . asuru sirkedekekū .. erebe hūwang taidz saci wajiha ..

(4) 만문주접 권 22, p.76,
　　한역 권 157, p.72, 강희 35년 3월 21일 到

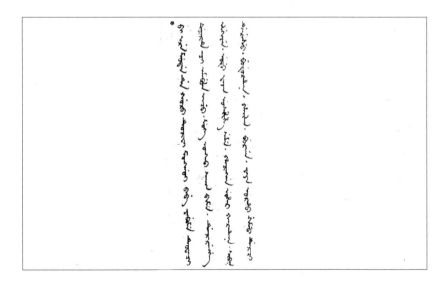

(p.76)

bi ere mudan de goro tucifi monggoi babe yabume tuwaci donjiha ci ambula encu .

muke ongko sain bime . dejirengge elgiyen . udu fajan usihihe seme . hacingga uheri

karahana . sibak deresu . budurhana . hailan . burgan . yaya orho gemu dejici

(5) 만문주접 권 22, pp.76~77,

한역 권157, pp.72~73. 강희 35년 3월 21일 到

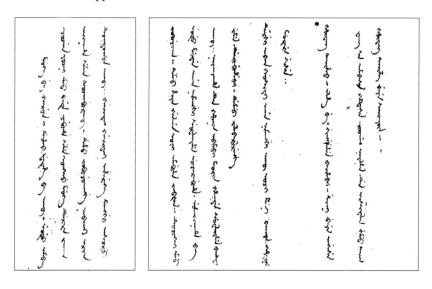

(p.76)

muke be karun i dolo . fetehe ba akū . udu amba cooga yooni emu bade yabuha seme

ongko muke dejire jaka ainaha seme tookaburakū .. damu jobocukangge abkai erin

toktohon akū .. gaitai gaitai ehereke manggi asuru

(p.77)

jobocuka .. damu hiya galga oci ambula jabšan .. tucikei emu udu mudan aga

nimanggi suwaliyame ucarabuha . umainaha ba akū .. niyancaha te honin ebimbi morin hakda suwaliyame bahafi jeme deribuhebi .. damu jalbarirengge dergi abka gosifi aga nimanngi akū oci meni baita hūdun mutere gese ..

hūwang taiheo i elhe be gingguleme baimbi .. mini beye agese wang sa ambasa hafasa coogai niyalma de isitala gemu sain hūwang taidz beye saiyūn ..

(6) 만문주접 권 24, pp.81~82,
　한역 권 157, p.72, 강희 35년 3월 21일

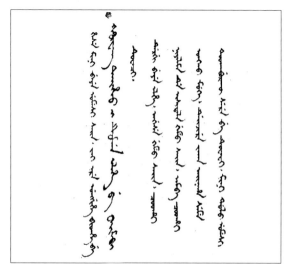

(p.81)

hese mini beye umesi sain . jai ere unggihe bithe be tuwaci

⅋ *hūwang taiheo i tumen elhe be baimbi* dergi beye elhe . agese gemu sain . coohai niyalma de isitala gemu sain . amba coohai ongko muke . deijire jaka ainaha seme tookaburakū sere be tuwafi . mini dolo umesi

(p.82)

urgunjembi . dergi sain be fonji . agesei sain be inu fonji sehe ..

(7) 만문주접 권 20, pp.74-75,

　　한역 권 156, p.72, 강희 35년 3월 11일 奏

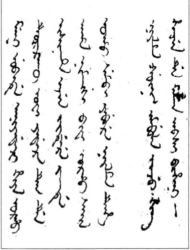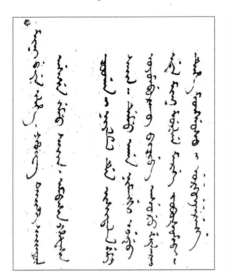

(p.74)

mini beye elhe . hūwang taidz saiyūn agese gemu sain . ambasa hafasa

cooga i niyalma de isitala gemu sain .. damu aga nimanggi udu oyomburakū bicibe

asuru giyalarakū ede mini mujilen majige jobošombi .. tehe monggoso i urgunjerengge

(p.75)

meni ubade aniyadari hiya orho tucirakū ofi yadara ten de isinaha ejen jidere jakade

aha nimanggi bifi orho sain oho sembi yabure niyalma tehe

niyalma gūnin ambula encu . ging hecen de maka absi biheni ..

(8) 만문주접 권 20, p.75,

한역 권 156, p.72, 강희 35년 3월 11일

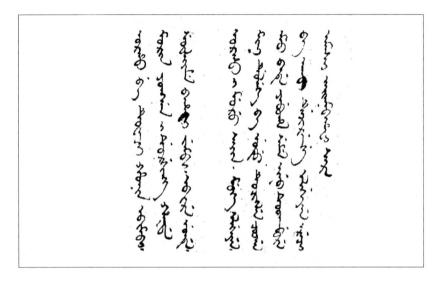

(p.75)

orho be tuwaci honin ebimbi . morin yonggan i dorgingge hakda suwaliyame bahafi
jembi . ebire unde .

orho i muru sain . muke elgiyen . mini duleke ba udu tucikele cooga emu bade
yabuha seme inu tookabure ba akū dejirengge elgiyen . ereci amasi ainambahafi sara

(9) 만문주접 권 25, pp.85~86,

한역 권 159, p.73, 강희 35년 3월 11일

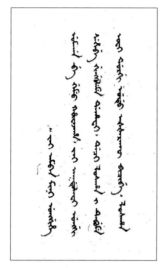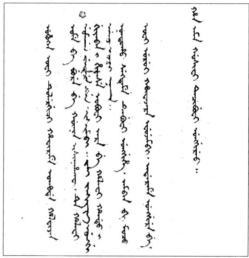

(p.85)

jai amban mini unggihe umgan be gemu hūwajaha . jai akdulafi unggi sehebe
gingguleme dahafi . daci loshan i tebume ofi dorgi udu aššarakū bicibe . loshan

(p.86)

uhuken ofi tulergici hafirame ohode halfiyan ome ba bure be gūnin isinahakū . te
halafi

♣ *umgan jetere de isimbi .. jai jasiyafi unggi akū oci naka* . giyaban i hiyase obufi ara
be halafi handu i nontoho sekteme tebufi unggihe . amban bi moco ofi urui hūwajara
efujembi . adarame unggire be .

han ama gosifi tacibufi unggireo ..

(10) 만문주접 권 28, pp.101~104,

한역 권 162, p.76, 강희 35년 4월 11일 到

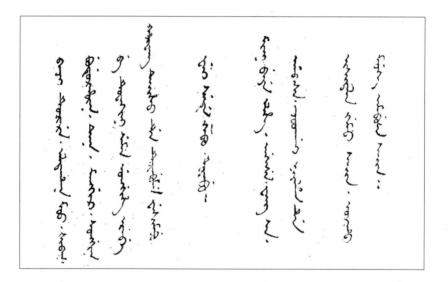

(p.101)

hese hūwang taidz de wasimbuha . bi karun de isitala tuwaci . orho ulgiyen i ambula

sain .. duin biyai ice ci morin ebime

deribuhe . honin aitume hamika . muke elgiyen ofi ilan gūsa kamcifi yabumbi .. udu
jakūn gūsa emu bade bihe seme tookabure

ba akū .. dejirengge elgiyen .. neneme donjiha ci ambula encu . ilan biyai dorgide aga
nimanggi labdukan ofi gūnin de acabuha

(p.102)
akū semeališaha bihe te sulakan oho .. moltosi ba tucike tuwa i ahūra i ujen cooga be
aliyame labdu indehe .. isinara inenggi be doihon de toktobuci ojirakū ice nadan de
g'aldan de takūraha

juwe meyen i elcin gemu isinjiha . g'aldan tula de bi . ilan biyai juwan nadan de esebe
yafagan amasi unggihe . wesimbure bithe ..

(p.103)
muru nenehe adali sain gisun .. ulga umesi turga . niyalma i jeterengge hibcan sembi ..
meni uju i karun be akūmbume

jorifi jurambuha .. tula i ba karun ci murušeci juwan jakūn dedun bi .. orin de
jurambuha ilan minggan morin gemu sain i isinjiha . tarhūn sain . damu coogai jurgan
i morin sindabumbi ..

(p.104)
baci tucire . altahana moo . šibak . budurhūna . tana . manggir . songgina be tuwakini
seme unggihe erebe hūwang taiheo de tuwabume wesimbu

fei sede gebu tuwabu ..

mini beye elhe . agese . wang sa . ambasa . coogai niyalma de isitala gemu sain . orho
muke ambula sain ..

(11) 만문주접 권 29, pp.119~120,
    한역 권 162, p.76, 강희 35년 3월 11일

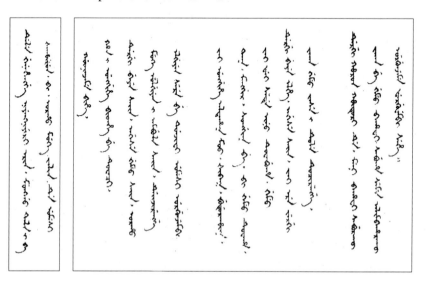

(p.119 14번 줄)

dele genehengge niyengniyeri erin . monggo tala i ba šahūrun . bi . orho muke jalin de
umesi

(p.120)

gūninjame bihe . han i unggihe bithe be tuwaci . dergi beye sain . agese gemu sain .
orho muke ulgiyen i ambula sain . deijirengge elgiyen sere be donjifi umesi urgunjembi .

jai unggihe altahana moo . šibak . budurhūna . tana . manggir . songgina be . bi gemu
tuwaha . jai fei sede inu tuwabuha . gemu dergi beye elhe . agese sain . jai ere jergi jaka

gemu jase i tule tucirengge .

dergi horon hūturi de . meni bahafi saburakū jaka be gemu bahafi sabuha seme
alimbaharakū urgunjeme ferguwembi sehe ..

〈국경을 넘어 외몽골로〉

(12) 만문주접 권 33, pp.129~136,
   한역 권 164, p.78, 강희 35년 4월 16일

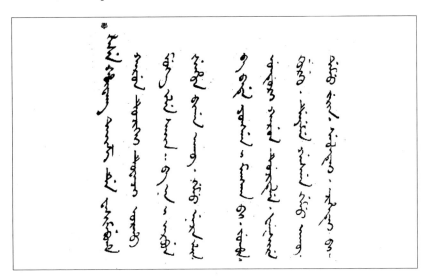

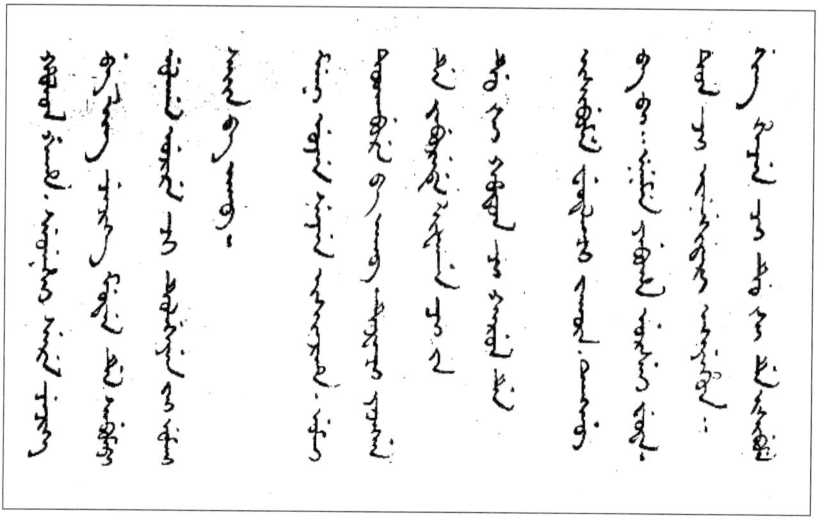

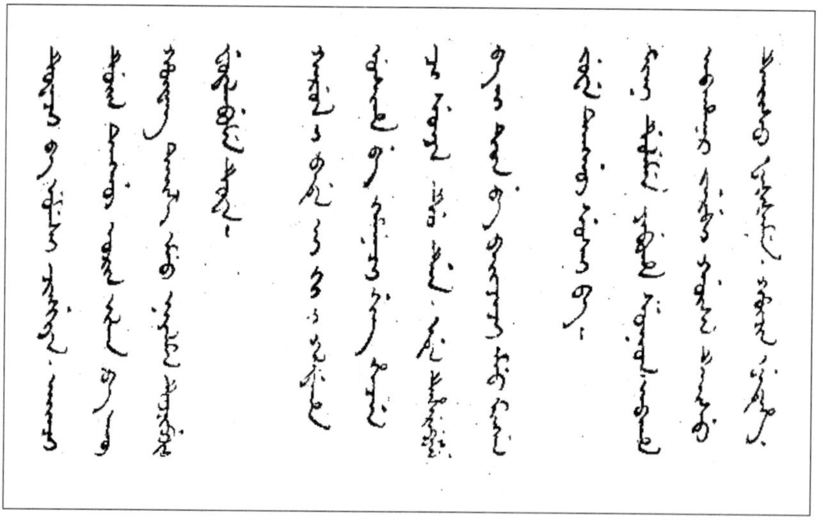

《강희제의 편지》에 인용된 만문주접 전사 351

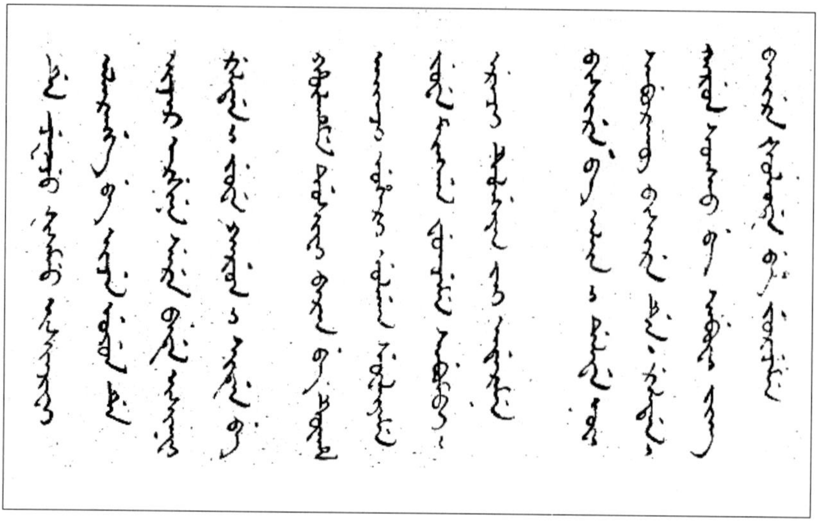

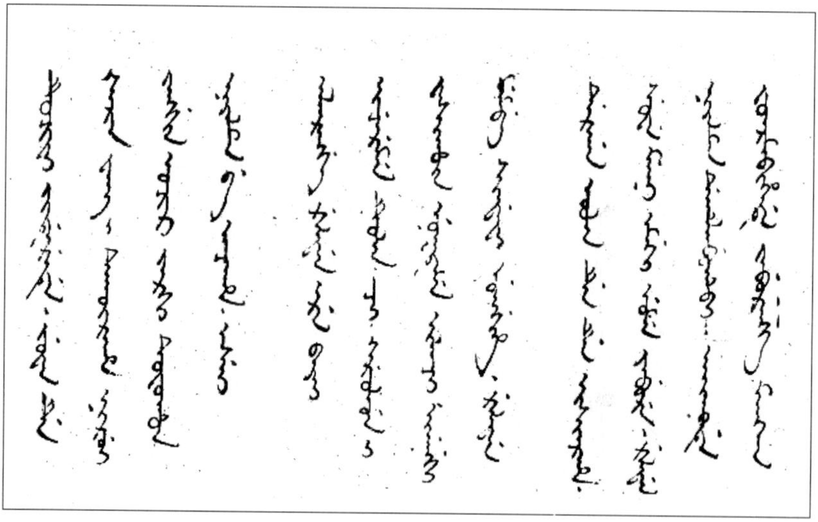

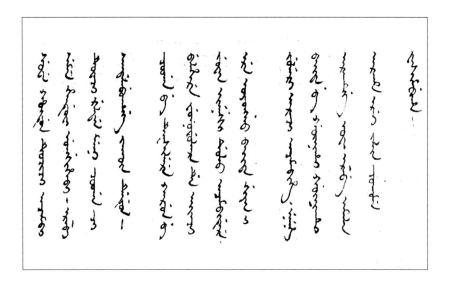

(p.129)

🔆 hese hūwang taidz de wasimbuha karun tucikei tuwaci orho muke ele sain .. ba na
i arbun šehun bigan akū . gemu necin alin .

ba bade yonggan i mangkan bi . juhūn i unduri karun tucitele . feksire gurgu . deyeme
gasga gemu akū . damu jerin . seoltei . cihetei bi ..

(p.130)

holon gaha . seonehei sere cecike be ling cecike mudan de sabumbi ulga ujire ci
tulgiyen jai umai sain ba akū ..

meni ujen sejen isinjiha . umai tookabure ba akū . tuwaci yonggan de yaburede lifagan
ci ja du ši hoton ci karun de

isibume futalaci jakūn tanggū ba bi .. neneme yabuha ursei futa i ton ci inenggidari ekiyehun .. ging hecen ci du ši de isibume

(p.131)
tuwaci ba umesi cinggiya . ainci duin tanggū orin ilan ba akū hūwang taidz emu niyalma tucibufi futalabume tuwa ..

karun i bade i ki i hadaha usiha be kemneci . ging hecen ci sunja du den . ede teherebure ba i ton be baicaci emu minggan

juwe tanggū susai ba .. mini duleme yabuha sunit . abaha abahanar jergi gūsa teisu teisu faššame . hūcin fetehe .

(p.132)
juhūn dasaha . kiyoo caha . wehe jailabuhangge . dorgi baci lakcafi fulu . umesi ginggun i ten de isinahabi .. yargiyan i saisacuka ..

ulgiyen i amasi ulgiyen i šahūrun karun tucifi tuwaci . fe juhe fe nimanggi kemuni majige bi .. erde salu gecere inenggi inu

bi .. orho muturede umai tookabure ba akū .. ere inu emu aldungga ba tuttu bicibe monggoso ere aniya be ambula halhūn seme

(p.133)
hendumbi .. mini meyen i cooha karun de hanci ome . bayarai jalan janggin cekcu . gabsihiyan i hiya kisamu

bunsuk beise i hiya mujahar abahanar bujoo beile i gajarci sonom . cahar i bayara bošoko ilan . monggo jurgan i bošoko

emke . esede adun i sain morin ilata yalubufi kerulun i ergide songko faita seme unggihe bihe . duin biyai juwan juwe

(p.134)
de cekcu kisamu isinjifi alarangge be ice uyun de ijar ergine sere bade isinafi g'aldan i juwe karun i siden be

hūlhame dosifi baran be tuwaha ainci uheri ulga suwaliyame juwe minggan funceme sabumbi .. ereci tulgiyen jai adarame

bisire be alin i dalda ofi saburakū bisire de . g'aldan i karun songko be sabufi jing baire šolode be jurceme

(p.135)
tucifi jiderede . juwan de šajin wang i takūraha nirui janggin ocir jergi tofohon niyalma be acaha . esei

alarangge g'aldan ere biyai icereme tula ci kerulun i wasihūn nukteme ilaci inenggi membe sindafi unggihe . g'aldan

dargan oola de isinjiha . suwe meni emgi ume yabure . g'aldan niyalma dahalabuhabi .. aikabade fonjimbihede jaburengge mangga

(p.136)
suwe hūdun tucici acambi seme hendufi unggihebi . erebe tuwaci g'aldan meni cooga

ci sandalabuhangge jakūn dedun ..

cooga be teksilere karun be belhere funufulara de ainci juwan inenggi dolo acambidere
ere oyonggo baita giyan i

juleri araci acambihe . nenehe baita be gūnihai gūnihai arahangge ofi erebe amala
araha erei jalin cohome wasimbuha ..

(13) 만문주접 권 29, pp.121~122,
    한역 권 162, p.77, 강희 35년 4월 11일

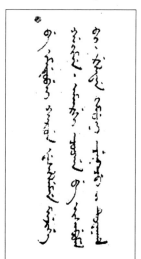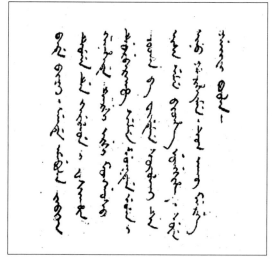

(p.121)

⚹ be emdubei karun fesheleme mejige gaime . amargi cooga be isabume bi . g'aldan
kemuni cekcu i tuwanaha

(p.122)

bade bici . mende ambula jabšan . tumen de kerulun i wasihūn genehede dergi ergi
monggoso durberahuū seme mukden ula i cooha be fideme sūuolaci de isa seme bithe
unggihe . suwe inu hacihiyame . ton akū mejige gaifi boola ..

⟨정찰대 적병과 조우하다⟩

(14) 만문주접 권 35, pp.141~143,
    한역 권 166, p.79, 강희 35년 4월 25일

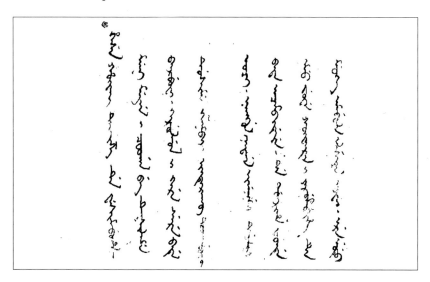

(p.141)

卍 hese hūwang taidz de wasimbuha .. meni meyen i cooga be teksilame banjibufi .
kerulun i kere sere bade dosime genembi . inderakū tookaburakū

oci . ninggun nadan inenggi dolo bata acambidere . da donjiha fonde emu juwe
kūwaran i yarumbihe te muke ambula elgiyen ofi . ere udu

(p.142)
inenggi sidende banjibuhangge . ujude gabsihiyan . jakūn gūsai tuwa i ahūra . juwe ba
i niowanggiyan tu cahar i cooga ere emu meyen jakade

mini amba kūwaran . kubuhe suwayan gulu suwayan . gulu šanggiyan . ere duin
kūwaran emu meyen . ilacide gulu fulgiyan . kubuhe šanggiyan kubuhe

fulgiyan . gulu lamun . kubuhe lamun . ere sunja gūsa emu meyen . ujude yabure
gabsihiyan kubuhe lamun i dube tanggū ba i šurdeme bi

(p.143)
duin biyai juwan nadan de . jakūn gūsa niowanggiyan tu tuwai ahūra be gemu acaha ..
tuwaci coogai fiyan teksin . morin i yali sain

herulun de isinara onggolo inenggi . uhei acafi dosimbi .. damu ere sidende safi burlaci
inu mende horibume wajiha gese .

damu herulun be wasime genehede ainci inenggi majige baibumbi erei jalin sakini
seme ildun de jasiha . erei jalin cohome wasimbuha

(15) 만문주접 권 35, pp.144~150,

　　한역 권 166, p.79, 강희 35년 4월 25일

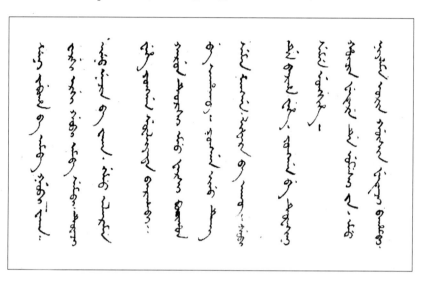

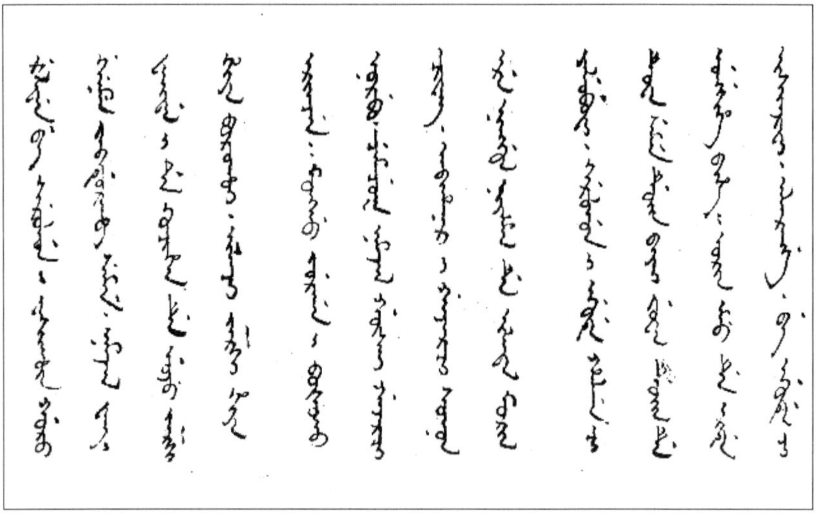

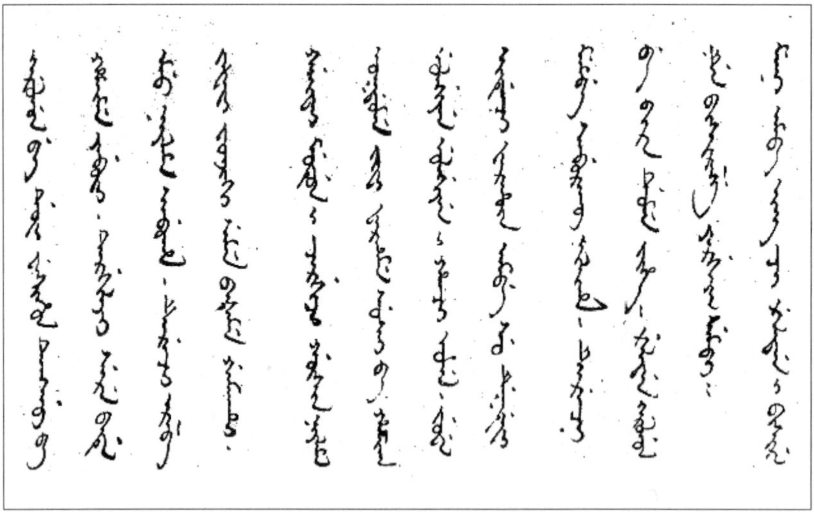

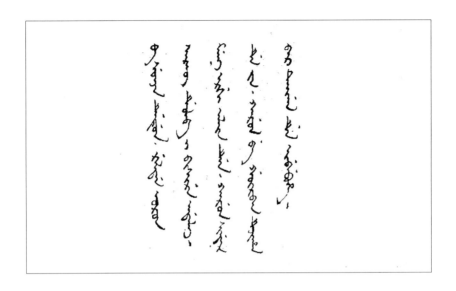

(p.144)

meni yabuha ba amba gobi waka .. wargi ergi gobi amba sembi . tuwaci inu necin ba
waka . gemu alarame

wehe yonggan suwaliyata banjihabi .. karun tucikei emu farsi boihon be sahakū ..
yonggan inu teng seme mangga . lifara ba akū .. gobi

de banjiha wehe . yonggan be tuwakini seme unggihe .. hūcin fetere de umesi ja . emu
niyalma orin gūsin feteci bahambi .

(p.145)

kūwaran i urse omo i muke be ganarade goro seme gemu maikan i jakade fetembi ..
fetere ba be takara de umesi getuken . šanda serengge

na nuhaliyan bime majige usihin juwe ci isirakū utgai muke .. bahambi .. sair serengge alin ci fasika yohoron emu c'y funceme muke bahambi ..

* *buridu serengge ukada bisire ba muke sain ningge komso*
k'oibur serengge na i dorgici muke eyembi . galai feteci utgai bahambi . cihetei inu
wahan i matašafi omimbi

(p.146)
ba na i muru emu majige sain ba akū . na de ilifi gabtaci ojoro ba inu komso . gemu
buya wehe . be udu feksihekū niyamniyahakū

bicibe tuwarade umesi ehe . orho oci inu fuldun fuldun i banjihabi morin i bethe tara
mangga .. tere dade . ohotono . kicooli jergi

fetehe sangga . musei hinggan i ninggu i muktun i sanggaci geli šumin ambula icakū ..
orho i gebu umesi labdu

(p.147)
erei dolo yurhu sere orho duin hacin i ulga de gemu sain ujui orho sembi . dorgi
monggoso takarakū .. jai suli

sere orho muterengge den ere juwe hacin be inu tuwakini seme unggihe .. ere mudan
de yabure inenggi be

tuwai ahūra ing de ambula tookabuha .. te bicibe aliyagiyame yabumbi inenggi teisu
sain ..

(p.148)

g'aldan be kerulun i wasihūn goro geneme jabdurahū seme . namjal wang i faidan i da kucihen de uju jergi hiya borohoi . ilaci jergi hiya

erincen .. monggo jurgan i bošoko norbu . cemcuk namjal gūsai gajarci ciwang . abahanar i gajarci sonon ere ninggun niyalma de ilata morin

yalubufi . kerulun i egude halga ci tuwa seme duin biyai juwan duin de unggihe bihe .. orin emu de erde isinjifi . alarangge . be egude ci

(p.149)

kerulun be dofi wesihun tanggū ba hamime yabufi . targilji sere bade emu niyalma sabuha . tereci erebe jafafi fonjiki seme bašame gamahai .

gaitai mudun i cargici gūsin niyalma okdome jifi farhame susai ba hamika ulgiyen ulgiyen i hanci ome . juwe sidenci farhūn amba su dekdefi

membe saburakū iliha .. tereci be bira dome jihe .. g'aldan kerulun de bisirengge yargiyan sembi .. meni amba ing ci g'aldan i bisire

(p.150)

ba sunja dedun . g'aldan oron sarkū dulba i bisire adali . meni ergi alin den . karun siden de ja . karun be gurban turhan bar taiga de ibebuhe .

〈中路軍 적지에 고립되다〉

(16) 만문주접 권 34, pp.137~141,
　　　한역 권 165, pp.78~79, 강희 34년 4월 23일

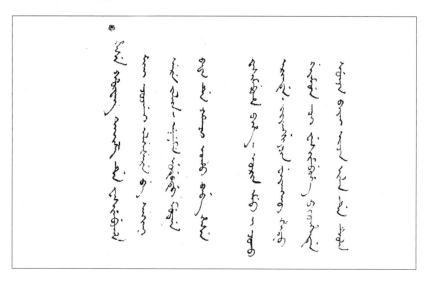

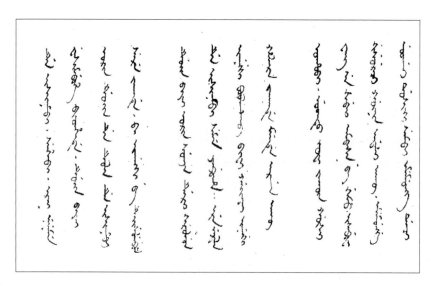

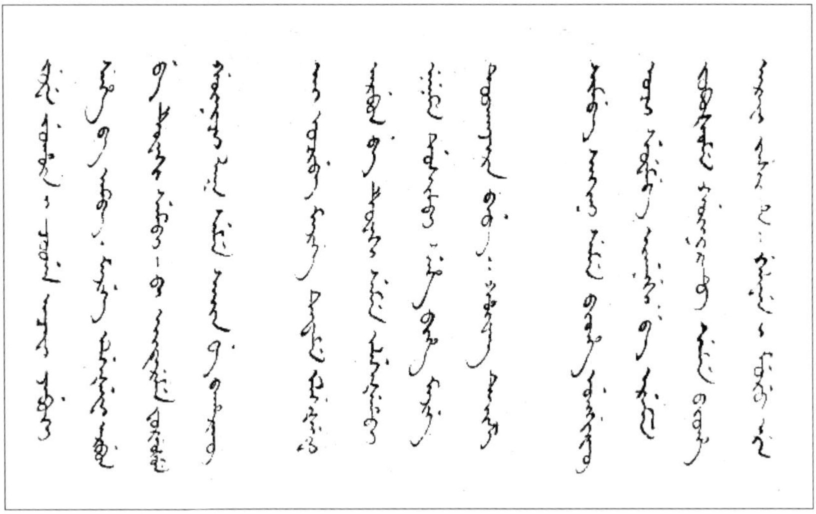

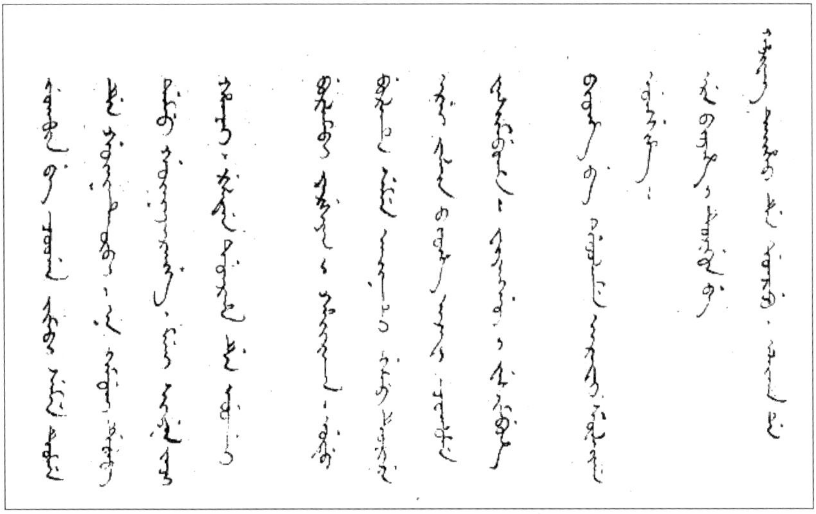

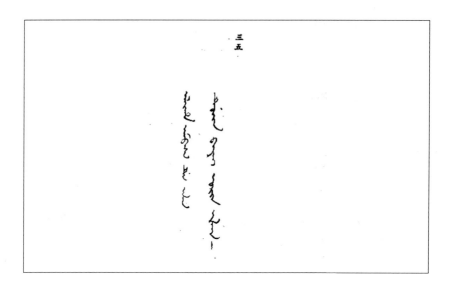

(p.137)

☫ hese hūwang taidz de wasimbuha mini coogai elgešere be sakini sere jalin .. neneme ududu mudan bata de hanci oho babe hese

wasimbuha bihe .. orin emu i coko erinde . jiyanggiyūn fiyanggū hetu giyamun ci wesimbuhe bithede sunja biyai ice ilan de tula

(p.138)

de isinambi . sehebi . ini neneme wesimbuhe bithede . duin biyai orin duin de tula de isinahabi sere jakade . bi inenggi be teisulebume

duin biyai orin sunja deri kerulun de isinambi seme yabuha .. ere utala inenggi boolahakū bifi gaitai inenggi halara jakade mende arga akū

ohobi . uttu ofi jakūn gūsai wang se hebei ambasa be gemu isabufi gisureci gūnin adali akū . ememungge utgai dosiki sembi ememungge daci

(p.139)

juwe juhūn i cooga acafi yabuki sehe ba amba . majige elgešefi arbun be tuwaki sembi ..
bi eitereme forhošome gūnici lak seme sain be baharakū

ai ocibe majige tatame elgešefi arbun be tuwaki seme elgešehabi . neneme dosimbi
sehe bihe majige tookanjara babe .. hūwang taidz

simbe sakini seme bithe unggirakū oci suwembe inenggi be ereme jobošome gūnirahū
seme bithe arafi jasiha .. g'aldan i muru ere

(p.140)

juhūn be cooga jimbi seme tumen de gūnihakūbi . ne kemuni dulba damu
gūninjarangge . meni siden jaci hanci . g'aldan donjiha de utgai

burlambi yargiyan i hairaka . udu burlaha seme ainahai gemu tucire erei jalin bithe
arafi coohome wasimbume .. fiyanggū i wesimbuhe

bithe be doolame arafi suwaliyame unggihe .. ere bithe i turgun be hūwang taiheo de
donjibu . aliha da

(p.141)

aliha ambasa de ala duin biyai orin ilan ..

〈마지막 전진기지로〉

(17) 만문주접 권 37, pp.167~168,
    한역 권 168, p.81, 강희 35년 5월 초1일

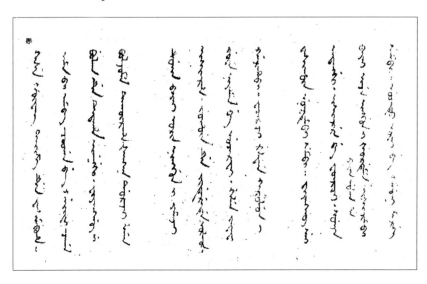

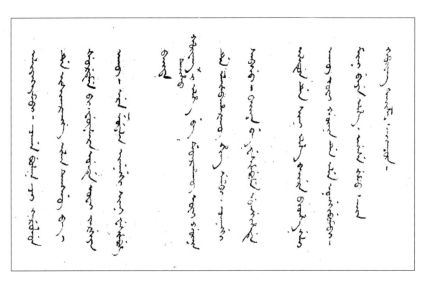

(p.167)

hese hūwang taidz de wasimbuha .. ama bi amba cooga be gaifi cagan bulak de tataha
inenggi . fiyanggū i boljome takūraha .. šangnan dorji lama

duin biyai orin ninggun i yamji isinjiha . juhūn de jiderede de ūlaūn juwe niyalma be
ucarafi . helen jafafi gajihabi .. fonjici g'aldan kerulun i

wasihūn nuktembi sembi .. fiyanggū sei atanggi . isinjire be fonjici . sunja biyai ice
ningun i šurdeme *bayan ulan de* isinjimbi sembi .. uttu ofi be kemuni majige

(p.168)

aliyakiyambi .. cagan bulak ci kerulun de isinarangge ilan tanggū ba i šurdeme bi .
futalara unde ofi yargiyan akū .. ere utala inenggi sini wesimbuhe

baita . hūwang * taiheo i elhe be donjihakū ofi gūnin de alimbaharakū hing sembi .
cananggi sabsu i baita be wesimbume unggihede

ildun de sini elhe baire bithe geli akū ofi gūnin de ele noggibumbi .. mini beye elhe .
agese gemu sain hūwang taidz saiyūn ..

(18) 만문주접 권 42, pp.185~192,

한역 권 171, pp.83~84, 강희 35년 5월 초10일

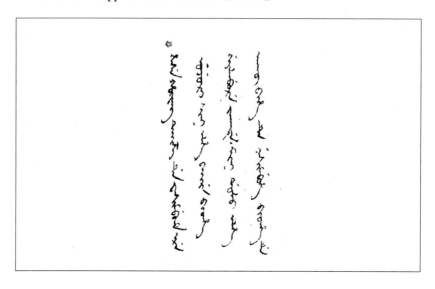

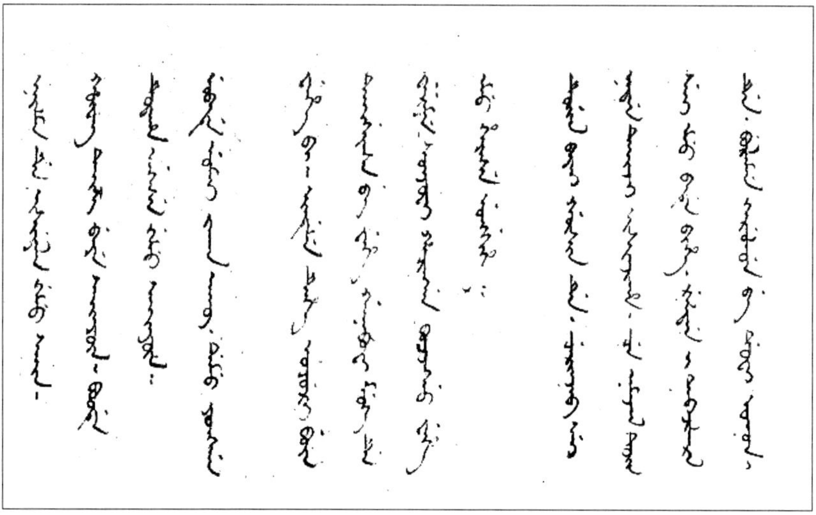

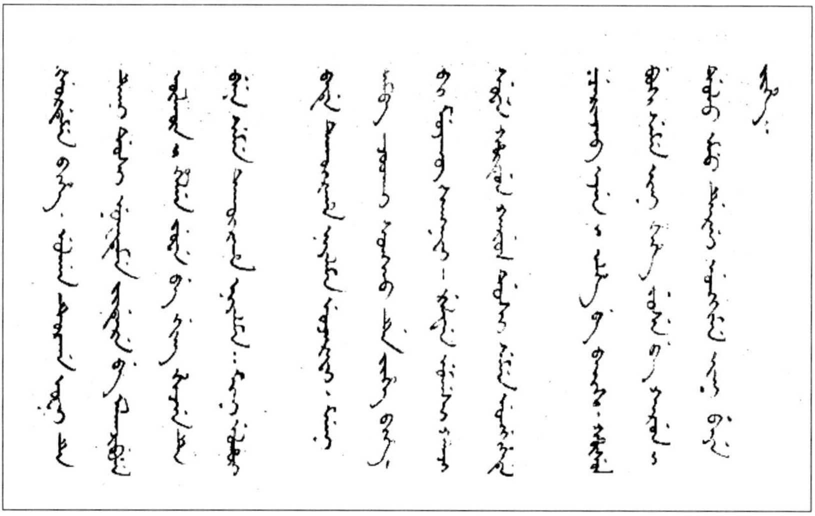

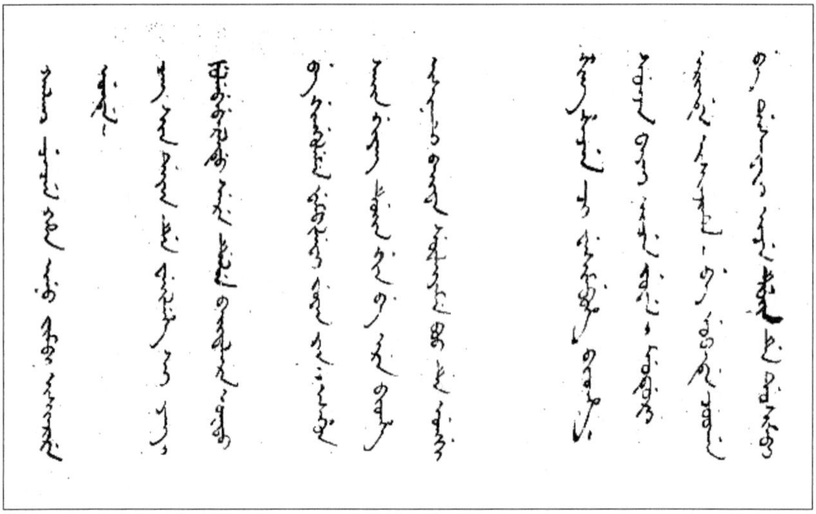

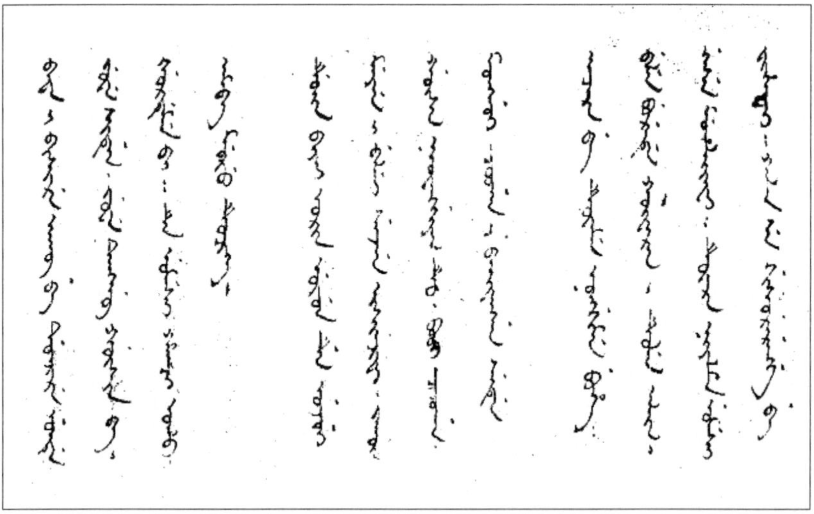

(p.185)

♣ hese hūwang taidz de wasimbuha ere ucuri sini elhe baire bithe giyalabure jakade mini dolo elhe akū bihe . te wesimbuhe bithe de

(p.186)

hūwang taiheo i elhe be bahafi harhašara jakade alimbaharakū urgunjehe .. ere ucuri fiyanggū i cooga be aliyame dere jakade morisa majige aituhabi

ba na muke orho gemu neneme boolaha ci encu akū .. bata be sererahū seme meni karun be feshelehe akū . gocikai bi .. ere sidende terei donjiha akū

be sarkū .. mini beye elhe .. damu inenggi dobori akū joborongge yargiyan i nimecuke .. agese . wang se . ambasa hafasa . coogai

(p.187)

niyalma de isitala gemu sain .. hūwang taidz beye saiyūn .. boode tutaha agese gemu saiyūn .. ubade umai jaka akū . damu yonggan

wehe bi .. indeme tehe ucuri buya taigiyasa be wehe ganabufi muke de wereme sonjofi hacingga boconggo wehe emu hiyase unggihe ..

duin biyai gūsin de . cerinjab sei nadan taiji isinjiha . ce namjal toin sei emu bade bihe . g'aldan i tabcilara de . burlame kerulun be dofi onon i

(p.188)

šurdeme bihe . ulga turga ofi te teni dosi nukteme jidere be alanjibume ūlaūn i helen juwe be ging hecen de bene seme takūraha niyalma .. mini ulhūi

bade takūraha niyalma ucarafi . meni amba coogai songko de jihe bihe . bi mujakū šangnafi .. g'aldan umesi hanci suwe hūdun karun dosi seme unggihede

cerinjab ejen i elhe be baiki . hūsun buki seme ini hehe juse be karun i dolo emu derei unggime ini beye jihe .

(p.189)

kalkai cecen han inu jimbi isinjire unde .. yang sin diyan de weilehe si yang i žulebeberaldu sere dele baitalara okto

be gingguleme fempilefi juwan yan eshun sain giyang duin gin be ere bithe isinahai baita suwaliyame boo de unggi ging hecen ci wesimbuhe bithe .. sunja biyai ice juwe i muduri erinde isinjiha .. be ubade cooga be dasafi ice duin de dosimbi

(p.190)
bata i bisire akū be donjire unde juwe siden . juwe tanggū gūsin ba i šurdeme bi .. te umesi hanci oho amba muru tucike ..

duin biyai orin uyun de ujui meyen i belei sejen isinjifi . jakūn gūsa niowanggiyan tu . booi cooga monggoi cooga .. baitangga sede

acara be tuwame unggime buhe .. bele burede kūwaran i tule alin i gese muhaliyafi .. tuwara niyalma umesi fihefi .. kalka se gisurerengge be

(p.191)
manju be ere durun i ainaha seme isinjirakū sehe bihe .. te tuwaci bokdo ejen abide geneci . be ging be suwaliyame gaifi nuktembi yargiyan

gelecuke seme angga dasifi ferguweme gisurembi .. hafan coogai sukdun gūnin boode bihe adali . faššara arbun be gemu

tucibume muterakū .. mini gūnin mujilen . boode bihe gese akū .. baita umesi amba .. damu yooni obure be gūnime jabšan baici ojirakū ofi

(p.192)
gūnin mujilen be jobobume .. abka de jalbarime yabumbi ..

〈전투대형으로 최후의 전진〉

(19) 만문주접 권 48, pp.227~230,

한역 권 177, p.87, 강희 35년 5월 18일到

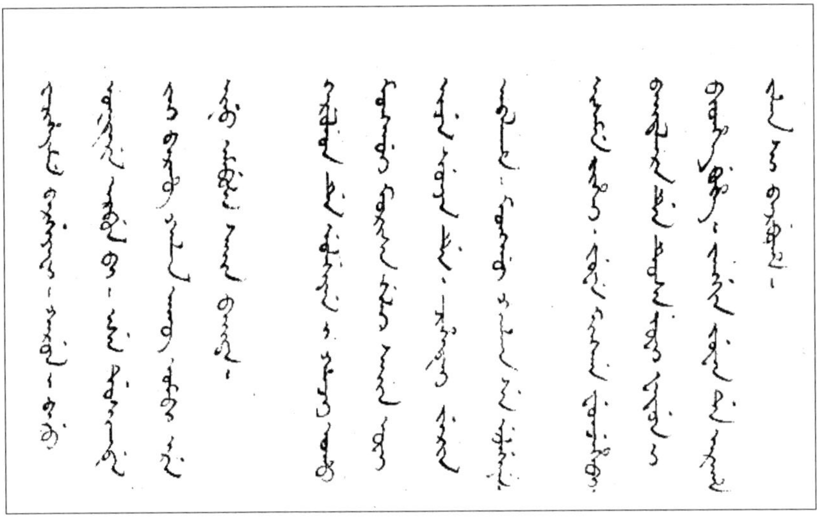

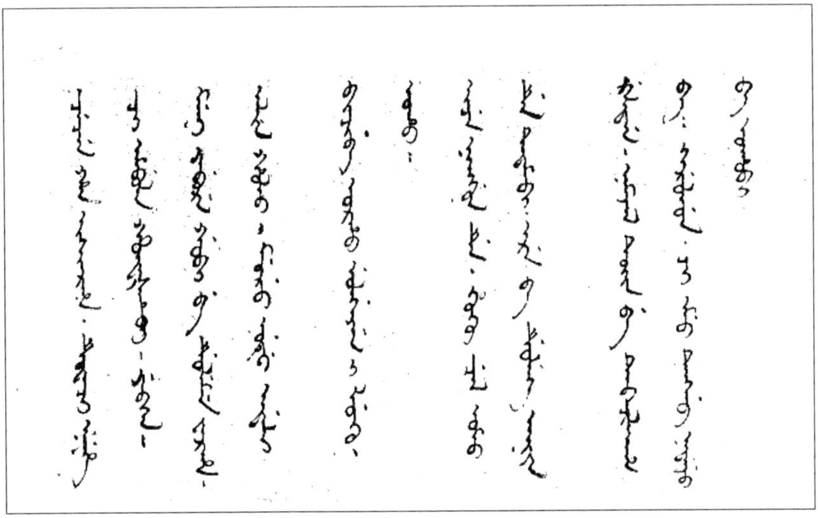

(p.227)

♗ hese hūwang taidz de wasimbuha . meni meyen i cooga ice duin de dosimbihe .
agame ofi ice sunja de dosika .. coogai morisa aituhabi

da ging hecen de buhe morisa yooni bisirengge . inu bi duite . ilata juwete bisirengge
inu bi . amba muru teksin .

(p.228)

ere mudande . kalka . dorgi jasak i monggoso de ambula tusa baha . karun juce ..
emteli takūrara bade gemu ese be baitalaha .. emke emken i

araci largin .. boode isinaha manggi jai alaki mini takūraha lubdzang erdeni taiji
isinjiha .. terei alarangge . onon i

wasihūn . tabunanggūn minggan jebele . hulun bur i tulhima bade cibcinūn udu
tanggū boihon .. esebe ainci ariya jasak . arslan wei jaisang se

(p.229)

wacihiyame bargiyafi .. karun i baru nuktere arbun bi .. ese dosikade jai barhū kalka
akū ombi ere inu ambula sain baita ..

kerulun de ulgiyen i hanci oho monggoi morisa geli sain ofi ice sunja de . cihetei jerin
abalaha .. monggo kalka se ulgiyen .

isame jihei . juwe minggan funcehebi . baitalara de tusa ofi fafun i bithe buhe .. janggin
juwan da araha jalan si banjibuha ..

(p.230)

cecen han isinjiha . tuwaci nenehe ci ambula hūwašahabi .. yebken .. meni yabure gobi
be duleme wajiha . alin holo i muru udu adali

bicibe orho ulgiyen i luku . oho .. ice ninggun de . huhu cel omo de tatambi . ere ba
duleke aniya

g'aldan . namjal toin be tabcilaha ba .. kerulun ci emu tanggū nadanju ba ohobi

〈헤룰렌 강을 확보하다〉

(20) 만문주접 권 43, pp.192~200,
    한역 권 172, p.84, 강희 35년 5월 13일到

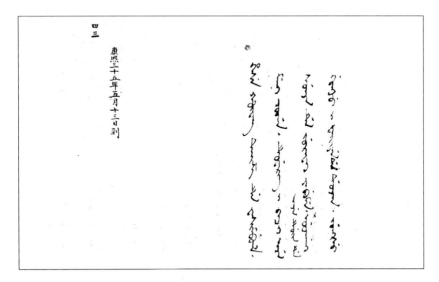

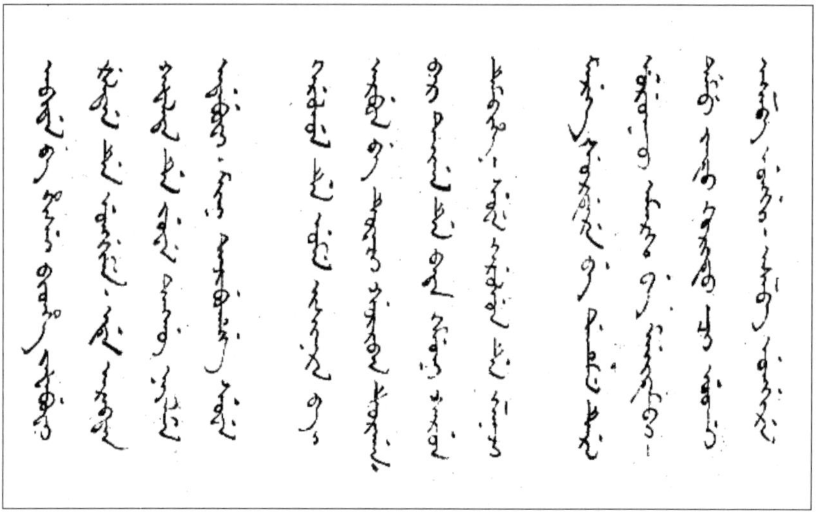

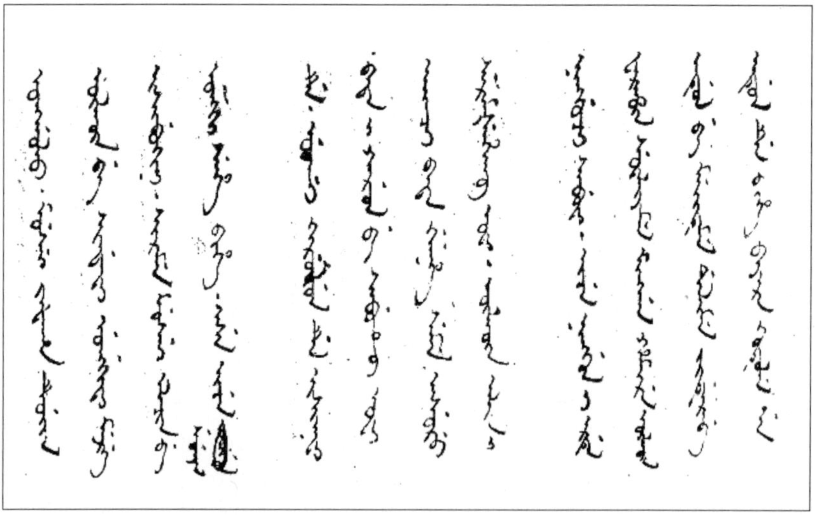

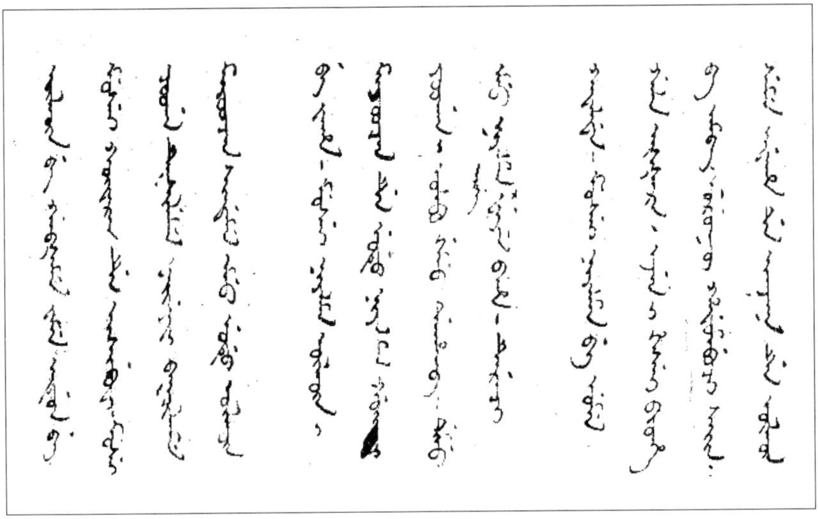

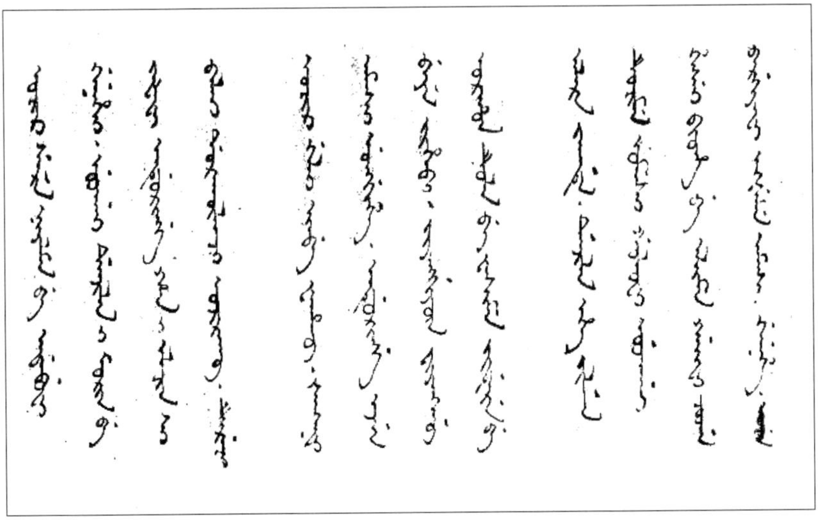

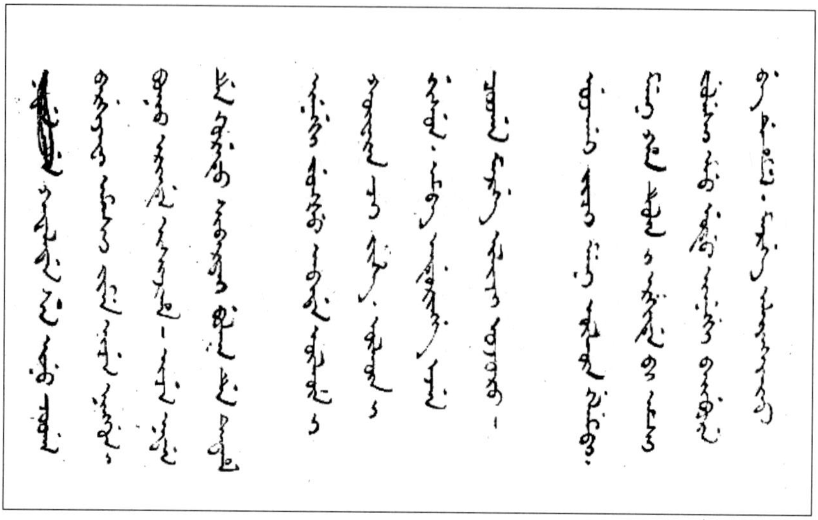

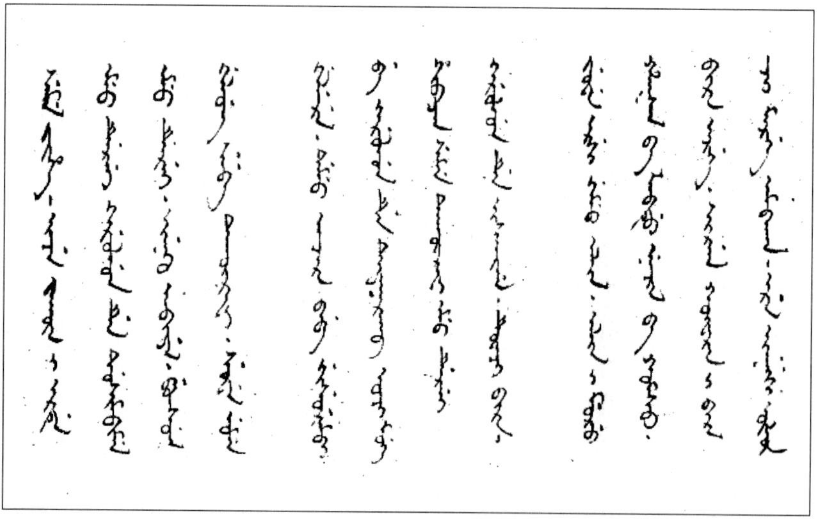

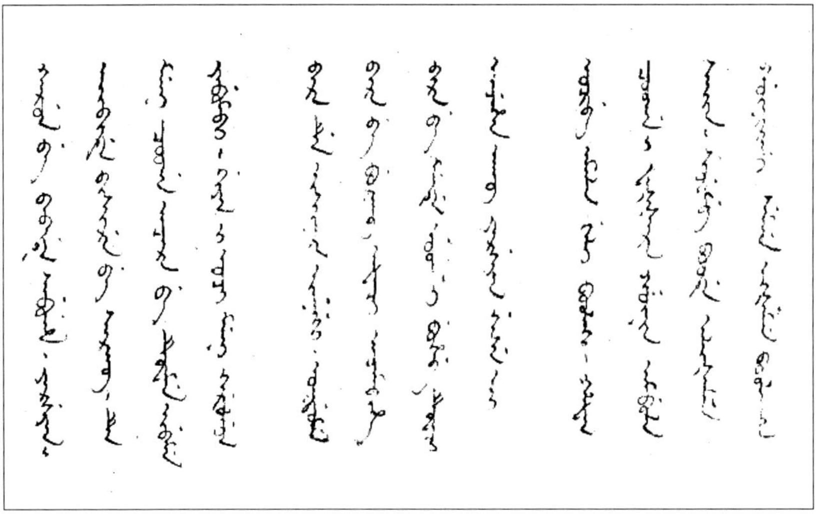

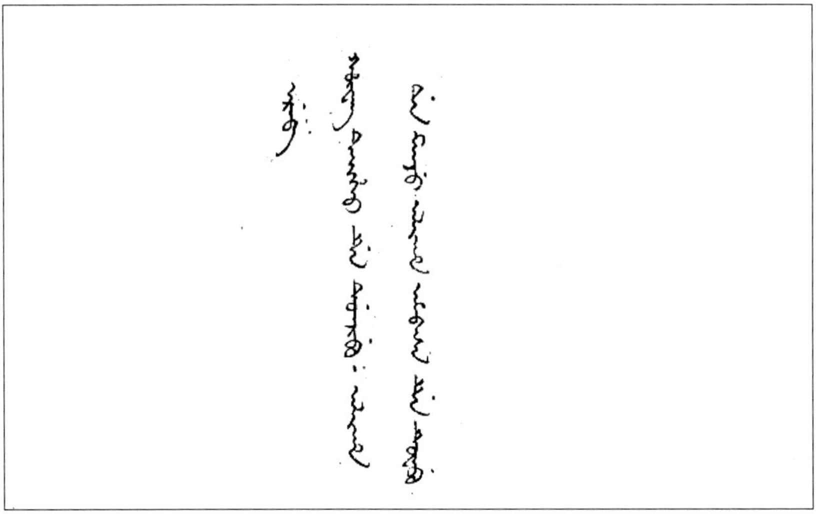

(p.192)

⚕ hese hūwang taidz de wasimbuha . meni cooga . tuwering i baci ice sunja de jurafi
yabume . *ice duin de* utgai gungju i faidan da docan . jungšu

(p.193)

abida be hesei bithe jafabufi g'aldan de unggime . ede arabtan kawalda de juwe tanggū
niyalma adabufi . mini tacibuhangge suwe

kerulun de ume isinara ba i arbun be tuwaci gūrban turgan . bar taiga de bata kemuni
karun tembihe .. suwe kerulun de geneci

majige šurdere be dahame tere urunakū amargi be meitembi .. damu yantu kuritu ci
utgai esebe unggi . esebe unggire

(p.194)

onggolo . musei jafaha duin ūlaūn be sindafi unggifi mejige isibukini . sirame musei
elcin be unggi sehe bihe . ese ice sunja

de . utgai kerulun de isinafi bata i karun be sabuhakū ofi ainci bata genehe seme asuru
seremšehekū ofi . ūlaūn alin i

ningguci sabufi . ice ninggun i erde farhūn suwaliyame minggan hamire ūlaūn adun
be meiteme dalime jiderebe adun de bihe bayara kutule se

(p.195)

ūlaūn be gabšame wame adun be musei kūwaran de isibufi . musei cooga teksileme
faidafi . bakcilame miyoocan sindame emu udu ūlaūn

be waha .. musei niyalma ūlaūn i miyoocan de udu niyalma goifi yoogan i olbo gemu dahakū .. damu emu niyalma *ajige feye baha .. tereci

kawalda .. musei niyalma be ume gala aššara . ejen i hesei bithe ba amba . urunakū hafumbuci sain . seme adaha da injana de ūlaūn

(p.196)
ocir sere niyalma be adabufi genehei . utgai danjila i morin be jafafi enduringge han i elcin si balai dorakūlaci ojirakū . tereci

ocir geli inbe wahakū . šangnafi amasi unggihe . enduringge ejen beye jihebi . jiyanggiyūn fiyanggū orhon tula be wasime jidere be

alara jakade . danjila ehe jilgan tucime umesi golofi utgai hesei bithe be alime gaifi cooga bargiyafi ekšeme amasi genehe .

(p.197)
kawalda se inu cooga bargiyafi amasi jime ice ninggun i bonio erinde isinjiha .. ice nadan de kuretu sibartai bulak de tataha

inenggi jungšu abida ūlaūn i kūwaran ci jihe . ūlaūn i gisun . amba enduringge ejen cooga majige ilici ojoro ..

utgai jici meni ūlaūn gelembi . meni han tula i ergide bi amasi julesi emu udu inenggi baibure be dahame . majige aliyakiyarao

(p.198)

seme jihe .. ice jakūn i erde emu derei kerulun de dosimbime emu derei . ineku abida .
punsuk gelung sebe takūrafi . suwe ume

gelere . damu acara babe gisurembi be kerulun de tatanarakū oci muke hibcan seme
takūrafi emu derei kerulun de isinjiha . tuwaci bira i

juwe ergi gemu alin . alin i muru haksan ba labdu necin ba komso . bira ajige . sirga
kūwaran i bira ci majige ambakan . ere inenggi ūlaūn

(p.199)

karun be babade sabuha . yargiyan i aibide bisire be sarkū . te meni cooga acara be
tuwame ibeme yabumbi .. giyan i oci meni kerulun

bira de isinara inenggi . okdome bira be burakū afaci acambihe bira be mende utgai
buhebe tuwaci encehen akū yargiyan gese ai

ocibe amala geli boolaki .. hafan cooga i faššara gūnin ambula sain .. suwembe boode
ališame gūnirahū seme ekšeme boolaha

(p.200)

erebe hūwang taiheo de donjibu . aliha da manju aliha ambasa de tuwabu

〈갈단의 도주와 추격〉

(21) 만문주접 (9집)권 216, pp.74-77

한역 권 359, pp.186~187, 강희 35년 5월 초9일

(p.74)

☙ g'aldan i burlaha be boolara jalin

⚛ hese hūwang taidz de wasimbuha . g'aldan i burlaha be boolara jalin . ice uyun i erde mini helen jafa seme unggihe

ice manju . ūlaūn i helen be jafafi fonjici . mini morin šadaha bihe geren mimbe waliyafi genembi uttu ofi suwe mimbe gamarakūn

(p.75)
bi jeterengge akū morin wafi jembikai sere jakade . geren i gisun si morin ume wara . damu hūdun meni songkobe baime jio

seme hendume genehe sembi . uttu ofi bi geli šangnafi musei lama jungšu abida i emgi takūraha . muduri erin de . ūlaūn i ukanju
jifi alarangge . g'aldan . ejen i beye cooga gaifi jihe be akdarakū bihe . sikse kerulun be temšeme meyen banjifi dosire be karun

(p.76)
urse babade bašabufi son son i burlame .. kerulun de dosire cooga ilan meyen i udu tumen be sarkū kerulun de isinjiha sere jakade

utgai ašaha .. ceni dolo gisurerengge . amuhūlang han wara de amuran akū . dain de jafaha niyalma de etuku etubufi unggimbi

muse g'aldan be dahafi ya inenggi wajimbi seme ambula gasandume ebsi jiki serengge umesi labdu sembi erebe tuwaci g'aldan burlahangge

(p.77)
yargiyan .. fiyanggū i cooga ishun kahabi . meni cooga ulgiyen i bošombi baita abkai

gūsire de muru tucike

gese ofi boode sakini seme boolaha .. erebe hūwang taiheo de wesimbu gung dolo yooni hūlakini . jing

cooga ba ofi hahilame ome asuru getukeleme arame banjinarakū erei jalin cohome wasimbuha sunja biyai ice uyun ..

(22) 만문주접 권 44, pp.200~208,
　　 한역 권 173, pp.84~85, 강희 35년 5월 15일到

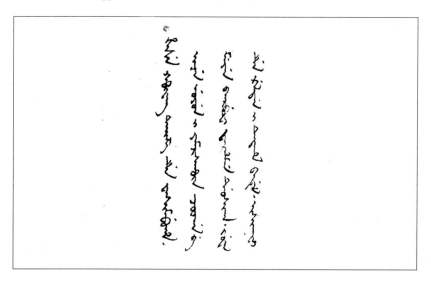

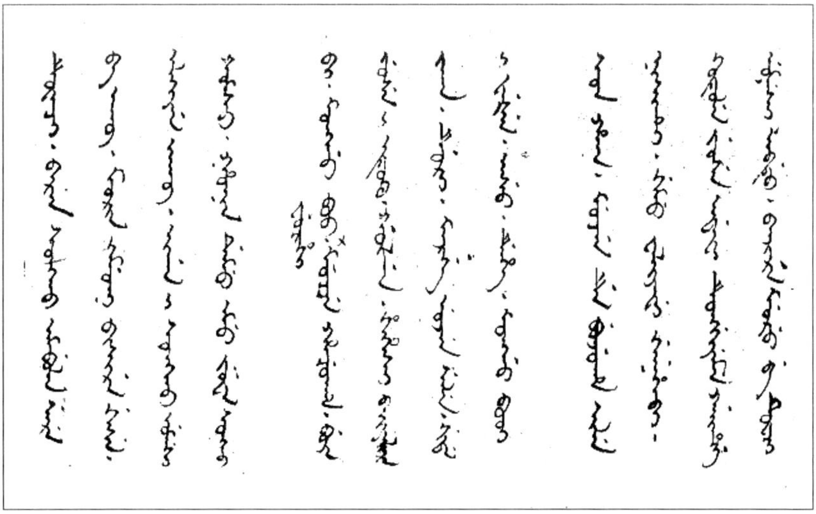

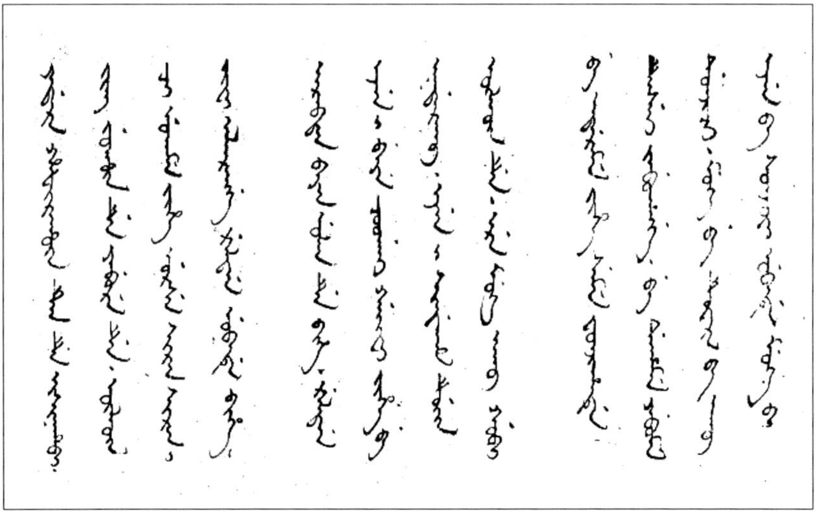

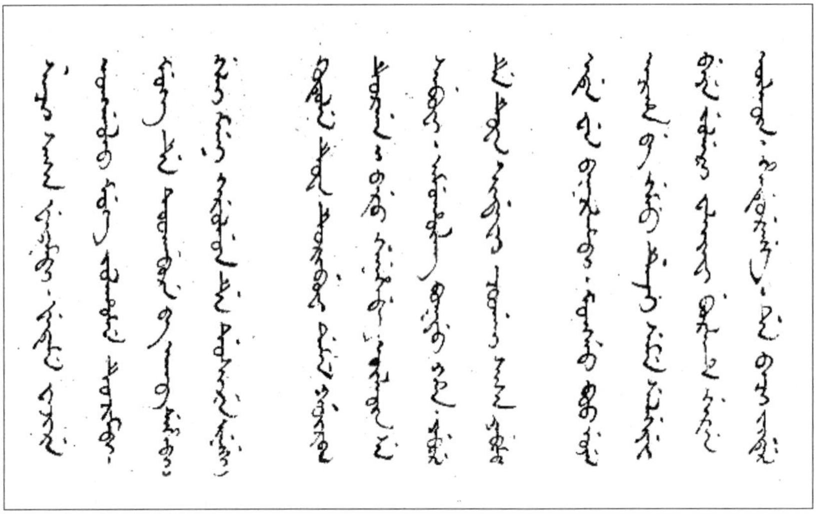

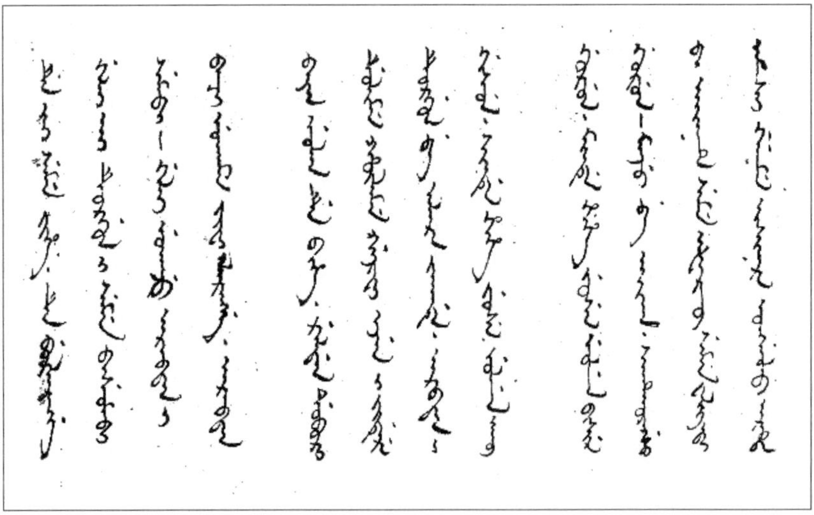

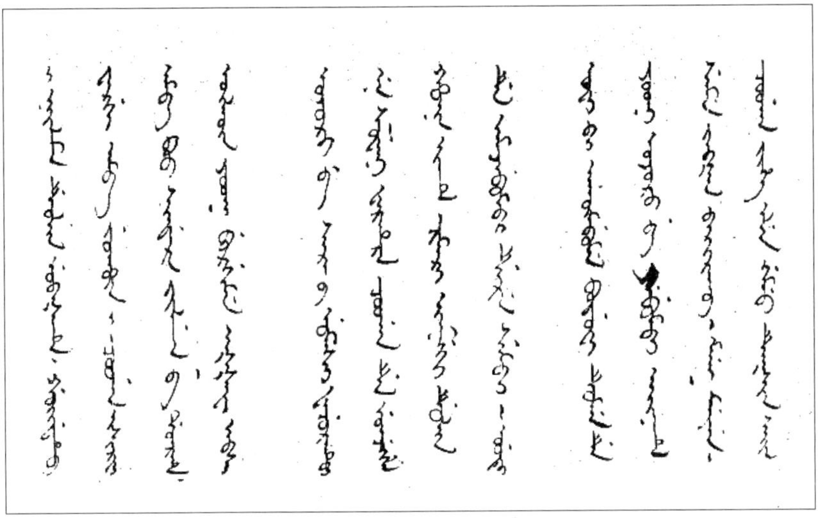

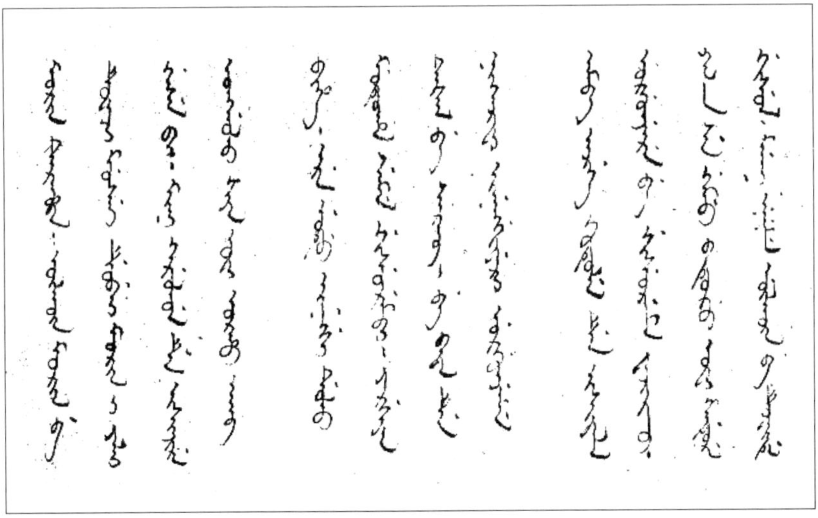

(p.200)

☸ hese hūwang taidz de wasimbuha . ice uyun i yamjishūn cooga be meyen banjibufi

farhame dosika . juwan de g'aldan i tataha bade . isinafi

(p.201)

tuwaci . baran songko ambula sere ba akū . morin kemuni bisire gese . elgiyen akū .
igan i songko umesi komso . honin damu emu juwe songko

bi monggo boo . *fucihi mucen hacuhan . buya juse i etuku . gūlga . hehesi baitalara
jaka . duri . majige ujen sele . gida i fešen . asu . dehe . monggo booi

son hana mucen de bujuha sile nisihai . gemu waliyafi genehebi .. kutule juse adafi
tunggiyeme gaihangge umesi labdu . banjire muru be tuwaci

(p.202)

yadara hafirahūn ten de isinahabi . jing jugūn de yabure de . ūlaūn ci ukame jihe urse
siran siran i jifi alarangge g'aldan ubade bihe .

arabtan bayan ulan de bihe . g'aldan ejen i beye coogai gaifi jihe be akdarakū . ejen i
sindaha duin ūlaūn de . ere muke akū gobi

be adarame jihe seme fonjihade tesei jabuhangge . be dahame yabume donjici . muke
be tuwara ba akū ejen ba sonjofi ubade muke bi

(p.203)

seci sasa fetembi . feteme wajire onggolo muke jolhome tucimbi . muke de tookabure
ba akū sehebi geli meni kerulun de dosire inenggi

kutule tuwa turibufi dame gūrban turgan i baru genehebe ūlaūn se sabufi . amuhūlang
bokdo han . yabure de tuwa sindafi coogai sasa yabumbi

ede we bakcilambi . monggo boo ujen aciha be gemu deji seme selgiyefi beye juleri
waliyafi burlaha geren ūlaūn . hendurengge . da baci jidere

(p.204)
de ai seme jihe . te burlarangge geli ai turgun i seme basumbi sembi .. geli ukanju
arabtan i baci ukame jifi alarangge . arabtan

bayan ulan de bihe . g'aldan dobori dulime hūlame gajifi ejen i jidere turgun be alara
jakade . arabtan i gisun . sinde hehe juse ulga akū

gurun . minde hehe juse ulga bisire gurun .. manju be aika . sahakūnggeo bi ainaha
seme afarakū seme waliyatai amasi geneme isinara ongglo arabtan

(p.205)
i niyalma dulin ubašaha . goidahakū wargi amba juhūn i cooga isinjifi amba poo
sindara jilgan be donjiha . ūlaūn yooni burgime aššafi absi

ojoro be sarkū umesi facurahabi ne suweni farhara cooga de uncehen honin ihan
cimari inenggi dulin de amcabumbi dere sembi .. uttu

ofi bi akūmbume bodofi tumen de yooni ojoro be yabumbi ainaha seme jabšan
bairakū . meni meyen i cooga jihe ele gemu teksin sain

(p.206)
morin tarhūn .. ūlaūn morin be tuwaci musei dubei morin i yali gese bi . mini kerulun
de isinjire onggolo hiya ofi orho akū

bihe . ere udu inenggi dolo mutuha seme gisurembi .. yargiyan tašan be sarkū .. be
bata de nikenjifi inenggidari urgunjeme

amba ajige kutule de isitala urugunjere be gisureme wajirakū . kalka se gemu baturu
ofi hendure gisun . meni neneme ūlaūn be tuwarade

(p.207)
niyalma morin umesi horonggo bihe .. te be ejen i cooga gaifi yabure be sara jakade .
ūlaūn i cira boco banjire yabure be tuwaci

meni aga i aga kutule de inu isirakū .. seme helen jafara karun tuciburede . buceme
habšame . asu kūwaran be bireme dosifi songgome

geneki sembi .. ere be tuwahade huwekiyebure kadalara de bisirengge yargiyan .. ging
hecen de bisirele niyalma meni ere urgun be adarame

(p.208)
sambi . uttu ofi majige šolo de da dube i yargiyan turgun be muwašame šošome arafi
unggihe erebe

hūwang taiheo . gung i dolo gemu donjibu .. manju aliha da aliha ambasa de . dorgi
ambasa hiyasa de donjibu .. isangga inu ainci

boolambi . erei jalin cohome wasimbuha ..

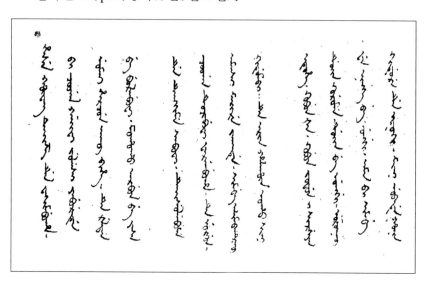

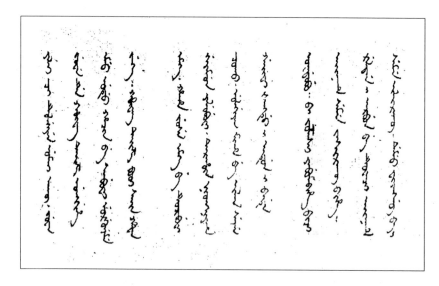

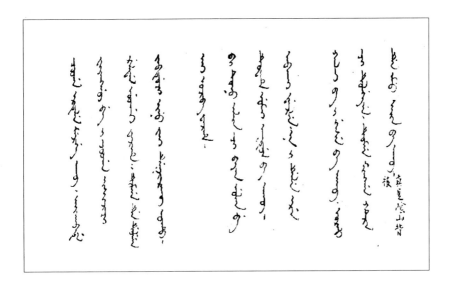

(p.274)

☞ hese hūwang taidz de wasimbuha .. bi cooga gaifi julesi yaburede umai hercun akū

bihe .. te g'aldan be burlabufi . mohoho arbun be yasa

de tengkime sabufi . teisulebume cooga tucibufi fargabuha . te urgun i amasi marire

jakade . simbe alimbaharakū kidumbi .. te erin halhūn oho sini

etuhe . kubun ša . kubun jodon i sijigiyan duin kurume duin be unggi . urunakū fe

ningge be unggi . ama bi simbe kidure de etuki . mini ubade honin

(p.275)

yali ci tulgiyen umai akū . juwan juwe de hūwang taidz unggihe emu udu hacin be

sabufi urgunjeme jeke .. hūwang taidz booi sain hafan

emke .. haha juse emke be tucibufi giyamun yalubufi . tarhūn niongniyaha coko

ulgiyan mihan be ilan sejen gaifi šangdu i adun i bade
okdobu .. bi julesi yabumbihe bici ainaha seme jasirakū bihe .. g'aldan i arbun be
tuwaci ainaha seme ilirakū .. damu fiyanggū be i

(p.276)
cooga ertele mejige akū . aikabade fiyanggū be i cooga isinjici g'aldan utgai wajiha ..
tumen de duleme jabduci inu jai dekjirakū oho .

ai ocibe wajiha .. bi tono alin ci bayan ulan be tuwaha umai akdun ba akū ..
abkai fejile . na i dele ere
kalkai ba i gese ba akū . orho ci tulgiyen . tumen minggan hara de emu sain ba akū .
眞是陰山背後

〈대승리의 소식〉

(24) 만문주접 (9집) 권 218, pp.82-84 ,

　　한역 권 364, p.188, 강희 36년 5월 19일到

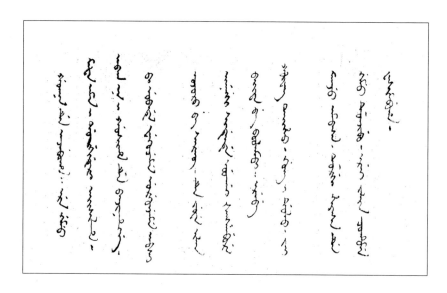

(p.82)

卍 hese hūwang taidz de wasimbuha . fiyanggū be i cooga tula be dulefi g'aldan i genere ele juhūn be akūmbume kaha be boolara jalin . juwan duin

de mini takūraha . buku injana ice manju bayara kiyacu . gajiraci boro se isinjifi .. alarange be fiyanggū i cooga . ice ilan de tula be duleke

g'aldan i urunakū genere juhūn be akdulame tosofi alime gaihabi .. isinjiha . siliha sain cooha emu tumen duin minggan .. amala geli

(p.83)

siran siran i isinjimbi .. morin i yali meni meyen i cooga de isirakū kemuni sain sembi . erebe donjifi gala be giogin arafi

abkai baru hengkilehe .. mini majige eden gūnirengge damu ere bihe te enteheme wajiha . erei sirame g'aldan i absi oho babe boolaki .

bata i arbun be mini yasa i tengkime sara jakade . bi te damu urugunjeme jeku sirabume faššambi .. sini han ama de ai fengšen bifi gūniha

(p.84)
gūnin de acabuha .. ere gemu mafa ama i dorgideri aisilaha .. abka na i gosiha de banjinahangge . bi ubade fekuceme urgunjeme absi

ojoro be sirakū . te juwe ilan inenggi sidende utgai šanggabure baita be boolambi .. erebe hūwang taiheo . gung ni dolo . jai

manju ambasa . dorgi hiyasa de gemu donjibu . erei jalin cohome wasimbuha .

(25) 만문주접 (9집) 권 218, pp.78-81,
　　　 한역 권 360, p.187, 강희 36년 5월 16일

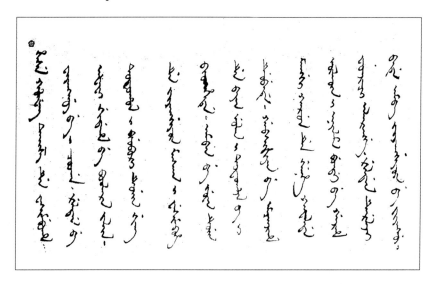

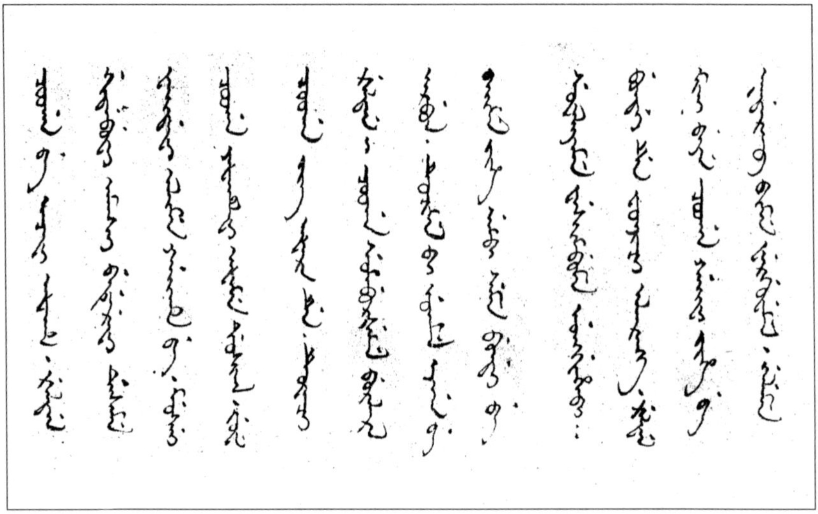

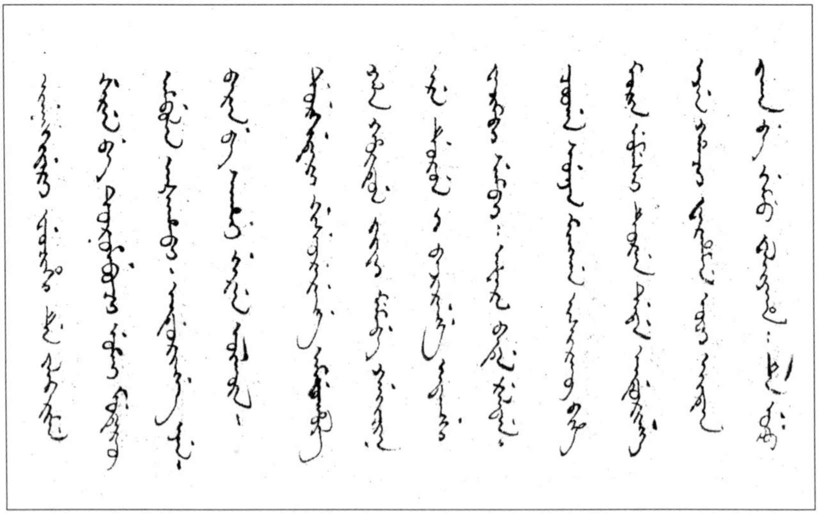

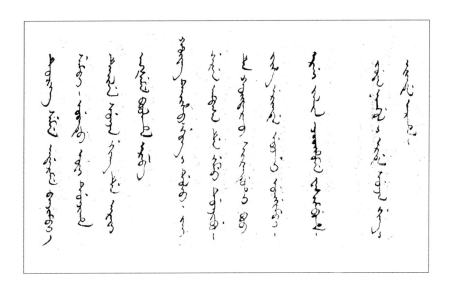

(p.78)

꧁ hese hūwang taidz de wasimbuha .. fiyanggū be i cooga . g'aldan be afafi gidaha be boolara jalin . tofohon i dobori duin ging

de jiyanggiyūn maska i wesimbuhe bithede amban be juwan duin de bayan ulan i tofohon ba i dubede . gabsihiyan be amcanjiha

manggi karun de genehe kawalda ūlaūn i niyalma bundi be gajiha fonjici alarangge . 『g'aldan terelji bade amba jiyanggiyūn be fiyanggū i

(p.79)

cooga be acafi afaha . g'aldan gidabufi amasi bederefi dasame faidafi alime gaiha be . musei cooga yafahalafi afame dosika . juwe

cooga jing afara de . tuwaci g'aldan i cooga sumburšeme burlara arbun . tucime bi

ume ejen be baime jihe, sembi seme bundei be
suwaliyame wesimbume unggihebi .. bundi de fonjici alarangge . g'aldan mini beye
cooga gaifi jihe be akdarakū bime ferguweme . geleme

(p.80)
inenggidari fucihi de jalbarime geren be torombuci umai muterakū ambula ašahabi .
enduringge ejen i baran be sahai geren ūlaūn ..

dorgideri gisurerengge amuhūlang han hūdun jifi membe gaicina ere durun i
banjirengge atanggi wajimbi sembi .. afara bade g'aldan i

cooga sunja minggan isirakū bihe morin umesi turga dade enduringge ejen hanci
farhame ofi eiten jaka be gemu waliyaha .. te udu

(p.81)
tucike seme adarame banjimbi sembi . uttu ofi donjiha teile sunja ging de afafi
ekšeme boolaha erebe hūwang taiheo . gung i dolo . jai geren ambasa de donjibu .. te
goidarakū siranduhai boo jihe erinde utgai unggimbi .

erei jalin coohome wasimbuha .

juwan ninggun i erde sunja ging i erin de araha ..

(26) 만문주접 권 52, pp.242-244,

한역 권 181, p.88, 강희 35년 5월 20일到

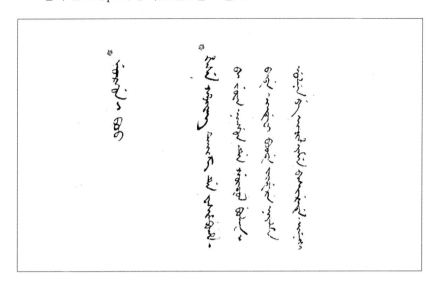

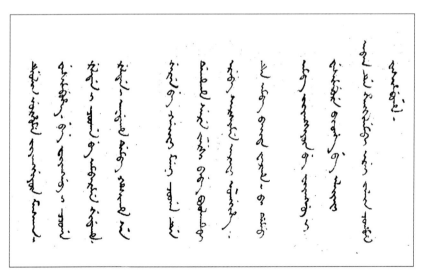

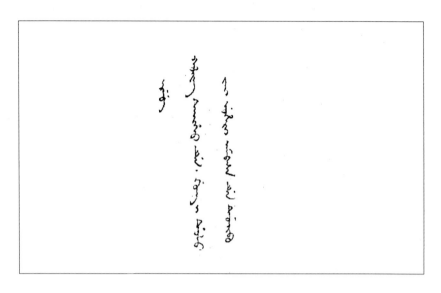

(p.242)

☙ urgun i boo

☙ hese hūwang taidz de wasimbuha . bi juwan ninggun de kutul bulak i bade indefi boode jidere niyalama ulg(h)a be icihiyame bisirede . inenggi

(p.243)

dulin urhume jiyanggiyūn maska i wesimbuhe . be fiyanggū i cooga g'aldan i cooga be ambarame gidaha . g'aldan i akdaha damba hasiha se

geren be gaifi meni cooga de dahaha sere jergi babe boolahabi erebe sarkiyame arafi unggihe . te amba baita wajiha . bi damu

amba jiyanggiyūn be fiyanggū i wesimbure bithe be aliyafi amban de hengkilembi erei jalin cohome wasimbuha

(p.244)

erebe hūwang taiheo de gung i dolo jai uheri ambasa de donjibu .

〈기쁜 귀환〉

(27) 만문 주접 권 53, pp.244-254,

　　한역 권182, p.89, 강희 35년 5월 22일到

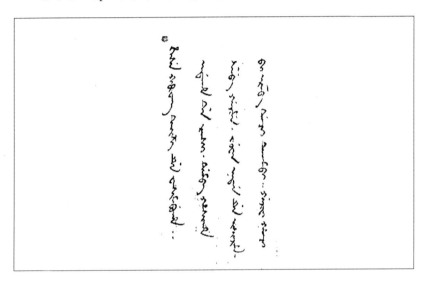

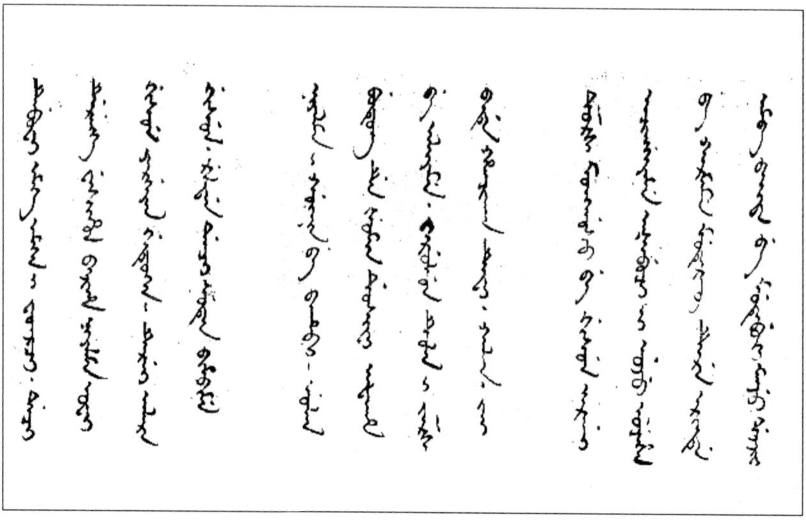

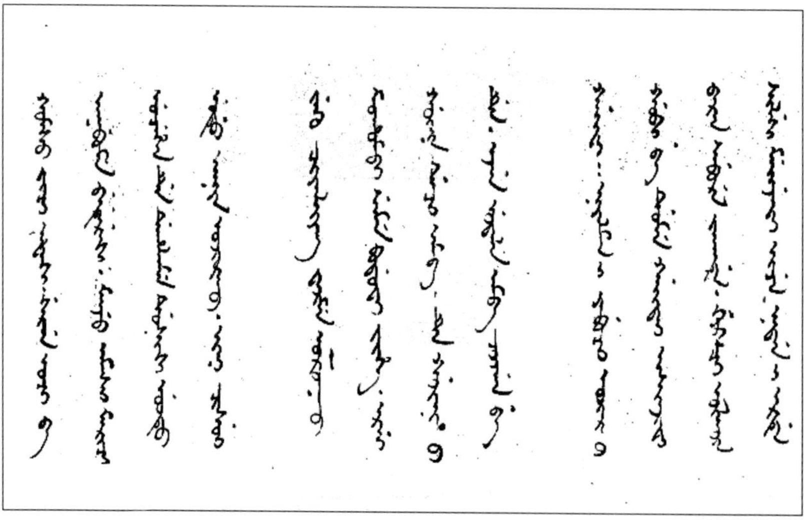

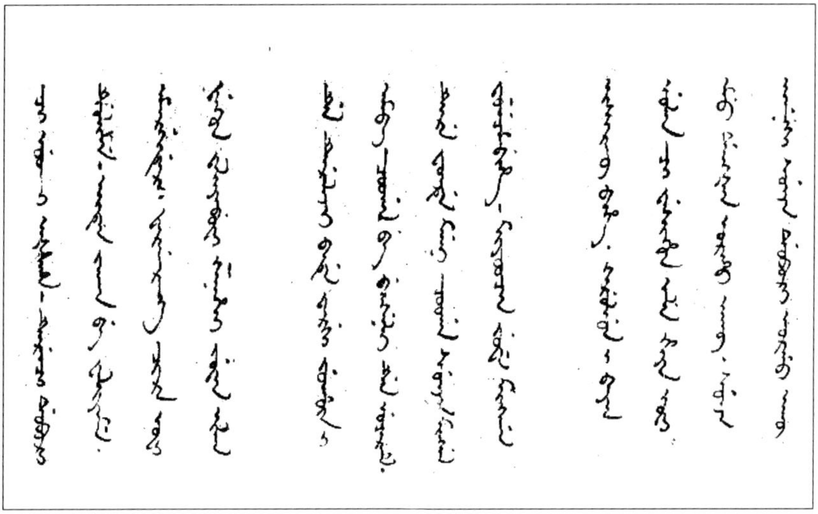

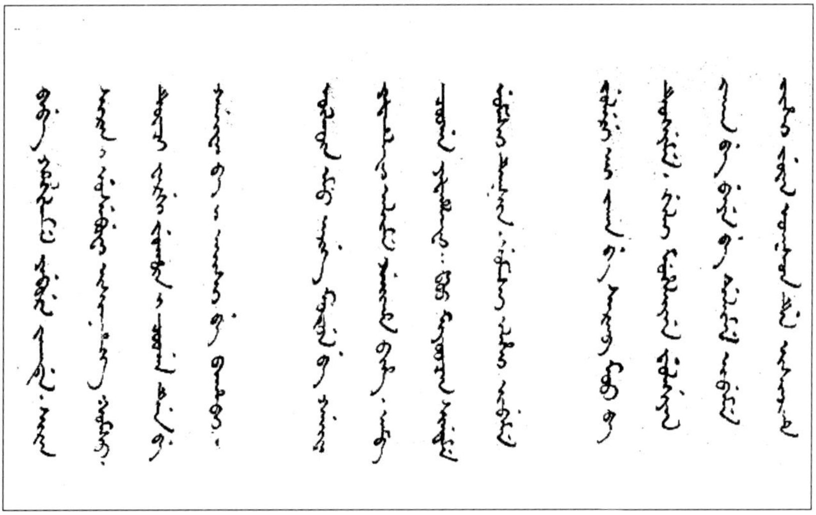

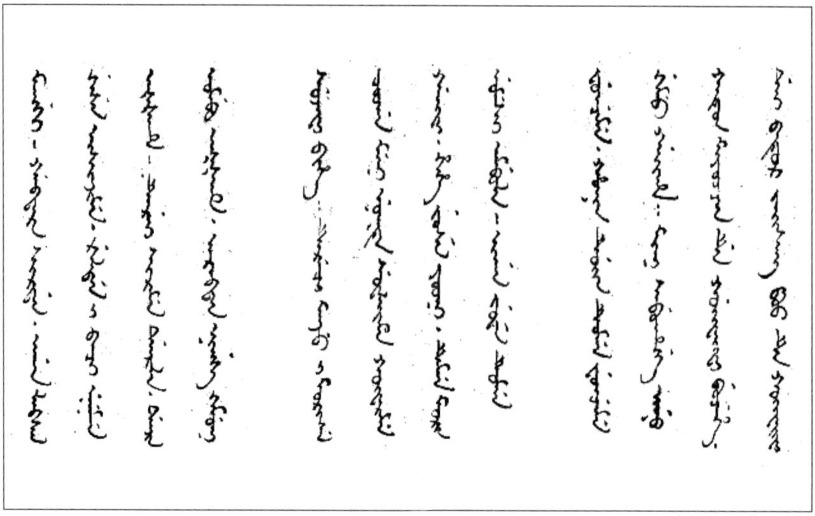

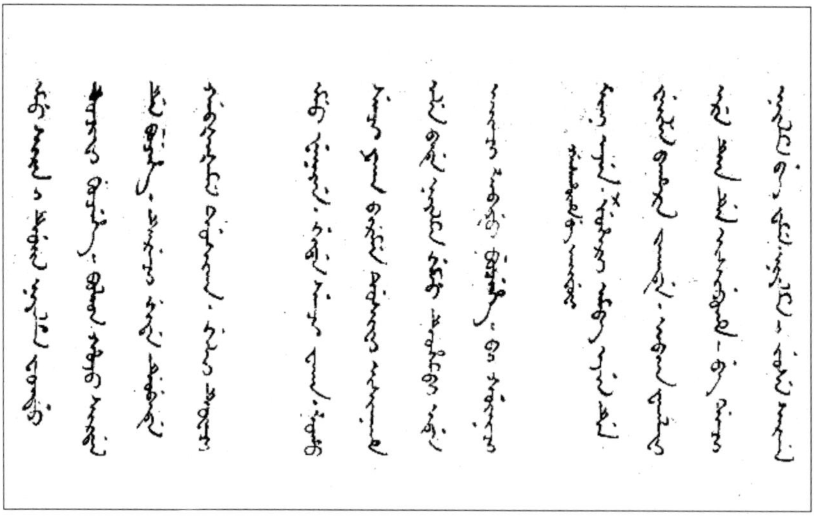

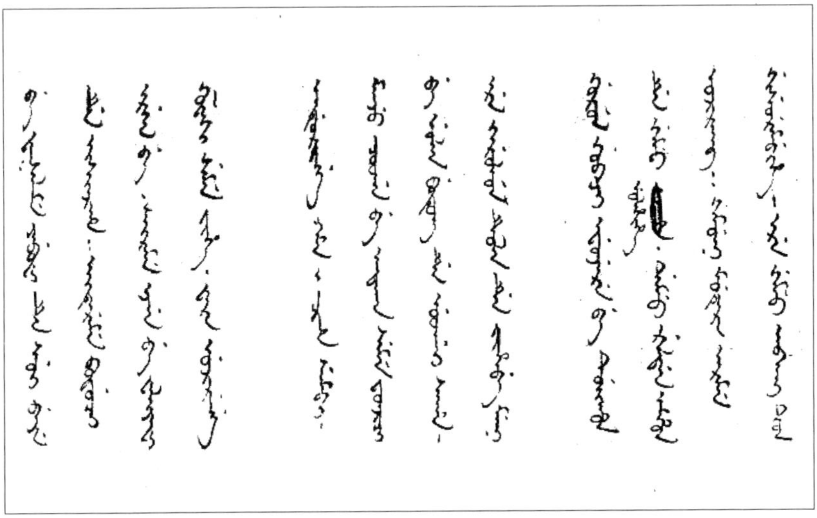

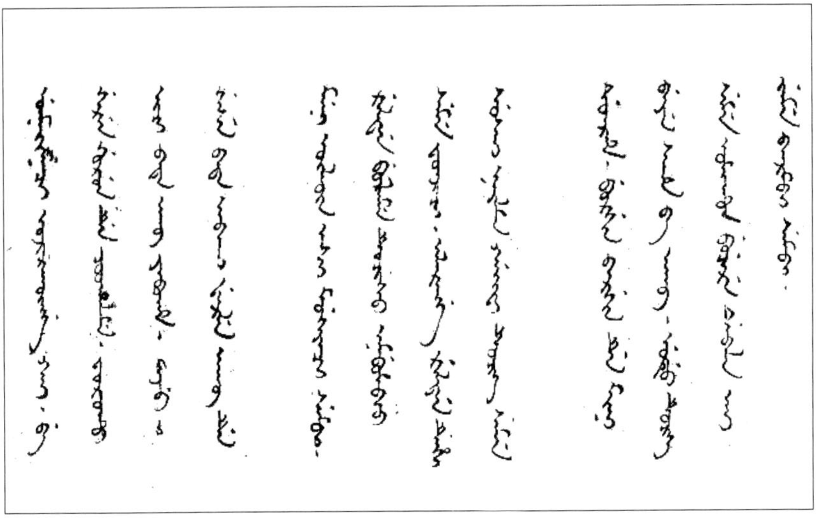

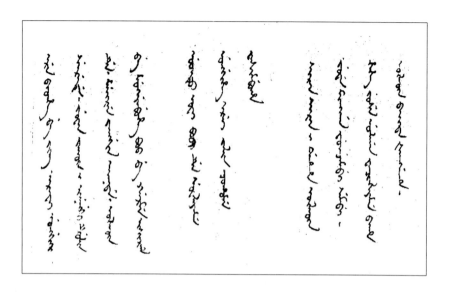

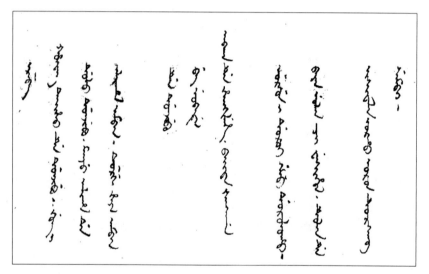

(p.244)

☙ hese hūwang taidz de wasimbuha .. adaha da rasi . damba hasiha sebe gajime .
juwan nadan de isinjiha . bi erebe daci takambi .. gajifi hanci

(p.245)

tebufi emke emken i fonjici . daci derengge wesihun banjiha niyalma ofi gisun
yargiyan getuken .. terei alara gisun . g'aldan daci muten bimbime

niyalma i gūnin be bahabi . ulan butung de šumin dosifi afaha be aliyame . kerulun
tula i jergi bade hancikan tefi . kalka . jai

dorgi monggoso be gisun argai acinggiyame ašabuci i uju uncehen be karmame
muterakū . tere erinde amba baita be mutebuki . manju donjifi

(p.246)

komso jici afaki . geren oci ba anabume bedereki . manju amasi marici uncehen de
dahalame dosiki uttu udu aniya ojirakū . ini cisui

jeku ciyaliyang wajime urunakū mohombi seme bodofi jihe . erei gūnin daci amba . te
gūnihakū de . ejen utala amba cooga be

gaifi .. niyalma i yabuci ojirakū gobi be dome gaitai isinjifi baran sabure jakade . gubci
ūlaūn silgi meijefi ice nadan i erde

(p.247)

ci utgai ašaha .. tereci dobori dulime . eiten jaka be waliyame . amargideri fargarangge
cira ofi fekun waliyabufi genehei juwan ilan

de terelji bade wargi jugūn i amba cooga be bengneli de ucaraha . tere fonde meni
cooga sunja minggan funcembihe .. miyoocan juwe minggan

isirakū bihe . kerulun i bayan ulan ci wesihun ele hiya ofi emu dangšan orho akū .
sunja inenggi sunja dobori orho akū .

(p.248)
babe hahilame yabure jakade . siran siran i usebufi isinahangge komso . tuwaci wargi
jugūn i cooga de be gaifi ba i aisi be bahabi .

ūlaūn emu ajige mudun be gaifi yafahalafi alime gaiha bihe . amba cooga yafahalafi ..
poo miyoocan sindame umesi teksin . umesi elhei ibeme

juleri ai jaka be sarkū moo ba tukiyeme . geli muheliyen fulgiyan jaka be beye be
dalime ibeme jihei juwan okson de isinjiha

(p.249)
manggi .. gabtala sirdan . aga labsan gese isinjime . g'aldan baci neneme aššaha .. terei
sirame danjila . danjin ombu aššaha . arabtan ningge kemuni

sujafi bihe .. tereci manju i morise cooga meni nukte suwaliyame kūwarame gaifi .
hehe juse yooni . temen morin umesi ambula .. igan juwe tumen

funceme . honin duin tumen funceme gemu gaiha .. mini sabuhangge anu katun
miyoocan de goiwaifi bucehe . dai batur jaisang poo de goiwaifi

(p.250)
emu siran i duin niyalma fondo tucifi bucehe . bolat hojo sirdan de bucehe .. tereci
gida dubede gabšašame dosika . geli tuwaci

emu feniyen . gida seci waka . loho seci waka bireme dosifi isinaha ele bade niyalma gemu tuhembi ede ainci labdu bucehe .. bi gūnici

mini ejen *gashūha be aifufi* uheri amba ejen de weileme bahara jakade . abka wakalafi ere ten de isibuha .. be daci niyalma be wame . niyalma i juse sargan

(p.251)
be faksalame yabufi te sui beye de isinjiha .. eitereme bodoci irgen be . hairame ejen be waliyafi guweki seme jihe . wara ujirengge

enduringge han i ciha sembi .. manju cooga be antaka seme fonjici be ulan butung de utgai saha .. ere kerulun tula de jihe be meni

gurun gubci efujere be doihon de gemu ulhihe . damu g'aldan emhun ojirakū .. kemuni mutera arame gisurembihe .. ere gemu abkai ton

(p.252)
umainaci ojirakūngge kai . be geren gurun de coohalame . foroho ici bata akū yabuha . manju i gese bata abkai fejile akū de

meni ūlaūn esi mukiyaci sembi . g'aldan burlame tucikeo nambumbio seme fonjici . alarangge g'aldan dehi susai niyalma gaifi tucike seme

donjiha . burgin bargin de mini beye saha ba akū .. udu tucike seme omihon bucere dabala ai jeme banjimbi sembi .

(p.253)

ere bithe be jing arafi unggiki serede .. juwan jakūn i inenggi dulin de meiren janggin ananda . ūlaūn be mukiyebuhe boo be gajime isinjiha

uttu ofi boo de suwaliyame unggihe erei jalin cohome wasimbuha
siran siran i dahaha ūlaūn juwe minggan funcembi sembi .. hehe juse ulga wacihiyame baha ūlaūn baita šangnaha .

(p.254)

erebe . hūwang taiheo de donjibu .. gung ni dolo donjbu . manju aliha de aliha amban dorgi hiya amban

de donjibu . be ubade abka de hengkilehe . baita šanggan

urgun i doroi gemu doroloho . bayan ulan ci wesihun tula de isitala orho oron tucikekū sembi

(28) 만문주접 권 232, pp.235~236,

한역 권178, p.88, 강희 35년 5월 18일奏

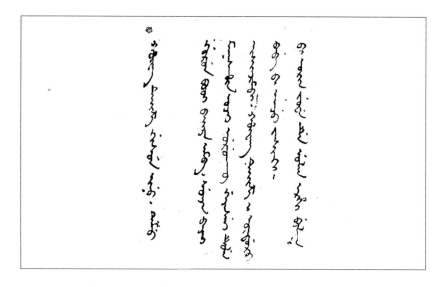

(p.235)

☪ hūwang taidz gisun inu . damu gurun booi baita amba . sunja biyai manashūn oci urunakū giyasei tule isinjimbi . hūwang taidz i okdoro babe bi encu jasiki .. bi orin juwe de ulan erhi bulak

(p.236)

de isinjiha . orin sunja de karun be dosifi tatambi .. meni generede werihe morisa gemu ambula tarhūkabi orho meni generede wajiha ongko aga muke acabure jakade asuru saikan .. monggoso i gisun ere utala aniya ere gese be sahakū sembi .. yargiyan i ferguwecuke .. juwere jeku be tuwaci teni karun tucikebi .. ulga sain .. erebe tuwahade . ese sengguweke ba yargiyan ..

(29) 만문주접 권 58, p.282,
     한역 권 187, p.92, 강희 35년 5월 29일奏

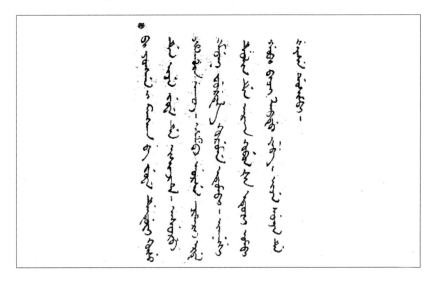

(p.282)

♣ bi yonggan i mangkan be juwe dedufi kuisu de ice juwe de isinjiha .. asuru halhūn akū .. ememu urse cihari erde kemuni furdehe kurume etumbi .. inenggi dulin de arkan kubun ša etuci ombi gobi baci labdu yebe .. ice sunja de giyase dosimbi .

〈다시 갈단의 토벌 길에〉

(30) 만문주접 권 67, p.306,

　　　한역 권 203, p.105, 강희 35년 9월 24일奏

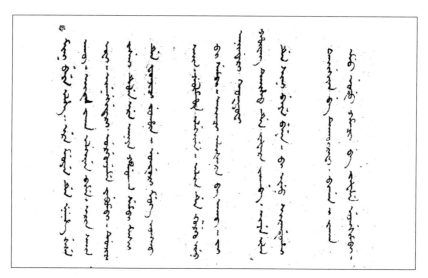

(p.306)

mini beye elhe .. ere mudan de nenehe gese akū . eiten jaka elgiyen bime . erin

sain ofi .. inenggidari . urgunjeme yabumbi . donjici jasei tule ere aniya halukan sembi

masi de fonjici juhūn i unduri muke onko

sain . gūlmahūn elgiyen .. alin de gurgu inu bi sembi .. ainci ališara ba akū .. jai

aniyadari toktofi hūwang taiheo de jafara jakabe . ice ilan de sini beye bene .. bi inu

siranduhai .

taigiyan be takūrafi . bigan i jaka emu udu hacin be jafame unggimbi .

(31) 만문주접 권 70, pp.312~313,

한역 권 206, p.106, 강희 35년 9월 24일奏 擬不必譯

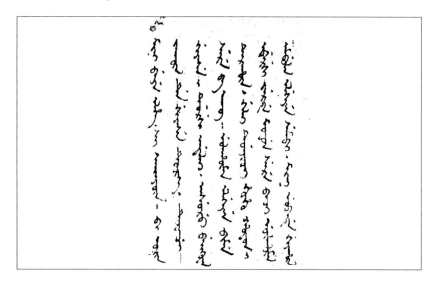

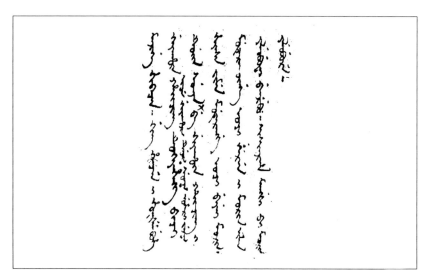

(p.312)

☪ mini beye elhe . si saiyūn .. bi orin jakūn de giyase tucike . tuwaci giyase i dorgi adali .
asuru beikuwen sere ba akū .. ulhūma elgiyen bime tarhūn . geli donjici huhu hoton i
ebergi jerde modon sere baci ulhūma ambula elgiyen sembi . mini ubade giyahūn

(p.313)

majige hibcan .. ging hecen i hukšembuhe giyahūn haicing tukiyehengge baci
duin sunja * *ice giyahūn duin sunja uheri juwan* be giyahūn haicing i hiyase jime
muterengge oci beyei morin . muterakūngge oci heren i morin ilan yalubufi benjibu ..
isinjiha manggi bi morin yalubure ..

(32) 만문주접 권 63, pp.295-297,
    한역 권 199. p.104, 강희 35년 9월 20일

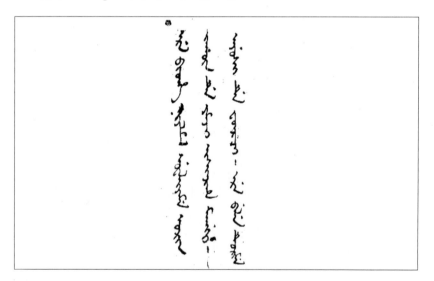

(p.295) 여덟째 줄

♣ ere bithe niyalma suwaliyame orin jakūn de yamji isinjiha manggi .. ayusi de fonjici .. ere

bele turime

(p.296)

generede danjila ojirakū bihe . geren buya urse i gisun ne onggin de bele bi sembi .
omihon bucere anggala

bele be gaifi jeki seme . geneme emu inenggi on de musei karun be ucarafi ilan kalka
be jafaha .. tereci . emu ala de daldame ilifi musei amasi jidere urse yarubuha manggi
dulimbaci meiteme dosika tereci bele i cooga uksilehekū buren burdeme uju uncehen
i juwe ergici hafirame . poo duinggeri sindame be utgai burlaha

(p.297)

mini tucike jurgan de juwan funceme ūlaūn i bucehebe sabuha . gūwa be sarkū ..
musei cooga koro bahao seme fonjici danjila selhiyehengge . niyalma ume wara damu
bele aciha teisu sehe bihe *niyalma wara anggala elemangga ūlaūn i morin ambula
gaibuha sembi danjila tucifi . ambula gasame . genggiyen muke de nimaha jafaki
sehei . muke be farhūn obuha gojime nimaha bahakū . te ainambi

seme facambi .. morin i yali wajifi yafagan ningge ambula .. mini amargideri jiderengge
labdu sembi .. ere amba muru . amala isinjiha manggi boolaki

⟨지진과 길흉의 미신⟩

(33) 만문주접 권 72, pp.319~320,

    한역 권 208, p.107, 강희 35년 9월 30일奏

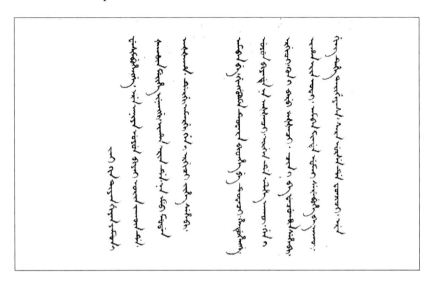

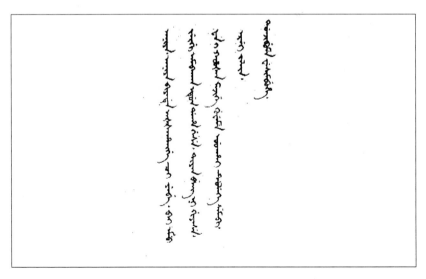

(p.319) 중간

jai kin tiyan giyan yamun i wesimbuhengge . ere aniya uyun biyai orin jakūn de .
šahun meihe inenggi . ihan erin de . na emu mudan aššaha . dergi amargi gen i ergici
jihe sehebi .

amban be gingguleme tuwara bithe be tuwaci . henduhengge . uyun biyade na aššaci . irgen
de elhe akū . gen i ergici . kun i baru aššaci . cin i ba facuhūn sehebi . ihan erin ofi . amban
minde umai serebuhe ba akū . ging tehe taigiyasa . sara urse de fonjici . ere

(p.320)

aniya . aniya biyade aššahangge ci yebe . bai emu jergi ambakan edun daha gese . tiyan
peng ni giyase . fa i hoošan majige guweme uthai duleke sembi . erei jalin . donjibume
wesimbuhe .

(34) 만문주접 권 72, pp.320~p.321,

　　한역 권 208, p.107, 강희 35년 9월 30일 上諭譯

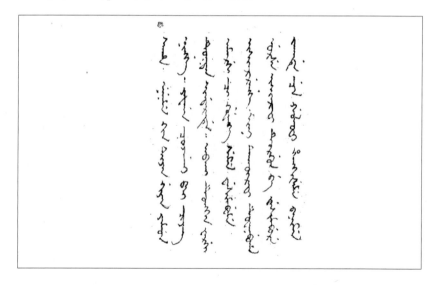

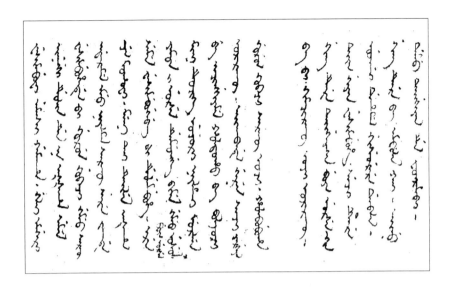

(p.320)

🕉 saha .. neneme kin tiyan giyan yamun ningge .. yafagan coohai pai ciyang tuktan sindarade .. abkai tungken wargi amargi ci guwengke seme wesimbume isinjirengge . mini takūrafi tuwanabuha urse isinjifi turgun be wesimbure jakade ce golofi hengkišeme banime

(p.321)

wesimbufi amasi gamaha . geli emgeri inenggi dulin de na aššaha seme wesimbuhede bi gurun gubci gemu sarkū . adarame emu niyalma sarkū sere jakade ce mohofi . meni tai teile ašaha seme wesimbuhebe bi dulembuhe .. ere yamun i urse demungge bime gemu usun . *buya urse mini tucike ucuri niyalmai mujilen be acinggiyame holtoho be boljoci ojirakū .. aikabade geren saci yargiyan gurun gubci sarkū oci . holbobuha

ba bi . kimcirakū oci ojirakū .. ging tere taigiyasa buya urse kin tiyan giyan wesimbuhe seci tere utgai dahame gisurere dabala . ging tere ba ambula kai .. ainu damu taigiyan de fonjimbi .

〈놀고 즐기며 진군하다〉

(35) 만문주접 권 73, pp.322~325,
     한역 권 209, p.108, 강희 35년 10월 초2일到

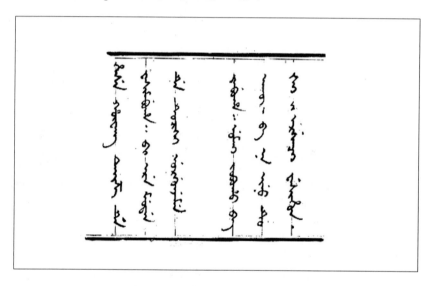

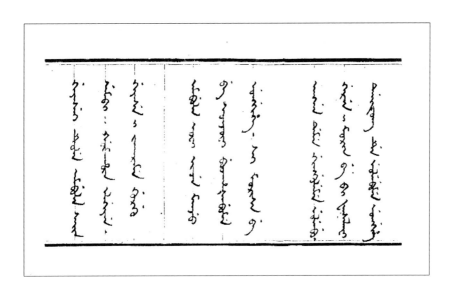

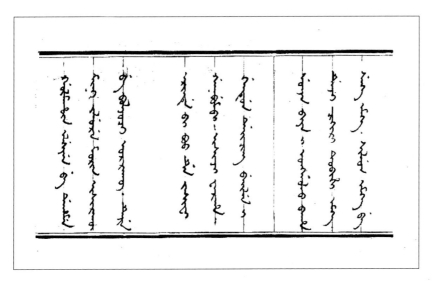

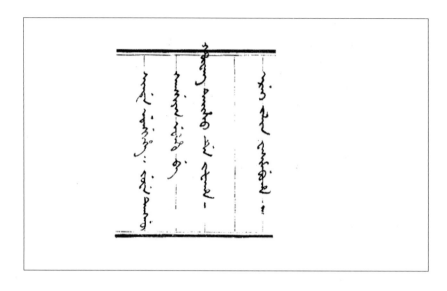

(p.322)

hese hūwang taidz de wasimbuha .. bi ere mudan de tucikei urgunjeme yabuha ..
umai joboho ba akū .. ba na inu du ši i ergici wesihun .

(p.323)

giyasei tule ambula sain sembi .. gūlmahūn elgiyen . giyase i jakarame gurgu ambula
ofi ice manju be sonjofi buthašabume unggihe .. si morisa be angga dame gingguleme
ulebu . geren i morin be bi faksalafi daitung de ulebume unggihe

(p.324)

gūlmahūn elgiyen be dahame mini yalure morin isirakū be boljoci ojirakū . tere erinde
bi boo de jasifi genebumbi .. isici wajiha .. gendun daicing beile i sunja biya i onggolo
baha deji cikiri tobihi emke . seke emke . silun emke be

(p.325)

sinde unggihe .. juwe tanggū šanggiyan ulhu be hūwang taiheo de jafaha .. erei jalin wasimbuha ..

(36) 만문주접 권 118, pp.523~527,

　　한역 권 253 p.130, 강희 35년 無月日 上諭譯

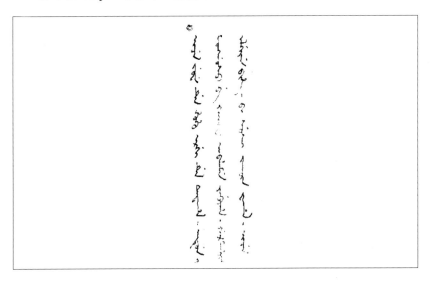

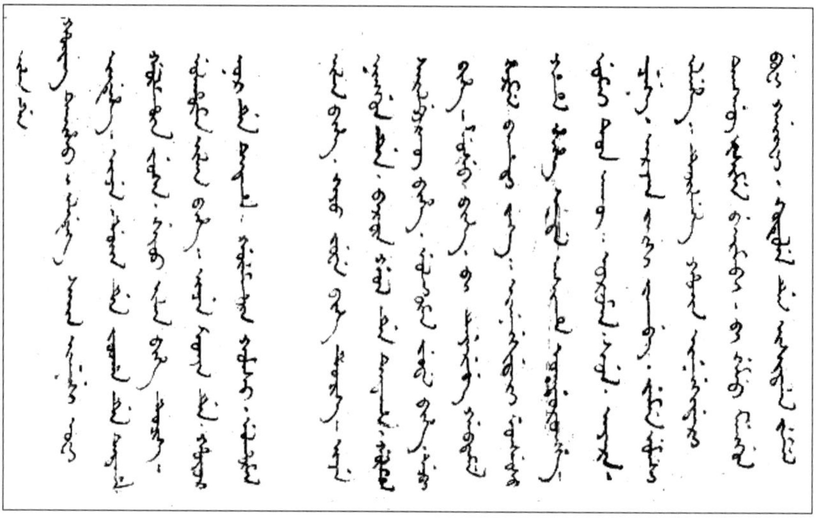

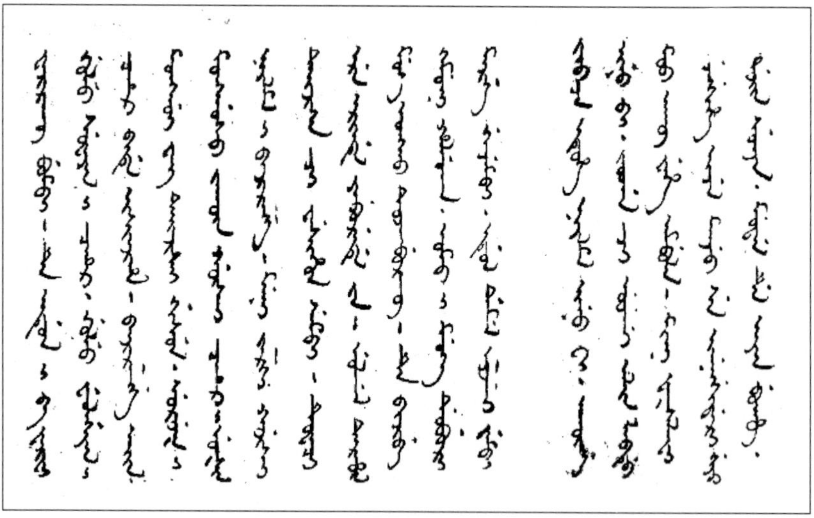

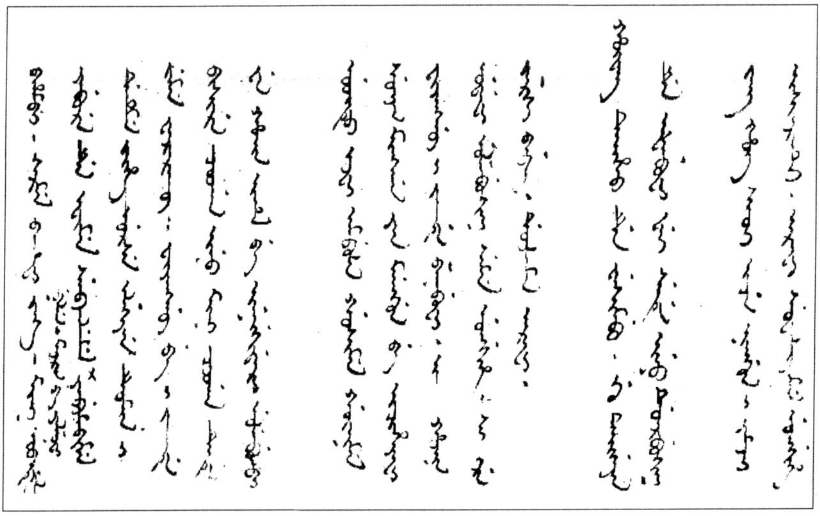

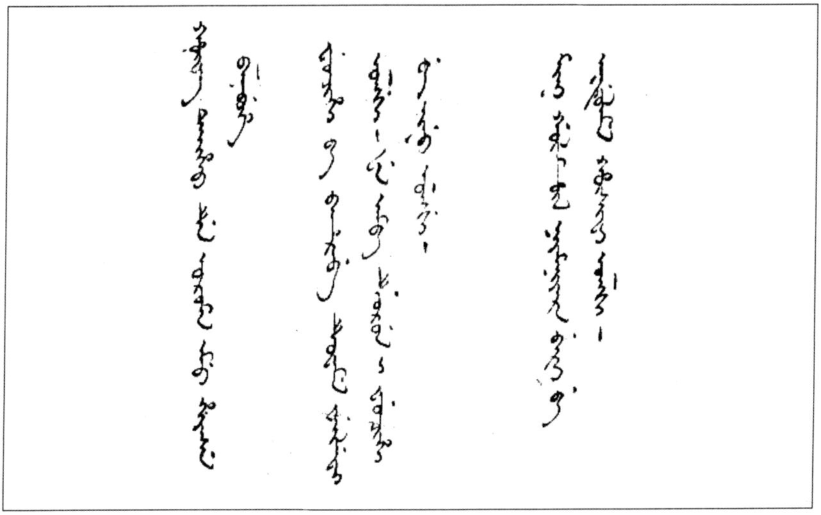

(p.523)

ice juwe de huhu ergi de tataha .. adun i monggoso be gaifi abalame yabuha .
gūlmahūn elgiyen bihe . bi susai jakūn waha . ice

(p.524)

ilan de hūwang taiheo i eldeke sain inenggi ofi indehe .. ice duin de jooha de tataha
gūlmahūn juken . giyoo ilan bihe tucike .. ulhūma ilan bihe .. ice sunja de . hoyor nor
de tataha .. gūlmahūn komso . ulhuma

ilan bihe . kiyo juwe bihe tucike .. ice ninggun de . barūn gol de tataha . gūlmahūn
sarhaburakū bihe . ulhūma juwe bihe . dobi bihe . mušu bihe . bi deyerebe gabtame
kejime bahabi jeke .. inenggidari monggoso haha hehe sakda asihan okdorongge ..
umai ton akū .. oroma . sun . ayara . cege . arjan jergi jakabe . jeme umesi elhe ..
tuilehe honin inenggidari tanggū isime benjimbi . bi gemu menggun bufi gaifi .
kutule de isitala jeme

(p.525)

wajirakū bumbi .. te adun i ba wajifi gulu suwayan i cahar . gulu fulgiyan i cahar bade
isinjiha .. banjirengge sain . monggoi wang taijisai gisun . suruk i monggoso jakūn
gūsai cahar i uksin niyalma i banjirengge .. meni jergi gūsai taijisa ci wesihun
sembi .. tuwaci ere erinde yaburede ja .. ulga tarhūn muke onko tookaburakū .. te
bicibe kemuni halukan . omo i muke dobori majige gecembi . edun dame utgai
wembi

jibca etuhe niyalma inu bi . akūngge inu bi . jooga ci utgai alin labdu moo akū wehe
ambula .. mini faksalafi unggihe ice manju se inenggidari giyo duin sunja . mudan de
ayan buhū .

(p.526)

bahambi . kejime bahafi jeke .. mini ubade yabure de efime sebjaleme *belen i morin
be yalufi yabumbime dahame jihe urse elgiyen tumin i jeme wajirakū .. fiyanggū be i
jakade bisire cooga inu mini cooga tede we honin ihan be inenggidari ulebumbi

uttu ofi ambula gosime gūnime sunja minggan yan menggun be icihiyafi fiyanggū i
jakade benebufi . ihan honin udafi ulebukini seme unggihe . si ere jergi babe . doolame
arafi .

hūwang taiheo de wesimbu . gu taigiyan de afabufi fei sede inu donjibukini .
jang hūng sioi ice ninggun i yamji isinjihai . arafi suwaliyame unggihe

(p.527)

hūwang taiheo de oroma emu hiyase benebuhe fucihi ba baharabe tuwame weilefi
unggi . fe amba durun i fucihi be inu unggi .

mini gūlmahūn niyamniyara beri be akdulame hūsifi unggi ..

(37) 만문주접 권 77, pp.335~341,

한역 214, pp.109~110, 강희 35년 10월 16일到 片1

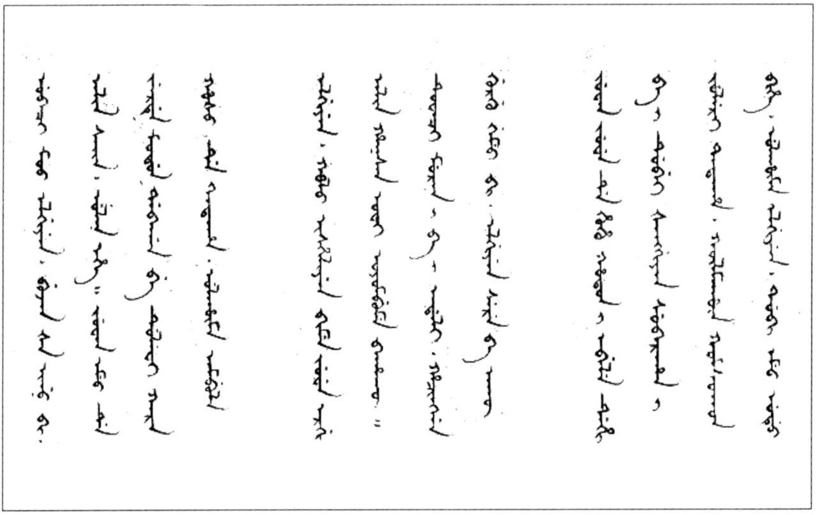

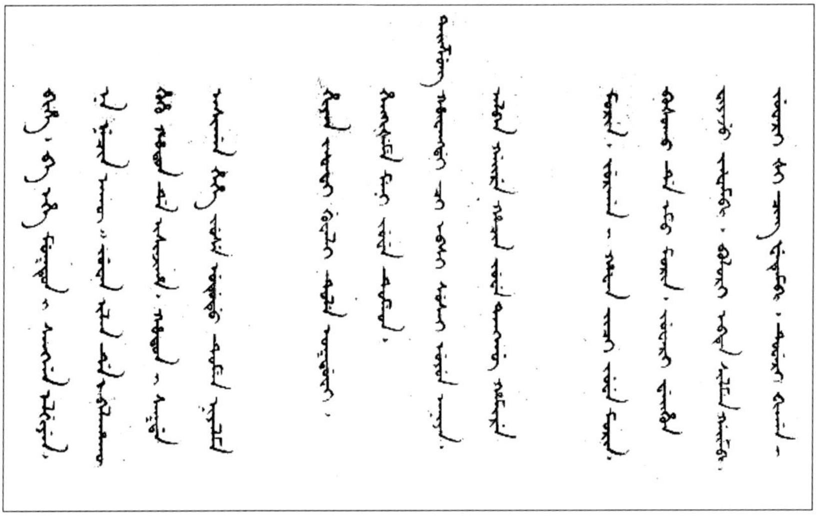

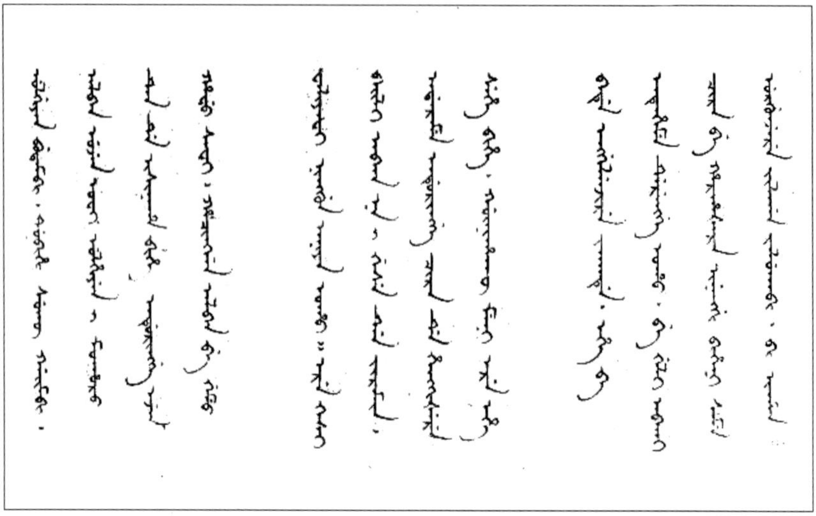

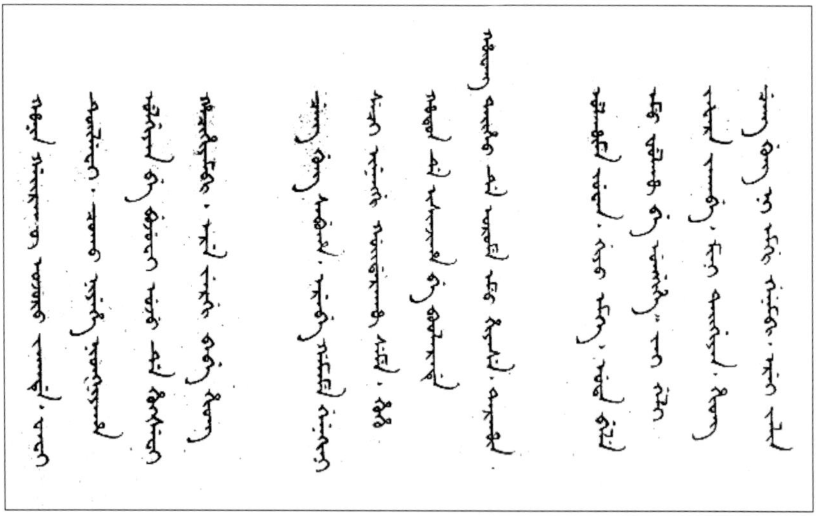

(p.335)

ꭞ ice nadan de hūlusutai bira de tataha . gūlmahūn bihe bi gūsin waha .. ice jakūn de mohaitu de tataha . gūlmahūn komso . dobi sunja baha ..

ice uyun de kara usu de tataha . giyo kejime bihe . ilan waha . gūlmahūn komso . dobi bihe . ulhūma emu udu bihe .. juwan de cagan bulak de tataha .

(p.336)

daiha i miyoo jugūn ci julesi gūsin ba .. dubede bisire jakade . dutte dabagan be dabame tuwanaha bihe . miyoo umesi juken .. daiha omo i amargi

cikin de halhūn muke emke bi . bulukan kalkai sereng ahai wang ni udu ubade tehebi . ere aniya jeku ambula bargiyara jakade . banjirengge nenehe ci

labdu yebe sembi . tuwaci kemuni yadambi .. niyalma yebken ojoro jakade ulga sunja tanggū šangnaha .. amasi urtu dabagan be dabame tatan de jihe ..

(p.337)

ubaci moo elgiyen . bujan ša inu bi . alin sain . ulan ehe .. juwan emu de jerde modon dabagan be dulefi kara hošo de tataha . ulhūma ambula elgiyen . holo isheliyen bime juwe ergi alin haksan ofi oyombume bahakū .. tuwaci muran i ba i adali . hacingga gurgu gemu bi . elgiyen sere ba akū

juwan juwe de huhu hoton i ebele dehi ba i dubei šanggiyan subarhan i juleri tataha . gūlmahūn komsokon bihe . ulhūma elgiyen . dobi emu udu

(p.338)

bihe . ba ehe muktun i sangga elgiyen . na necin akū .. juwan ilan de abalahakū huhu hoton de isinjiha . hoton i sakda asigan hehe juse ududu tumen niyalma

hiyan jafafi guwali tule okdofi . hengkišeme meni juwe tumet. taidzung hūwangdi ci ebsi susai uyun aniya . alban gaire hacin juwe tanggū hamire

morin . jurgan i hafan jici juwe morin . bošoko de emu morin . juwari weihun fiyaju jafambi . bolori ebte silmen gaimbi . juwari ši cing fetembi . tuweri bigan i

(p.339)

ulgiyan butambi . dobihi sukū gaimbi . alban ujen ofi ulhiyen i mohoro ten de isinaha bihe enduringge ejen hafu safi . hacingga alban be gemu

waliyafi ninggun aniya oho .. ere kesi baili abka na i gese den jiramin . adarame enduringge cira de hengkišere sehe bihe . gūnihakū meni ere ehe

bade enggelenjire jakade . ehe ba enteheme derengge oho . be geli abkai cira be
harhašara inenggi biheni seme urgunjere jilgan jalukabi . bi ihan

(p.340)
honin gairakū ojoro jakade . wafi tuilefi . coko niyehe niongniyaha . ulgiyan be bujufi
uju de hukšefi hacihiyambi . ere jergi babe hiong

ceng gung sabuha . erebe gamame genekini seci inenggi goidarahū seme . huhu hoton
de isinjiha be boolarade hūwang taiheo de orome emu hiyase . tarhūn

ulhūma juwan . giyo emke . uta bele emu fulhū be unggihe .. jai geli jafara jakabe .
mini taigiyan . hiong ceng gung ni emgi genembi . erei jalin

(p.341)
wasimbuha
十三日晚

〈후후 호톤의 대본영〉

(38) 만문주접 권 81, pp.352-353,

한역 권 217, p.111, 강희 35년 10월 18일 上諭譯

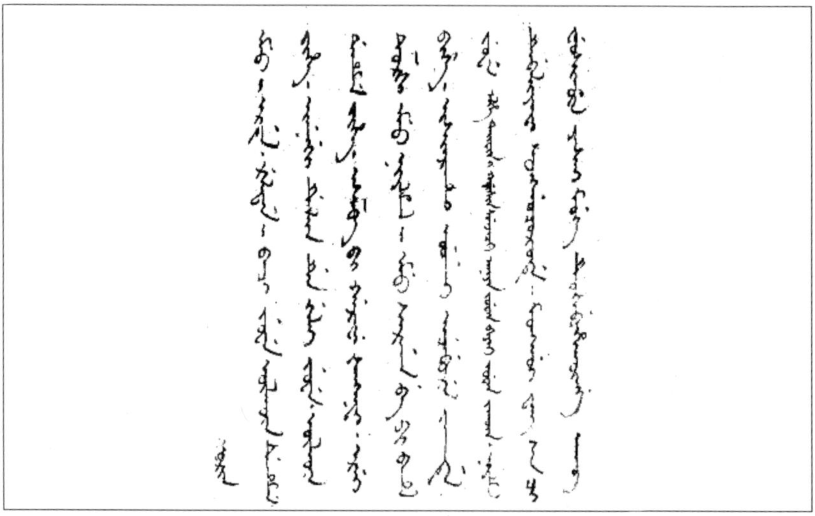

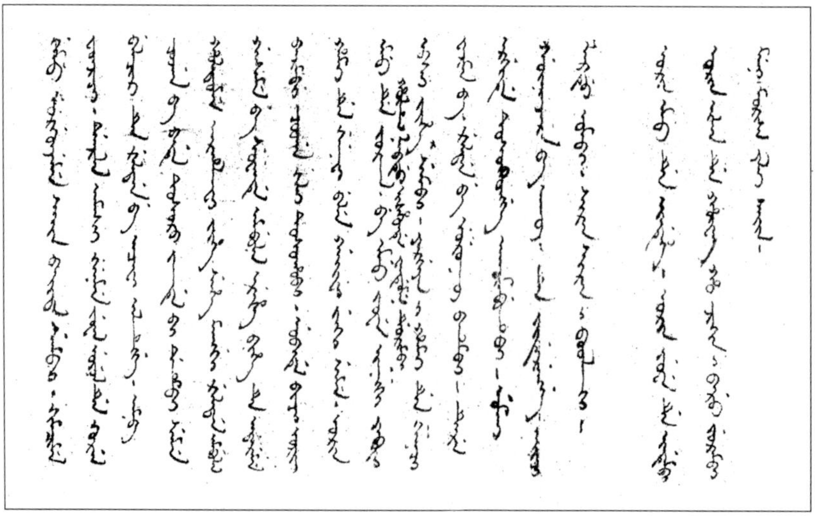

(p.352)

☷ orin emu i erde . g'aldan i baci juwe ūlaūn dahame jihe . inenggi dulin de geli juwe ūlaūn dahame jihe . esebe bi gajifi šangnafi . erei dorgi emu niyalma i emu sargan be bi baha bihe . isinjihai utgai acabure jakade juwe

elhe taifin i gūsin sunjaci aniya juwan biyai juwan jakūn .

niyalma tebeliyafi songgocorode .. monggoi wang sa ci fusihūn yasai muke tuhebuhekūngge akū .

(p.353)

gemu urgunjeme sain baita sembi . kimcime fonjici . danjila amasi geneme juwan uyun de kuren belcir de g'aldan be acafi alahangge . amba cooga ba bade tosoro jakade bi dahambi seme holtome arhalafi jihe sehe manggi g'aldan ambula gasame be suwende ambula erehe bihe te adarame banjimbi cooga geli tosohobi . ubade bici ojirakū hami de genefi bele gaifi jeki seme . orin emu de juraha . be emu juwe inenggi yabufi ebsi jihe *hūlha labdu ishūnde wandume durimbi* sembi . yargiyan i hami de geneci wajima ba . g'aldan be urunakū bahambi .. tere ergide tosohongge akūmbuhabi . umai gūninjara ba akū . te jiderengge ainci labdu ombi . siran siran i boolaki ..

orin emu de indehe .. orin juwe de indembi orin ilan de hūwang ho cikin i baru jurambi meni morisa yali sain .

(39) 만문주접 권 82, p.358,

한역 권 219, p.112, 강희 35년 10월 24일.

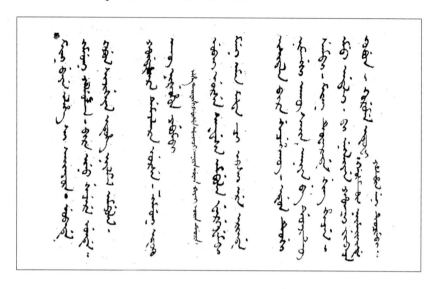

(p.358)

♣ mini beye elhe si saiyūn . ubade kemuni halukan . bira inu gecere unde .. kubun
sijigiyan etuhe niyalma ambula .

hūdašara damjalara urse . kemuni etuku akū nišuhun yabumbi .
elhe taifin i gūsin sunjaci aniya juwan biyai orin duin .
ubai urse sakdasa ambula ferguwembi meni ama mafa ci ebsi ere erinde

isitala bira gecehekū .. edun tugi nimanggi akū sain aniya be donjihakū sembi .. mini
tuwarade ging hecen i emu adali . bi nekeliyen honci jibca kubun i kurume etufi
gūlmahūn niyamniyarade halhūn nei tucimbi ..

〈黃河江邊에 滯在〉

(40) 만문주접 권 89 pp.374-387,

　　한역 권 224, pp.114-115, 강희 35년 11월 초6일到. 上諭譯

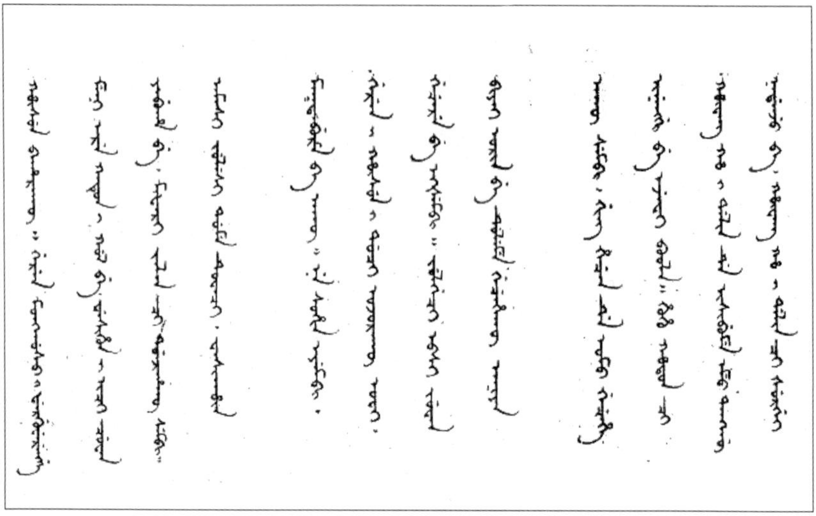

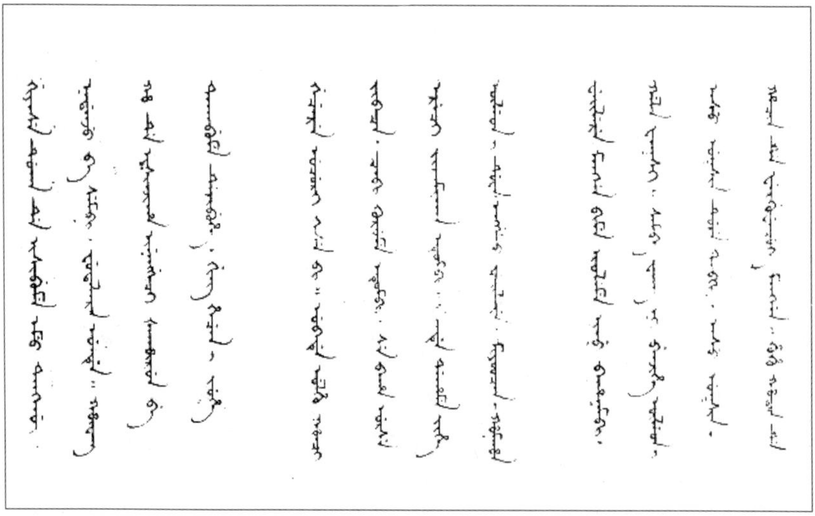

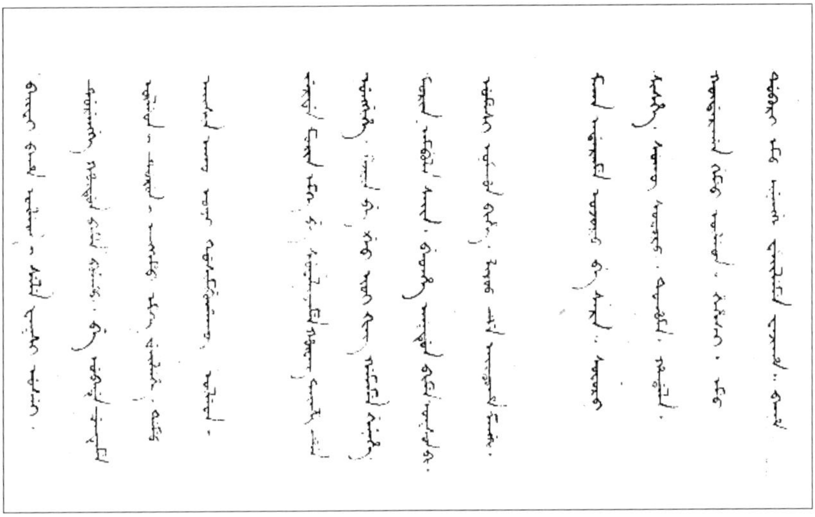

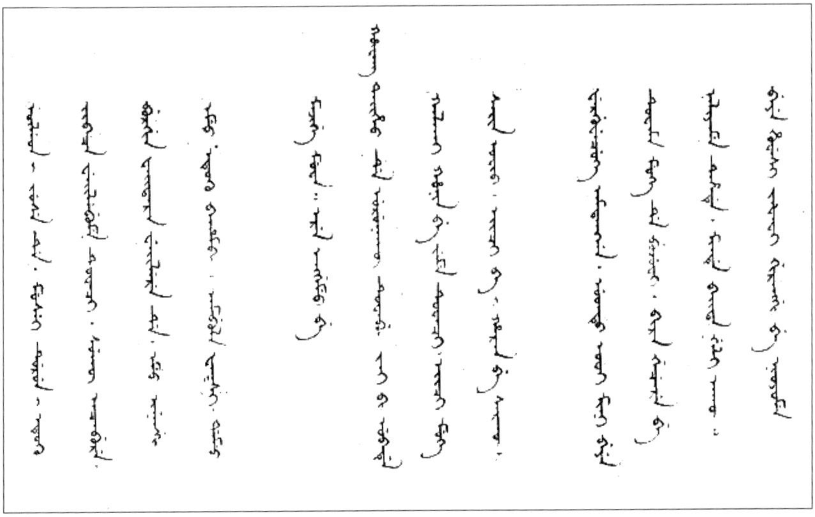

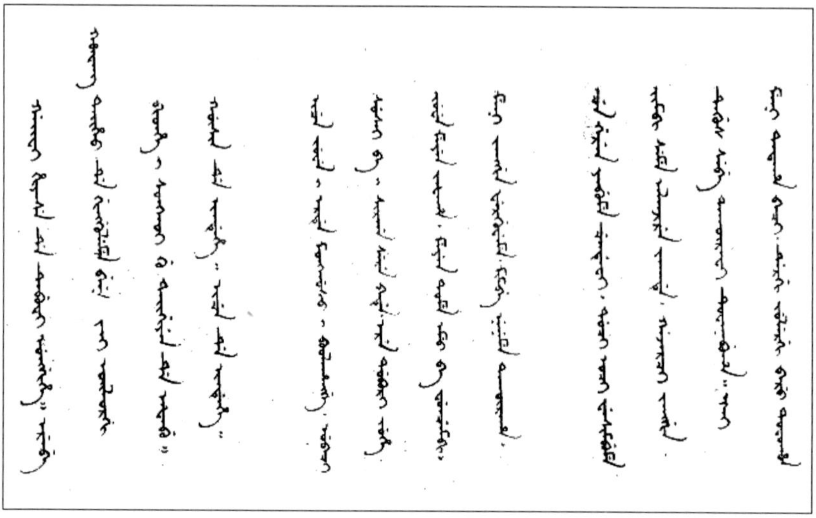

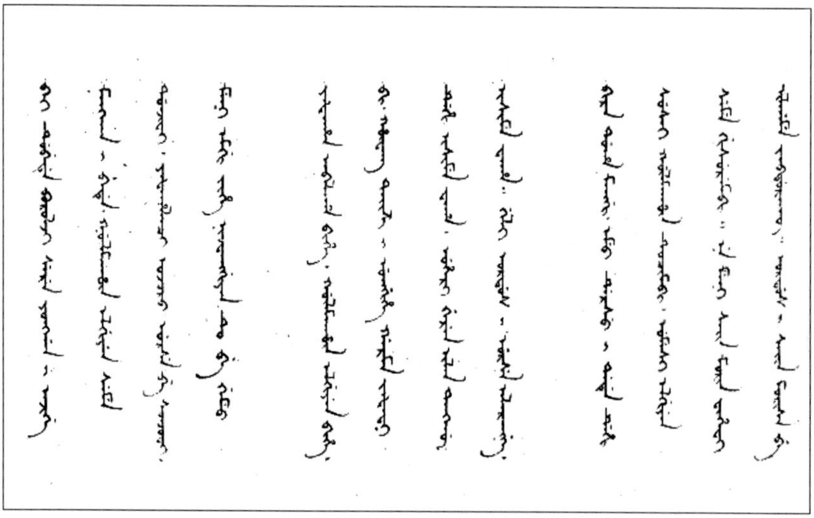

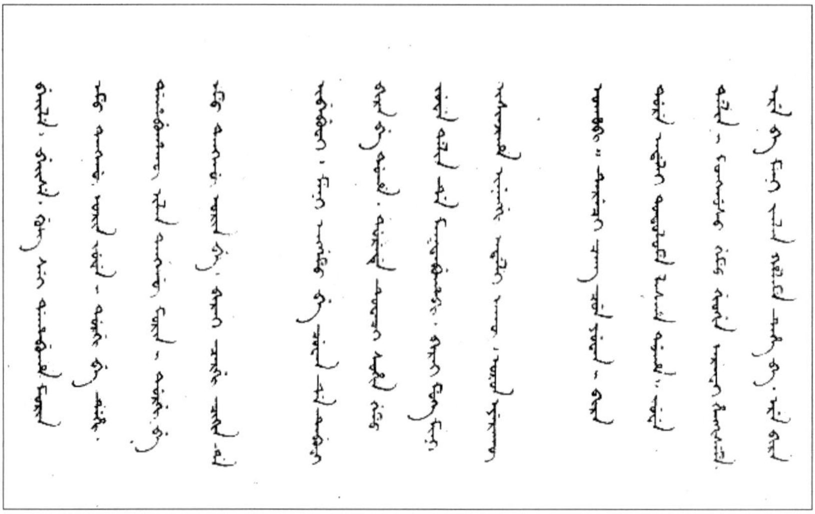

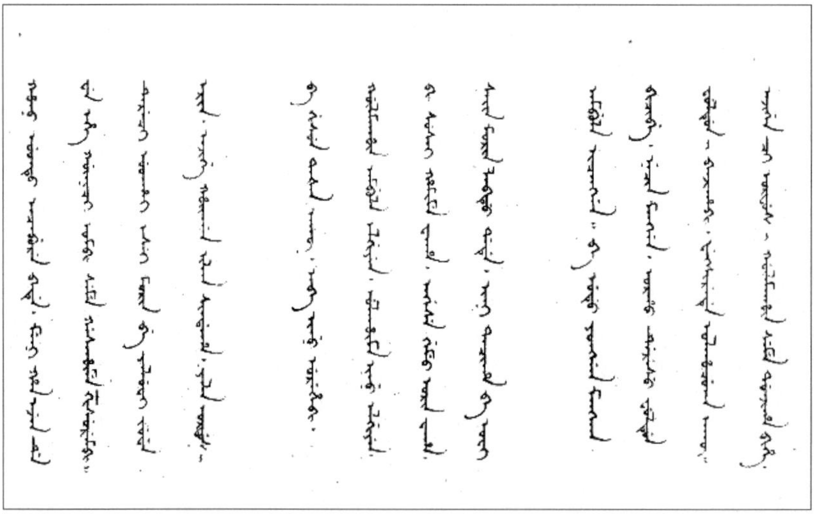

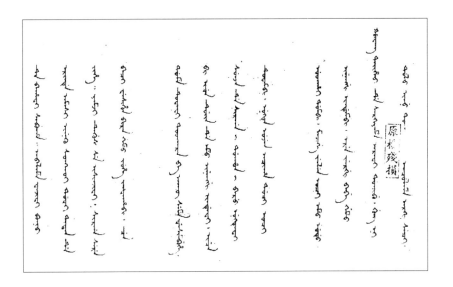

(p.374)

☙ hese hūwang taidz de wasimbuha .. orin nadan de lisu baising de tataha . ere

inenggi gūlmahūn bihe . elgiyen akū .. orin jakūn de hūtan i hošo de tataha . nikasa sembi . gūlmahūn bihe . elgiyen akū .. ere uthai hūwang ho i dalin . bira be kalfime tuwaci . ice manju . mini beye . amba age . gabtara sain urse ja i dabambi . eyen inu elhe .

(p.375)

julergi ba i hūwang ho de duibuleci ojorakū .. tian jin i mederi de dosika birai umesi isheliyen baci geli isheliyen .. orin uyun de indehe . erde ordos i

wang . beile . beise . gung. taiji se . bira dome jifi acanjiha bihe . bi hūwang ho i cikin de genefi . bira i onco be bodoho . emu tanggū ninggun da . kalfifi
dabarangge susai okson funcembi .. tereci cuwan de tafafi . mini beye . ice manjusa i emgi bira i wesihun selbime tuwaha . kemuni ombi . cuwan ahūra ehe ofi . gala de

(p.376)

hūsun baharakū .. geren monggso i ferguwerengge meni ere katun i gol be wesihun i ici cuwan yabuha be . mafari jalan ci donjihakū sembi .. amasi julesi dome tuwaci . wasihun

maktabure ba akū .. ne sohin eyembi . geren i hūsun i doci ojorakū ofi . gecere be ekšembi .. julgeci ebsi juwan biyai orin be duleme gecehekū aniya

akū sembi . ging hecen de omo gecehe inenggi be ejefi boola .. huhu hoton ci hūwang ho i dalin de isibume emu tanggū nadanju ba . hūwang ho i dalin ci šurgei

(p.377)

giyase duka de isibume emu tanggū nadanju ba sembi . futalara unde .. hūwang ho de
isinjiha inenggici šahurun be takabume deribuhe . ging hecen i juhe

gecere ucuri gese bi .. ubade ulhu honci jibca . cabi kurume etumbi . se baha urse ereci
jiramikan etumbi .. (mende) dahame jihe ūlet i duwa . enggemu weilere . miyoocan i
homhon

weilere mangga bime ioleme inu bahanambi . gala faksi .. šamba wang ni benjihe ūlet i
asu uksin dure tabki . asu uksin i hacin de ferguwecuke mangga .. huhu hoton de

(p.378)

baifi baha ūlet i sele faksi usei . durengge hūdun bine bolho . be ubade cendeme ūlet i
durun i enggemu emke weilehe . damu aisin akū ofi dosimbuhakū . ūlet i

jerde morin emke be suwaliyame hūwang taidz de unggihe . morin be g'ao ioi king
gamame genehe . ambula sain . bethe akdun bime okson bi . umesi nomhon bihe .
liyoo de aituha manggi .

maka adarame ojoro be sara .. soforo sishe sukū . soforo . tohoma . hadala . kūdargan
gemu ūlet i hehesi . emu dobori emu inenggi weileme wajiha .. baha

(p.379)

ūlet i juse de . musei durun i etuku jibca weilebume tuwaci . sukū acabure burgin
faitalra weilele de . emu inenggi emu etuku baimbi . ambula faksi . damu

majige muwa .. ere enggemu be hūwang taiheo de urunakū tuwabu . jai bi ubade kalkai honin be jeme tuwaci . eici muke sain ofio . eici ba i haran be sarkū .

ferguwecuke amtangga . uttu ofi mini beye tuwame muke de bujufi . bira gecere be
aliyame tehede . minde baita geli akū .. beye huwesi jafafi giranggi be nioyome

(p.380)
gaifi hiyase de tebufi unggihe .. erebe hūwang taiheo de gingguleme bene . jai oilorgi
bithe i songkoi gu taigiyan de afabu .. gūsin de indehe .. ice de indehe ..

ice juwe i erde monggoso i boolahangge . ubaci susai ba i sirga sere bade . ere dobori
juhe juwe meyen jafaha . meyen tome emu ba funcembi . meni janggin ferguweme .
mimbe neneme takūraha .

ce geren yabume cendefi . doci oci wesimbume jimbi seme alanjire jakade . gajarci
janggin tegus sebe takūrafi tuwanabuha .. jai meni tataha baci . dergi julergi baru
tofohon

(p.381)
bai dubede borolji sere yonggan i ajige mangkan i bade . gūlmahūn elgiyen seme donjifi .
yafahalaci ojoro urse be sonjofi . meni emgi jihe niowanggiyan tu be gemu

yafahan abalaha bihe . gūlmahūn elgiyen bihe . bi . hūwang taidz i unggihe garma
jafafi dehi isime waha .. uheri geren ilan tanggū isime waha .. geli ordos i urse alarangge .
bira doha manggi . emu dersu i dade dehi susai gūlmahūn tucimbi . umesi elgiyen
seme gisurembi .. ne meni sain morin fihefi ilgame jabdurakū .. ordos i sain morisa be

(p.382)

bira dobume gajihakū ere ucuri aikabade mukden i ergici aika benjici giyamun
jobombi . meni ubade hacingga jetere jaka gemu bi . aika unggiki seci . damu buhū
uncehen

susai . ilenggu susai . ooha . onggošon . jelu nimaha isinjici komsokon unggi . gūwa
amba nimaha . ajin . bi jeterakū . ūlhūma ume benjire . meni ubade elgiyen bime
tarhūn

gioi dz . g'an dz i jergi jaka be . udu isinjiha seme ume benjire . tubihe ufa i jergi hacin
be . be ubade ning hiya ci gajifi jembi . ufa ambula sain . udu

(p.383)

dele baitalara sain ufa be efen weilefi adabume tuwaci . musei ufa sahaliyan bime
mangga ning hiya i ufa šeyen bime uhiken narhūn . udu labdu jeke seme singgere sain .

mucu inu ambula sain . mucu i gebu gung ling sun . amba mucu i jakarame da de .
gemu ajige sodz mucu bi . neneme sodz mucu be kemuni jeke gojime uttu banjire be
šahakū

bihe . yargiyan i aldungga .. šulhe inu sain . gu taigiyan i boo guwe sy de udaha sain .
šulhe ubade tucimbi .. ice ilan de erde bira dome niyalma takūrafi . ordos i wang .

(p.384)

beile . beise . gung sei dahabuha morin emu tanggū orin juwe i dorgi be dehi .
dahabuhakū ilan tanggū morin i dorgi be emu tanggū orin be . birai cargi cikin de

ibebufi . meni enggemu be cuwan de tebufi bira be doha . dorede tuwaci sohin gemu juwe dalin de maktabuhabi . birai muke mini isinjiha inenggi adali akū . oron eyerakū

ohobi .. tereci cang cun yuan i bira dore adali tondolome lasha doha .. juwe dalin i monggoso gemu giogin arafi hengkišeme . ere ba meni jalan halame tehe ba . ere bira

(p.385)
hono uttu acabure bade . meni han ejen de we ehe gūnici ombi   seme gashūme gisurembi .. tereci uthai esei morin be yalufi juwe erin . ajige hoigan ilan sindaha . yala ordos i

ba gisun tašan akū . aba inu urehebi . gūlmahūn ambula elgiyen . ulhūma inu elgiyen bi susai hamime waha . agese gemu orin waha . sain morin labdu dade . ini taciha ba ofi

ambula icangga .. ba udu yonggan mangkan bicibe . necin mangga . orho deresu fuldun fuldun i banjihabi . feksirede olhocuka akū .. ajigen ci ordos i gūlmahūn seme donjiha bihe .

(p.386)
te bahafi sabuha .. abalame wajifi bonio erinde amasi ineku songkoi dofi tatan de jihe .. yamji tegus se isinjifi . sirga sere baci wesihun bira gemu juhe jafahabi . ce

dome tuwafi tookara ba akū seme wesimbuhe . bi ice duin de emu inenggi indefi . ice sunja de sirga I dohon i baru nuktefi tuwambi . nukte ujen aciha doci oci

uthai dombi . majige jelen oci emu udu inenggi indembi . ere jergi babe gemu hūwang taiheo de sarkiyame arafi donjibu . gung ni dolo inu (donjibume 原檔 殘損)

enculeme araki seci

(p.387)

emdubei jursulebumbi . sinde uherileme wasimbuci

eici donjirengge kai . tulergi urse de ume alara . erei jalin cohome wasimbuha ..

〈오르도스에서 대규모 사냥을 즐기다〉

(41) 만문주접 권 93, pp.394~397.

　　한역 권 227, p.116, 강희 35년 11월 초9일到.　上諭譯

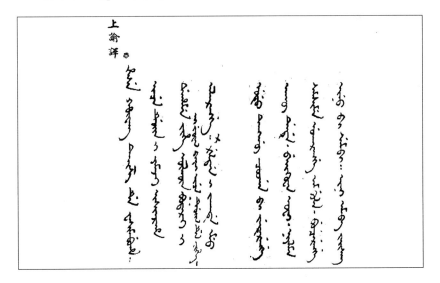

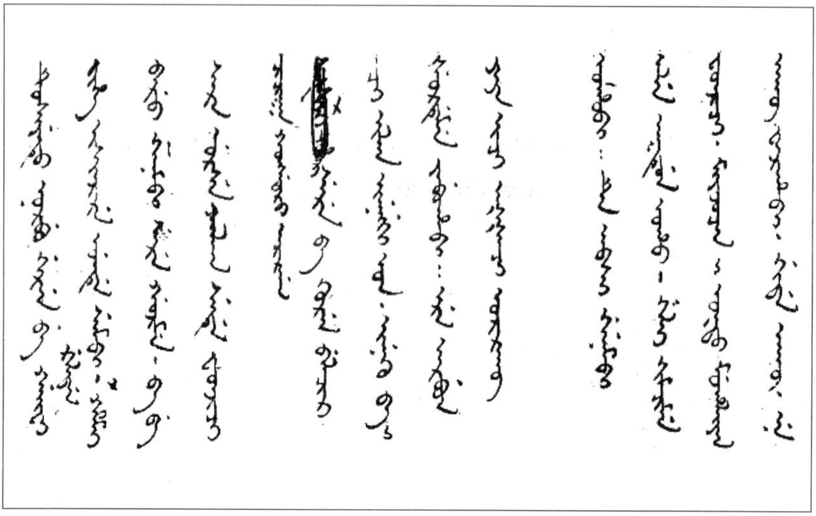

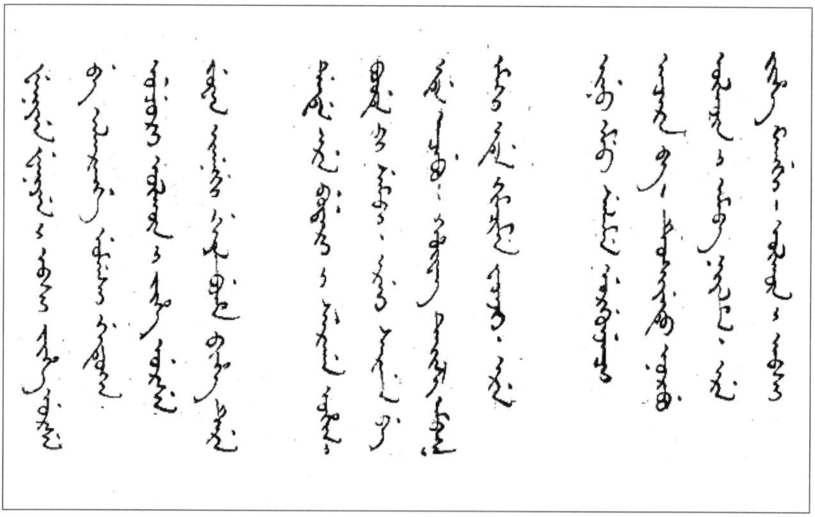

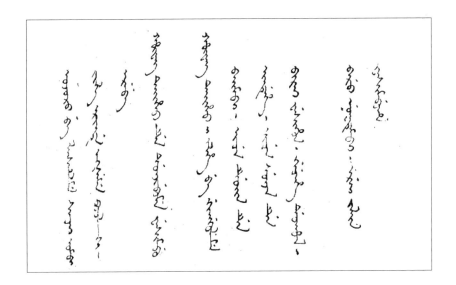

(p.394)

꧁ hese hūwang taidz de wasimbuha .. ice duin i yamji isinjiha . dahame jihe ūlaūn budari i alarangge .. *i juwan biyai ice duin de jihe .. g'aldan i jakade emu udu tanggū cooga bi jeterengge akū dade . beikuwen ofi . niyalma samsime ukarangge ambula . bucerengge inu bi sembi .. ini amba jaisang

(p.395)

tusiyetu norbu geren be gaifi jihe isinjire unde sembi . *g'aldan hami baru genembi sere gojime .. ba be sara urse kalka sede fonjici

cicikna konggoro ajirgan sere ba kuren belcir ci ilan inenggi on . ineku ba i šurdeme yabuhabi .. ere arbun yaya ici aššaci ojirakū

ohobi .. te absi genembi ele akdun oho .. geli kimcime fonjici . miyoocan i okto muhaliyan akū wajihabi . gida akū . ne

(p.396)

feniyen feniyen i ebsi jihe urse be alarangge umesi getuken . ucuri ūlaūn i jihe urse . juwan inenggi giyalabuha bihe dere

dade ere budari i sargan ohin i boode bi sembi . erei sargan be ede acabu .. hūwang taidz ambasa emgi ede kimcime fonji . ere

inu emu selame urgunjeci acara ba . tusiyetu norbu ūlaūn i amba niyalma . ere jihe manggi . ūlaūn i absi

(p.397)

ojoro be lashalame saci ombi jihe erinde ekšeme boolaki .. erebe hūwang taiheo de donjbume wesimbu

hūwang taiheo i elhe be gingguleme baimbi . ice duin de indehe . ice sunja de birai wesihun . gecehe dohon i baru nuktembi . erei jalin wasimbuha

(42) 만문주접 권 97, pp.415~425.

한역 권 231, pp.118~119, 강희 35년 11월 14일到. 片1 上諭譯

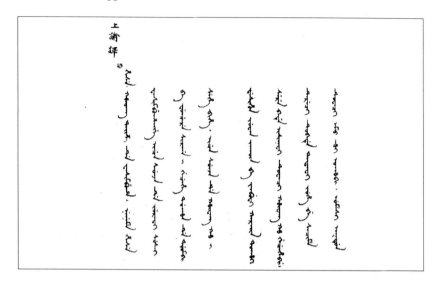

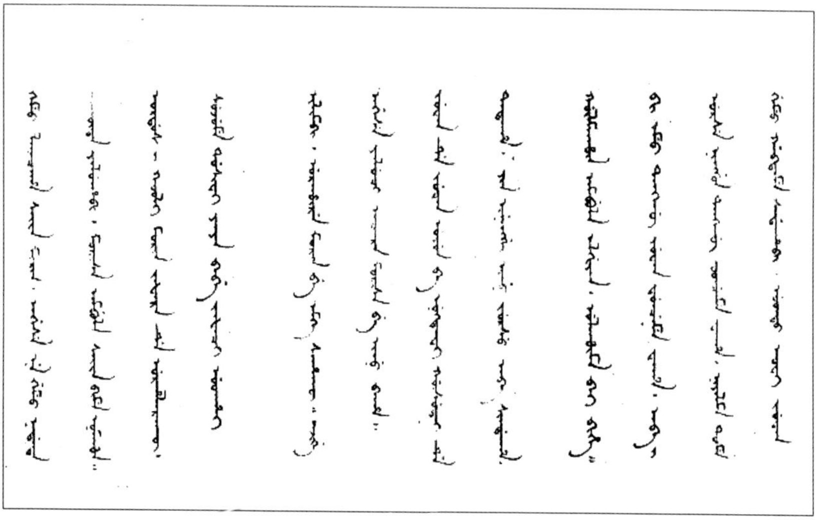

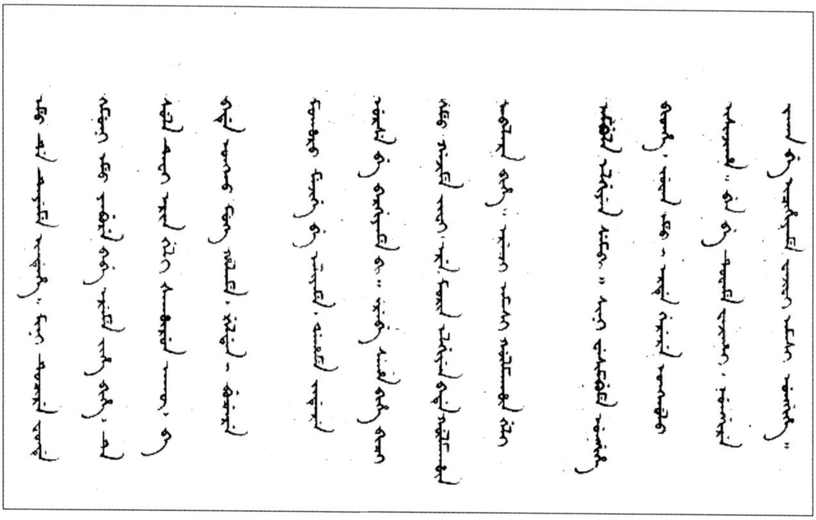

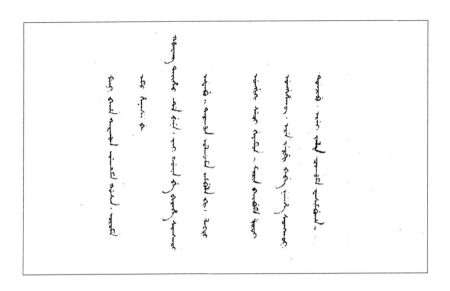

(p.415)

☪ hese hūwang taidz de wasimbuha . neneme hese wasimbuhangge ice sunja de jurafi

susai ba funcere sirga i gecehe dohon de doombi sehe bihe . ice sunja de hūwang ho i

wesihun juwan jakūn ba yabufi karain tohoi sere bade isinafi tuwaci hūwang ho

gecehebi . tereci tubade tatafi juhe be sacime tuwaci emu c'y ohobi umesi . akdun

(p.416)

ofi ilan gūsa be ilan jugūn banjibufi jugūn be sektebufi . ice ninggun de nukte ujen

aciha gemu dooha .. erei dergi ninggun ba ci wesihun inu gecehekūbi ..

wargi ilan

ba ci fusihūn inu gecehekūbi .. uheri monggoso i ferguwerengge . daci hūwang ho

gecembihede . amargi beikuwen i ergici geceme deribumbi . ere gese halhūn .

bira gecerakū de

dulimbaci jiramin gecehe be saha ba akū sere anggala donjiha inu akū seme
gisurembi .. bira dooha manggi uthai aba sindaha . gūlmahūn ulhūma ambula elgiyen
bihe . ulhūma

(p.417)
gabtaki seci gūlmahūn sartabumbi . gūlmahūn niyamniyaki seci ulhūma sartabumbi .
juwe sidende ofi oyombume wahakū . gūlmahūn dehi isime . ulhūma juwan funceme
waha

ulhūma tarhūn bihe .. yamji tatan de ebuhe manggi . wang beile beise gung sei eniye
sargata gemu jihe bihe .. bi ordos i bade isinjire jakade . teni ordos i banjirede

derengge . doro kooli . fe monggoi amba giyan be majige waliyahakū be saha ..
ninggun gūsai wang beile beise gung taijisa gemu hūwaliyasun emu beye i adali .
siningge

(p.418)
miningge sere ba akū . hūlha holo akū . temen morin ihan honin be tuwakiyara
ba akū . ememu morin tuilafi waliyabufi . juwe ilan aniya ohongge . gūwa bahaci
gidarakū jasak de

benefi ejen de takabumbi sembi .. wang ni eniye inu banjiha eniye waka . beile i
eniye inu banjiha eniye waka . ese ceni eniye be kundulerengge banjiha eniye ci fulu .
alimbaharakū

fujurungga saikan .. gūwa monggoso erebe sabuci girume buceci acambi .. ordos
banjirengge teksin sain . ulga elgiyen . sain morin ambula .. udu cahar i banjire de

majige isirakū bicibe

(p.419)
gūwa monggoso ci lakcafi bayan . gūlmahūn niyamniyarengge udu saikan hocikon
akū bicibe umesi urehebi . goibure sain . ne mini yalure sain morin juwan funceme
bahabi .

ilgara unde morin tanggū funcembi .. meni ubade hūwang ho i ši hūwa ioi umesi
elgiyen . giyasei dorgici inu benjimbi . monggoso inu benjimbi . umesi ice ofi tarhūn
amtangga

hūwang taiheo amba nimaha angga isirakū be dahame unggihekū . be ubade goidafi
tacifi tuttu ba ulhirakū . muke boihon ambula sain . jeterengge elgiyen . dejirengge
elgiyen .

(p.420)
niyalma tome gemu sain . tere dade asuru beikuwen akū . te bicibe meni kerulun de
duin biyade etuhe etuku be etuhe ba akū . ging hecen de majige šahūrun ohode .

singkeyen dorgideri niksimbi . ubade oron akū . ere inu emu ferguwecuke ba . ereci
amasi šahūrun ojoro be ainambahafi sara dungsyhai sere giyamun i bade tataha .. ice

nadan de indehe . ere inenggi ordos i alban jafaha morin temen i jergi jaka be
icihiyaha .. ice jakūn de indefi wargi julergi mangkan be abalaha . gūlmahūn ulhūma

(p.421)
ambula elgiyen bihe . bi ninju isime waha .. be morin hairame . morin elgiyen amban

hiya ahūra uheri ninju isime niyalma genehe bihe . uheri ilan tanggū funceme waha ..
ereci

amasi ele elgiyen sembi .. ba umesi sain . udu mangkan majige majige bicibe ajige . na
mangga .. meni yabure de amtangga babe ambula gocime araha . jalu araki seci

hūwang taidz . agese boode bisire urse . dolo wajime buyarahū seme gūnimbi ..
indeme tehede gūlmahūn feksime boso hoton de gemu dosinjimbi . nukte ebuhe de
tehei bahara

(p.422)

urse inu ambula . ice uyun de juwan duin ba nuktefi cagan bulak sere bade tataha . ere
inenggi gūlmahūn ulhūma ambula elgiyen bihe seme alara jakade . ice manju . asihata

baitangga . niowanggiyan tu cihangga yafahalaci ojoro urse be tucibufi . mergen aba i
durun i ordos i moringga aba i amargi be jursuleme sindaha . yala gūlmahūn ulhūma

elgiyen . bi uyunju isime waha . aba i urse ninggun tanggū funceme waha ere udu
inenggi ordos i morin be kemuni ilgan wajihakū . dergi ton de dosika morin dehi
funcembi .

(p.423)

gemu lakcaha sain morin . agese ne gemu nadata jakūta yaluhabi . morisa ambula sain
bime nomhon .. ordos i kooli morin jafara de urhalarakū . sujume dosifi yaya babe
jafafci uthai

ilimbi . urhūre morin be emke sahakū .. ajige agese yaluci acara morisa be inu baha ..
juwan de juwan uyun ba nuktefi hūsutai de tataha . an inenggi inu jursu aba sindaha .

gūlmahūn ambula elgiyen . ulhūma bai bihe .. bi emu tanggū juwan funceme waha . aba i urse ninggun tanggū funceme waha . niyalma tome gemu gabtame šadahabi . uttu ofi juwan

(p.424)
emu de teyeme indehe .. mini tucire fonde kemuni emu yabure babe ereme jihe bihe . te sula tefi erin geli šahūrun akū . ba bade ongko muke halame . g'aldan i bucere

mohoro mejige be aliyame . dahame jidere urse be bargiyame bi .. erebe saha bihe bici gemu gajime jifi . ere morin elgiyen bade gūlmahūn abalara bihe .. ereci amasi gūlmahūn geli

ambula elgiyen sembi .. sini wesimbume unggihe bithe . juwan emu i erde gerere onggolo isinjiha .. ben be tuwame wajihai . unggire jaka be icihiyame wajifi amasi unggihe ..

(p.425)
meni baha tarhūn ulhūma gūsin . orome emu hiyase be .

hūwang taiheo de bene . jai gūwa be bithe songkoi afabu .. tarhūn ulhūma ambula bi . labdu

unggiki seci giyamun i morin baibume ofi unggihekū . ere jergi babe nenehe songkoi donjibu . erei jalin cohome wasimbuha ..

〈곤궁한 갈단〉

(43) 만문주접 권 96, pp.411~414.

한역 권 230, pp.117~118, 강희 35년 11월 14일到. 上諭譯

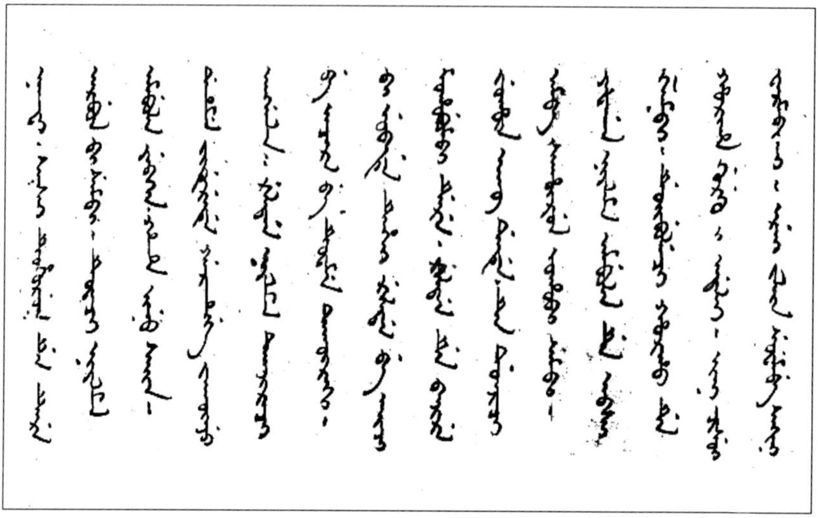

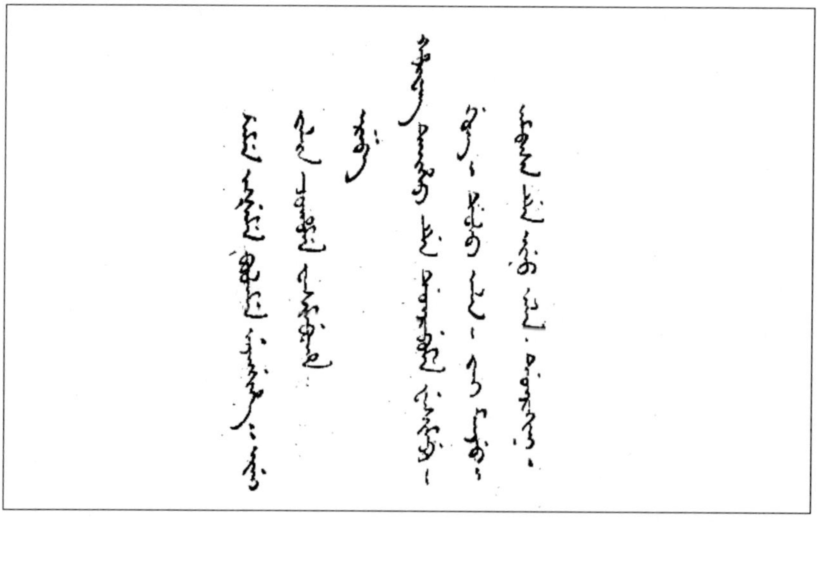

(p.411)

☯ hese hūwang taidz de wasimbuha .. juwan emu de boo be jurambuha nimašan .
ūlaūn i dahame jihe ušantai isinjiha kimcime fonjici . i juwan biyai ice ninggun de
tucifi jihe alarangge mini ging hecen de unggihe niyalma ci encu akū .. damu g'aldan
cagan guyeng jaisang . be takūrafi . wesimbume jimbi . ulga isabumbihe ..

(p.412)

aikabade yargiyan oci te haminjiha sembi . jing fonjime wajire undede . g'aldan i amba
jaisang . tusiyetu norbu isinjiha .. ere ujulaha niyalma ofi baita hacin be sarangge umesi
getuken .. kimcime fonjici .. g'aldan i mohohongge yargiyan . ere biyade ainci muru
tucimbi dere sembi .. gūwa hacin amba muru

nenehe niyalma i songko . neneme hami baru geneme toktoho bihe . meiren i janggin
ananda cooga gaifi tosoho be donjifi ainci generebe

(p.413)

nakafi . saksai tuhuruk de tere arbun bi sembi .. tuwaci niyalma ambula yebken . haha
inu sain .. dahame jiderede gajihangge jakūnju anggala .. g'aldan niyalma takūraci be
acara be tuwame takūraki . bi ubade tehei g'aldan be ainci mohobumbi dere . g'aldan
de banjire juhūn akū dade . te donjici amba šahūrun ohobi sembi . yafagan niyalma
ambula de absi genembi .. duibuleci horho de horiha gurgu i adali . ini cisui
wajimbikai .. erei jalin suwembe sakini

(p.414)

seme ekšeme boolame unggihe .. erei jalin cohome wasimbuha .. erebe hūwang taiheo
de donjibume wesimbu .. gung i dolo ala .. jai manju i ambasa de inu ala . donjikini .

(44) 만문주접 권 94, pp.400~402,

한역 권 228, p.117, 강희 35년 11월 초10일 上諭譯

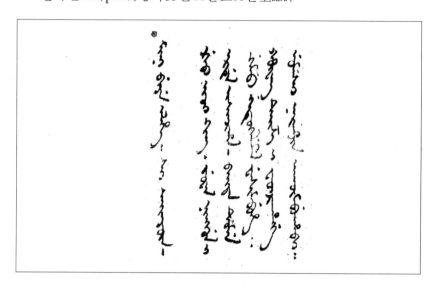

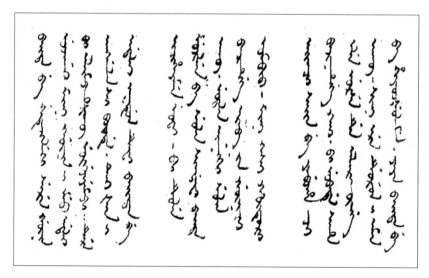

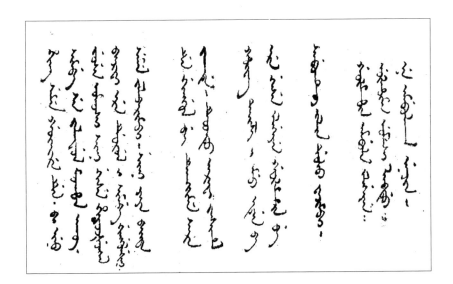

(p.400)

⚭mini beye elhe .. si saiyūn . g'ao ioi king . juwan ninggun i erde isinjiha . baita tumen gemu getukeleme wesimbuhe .. hūwang taidz i fonjihengge umesi narhūn akūmbuhabi ..

(p.401)

baita be getukeleki sere gūnin utgai mini gūnin i emu adali bi alimbaharakū urgunjembi .. tere anggala si boode . tai šan i adali akdun tefi baita be

icihiyame ofi . bi tule mujilen be sula sindafi baita akū . utala inenggi sula banjihangge erebe ja gūnici ombio . mini kesi hūturi

ainci sain be yabuha ci banjinahangge kai . bi ubade saha ele urse de alarakūngge akū .. sini ere durun i ama be hiyoošulame . yaya baita be

(p.402)

hing seme gūnire de . bi inu simbe se jalafun mohon akū . juse omosi sini gese
hiyoošungga banjifi ere durun i simbe ginggulekini seme jalbarimbi . sini yaya baita

de ginggun be tengkime sere jakade . tuttu arafi jasiha

hūwang taidz i emu eden ba ere gese elgiyen gūlmahūn be sabuhakū jalin dolo
wajimbi .

gūlmahūn ambula elgiyen .. ūlhūma umesi labdu .. ne ambula necin ..

(45) 만문주접 권 96, pp.437~447,
   한역 권 235, pp.120~121, 강희 35년 11월 20일到. 上諭譯

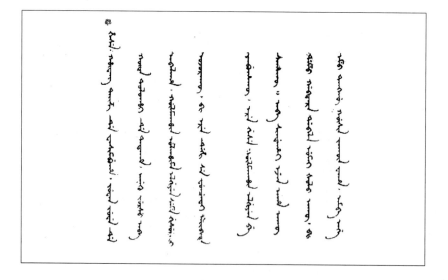

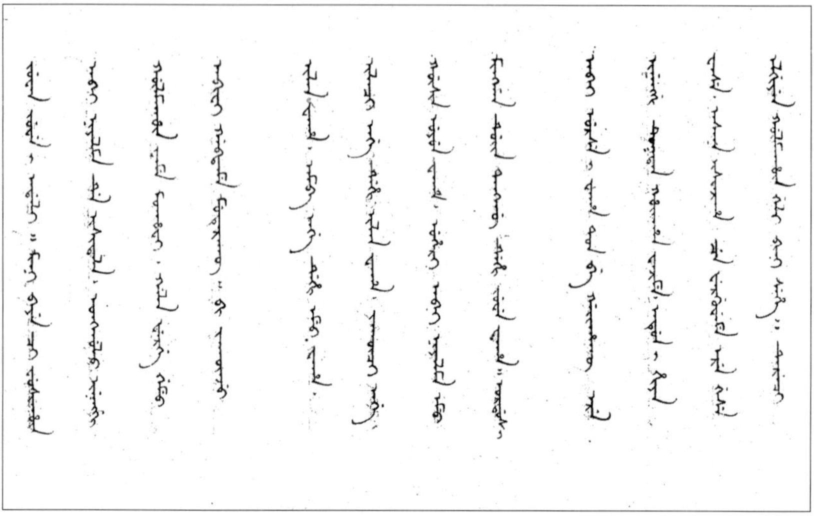

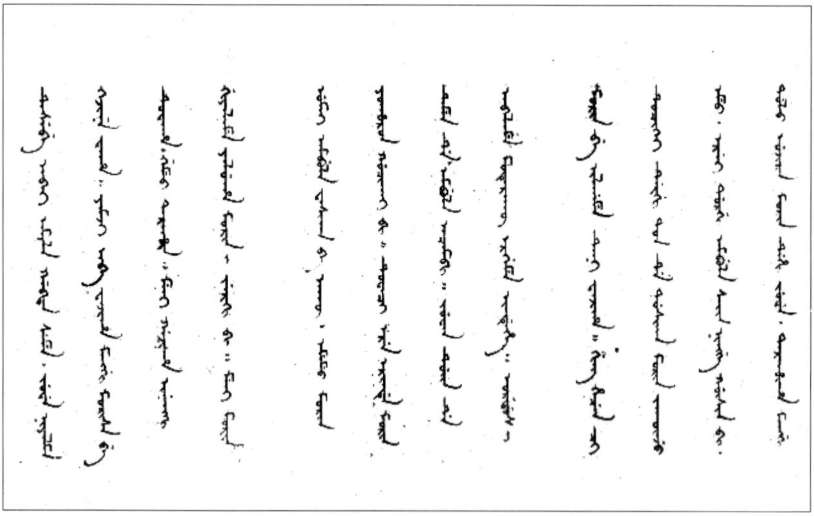

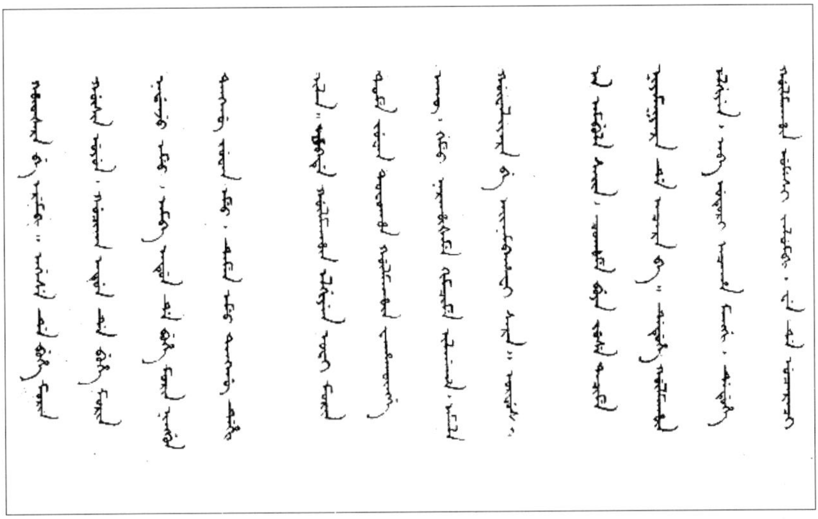

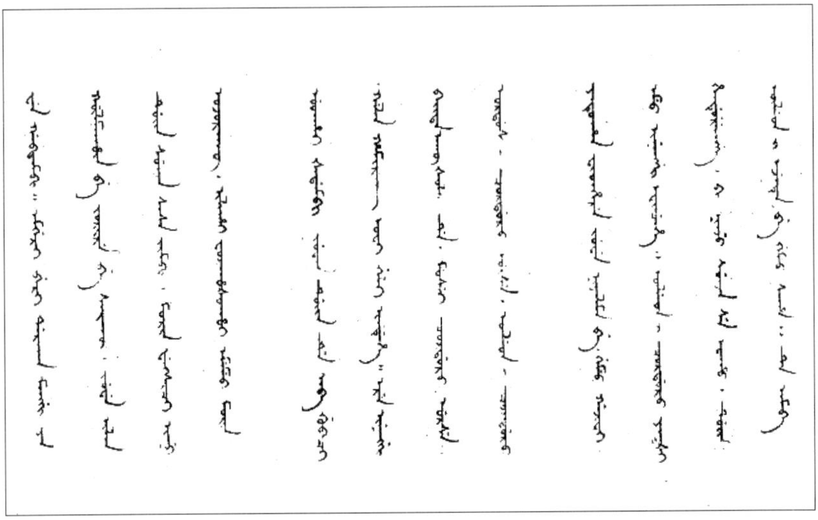

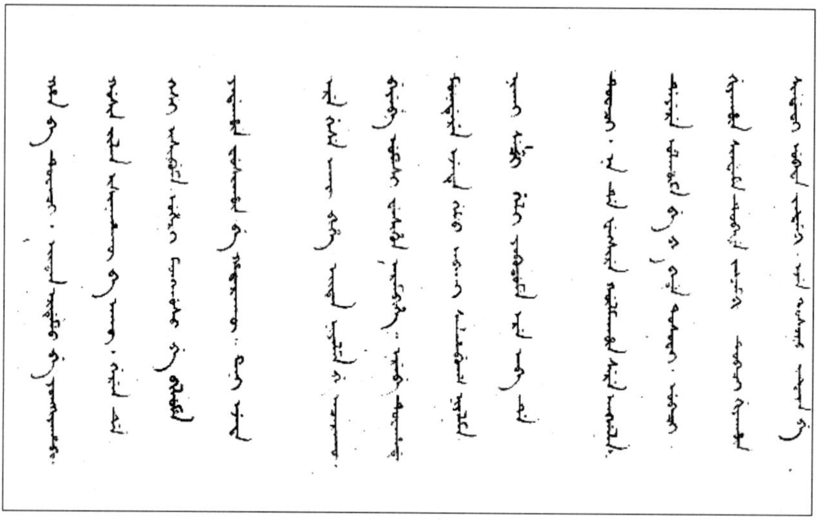

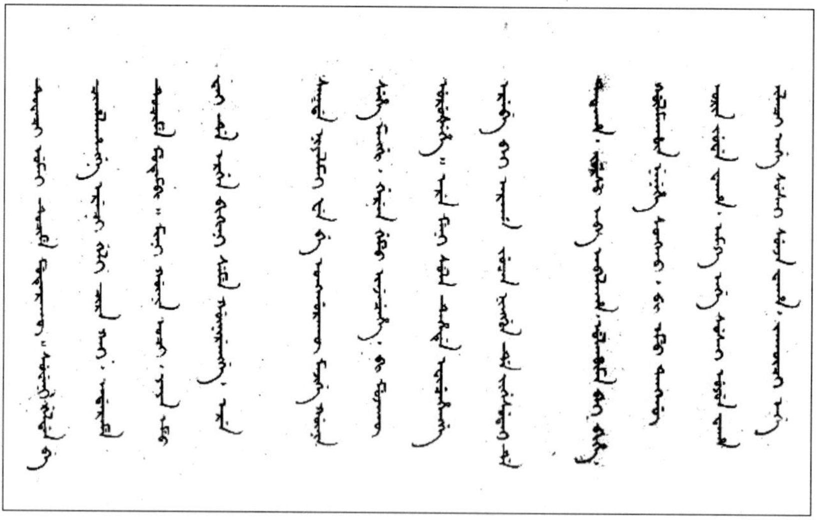

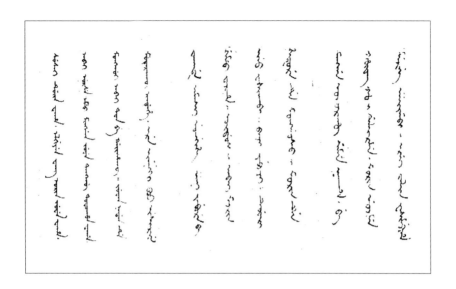

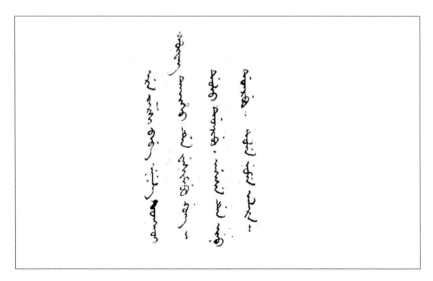

(p.437)

♧ hese hūwang taidz de wasimbuha . juwan juwe de kūwa tolohoi de tataha . ineku

jursu aba abalaha . gūlmahūn ūlhūma elgiyen seme gisureci ojorakū . bi ere dehi se funcefi aibide

yabuhakū . ere gese gūlmahūn elgiyen be sahakū .. aba sindahai ejen aha akū damu gabtara dabala umai šolo akū . bi emu tanggū gūsin jakūn waha . amba age

(p.438)
susai uyun waha . ilaci age susai sunja waha . jakūci age susai waha . elgiyen wang orin isime waha . ere aba de sunja waha niyalma uthai umesi komsongge .. ton be

gaici uheri aba de wahangge emu minggan sunja tanggū susai ninggun . nukte de inu jalufi wahangge umesi labdu sembi . ton be gaihakū .. meni bele jeterengge elgiyen ofi

uttu . aikabade jeku lakcaha bihe bici ainaha seme omiholoro de isinarakū .. ordos i urse gūlmahūn be ceni buda sembi . yaya bade gūlmahūn akū ba akū .. geli

(p.439)
abalafi duleke ba be tuwaci . kemuni an i elgiyen .. seibeni ordos i gūlmahūn be giyase i nikasa de uncambihede . juwe teišun i jiha de emu gūlmahūn salimbi . te ninggun

nadan teišun i jiha de emu gūlmahūn salimbi . nenehe ci ilan ubu haji ohobi seme gisurembe . maka da elgiyen i fonde adarame biheni .. bi ere jergi babe arafi

suwembi dolo wajibume unggire doro bio . umai arga akū gocime holtome banjinarakū araha juwan ilan de indefi ineku jursu aba abalaha .. ūlhūma komso . gūlmahūn

(p.440)

juwan juwe i adali .. mini beye ci fusihūn abai niyalma de isitala . onggolo inenggi
gūlmahūn wame mohofi . gala ferge gemu abifi gabtame muterakū .. bi jakūnju

ilan waha . amba age dehi emu waha . ilaci age dehi ilan waha . jakūci age gūsin uyun
waha . uheri abai niyalma emu minggan duin tanggū dehi juwe waha .. ordos i
abai urse i waha ton be gaihakū ere inenggi tuktan hoihan wajime adun i hiya wase .
asana isinjiha ce ferguweme ere gese elgiyen gūlmahūn geli bini sehe .. tereci

(p.441)

tesebe abai amala gabta seme . juwe niyalma kejine waha .. yamji aba wajiha manggi
morisa be tuwaha . gemu tarhūn .. meni gajiha inenggi giyalame yaluha morin i jergi
bi .. meni morin

umai ambula wasika ba akū . ememu morin yohoron gocikai bi .. tuwaci ere erinde
morin temen de ambula acambi .. juwan duin de abalame muterakū ergeme indehe ..
ordos i

morin be ilgame teni wajiha .. ging hecen ci tucikei dergi ton de dosika morin jakūnju
emu . erei dorgi ambula sain ningge gūsin bi . dolo ujire morin dehi juwe . tarhūha
manggi

(p.442)

hūwašara be erembi .. agese de buhe morin gūsin uyun . gocika adun de buhe morin
nadanju emu . amba adun de buhe morin ninggun tanggū juwan emu . temen emu
tanggū dehi

ilan .. ubade gūlmahūn elgiyen ofi morin tome juwan tofohon gūlmahūn wahakūngge
akū . gemu narhūšame kimcime ilgaha . amala gūwaliyara be ainambahafi sara ..
ordos i

na ambula sain . cohome buya juse tacime niyamniyara de acara ba .. deduhe
gūlmahūn elgiyen . aba uturi acaha manggi . deduhe gūlmahūn umesi jalumbi . we de
ucaraci

(p.443)
we gabtambi .. emgeri beri daraka manggi ya gūlmahūn be jorire be sarkū . juwe ilan
duin sunja sasa jimbi . morin feksici inu ojorakū . ilihai forhošohoi ememu morin

uthai šadambi juwan duin de aba gubci gala hamirakū ofi geli indehe .. ere inenggi
baita akū šolo de . musei cordoro urse . ordos i cordoro urse ūlet i cordoro
yatuhan fithere juwe niyalma be . gemu gajifi emu inenggi eficehe .. ūlet i cordoro
yakši hendurengge . bi ninju sunja se oho . duin ūlet i ejete be gemu saha .. te amba

(p.444)
han ba tuwaci . eiten erdemu be yongkiyahabi . gosin jilan isinahakū ba akū . geren de
kesi isibume . uheri monggoso be bilume yadahūn fusihūn be hatarakū .. mini ejete

ere gese akū bihe . eiten niyalma be acarakū beyebe umesi wesihun arambihe .. erebe
tuwahade mukdere ejete gemu abkai salhabuha niyalma nikai seci geli yobodome ere
aba de

tuwaci . na de feksire gūlmahūn sere anggala . deyere ūlhūma be ba bade tosofi . ubaci
giyahūn sindame tubade jafambi tubaci giyahūn sindafi ubade jafambi . ere tosoro

jafara be

(p.445)
tuwaci umai tucime muterakū .. suweni g'aldan ba cihalahangge ereci geli cira
kai . adarame tucime mutembi .. mini gūnin oci yaya emu wai de ergen bikini seme
gūnirengge . ere

sakda niyalmai fe be onggorakū majige gūnin sehe manggi . geren gemu injecehe . bi
mujakū urušehe .. ere meni sula tehede eficehengge erebe bai araha juwan ninggun de
jigesutai de

tataha . jursu aba abalaha . ūlhūma bai bihe gūlmahūn nenehe songko . bi emu tanggū
orin juwe waha . amba age susai uyun waha . ilaci age susai sunja waha . jakūci age

(p.446)
susai duin waha . elgiyen wang orin juwe waha . abai urse emu minggan juwe tanggū
tofohon waha . monggoi abai ton be gaihakū .. juwan nadan de muterakū indehe . ere
inenggi boo isinjire

jakade amasi unggihe meni yabure ba gemu wajiha .. ordos i abai morin inu wasikabi ..
baji yabuci tuweri heture de monggso i morin de

mangga ojorahū seme nakaha . be hūwang ho i dalirame . morin ujime mejige
aliyambi erei jalin wasimbuha .

(p.447)
ere jergi babe nenehe songkoi hūwang taiheo de wesimbu gung i dolo donjibu . agese

de inu donjibu .. tule ume alara ..

〈귀를 막고 방울을 훔치다(掩耳盜鈴; 눈가리고 아웅하다)〉

(46) 만문주접 권 103, pp.447~448.
　한역 권 103, p.120, 강희 35년 11월 22일. 上諭譯

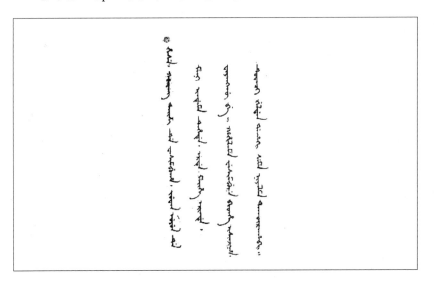

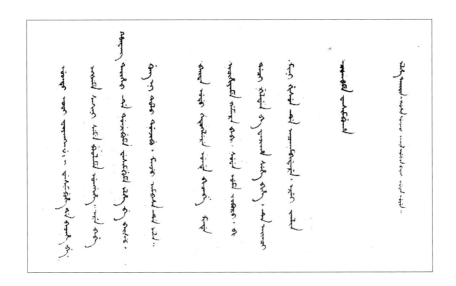

(p.447)

🝔 hese hūwang taidz de wasimbuha . juwan uyun de meni indeme tehede . erde meihe erinde . fiyanggū be i hahilame wesimbure bithe isinjiha . tuwaci g'aldan dahaki seme niyalma takūrahabi ..

(p.448)

uttu ofi fiyanggū i wesimbuhe da bithe be . ekšeme sakini seme boolame unggihe .. ere babe hūwang taiheo de donjibume wesimbume elhe be baisu . gung ni dolo donjibu . manju ambasa de ala ..

baita udu getukelere unde bicibe minde icihiyame gamara babi . suwe ume joboro . bi daci g'aldan ba wajiha sehe bihe . te ainci mini gisun de acanambidere . erei jalin

cohome wasimbuha

elhe taifin i gūsin sunjaci aniya omšon biyai juwan uyun ..

(47) 만문주접 권 103, pp.457~459,

한역 권 238, p.122, 강희 35년 11월 23일 到 上諭譯

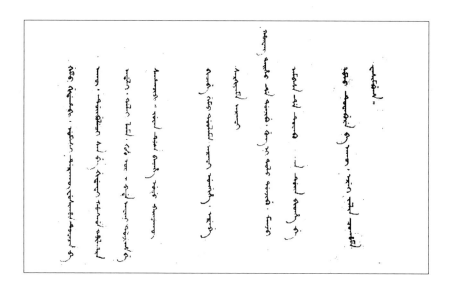

(p.457)

❀ hese hūwang taidz de wasimbuha .. juwan uyun de boo be jurambume . gocika
hiya ananda wesimbure bithe isinjiha . g'aldan i dalai lama . huhu nor de takūrara .
g'aldan i akdaha lama sonom

(p.458)

rasi sei jergi urse be . mini jorifi tosobuha bade wacihiyame jafaha . uttu ofi da
wesimbuhe bithe be doolame arafi unggihe .. uheri niyalma emu tanggū ninju anggala .
morin jakūnju

funcembi . temen tanggū funcembi .. temen morin turga . jeterengge akū . g'aldan i
baci emu biya yabufi . sur bira sere bade jafabuha sembi .. g'aldan i wargi bade unggihe
bithe . juwan duin

fungtoo be gemu ubaliyambufi turgun be saha manggi boolaki seme ofi uthai unggihekū . juwan uyun . orin ere juwe inenggi . ubaliyambume wajiha . tuwaci . ini gidabuha mohoho babe

(p.459)

gemu gidabuhabi . umesi derakū fusihūn tuwara ba akū . duibuleci šan be gidafi honggon hūlhara adali dalai. lama. huhu nor i bade aifini donjiha be sahakūbi .. juwan duin bithe udu baitakū

bicibe gemu doolame arafi unggihe . erebe sarkiyame arafi hūwang taiheo de donjibu . gung ni dolo donjibu . manju ambasa de tuwabu juwan duin bithe be dolo tuwabure ba akū . erei jalin cohome wasimbuha ..

(48) 만문주접 권 105, pp.454-457,

한역 권 237, p.121, 강희 35년 11월 23일 到 擬不譯

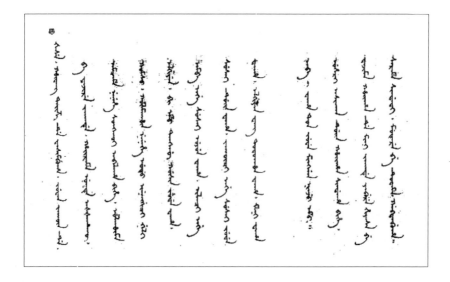

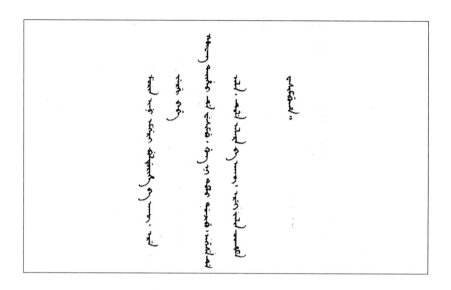

(p.454)

☭ hese hūwang taidz de wasimbuha . juwan jakūn de ba wajire jakade . hairame
nukte aššahakū . amcame nenehe songkoi abalaha bihe . ulhūma komso . gūlmahūn
nenehe udu inenggici geli elgiyen . bi emu tanggū gūsin juwe waha . amba age susai
uyun waha . ilaci age susai duin waha . jakūci age susai juwe waha . elgiyen wang
tofohon waha . meni waha

aba i waha ton juwe minggan ninju emu .. uheri asikan duin hoihan sindaha bihe .
wajime hoihan de meni jakade yabure hiyasa be sarame sindafi . mutere be tuwame
gabtabuha ..

(p.455)

juwan uyun de indehe .. orin de geli nukte aššahakū . amcame nenehe songkoi abalaha
bihe . ulhūma komso . gūlmahūn nenehe adali . bi emu tanggū gūsin waha . amba
age

susai jakūn waha . ilaci age ninju waha . jakūci age susai uyun waha . elgiyen wang juwan waha . meni waha aba i waha ton uheri emu minggan sunja tanggū gūsin . ubaci aba

wajiha .. hūwang ho doohaci nukteme yabuhangge jakūnju ba hono genehekū . utala inenggi abalaha . umesi elehe dade . emdubei sain mejige jime ofi . kemuni hūtan i hošo de

(p.456)
genefi belheme tembi .. ordos i babe tuwaci musei sirga kūwaran i julergi adali . mangkan farsi farsi bi . moo inu elgiyen . buraki inu adali . damu muke hibcan . hūwang ho be

dahame yabure ci tulgiyen . balai babe hetu yabuci muke de hanggabumbi .. gūlmahūn ulhūma akū ba akū .. ba giyase de hanci ofi umesi halhūn . ging hecen ci hono

halukan gese . aika aniya i haran biheo . huhu hoton . hūtan i hošo ubaci majige šahūrun bihe .. orin emu de indehe .. mini beye ambula sain . utala abalame yabufi

(p.457)
morin inu emgeri buldurihe be akū . ere jergi babe hūwang taiheo de wesimbu . gung ni dolo donjibu . agese de ala . tule alara ba akū . erei jalin cohome

wasimbuha ..

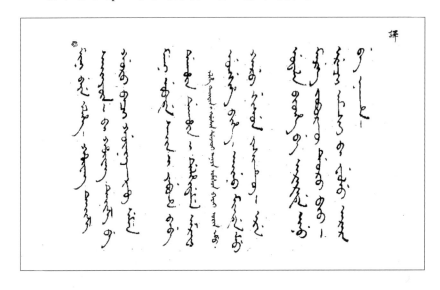

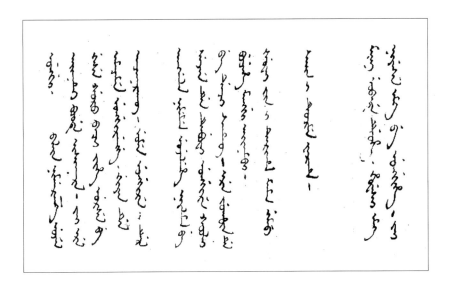

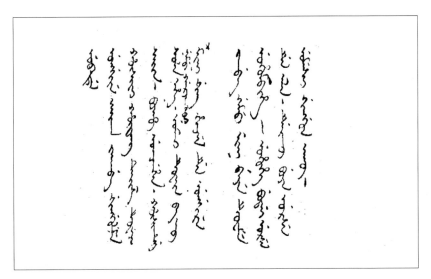

(p.450)

mini beye elhe .. hūwang taidz saiyūn .. bi hūwang taidz be goro baci gūninjarahū
seme

meni ubade sain i yabuha babe dahūn dahūn i dalhidame arafi

elhe taifin i gūsin sunjaci aniya omšon biyai orin emu

unggihe bihe . ainu minde emu karu gisun jasihakū .. ere

utala bithe be ararade inu majige joborakū doro bio .. ereci amasi bi fulu arara be
nakaha

(p.451)

orin juwe de indefi . ordos i urse be sarilafi jergi bodome šangnaha .. orin ilan de marifi
hūsutai de tataha .. orin ilan *duin de indembi. hūtan i hošo de

isinaha manggi tembi . * *hūtan i hošo ubaci jakūnju ba bi* jiyanggiyūn sabsu nimeme
ofi mini jakade bihe . žulebeberaldu sere lu be wacihiyame bufi unggihe . cananggi
ging hecen ci jihe meiren janggin

balin umesi yadalinggū nimembi tede buki seci wajihabi erebe majige belherakū oci
ojirakū .. ere bithe isinaha manggi . emu udu ajige boli tamsu de tebufi

(p.452)

unggi . balin nimerengge ujen ainahai boode isinara . jai ere gese goro baci jihe urse be
amcame unggirengge . giyan de acanarakū . ume unggire .. tere

anggala nimeme ujelehe niyalma be sejen de tebufi unggire kooli be daci sahakū .. ere
juhūn de bucehe manggi ainambi . šuwai jin i tariha mama gemu

sain i tucime wajiha ..

mini ubade duhe . huwesi emke niyese emke be unggihe . jai

(p.453)

ubade unggire aika jakabe gingguleme hūsifi hūwang taidz tuwaci sain. buhū uncehen.
hūsihangge sula ehe . umai tuwara ba akū *gemu mini ging hecen de unggire .

jakabe gemu mini beye tuwame uhumbihe .. uhuhe budai urse de ala .. derakū buya
urse umesi ginggun akū

(50) 만문주접 권 80, p.343,
　　한역 권 216, p.110, 강희 35년 10월 17일

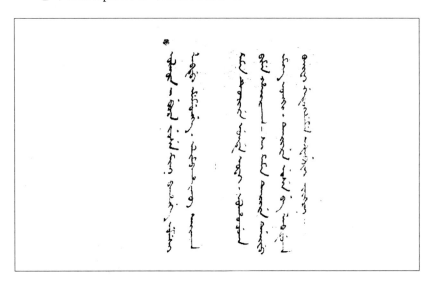

(p.343)

ūlaūn i buya juse mini bahangge umesi labdu ememungge . alimbaharakū saikan
mama tucire unde ofi . olhocun bime hairakan . si mama tarire daifu emke unggi .
taire use be labdukan baifi getukeleme afabufi jikini .

(51) 만문주접 권 107, pp.462~463,

한역 권 239, p.122, 강희 35년 11월 23일

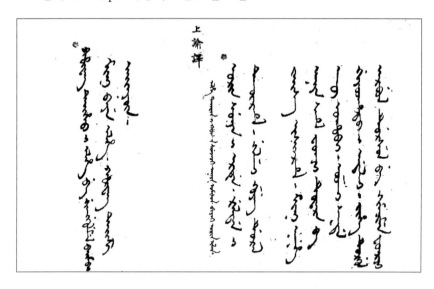

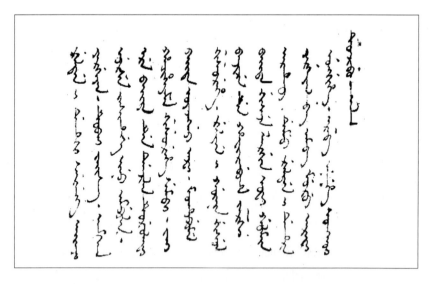

(p.462)

☙ hūwang taiheo i elhe be gingguleme baimbi mini beye elhe. hūwang taidz saiyūn ..

上諭譯 *elhe taifin i gūsin sunjaci aniya omšon biyai orin ilan*

☙ orin sunja i erde . g'aldan i takūraha . gelei guyeng dural

jaisang isinjiha . mini nenehe aniya saha fonci tuwara ba akū ohobi . utgai sakda
giyoohoto i adali . jihe turgun arbun dursun be kimcime fonjici

(p.463)

g'aldan i dahaki serengge ainci yargiyan . tubai jaisang . ambakan urse jasihangge inu
ambula . ere baita de danjila tululafi hacihiyame gisurehe sembi . jai baita oyonggo ofi .
mohobume

gisurehe . g'aldan i gūnin gisun banjire de hafirabuha jergi baita gisun largin ofi golmin
arahakū . damu g'aldan i dahara yargiyan be amba muru arafi unggihe . erebe nenehe
songkoi donjibu ala

(52) 만문주접 권 104, pp.506~507,

한역 권 246, p.127, 강희 35년 12월 초7일 上諭譯

(p.506)

☀ gelei sebe meni amasi marira be sarhū seme . ice ilan de maidari baru nuktembi
seme selgiyefi utgai mariha . ice jakūn de io wei de isinjiha .. marihai utgai amba
šahūrun meni cashūn yabure de * hono emdubei gecere bade . amasi yabure urse
yabume muterakū amba age dere sencihe gemu gecehe . majige katunjiha urse gemu
gecehe ice manju . solon . kalka ūlaūn inu gecehengge bi .. esei gisun inu amba
elhe taifin gūsin sunjaci aniya ice nadan
šahūrun sembi .. mini beye jabšan de gecehe ba akū .. katunjaha ursei

(p.507)

dolo kemuni derengge .. ere gese šahūrun be . bi emgeri sahakū . yamjidari .hūdašame
jihe nikasa. kutule geceme bucerahū seme . hacingga argai aitubume . umai
hūwanggiyahakū . beikuwan de kemuni manju fulu .. mimbe giyase dosika seme
hūwang taidz balai okdome jiderakū .. bi hese wasimbure . boode šahūrun
antaka . ere jergi babe nenehe songkoi . donjibu . ala . tule ume alara .. ere bithe be io
wei jiyanggiyūn i boode araha hacin tome araci golmin largin hoošan inu ba akū oho ..

(53) 만문주접 권116, pp.514~516

한역 권 248, p.128, 강희 35년 12월 13일 擬不譯

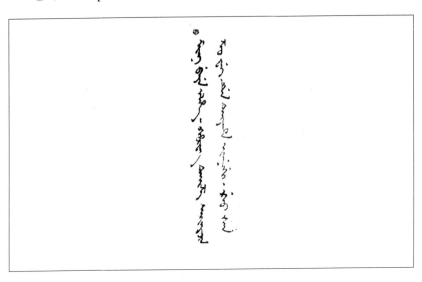

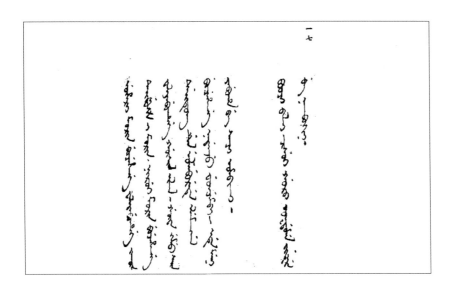

(p.514)

꽃 mini beye elhe .. hūwang taidz saiyūn dzo wei de tataha inenggi . g'ao šan

(p.515)

de tataha inenggi . daitung de tataha inenggi halukan bihe . juwan ilan de

elhe taifin i gūsin sunjaci aniya jorgon biyai juwan ilan

juhūn de majige nimaraha .. hūwang taidz juwaci age ci wesihun gaifi .. juwan

jakūn de jurafi *elheken i okdome jio . suweni yaburede largin bime *hahi morin

be yamji neigen soyorakū ofi tucike toni morin labdu bucembi ishun aniya morin

temen baitalara be boljoci ojirakū ambula hairaci acambi niru de ulebuhe morin be

acinggiyaci

ojirakū .. ere jiderede damba hasiha . handu taiji . mamu guyeng jaisang . erei jui

amuhūlang be gajime jio .. mini morisa yali utgai sain . boode bisire morin be ume

gajire .. mini adun i

(p.516)

uheri morin bucehengge waliyabuhangge jakūn taiputsy i morin. nirui morin bucehengge waliyabuhangge gūsin ilan . gūwa gemu sain daitung de uleburede elemangga bucehengge nadanju funcembi .. ede meni yabuha be saci ombikai ..

booci balai cisui goro okdome jidere be nakabukini .

활불들의 운명-제 3차 친정-

〈섭정 상계 갸초〉

(54) 만문주접 권 127, p.625,

한역 권 270, p.138, 강희 36년 2월 초9일到

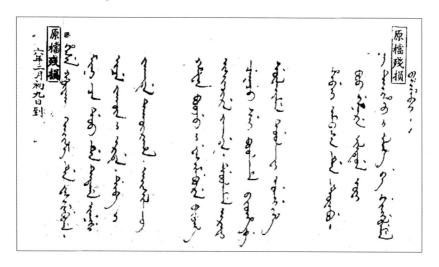

(p.625)

☙ hese hūwang taidz de wasimbuha .. mini ca doo de tataha inenggi ice jakūn i erde .
diba i jakade takūraha . aisilakū

hafan booju i wesimbure bithe isinjire jakade . doolame arafi cekcu sei boolaha bithe
be suwaliyame doolafi unggihe

hebei ambasa de tuwabu .. boo genere ildun ofi hūwang taiheo i elhe be gingguleme
原檔殘損 baimbi .

(55) 만문주접 권 123, pp.605~606,

한역 권 267, p.136, 강희 36년 정월 29일 奏章譯

(p.605)

diba i gisun . bi serengge . umesi dubei jergi buya niyalma . ferguwecuke manjusiri
han . dalai lama be gosime gūnifi . mimbe dabali tukiyefi tubet i gurun i wang obuha .

(p.606)

ede bi . adarame ohode . kesi be karulame faššara seme gūnire bade . ai gelhun akū
manjusiri han . dalai lama i hese be jurceme yabure fudaraka g'aldan i ici ofi yabumbi .
enduringge ejen manjusiri fucihi be dahame . turgun be giljaci

endereo .. mini ere wesihun derengge . elhe jirgacun i banjirengge . gemu manjusiri
han . dalai lama i kesi bime . bi geli manjusiri han be cashūlafi . gūwa i ici oci . mini se
jalgan foholon ombi sere anggala .

manjusiri han be . dalai lama ci majige encu gūnici . bi inu sain i bahafi duberakū
ombi .. ai ocibe hese be gingguleme dahara ci tulgiyen .. minde encu jabure ba akū
seme . juwe galai giogin arame hengkilembi ..

(56) 만문주접 권 123, pp.607~612,

한역 권 267, p.136, 강희 36년 정월 29일 奏章譯

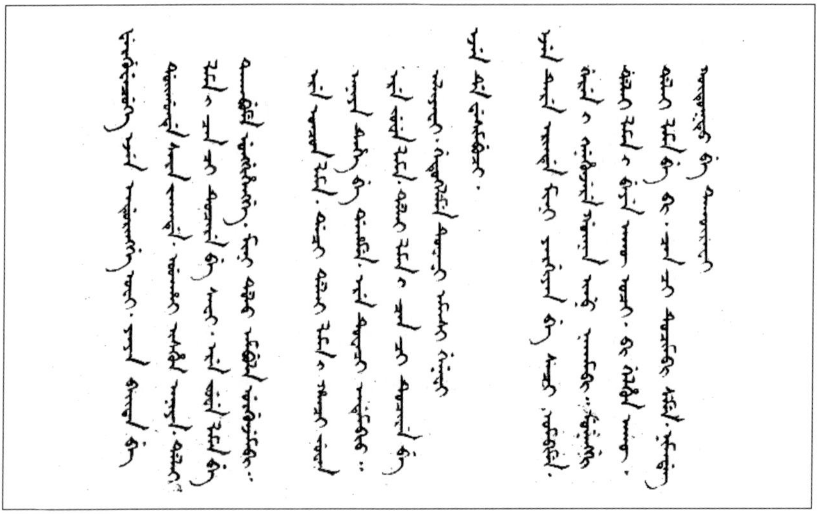

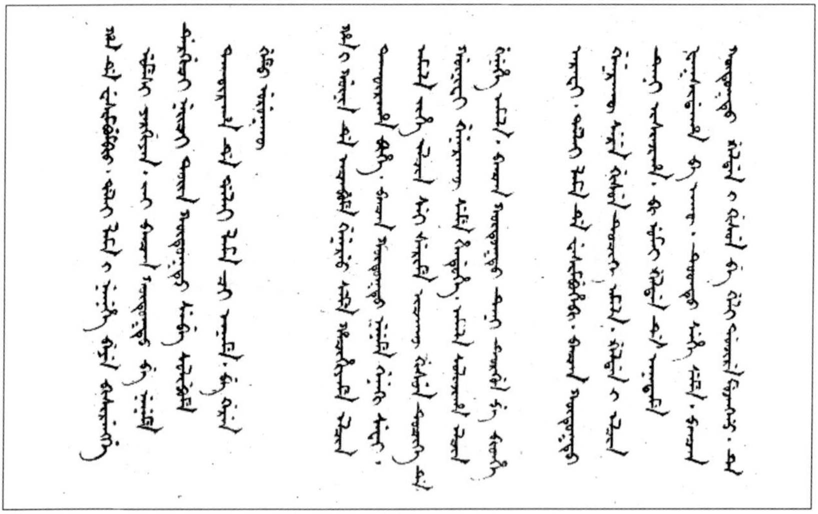

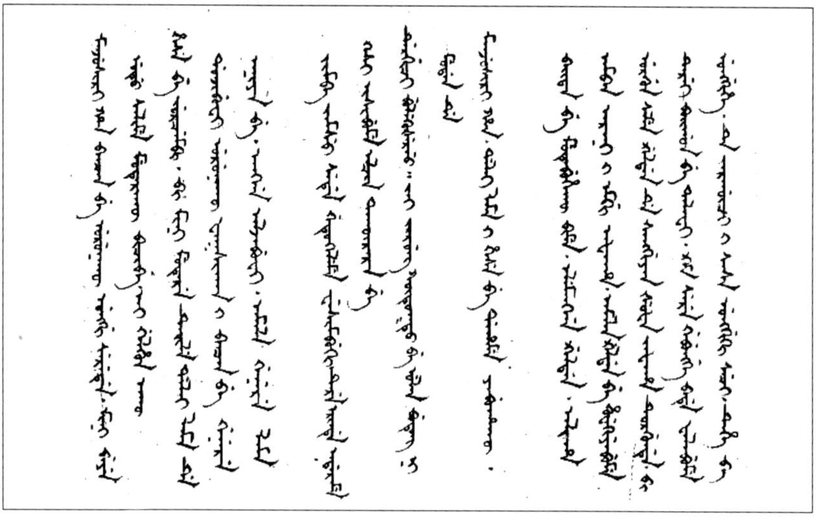

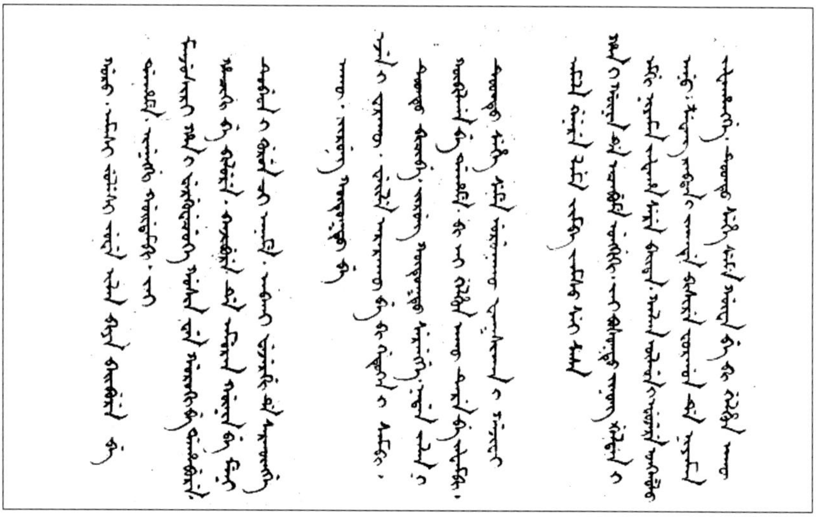

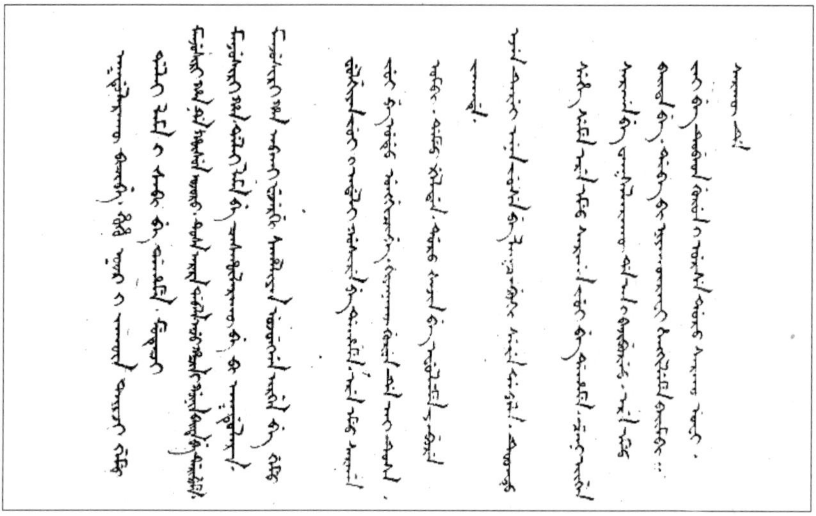

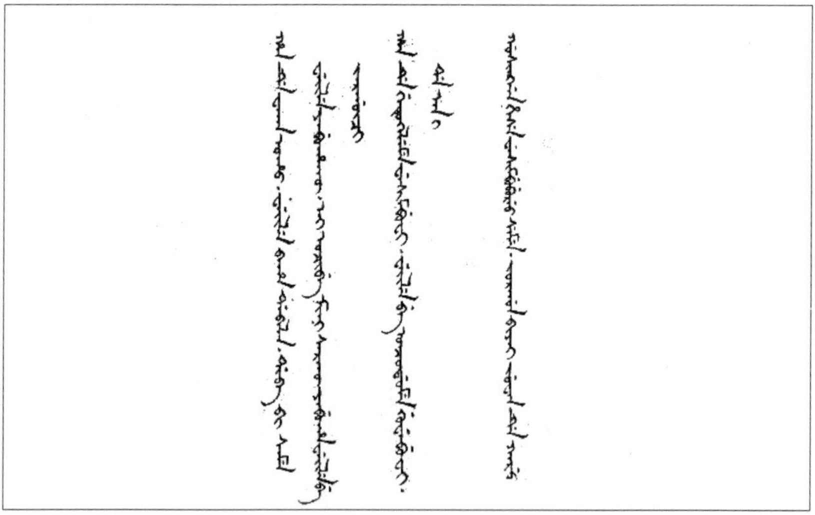

(p.607)

ferguwecuke ejen enduringge ofi . yaya baita be doigonde sara jakade . uthai ishun
aniya . dalai lama i can ci tucire be safi . ere juwe lama be takabume unggihengge .
mini dolo ambula urgunjembi ..

ere oncon lama . daci dalai lama i hanci juwan aniya tehe be dahame . ere tuwaci
endembio .. ere juwe lama . dalai lama i can ci tucire be aliyafi . getukeleme tuwafi
amasi genefi ejen de wesimbuci .

ejen tere erinde mini yargiyan be saci ombime . geren i genehunjere gūnin inu
nakambi .. unenggi dalai lama i beye akū oci . bi gelhun akū . dalai lama be bi . can ci
tucimbi seme . nimatang
kūtuktu be takūrafi

(p.608)

han de wesimbumbio . dalai lama i nenehe beye bisirengge umesi yargiyan . jai bancan
kūtuktu be neneme dergici neici toin kūtuktu sebe solibume takūraha de dalai lama ci
aname . be geren gemu urunakū

han i gūnin de acabume genereo seme hacihiyame elcin takūraha bihe . bancan
kūtuktu neneme geneki sefi . amala jihe elcin sei šerime icakū gisun tucike de gūnifi
generakū seme henduhe . amala solinjiha elcin genehe amala . bancan kūtuktu teni
turgun be bithe

arafi . dalai lama de wesimbuhebi . bancan kūtuktu generakū sere gisun tucike
amala . g'aldan i elcin teni isinjiha . bi umai g'aldan de anatame faksidaha ba akū .
tuttu sehe seme . bancan kūtuktu g'aldan i gisun be geli donjire mujanggo . te

(p.609)

manjusiri han bancan be urunakū unggi serede . mini beye udu salime muterakū
bicibe . ai gelhun akū hese be jurcembi . bi mini mutere teile dalai lama de donjibufi
urunakū faksikan i bancan be genere aniya be . angga aljabufi . amala genere lama

jimba jamsu sede getukeleme wesimbuki . tere erinde adarame kesi isibume elcin
takūrara be dergici bulekušereo .. jai jirung kūtuktu be ulan butung ni mudan de
manjusiri han . dalai lama i hese be dahame yabuhakū .

baita be mutebuhekū bime . elemangga g'aldan . aliha amban arani i emgi afaha .
amala g'aldan be huwekiyebume urgun seme g'aldan de šanggiyan šufa jafaha
turgunde . bi teni boigon be talafi . k'am sere gebungge bade falabume unggihe . te
jargūci i sasa unggiki seci . tehe ba

(p.610)

goro . amasi julesi juwe ilan biya baibure be dahame . ineggi goidambi . jai manjusiri
han i ferguwecuke gosin wen goroki be dahabure . hanciki be bilure . banjibure de
amuran gūnin be meni tubet i gurun ci aname . abkai fejergi de sarkūngge

akū . jirung kūtuktu be ejen i warakū . weile ararakū be bi getuken i sambi . tuttu
bicibe . jirung kūtuktu serengge . nadan jalan i kūbilgan be dahame . bi ai gelhun akū
tere be jafambi . tuttu sehe seme urunakū faksikan i gajifi

amala genere lama jimba jamsu sei sasa han i gūnin de acabume unggiki . jai bošoktu
jinong g'aldan i emgi niyaman jafaha sere baita . kalka ūlet i efujere onggolo anu .
ts'ewang rabtan i jakade bisire forgon de niyaman jafahangge . tuttu sehe seme gūwa
be bi gelhun akū

(p.611)

akdularakū bicibe . huhu noor i jakūn taiji gemu dalai lama i šabi be dahame . muteci
manjusiri han de hūsun ojoro . tusa arara dabala . encu hacin i gunin baita be
deribume . manjusiri han . dalai lama be cashūlarakū be bi akdulara . manjusiri han
abkai fejergi sahaliyan ujungga irgen be gemu

fulgiyan jui i adali gosire be dahame . ere emu sargan jui be udu unggicibe . giyanakū
gurun de ai tusa ombi . damu g'aldan . doro šajin be efuleme yabure jakade . ejen terei
enen juse be lakcabuki sere dabala . tuttu

sehe seme ere emu sargan jui be dahame . ceni eigensargan be faksalarakū da an i
banjibureo . ere emu baita be . diba bi niyakūlafi hengkileme baimbi .. jai be tubet
gurun i urse doro sarkū ofi

(p.612)

han de waka oho . weile baha dabala . diba bi seme weile yabuhakū . ai ocibe mini
sarkū yabuha weile be jargūci han de getukeleme wesimbufi . weile be oncodome
guwebufi . da an i

gosingga hese wesimbubureo seme .

〈大同에서 寧夏로 향하다〉

(57) 만문주접 권 126, pp.622~624,

　　한역 권 270, p.138, 강희 36년 2월 초 8日　諭旨譯過 墨守

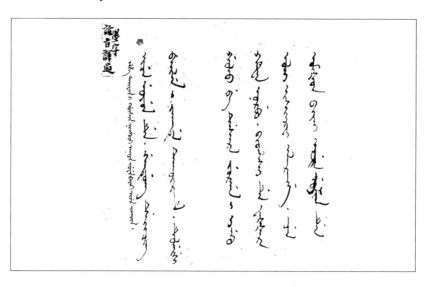

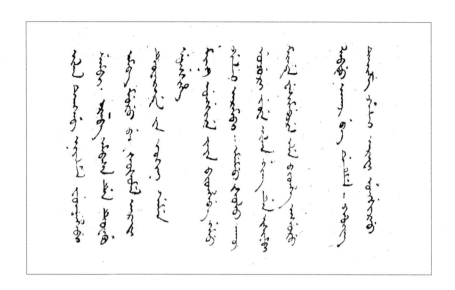

(p.622)

elhe taifin i gūsin ningguci aniya juwe biyai ice jakūn .

✿ ice uyun de . gendung daicing beile i jakade takūraha . tulergi

golo be dasara jurgan i ejeku hafan norbu . bithesi de faššara oli isinjifi alarangge . ce
omšon biyai orin uyun de

(p.623)

isinaha . gendung daicing ceni isinara onggolo omšon biyai ice ilan de * nimeme akū
ohobi . hese be wasimbume wajifi . jorhon biyai gūsin de amasi jihe

juwe biyai ice uyun de isinjiha tesede yabure encehen akū sembi erebe ambasa de
tuwabu .. ice juwan de amba jiyanggiyūn fiyanggū i baci ūlaūn ci dahame jihe ayusi be
benjime isinjiha . jorgon biyai . ice uyun de ebsi jihe sembi . g'aldan saksa tuhuruk de
bi . damu

(p.624)

ilan tanggū niyalma funcehebi sembi . erebe ambasa de tuwabu amba muru be
šošome arafi tuwarade ja okini seme unggihe mini unggire yaya bithebe gemu galai
arambi .. ememu šolo akū ucuri juwe ilan . ging de isinambi . minde wesimbure ele
bithe asuru

labdu akū be dahame .. hūwang taidz galai arafi unggireo

(58) 만문주접 권 130, p.634,
　　　한역 권 272, p.139, 강희 36년 2월 11일

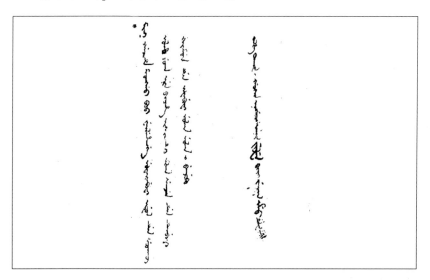

(p.634)

♣ mini gajiha monggo boo weilehengge ufarabufi . edun de mujaku olhocuka . ere
bithe isinahai ilan sejen de tebufi . giyamun de afabufi ulan ulan i benjibu

elhe taifin i gūsin ningguci aniya juwe biyai juwan emu de wasmbuha .

(59) 만문주접 권 132, pp.641~644,

한역 권 274, pp.139~140, 강희 36년 2월 11일　擬不譯

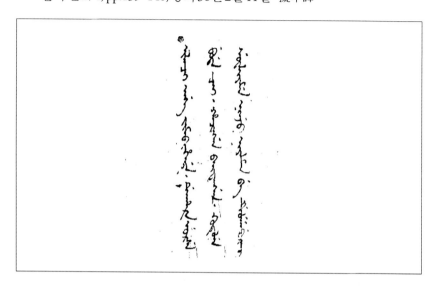

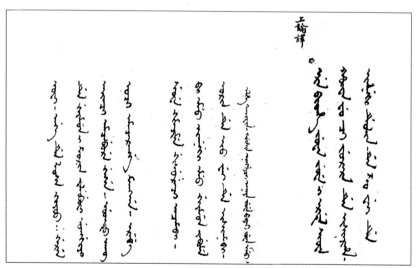

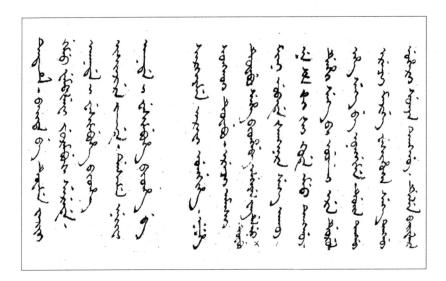

(p.641)

卍 ilaci age jimbihede . dahara urse buda cai . hacingga baitangga . kutule suwaliyame
ninju niyalma be dulemburakū

(p.642)

ofi . age de losa kiyoo .. geren de giyamun i morin yalubufi unggici ainci amcabure

gese .. uttu akū oci amcarangge mangga .. erebe

suwe kimcime gisureci acambi . bi emu inenggi emu giyamun yabume orin de io wei

de isinambi .

elhe taifin i gūsin ningguci aniya juwe biyai juwan emu .

上諭譯

ᡩᡝᡵᡝere bithe juwan juwe i erde siowan hūwa fu ci jurara de isinjiha . inenggi dulin de

dzo wei de

(p.643)

tataha . baita be tuwame wajifi gemu fempilefi jurambuki serede . ananda i wesimbuhe

bithe isinjire jakade . dasame neifi ananda i wesimbuhe bithe be

sarkiyame arafi unggihe . nenehe songkoi tuwabu . ereci amasi tuwabu sehe bithebe

elgiyen wang de inu *tuwabu mini ubade šangnara seke akū . ne sy jy ši kude emu

tanggū dehi seke bi utgai ere durun ehe seke be nonggime duin tanggū ereci majige

wesihuken seke tanggū uheri sunja tanggū . dele baitalara

(p.644)

suje gecuheri juwangduwan cekemu uheri tanggū .. hūwang ho gecehengge weci . bira

dorode tan futa baitangga . golmin tanggū jang funcere umesi muwa ice tan futa ilan .

tanggū jang funcere narhūn ice tan futa juwan be uheri emu sejen de tebufi orin de io

wei de isinjibume benjibu teišun i lo . forire gisun be suwaliyame unggi

(60) 만문주접 권 135, pp.656~p.657,

한역 권 276, p.141, 강희 36년 2월 15일　擬不譯

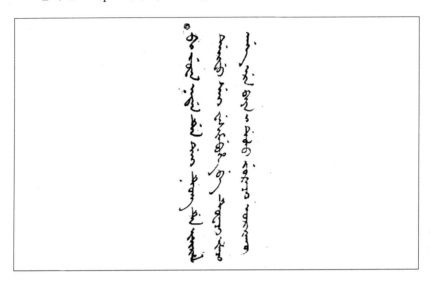

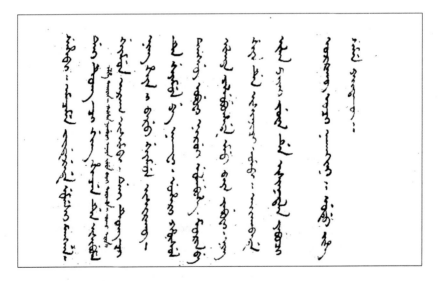

(p.656)

✤ bi juwan nadan de dai tung de isinjiha . daifu sei wesimbuhe be tuwaci ilaci age ere biya i dolo juraci ojirakū

(p.657)

sehebi .. amcame jiderede umesi mangga .. dai tung ci ging hecen de isibume
elhe taifin i gūsin ningguci aniya juwe biyai tofohon i coko erin ..
giyamun arkan isimbi . dai tung ci ning hiya i baru giyamun isirakū .. te giyamun be nakafi . uheri hūsun tanggū obufi nirui ulebuhe . morin be ilata yalubuhede emu biya yabufi . ning hiya de isinjici ombi .. aikabade ilan biyai juwan de isinatala yabuci

ojirakū oci nakakini .. udu jihe seme baitakū ..

(61) 만문주접 권 135, pp.649~650,
한역 권 275, p.141, 강희 36년 2월 15일

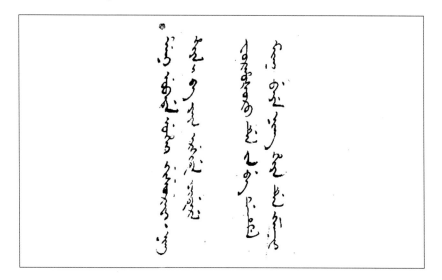

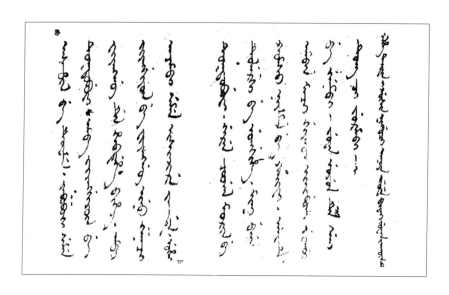

(p.649)

meni ubade uhei gisurefi . ning hiya i ba yaya ergide fidere

forhošoro de ja be dahame mini beye ning hiya de genefi

(p.650)

nashūn be tuwame . yabubuki seme toktobufi amba jiyanggiyūn be fiyanggū de

hebdehe bihe . amba jiyanggiyūn be fiyanggū inu geneci acambi seme isinjire jakade .

uhei

toktobufi . geren cooga morin be tulergi be unggihe . mini beye komso niyalma be

gaifi . aliha amban maci giyamun ilibuha juhūn be genembi . juwan uyun de dai tung

ci jurambi . *elhe taifin i gūsin ninguci aniya juwe biyai juwan jakūn de*

(62) 만문주접 권 138, pp.663~p.665,

　　한역 권 287, pp.145~146, 강희 36년 2월 27일. 上諭譯

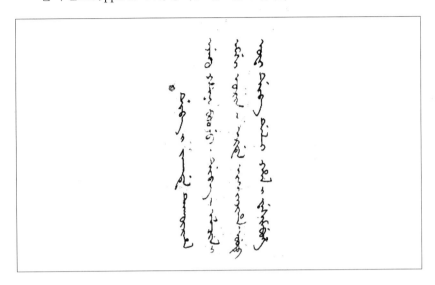

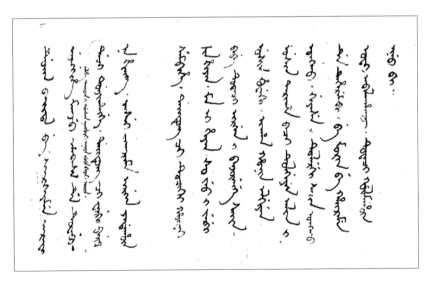

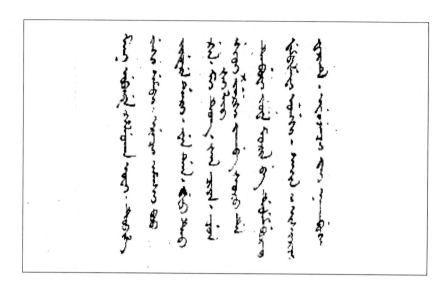

(p.663)

⛲ diba i jakade takūraha ejeku hafan booju . diba i elcin i emgi orin i erde isinjiha .
uttu ofi diba dalai han i wesimbuhe

(p.664)

duin baita be sarkiyame arafi unggihe manju ambasa de tuwabu .
elhe taifin i gūsin ninguci aniya juwe biyai orin .
daci donjihangge . daitung ci wargi baru na hingke . jasei jakarame irgen yadahūn

sembihe . daitung ci tucikei hūwai žin hiyan . ma i hiyan . šo jeo i jergi babe tuwaci
irgen i banjirengge sain . usin huweki . ihan honin elgiyen usin tariha baci tulgiyen
alin i ongko . giyase i tulergi sain ongko de teherembi .. be morin be hairame ofi
abalahakū . tuwaci gūlmahūn inu bi .

(p.665)

meni ubade halukan ofi . tubihe jeki sembi .. ereci amasi boo jidere dari . wen dan . gio
teo g'an . mi tung . šan ciyan . cun gioi *ši lio jergi jakabe šoro de tebufi juwe morin be
dulemburakū fempilefi unggi . sain i isinjici wajiha . efujeci jai nakabuki .

〈황하 나룻터〉

(63) 만문 주접 권 144 pp.684~690,

　　　한역 권 284, pp.144~145, 강희 36년 2월 25일 上諭譯

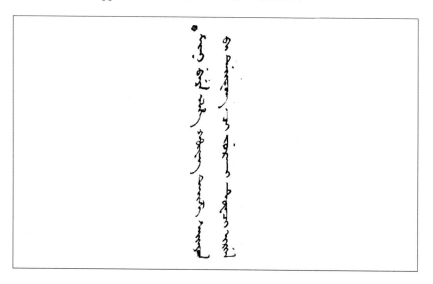

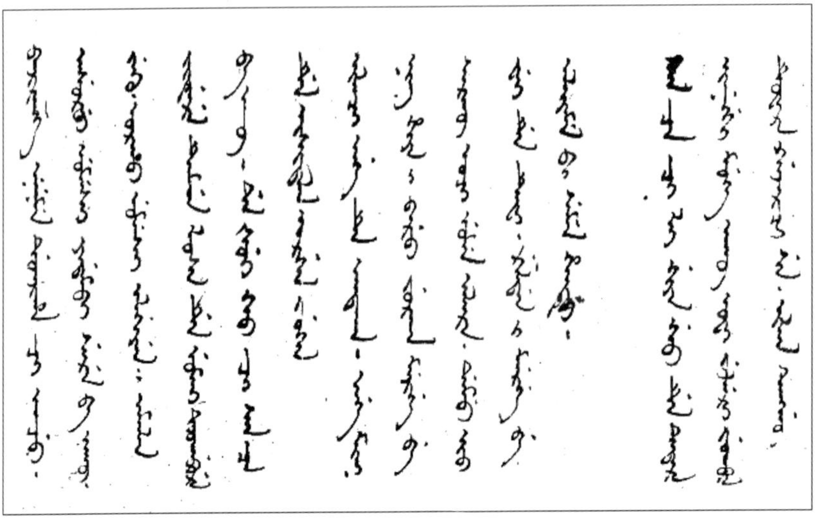

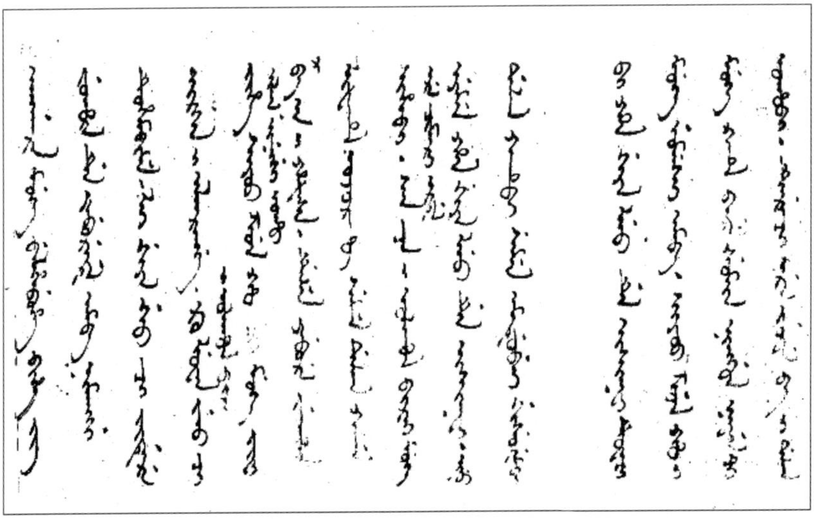

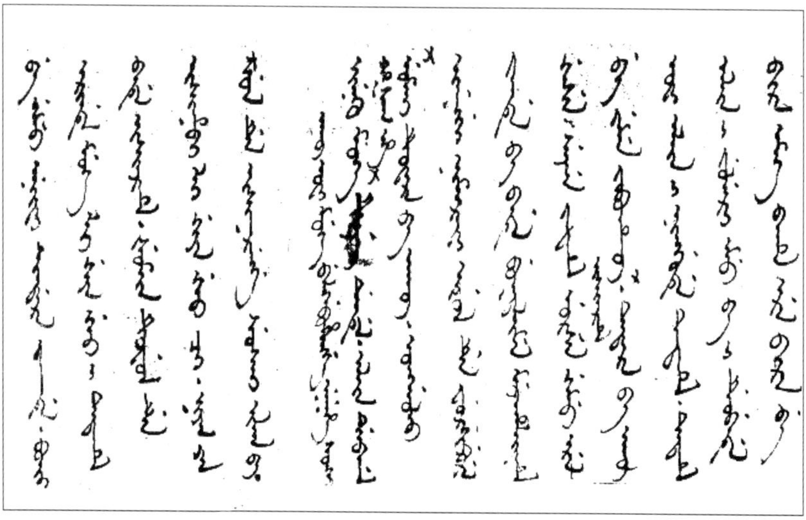

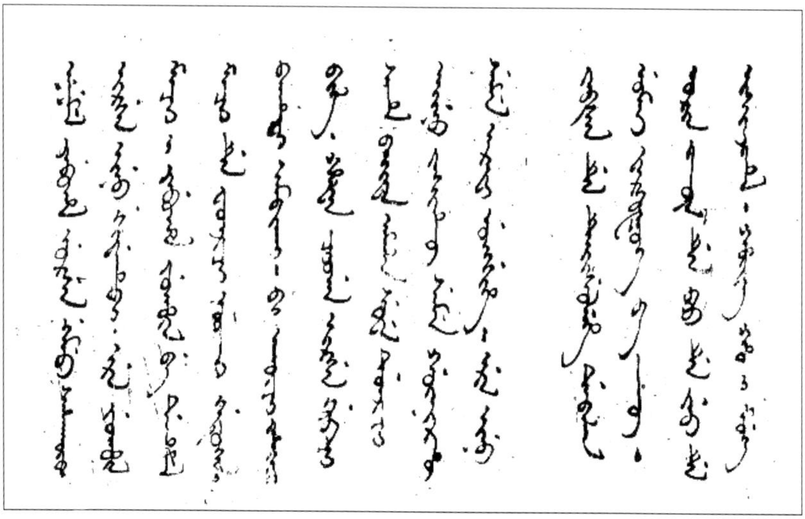

(p.684)

✿ mini beye elhe hūwang taidz saiyūn bi daitung ci jurakai tuwaci irgen

(p.685)

banjirengge neneme donjiha ci encu . asuru umesi yadambi sere ba akū . jeku . orho
umesi elgiyen .. amala jidere temen losa de umai tookabure ba akū . da šui keo ci san
ca de isitala irgen juken ilaci age te antaka . age mini ning hiya i baru juraka meajige be
sarkū oci ume alara . damu io wei de tefi . g'aldan i mejige be aliyame bi seme hendu ..

san ca ci li giya geo de tatara inenggi muke akū ofi juleri juhūn tuwara gajarci se . ilan
tanggū .

(p.686)

anggara muke belhebuhe bihe jing juhūn de yaburede amba nimanggi tuhembime .
li giya geo ci jidere irgen i alarangge . k'o luwan jeo ci jihe siyoo dzun ho * i olhon bira
ai muke jifi *ilan inenggi oho ba na i hafasa . dele yabure juhūn lifaha ojorahū seme
dalan kame sihebi . san ca i olhon birai muke ere cimari erde eyeme han giya leo de
isinafi . inu dalan kahabi seme emdubei gisurembi

bi han giya leo de isinafi tuwaci muke umesi amba . siyoo dzun ho i muke k'aha bade
šumin ninggun nadan c'y ohobi . tereci ere juwe ba i dalan

(p.687)

be gemu neifi sindara jakade . bonio erinde muke li giya geo i tataha bade isinjiha .
šumin tufun de isinahabi . li giya geo ci . niyan yan ts'un de isinarengge susai ilan ba

ineku muke * akū ofi muke belgebuhengge nenehe songko dade . alin dabagan
*haksan ehe umai tuwara ba akū . onggolo inenggi nimarafi edun de furgibure jakade
ba bade buktalime muhaliyaha gese .. sejen jafaha urse gemu ere be jeme jobohakū
* isinjiha . tatara ba akū ofi alin i ninggude tataha . tataha alin i juleri emu ba i dubede

bira emke baha ere bira be

(p.688)

neneme yabuha urse gemu sahakūbi . irgen inu gidahabi . ere juhūn maci i yabuha
juhūn be dahame maci de fonjici utgai getuken i bahafi sambikai .. bi akūci jasifi bihe .
hafan cooga irgen gubci saha baita . amala suwe donjici ainu jasihakū seme gūnirahū
seme arafi unggihe .. ere inu

jabšan de teisulehe dabala umai ferguwecuke ba akū . orin jakūn de boo de jeo de
isinjiha . hūwang ho i muke

(p.689)

eyen elhe necin hūtan i hošo ci geli necin . muke asuru šumin akū . šurukū fere
bahambi ere jergi babe hūwang taiheo de donjibu .. manju ambasa de inu ala .

hami ci jafafi benjihe g'aldan i jui sebten baljur be ging hecen de benebumbi . dai tung
siowan fu i juhūn be unggiki seci giyase hanci ofi . bi dembei gūninjambi ere jaka
serengge ja de bahara

(p.690)

jaka waka . uttu ofi boo de jeo de isinjiha manggi . tai yuwan fu de benebufi . tai yuan
fu ci ging hecen de isibumbi . dai tung i juhūn ci mudan ilan tanggū babe dulendere
ba akū . hūwang taidz ambasa i emgi gisurefi . jurgan yamun i sain amban janggin
tucibufi . okdofi ging hecen de isibukini . ese beye losa turifi genekini .. ilan biyai ice
sunja ninggun deri mini jakade isinjimbi .. ging hecen de isinaha manggi adarame
obure babe . encu hese wasimbure

(64) 만문주접 권 145 p.691,

한역 권285 p.145, 강희 36년 2월 25일到

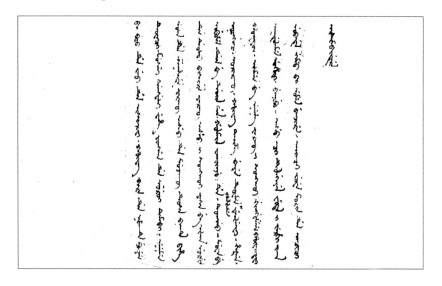

(p.691)

bi boo de jeo de isinjifi . hūwang bira de nimaha butame tuwaci . musei dangdali
wehe yonggan de urui tambi . neneme ula de genehede yarkū asu de mujakū tusa
baha bihe . te dolo bisire yarkū asu i songkoi yasa be ilan urgun obume den be duin da .
golmin jakūnju da . tonggo i muwa be nonggici ojirakū . hūwang taidz beye tuwame
* hahilame weilefi . hešen . hokton . ilmen be nenehe yarkū i songkoi gingguleme
hūwaitafi akdulame uhufi . benjibu . asu ci tulgiyen futa i jergi jaka ubade gemu bi
ume benjire . ainci juwe morin de acici

isimbidere

(65) 만문주접 권 146, p.693,

한역 권 286, p 145, 강희 36년 2월 25일

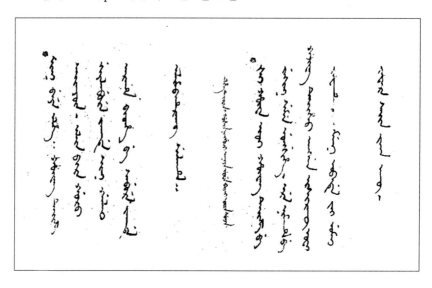

(p.693)

卍 mini beye elhe .. hūwang taidz saiyūn . alin bira goro giyalabure jakade sini galai araha bithe be sabure jakade

alimbaharakū selaha ..

elhe taifin i gūsin ninguci aniya juwe biyai orin sunja .

卍 ši hūwa ioi hūwang taidz be jekini seme unggihe . ere nimaha be hūwang taiheo angga isirakū ofi jafahakū . meni ubade jai umai

jafara sain jaka akū ..

(66) 만문주접 권 147, pp.697~699,

한역 권 288, p.146, 강희 36년 2월 28일

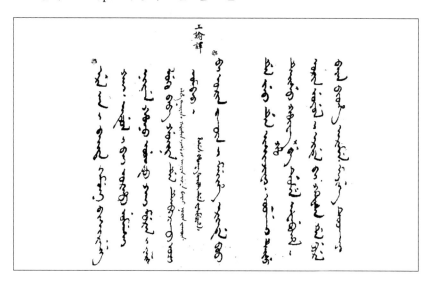

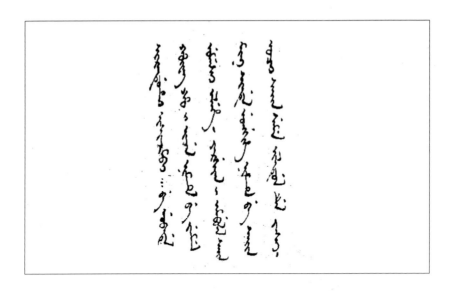

(p.697)

♫ ere an i baita kemuni bisirengge kai . adun i bai orho umesi nirga hono uttu kai muran i jergi luku babe gūnin de teburakū oci *elhe taifin i gūsin ningguci aniya juwe biyai orin jakūn* . ombio ..

上諭譯

hese . hūwang taidz de wasimbuha .

♫ bi orin jakūn i meihe erinde boo de jeo de isinjifi . utgai teisu teisu hūwang * ho be dome afabuha .. orin uyun i erde bi hafasa de bure bayan bithe arame . majige tookafi

(p.698)

ineku meihe erinde genefi tuwaci umai oyomburakū .. tereci mini beye ajige cuwan de tefi . muwa dan futa be birai dabali tatafi amasi julesi doorede . umesi hūdun

oho . manju nikan ferguwehekūngge akū ambula tusa .. hūwang taidz unggihe dan ambula sain akdun umai lakcaha garjaha ba akū . ice de doome wajimbi . ice juwe de jurafi genembi . 甚奇 ferguwecuke tusa oho babe hūwang taidz be urgunjekini seme jasiha . jai omoktu hasiha isinjiha .. sebten baljur

(p.699)

siranduhai isinjimbi .. be ubade hūwang ho i ice nimaha be jeme umesi elhe . yargiyan i ambula sain mini sinde unggihe nimaha be sain oci sain seme ildun de jasi .

〈체포된 갈단의 아들〉

(67) 만문주접 권 148, pp.702-704,

　　　한역 권 289, p.146, 강희 36년 2월 28일

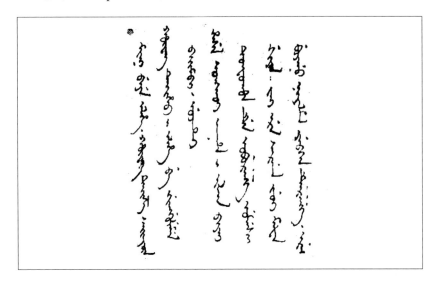

(p.702)

☙ mini beye elhe . hūwang taidz saiyūn . hūwang taiheo i elhe be gingguleme baimbi utgai hese songkoi anahan i ilan biyai tofohon de oburengge umesi giyan .. jai ere sargan jui mafa buyanu niyalma yebken derengge . ere

(p.703)

ama bai bithe . ne buyanu hūtani hošo i ujui giyamun *elhe taifin i gūsin ningguci aniya juwe biyai orin jakūn* de tebuhebi . ini giyamun be booi niyalma . giyamun i janggin bithesi de afabufi hūdun ging hecen de gama . aikabade bi tašarame ejehebi . etukeleme fonji .

ere baita umai hahi oyonggo baita waka bime . an i baita ci hūdun unggihe bime . oilo geli narhūšame fempilehe sere

(p.704)

jakade mujakū goloho . juwe fempi be sasa ekšeme neirede fulgiyan hoošan be sabufi teni mujilen sula oho .

(68) 만문주접 권 151, pp.710-713,

한역 권 293, p.148, 강희 36년 3월 초4일

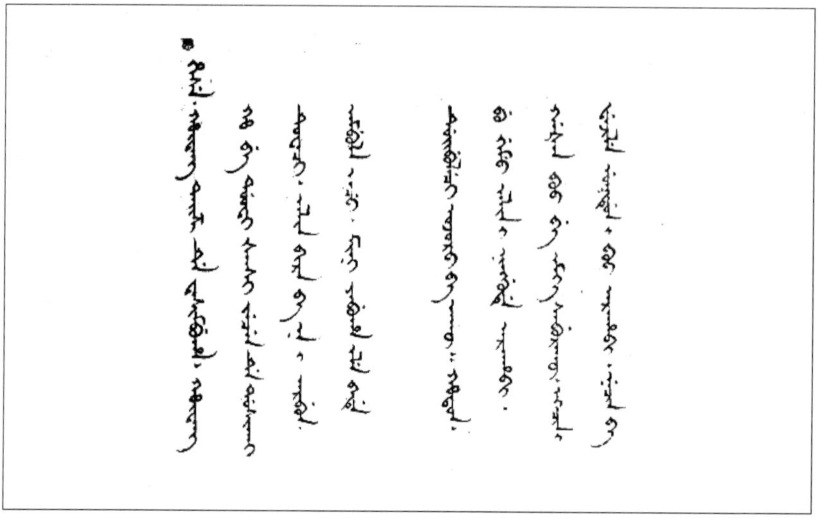

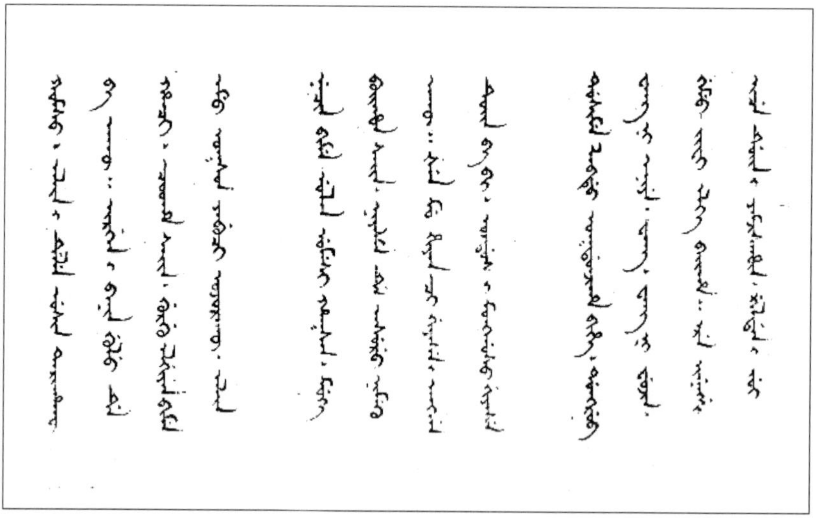

(p.710)

⚜ hese . hūwang taidz de wasimbuha . hūwang ho be doofi šansi jecen de dosikai
tuwaci . alin bira ba na i arbun . ambula encu . mini yabuha ele bade

duibuleci ojoro ba akū .. hoton . bu gemu alin i ninggude arahabi . gašan boo be emke saburakū . ekcin i fejile ukdun i boo arahabi . necin ba

(p.711)

komso . alin i dele usin tarihakū ba akū .. irgen i banin gulu de hanci . cooha sain . gurgu elgiyen bime emu okson yabuci ojorakū . alin

necin bime ulan umesi haksan . muke boihon sain . niyalma de asuru nimeku akū .. šen mu hiyan ci giyase i angga duin ba bi . ordos i monggoso giyase

dosime labdu okdonjiha bihe . dongrub wang ni eniye . wang . wang ni fujin . gemu jifi elhe baiha .. ere inenggi ice duin i yamjishūn . g'aldan i jui

(p.712)

sebten baljur isinjiha . tuwaci beye umesi ajigen . niyalma inu juken . erebe ice sunja de uthai jurambufi ging hecen de unggimbi . ging hecen de

isinaha manggi . taka ume icihiyara . erei ama g'aldan i mejige be majige aliyaki . erei isinara inenggi adarame geren be isabufi tuwabure babe

hūwang taidz . manju . nikan i ambasa i emgi acafi kimcime gisurefi minde wesimbume unggifi . jai hese be dahame yabu . erei jalin cohome wasimbuha ..

(p.713)

hūwang taiheo i elhe be gingguleme baimbi . erebe donjibume wesimbu . gung ni dolo inu donjibu *elhe taifin i gūsin ningguci aniya ilan biyai ice duin* .

(69) 만문주접 권 172, pp.821~828,

한역 권 290, p.147, 강희 36년 3월 초 4일

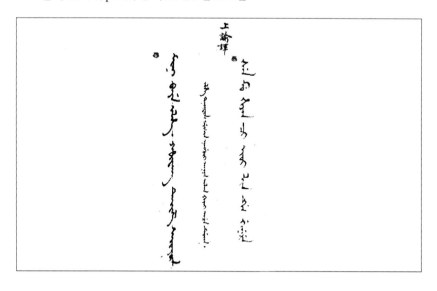

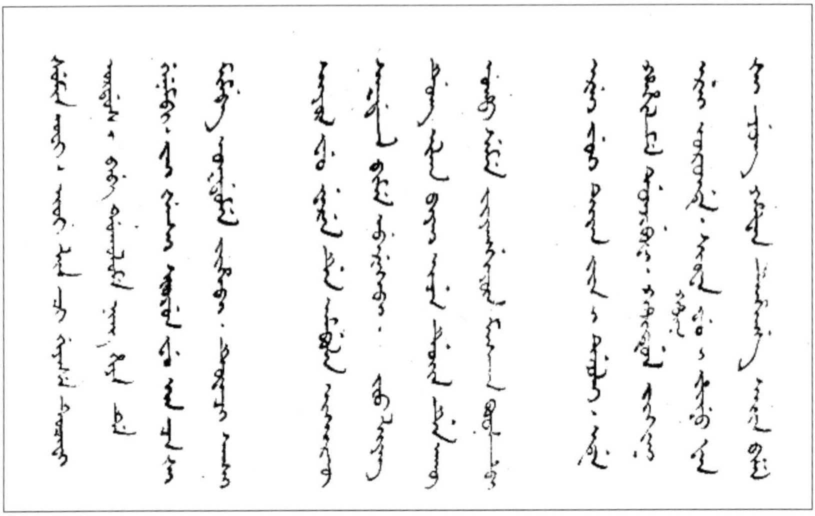

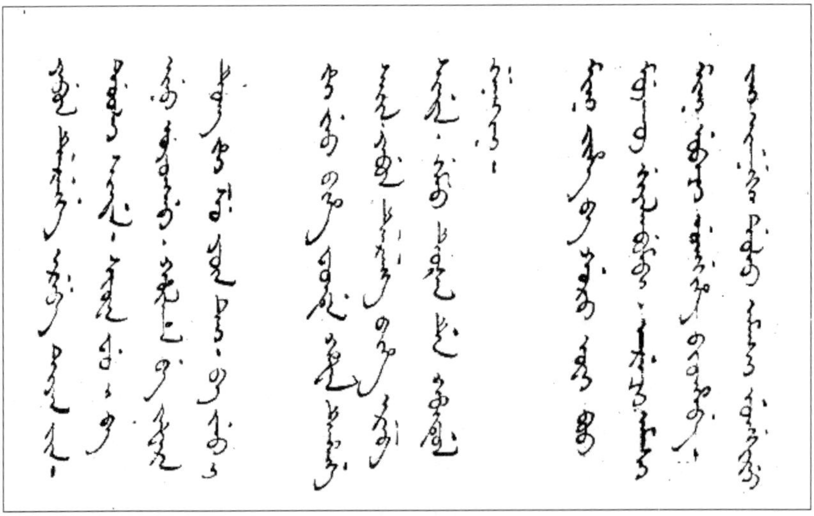

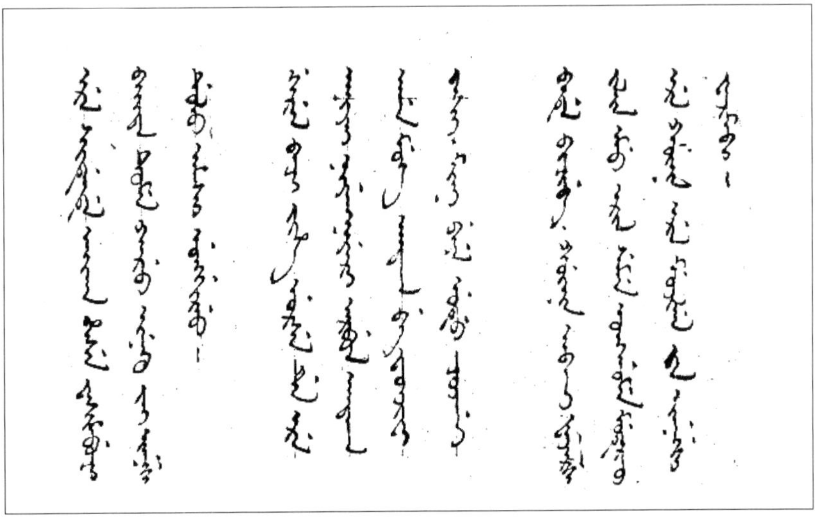

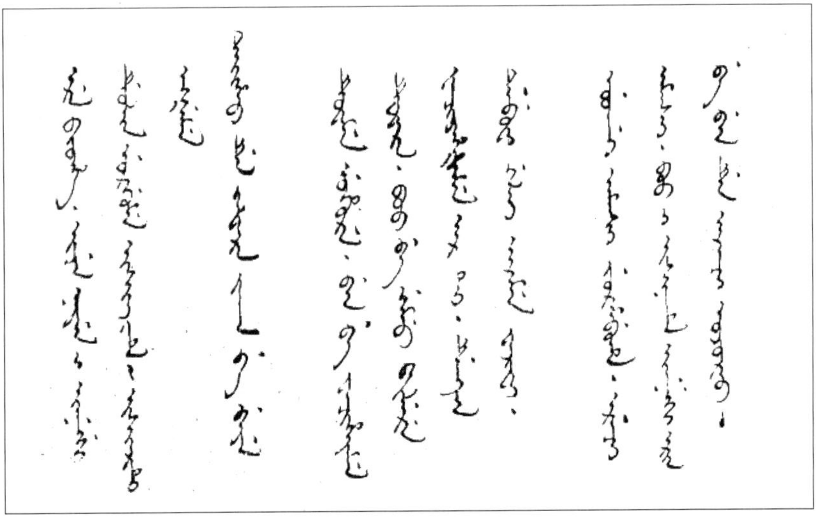

(p.821)

꽃 mini beye elhe . hūwang taidz saiyūn

elhe taifin i gūsin ningguci aniya ilan biyai ice duin .

(p.822)

jugūn . gemu amba yonggan i alin . ambula ehe . cooha yabure ba waka . erebe
tuwahade julgei niyalma . ba be badarambume . cooha be baitalame . golmin hecen
sahame abkai fejergi

umgan šuhi be wargi amargi de mohobuhangge inu waka akū kai .. te i niyalmai
muterengge waka . gosingga niyalma yaburengge waka . mimbe dahame jihe amban
hiya bayara

baitangga duin tanggū niyalma dulerakū bime hono alimbaharakū suilara bade . udu
tumen cooha gaifi adarame yabuhai . ulan yohoron labdu dade yonggan geli

(p.823)

šumin ofi . ioi lin ci giyase tucifi ordos i babe dokolome ning hiya de genembi . jai
šansi sioyun fu an ca ši mimbe okdome jihebi . tuwaci sansi

siyūn fu weren de ambula isirakū sakdakan bime eberekebi . jio liyang dung ilan biyai
ice duin de akū oho seme jiyanggiyūn maska boolahabi

erei jui tiyan jin i dooli . ede hahilame donjibufi . hūdun jikini erei oronde . siowan
hūwa fu i jyfu fan ši cung hafan tehengge sain bime

(p.824)

yabun derengge erebe tiyan jin i dooli sinda . siowan fu i ba inu oyonggo . hūlha be
jafara dung jy dzu yūn tai . ba jeo i

jy jeo bihe fonde hafan tehengge sain . yabun derengge bihe erebe sinda . gemu tušan de hūdun genekini .

mini jihe ba goro ofi boo mujakū giyalabumbi . ereci amasi mini ubaci unggihe bithebe . jai inenggi dolo amasi unggireo

(p.825)
ere sidende aika hese wasimbuci baita tome karu ineku jai inenggi dolo amasi unggireo ..

geren baci jihe urse de ere aniyai niyengniyeri arbun antaka aga muke antaka be fonjici jasi . mini beye udu coogai

bade bicibe . gūnin abkai fejergi jalin emu erin seme onggolome muterakū ere gūnin ere mujilen ya inengi wajimbi ..

(p.826)
ere bithe . ice nadan i inenggi dulin urgume isinjiha . isinjihai ekšeme taiheo de jafara jaka be beye

tuwame uhure . ben be wacihiyame tuwara . boo be gemu pilere faciyahišame arahai . dengjan dabufi geli arame wajifi .

utgai amasi jurambuha . ereci amasi . boo i isinaha inenggi erin be ben de araci ojorao .

(p.827)
bi sansi šansi jergi bade yaburede damu tumen niyalma de leoleburahū yabun de aika buya ojirahū seme inenggidari beyebe gingguleme . julergi

bade yabuha be songkoloeme yabumbi . ainaha seme dere be giruburakū jabšan de juwe goloi * cooga irgen mini aniya goidame gosiha be

gūnime . gemu isaha dabala jailahangge akū . beyede umai erdemu akū de geli . buyarara babe yabuci . tumen niyalma i

(p.828)
šan yasa be adarame gidambi hūwang taidz mini jalin ume joboro . ming gurun i u dzung i gese yabuci boode ainaha seme generakū ..

〈장성을 따라 진군〉

(70) 만문주접 권 152, pp.716-719,
    한역 권 294, p.149, 강희 36년 3월 초 10일

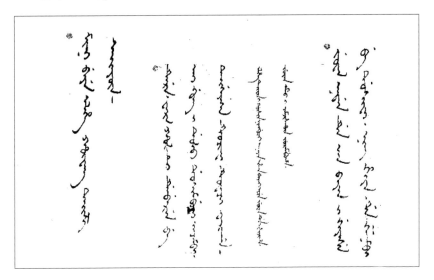

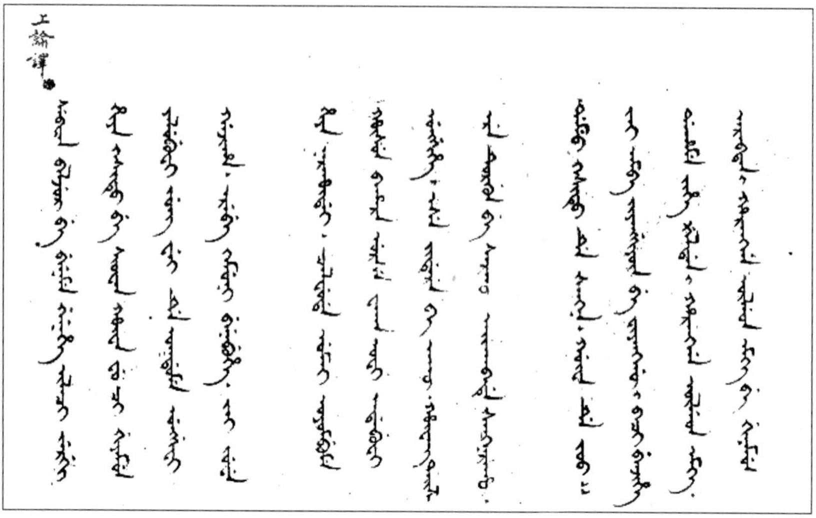
上諭譯

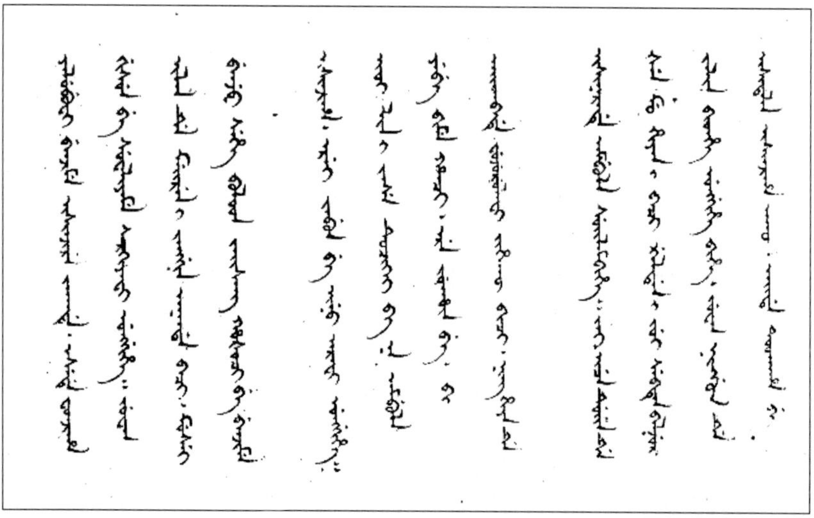

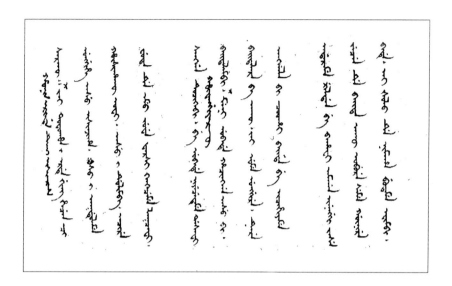

(p.716)

⚚ mini beye elhe hūwang taidz saiyūn ..

⚚ tere . wara hūlhai deberen be ai gung ni dolo dosimbuci acambi . taigiyasa tucifi tuwaci wajiha . *elhe taifin i gūsin ningguci aniya ilan biyai ice juwan de isinjiha . juwan emu i yamjisūn jurambuha .*

⚚ juwan nadan de an biyan i giyase be dosifi . ning hiya de genembi .

(p.717) 上諭譯

⚚ sebten baljur be beneme genehe ilaci jergi hiya kesitu be siowan hūwa fu ci giyamun yalubufi jung wei de okdome unggifi gajiha . erebe kemuni benebuhe . jai juwe

hiya narhūdai . calfuda umai oyombume hūsun bahara urse waka ofi adabufi unggihe . ese jidere ba akū . hūwang taidz ere turgun be sarkū aikabade šangnarhū .

damu kesitu de šangna . gūwa de joo .. jai amba jiyanggiyūn be fiyanggū i baci benjihe
dahame jihe g'aldan i harangga ūlet emke . arabtan i harangga ūlet emke be giyamun

(p.718)
yalubufi benjime isinjire jakade . esede fonjiha gisun be suwaliyame sarkiyafi unggihe ..
juwan ilan de meiren i janggin ananda baci . musei benju sehe bolot jaisang hošoci be
benjime

isinjiha . erei jabun be inu arafi unggihe .. ioi lin i jase tucikei ba na ambula yebe bime
hanci . ere juhūn be . bi aikabade fujurulafi jihekū bici . ning hiya de isinarade ambula
suilambihe .. jai ice duin de šen mu hiyan i baci g'aldan i jui sebten baljur jalin bithe
unggihe bihe . juwan ninggun de isitala isinjiha akū . aide tookaha be

(p.719)
sarkū .. *honin erinde teni isinjiha* jai tofohon i erde ging hecen ci unggihe asu
isinjiha . boso i akdulame hūsihakū ofi . asu i dulimba . acire futa de emu juwe farsi
kengceme lakcafi .

sangga tucikebi . be ubade niyeceteme dasafi baitalambi . *hūwanggiyarakū meni
ubade hacingga asu bi . baitalara ba akū . jai ume unggire . tere anggala bi coohai baita
be icihiyame

adarame g'aldan be bahafi amaga inenggi jase jecen de baita akū obure seme gūnire
bade . ai šolo de nimaha butame efimbi .

(71) 만문주접 권 165, pp.785-789,

　　한역 권 305, pp.155~156, 강희 36년 3월 25일到 上諭譯

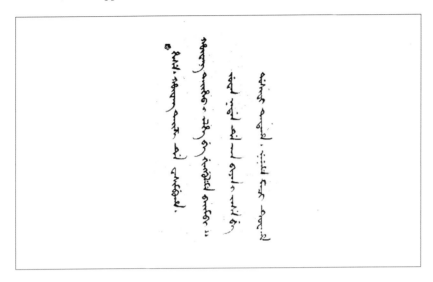

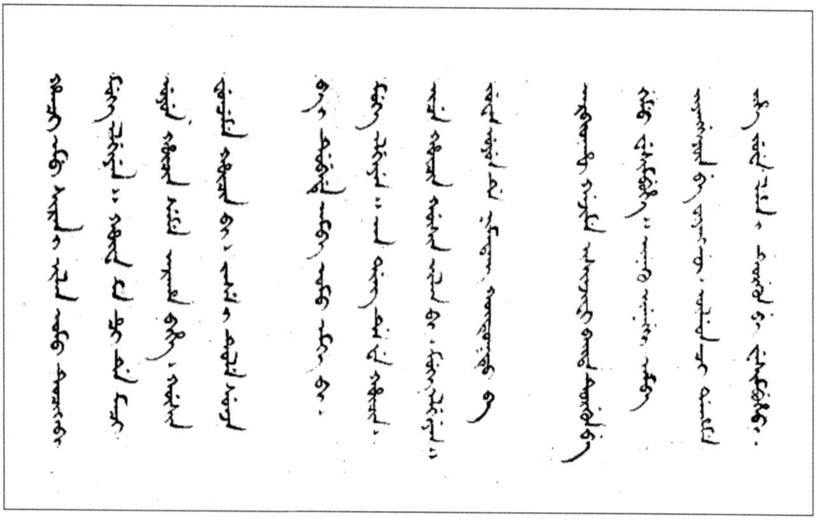

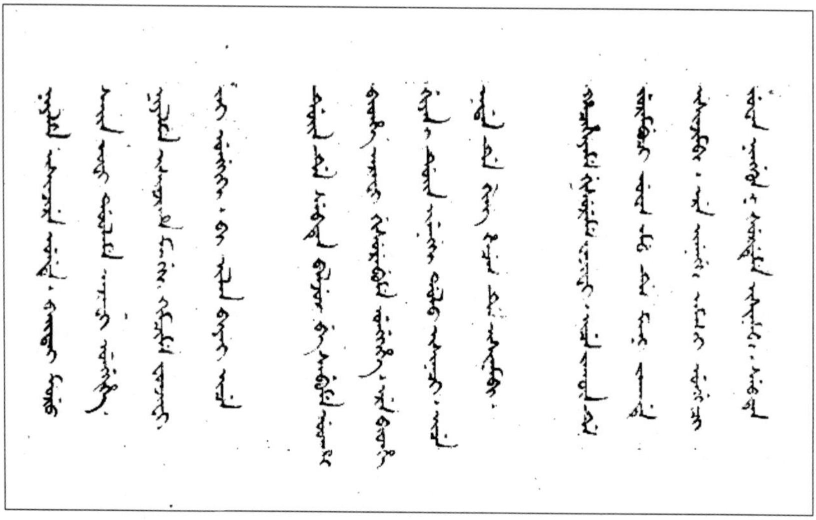

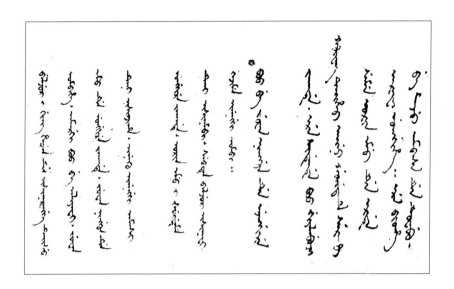

(p.785)

卍 hese . hūwang taidz de wasimbuha . hūwang taiheo i elhe be gingguleme baimbi ..
juwan nadan de an biyan i jase be dosifi tataha . neneme maci tuwaha

(p.786)

bade duin hūcin seme araha bihe . irgen mini jidere be donjifi . ceni gidaha hūcin
hoton i dolo tule orin funceme tucibuhe . jase dosire

bade hanci juwe omo . tataha ba juleri emu omo . muke elgiyen . ere inenggi erde ci
sain aga agame juwan jakūn i dobori dulin de isitala eleme agara

jakade emu indehe .. ding biyan de maci tuwaha bade duin hūcin seme araha bihe . ne
šeri ci muke tucifi birgan ome eyehebi . jase i tule

(p.787)

hanci emu siran i ilan omo tucikebi muke elgiyen .. hūwa ma c'y de maci uyun hūcin
seme araha bihe . gūsin funceme hūcin bi . jase i tule sunja

ba i dubede amba omo emke bi . muke elgiyen .. an ding de we hūcin . ice hūcin
gūsin ilan bi . muke elgiyen .. juwan uyun de nimatang kūtuktu ba

arbithū gajime isinjifi baita turgun be gemu wesimbuhe .. ineku inenggi amba
jiyanggiyūn be fiyanggū . ūlet ci dahame jihe juwan lama i turgun be wesimbuhebi .

(p.788)

niyalma isinjire unde . baitai muru sain ofi doolame arafi unggihe . niyalma isinjiha
manggi kimcime fonjifi jai unggiki . bi ilan biyai ice

duin de sebten baljur be sabume uthai bithe arafi gisurebume ungguhe . ere
bithe giyan i duin inenggi dolo isinafi . ice nadan de ging hecen de isinambi .

hacihiyame gisureme wajifi . ice jakūn de jurambuci juwan emu de mini jakade
isinjimbi . ere inenggi amasi unggici juwan ninggun ni šurdeme isinambi . sebten

(p.789)

baljur i ging hecen de isinarangge teisu ombihe . amargi boo be aliyafi . juwan emu de
unggire jakade . juwan ninggun de teni isinjiha . ineku inenggi amasi

unggire jakade . orin emu i šurdeme teni isinambi . sebten baljur isinafi kejime inenggi
ombi ..

⚕ boo be juwan ningun de unggire

jakade . ere sidende boo giyalabuci hūwang taiheo ainu goidaha serahū seme orin emu de erde arafi unggihe .. ere bithe be manju ambasa de tuwabu ..

〈청의 사신. 갈단을 만나다〉

(72) 만문주접 권 26, pp.90~95,
한역 권 160, p.74, 강희 35년 3월 28일

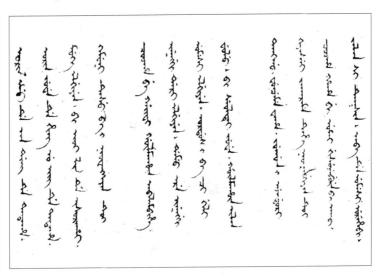

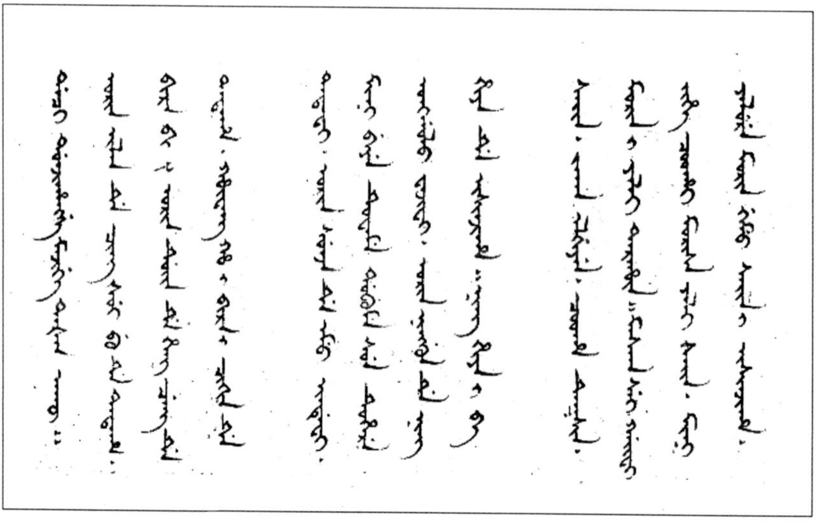

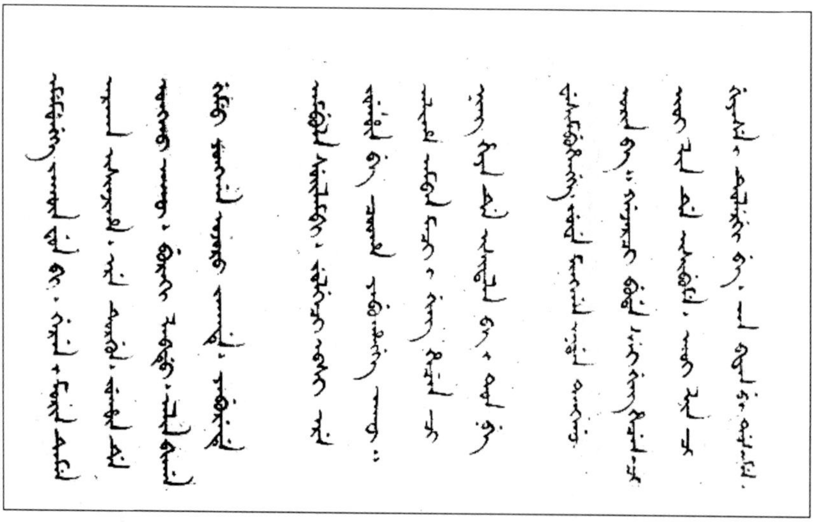

(p.90)

♧ mini beye elhe . hūwang taidz saiyūn

(p.91)

orin emu de an ding de tataha . orin juwe de hing u ing de tataha . muke elgiyen . bi
ioi lin de isinjihai . kemuni tesu ba i niowanggiyan tui

cooha be gaifi gūlmahūn abalambihe . inenggi dari elgiyen . damu ere inenggi umesi
elgiyen . ordos i ba ci geli fulu . bi seoltei juwe . gūlmahūn ilan

tanggū funceme waha . jugūn i unduri giyasei jakarame tehe niowanggiyan tui cooha
haha be umai gisurebure ba akū . jalan si teksin . aba de umesi urehebi .

(p.92)

daci donjihangge majige tašan akū .. orin ilan de cing šui bu de tataha . bira bi . orin
duin de heng ceng de tataha . hūwang ho i bira i cikin de

tatafi . orin sunja de emu indefi . mini beye tuwame dobume šun tuhere onggolo
wajifi . orin ninggun de ning hiya de isinjiha .. ning hiya i ba

sain . jaka elgiyen . cooha teksin . morin i yali tarhūn .. maska sei gaifi jihe coohai
morisa yali sain . mini yalure morin gemu sain i isinjiha .

(p.93)

ememungge jakūn fun bi . geren i morin temen arkan isinjiha . ere turgun . juhūn de
ongko akū . buraki labdu . alin bigan gemu yonggan ojoro jakade . yaburede

ambula suilambi . julgeci ebsi ere juhūn be cooha yabuhangge akū .. aliha amban maci
i ging hecen ci ning hiya de isitala ba i ton be

wesimbuhengge . juwe minggan nadan tanggū orin ba .. gajarci buda sei ging hecen ci
ioi lin de isibume . ioi lin ci giyase i tulergi be . an biyan be dosime .

(p.94)
ning hiya de isitala ba i ton be wesimbuhengge . juwe minggan ninggun tanggū ba ..
ashan i bithei da yangsu i ging hecen ci ioi lin de isibume . ioi lin ci

giyase i tulergi be . an biyan be dosime ning hiya de isitala futalahangge . juwe
minggan emu tanggū susai ba .. ba bade indehe ninggun inenggi be sufi . dehi

duici inenggi isinjiha .. ning hiya ci huhu hoton be ging hecen de isibume futalaci .
ainaha seme emu minggan jakūn tanggū babe dulerakū . doko bime yaburede

(p.95)
ja . muke ongko sain . meni ere jihengge ambula waka mudan be jihebi .. bi ning hiya
de isinjifi utgai taigiyan . pan liyang dung . jang hūng be takūraha ..

(73) 만문주접 권 176, pp.841~843,

　　한역 권 314, p.160, 강희 36년 윤3월 초6일 到 上諭譯

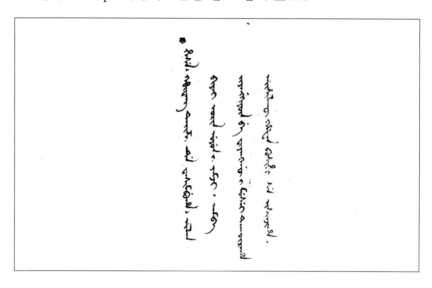

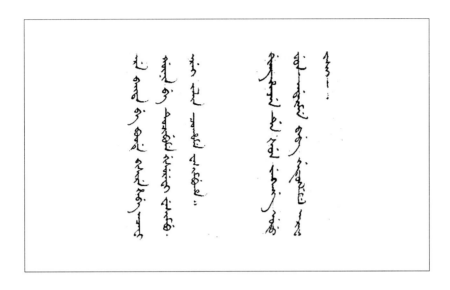

(p.841)

♣ hese . hūwang taidz de wasimbuha . ilan biyai orin uyun i yamji . amba jiyanggiyūn be fiyanggū i musei takūraha aisilakū hafan bosihi se isinjiha .

(p.842)

jai fonjiha baita be boolame wesimbuhebi . niyalma mini jakade isinjire unde . isinjiha manggi getukeleme fonjifi jai boolaki .. ging hecen i ambasa . ubai

mejige be alimbaharakū ekšeme donjiki seme erembidere . uttu ofi wesimbuhe bithe be sarkiyame bahai anagan i ilan biyai ice i muduri erinde unggihe ..

ts'ewang rabtan i jakade takūraha takurabure hafan inggu isinjiha . gisun . ejeku hafan cangming ni songko . ere boo i ildun de hūwang taiheo i elhe be gingguleme baimbi .

(p.843)

ere baita be boode bisire hebe acafi gūnin be tucibume gisurefi wasimbu . erei jalin

cohome wasimbuha ..

ging hecen de šun jekengge udu fun . adarame babe getukeleme arafi jasi ..

(74) 만문주접 권 162, pp.766~767,

   한역 권 302, p.154, 강희 36년 윤3월 초6일 到

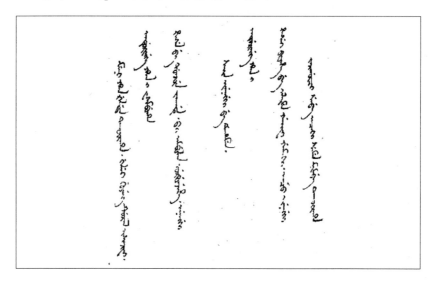

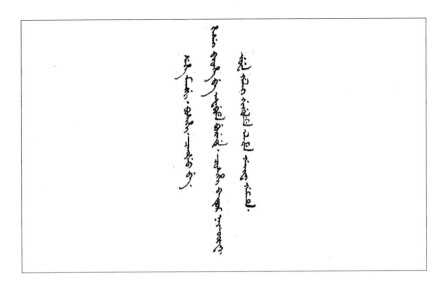

(p.766)

meni han g'aldan takūraha . gelei guyeng dural isinjifi . enduringge han i wasimbuha
hese be donjire jakade . bi ambula urgunjehe . inenggi

sain inenggi be dahame . enduringge han i hesei bithe be alime gaifi gamaki . encu
inenggi jarhūci sebe acaki seme mimbe takūraha .

(p.767)

sehe manggi . bosihi . cangšeo be . hesei bithe be afabume burede . cosihi batur
niyakūrafi . juwe galai gingguleme alime gaifi gamaha .

(75) 만문주접 권 162 p.770,

 한역 권 302, p.154, 강희 36년 윤3월 초6일 到

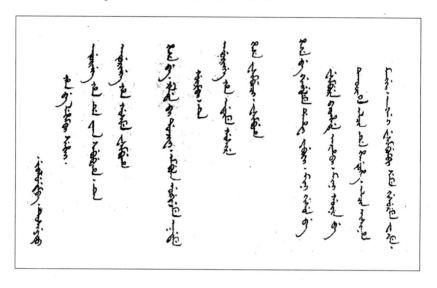

(p.770)

jebdzundamba . tusiyetu han be lehembi sehei . enduringge han de waka sabubuha .
te enduringge han gosime wasimbuha

hese be . g'aldan bi donjifi . ambula urgunjeme akdame gūnimbi . te enduringge han
adarame gosire hese wasimbuci . wasimbuha hese be gingguleme dahafi yabuki . mini
gisun be wesimbure bithede arahabi . mini gūnin be takūraha elcin de henduhe . elcin
isinaha manggi . anggai wesimbumbi seme gisureme wajime .

〈달라이 라마 5세의 죽음 발표〉

(76) 만문주접 권181 pp.863~871,

　　한역 권 329, pp.168~170, 강희 36년 윤3月 초10일 到 片三

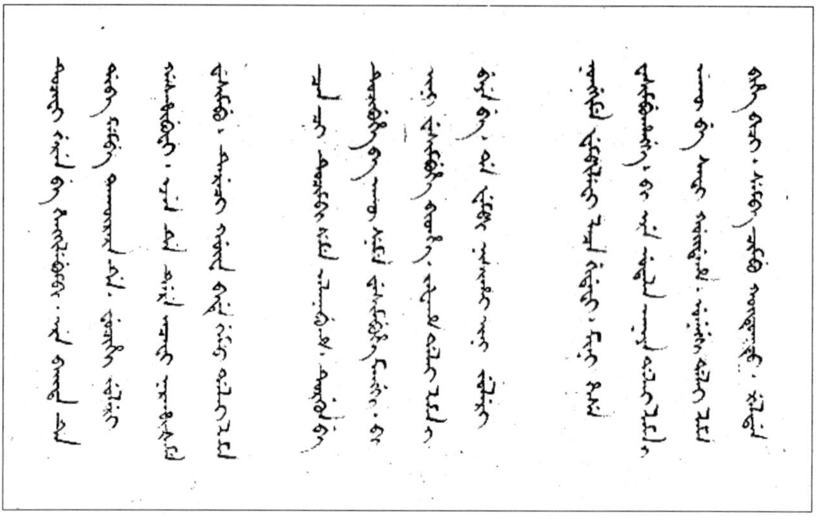

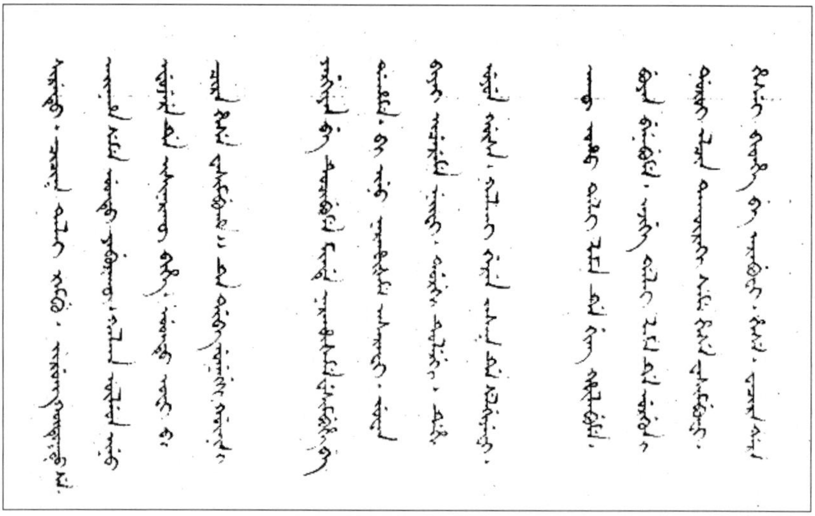

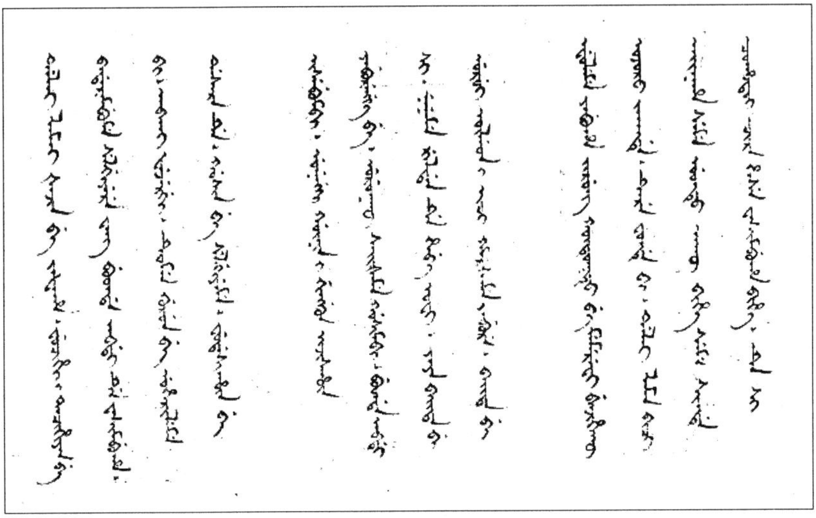

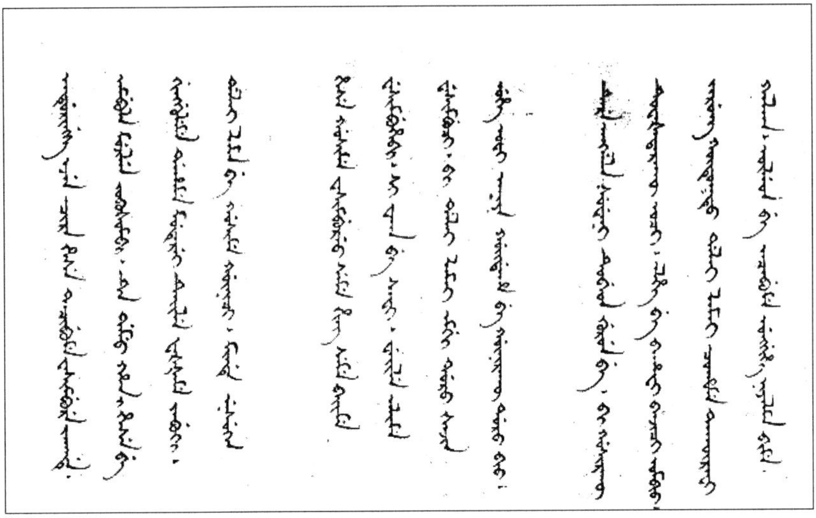

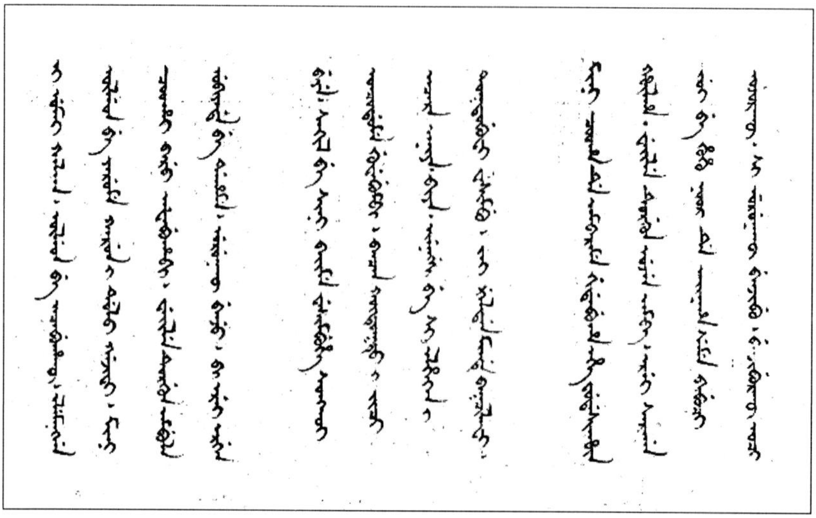

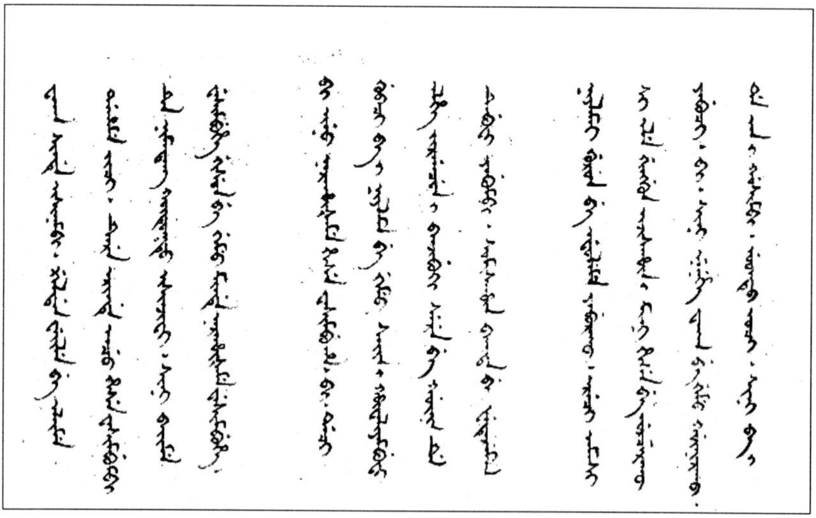

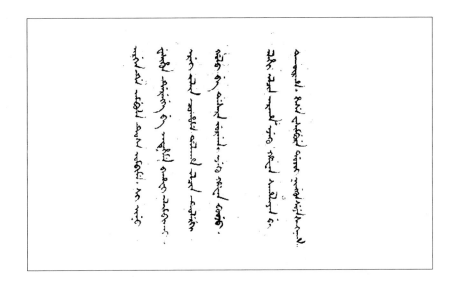

(p.863)

ilan biyai juwan uyun de nimatang kūtuktu . jormolong k'ambu isinjiha be . neneme

boolaha ci tulgiyen . turgun be ce umesi narhūšame ofi gemu tucibume arahakū bihe .

te baita be

gemu getukelefi . umesi aldungga ofi . largin seme gūnirakū . hūwang taidz be sakini

seme da dube be getukeleme arafi unggihe . kimcime tuwarao .. nimatang kūtuktu

isinjiha manggi . bi dalai lamai daci sain banjiha be gūnime . ceni narhūšara gūnin de

acabume . nimatang kūtuktu . jormolong k'ambu be hanci ibebufi . mini jakade uju

jergi hiya

(p.864)

guwamboo . haicing. ilaci jergi hiya rasi bihe . jai yaya akū . esei wesimbuhengge .

sakda dalai lama . indahūn aniya akū oho . ajige dalai lama banjifi ere aniya tofohon se oho .

meni bade dalai lama de akdafi taksifi bihe . dalai lama i akū oho fonde uthai .
wesimbuki seci . aika kūbulin tucirahū . jai de oci lama i werihe gisun . beraibung ni

naicung ni gisun urunakū acara aniya se de isinaha manggi teni amba ejen han . geren
ūklihe ejete de donjibu sere jakade . ere aniya juwan biyai orin sunja de teni can ci

(p.865)
tucifi geren be hengkilebumbi . ere baita te diba membe takūrara de . fucihi juleri
gashūbufi . ejen de dere acafi narhūšame wesimbu . tereci gūwa bade gemu dalai lama

can ci tucimbi seme alanabuha . turgun be tucibuhe ba akū seme wesimbuhe manggi . bi
ini wesimbuhe bithe . jafaha dalai lama i beye be . da fempi nisihai ini juleri

nonggime fempilefi laca gidafi . mini hese wasimbuhangge . bi ere utala aniya dalai
lama i akū be safi goidaha . unenggi dalai lama bihe bici . semba cimbu kūtuktu .
g'aldan

(p.866)
siretu . cicik dalai k'ambu . jirung kūtuktu se ainaha seme uttu yaburakū . kalka
ūlet inu efujere de isinarakū bihe . uttu ofi bi cira hese wasimbuha .. te diba
unenggi gūnin i

yargiyan be tucibume minde narhūšame wesimbuhe be dahame . bi inu narhūšame
asarafi . juwan biyai icereme neifi . dorgi tulergi . dehi uyun gūsa . kalkai geren jasak de
selgiyefi .

akū oho dalai lama de ging hūlabume . buyan benebume . ajige dalai lama de urgun i
doroi elcin takūraki seme hese wasimbufi . hesei bithe be arabufi . hese . wacira dara

(p.867)
dalai lamai šajin be jafaha . fucihi i tacihiyan be badarambume selgiyere wang butda
abdi de wasimbuha . bi . abkai fejergi . tumen gurun be uherileme dasara de . gosin be
selgiyeme . fudasihūn be

isebumbi . unenggi gūnin i ginggun ijishūn yaburengge be . urunakū saišame
gosimbi . butda abdi si . neneme g'aldan de hebe ofi . yaya baita be urui ūlet i ici
haršame yabure . baita be

efuleme yabuha jirung kūtuktu be memerefi benjihekū ojoro jakade . tere fonde
bi . dalai lama bici ainaha seme uttu akū bihe seme sinde cohotoi cira hese wasimbuha
bihe . te si

(p.868)
enduringge ejen cira hese tacibume wasimbure jakade . ambula mujilen jobošombi . te
damu han i hese be gingguleme dahame muterei teile faššame yabuki . dalai lama be
gosime gūnici . minde nesuken
hese gosime wasimbureo seme hing seme baime wesimbuhebi . si waka be safi . weile
alime wesimbuci . bi dalai lamai emgi doro šajin uhe ofi aniya goidaha be gūnirakū
doro bio .

tere anggala suweni tubet gurun be . bi gosirakū tuwašatarakū oci . elhe be bahafi
banjici ombio . jirung kūtuktu dalai lamai cohome takūrafi kalka . ūlet be acabume
unggihe niyalma bime .

i umai kalka . ūlet be acabuhakū . elemangga ūlet be yarume karun i dolo gajifi . mini
coohai baru afabuhabi . weile turgun ambula ubiyada be dahame . urunakū benju . bi
erei ergen

beye . sakil be sini baime wesimbuhe songkoi oncodome guwebumbi . bancan
kūtuktu i jici acara . aniya . biya . inenggi be si elheken i toktobufi wesimbu . jai
g'aldan minde bakcilafi .

mini cooha de ambarame gidabuha ehe fudasihūn hūlha . weile turgun ujen
amba . erei sargan jui be huhu noor de ainaha seme bibuci ojorakū . si urunakū
benjibu . benjiburakū oci

waka sinde isinambi . g'aldan weile be alime dahame jici . tere erinde encu hese
wasimbumbi te nimatang kūtuktu isinjifi . sini baime wesimbuhe gisun be gemu
minde narūšame wesimbuhe .

bi inu narūšame hese wasimbuha . bi . daci gubci ba i niyalma be gemu sain i
hūwaliyambufi elhe jirgacun i banjibuki sere be gūnin de tebufi yabumbi . somishūn
baita be fetereme

niyalmai gurun be efuleme yaburakū . ereci amasi si ele ginggun ijishūn i mini hese be
jurcerakū yabuci . bi . sini nenehe waka be gemu gūnirakū da an i gosimbi . uttu oci .
sini ba i

(p.871)

irgen de ambula tusa ombime . si inu wesihun derengge be enteheme bahafi alimbikai . erei jalin cohome dalaha elcin tulergi golo be dasara jurgan i ejeku hafan booju .

ilhi elcin araha ejeku hafan sahaliyan be takūraha . hese wasimbure doroi ninggun suje šangnaha ..

(77) 만문주접 권 181, pp.871~876,

　　한역 권 329, p.169, 강희36년 윤3월 초10일

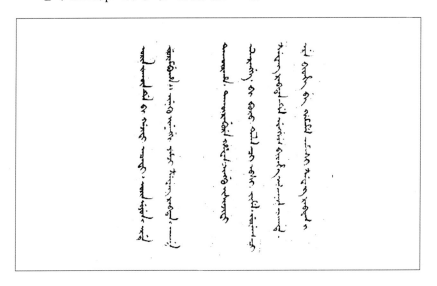

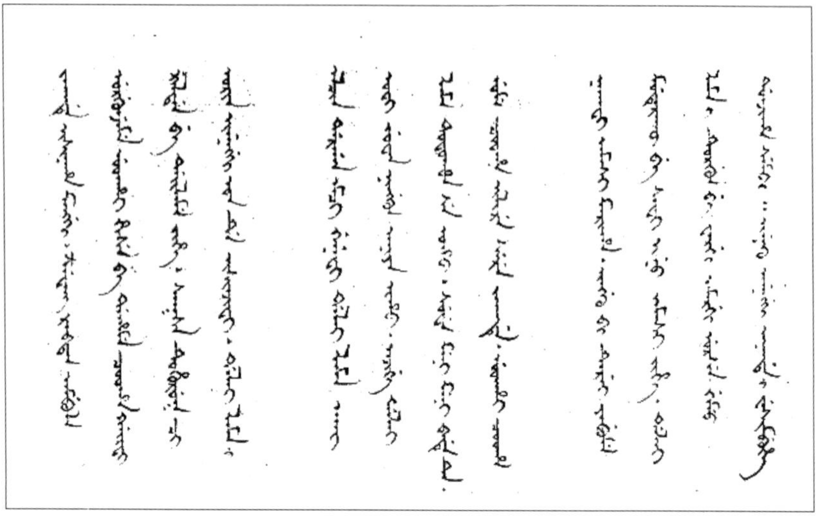

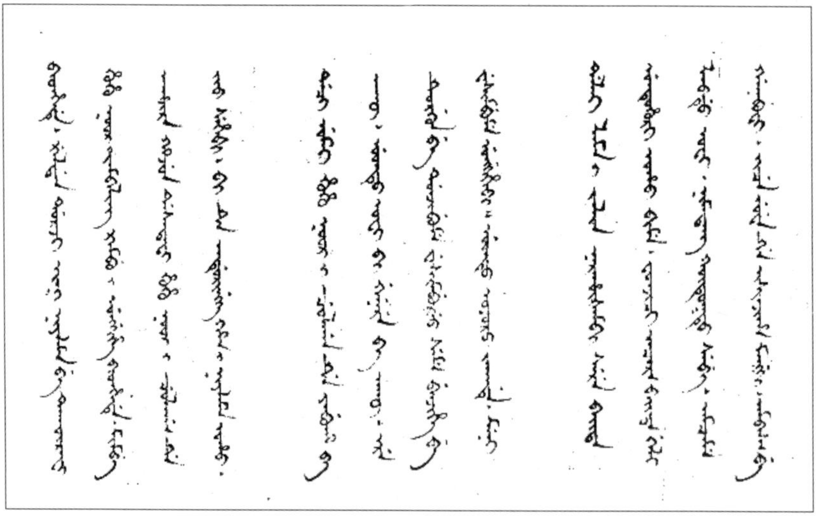

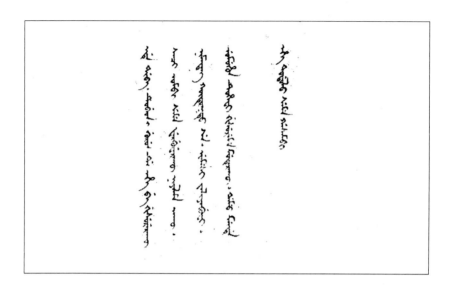

(p.871)

orin jakūn de bi gajifi acafi . orin uyun i erde jurambuha .. ineku inenggi yamji
ts'ewang rabtan i jakade

takūraha . takūrabure hafan inggu isinjifi alarangge . bi boro tala ci ebsi jime . jurgan ci
ts'ewang rabtan de unggire bithe isinara jakade . ere bithe be gamame amasi ts'ewang
rabtan i

(p.872)

jakade isinaha manggi . ts'ewang rabtan ambula urgunjeme uthai hese be dahame
cooha gaifi g'aldan be dailame jihe . saksa tuhuruk ci orin inenggi on de isinjifi . dalai
lama i

elcin dargan emci genefi dalai lama akū ofi juwan ninggun aniya oho . ajige dalai lama
tofohon se oho . suwe meni meni bade te . ume cooha ilire sere jakade . uthai cooha

nakafi amasi mariha . inggu bi terei yabume muterakū be safi inu amasi jihe . dalai lama i turgun be wargi amargi urse gemu donjiha sembi .. ineku inenggi ananda i wesimbuhe

(p.873)

bithede . g'aldan dorji ini niyalma be takūrafi huhu noor i jambaling kambu i unggihe bithede . mimbe ahūra hajun dasatafi huhu nor i culgan de jio sehebi . bi te enduringge han i niyalma oho .

daci umai huhu noor i culgan de yabuha ba akū . uttu ofi bi genere ba akū . ere turgun be donjibume wesimbureo seme benjihe be wesimbume unggihebi .. uttu ojoro jakade . meni

dalai lama i jalin narhūšambi sere baita untuhuri oho bime . fonjici acara baita geli labdu ofi . nimatang kūtuktu sebe . amcame genebufi . ice juwe de isinjiha manggi . ambasa be

(p.874)

takūrafi hese wasimbuhangge . suweni narhūšara baita be . bi dalai lama i dere be gūnime . yaya de alahakū narhūšaha bihe . te suweni elcin dargan emci se gemu selgiyefi gubci

gemu donjihabi . te bi emhun narhūšaha seme baitakū oho . suwe . lamasa i emgi uhei neifi . wesimbure bithe be ubaliyambuki . dalai lama i beye be geli tuwaki seme . musei

lamasa i emgi nimatang kūtuktu i beye . fempi be neifi tuwaci . boihon i weilehe dalai lama i beye . uju meifen i baci ukcafi dalbade bi . tereci lamasa . ambasa uheri donjihale urse

(p.875)
sasa ferguweme . ere baita aikabade esei genehe amala neire . eici juwan biyade neifi uttu oho bici . muse yoktakū ombihe . ferguwecuke ejen de . abka urui acabume . nimatang

kūtuktu se goro genehekū . inggu sei baita isinjifi . inekū ini beye . ere baitai da dube be getuken i sabuha . ejen i akdun yargiyan . dalai lama be gusiha ba inu tucinjihe .

juwan ninggun aniya hacin hacin i dalai lama i gisun seme holtoho baita iletu ojoro jakade . dalai lama unenggi sara gese oci . inu ejen be hukšeme . diba be fangšarakū ome muterakū .

(p.876)
ede diba . tubet i gurun de ehe be gisurerakū saci ombi seme ferguwerakū niyalma aku . nimatang kutuktu se. umesi waliyabu . umuhun tuhefi gisureme muterakū . damu mende

ehe todolo seme gasambi .

(78) 만문주접 권181, pp.876~880,

한역 권 329, pp.168~170, 강희 36년 윤3월 초10일

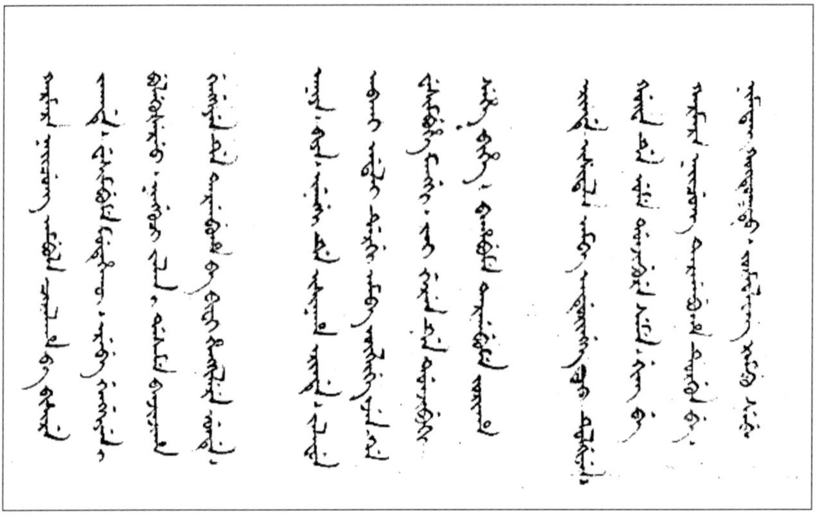

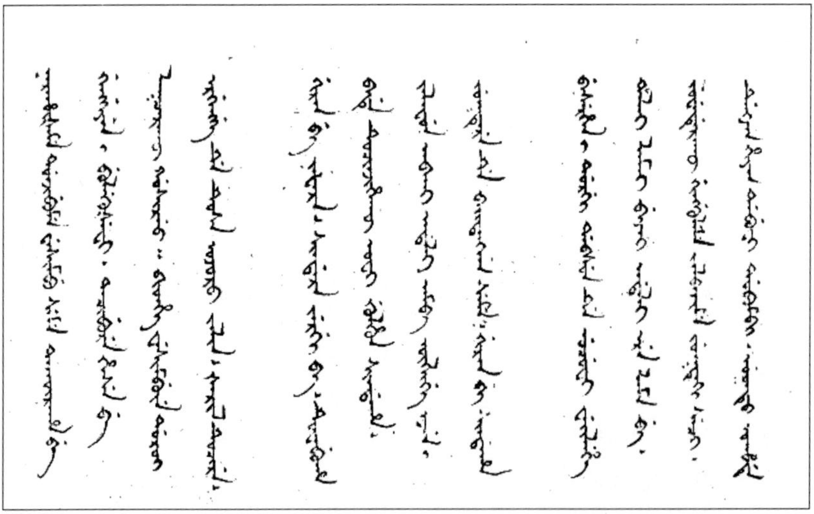

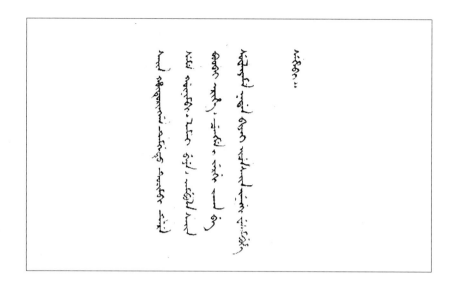

(p.876)

wesimbuhe bithe i gisun . abkai fejergi gubci babe hūturi hūsun i uherilehe manjusiri dergi han i šu ilgai berten akū genggiyen de gingguleme wesimburengge . gubci ergengge

kesi akū ofi . sunjaci dalai lama . sahaliyan indahūn aniya akū oho jalin . enduringge han ci ebsi doro šajin emu ofi . sahahūn meihe aniya . ging hecen de genefi doro šajin

(p.877)

emu ohoci . ubade ging ni duka de amba ningge dalai lama . jalan de amba ningge jalafun abkai adali . šun biyai gese amba ūklige(ūnglingge) ejen be dahame . yaya turgun be wesimbuki sere

gūnin ambula bicibe . tuwara hacin be jafaha ging be ambarame karmara baraibung ni naicung ni hesei . damu hanci takūršabure niyalma . dalai han . dalai batur sebe gajifi alaha ci

tulgiyen . meni meni hanciki urse de . ere aniya de isitala ume tucibume alara sehe turgun be wesimbuki sere gūnin ambula bihe seme . damu dalai lama i hese . jai ging be

(p.878)
karmara naicung ambula ciralaha ba bisire jakade . wesimbume mutehekū . erebe genggiyen i bulekušereo . ningguci jalan i dasame banjinjiha genggiyen de targabuha ba bifi hengkilere unde .

aniya . biya . inenggi de isinaha erinde . jalafun abkai adali dergi amba ūklige ejen de wesimbuhe manggi . jai geren de donjibuki sehe bihe . bahabume targabume joriha

erinde isitala amba enduringge ci tulgiyen . gūwa de ume donjibure seme . ging be karmara naicung targabuha turgun be . nimatang kūtuktu . jormolong g'ambu sebe

(p.879)
narhūšame donjibume wesimbu seme takūraha be genggiyen i bulekušefi . tacibure hese be lakcarakū gosireo .. bithe wesimbure doroi ergengge de tusa ojoro jalin . šaril tucire .

giran be jafara . sindara jergi ba . tuwabuha bade tucinjihekū ofi gulhun sindaha . jalafun abkai adali amba ūklige ejen i juktere de baitangga seme . giran be . sindaha

beserhen i dorgi dabsun de ucufi weilehe dalai lamai beyei adali ere lama be . juwederakū ginggguleme jalbarime jukteki seci . dengjan hiyan dabufi dobombi . uttu ohode

(p.880)

sain hūturingga temgetu tucimbi dere seme gūnimbi . lamai beye . ambula sain boobai
erihe . cengme i jergi jaka be suwaliyame nadan biyai ice sain inenggi wesimbuhe
sehebi ..

(79) 만문주접 권 181, pp.880~883,
　　권 329, pp.168~170, 강희 36년 윤3월 초10일

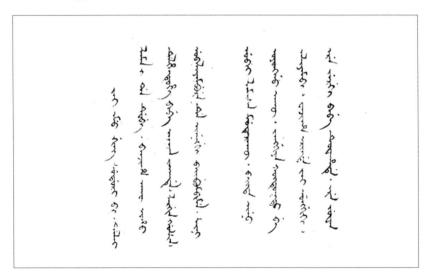

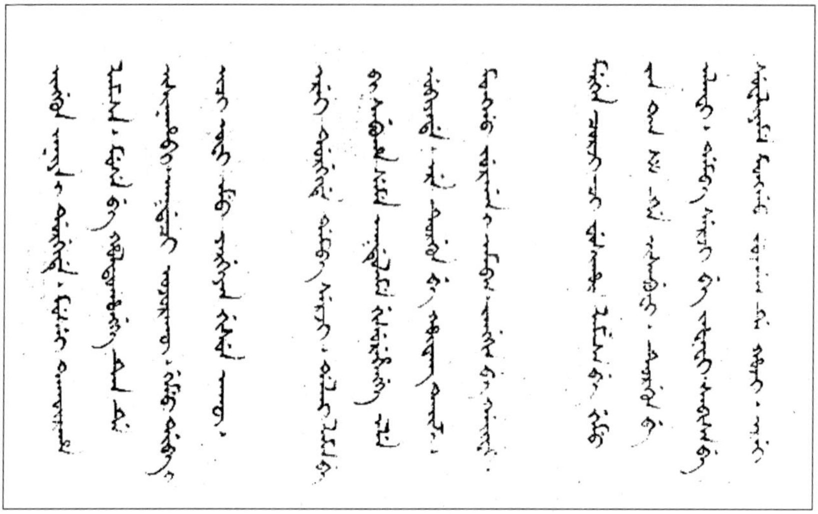

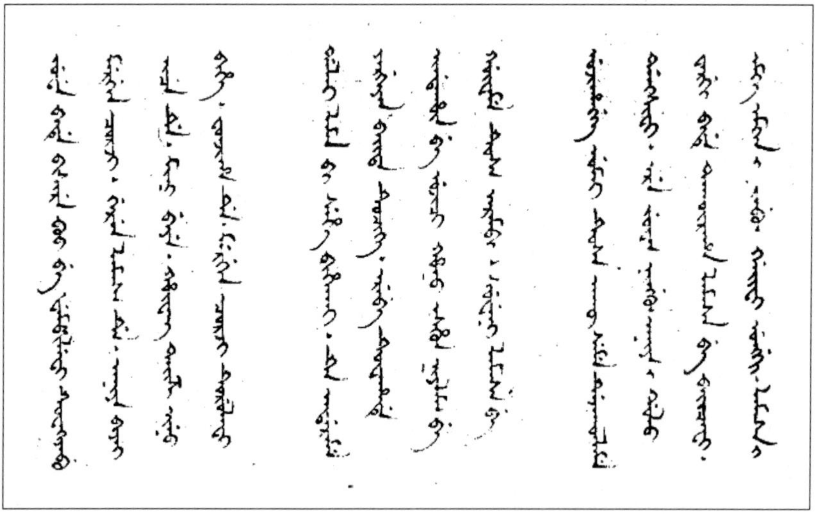

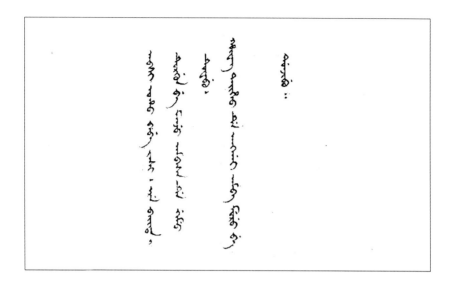

(p.880)

jai emu ging suduri bi . dalai lama i da dube . banjiha akū oho delhentuhe babe arara

jakade . largin golmin . ubaliyambure de inenggi baibumbime . mini

ubai lamasa muterakū . baita inu oyonggo akū . janggiya kūtuktu be aliyambi . wajiha

erinde jai unggiki . ere jergi babe tuwahade . ere juwan

(p.881)

ninggun aniya i dorgide . musei takūraha lamasa . muse be holtohongge ten de

isinahabi . akdaci ojorakū . gemu diba i ici ofi emu yargiyan gisun akū .

erei dorgide damba serji . dalai lama be bi sabuha seme akdulame gisurehengge ele

ubiyada . ere turgun be hūwang taidz . monggo jurgan i amban . janggin be gaifi .

mergen corji ci fusihūn lamasa be gemu jan tan sy de isabufi . turgun be alafi . damba serji be jafafi . šabisa be suwaliyame monggo jurgan de hori . erei

(p.882)
juwe bade bisire boo be fempilefi tuwakiyabu mergen corji . geren lamasa de . aniya biyai ice de . mini beye . hūwang taidz inu bihe . fonjiha de . mergen corji turulafi

dalai lama bi sehe bihekai . te adarame yargiyan baita tucike . erebe tuwahade indahūn be ujici hono eshun niyalma be gūwame tusa arambi . suweni lamasa be

ujihangge umai tusa akū seme derakūlame dangsifi . ere juwan ninggun aniya i dolo wargi bade takūraha lamasa be baicafi . emke emken i jabun gaifi unggi . lamasa i

(p.883)
absi oho babe jasi . ere baita i turgun be manju ambasa de gemu tuwabu . hūwang taiheo de anggai amba muru be donjibu .

〈토벌 작전의 마무리〉

(80) 만문주접 권 175, pp.839~841,

한역 권 313, p.159, 강희 36년 윤3월 초5일 上諭譯

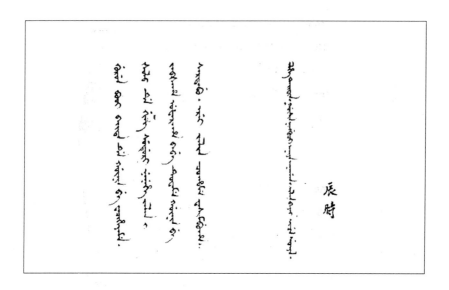

(p.839)

♧ hese hūwang taidz de wasimbuha . bi ning hiya de isinjifi juwan inenggi hamika . inenggidari cooha morin jeku ciyanliyang ni baita be gisureme belheme majige šolo akū .

jugūn de erde oci . talman silenggi de gūwaime . inenggi oci yonggan buraki de funtume . angga kadalara hendure de šadame . galan jūlhū šusiha de soname

ududu minggan ba i tulergi de jihengge inu ere emu funcehe g'aldan i jalin kai . bi ere erinde ging hecen de bici . erde hacingga ilga be tuwame . inenggi

(p.840)

moo i sebderi de tefi . cecike i hūlara be donjime . halhūn oci teyeme . serkuwan oci yabume . ergeme jirgara be wesihun obume bahanarakūngge waka . inu

ere gūnin . ere haha i gūnin mujiren be wacihiyaki serengge kai .. hūwang taidz umesi
hiyoošungga niyalma . ainci ilga be sabume . gasha be sabume . nimaha be sabume

gurgu be sabume . mimbe hūjiri yonggan dube i jecen de jobombidere seme niyalma
nimeme gosimbidere . mini jalin ume joboro . damu inenggi dobori akū

(p.841)
gurun booi baita de gūnin be wacihiyame . šolo de ging suduri nenehe jalan i jabšaha
ufaraha babe tuwame gūnin be sartabu . erei jalin cohome wasimbuha ..
elhe taifin i gūsin ningguci aniya anagan i ilan biyai ice sunja
辰時

(81) 만문주접 권 150, pp.705~710,
　　한역 권 292, p.148, 강희 36년 3월 초4일到 上諭譯

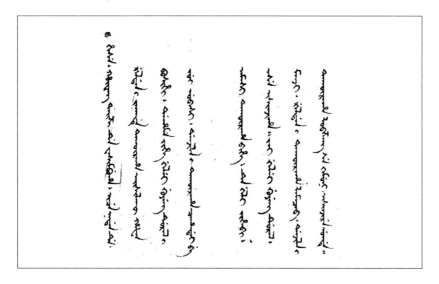

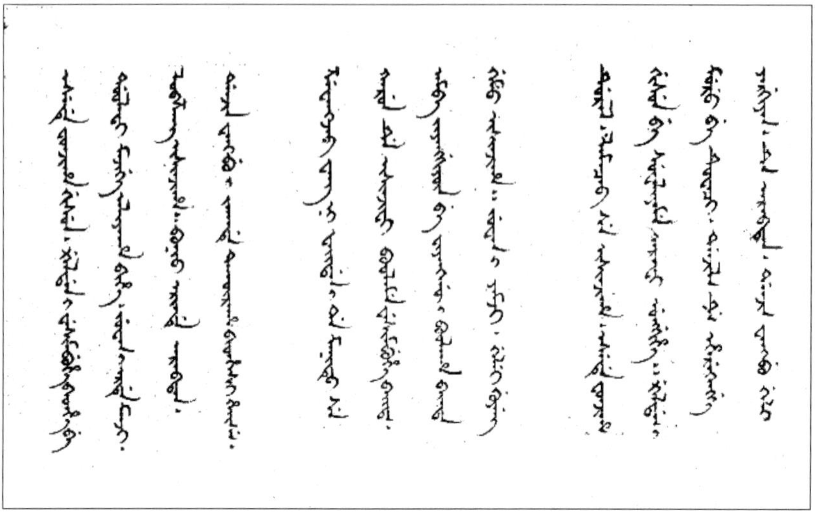

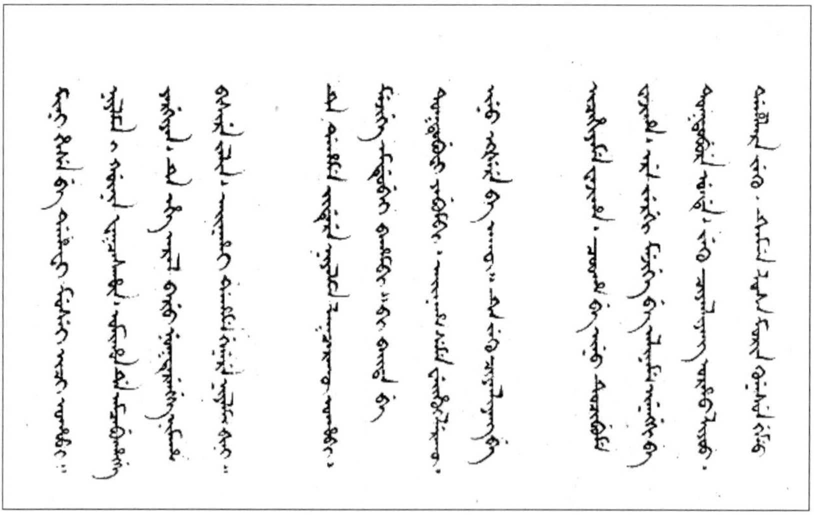

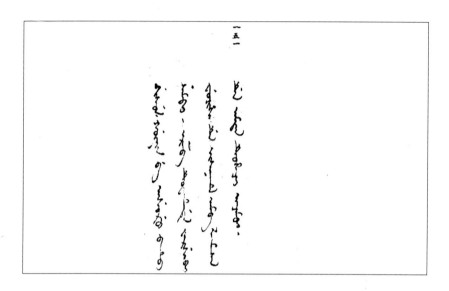

(p.705)

☸ hese hūwang taidz de wasimbuha . ice nadan de g'aldan i jakade takūraha aisirakū hafan bosihi . dahame jihe gelei guyeng dural i jui ubasi . takūraha aisilaku hafan bosihi . dahame jihe gelei guyeng dural i jui ubasi . danjila i takūraha cahandai be

amasi takūraha bihe . te geli jihebi . ese isinjiha .. jai gelei guyeng dural . manji . g'aldan i takūraha lamajab . danjila i takūraha lobdzang se kemuni isinjire unde ..

(p.706)

esede fonjiha gisun . g'aldan i wesimbuhe bithe be doolafi majige aliyaha bihe . juwan i erde manji . lobdzang isinjiha .. bonio erinde arabtan . danjin wangbu i jakade takūraha bithesi heise .

dzewangjab wang ni faidan i da manitu se karun de isinjifi boolame wesimbuhe baita . amba jiyanggiyūn be fiyanggū i boolaha baita gemu isinjiha .. juwan i yamji gelei guyeng

dural . lamajab se isinjiha . esede fonjiha gisun be suwaliyame arafi unggihe .. g'aldan i
muru be tuwaci . danjila de eherengge yargiyan . te arabtan . danjin wangbu geli

(p.707)
mini hese be dahafi musei ici ohobi .. niyalma i gūnin fakcashūn . omihon de
amcabuhangge yargiyan . te ehe aral baru nukterengge nimaha bisire jalin . ainahai
dahame genere niyalma bini ..

te dahame jidere niyalma lakcarakū ohobi . mejige emdubei bahambi .. bi baita
be toktobufi yabumbi . ainaha seme weihukelerakū . inu ekšeme ba akū .. te jeku
ciyanliyang be

icihiyame wajiha . cooha be inu tucibume wajiha . ere jergi mejige be aliname inenggi
be toktobure unde . jeku ciyanliyang orho liyoo . dahalara jeku . temen losa morin
kunesun gemu

(p.708)
ambula funcehe . umai hafan cooha irgen be jobobure ba akū .. arame ubade
isinjirengge . mini takūraha gabsihiyan i hiya kisamu se . emu ūlet eigen sargan be
jafafi isinjiha .

kisamu sei alarangge . be hesei joriha songkoi ilan biyai juwan uyun de . ning hiya ci
jurafi . anagan i ilan biyai ice de gurban saihan i bade isinafi . ere ūlet be

bahafi amasi jihe sembi . ūlet i niyalma jamsu i jabun be encu bithe de araha ci tulgiyen . sakini seme wasimbuha . manju ambasa de tuwabu ..

(p.709)
juwan emu i erde . jiyanggiyūn fiyanggū baci . arabtan . danjin wangbu i wesimbuhe
bithebe unggihebi

erebe ubaliyambufi unggihe .. diba i araha dalai lama i akū oho . te banjiha babe araha
bithe emke . erebe ini da bithe i songkoi . ubade bisire

lamasa de doolame arabufi unggihe ging hecen i lamasa . baksisa de arabufi
ubaliyambufi unggi .. ubade inu ubaliyambuhabi . lamasa

(p.710)
gisun . gūnin be asuru bahakū sembi . erebe tuwahade wargi bai fucihi de isinaha
amba lamasa de amtan tuheci acambi .

(82) 만문주접 권 188, pp.899~901,

한역 권 333, p.171, 강희 36년 윤 3월 13일 上諭譯

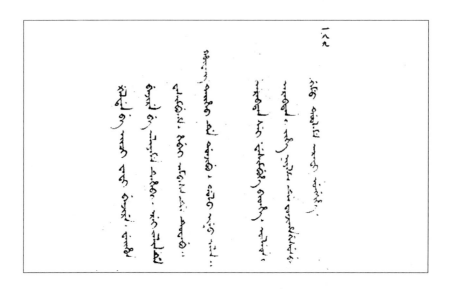

(p.899)

♣ hese . hūwang taidz de wasimbuha . juwe biyai dorgide . mini beye ning hiya de jidere be dahame . turgun be tucibume . huhu nor i jergi wargi ūlet be dahabufki seme taiji arabtan . demcuk. gūsai ejen dusg'ar . šang nan dorji sede akūmbume tacibufi unggihe bihe .. neneme baitai mutere muterakū be sarkū bime . elemangga

(p.900)

dain ojoro be boljoci ojorakū seme boolame unggihekū .. te arabtan sei wesimbuhe be tuwaci . huhu nor i taijisa gemu dahafi . mini jakade jimbi sembi .

emu cooha be baitalahakū . wargi ba i ūlet be gemu bargiyame wajiha .. amba urgun i baita ojoro jakade ekšeme boolaha .. dzewang rabtan musei harangga

ome wajiha .. arabtan . danjin wangbu i elcin isinjiha . inu musei niyalma ombi .. ubade mini urgun derengge be umai gisurebure ba akū .. damu yamji cimari

(p.901)

g'aldan be eici wafi benjire . weihun benjire be aliyame tehebi . erei jalin de wasimbuha .
hebei ambasa de tuwabu .. hūwang taiheo de donjibu . dolo inu ala ..

arabtan sei wesimbuhe bithe . ūlet i arabtan i jihe niyalma de fonjiha gisun be gemu
doolame arafi unggihe .

⟨귀로에 오르다⟩

(83) 만문주접 권 190, pp.906–909,
　　한역 권 335, p.172, 강희 36년 윤 3월 15일 上諭譯

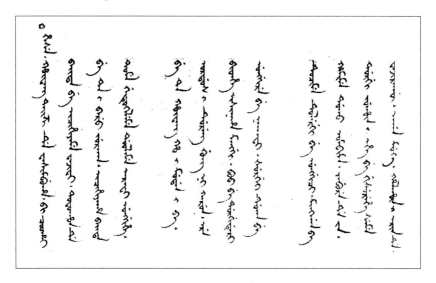

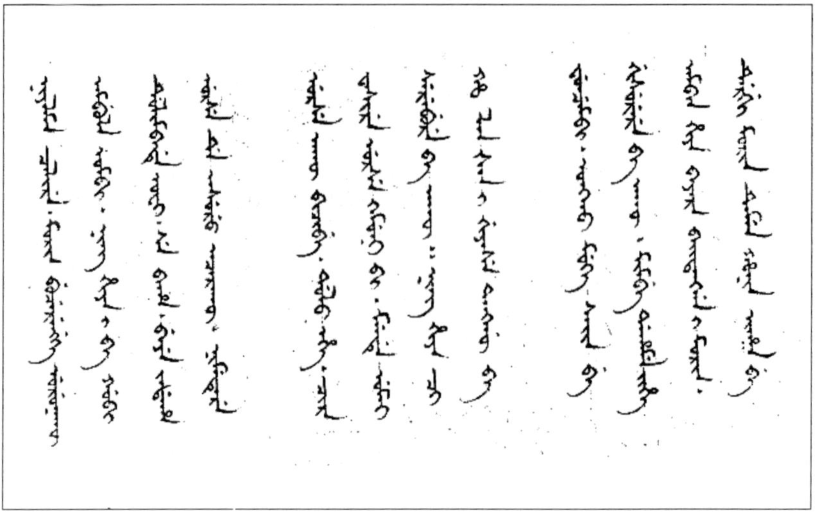

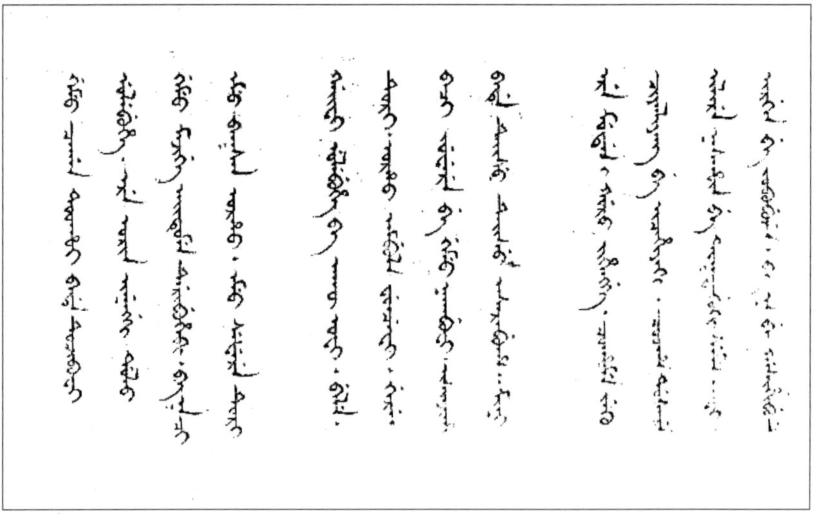

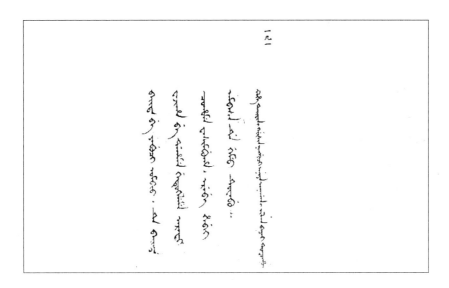

(p.906)

☙ hese . hūwang taidz de wasimbuha . bi coohai baita be icihiyame wajifi . tofohon de be ta i baru juraka . icihiyaha baita tome getukeleme doolame arafi unggihe .

be ta hūwang ho i mudan i ba . ordos i dureng gung ni karun . ere bithe isinaha manggi . boo be dorgideri unggire be nakafi . šurgei duka be

tucime tulergi be unggici . minggan ba hamime doko ombime . yabure de ja . dorgi jugūn i ehe be gisurehe seme wajirakū . aga muke . halhūn i erin de .

(p.907)

niyalma calire . morin bucerengge urunakū ambula ombi . ning hiya i ba gobi dulimbade oci . se baha . beye jadaha urse de asuru acarakū . nimetere

urse akū bicibe . dolo ehe . cira wasire urse kemuni bi . mende umai serebure ba akū .. ning hiya ci ho lan šan i giyase tanggū ba funcembi . ongko muke sain be gisurere ba akū . mimbe dahame jihe amban hiya bayara baitangga i morin . dergi morin temen honin ihan be

(p.908)
gemu cagan tohoi bade tucibufi ulebuhe . ere orin inenggi dolo gemu majige aitume deribuhebi . ba na ci emu baksan orho . emu sefere turi

gaifi ulebuhe ba akū ofi . bele . turi . orho ambula funcefi . geren baci juwere be gemu nakabufi . isinjiha bade teisu teisu . asarabuha .. mini

ere mudan i goro jihengge . cohome jeku ciyanliyang be icihiyaki . cooha dosire ilire nashūn be toktobuki seme jifi irgen be jobobure . ba na be gasihibure

(p.909)
baita be yabuci ombio . te baita wajiha be dahame getukeleme arafi cohome wasimbuha . erebe hebei ambasa de gemu donjibu ..
elhe taifin i gūsin ningguci aniya anagan i ilan biyai tofohon

(84) 만문주접 권 174, p.838,

　　한역 권 312, p.159, 강희 36년 윤3월 초 5일

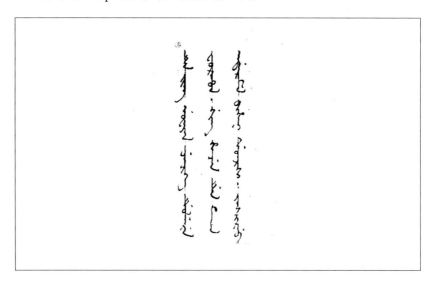

(p.838)

te jing suwayan cecike dulere forgon . ging hecen de maka adarame biheni donjiki ..

jasireo

(85) 만문주접 권 336, pp.911~913,

한역 권 330, p.173, 강희 36년 윤 3월 17일

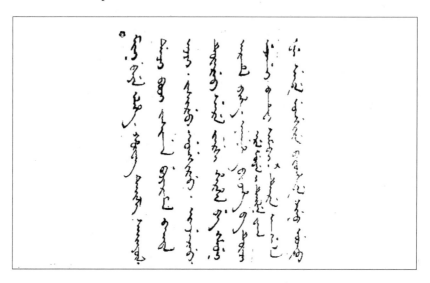

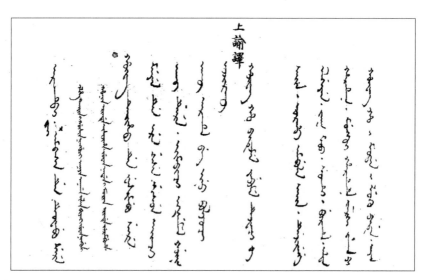

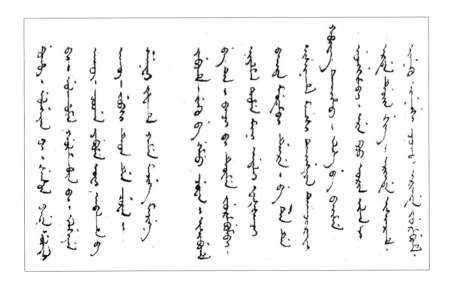

(p.911)

♣ mini beye elhe . hūwang taidz saiyūn .

daci booi jasigan buyarame baita oci . jasireo . unggireo . injereo . tuwareo sere jergi herhen be kemuni araha bihe . nenehe bithe be tuwaci utgai bahafai sambi . *ere mudan i teile waka tere anggala fei sede unggire bithede inu uttu

(p.912)

arahabi * jai ambasa de tuwabu sere elhe taifin i gūsin ningguci aniya anagan ilan biyai juwan ninggun i honin erinde isinjiha . juwan nadan i morin erinde jurambuha ..

♣ hūwang taiheo de wasimbu sere meyen de ere gese gisun ainci akū dere . eimbici ekšeme gūnin akū araha be inu boljoci ojirakū

上諭譯

♣ hūwang ho bitume yabume tuwaci ba

sain . orho ambula sain . dejirengge elgiyen . jaka moo . suhai . burhan . altan
harhana . mungkui harhana jergi jaka bi hūwang ho i mudan i luku bade . ayan

(p.913)
buhū . ulgiyan bi . šehun bade seoltei bi .. ulhūma gūlmahūn bi . elgiyen akū . cooga
yabume ofi abalaha ba akū .. jubki tun de cuwan i genefi yafaha kame majige majige

yabuha . jeku be gemu cuwan i isibuha be ta i baci bi tuwame jurambumbi niyalma
tome mini adali faššaci . baita mutembi dere . be da de isinaha manggi taigiyan
takūrafi hūwang taiheo i elhe be baime unggimbi . ere boo orin ilan i erde duin ging ni
erinde isinjiha . ineku inenggi coho erinde jurambuha .

(86) 만문주접 권 199, pp.981~982,
　　 한역 권 334, p.179, 강희 36년 윤 3월 24일

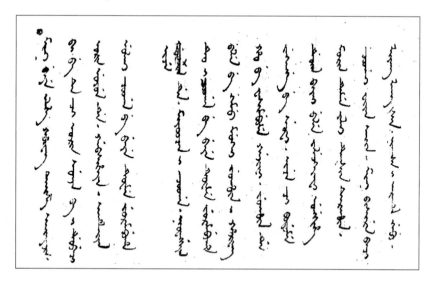

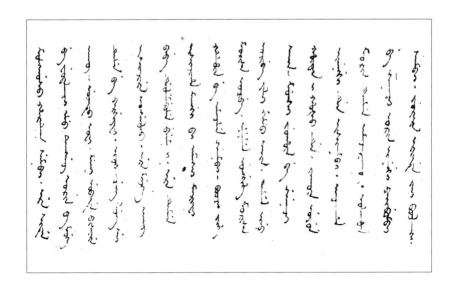

(p.981)

卐 mini beye elhe hūwang taidz saiyūn . bi be ta ci orin sunja ba i dubeci orin uyun de . gabsihiyan . sahaliyan ulai cooga be beye tuwame jurambuha ice de . miyoocan i cooga . niowanggiyan tu i cooga be beye tuwame jurambuha bele be gemu mukei jugūn i hūwang ho be wasimbume gajifi . jugūn de jekengge be sufi . ice ci bodome duin biyai bele jalukiyafi unggihe morin temen yali teksin tarhūn . coogai fiyan sain . mini bisire baci liyang liyang šan nikasa i araha gebu

(p.982)

monggoso harhana sembi . ere siden be futalaci emu tanggū orin ba muke akū .. uttu ofi . meni ubade bisire temen be bargiyafi . ioi ceng lung sei isinjire onggolo . ere muke akū babe dulembume benembi . ere temen isinjiha manggi bi amasi marifi halhūn be amcame genembi .. booci jihe morisa ocibe . neneme unggihe morisa ocibe yali gemu sain . temen inu sain .. mukei jugūn be geneci hūtani hošo de jakūn uyun inenggi de isinambi . acaha morin temen amcarakū .. olhon be geneci orin inenggi baibumbi sembi . jurara erinde jai boolaki .

(87) 만문주접 권 201, pp.987~988,

　　한역 권 345, pp.179~180, 강희 36년 윤 3월 29일

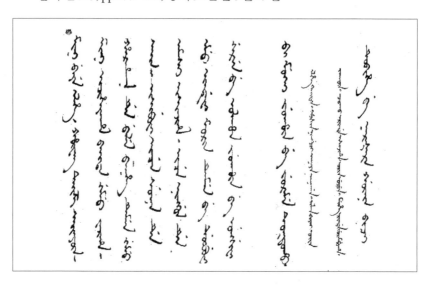

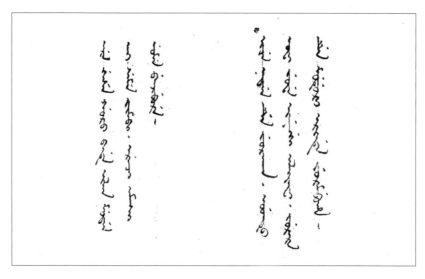

(p.987)

♣ mini beye elhe . hūwang taidz saiyūn . mini icihiyaha baita gemu wajiha .. harhana de bele benehe temen gemu sain i isibufi ice sunja de amasi isinjiha . ice ninggun de emu indefi morin temen be doobufi geren be olhon jakūn be unggifi

bi mukei jukūn be jurame toktoho . *elhe taifin i gūsin ningguci aniya anagan i ilan biyai orin jakūn i coko erinde isinjiha . orin uyun i meihe erinde jurambuha* tubihe be narašara gūnin bici

(p.988)

ere gese goro bade ilan mudan ai seme jimbi . ereci amasi ume benjibure . ice nadan de juraha uttu ofi juwe inenggi aliyafi jurere de muduri erinde jurambuha

〈갈단의 죽음〉

(88) 만문주접 권 32, pp.124-128,

  한역 권 163, p.77, 강희 35년 4월 15일 諭譯

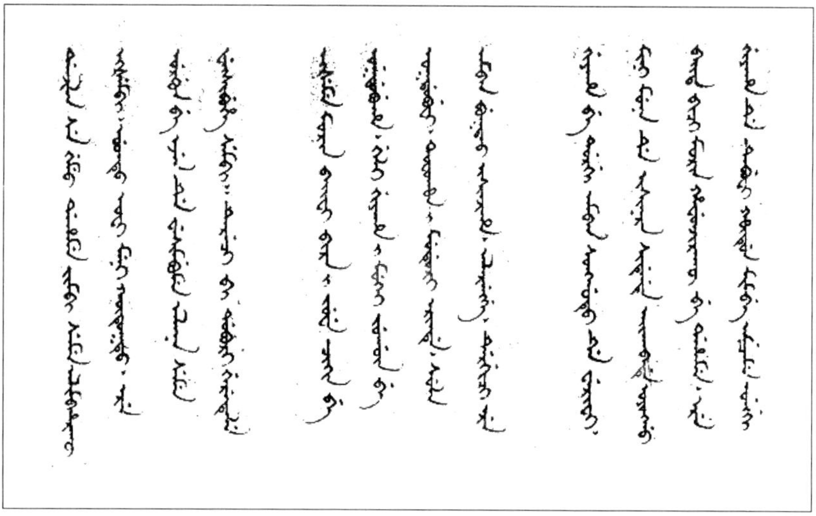

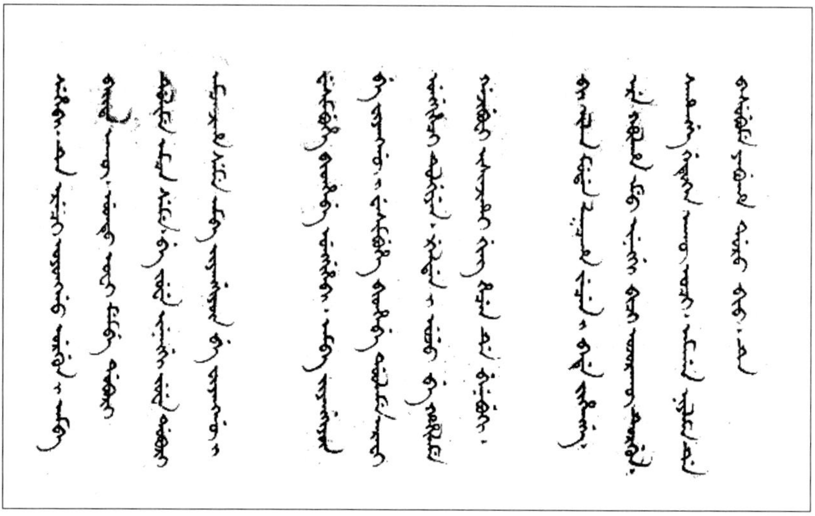

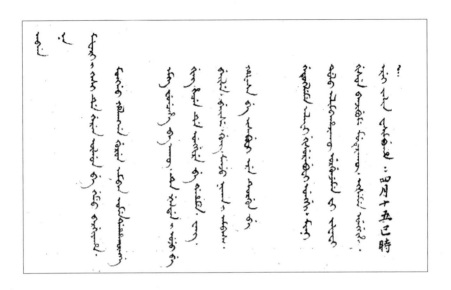

(p.124)

☘ hese . hūwang taidz de wasimbuha . bi ice nadan de mukei jugūn be jurame toktofi hūwang ho i bira mudan labdu . lifaha . niyalma tehengge komso . ula baharakū .

uttu ofi yaya wesimbure bithebe . muna hošo de genefi aliya . bi duin inenggi dolo isiname genembi seme . gemu olhon be unggifi . dorgi amban songgotu de

(p.125)

miyoocan i cooha juwe tanggū . ging hecen i gūsai morin emu minggan duin tanggū funceme . mini fulu gajiha bele jakūn tanggū hule be . be ta i bade werifi . duleke

aniya aliha amban bandi songkoi . amasi jidere cooha niyalma kutule hūdai urse de belhebume getukeleme afabufi juraka . inenggidari edun damu boljon amba ofi ambula tookaha .

juwan duin i dobori mini duleme jihe . erdeni bandida kūtuktu niyalma takūrafi
alanjibuhangge . inenggi šun tuhere hamime emu giyaha dele wesimbure oyonggo
baita bi . g'aldan bucehe .

(p.126)
danjila se gemu dahame jimbi seme alimbaharakū ekšembi . uttu ofi meni kūtuktu . ere
urgun be ejen de wesimbume alana seme feksibuhe sembi .. tereci bi dobori geretele

ekšeme morin baifi bira i juwe cikin be okdobuha . geli giyaha i mukei jugūn be
okdobufi . tofohon i muduri erinde . sula amban buktao isinjiha . alarengge . dergici
ere

giyaha be dorgi amban songgotu de werifi . mini muna de isinara sidende aikabade
oyonggo baita bici morin hafunjirakū be dahame . ere giyaha de tebufi hūdun mimbe
amcame unggi

(p.127)
sehebi . te ereci oyonggo urgun i amba baita akū . uttu ofi membe dobori dulime
amca seme . be juwe inenggi juwe dobori amcanjiha seme amba jiyanggiyūn be
fiyanggū i

wesimbuhe bithebe unggihebi . amba jiyanggiyūn be fiyanggū i wesimbuhe bithebe
doolame arafi unggiheci tulgiyen . g'aldan i uju be hahilame gajibufi isinjihai ging
hecen de benebuki .

bi ilan mudan lakcaha jecen i bade jihengge . ere hūlha emu inenggi bici ojorakū
turgun . sahangge getuken akū oci . amaga niyalma de basubume yabuha doro bio . te

(p.128)

abka na mafari i kesi de geren ūlet be gemu bargiyaha . monggo halangga gurun
amban ome dahahakūngge

emke funcehe ba akū . te g'aldan i uju be ging hecen de unggire be dahame . wang .
beile . beise . gung . manju niyalma i ambasa . hafasa be isibufi ere turgun be

getukeleme alafi gisurebufi unggi . mini dolo alimbaharakū urgunjeme fi jafafi gisun
banjibume muterakū . ekšeme unggihe . erei jalin wasimbuha ..
四月十五巳時

(89) 만문주접 권 207(9집), pp.42~43,
    한역 권 351, p.183, 강희 36년 4월 12일

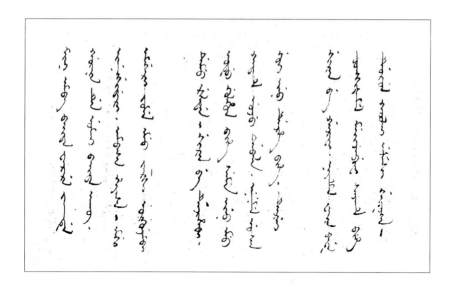

(p.42)

☘ mini beye elhe .. hūwang taidz saiyūn . *elhe taifin i gūsin njngguci aniya duin biyai*
juwan emu muduri erinde isinjiha . juwan juwe i muduri erinde jurambuha

上諭譯

☘ juwan jakūn de muna be duleke manggi

cikir jaisang . isinjiha . ede fonjiha babe arafi unggiheci tulgiyen . bi dere de kimcime
fonjici . g'aldan i bucehengge okto omifi beyebe arahangge yargiyan . ainci geren
acafi oktoloho . ini cisui okto omiha babe . cembu dzangbu isinjiha erinde elheken i
getukeleke

(p.43)

mini amba baita wajire jakade gūnin de umai baita akū . inenggidari . amabsa hiyasa i
emgi emgeri jome emu jergi urgunjembi

damu g'aldan i giran be dejihebi . udu gulhun bihe seme inu emu kataha uju dabala . neneme u san gui inu dejihe bihe . terei

giran be gajifi . niyalma wara bade congkišame meijebufi soha bihe durun kooli umesi getuken ..

찾아보기

강희제의 편지

2014년 5월 13일 초판 인쇄
2014년 5월 20일 초판 발행

지 은 이 오카다 히데히로
옮 긴 이 남상긍
발 행 인 한정희
발 행 처 경인문화사
등록번호 제10-18호(1973년 11월 8일)
주   소 서울시 마포구 마포동 324-3 경인빌딩
대표전화 02-718-4831~2 팩스 02-703-9711
홈페이지 http://www.kyunginp.co.kr
이 메 일 kyunginp@chol.com

ISBN 978-89-499-1021-5 93800
값 45,000원